그 모델의
사생활

그 모델의 사생활 1

초판 1쇄 찍은 날 | 2015년 11월 4일
초판 1쇄 펴낸 날 | 2015년 11월 12일

지은이 | 이지혜
펴낸이 | 서경석

편 집 책 임 | 조윤희
편   집 | 이은주
          주은영
디 자 인 | 신현아

펴 낸 곳 | 도서출판 청어람
등록번호 | 제387—1999—000006호
등록일자 | 1999. 5. 31
어람번호 | 제11—0028호

주소 | 경기도 부천시 원미구 부일로 483번길 40 서경B/D 3F (우) 14640
전화 | 032—656—4452 팩스 | 032—656—4453
http://www.chungeoram.com
E—mail | chungeorambook@daum.net

ISBN 979—11—04—90488—2 04810
ISBN 979—11—04—90487—5 (SET)

그 모델의 사생활

이지혜 장편 소설

1

도서출판 청어람

Contents

프롤로그

늘씬하게 쭉 뻗은 긴 다리, 나올 데는 나오고 들어갈 데는 들어간 확실한 라인의 소유자.

길고 매력적인 눈매와 시원하고 깔끔한 마스크로 각종 CF는 물론 온갖 화보의 지면을 하루가 멀다 하고 장식하는 대한민국 톱 모델, 강솔.

대한민국을 대표하는 섹시 모델
속옷 광고가 가장 잘 어울리는 패션모델 1위
디자이너 100인이 선정한 가장 아름다운 모델 1위
눈짓만으로도 남자를 녹일 것 같은 마성의 여자

그녀를 수식하는 수많은 단어들 중 가장 많은 지분을 차지하고 있는 것은 바로 이것. 섹시(Sexy).

그래, 그 단어만큼 그녀에게 완벽하게 어울리는 말이 없었다.

솔은 거울 속의 자신을 만족스럽게 쳐다보며 턱을 문질렀다.

"역시 오늘도 완벽하단 말이지. 하, 정말 미치겠네. 어떻게 인간이 이렇게 뇌쇄적일 수 있지? 그래, 섹시함이란 바로 이런 거 아니겠어? 크으."

군더더기 없이 길쭉하고 탄탄한 몸매를 꽈배기처럼 꼰 솔이 피팅룸 벽면에 붙은 거울에 이마를 맞대며 고개를 흔들었다. 바짝 가까워진 얼굴은 또 어찌나 완벽한지. 보고 있는 저 자신조차 동공에 지진이 일어날 것 같았다.

"그래그래, 내가 들인 공이 얼마고 흘린 땀이 얼만데. 이 정도 섹시함은 당연한 거지. 암!"

고개를 끄덕거리며 솔은 거울 속의 제 모습을 흡족하게 훑어 내렸다. 거울을 볼 때마다 그렇게 저 자신이 사랑스러울 수가 없었다. 이 몸을 만들기 위해 얼마나 피나는 노력과 끊임없는 인내를 했는지 스스로가 가장 잘 알기 때문에 더더욱 그런 것 같았다.

"크으. 완벽하다, 완벽해. 크으!"

매일 보는 자신조차 볼 때마다 이렇게 빠져드는데 바깥세상의 수컷들은 얼마나 애가 타겠는가. 가까이서 반짝이지만 닿을 수 없는 존재, 스타.

'하아― 아름다운 이 몸이 죄지, 죄야. 아아! 나는 정녕 대역 죄인이로고!'

솔은 슬쩍 고개를 틀어 눈을 가늘게 뜬 상태로 거울을 노려봤다. 서늘하게 날이 선 눈빛이 그대로 그녀의 심장을 저격했다.

탕탕탕! 본인의 미친 몸매에 심쿵사 당한 모델, 이곳에 잠들다. 후후후.

"······뭐하냐, 너."

피팅룸 안으로 불쑥 머리통 하나가 들어왔다.

"으악! 까, 까, 깜짝이야!"

밖에서 기다리고 있던 한영이 피팅룸에만 들어가면 소식이 없는 친구의 생사를 확인하기 위해 들어왔다가 못 볼 꼴을 보고 말았다. 하지만 그런 못 볼 꼴마저 벌써 수년째 보고 있는지라 놀라지도 않은 심드렁한 눈초리였지만 말이다.

쯔쯧, 피팅룸 안으로 혀 차는 소리가 요란했다.

"돌았냐?"

"야! 가, 갑자기 막 그렇게 들어오면 어떡해! 옷 갈아입고 있었잖아!"

"제발 작작 좀 해라. 너 가끔 보면 영락없이 미친년 같아."

우씨. 미친년이라니. 말이 좀 심하잖아.

입 험한 친구의 말에 입술을 삐죽 내민 솔이 찰싹 들러붙어 있던 거울에서 몸을 떼어내며 불퉁거렸다.

"그래도 이렇게 막 들어오는 건 예의가 아니지."

"들어가기만 하면 한나절이니까 찾으러 왔지! 수영복이 무슨 드레스냐? 십 분째 안에 들어가 있는 게 말이 돼? 점원 언니들이랑 할 말도 없는데 계속 서 있어야 하는 난 생각 안 해? 아, 대충 골라!"

"십 분이라니, 한 오 분 있었······."

"오오오분? 오오오오오분?"

뻔뻔한 솔의 말에 인형처럼 오밀조밀한 한영의 이목구비가 사납게 구겨졌다.

"네가 생각하는 그 오 분 동안 맞아 봐야, 아! 한영이가 나를 기다렸던 시간이 이렇게나 길었구나! 생각하지? 엉?"

"야, 그게 아니라. 도대체 고르기가 너무 어려워. 봐봐, 이걸 입으면 너무 섹시하고 이걸 입으면 관능적이다? 하, 나 도대체 뭘 입어야 하냐? 응?"

솔의 흰소리를 가만히 듣고 있던 한영이 심드렁하게 한마디를 내뱉었다.

"미친년. 똥 싸고 있네."

동그란 눈, 갸름한 뺨을 가진 전형적인 귀염상인 한영이었지만 한번 성이 나서 입을 열면 욕쟁이 할머니 저리 가라였다. 벌써 3시간이 넘는 쇼핑에 지친 것인지 단단히 뿔난 말티즈처럼 이를 드러낸 한영이 움찔 물러나는 솔을 향해 사납게 쏘아붙였다.

"닥치고 아무거나 사."

그리고 쾅 닫히는 문.

우씨.

입을 삐죽인 솔이 입고 있는 검은 가죽 수영복과 조금 전에 입어 봤던 주황색 모노키니(Monokini)를 번갈아가며 쳐다봤다. 최종 후보는 이 두 개로 좁혀져 있었다.

"흠…… 아무리 봐도 이건 좀 야한 것 같단 말이지."

홱 뒤를 돌아 뒤태를 확인해 보니 엉덩이를 가리는 면적이 손바닥만 했다. 이건 뭐 거의 다 드러낸 것이나 다름없지 않은가?

내가 또 이렇게 다 드러낸 건 용납을 못 하지.

결국 솔의 최종 선택은 주황색 모노키니가 됐다. 상의와 하의를 연결해 주는 디자인이 사뭇 몸매를 더 섹시하게 돋보이게 해줬지만 자세히 보면 몸을 드러내는 면적은 훨씬 적었다.

'좋아, 좋아. 이걸로 하겠어.'

흡족한 마음으로 내일 있을 풀파티(Pool party)에 입을 수영복을 고른 솔이 입고 왔던 하이웨스트 반바지와 탑으로 갈아입고 피팅룸을 나섰다. 그녀의 어깨 위엔 상큼한 푸른색 라이더 재킷이 걸쳐 있었다.

'응? 얘 어디 갔지?'

그런데 밖에서 기다리겠다던 친구가 보이지 않았다. 바로 조금 전에 당장 나오라고 으름장을 놓더니만 그사이 없어진 것이다. 한영을 찾아 고개를 두리번거리던 솔이 기가 막혀 웃고 말았다.

"참나, 하여튼 친화력은."

어느새 친해진 건지 옷가게 점원들과 나란히 둘러앉아 믹스커피를 마시며 떠들고 있는 한영이 보였다. 솔은 계산할 옷가지를 들고 한영과 점원들에게 다가갔다.

"아! 나오셨어요? 어때요? 마음에 드는 걸로 고르셨어요?"

먼저 솔을 발견한 직원 하나가 벌떡 일어나 살갑게 인사했다. 그제야 한영도 다가오는 솔을 반색하며 맞았다.

"빨리 나왔네?"

네가 나오라고 지랄지랄한 거 기억 안 나나 보지?

"내가 너무 오래 기다리게 했지?"

기다리다 지쳐 관 짤 뻔했다, 이년아.

"아냐, 아냐. 나 때문에 제대로 못 고른 건 아니고?"

그래. 한 벌 더 입어보고 싶었는데 너 때문에 참았다.

"괜찮아, 충분히 봤어. 언니, 저 이걸로 하려고요."

충분히, 추웅분히 보셨겠지. 장장 삼십 분이 넘는 시간 동안.

내뱉은 말과 속으로 하는 말이 너무나도 달랐지만 과연 10년 지기 친구인지라 둘은 눈빛으로 상대의 말을 이해했다. 아아, 말하지 않아도 안다는 말은 그래서 나왔나 보다.

솔에게서 모노키니를 받아든 점원 한 명이 아쉽다는 듯 검은색 비키니를 가리키며 말했다.

"이걸로 하시게요? 이 검은색도 잘 어울리실 것 같은데……."

"아, 그건 좀 너무 야한 것 같아서요."

"그 검은색 비키니 소화하실 수 있는 분이 얼마 없어요. 디자인은 정말 잘 빠졌는데 어지간한 몸매가 아니면 그냥 그렇거든요. 근데 강솔 씨는 워낙 몸매가 받쳐주시니까 충분히 잘 어울리실 것 같았거든요."

"맞아요! 너무 섹시하세요! 직접 보니까 더 예쁜 것 같아요!"

"쑥스럽네요. 감사합니다."

점원들의 말에 솔은 그저 생긋 웃기만 했다. 쌍꺼풀 없이 서늘하고 긴 눈매가 휘어지면 중성적이면서도 관능적인 묘한 분위기를 만들어내곤 했다. 이 신선하고 마스크가 그녀의 이미지를 메이킹하는 것에도 한몫 단단히 했다.

"이 모노키니도 잘 어울리실 것 같긴 하지만 그래도 역시 섹시한 검은색이……. 아! 계산해 드려야지. 잠시만요! 혹시 포인트 카드 있으세요?"

제가 더 아쉽다는 듯 입맛을 다시던 점원이 정신을 차리고 계산대를 두드렸다. 포인트 카드를 요구하는 그녀의 말에 솔이 밑으로 한영의 옆구리를 쿡 찔렀다.

"윽."

빨리 네 거 꺼내라고, 얼른 꺼내라고 쿡쿡 찔러대는 기다란 손가락에 한영이 억지로 웃으며 제 포인트 카드를 내밀며 말했다.

"이걸로 해주세요."

"아, 네! 잠시만요!"

협동하여 포장과 계산을 마치는 두 명의 점원 앞으로 솔은 탑 모델의 자태를 뽐내주시며 혼자 화보를 찍고 있었다. 마네킹처럼 완벽한 포즈와 시선처리로 모델 포스 뿜어주시는 솔 옆으로 한영이 절레절레 고개를 내저었다.

실상은 약간 자아도취 끼가 있는 푼수데기였는데 밖에선 시크하고 도도한 톱 모델의 역할을 완벽하게 소화하고 계셨다.

"……볼 때마다 경이롭다 진짜."

한영은 혀를 내두르며 솔과 함께 가게 밖으로 나왔다.

"뭐가."

한 손엔 쇼핑백을 다른 한 손으로는 클러치를 든 솔이 최대한 푼수기를 뺀 담백한 표정과 눈빛을 장전한 채 대답했다. 그녀들이 나온 가게 안에선 점원들이 여전히 솔을 향해 선망의 눈빛을 쏘고 있었다.

"네년이 섹시한 척하는 거."

"섹시한 척이 아니라 섹시한 거라고 몇 번 말해야 알아?"

"몇 번을 말해도 모르고 앞으로도 영원히 모르고 싶다. 아니, 말이 되냐고. 섹스는커녕 키스도 못 해본 숫처녀가 섹시라니? 그것도 섹시의 아이콘이라니! 말이 안 되잖아. 말이! 그리고 너 왜 자꾸 내 포인트 카드에 적립하는 건데? 네 것 만들어서 네가 적립하면 되잖아."

"쉬이잇! 야, 조, 좀 조용히 좀 말해!"

섹스라는 말에 새빨갛게 얼굴을 붉힌 솔이 재빨리 주변을 둘러보며 입가에 손을 가져갔다. 다행히 탁 트인 야외 주차장엔 두 사람 말고는 아무도 보이지 않았다.

"포인트는 아깝잖아. 그게 얼만데."

"하이고, 덕분에 내가 부자 되겠다. 포인트 부자! 아니 그리고 도대체 섹시한 수영복은 왜 고르는 거냐? 내가 좀 이해가 안 가서 그러거든? 가서 여자애들 기죽이려고? 그 섹시한 수영복 입어봤자 거기 가서 누구 하나 꼬셔볼 생각도 없으면서!"

삐빅!

누가 들을까 무서워 솔이 재빨리 한영을 차에 밀어 넣었다. 아무래도 4시간의 쇼핑 강행군이 성질 더러운 우리 말티즈를 뿔나게 한 것 같았다. 오늘따라 짖는 소리가 유독 사나웠다.

"난 이대로도 행복하거덩요! 처녀인 게 흠도 아니고, 적당한 상대를 못 만난 것뿐인데 뭐. 내가 이렇게 살겠다는데, 뭐! 뭐! 어쩌라고! 그 것보다도 남자 한 번 만나보지 않고 섹스 심볼이 된 게 더 대단하지 않냐?"

"야, 그것도 사기다. 그것도 대국민 사기."

"어머? 누가 누구한테 사기꾼이래? 너도 그 내숭떠는 걸로 지금 제혁 씨 만나고 있는 거잖아. 그렇게 따지면 너도 사기꾼이지."

허허, 요년 말하는 거 보소.

한영의 눈초리가 가늘어진다. 지금 포인트가 그게 아니잖니, 친구야? 응? 내가 콕 집어 나의 불만을 다시 상기시켜 줄까?

"그냥 그 적당한 상대, 좀 적당히 만나면 안 돼? 너 때문에 왜 애인 있는 나까지 꼬박꼬박 불려 나와야 하는 건데. 왜."

"에이, 친구야아아. 내가 꽃등심 사줬잖아. 왜 좋은 거 먹고 이렇게 성을 내실까?"

"그건 이미 너 기다리던 4시간 동안 다 소화됐거든요."

"더 맛있는 거 먹으러 가면 되지이. 우리 뭐 먹을래? 뭐 먹을까?"

"지는 체중관리한다고 먹지도 않으면서……."

"대신 너 먹는 거 보면서 행복해하잖아."

"아이고 아서. 열흘은 굶주린 하이에나 눈으로 얼빠져서 보고 있는 게 행복해하는 거냐."

"대리 만족이지, 대리 만족! 그럼 어디로 갈까? 간단하게 아이스크림? 빵? 케이크?"

"……아이스크림."

"오케이! 고고."

한영의 구시렁대는 소리와 함께 솔의 차가 경쾌하게 주차장을 빠져나갔다.

시크한 얼굴. 육감적인 몸매. 대한민국에서 가장 잘나가는 패션모델.

그러면서도 그 속을 까보면 99%의 순도 높은 자아도취 팔푼이에 옆길로 샐 줄 모르는 순딩이 그녀.

그리고 아직 '처녀 딱지'를 고이고이 간직하고 있는, 세련됐지만 조금 촌스러운,

성은 강, 이름은 솔. 강솔.

어지간히 난다 긴다 하는 모델들 사이에서도 단연 톱(Top)의 자리를 차지하고 있는 바로 이 모델이 앞으로 펼쳐질 우리 이야기의 주인공 되시겠다.

여름의 막바지에 이르렀다.

살이 녹을 듯이 더웠던 이 여름의 끝자락을 아쉬워하는 사람들이 모두 모여 파티가 열렸다. 해외 유명 맥주 회사가 주관하는 파티는 이태원의 한 부티끄 호텔 풀장을 통으로 빌려서 열렸다.

마지막 열대야를 기념하듯 시원한 수영복 차림으로 모인 사람들은 저마다 파티에 참여한 다른 사람들을 견제하기도 하고 견주어 보기도 하며 붉어진 눈을 빛내고 있었다.

"얘들아, 오늘 게스트 대박."

풀장에 발을 담근 채 칵테일을 즐기고 있던 한 젊은 여자 무리의 머리가 한데 모였다.

"왜? 누군데?"

"내가 한규리 온다고는 얘기했지? 그리고 그 압구정 호루라기라고 알아? 종편 예능 나오는 앤데 요즘 한참 뜨고 있는."

"어어, 알지, 몇 번 같이 놀기도 했고. 근데 걔 뜨고 나서 태도 변했다고, 싸가지 없어졌다는 소문 자자하던데?"

"아까도 보니까 한규리 옆에 찰싹 붙어서 다른 애들은 상대도 안 하더라. 근데 더 대박인 건 누군지 알아?"

"누구?"

기대에 차 반짝거리는 친구들의 눈동자를 하나하나 바라보며 기대 감을 높였다. 그리곤 빵 터지듯 튀어나오는 이름 세 글자에 여지없이 여자들이 비명을 질렀다.

"박세준! 박세준도 온대!"

"꺄아아악!"

"웬일이니! 나 박세준 너무 좋아하잖아. 저번에 한번 지나가다 봤는 데 진짜 완전, 너무 잘생겼던데? 와, 무슨 연예인 포스가 아주……."

모여 있던 여자들은 저들끼리 손을 마주 잡고 발을 동동 구르며 어 쩌면 이 한 여름밤에 생길지도 모를 은밀한 로맨스를 상상했다.

"어우야아. 나도 저번에 어쩌다 지면 촬영 같이 했는데, 옆태가 완 전 예술이야 예술! 뭐, 조두성, 강지섭 저리가라였다니까. 기지배들이 너무 알짱거려서 말 한 번 못 붙여 봤는데, 오늘 나 출동한다."

"대박이다! 주관하는 곳이 커서 그런지 게스트들도 빵빵하네."

"근데 더 대박은 누군지 알아?"

"뭐야, 또 있어?"

이번엔 또 누구야? 눈을 반짝거리는 친구들을 보며 여자가 약이라 도 올리듯 입술을 깨물었다. 뭐야, 뭐야, 누군데? 안달이 난 친구들 이 여자의 어깨를 흔들며 재촉했다. 그제야 까르르 웃으며 터지는 간 결한 이름 한 자.

"솔이 언니도 오신대!"

옹기종기 붙어 앉아 있던 그녀들의 눈이 한데 모였다. 동그랗게 뜬 눈동자가 이리저리 흔들리더니 확인하듯 재차 물어왔다.

"솔이 언니면 강솔 언니 말하는 거지?"

"응! 대박이지 않냐? 아, 너무 예쁜 거 있지. 저번에 촬영하는 거 살짝 훔쳐봤는데, 와, 진짜 포스가 후덜덜. 거기다가 진세영 그년이 촬영장에서 깝죽대는데 언니가 한마디 하니까, 딱! 얼어서는 깨갱하고 가더라니까. 멋있기까지. 으아아!"

"멋있긴 한데, 난 좀 무서운데 그 언니……."

"아냐! 놀 땐 또 장난 아냐! 진짜 재밌어. 너도 이참에 안면 터봐."

"그래도 되나."

"되지! 왜 안 되냐! 얼른 왔으면 좋겠다."

DJ가 믹스해 주는 시끄러운 음악 속에서 수영장에 발을 담근 여자들은 까르륵 웃고 떠들기 바빴다. 형광 레이저는 하늘 위에 난무했고 물속으로 뛰어들고 빠지는 사람들이 많은 터라 공기 중으로 물방울이 어지럽게 흩어졌다. 늘씬한 여자들의 굴곡을 따라 흐르는 물방울에 제 눈을 붙인 듯, 남자들의 환호성이 다가온다.

젊음과 광기 그리고 적당한 여유로움이 넘치는 그 수영장 안으로 두 여자가 사람들의 주목을 끌며 등장했다.

"왔다."

"강솔이다."

웅성거리던 사람들의 시선이 일제히 입구로 향했다. 그들의 눈빛에 한데 섞여 있는 선망, 동경, 질투를 등에 업고 솔이 등장했다.

휘이익.

어디선가 낮은 휘파람 소리가 들려왔다. 탄탄한 몸매의 아찔한 미인 둘의 등장은 남자들을 들뜨게 했고 여자들을 들끓게 만들었다. 한층 뜨거워진 파티장의 열기를 느끼며 솔이 턱을 추켜올렸다.

"오늘 물 좋네."

오만하게 중얼거리는 그녀의 뒤에서 한영이 지지 않고 한마디를 덧붙였다.

"어디 물맛도 모르는 게 수질 검사를 하냐."

우씨. 나도 알거든? 물 좋은지는?

솔이 시큰둥한 한영의 반응에 눈을 흘기고는 어깨에 힘을 주고 걸었다. 섹시하게 보이려고 엉덩이를 흔드는 그런 경망스러운 짓은 결코 하지 않았다. 그녀는 모델이니까. 일단 시원하고 쭉쭉 뻗은 워킹으로 모두를 제압했다. 엉덩이를 씰룩거리는 것은 하수들이나 하는 것. 강함과 섹시함, 그 모든 것은 눈빛과 기합에서 시작한다.

근본 없는 결의로 가득한 솔의 옆얼굴을 살펴보던 한영이 절레절레 고개를 내저었다. 또, 또, 또, 지랄이다.

"얼굴 풀어. 누가 보면 싸우러 온 줄 알겠다."

"뭐? 내가? 아냐, 내 뜨거운 눈빛과 아찔한 표정을 보라고."

솔이 더욱 눈을 부릅뜨며 한영을 내려 봤다.

"주접떨고 있네."

너무 뜨거워서 솔과 감히 눈을 마주치는 사람이 없을 정도였다. 한영은 그런 솔의 옆구리를 팔꿈치로 사정없이 찍어버렸다. 윽, 아프잖아. 솔이 한영을 거슴츠레하게 노려봤지만 역시나 씨알도 먹히지 않는다.

뭐라고 험한 말을 해봤자 귓등으로도 듣지 않을 한영이었다. 동글동글하고 여리여리한 외모와는 달리 한영은 어지간한 욕쟁이 할머니도 이길 만큼 걸걸한 입담의 소유자였다. 국어 선생이라 말은 또 어찌나 청산유수인지 절대 이길 수 있는 상대가 아니었다. 그래서 솔은 종목을 바꿨다.

"도대체 그 희한한 꽃무늬 수영복은 어디서 난 거야?"

"왜? 예쁘지 않아?"

눈을 동그랗게 뜬 한영이 제 수영복을 내려 봤다. 꽃이 화려하게 프린트되어 있는 수영복은 프릴까지 나풀거리는 통에 눈을 어지럽게 했다. 너무 어지러워서 눈살을 찌푸리게 할 정도였다.

"우리 할머니도 그런 수영복은 안 입겠다. 그리고 상하의 색은 왜 다른데?"

"……요즘은 다 이렇게 입는다고 했어. 언밸런스 스타일."

"누가?"

"가게 언니가."

"어떤 가게 언니?"

"집 앞 가게."

"너네 집 시장 앞이잖아."

"너 지금 시장 상인 무시하니?"

"아니, 그게 아니라."

"그 언니도 프라이드 가지고 물건 떼오시는 분들이야. 말조심해."

윽, 이런 지겠다. 솔은 냉큼 말을 바꿨다.

"물건은 물건이고, 고르는 사람의 센스는 센스인 거고. 자 여기 다 둘러봐봐, 너처럼 프릴 화려하게 달고 꽃무늬에 상하의까지 파란색에 형광 주황색인 사람 있어?"

없다. 당연히 있을 리가 없다. 솔은 득의양양하게 한영을 쳐다봤다.

나 구박하지 마라, 이래봬도 패피다.

하지만 계한영이 누구던가. 한쪽 입꼬리를 비뚤게 끌어올린 그녀가 발로 친구를 팍 밀어버렸다. 바로 옆은 풀장이었고, 쓸데없이 긴 다리는 무지막지한 한영의 발길질에 그대로 풀장으로 꺾여 버렸다.

풍—덩!

"야, 어, 푸, 푸! 너!"

"저쪽에 훈이 있다. 가자, 언니가 맥주 산다!"

까르르 웃음을 터트린 한영이 풀장에 빠진 솔을 내버려 두고 그대로 내달렸다. 홀딱 젖은 솔이 벌떡 일어나 멀어지는 친구의 뒷모습을 이를 아득바득 갈며 노려봤다.

"어, 언니. 괜찮으세요?"

누군가 다가왔다. 용기를 낸 듯 조심스러운 눈빛으로 그녀를 올려다보고 있는 여자의 얼굴이 낯익었다. 몇 번 같이 촬영한 적이 있는 후배였다.

솔은 한순간에 한영으로 인해 당황했던 표정을 싸악 지웠다. 곧 평소처럼 여유로운 미소로 싱긋 웃으며 그녀가 젖은 머리카락을 뒤로 넘겼다.

"친구가 좀 과격해서. 가끔 이렇게 짓궂게 장난을 치네. 하하, 뭐 이 정도 쯤이야."

침착하자. 침착해. 나는 시크하게, 멋지게 퇴장할 수 있어.

"어렸을 때부터 저랬어. 갑자기 확 밀고, 어쨌든 괜찮으니까 걱정 마. 그럼 재미있게 놀아, 이따가 파티할 때 보자."

"아, 네, 네!"

당황하지 말자. 이 애들은 우리가 노는 거라고 생각할 거야. 나는 강솔이다. 강솔이야.

"너 거기 서!"

솔은 파르르 떨리는 입매를 간신히 끌어 올려 웃으며 후다닥 한영을 잡으러 뛰어갔다. 그녀가 사라진 뒤.

풍덩. 풍! 퐁!

한영과 솔을 훔쳐보고 있던 몇몇이 친구들을 풀장으로 힘껏 밀어
넣었다. 까르르, 깔깔깔! 저들끼리 신나게 물장난을 치며 그렇게 풀장
에 입수자가 갑자기 많아졌다.

뚝뚝 흐르는 물을 훔쳐내며 솔이 먼저 바에 앉아 있던 한영의 옆구
리를 콱 꼬집었다.
"아야!"
"야, 너 진짜……."
"알았어, 알았으니까 이걸로 입이나 헹구셔."
꼬집힌 옆구리만큼이나 거칠게 몸을 비틀면서도 키득키득 웃음을
지우지 않던 한영이 먼저 시켜놓았던 맥주를 솔에게 내밀었다. 꼴깍
꼴깍, 마른 입안으로 시원한 액체가 쏟아져 들어왔다. 저 멀리서 그들
을 발견한 익숙한 인물이 쪼르르 달려왔다.
"누나! 오셨네요!"
한영도, 솔이도 잘 알고 있는 바텐더 훈이었다.
"한영 누나도 오셨네요! 우와! 오랜만이에요, 누나!"
남자치곤 선이 곱고 뽀얀 피부가 매력적인 훈남 바텐더 훈이었다.
예전부터 한영이 군침을 흘리고 있던 연하남이기도 했지만 정말 이상
하도록 한영의 어필에 '1'도 반응하지 않았다. 한영의 내숭전법은 꽤나
효과적인데 말이다.
"아, 훈이구나. 여기서 다 보네."
훈이 있는 줄 알면서, 뭐? 여기서 다 보네? 가증스러운 것.
솔이 눈을 흘기며 훈에게 마주 인사를 보냈다. 하지만 솔은 알고
있었다. 한영이 아무리 간드러진 눈웃음에 살가운 목소리로 웃음을
터뜨려도 훈은 절대 넘어가지 않을 거라는 걸.

"이야, 누나들은 정말 갈수록 예뻐지네요? 멀리서부터 광이 막, 번쩍번쩍해서 눈을 못 들겠다니까."

"어머, 얘는 참. 솔이 앞에서 내가 보이기나 할까."

"아니에요. 한영 누난 또 사랑스럽고 귀엽잖아. 또 그런 스타일에 흠뻑 빠지는 사람들 많죠."

"훈아, 그러지 마, 나 쑥스러워."

너 때문에 지금 내가 더 쑥스럽거든?

지, 지금 뭐하는 거야, 계한영? 손바닥에 얼굴을 묻는 건 대체 어디서 배운 80년대 제스처지?

"이거 봐, 이거 봐. 누난 애교가 천성이죠?"

"하지 말래도. 진짜……."

"그래, 그만해. 도무지 못 보겠다."

참다못한 솔이 두 사람의 대화를 단절시켰다. 털레털레 흔드는 그녀의 목선을 따라 물방울이 뚝뚝 떨어졌다.

"어? 누나 물에 들어갔다 왔나 보네. 수건 줄까요?"

오늘의 초청 바텐더로 온 훈은 나이는 어렸지만 꽤 크고 이름 있는 바의 메인 바텐더였다. 어린 나이였지만 십대 때부터 주류에 관한 공부를 진지하게 해왔었고, 각종 바텐더 쇼에서도 월등한 실력을 보여 준 그는 장사에도, 사람을 상대하는 것에도 능했다.

"잠시만요. 수건이랑 칵테일 한 잔씩 대령하겠습니다."

그래서 그런지 훈이 만들어주는 술은 쓰지 않고 달콤했다.

"하아, 정말 귀엽네, 훈이. 그나저나 이상하단 말이지. 이제 슬슬 저쪽도 내 멘트에 얼굴을 붉힐 때가 됐는데, 묘하게 목석이야."

"애인 있는 분이 너무 대놓고 수작질 아니신가요?"

"어머? 내가 무슨 수작을 걸었다고 그래?"

얼마 남지 않은 맥주를 홀짝 들이켠 한영이 어깨를 으쓱했다.

"좀 흘려준 것뿐이지."

"……도대체 넌 뭘 그렇게 흘리고 다니냐?"

"뭐긴 뭐야."

맥주를 마신 탓에 기포가 다시 역류했다. 한영이 잠시 말을 멈추고 작고 앙증맞은 코를 벌렁거렸다. 그러자 곧 목구멍을 타고 꺽— 하는 걸쭉한 소리가 나왔다.

"매력이지."

그래놓고 잘도 다시 싱긋 웃음을 보인다. 가끔 보면 애 진짜 또라이 같아.

이번엔 솔이 한영을 보며 절레절레 고개를 내저었다.

"짜잔!"

그러는 사이 훈이 담요와 색이 예쁜 칵테일 두 잔을 들고 왔다. 그리고 그것을 각자의 앞에 가지런히 놓아줬다.

"음? 두 개가 다르네?"

"네, 두 분의 개성이 다르잖아요. 제가 생각하는 누나들 개성대로 만들어 봤어요. 자, 이거. 한영 누나 거는 쿠바 리브레."

훈이 권해준 칵테일을 들어 입을 축인 한영이 만족스럽다는 듯 웃음을 보였다. 익숙한 맛과 낯선 맛의 조화였다. 톡톡 쏘듯 상큼한 맛이 일품이랄까.

"그리고 이건 솔이 누나 거. 민트 프라페."

얼음이 잔뜩 올라간 칵테일이었다. 처음 보는 칵테일에 솔이 살짝 혀를 축였다. 얼음 사이사이로 시원한 민트 향이 기분 좋게 올라왔다.

"한영 누나 건 톡톡 쏘죠? 상큼함을 예상하지 못했지만 상큼한 거라고나 할까?"

훈의 말에 솔이 눈을 크게 떴다. 하긴 보통이라면 한영에게 달콤함을 기대하지만 정작 말을 해보면 상큼하다는 쪽이 더 가까웠다. 장사 좀 하더니 훈이 사람 보는 눈이 좀 있나 보다.

"그리고 솔이 누나 건."

솔이 눈을 들어 훈을 봤다. 조금 위로 올라간 눈꼬리가 영락없는 고양이 상이었다. 여느 사람이라면 고개를 돌릴 법한 날카로운 눈빛이었지만 훈은 되레 웃음을 보였다.

"얼음 아래 달콤한 민트 향이 반전인 칵테일이에요."

훈을 보던 솔의 눈이 놀랐다는 듯이 가늘어졌다.

솔은 훈의 앞에서 말이 많지 않았다. 아니, 업계에서 만난 누구에게도 마찬가지였다. 오직 좋은 모습, 꾸민 모습만 보여줬다.

'얘가 날 관찰했나?'

푼수 같은 모습, 장난기 많은 모습들은 어지간히 가까운 사람들이 아니면 알지 못했다. 조금 놀아본 척, 시크한 척, 그리고 강한 척. 솔은 이 자리에 오기까지 수많은 가면을 썼고, 누구도 그 가면 안으로 들인 적이 없었다.

"아, 이런, 저기서 날 부르네. 아이고, 바쁘다 바빠. 이따가 또 얘기해요, 누나들!"

뭐지 싶어 빤히 바라보고 있으니 훈이 스리슬쩍 웃으며 달아났다.

"귀엽기만 한 게 아니라 눈썰미도 좋네."

한영은 별거 아니라는 듯 심드렁했다. 철저하게 부드럽고 달콤한 여자인 척을 해왔다가 다 들통이 난 것 같은데도 크게 개의치 않았다.

하지만 솔은 달랐다. 그녀는 조금 찜찜했다. 사실 그녀는 허점이 많았다. 생긴 것과 다르게 정도 많고, 눈물도 많다. 순하다면 순한 편이었다. 그래서 부러 더 강한 척을 하며 살아왔는데, 저 바텐더가 언제 그것을 눈치챘지?

가늘어진 눈으로 훈의 뒷모습을 좇는데 어디선가 술렁거리는 소리가 들려왔다.

뭐야? 누군데?

숙덕거리는 사람들, 그리고 그 인파에 가려진 몇 명의 남자들. 솔이 등장했을 때 보다 더 많은 술렁거림이었다.

"누구래?"

돌아가는 몇몇의 시선을 따라 한영도 고개를 돌렸다. 솔도 관심 없는 척 지나가는 눈으로 술렁거림의 주인을 살폈다.

흥, 어디서 한류 배우라도 납셨나.

그저 호기심으로 쳐다봤을 뿐이었다. 단지 누군가 한 사람이 등장했을 뿐인데 여자들의 시선이 나른하게 바뀌었다. 공기 중에 감도는 희미한 긴장감이 흥미로워 쳐다봤을 뿐인데 저도 모르게 뚫어져라 보고 말았다.

'자세가⋯⋯.'

얼굴보다도, 몸매보다도 더 솔의 눈에 들어온 것은 남자의 자세였다.

'좋네.'

그는 그를 알아보는 사람들에게 둘러싸여 인사를 받고 있었다. 그러다 누군가 건네주는 음료수를 받아 들어 훌쩍 들이켰다.

그런데 뭐랄까⋯⋯. 모든 움직임이 깔끔하다고 해야 하나? 자세가 좋아 그런지 몰라도 남자의 동선이 참 예뻤다. 서 있는 자세도 흠잡을 데 없이 완벽했다.

슬쩍 돌아 서 있는 통에 보이는 잘빠진 허리 근육과 그 사이로 쭉 뻗은 척추 뼈 그리고 딱 벌어진 어깨는 어디 한쪽으로 기울어지지도 않아 더욱 넓어 보였다.

솔직히 고까운 눈으로 흘겨봤던 건데, 어느새 그녀는 호감을 가지고 쳐다보고 있었다. 그녀보다 요란한 등장이 영 마음에 들지 않았는데 한순간 그런 마음을 지우게 만들었다. 단지 자세 하나만으로 말이다.

'흠, 뭐 괜찮네.'

인정하긴 싫었지만 고개를 끄덕이며 다시 고개를 돌리려 할 때였다. 두리번거리며 뭔가를 찾는 듯이 보이던 남자가 솔이 있는 곳에서 시선을 멈췄다.

그리고 그 순간.

눈이 마주쳤다. 남자와.

순간 가슴이 철렁 내려앉을 정도로 놀랐지만 솔은 습관적으로 눈을 더욱 똑바로 치켜떴다. 눈을 돌리면 약해 보인다. 그래서 항상 눈을 피하지 않는 습관을 들였다. 하지만 진짜 심정으론 확 고개를 돌려 버리고 싶었다. 하지만 고집과 오기로 눈을 돌리지 않았다. 그것은 남자도 마찬가지였다.

뒤늦은 의문이 올라왔다.

'나를 아나?'

바보 같은 질문이었다. 장담컨대 이곳에서 그녀를 모르는 사람은 없었다. 득시글거리는 연예인 지망생들도, 같이 일을 해왔던 동료 모델들도 그리고 어디를 가도 빠지지 않는 파티광들도 모두 솔을 안다. 아니, 모델 '강솔'을 알았다.

'웃어?'

그녀와 마찬가지로 고집스럽게 시선을 돌리지 않던 남자는 어쩐지 살짝 웃음을 보였다. 왜인지 모르겠지만 그 순간 가슴이 조금 뛰었다.

뭐, 뭐야. 얜 왜 이래.

솔은 낯선 박동을 인정하고 싶지 않아 무심한 눈으로 그를 흘기다

고개를 돌렸다. 마치, 보지 않은 것처럼, 그리고 상관없다는 것처럼.

"……와, 장난 아니네."

"으헉! 깜짝이야!"

어느 순간 옆에 얼굴을 붙이고 있던 건지 한영이 솔의 옆에서 턱을 괸 채 남자를 구경하고 있었다. 잘생긴 남자 구경하는 것과 맛있는 것을 먹으러 갈 때의 한영은 굉장히 적극적이었다.

"야, 쟤 괜찮다. 완전 분위기 미남이네. 어딘가 모르게 신선하다, 신선해. 오! 대어 발견!"

"친구야, 제발 자제 좀 해주면 안 될까? 왜, 또 저기까지 가서 네 매력인가 차력인가 줄줄 흘리고 오려고?"

양팔로 꽃받침을 하며 눈을 반짝반짝하는 친구의 모습에 솔은 괜스레 더욱 호들갑을 떨었다. 누군가에게 시선을 빼앗겼다는 사실을, 그리고 그 상대로 인해 잠시나마 가슴에 뭔가가 쿵— 떨어지는 기분이 들었다는 것을 인정할 수 없었다.

"야, 매력은 상대가 접근했을 때 흘려줘야 효과적인 거야. 특히 저렇게 주변에 사람 많은 애들은 먼저 가서 아무리 매력 방출해 봤자 효과가 없어요."

"아, 그러세요? 연애 박사 나셨어요."

솔은 또 괜히 입을 삐죽대며 남아 있던 칵테일을 홀짝거렸다. 의식적으로 남자가 있던 방향은 보지 않았다. 한영은 여전히 꽃받침을 하며 뚫어져라 그쪽을 보고 있었지만 말이다.

"그런데 말입니다."

아이고, 깜짝이야!

한영의 갑자기 고개를 돌려 솔을 봤다. 솔은 하마터면 들고 있던 칵테일을 그대로 한영의 얼굴이 들이부을 뻔했다.

"뭐, 뭐?"

뚫어져라 보던 한영이 다시 남자가 있는 쪽을 봤다. 그리고 다시 솔을 봤다. 그리고 또다시 남자가 서 있던 방향을 보더니 씨익 웃는다.

"아냐."

뭐지. 뭐야. 뭐 때문인데. 궁금해, 궁금하다고 친구야. 말 좀 해줘.

이 능구렁이 같은 미소의 정체를 파악하고 싶은 마음이 굴뚝같았지만 필사의 인내심으로 자신을 내리 누른 솔이었다.

그러는 사이, 풀장 너머에서 디제이들이 볼륨을 높였다. 레이저는 더욱 화려해졌고, 난데없이 이곳저곳에 물총을 든 사람들이 등장하면서 파티는 더욱 요란해졌다. 그것을 조금 동떨어져서 보고 있는데 사라졌던 훈이 다시 불쑥 나타났다.

"빡세 멋있죠, 누나!"

정확히 한영과 솔의 사이로 끼어들었던 탓에 누구한테 묻는지 알수 없었다. 한영과 솔을 번갈아 보는 것을 보니 둘 모두에게 물어본 것 같긴 했다. 하지만 중요한 점은 두 사람 모두 '빡세'가 누군지 잘 모른다는 것이었다.

"빡세가 누군데?"

한영의 물음에 훈이 눈이 동그래졌다. 그러더니 한영이 이제까지 뚫어져라 구경하고 있던 그 남자를 가리켰다. 물론 솔은 고집스럽게 그 손끝을 따라 가지 않았다.

"쟤요. 아까부터 누나가 구경하고 있던 쟤. 빡세, 박세준!"

박세준? 어디서 들어본 것 같기도 하고.

순간 솔이 익숙한 이름에 고개를 갸웃거렸다. 다행히도 해답은 금방 나왔다.

"작년 5월 서울 컬렉션으로 데뷔. 데뷔와 동시에 청바지 브랜드 전

속 계약, 그리고 우연히 출연했던 달리는 남자 예능에서 '매력 덩어리'
로 떴어요. 송 누나 몰래 숨겨줬는데 그 장면에서 여자애들이 터져 가
지고 여기저기서 막 광고 들어오고 난리 났지. 뭐, 저 자식 끼야 예전
부터 알고 있던 저로서는 당연하다 생각했어요. 저 마스크, 저 분위
기가 안 뜰 수가 없거든."

작년 6월부터 8월까지 솔은 런던을 지나쳐, 파리, 그리고 이태리까
지 컬렉션을 다니고 있었던 터라 한국에 없었다. 아니, 근데 서울 컬
렉션으로 데뷔라면……

"모델이란 얘기잖아?"

솔은 그제야 남자의 단정하고 깔끔했던 자세가 이해가 됐다. 하지
만 그렇다고 하더라도 감탄이 나올 정도로 동선이 예쁘다니. 그건 좀
축복받은 건데.

"모델 교육은 그다지 오래 받지 않았는데, 보시면 알겠지만 워킹도
좋고 옷태도 좋아서. 여기저기서 찾아주고 계시는 슈퍼루키님이시죠.
되는 애들은 뭘 해도 되더라, 꼭."

데뷔와 동시에 슈퍼루키라니. 약이 좀 올랐다. 데뷔를 하면 고생을
해야 한다는 생각 때문은 아니었다. 그저 다만 가지지 못한 자가 가진
자를 조금, 아주 조금 시기하는 그런 마음이었다.

내가 데뷔했을 때는 어땠더라.

아, 그래 짝다리를 고치지 못했다고 선생님께 뺨을 맞은 적이 있었
지. 잘 웃는다고, 좀 바보 같다며 따돌림을 당한 게 한 3개월 정도.
모처럼 들어온 일은 갑자기 누드 촬영으로 바뀌어서 촬영을 마치고
돌아오는 길에 펑펑 울었던 적도 있다.

해야 한다는 것은 알았지만 수 명의 사람들 앞에서 열여덟 살 소녀
가 발가벗겨진 채 서 있는 것은 쉬운 일이 아니었다. 하지만 악착같이

버렸다. 악착같이 웃었고, 악착같이 포즈를 취했다. 그 일은 데뷔 후 처음으로 들어온, 솔의 단독 지면 촬영이었다.

솔은 잠시 떠오른 과거의 잔상에 픽 웃었다. 이제 와 과거는 떠올려 뭐하나. 어차피 모두의 시작이 같을 순 없다는 걸 잘 알고 있었다.

"대단하죠? 막 관심 생기지 않아요?"

훈이 비죽비죽 웃으며 대뜸 솔에게 물었다. 갑작스러운 질문의 화살에 솔은 잠깐 당황했다가 불퉁스럽게 대답했다.

"별로. 난 그다지."

"에? 정말요? 정말, 정말정말, 별로예요?"

오늘따라 훈이 좀 느물느물하다. 애 왜 이러지? 솔은 빤히 훈을 쳐다보며 부러 퉁명스럽게, 더더욱 또박또박한 발음으로 대답했다.

"어. 난. 별. 로."

그리고 홱 고개를 돌려 버렸다. 이상했다. 뚱한 마음이 올라왔다. 심술? 심통? 질투? 뭔지는 모르겠지만 그냥 부정했다.

홍, 쳇, 내 취향 절대 아니다. 절대.

"에이, 아깝다! 아는 사이라서 소개해 주려고 했는데. 하긴 나 통해서 만나는 것보다 일로 만나는 게 더 빠를 것 같기도 하네. 그리고 뭐 사람 취향이 다 다르니까. 나도 사실 빡세 같은 타입. 으, 별로야."

훈의 너스레에 솔이 웃었다. 그리고 곧 훈이 가게에 있을 한 사람을 떠올리며 그의 옆구리를 쿡쿡 찔러봤다.

"너는 좀 더 덩치도 크고, 우직하고, 말도 좀 서툴고 그리고 약간 순진하다 싶은 사람 좋아하잖아."

"아, 누나. 너무 대놓고 그런다. 훈이 부끄럽게, 아! 저 일 좀 하고 다시 올게요!"

슬쩍 치고 들어왔던 훈은 다시 또 슬쩍 빠져나갔다. 그리고 그 빈 자리를 한영이 냉큼 채우더니 솔을 콕콕 눌렀다.

"나, 방금 우리 훈이한테 되에에게 이질적인 감정을 느꼈는데 우리 훈이 혹시……."

"언제부터 우리 훈이냐?"

"아 좀. 말 끊지 말고! 그러니까 우리 훈이가 혹시……."

솔은 눈을 치켜뜨며 한영을 봤다. 절대, 저어어얼대 훈이 한영에게 넘어가지 않는 치명적인 이유. 대답 없이 기분 나쁘게 쳐다만 보는 솔의 귀에 한영이 바짝 입을 가져갔다. 그리곤 살며시 속삭이길.

"말레이시아에서 일광욕하다 온 썩은 동태 같은 눈깔 치우고 빨리 대답해라."

햐, 진짜, 이런 욕은 어디서 배워오는 거지? 솔은 아직도 가끔씩 눈앞의 친구가 경이로웠다.

"어떻게 그런 말을 그렇게 웃으면서 할 수 있지? 와, 아직도 감탄만 나온다."

"연습하면 돼."

그걸 왜 연습하는데?

솔은 어이가 없었지만 이내 정말 썩은 동태눈이 되는 한영의 등짝을 시원하게 갈겨주며 고개를 끄덕였다.

"그래! 맞다. 훈이가 사랑하는 사람은 너나 나 같은 여자들이 아니란다."

"으아아악."

절망에 찬 신음소리였다. 한영이 울먹거리며 저 멀리서 분주하게 움직이는 꽃돌이를 바라봤다. 아, 너는 왜, 왜……. 어이하여!

"미련 가지지 말라 친구여. 가자! 우리도 놀자! 놀러고 왔는데 안 놀 거야?"

"아, 잠깐만. 나 아직 충격에서 헤어나질……."

"그럼 그냥 거기 있든가."

"에이씽."

뒤도 돌아보지 않고 가버리는 솔의 뒷모습에 한영도 상큼미남 훈에게 아쉬운 입맛을 다시며 자리를 털고 일어났다.

"야! 같이 가!"

두 사람의 광란의 밤은 이제 시작이었다.

손대면 바스러질 듯 부드러운 하얀 거품이 마구 올라왔다. 카푸치노의 거품 같기도 하고 목욕 거품 같기도 한 그것은 부드럽게 솟아오르더니 어느새 솔의 주변을 가득 메워 버렸다.

하얀 방에 갇힌 것인지, 그냥 하얗고 끝이 없는 공간 속에 있는 것인지 잘 구분이 가지 않았다. 사방을 둘러봐도 보이는 거라곤 흰색뿐인 새하얀 세상. 거품은 어느덧 하얀 하늘이 되어 그녀의 머리 위를 덮었고 솔은 우유 속에 갇힌 것처럼 허우적거렸다.

정신 병원에 갇힌 건가?

언젠가 봤던 영화 속에서 정신 병원을 온통 하얗게 표현했다는 것을 어름어름 떠올랐다. 그렇게 그녀가 정신을 못 차리는 사이 저 멀리에서부터 뭔가가 경쾌한 소리를 내며 다가왔다. 눈을 비비며 다가오는 것의 정체를 확인한 그녀가 경악에 차 외쳤다.

"치…… 칫솔?"

그것도 엄청나게 잘생긴 칫솔이 그녀를 보며 정중히 머리를 숙였다. 놀란 솔이 움찔 뒤로 물러섰다.

그 어떤 상식도 용납이 되지 않는 장면이었다. 뛰어오는 칫솔, 잘생긴 칫솔, 거기에 근사하게 웃고 있는 칫솔이라니!

오, 마이, 갓! 웃으니까 더 잘생겼다. 미친. 뭐 이런 꿈이 다 있어?

길쭉하고, 매끈한 몸체에는 '오랄—비'라는 글자가 선명했다. 마치 명품처럼 금박을 입혀 놓은 격조 높은 글씨체였다.

하얗게 질린 얼굴로 고개를 돌리는 그녀를 향해 칫솔이 소리쳤다.

@&*#~*^@%$#

알아들어 보려고 귀를 기울이던 그녀가 울상이 돼서 고개를 내저었다. 몰라, 못 알아듣겠어. 알고 싶지도 않아. 이 꿈 뭐야. 무서워.

털썩 주저앉은 그녀가 애써 침착해 보려 크게 숨을 들이 마시고 내쉬고 있는 사이 무언가 툭툭 그녀의 등을 건들었다.

"아— 아얏. 아파!"

고개를 들어보니 이 칫솔 놈이 등을 찔러대고 있는 것이었다. 그러더니 곧 그 빳빳하고 숱이 풍성한 머리로 박박 긁어대기 시작했다.

마치 이를 닦을 때처럼, 아주 꼼꼼하게, 박박박, 그렇게 그녀를 씻겨주고 있었다.

"아얏! 아파! 아프다고!"

@**@@!!@~*^%$#**@&

"뭐라는 거야! 아프다고! 그만해!"

@*&^@????

"아얏! 아! ……아? 어라?"

칫솔은 계속해서 뭐라고 중얼거렸다. 말을 거는 건지, 무엇을 묻는 건지 모르겠지만 계속해서 그 칫솔모로 그녀를 박박 긁어대고 있었다. 신기한 것은 아프기만 했던 그것이, 참을 수 없는 것만 같던 그것이 점점 시원하게 느껴지는 것이었다.

그만하라고 마구 밀어내던 손길은 어느새 칫솔을 꽉 끌어안고 있었다. 칫솔모가 잘 모르겠다는 듯 머리를 갸웃거렸다. 그리고 한층 부드러워진 움직임으로 그녀를 매만졌다. 간지럽고, 시원하고, 정말 나중엔 좀 키득거리며 웃음이 나올 정도로 좋아졌다.

뻣뻣하던 칫솔모가 변하고 있었다. 부드러운 새의 깃털로, 하얀 천으로 그리고 마침내는 부드러운 이불이 되어 그녀를 담뿍 감싸 안았다. 햇볕에 바짝 말린 것처럼 바스락거리면서도 따뜻한 냄새가 올라오는 이불 속에서 솔은 어느새 몸을 비볐다. 감촉도 변했고, 느낌도 달랐다. 따뜻하고 단단하면서 부드럽고 매끄럽다.

뭘까, 아까 그 칫솔의 정체는……. 알 수 없었다. 그리고 사실 알고 싶지도 않았다. 그런 잘생긴 칫솔 따위. 다만 그녀의 몸을 감싸고 있는 이불이 좋을 뿐이었다. 솔은 무의식중에 살갑게 웃음 지었다.

그런데 그때, 칫솔이 변했듯 이불도 변해갔다. 바스락거리던 것이 점점 어떠한 형태를 띠더니 기어이 '무언가'로 변했다. 하지만 솔의 의식은 그것을 잡을 수가 없었다. 보이지만 인지할 수 없었고, 손을 뻗었지만 손은 나오지 않았다.

'아아, 안 돼. 뭔지 알고 싶어. 뭐야, 넌……!'

솔은 소리치고 싶었다. 하지만 이미 그녀의 의식은 잠이 들 때처럼 속수무책으로 저 심연 어딘가로 끌려가고 있었다.

"으으, 싫어. 안 돼. 으으!"

헉 하고 숨을 들이켜며 솔이 질끈 감았던 눈을 떴다. 어둠에 익숙한 망막 안으로 아찔한 햇살이 찌르고 들어왔다. 하는 수 없이 솔은 다시 질끈 눈을 감았다. 그리고 그 순간, 머릿속을 스치고 지나가는 꿈의 잔상들.

세상에…….

"잘생긴 칫솔 꿈이라니…… 뭐, 이런."

……이상한 꿈이.

기가 막혀 웃음도 나오지 않았다. 솔은 작게 고개를 흔들며 괴상한 꿈을 떨쳐 내려했다.

"하아……."

확 올라오는 두통에 머릿속에서 꿈은 그대로 날아갔다. 하지만 숙취라는 놈이 깨어났다.

토할 것 같았다. 동시에 머리는 움직이지 말라고 그녀를 종용했다. 꼼짝도 하고 싶지 않은 데 속이 쓰렸다.

으으, 어제 얼마나 마신 거야.

어제의 기억이 드문드문했다. 파티가 끝나갈 무렵에 솔과 친한 영수가 왔다. 동시에 파티는 수영장에서 커다란 파티룸으로 장소를 옮겨서 이어졌다. 평소 친한 모델들 몇과 훈이, 그리고 한영이 그곳에 있었다. 열 두어 명이었던 것 같은데.

시작은 기억이 나는데 끝이 기억나질 않았다.

지끈지끈한 머리를 꾹꾹 누르며 기억을 떠올려 보려 애를 쓰던 그녀는 어젯밤 기억 대신 오늘 스케줄이 없는 것을 기억해 냈다.

그래, 이…… 일단 자자!

더 자기로 결심한 솔이 꿈속에서 느꼈던 보드라운 이불에 마구 볼을 비비며 옆으로 돌아누웠다. 요즘 이부자리는 이렇게 사람 살결 같은가? 몸에 맞춘 듯이 어쩜 이렇게 인체과학적……

'응?'

그녀의 목 뒤에서 베개 노릇을 하고 있는 이것은 그냥 베개가 아니었다. 조금만 고개를 돌리자 바로 눈앞에서 펼쳐지는 살색 향연.

"……잠, 깐?"

살색?

아아, 정정해야겠다. 이것은 살색이 아니라, 그냥 살이었다. 솔은 신음하고 말았다.

잠이 화악 달아난 느낌이었다. 심장은 미친 듯이 뛰었고 눈은 눈앞의 누군가의 가슴팍에 고정되어 감길 줄을 몰랐다.

'나…… 아직 꿈꾸고 있는 거 아니지?'

느릿하지만 확실하게 눈을 몇 번이나 깜빡였다. 하지만 눈앞에 보이는 이것은 사라지지도, 흐려지지도 않았다. 명백히도 꿈이 아니라, 현실이었다.

쿵. 쿵. 쿵.

가슴이 진동하는 것만 같았다. 하도 크게 뛰어서 심장 박동이 다 들릴 지경이었다. 몸의 감각이 예민하게 살아나기 시작했다. 발끝에서부터 머리끝까지 낯설고 불길한 감각이 찌릿찌릿 그녀를 옭아맸다.

길고 매끈한 다리에 얽힌 타인의 다리라든지, 허리 위로 묵직하게 올려진 타인의 팔이라든지, 그녀가 기댄 타인의 가.슴.이.라.든.지!

솔은 뱃속에서 꿈틀거리는 숙취의 뱀들이 악마의 구렁이들로 변해 가고 있는 것을 느꼈다. 그 불길한 것들이 혈관을 타고 좌심방 우심실까지 올라온 것이 틀림없었다. 지금 솔의 심장이 미친 듯이 쿵쿵쿵 달음박질을 해대고 있었으니까 말이다.

한 번 눈을 질끈 감았다 뜬 솔이 입술을 악다물고 천천히 고개를 들었다. 상대는 아직 안 깨어났을지도 모른다. 그렇다면 기회를 봐서 줄행랑이라도 쳐볼 요량이었다.

솔은 탄탄하고 매끈한 가슴을 지나쳐 굵직한 목을 보았다. 그 다음은 날렵한 턱 선과 단정한 입매였다. 코, 코가 높다. 아, 이게 중요한 게 아니지. 조금 더 용기를 낸 솔의 눈이 남자의 눈에 닿았다.

이럴 수가.

"……굿모닝?"

언제 깨어난 건지 남자는 슬쩍 휘어진 눈초리로 그녀를 쳐다보며 느긋하게 아침 인사를 보냈다.

"으아악! 악! 아악!"

퍼드덕, 그에게서 멀어진 솔이 버럭버럭 소리를 내질렀다. 절박하고 또 절박하게 침대 시트를 가슴으로 꼭 끌어안고선 말이다.

"너, 너, 너, 누구야!"

어디선가 본 듯한 말끔하고 잘생긴 얼굴이었다. 잠결에 흐트러진 머리카락 아래 느른하게 팔베개를 한 채 그녀를 내려다보고 있는 저 남자. 당황한 그녀에 비하여 한 치의 흐트러짐이 없이 여유로운 미소로 그녀를 바라보는 저 남자.

"정말 기억이 안 나는 거야, 기억 안 나는 척하는 거야?"

낮고 깊은 남자의 목소리.

자, 자, 잠깐! 내가 지금 술김에 남자랑 밤을 보냈다는 거야?

솔이 서둘러 가슴 끝까지 끌어 올린 침대 시트 아래를 믿을 수 없다는 얼굴로 들춰봤다.

오, 마이, 갓!

휑했다. 속옷을 잃어버린 채 태초의 그 모습 그대로 이불 아래 감춰진 몸은 참으로 휑하고 허전했다. 그나마 다행인 것은 아래는 갖춰져 있다는 건데……. 이상하게도 그게 전혀 위로가 안 됐다.

"말도 안 돼…… 말도 안 돼!"

솔은 창백하게 질린 얼굴로 신음하듯 현실을 부정했다. 보고 있는데도 부정하고 싶었다. 차라리 아까 잘생긴 칫솔이 날뛰고 있던 꿈이 더 현실적으로 느껴졌다.

혼란에 젖은 그녀의 눈동자가 이리저리 방황하며 방 안을 훑었다.

쿡— 웃는 소리가 들려왔다.

"이봐요, 강솔 씨."

남자가 부르는 소리에 솔은 질끈 눈을 감고 무시했다. 아니야. 저건 내 이름이 아니야. 아닐 거야. 뭐가 뭔지 모르겠다. 그저 앞이 깜깜했다. 아아, 울고 싶다. 울고 싶어.

퍼뜩 정신을 차린 솔이 시트를 말아 쥔 채 침대 밖으로 빠져나가려고 시도했다. 하지만 그녀보다 훨씬 정신이 말짱한 남자의 손에 막히고 말았다.

"으꺅!"

'까아악'이라는 가식적인 비명을 내지를 틈도 없었다. 팔목을 확 잡아당기는 손길에 솔은 그대로 다시 침대에 고꾸라졌다. 그리고 삽시간에 남자의 두 팔 안에 갇혀 버렸다.

번쩍 눈을 뜬 그녀가 위에서 저를 내려다보는, 지독하게 잘생겼지만 지금은 그저 지독하게 끔찍하기만 한 남자를 쏘아봤다.

"너, 너, 너! 이, 이거! 이거 안 놔? 무, 뭐야. 이거 놔!"

"이대로 가면 곤란하지 않겠어요?"

"뭐, 뭐가! 아니, 이대로가 제일 곤란해!"

솔의 당황한 모습이 재미있다는 듯 남자는 조금 들뜬 목소리였다. 하지만 그런 세세한 것을 파악하기에는 솔은 내공이 많이 부족했다. 하늘에서 내려온 마지막 동아줄처럼 이불을 품 안에 꼭 끌어안고 그녀는 맹렬히 눈앞의 남자를 노려봤다.

"나는 이대로 가면 곤란한데……. 그리고 이제 와서 나는 아무것도 모른단 그런 태도, 나 조금 상처받습니다."

상처는 지금 솔의 정신과 영혼이 받고 있는 거였다. 네가, 왜! 전혀, 하나도 상처 받은 것 같지 않은 얼굴로 어떻게 그런 말을 하냐!

소리치고 싶은 것을 꾹 참으며 솔은 입술만 잘근잘근 깨물었다. 남자의 시선이 솔의 입술에 꽂혔다. 부드럽지만 동시에 날카로운 시선이 솔의 입술을 공격했다. 이상했다. 얼굴이 타들어갈 것처럼 뜨거워졌다.

솔의 입술을 한 번, 그리고 그녀의 눈동자를 한 번. 그렇게 번갈아가며 시선을 나누는 남자의 모습은 이미 승자의 그것이었다. 가슴이 터질 듯이 뛰면서 동시에 그놈의 오기가 들끓었다. 솔은 지지 않고 시선을 마주쳤다.

"비켜."

"싫습니다."

"비키라고."

"밀치고 가봐요."

움찔 떨리는 솔의 손끝을 보며 남자가 저돌적으로 덧붙였다.

"밀려나진 않겠지만."

이봐요. 저기요. 저한테 왜 이러세요.

솔의 가슴이 세차게 진동했다. 쿵쿵 뛰는 그것을 진정시키기 위해 숨을 크게 들이마셨다. 그러자 이불 아래 가슴이 크게 들썩였다. 그것에 다시 남자의 시선이 닿았다.

이 적나라한 상황에서 너무나도 적나라한 남자의 시선에 솔은 머리가 터질 것만 같았다.

도대체 나란 년은 무슨 짓을 저지른 건지.

"그리고 내가 어제 당신한테 약속한 게 있어서 말이지."

작게 속삭이며 남자는 두 팔 안에 가둔 그녀에게 접근했다.

"어, 어어. 뭔지는 모르겠지만 거기 딱 멈춰. 딱!"

남자는 다시 웃었다. 참을 수 없다는 듯, 그녀를 한참이나 바라보더니 두 팔 안에 갇혀 있는 솔을 향해 천천히 고개를 내렸다.

털을 세운 고양이처럼 바짝 긴장하고 있던 솔은 반항을 해야 한다는 생각도 망각한 채 망연히 그가 하는 꼴을 굳은 눈으로 지켜봐야 했다. 움직이는 게 쉽지 않았다. 아니 움직일 수 없었다. 시선 안에 갇힌 기분이었다. 모든 것이 당황스럽고 아찔한 탓에 머리도 몸도 제대로 돌아가지 않는 것이 틀림없었다.

'당한다⋯⋯!'

그의 숨결이 입술에 닿을 만큼 가까워졌을 때 솔은 질끈 눈을 감았다. 하지만 남자의 입술은 그녀의 입술에 닿을 말 듯 스쳐 지나 그녀의 귓가로 안착했다. 속삭이는 그의 목소리에 웃음기가 낮게 가라앉아 있었다. 마치 지금 이 상황이 재밌어 죽겠다는 듯이.

"내가 책임질게. 어제, 이제부터 내가 당신, 책임지기로 했잖아."

무슨 말⋯⋯.

"당신도, 당신의 순결도 말이야."

질끈 감겼던 솔의 눈이 번쩍 떠졌다. 순간 열이 확 뻗쳐 올라왔다. 예쁜 그녀의 이마에 순식간에 못생긴 주름이 졌고, 솔은 두 손으로 힘껏 그를 밀쳐 외쳤다.

"이 미친 니주가리 씨빠빠가!"

솔의 목소리가 쩌렁쩌렁 울리는 호텔 방 안, 침대 아래로 밀려났으면서도 여유롭게 웃고 있는 그 남자, 그는 바로 어제 그토록 훈이 칭찬했던 박세준이었다.

제2화
침대 위의 사정

"흐어엉. 난 망했어. 엉엉엉!"

"이 미친년아! 내가 너 어제 그놈 데리고 신나게 뛰어나갈 때부터 알아봤다. 아이고, 이 똥독에 튀겨 먹을 년!"

강솔의 눈에서 쓰나미가 치고 있었다.

아침부터 한영의 집에 들이닥쳐서는 온 바닥을 눈물로 채울 듯이 대성통곡 중이었다. 달게 잘 자고 있던 사람을 깨워 괴롭히고 있으니 한영의 혀가 곱게 펴질 리가 없었다.

"야! 그럼 네가 나를 말렸어야지! 친구라는 게, 친구가 사고 치는 꼴을 그대로 보고 있냐!"

"말릴 새도 없었어. 아, 그리고 막말로, 네가 좋아서 데리고 나갔다니까? 어젠 왜 그렇게 신이 난 거야?"

"아, 몰라! 칵테일인 줄 알고 마셨는데 위스키일 줄 누가 알았냐고."

안타깝게도 솔은 위스키와 다른 술을 섞어 마시면 금방 취해 버리곤 했다. 그래서 절대 위스키는 입에도 대지 않았는데, 하필 다른 사람 술과 바뀌는 바람에······.

뒤늦은 후회가 밀려왔지만 어쩌랴, 이미 지나간 일인 것을.

"에휴, 이 똥독에 튀겨 먹을 년······."

"야, 안 그래도 서러운데 그런 드러운 욕까지 하면 어떡해! 흐어엉!"

"그럼 네가 잘했냐! 잘했어? 어?"

한영이 신나게 그녀에게 욕을 퍼부어주며 엎어져 있는 솔을 발로 꾹꾹 눌러댔다.

그 대부분은 '똥독에 튀겨 먹을 년'이었다. 스스로도 처음으로 저질러 본 엄청난 사고에, 한영의 차진 욕사발을 들으면서도 솔은 차마 그 말에 반박을 할 수가 없었다.

그래, 그녀는 지금 똥독에 튀겨 먹어도 모자랄 년이 맞으니까.

호텔에서 박세준의 책임을 진다 어쩐다 하는 말을 듣자마자 솔은 그 자리에서 옷을 챙겨 튀어나왔다. 자신이 생각해도 번개 같은 속도였다. 평소 런웨이 뒤에서 5초 안에 옷을 갈아입는 훈련이 되어 있지 않았다면 그런 경이적인 속도는 나오지 않을 것이다.

아, 잠깐! 이게 문제가 아니잖아!

"흐어어엉! 내가 어떻게 지켜온 순, 순결인데!"

"참나, 뭐, 얼마나 대단한 거라고 목 놓아 우는데. 야, 그렇게 울 것 없어. 지나간 일을 이제 와서 네가 어떻게 할 거야? 기왕지사 이렇게 된 거, 다행이라고 생각해. 그나마 그놈이 지가 이 상황 책임지겠다는 놈인 게 어디야. 네가 좋은갑다, 야."

"아냐! 넌 몰라, 이 똥개야!"

솔의 눈물 섞인 반항의 말에 한영의 입 언저리가 꿈틀거렸다.

"이년이······."

"야, 근데 내가 진짜 걔랑 ……했을까? 어? 난 진짜 기억이 하나도 안 나."

"……에휴."

엎드려 있던, 살 하나 없는 솔의 등을 발로 꾹꾹 누르던 한영이 그녀 옆에 털썩 주저앉았다. 한영이 솔의 마른 어깨를 다정하게 토닥이며 살가운 어조로 잔인한 상황 설명을 이었다.

"정황 일. 넌 분명 삼계탕의 닭처럼 실오라기 하나 없는 모습이었다. 정황 이. 그 옆의 남자 또한 맨질맨질 맨살이었다. 정황 삼. 침대는 아주 엉망으로 흐트러져 있었으며, 침대 시트에 뻘건 게 묻어 있었다. 에이, 말 다했네! 좋았네, 좋았어! 무슨 말이 더 필요해? 유. 다이. 잇츠 곤. 오케이?"

"그치만 기억이 안 난다고! 어떻게 그게 기억이 안 나? 그럴 수 있어? 없어! 절대!"

"있어. 어쩌냐? 지금 바로 내 눈앞에 그런 사람이 있는데?"

엉덩이를 박박 긁으며 시니컬하게 말하는 한영에 의해 솔은 결국 그 자리에서 다시 무너지고 말았다.

"아이고, 내가 미친년이지, 미친년이야!"

"노노노. 똥독에 튀겨 먹을……."

"그만해! 드럽게, 진짜."

약이 오르고 억울해서 어쩔 줄을 몰라 하는 솔을 보며 뭐가 그리 즐거운지 한영이 키득거렸다. 그 모습을 보고 있자니, 더욱 울분이 터지는 솔이었다.

저년은 지금 친구가 순결을 잃었는데……. 순간 솔은 저 엉덩이를 긁고 있는 여자가 정말 12년 지기 친구가 맞나 강한 의심이 들었다.

"야, 좋게 생각해, 강솔. 좋게 좋게. 이왕 이렇게 된 거, 그 때깔 좋은 훈남이랑 잘해보면 되지. 처녀 탈출, 솔로 탈출! 일타이피고만."

"일타이피기는! 더블 킬에 헤드샷이고만……."

"쓰읍!"

부루퉁 투덜거리는 솔의 말에 한영이 경고음을 냈다.

"첫날을 기억 못 하는 건 좀 그렇긴 한데…… 뭐, 그래도 네가 억지로 당한 것도 아니니까. 그것보다, 자, 생각해 봐라? 너 이제 새 시대가 열린 거다. 그 박세준인가 빡세인가가 굴착기로 새로운 시대로 가는 길을 뚫어준 거야, 새 시대로!"

아니, 이게 지금 무슨 부처님 32비트 랩 배틀하시는 소리?

"……새 시대?"

"그래, 더 월드 오브 센스! 바로, 감각의 시대지."

비장하게 손을 번쩍 치켜드는 한영을 보며 솔은 정말 저년이 미쳤구나 싶었다.

친구의 불행을 새로운 기쁨으로 아는구나, 계한영.

할 말을 잃은 솔이 입을 헤 벌리고 한영을 바라봤다. 한영이 그런 솔의 벌어진 턱을 검지로 우아하게 올려 닫아주고선 말을 이었다.

"내가 그동안 너 때문에 얼마나 속이 상했는지 아니? 너는 처녀고, 나는 아니야. 너는 솔로고, 나는 아니야. 근데 또 너는 자꾸 나를 여기저기 끌고 다니지? 거기에 나는 제혁 씨랑 어쩌고저쩌고 하는 이야기 하고 싶은데, 넌 이해를 못 하잖아, 내가 무슨 말을 하는지."

"그, 그거야……."

"어허! 언니 말 안 끝났다."

위협적인 한영의 얼굴에 솔이 결국 입을 꾹 다물었다.

"사실 내가 너한테는 말을 못 했지만, 너, 사랑하는 사람이랑 같이 잠든다는 게 얼마나 좋은 건 줄 알아? 거기에 잠은 잘수록 는다! 하면 할수록, 더 잘할 수 있다는 말이지!"

솔은 듣도 보도 못한 말이었다. 그런 약장수 같은 말을 참으로 비장하게도 말하는 한영이었다.

"근데 넌 모태솔로에 사랑이라곤 흉내도 내본 적이 없는 애잖아. 아, 그러면서 온갖 걸 해본 척이란 척은 다 한다는 것도 문제예요. 아이고! 척이랑 진짜 경험이랑 같을 리가 있냐? 해보고도 어찌 설명할 길이 없는 게 바로 그거! 섹스인데!"

어쩜 쟤는 듣기에도 민망한 적나라한 단어를 아무렇지 않게 말할 수 있을까.

다시 한 번 속으로 한영의 얼굴과 입의 괴리에 감탄하는 솔이었다. 솔은 모르고 있었지만, 어느새 솔의 눈가에 대롱대롱 매달려 있던 물방울들은 쏙 사라지고 없었다.

"그러니까, 그냥 받아들여. 이미 엎어진 일에 여기서 처 울지 말고. 지가 좋다고 데리고 갈 때는 언제고."

"그니까 그건 내가 그런 게 아니라니까!"

"그럼 내가 그랬냐? 술 마신 너도 너다. 책임 못 질 거면 마시질 말았어야지, 그러니까."

따끔한 한영의 일침에 솔의 입술이 딱 달라붙고 말았다. 그래, 이러니저러니 해도 결국 솔, 그녀 자신이 저지른 일이었다.

한영은 할 말을 다 끝냈는지 휘적휘적 부엌으로 들어갔다. 부엌 여기저기를 뒤지더니 어디서 너구리 두 마리를 꺼냈다.

"야, 근데."

냄비에 물을 받던 한영이 휙 고개를 돌렸다. 멍하게 있던 솔이 괜스레 깜짝 놀라 한영을 봤다.

"어떻디?"

"뭐가?"

한영의 입꼬리가 야릇하게 올라갔다.

"뭐긴 뭐야, 어젯밤이지."

"기억 안 난다고!"

"낄낄. 진짜 하나도 기억 안 나? 하나도?"

낄낄 웃는 한영의 말에 인상을 구긴 솔이 문득 스쳐 지나가는 영상에 입술을 구겼다.

"어! 너, 뭐 기억나는구나? 그치?"

"아냐."

"뭐야? 불어, 빨리. 뭔데!"

냄비 앞에 붙어 있던 한영이 쪼르르 달려와 솔의 어깨를 마구 흔들어댔다. 그를 따라 흔들리는 솔의 머리카락 사이로 솔의 얼굴이 슬피 구겨져 있었다.

······기억나는 거라곤, 잘생긴 칫솔밖에 없다는 말을 어떻게 하냐고요.

소리 지르던 솔이 번개 같은 속도로 떠난 뒤로도 세준은 한참이나 호텔에 남아 있었다.

요즘 쉴 틈 없던 촬영 스케줄에 시달리다가 오랜만에 쉬는 날에도 쉬지 못하고 파티에 갔으니 체력이 남아나질 않았던 것이다.

몇 시간을 그렇게 더 침대 위에서 죽은 듯이 누워 있던 세준은 슬슬 배가 고파올 때쯤 휘적휘적 자리에서 일어났다.

부스럭.

침대가 부드럽게 출렁이며 손가락 사이로 침대 시트가 말려 들어왔다. 그것을 대강 발로 차 밀어낸 세준이 바닥에 발을 붙이며 일어난 순간.

달그랑―

차가운 대리석 바닥으로 금속성의 무엇인가가 떨어지는 소리가 울렸다. 소리의 진원지를 찾아 고개를 돌린 세준의 눈동자 안으로 콕 박혀 들어오는 반지 하나.

"……이건."

어제 저녁, 강솔이 끼고 있던 반지였다. 화려하지는 않았지만, 중간에 테가 하나 들어간 심플하고 간소한 디자인의 은빛 반지.

반지, 팔찌, 귀고리 모두 액세서리로 착용하는 모델의 것이라고 치기엔 지나치게 심플했다. 그저 단순 액세서리로 끼고 다니는 반지 같지는 않았다.

"빠졌나 보네."

반지를 손바닥 안에 말아 쥐며 세준이 씨익 웃음을 보였다. 솔을 떠올리던 그의 기억이 다시 파티에 가기 직전의 시간으로 되돌아갔다.

문제의 그 파티가 열리기 바로 몇 시간 전.

어깨를 들썩이게 만드는 빠른 비트의 음악과 분주하게 움직이는 사람들의 발소리가 가득한 압구정 A 스튜디오의 한편, 그 모두의 관심을 받고 서 있는 남자 하나.

아무것도 걸치지 않은 맨 몸 위로 슬쩍 물이 빠진 느슨한 청바지만 걸치고 있는 허름한 차림이었지만, 그것이 오히려 이 남자가 가진 퇴폐적인 매력을 더욱 부각시키고 있었다. 쇄골을 타고 그려진 검은 타투를 보고 있자면 악마와도 같은 어둡고 사악한 기운마저 보인다.

유달리 딱 벌어진 어깨, 마른 듯 다부진 몸매와 쭉 뻗은 다리를 보고 있자니, 그는 과연 누구 하나 뭐라 할 수 없는 천생 모델이었다.

거기다가 그를 더욱 빛나게 할 이 독특하고 묘한 매력이 있는 마스크.

쌍꺼풀 없는 눈과 우뚝하고 서늘한 콧날을 보고 있자면 냉기가 풀풀 날리는 냉미남이 틀림없는데 저 눈초리가 슬쩍 휘어지기라도 하면 여심을 살살 녹이는 꽃미남이 된다.

바로 지금처럼.

"좋아, 세준아! 좋아! 그렇지! 정면 보고!"

그 찰나의 미소를 놓치지 않은 사진작가 박남주가 끊임없이 셔터를 눌러댔다.

신인으로서는 이례적으로 아르미니의 단독 지면 모델이 되었다 해서 의아해했는데 과연 사진을 찍어댈 때마다 작품이 나왔다. 오랜만에 참 촬영할 맛이 나는 모델이었다.

"아! 그 포즈 괜찮다. 그래, 좀 더 손끝에 힘을 주고. 오케이!"

찰칵, 찰칵!

쉴 새 없이 터지는 플래시 사이로 세준이 슬쩍 고개를 올리고 자신의 뒷머리를 헝클어뜨렸다. 그러자 그 사이로 드러나는 은빛 시계 하나.

세준과 더불어 지면을 차지하게 될 세계적인 시계 브랜드 아르미니의 새 출고 디자인이었다.

"조아쓰! 자, 마지막이다. 컷!"

남주의 컷 소리가 요란하게 퍼지자마자 새하얀 스튜디오 주변으로 몰려 있던 사람들이 일사불란하게 움직인다.

"수고하셨습니다."

그 사이로 세준이 매끈한 상체를 꾸벅 숙여 인사를 건넨다. 오늘도 지겨운 촬영이 겨우 끝이 났다.

모델 일을 시작한 지 벌써 1년이 넘어가고 있었지만, 도무지 이 일은 세준에게 익숙해지지 않았다. 뭐, 워킹과 촬영까지는 그렇다 치자. 하지만 얼굴 위로 무언가를 바르는 것은 익숙해질 수가 없었다. 그나마 오늘 촬영은 수수하기라도 하지. 런웨이라도 설라 치면 얼굴 위로 화장 가면을 써야 했다.

젖은 얼굴을 수건에 묻으며 대기실로 들어오니 지잉지잉 휴대폰이 날 좀 보라고 악을 쓰고 있었다.

세준은 고개를 설레설레 내저었다. 보지 않아도 뻔했다. 오늘 파티에 오라는 홍의 메시지리라.

힐끔, 눈을 내려 스윽 살펴보니 혹시나가 역시나였다.

〈이따 저녁 9시, 로얄 인피니티다. 알지?〉

〈왜 대답이 없어? 대답하라고~〉

〈와야 해, 꼭!〉

〈야, 박세준, 대답해!〉

〈야야야야! 오라고! 와!〉

〈어쭈? 옆에 1 지워졌거든? 본 거 다 알거든? 너 안 오면 내가 네 과거 모두 까발려 버린다?〉

결국 마지막 톡을 보고 나서야 세준이 느릿하게 답장을 보냈다.

메이크업을 지우느라 세안을 몇 번이나 한 탓에 세준의 앞머리는 이미 흥건하게 젖어 있었다. 젖은 앞머리가 귀찮았는지 세준이 한 손으로 무심하게 앞머리를 쓸어 넘겼다.

〈알았다고. 시끄러, 흥. 너는 어떻게 톡으로도 시끄럽냐?〉

〈그니까 꼭 오라고. 알았지?〉

파티 디렉터인 홍은 마지막까지 세준에게서 가겠다는 확답을 받아

내고야 톡 창을 시끄럽게 울려대는 것을 멈췄다.

그제야 하루 종일 울려대던 핸드폰의 진동에서 벗어난 세준이 한

쪽 소파에 깊숙이 몸을 기대고선 눈을 감았다.

그리고 그가 눈을 감기가 무섭게, 벌컥 문이 열리더니 잠깐 나갔다

온다던 매니저 우민이 들어왔다.

"야야, 피곤하지? 배고프지 않아?"

"아니, 괜찮아. 오늘 촬영은 이게 끝이지?"

"응. 이게 끝이고, 내일이랑 내일모레 오프다. 좀 쉬어. 요새 계속

촬영했잖아."

원체 다감한 성격인 우민이 살뜰하게 말하며 세준을 일으켜 세웠

다. 무거운 몸을 일으켜 세우며 힐끔 시계를 보니 촬영이 일찍 끝나

아직 오후 4시가 안 된 시각이었다.

"집으로 갈 거지?"

운동을 하러 갈까 하다가 아무래도 조금 자둬야 할 것 같아 세준

이 고개를 끄덕였다.

"응, 집으로 가야겠어. 졸리네, 좀."

"아! 근데 너 이따가 파티 가야 한다고 하지 않았어? 그 네 친구가

디렉팅한다는 데."

"아, 응. 근데 잘 모르겠어. 오늘은 좀 피곤해서. 형 갈래?"

"아, 됐다, 됐어. 그런 데 내가 가면 위축된다. 워낙 번쩍번쩍한 애

들만 있을 텐데 작달막한 내가 거기서 뭘 하냐."

손사래까지 쳐가며 우민이 격하게 거절의 뜻을 표했다.

"왜, 나는 형 멋있다고 생각하는데."

"하이구야, 네가 그런 말 하니까 하나도 안 믿긴다, 야. 아! 그러고 보니까 오늘 모델들도 몇 간다던데, 거기."

"모델?"

같은 모델이라고 하더라도 세준은 아직 이 세계에서 햇병아리나 다름없었다. 그러니 동료 모델들이라고 해도 아는 사람이 많은 편은 아니었다. 같은 에이전시나 아니면…….

"아, 그래그래. 강솔. 강솔도 거기 간다고 했다더라."

"……강솔?"

그래, 강솔이 아니면 말이다.

세준이 강솔을 처음 만난, 아니 처음 봤던 것은 그가 데뷔하고 얼마 지나지 않아서였다.

그는 당시 하루하루 밀려 들어오는 일 때문에 정신이 없었다. 딱히 이 일이 재미있는 것은 아니었지만 별다른 노력을 하지 않았음에도 사람들은 그를 인정했고, 그를 다시 찾았다.

그건 참 재미있었다. 죽도록 노력하고, 죽도록 하고 싶은 그것에 닿기는 그토록 어려웠는데 어쩌다 우연히 하게 된 이 일은 마치 준비되어 있던 것처럼 술술 풀렸다. 그래서 세준은 지금 하고 있는 이 일이 더 지루했다.

아니, 그 어떤 것을 해도 성에 차지 않는 약간 공허한 상태였다. 철부지 같은 반항심과 치기 어린 심술이 그의 마음에 덕지덕지 붙어 있었다.

이른 여름, 낯선 스튜디오에 가게 되었다. 저명한 패션지에서 운영하고 있는 거대한 스튜디오는 4개의 층으로 나뉘어 있었다. 세준은 그중 두 번째 층에서 막 촬영을 마치고 나오는 길이었다.

"더워."

세준의 매니저 우민은 내일 모레 있을 유명한 청바지 브랜드의 전속 계약으로 인해 들떠 있었다. 여기저기 바삐 전화를 하는 우민으로 인해 촬영이 끝났음에도 30분 정도 시간이 남았다.

그래서 별 생각 없이 잘 꾸며진 스튜디오를 이리저리 배회했다. 그리고 다다랐던 마지막 지하 스튜디오에서 세준은, 솔을 봤다.

"촬영 들어갑니다!"

무심히 지나쳤을 수도 있을 그때, 그 한마디에 누가 촬영을 시작하나 힐끔 들여다본 그 안에 그녀가 있었다.

마지막 메이크업 점검을 받은 후 그녀는 다른 모델들 틈에서 유유히 앞으로 나왔다. 그때까지도 세준이 본 솔은 약간 지루한 얼굴을 하고 있었다. 세준과 별다를 바 없이, 그냥 주어진 일을 하는 뭐 그런 느낌. 감흥 없이, 심드렁한.

반전은 바로 그때 일어났다.

"솔, 여기 좀 봐줘."

애원하는 듯이 장난기 섞인 포토그래퍼의 말에 슬쩍 웃음을 흘린 그녀가 카메라의 소리가 터지면서 순식간에 얼굴을 달리 했다.

마법의 주문이라도 터진 듯, 삽시간에 다른 사람이 되어 그곳에 서 있었다.

촤르르륵! 찰칵!

"좋아! 그렇지! 나는 그 얼굴이 너무 섹시하더라. 더, 더 보여줘."

포토그래퍼의 약간 짓궂은 멘트에도 강솔은 분위기를 흐트러트리지 않았다. 플래시 앞에서 세준은 누군가의 영혼이 바뀌는 것을 봤다. 완전히 달라진 태도, 자세 그리고 그 주변의 공기.

그 순간, 세준의 등 뒤로 알 수 없는 소름이 오소소 돋아났다.

그것은 일종의 압도였다. 그저 옆으로 틀어지는 고개마저도 그녀에겐 더없이 훌륭한 포즈가 되었다. 그녀에겐 그렇게 느껴지게끔 만드는 기백이 있었다.

그 작은 스튜디오 안의 사람들이 숨조차 죽여 가며 그녀의 모습에 빠져들었다. 문틈으로 힐끔 훔쳐보던 세준조차 검은 스튜디오 안에 금빛 액세서리를 걸치고 있는 그녀에게 한없이 매료되어 버렸던 그 시간.

여자가 한순간 무언가에 집중하는 모습이 그토록 섹시할 수 있을 것이라곤 상상도 해본 적이 없었다.

그저 모델이라 예쁘고 멋있다는 게 아니었다. 그 당시 그녀의 표정, 눈동자, 느낌이 너무나 강렬했다.

찰칵! 찰칵! 좌르르!

마법의 주문처럼 플래시 터지는 소리가 들릴 때마자 그녀는 달라졌다. 웃지도 않으면서 캐주얼한 분위기를 냈고, 뒤돌아 있어도 섹시한 느낌을 살렸다.

프로. 누가 봐도 그녀는 프로였다. 겉모습만 화려하다고, 예쁘고 늘씬하기만 하다고 톱모델이 되는 게 아니라는 것을, 그녀는 그렇게 온몸으로 말하고 있었다.

모델이라는 것을 가볍게 보고, 놀이하듯 건성건성 하던 그와는 완전히 다른 그 모습에 세준은 당시 묘한 감동마저 받았었다.

그 강렬했던 첫 기억 이후, 세준은 이상하게 '강솔'이라는 모델이 묘하게 가슴에 걸려 있곤 했다. 어찌나 강렬했는지, 그날 이후로도 마치 그의 머릿속에 각인을 남긴 것처럼 강솔의 모습이 몇 번이고 불쑥불쑥 떠오르기까지 했다.

하지만 이상하게 두 사람은 같은 분야에 있으면서도 부딪치는 일이 단 한 번도 없었다. 아무리 그가 신인이고 그녀는 8년 차 톱모델이라지만, 이렇게 안 부딪칠 수가 있나 할 정도로.

수영장의 시끄러운 디제잉 속에서 세준은 그날의 강솔을 떠올리며 현실의 강솔을 바라봤다. 아무 흥미도 없는 이 파티에, 아무 재미도 느끼지 못하는 이 파티에 세준은 오로지 강솔을 만나기 위해 왔다. 그날 이후로 몇 번이나 불현듯이 솟아나 머릿속을 점령했던 그 여자, 그 강솔을 만나기 위해.

솔과 눈이 마주친 세준은 끈질기게 그녀를 바라봤다. 한동안 그를 똑바로 마주보던 강솔은 이내 관심 없다는 듯 예의 그 심드렁한 얼굴로 고개를 돌려 버렸다.

분명 제게서 눈을 떼지 못했다는 것을, 세준이 느꼈던 그 강렬한 느낌을 같이 공유했다는 것을 알고 있었지만 그녀는 먼저 눈을 돌려 버렸다.

"……앙칼지네."

픽 웃어버린 세준 또한 고개를 돌려 버렸다. 어차피 오늘은 얼굴만 보러 온 거였다. 그냥, 얼굴을 한 번 더 확인하려고 온 것뿐이었다.

그렇게 눈이 마주친 게 무색할 정도로 세준과 솔은 같은 장소에서 다른 공간 안에 있었다. 이상하리만치 철저하게 다른 공간 안에.

그렇게 잠깐 인사하고 놀고 나니 벌써 11시.

세준은 이제 슬슬 가야겠다 생각하며 바에 있는 훈에게 들렀다. 풀장에서의 파티는 정리가 되었고 어중이떠중이도 대부분 사라진 시간이었다.

"나 간다."

"어? 가게? 룸파티 안 가?"

"안 가. 그런 데 지저분해."

심드렁한 세준의 말에 훈이 낄낄 웃었다.

"아냐, 지금 저 안에 남녀 군기반장들이 있어서 그렇게 지저분하게 놀진 않을 거야."

그게 무슨 말이냐는 듯 세준이 훈이 넘겨주는 맥주를 마시며 눈짓했다.

"여자는 솔이 누나, 남자는 신영수. 둘이 아주 고지식의 절정이라 주변 날라리들이 피곤해하신다."

강솔? 강솔이 저 안에 있다고?

"아까 가지 않았어? 강솔?"

분명 아까 호텔 안으로 들어가려고 하는 것을 확인했던 세준이었다. 그의 물음에 훈이 슬쩍 웃었다. 꽤 오래 알고 지낸 두 사람이었다. 작년부터 세준이 강솔에게 지대한 관심을 가지고 계셨다는 것을 훈이 눈치채지 못할 리가 없었다.

"안 갔어. 한영 누나한테 끌려서 파티룸으로 들어가는 것 같더라고."

강솔 옆에 있던 미니미한 여자였다. 세준은 강솔만 보고 있던 탓에 얼굴은 잘 기억이 나지 않았다.

"들어가 봐. 어차피 사람도 별로 없어서 다들 적당히 놀고 있을 거야."

"됐어. 아는 사람들만 있는 곳엘 뭐하러 가."

"아이구, 우리 빡세 쑥스러우세요?"

훈의 장난기 어린 말투에 세준이 정색하며 자리에서 일어났다.

"난 간다."

뒤도 돌아보지 않고 떠나는 세준을 보며 훈이 모르는 척 한마디를 흘렸다.

"솔이 누나 취한 것 같던데."

들렸지만 모르는 척했다. 그게 저랑 무슨 상관인가. 신경은 쓰였지만 어차피 서로 모르는 사이였다.

"그것도 많이."

어쩌라고.

세준은 가던 걸음을 멈추지 않았다.

세준은 걷던 것을 멈추지 않았다. 다만 발걸음을 돌렸을 뿐이었다.

파티룸 앞까지 다 왔지만 문 앞에서 멈춰 섰다.

아무리 생각해도 이건 좀 오버이지 않나 싶었다.

"……."

문고리를 한참 잡고 있다가 그대로 돌아섰다. 그냥, 신경이 쓰여서 온 거였다. 뭐가 이렇게 신경이 쓰여 본 적이 처음이라서 당황스러웠다.

그때였다. 굳게 닫혀 있던 문이 벌컥 열리며 누군가 툭 튀어나왔다.

깜짝 놀란 세준의 눈이 커졌다. 껑충하게 큰 키, 시원하게 짧은 반바지가 썩 잘 어울리는 여자의 모습이 낯이 익었다.

강솔?

"어후, 취해."

뭔가를 꼭 끌어안고 강솔이 중얼거렸다. 그녀의 말마따나 비틀거리는 몸짓이 취해 있는 것 같았다.

"취한다고!"

그러더니 벌떡 상체를 일으킨 그녀가 엉뚱하게 세준 쪽으로 몸을 돌려 버리는 바람에 둘은 한데 어우러져 넘어지고 말았다.

쿠웅, 복도 바닥을 울리는 묵직한 소음과 함께 솔의 품에서 뭔가가 데구르르 굴러 나왔다.

세준은 복도를 굴러다니는 그것을 제 눈으로 보고도 믿을 수가 없었다.

"으앙, 스테파니!"

레게 가발을 얹고 있는 마네킹 머리였다.

"스테파니, 이리 와!"

그리고 솔은 그것을 스테파니라고 부르며 애타게 찾고 있었다. 대체 이게 무슨 경우야.

한참을 뚫어지게 보던 세준이 헛웃음을 내뱉으며 솔을 붙잡고 일으켜 세웠다. 그러자 솔이 스테파니라는 마네킹 머리에서 세준에게로 시선을 돌렸다.

이런…… 위험하다.

술에 젖은 것인지, 물에 젖은 것인지 무척이나 촉촉한 눈빛이었다.

살짝 흐린 그 시선 안에 세준이 있었다. 붉게 물든 뺨이라든지 드러난 부위가 상당히 많은 옷차림 같은 것이 아니더라도 충분히 세준은 이 여자에게 신경이 쓰이고 있었다.

흐트러진 솔의 모습을 보고 있다는 게 이상하게 화가 났다.

세준은 서둘러 솔을 일으켜 세워주며 벽에 똑바로 서게 도와줬다. 의식하지 못한 사이 날카로운 목소리가 새어 나온다.

"정신 차리시죠. 안 그러신 분이라고 들었는데 오늘 왜 이리 취했습니까?"

처음으로 건넨 말이 '정신 차리시죠'라니. 나쁘지 않군. 세준은 자조하며 저를 뚫어져라 보고 있는 솔에게서 멀어졌다. 아니 멀어지려고 했다.

"스테파니! 살아 돌아왔구나!"

그 여자가 갑자기 와락 그를 끌어안기 전까지만 하더라도 말이다.

몰캉하게 안기는 여자의 몸이야 그렇다 치더라도 상당히 곤혹스러운 상황이 아닐 수 없었다. 세준은 솔을 떼어내지도 못하고 그렇다고 같이 끌어안지도 못하는 그런 어중간한 자세로 굳어 있었다.

꽈악 그를 끌어안던 솔이 몸을 떼더니 세준의 얼굴을 부여잡고 자세히 살폈다. 동공이 흐릿한 것이 정신이 없는 게 여실히 티가 났다.

"세계 제일 미녀 스테파니가 예뻐졌구나."

"저기요, 강솔 씨."

"그럼, 이제 우리 잘생긴 칫솔을 찾으러 떠나자! 계하녕 마녀로부터!"

"우왁!"

"고고고!"

세준이 말릴 틈도 없이 세준은 솔의 손에 이끌려 파티룸으로 들어가고 말았다. 바로 그 잘생긴 칫솔 나으리를 찾으러 말이다.

억지로 끌려간 것치곤 세준은 술에 취한 솔과 제법 재밌게 놀았다.

아직까지 남아 있는 사람들은 취할 대로 취한 상태여서, 굳이 그들의 시선을 의식하지 않아도 됐다. 끈질기게 엉겨 붙던 여자들도 사라지고 없었고, 남아 있는 몇 명은 세준의 귀찮다는 시선에 저절로 떨어져 나갔다.

"'세계 제일 미녀'랑 '잘생긴 칫솔' 군단을 구했으니 우리는 이제 천하무적이다. 그지이?"

"아직도 안 깼습니까?"

"어허! 누나라고 부르라고 해찌!"

"아, 예, 누나."

아직도 횡설수설하는 솔에게 세준이 '오랄―비 고급 칫솔' 세트를 안겨주며 대충 대답해 주자 솔이 그게 또 마음에 든다는 듯 세준의 머리를 쓰다듬었다.

"빡세? 빡세라고. 너? 그렇게 네가 빡세?"

"참나."

"그래서 빡세냐고 안 빡세냐고."

"안 빡세다고."

어느새 자연스럽게 세준은 그녀에게 말을 놓고 있었다. 강솔에게 누나라고 부르고 싶지 않은 이 묘한 기분은 뭘까?

"그래에? 안 빡세에?"

장난치듯 부르는 그녀의 호칭에도 세준은 기분이 상하지 않았다. 오히려 재밌다면 재밌는 상황.

"그 강솔이 맞아, 정말?"

세준은 오랄―비 칫솔 세트와 레게 머리통을 꼭 끌어안고 있는 솔을 지그시 바라보며 신기하다는 듯 물었다.

불과 1년 전이었다. 아직도 뇌리에 꽂혀 선명하게 남아 있는 촬영장에서의 그 모습은 어디로 간 걸까? 같은 인물이 맞나 싶기까지 했다.

"빡세, 안 빡세에에에?"

정말 설마, 이런 모습으로 만날 줄은 몰랐는데.

"안 빡세다고, 강솔."

그가 강솔의 코끝을 손가락으로 튕기며 대답했다. '아프잖아!' 하고 소리 지르던 솔이 벌떡 일어났다.

"안 빡세? 좋아, 너 마음에 든다. 가자."

"어딜 또."

"저어기, 저기!"

귀찮다는 듯 일어난 세준이 솔이 손가락으로 가리키는 곳으로 고개를 돌렸다. 그의 한쪽 눈썹이 슬쩍 위로 올라간다.

"진심이야?"

"내 입에선 한 치의 거짓도 나오지 않아. 난 쟤처럼 사기꾼이 아니라고!"

솔이 저 끝에서 훈과 함께 청순한 웃음을 지으며 여전히 병나발을 불고 있는 한영을 가리키며 말했다.

보드카를 병째로 들이켜도 취하지 않는 한영이었기에 그녀는 여전히 멀쩡했고, 솔의 말도 생생히 다 듣고 있었다.

"강솔, 정신 차리지? 응? 어딜 간다고 그래. 호호호."

'나 지금 슬슬 빡치고 있어요'란 얼굴로 한영이 조신하게 말했다. 귀찮다는 듯 벌떡 일어난 한영이 막 솔과 세준을 향해 다가오려고 할 때였다.

"나 갈 거야. 말리지 마. 졸리다고, 난! 가자, 안 빡세!"

벌떡 일어난 솔이 또다시 강철 같은 힘으로 세준을 잡아 일으켰다. 얼떨결에 일어난 세준이 막 '정말 괜찮겠냐'고 물으려 할 때, 솔의 선수 치듯 비장하게 세준에게 말했다.

"……누나 믿지?"

그 한마디에 말문이 턱 막힌 세준은 그녀의 손에 붙들려 호텔 안으로 질질 끌려 들어가고 있었다.

호텔 욕실 안, 머리에 묻은 물기를 슥슥 털어 내리면서 세준은 지금 이 상황을 곱씹어봤다.

난잡하지는 않았지만, 그렇다고 독수공방하며 혼자 욕구를 푸는 타입도 아닌 그였다. 그러니 세준에겐 여자와 호텔에 들어와 있는 이 상황이 마냥 낯설지만은 않았다.

하지만 그의 머리는 지금 평소와는 다르게 스스로를 향해 '스톱'을 걸어놓고 있었다. 그 브레이크를 걸게 된 단 하나의 이유라면 단연, 그녀가 강솔이라는 점이었다.

'강솔…… 강솔?'

여자들에게 아쉬워 본 적 없는 그였건만, 강솔만큼은 항상 그에게 묘하게 거리감이 있었다.

주변의 다른 여자들과 그리 다를 바도 없건만, 어쩐지 손에 닿지 않는 여자처럼 생각했던 것은 첫인상이 꽤나 강렬해서 그러리라.

"그래봤자…… 똑같은 여자지 뭐."

이렇게 그를 유혹해 끌고 들어온 것을 보면 말이다.

허리 아래로 바스타월을 두른 그가 쓰게 중얼거렸다. 손에 쥐어진 떡을 굳이 마다할 필요는 없었다. 제가 끌고 온 것도 아니라 강솔이 끌고 들어온 것이었다.

그런데 이상하게 서운한 이 마음은 도대체 뭐란 말인가.

"……서운하다니, 뭐가?"

픽 웃음을 터뜨린 그가 욕실 문을 열고 나갔다. 먼저 샤워하고 나온 그녀가 침대 위에 엎드려 있었다. 잠이 든 것인지, 미동 없는 그녀의 모습에 세준은 다시 멈칫거리며 멈춰 섰다.

"으음……."

용케 그의 기척을 느꼈는지 솔이 부스스 눈을 뜨며 일어났다. 엎치락뒤치락하며 슬쩍 벌어진 나이트가운 아래로 그녀의 뽀얀 살결이 그를 유혹하듯 드러났다.

"깼네."

"응……."

졸린 듯 눈을 몇 번 비비적거리는 솔을 보며 세준이 그녀를 향해 다가갔다.

느릿하고 여유로운 그의 발걸음을 따라 적당히 잡힌 근육이 탄력 있게 움직였다. 솔의 눈이 찌푸려졌다. 잘 보이지 않는 듯 눈을 깜빡이며 세준을 바라본다.

세준이 바로 그녀의 앞에 섰다. 그를 올려다보는 솔의 눈동자가 새까맣게 빛났다. 보석처럼 투명하게 반짝이는 그녀의 눈동자 안으로 빨려 들어갈 것만 같았다.

"멋있다, 너."

"그래?"

솔이 몽롱한 얼굴로 일어나 세준의 앞에 섰다. 반쯤 감긴 그녀의 눈이 나른하게 그를 올려다봤다. 눈을 뗄 수 없을 만큼 세준은 그녀의 눈동자 안으로 빨려 들어가고 있었다.

천천히 다가오는 강솔의 손가락, 그리고 그 차가운 손끝이 마침내 세준의 볼에 슬쩍 닿는 그 찰나에, 번개에 맞은 듯 강렬한 전율이 세준을 스치고 지나갔다.

세준의 입술 사이로 억누른 신음성이 터져 나왔다.

"남자도 아름다울 수 있구나……."

조심스러운 그녀의 손길도, 그녀의 목소리도 세준은 막을 수가 없었다. 그래서 그는 그저 솔이 하는 대로 가만히 내버려 둘 수밖에 없었다. 도무지 막고 싶지 않았다.

가느다란 솔의 손가락이 그의 뺨을, 코를 그리고 입술을 어루만지며 지나갔다. '예쁘다' 중얼거리는 그녀의 속삭임······.

이쯤 되니, 슬슬 막다른 골목까지 몰아붙여진 격이었다. 세준은 점점 자신을 통제하기 힘들어질 것임을 느꼈다.

그러던 그때. 강솔의 움직임이 딱 멈췄다.

불현듯 솔은 무엇인가가 생각났다는 듯 번쩍 눈을 떴다.

"맞다! 세계 제일 미녀!"

자리에서 벌떡 일어난 솔이 막 고개를 두리번거렸다. 그러더니 저입구 어딘가에 팽개쳐 놓은 마네킹 머리를 향해 달려간다.

갑자기 굳은 자세로 덜렁 남겨진 세준은 얼빠진 얼굴로 솔의 하는 짓을 바라만 봐야 했다. 유혹하는 줄 알았더니, 뭐 이런 경우가······?

"우리 미녀! 잘생긴 칫솔은 어디 가써? 아, 저깄다!"

폴짝폴짝 뛰어가 마네킹 머리통과 오랄—비 칫솔 세트를 끌어안은 솔이 생글생글 웃으며 뒤를 돌았다. 그것들을 가지러 갈 때처럼, 그렇게 너무나 해맑게 세준을 돌아봤다.

그 긴 다리로 폴짝폴짝 뛰는 것도 어색했지만, 레게머리 마네킹 대가리를 끌어안고 뛰어다니는 것은 훨씬 더 이상하고 어색했다.

"이거 봐라아. 잘생긴 칫솔이다아. 꺄하하하. 으악!"

퍽!

어쩐지 잘도 뛴다 했더니······.

솔이 별안간 침대 아래 푹신하게 깔려 있는 러그에 발이 걸렸다. 침대 근처까지 잘도 뛰어오더니만, 바로 그 앞에서 발이 꼬여 넘어진 그녀가 침대 모서리에 이마를 부딪쳤다.

"후에엥. 아퍼!"

"……얼씨구?"

"아퍼! 아프다고! 흐엉엉."

"자알 논다, 진짜."

기가 차서 웃음밖에 나오지 않는 세준이었다.

이미 무드고 유혹이고 뭐고 다 날아간 마당에 강솔이 하는 짓도 너무 웃겼다. 세준은 이렇게 된 거 그냥 푹신한 침대에 걸터앉아 영화 감상이라도 하듯 솔의 망가진 모습을 지켜봤다.

양팔에 마네킹 대가리와 칫솔을 끼고 빽빽 울던 강솔은, 세준이 달래주지 않자 울음을 뚝 그쳤다.

멈춰 버린 눈물과 동시에 무엇인가가 주르륵 그녀의 코 아래로 떨어졌다. 빨갛고 따끈한 그것. 바로 코피였다.

놀란 것인지 강솔이 눈을 동그랗게 떴다. 오십 원도 백 원도 아닌 오백 원만 하게.

그러곤 몇 번 눈을 깜빡거리더니 고개를 들어 세준을 봤다. 놀라서 그런 것인지 주르륵 쏟아지는 코피를 닦지도 못한 채 껌뻑껌뻑, 그렇게 세준을 올려다본다.

"푸하하하!"

그 모습을 보자마자 세준은 결국 그 자리에서 배를 잡고 웃어버리고 말았다. 혼자 뛰어다니다가 넘어져서 코피를 쏟는 모델이라니! 그것도 한국에서 내로라하는 톱모델인 그녀가!

세준은 그 자신도 뭐가 그리 우스운지 깨닫지 못한 채 발버둥을 치며 웃었다.

어쩐지 긴장이 탁 풀려 버렸고, 그 사이로 허파에 바람이라도 들어찬 것만 같았다.

망연히 세준이 웃는 모습을 바라보던 강솔이 그를 따라 헤죽 웃어

버린다. 그 모습이 천진하기까지 했다.

손으로 스윽 흘러나온 코피를 닦아낸 그녀가 손에 묻은 그것을 대강 침대 시트에 슥슥 닦아버렸다. 그러곤 주섬주섬 무릎걸음으로 침대 위를 기어오르기 시작했다.

"아, 진짜 가지가지 한다."

세준이 자신의 옆으로 올라와 투욱 누워버리는 강솔의 머리카락 몇 올을 잡아당기며 말을 걸었다. 솔은 그 말을 알아듣는 것인지 못 알아듣는 것인지 그저 웃고만 있었다.

"원래 이런 성격이야, 강솔?"

"원래? 원래가 모오? 나 원래 이런데……."

"무서운 언니로 소문이 자자하던데. 이거 완전 사기꾼이네."

하얀 베개 위로 흐트러진 그녀의 머리카락을 살짝 잡아당기기도 하고 만지기도 하면서 세준이 계속 그녀에게 말을 걸었다. 한쪽 팔로 머리를 기대고 솔 옆에 완전히 누운 그가 신기하다는 듯 그녀를 쳐다봤다.

"어디까지가 가짜고 어디까지가 진짜야?"

"……그런 게 어디써, 스테파니! 난 다 진짜야. 강솔이라구우. 진짜 강솔. 그래서 진솔! 푸하하. 난 진솔이다아."

다시 졸린 듯 눈을 비비적거리며 솔이 웅얼거렸다. 아직 그녀가 잠들지 않기를 바라는 세준이 그녀의 볼을 잡아채 쭉쭉 잡아당겼다.

"자지 마. 잘 거야? 이렇게? 정말? 나를 내버려 두고?"

믿을 수 없다는 듯 말하는 세준의 목소리를 들으며 솔이 고개를 크게 끄덕거렸다.

"잘 거야아."

"그냥 이대로? 그냥 잘 거야? 정말? 누나 믿으라며."

웃음기 섞인 그의 말에 감겼던 솔의 눈이 사락 열렸다. 다시 떠진 그 검은 눈동자를 지그시 바라보며 세준이 고개를 숙여 다시 물었다.

"……믿으라며. 이대로 잘 거야?"

속삭이듯 중얼거리는 세준의 낮은 목소리가 솔의 귓가를 간질였다.

귓가에 닿은 그 숨결이 간지러운 듯 어깨를 움츠리던 솔이 킥킥 웃음을 터뜨리며 손을 들었다. 그리고 순간 그의 얼굴을 가까이 끌어당겼다. 순식간에 그녀의 부드러운 입술이 그의 입술을 훔쳤다. 아기에게 굿나잇 키스를 하는 것처럼 보드랍고 새뜻한, 잠깐의 입맞춤. 하지만 세준에겐 벼락을 내린 듯 짜릿하고 아찔했던 그 0.1초의 순간.

그러나 그것을 아는지 모르는지 입술을 뗀 솔은 그저 배시시 웃더니 한쪽 손으로 그의 볼을 톡톡 두드렸다.

"안 돼, 아가야. 너는 누나의 이 순백의 몸을 감당할 수 없어."

순간 굳어 있던 세준이 그녀의 말에 미간을 찌푸렸다. 그러자 솔이 그의 구겨진 미간을 펴주며 히죽 웃고는 다시 웅얼거리며 말을 이었다.

"그리구 그런 건 사랑하는 사람들끼리 하는 거야, 밥탱아."

아니, 이 귀신 씻나락 까먹는 순진한 소리는 뭐래? 지금 저 말을 한 사람이 강솔이 맞나?

혹시 이 방 안에 다른 사람이 있는 것은 아닌가 의심에 찬 눈으로 세준이 방 안을 휘 둘러봤다. 그러곤 세준은 고개를 돌리자마자 지금 자신이 얼마나 바보 같은 짓을 하고 있는 것인지 깨달았다.

크흠흠, 있긴 누가 있다고.

헛기침을 하며 고개를 내저은 그가 솔의 감긴 두 눈을 검지와 엄지로 억지로 잡아 열었다. 그러곤 확인하듯 다시 물었다.

"솔, 당신 처녀야?"

퍼억!

그의 말이 끝남과 동시에 솔의 주먹이 그의 머리를 강타했다. 그러곤 눈도 뜨지 못한 솔이 웅얼거렸다.

"……순결한 거야, 이 멍청아."

오호라, 그래?

세준의 눈이 못된 악동처럼 반짝였다. 그리고 그렇게 역사적인 밤이 지나갔다.

그리하여 다시 현재. 택시 안의 솔.

'감각의 세계'라……. 과연 그럴까?

정말 한영의 말대로 이건 새로운 세계로의 입문일까? 한영의 그 한마디가 솔의 머릿속을 헤집으며 무한 반복으로 떠오르고 있었다.

"감각의 세계'라니. 그게 대체 어떤 세계야? 그런 세계가 있기는 해? 에휴.'

생각하고 있자니 절로 한숨이 새어 나왔다.

솔은 본래 낙천적인 성격이었다. 따라서 어지간한 일도 자기 좋을 대로 해석하는 경향이 있었다. 이왕이면 좋게, 모든 것은 다 나의 뼈가 되고 살이 된다! 뭐, 이런 식으로.

결국 천상천하 유아독존, 내가 제일 잘나가. 세상은 나를 중심으로 돌고 있어! 따위의 생각은 이런 순도 높은 낙천주의에서 비롯된 거였으니까.

"……아, 그래도 이건 아니지! 새 시대로 가더라도 내 발로, 내가 가야지, 이건 뭐!"

"웅? 이 길이 아니라고?"

끙끙거리며 생각에 잠겨 있다 버럭 소리로 튀어나온 솔의 목소리에 얌전히 운전 잘하고 있던 택시기사가 깜짝 놀라 솔을 돌아봤다.

"아, 아니에요, 아저씨. 이 길 맞아요."

머쓱한 솔이 손을 내저으니, 택시기사 또한 머쓱한 얼굴로 고개를 돌렸다.

'새로운 세계. 새로운 세계. 감각의 세계……'

거기는 어떤 세계일까? 한영이 뻥치는 거 아냐? 뭐, 그렇게 대단한 곳까지는 아닌 것 같은데 말이지.

곱씹고 곱씹어봐도, 지난밤의 감각은 단 1%도 떠오르지 않았다.

그러니 감각의 세계로 입문이고 뭐고, 이건 뭐, 그냥 미치고 환장할 노릇이었다. 이왕 깨뜨린 결계, 깨진 느낌이라도 기억나야 하는 거 아닌가? 내 몸이 무슨 고무로 만들어진 것도 아니고, 왜 기억이 안 나는 거람.

솔이 짜증 난 손으로 제 이마를 툭툭 건드렸다. 그 순간 찌릿한 아픔이 올라온다.

"아야! 아오…… 뭐지?"

도톰하게 올라온 이마가 화끈거렸다. 유독 툭 튀어나온 부분을 슬슬 문질러 보니, 어허! 과연 이건 부은 것이렷다.

"……뭐야? 왜 부어 있어?"

손거울 꺼내 보니, 멍은 없었다. 어젯밤 칠락팔락 돌아다니다가 어딘가에 부딪쳤으리라.

뭐, 그래도 촬영에 지장은 없겠다 싶어 안심한 솔이 작게 불퉁거렸다.

"하여튼 위스키를 마시면 안 돼, 위스키를. 꼭 위스키만 들어가면 정신이 없어진다 이 말이지. 특히, 보드카랑 위스키랑 섞이면 말이지."

"응? 아가씨, 보라카이 간다고? 아이고, 좋겠네."

솔의 혼잣말을 잘못 들은 택시기사가 애먼 소리로 대꾸해 주었다.

솔은 변명하기엔 어쩐지 조금 피곤해져서 그저 씩 웃고 말았다. 택시기사는 그간 입이 심심했는지 '보라카이 참 좋다카이'라는 웃기 애매한 농담을 몇 번 던지더니 솔이 반응이 없자 다시 묵묵히 운전만 했다. 그런 어색하고 애매한 시간이 조금 더 지나고 나서야 솔은 목적지에 도착할 수 있었다.

"허이구, 빚지고 시작했다더니, 크게도 지었네."

회색 돌로 지어진 으리으리한 건물 앞에서 솔은 헛기침을 했다.

이제는 은퇴했지만, 꽤나 잘나가는 모델이었던 지은 언니가 그동안 모아놓은 돈으로 헬스클럽을 차렸다고 했다.

마침 솔의 집에서도 그리 멀지 않았고, 파격가로 회원권을 내어주겠다 해서 냉큼 이곳으로 달려온 솔이었다. 또 때마침 끊어놓았던 다른 헬스클럽도 만료가 다 되어 며칠 쉬고 있던 차에 잘됐다 싶었다.

"어디, 얼마나 잘해놨나 볼까?"

솔은 택시 안에서 내내 고민과 걱정으로 찌푸려졌던 얼굴을 가다듬었다. 옅은 화장만 한 그녀의 얼굴 위로 가벼웠던 표정이 지워지고, 기합이 들어간 단정한 표정이 떠올랐다.

모델 강솔의 모습으로 돌아올 때였다.

"안녕하세요. 미체(美體)입니다. 처음이세요?"

"오지은 대표님 계신가요?"

유명인들이 많이 다니는 헬스클럽이 그런지 솔을 보고도 안내데스크 직원들은 크게 동요하지 않은 채 침착한 미소를 유지했다. 인터폰을 통해 솔이 왔음을 알리고 몇 분 되지 않아 늘씬하게 키가 큰 미녀 한 명이 활짝 웃는 얼굴로 달려 나왔다.

"어머, 기지배!"

오랜만에 본 지은은 여전히 활기찼고 예뻤으며 예전처럼 솔을 반가워했다. 솔도 반가워 지은의 어깨를 꽉 끌어안으며 안부를 전했다.

"언니, 잘 지냈어요?"

"기지배. 그러엄! 잘 지냈지. 그나저나 오랜만에 보니까 더 예쁘네?"

솔의 팔을 잡고 발을 동동 구르는 지은에 맞춰 솔도 발을 동동 굴러주고 싶었지만 보는 눈이 신경이 쓰였다.

그녀는 지금 세련되고 도도한 모델 강솔의 얼굴을 하고 있었으니까.

"오랜만에 만났는데 계속 여기에 세워둘 거예요?"

"아, 그래그래. 들어가야지. 들어가자!"

작은 복도를 지나 안쪽으로 들어가니 사장실이 따로 있었다. 깔끔하지만 아기자기하게 꾸며진 그 안에 들어가니, 지은의 화려했던 모델 시절 사진이 전시되어 있었다.

"언니! 대박! 여기 완전 괜찮다!"

솔이 눈을 반짝이며 조금 전 도도했던 얼굴과는 전혀 다른 천진한 얼굴로 지은의 손을 맞잡았다.

"어우, 기지배. 사람 눈 의식하는 건 여전하구나? 그나저나 꽤 근사하게 차렸지? 나 여기 차린다고 이거 봐, 여기여기, 여기 허리 휘었잖아."

허리를 내밀며 귀여운 엄살을 부리는 지은을 찰싹 때린 솔이 깔깔 웃음을 보였다. 좋아하는 선배이자 아끼는 언니인 지은이 잘 먹고 잘 사는 모습을 보니 절로 웃음이 나왔다.

소파에 앉아 지은이 내어주는 녹차를 마시며 오랜만에 한참 이야기꽃을 피웠다. 뜨거웠던 차가 마시기 좋을 만큼 식었을 때, 솔은 잠시 그녀를 처음 만났던 날을 떠올렸다.

모델 데뷔를 하고 얼마 안 지났을 때였다.

서울 컬렉션 오디션을 보기 위해 모여 있던 오디션장에서 작은 소란이 일어났다. 데뷔하자마자 옷 태도 좋고 마스크도 좋아 꽤 입소문을 탄 어린 모델이 건방지다며 선배 모델들이 기선제압에 들어 간 것이었다.

일부러 오디션 순서를 바꿔놓고선 알려주지 않았고, 지나갈 때 알게 모르게 발을 걸어 넘어지도록 유도하는 건 예삿일이었다.

"괜찮지? 이거 내가 입어도?"

디자이너가 지정해 준 옷을 채가고선 억지로 바꿔준 것처럼 죄를 뒤집어씌우기도 했다.

그 어린 모델은 솔이었다. 제가 뭘 잘못하기라도 한 줄 알고 솔은 등신처럼 눈치만 보며 어색하게 웃고만 있었다. 뭔가 이상하다는 것을 알고 있었지만 어떻게 해야 하는지 몰랐다.

"너 그러다 먹힌다."

"네?"

그러다 우연히 지은을 화장실에서 마주쳤다. 손을 씻으며 싱긋 웃는 얼굴로 지은이 말했다.

"예쁘장해 보이지만 잔뜩 굶은 하이에나들이야."

스윽 손을 닦고 화장을 점검한 지은은 심드렁한 얼굴로 일러줬다.

"세지든가 그게 안 되면 센 척이라도 해. 절대 약해 보이지 마. 저

따위 하이에나들에게 밀리는 거…… 쪽팔리잖아. 그치?"

그때부터였다. 솔이 연기를 시작한 게. 그리고 정말 우습게도 그 하이에나들이 세보이는 솔에게 물러난 것도 그즈음 부터였다.

"무슨 생각을 그리 해?"

"언니 처음 만났을 때 떠올라서."

후륵, 식은 차를 마시며 솔이 어깨를 으쓱했다.

"아아, 그때? 그래 그때 너 볼 만했지. 저 큰 눈에 눈물이 차올라서 울먹울먹."

"에이! 그건 아니다."

"아니긴! 툭 치면 뚝 떨어지기 직전이었어, 기지배야."

"치, 그게 벌써 8년 전 이야기우. 그때의 나랑 지금의 나는 다르지."

"다르긴 뭘 달라, 그때도 순결한 처녀 지금도 순결한 처녀. 똑같구만."

푸흡!

들이키던 녹차를 그대로 뿜은 솔이 격한 기침을 쏟아냈다. 쯔쯧 혀를 찬 지은이 우아한 손끝을 들어 솔의 입가를 닦아주다가 그대로 뺨을 잡고 흔들었다.

"얼른 연애도 하고 남자 품에도 안겨 보고 그래. 썩 나쁘지 않아. 겨울에 따뜻하기도 하고. 따뜻하다 뿐이니? 뜨겁다 뜨거워."

"아, 언니이!"

그 순간 전날 봤던 살색 탄탄한 가슴이 떠올랐던 탓에 솔의 얼굴이 더더욱 뜨거워졌다. 솔은 그것을 부정하고 싶어 더욱 거세게 고개를 내저으며 펄쩍 날뛰었다.

안 돼, 잊어! 잊어! 아무 일도 없었던 거야. 잊어, 떠오르지 마.

"혼자 아등바등 강한 척 사는 것도 귀엽긴 한데, 그래도 이제 나도 너 애인 사귀는 거 한 번 보고 싶다. 아, 그래! 우리 트레이너들 몸 좋고 실한데…… 어디 오늘 한번 골라볼래?"

이 사람이 진짜!

"됐거든요? 운동이나 할래."

깔깔 웃으며 장난을 치는 지은을 향해 버럭 소리 지른 솔이 화끈거리는 볼을 숨기지 못한 채 자리에서 일어났다.

"오, 그래그래. 일찌감치 고르고 오는 것도 좋지. 얼마나 실한지 얼른 가서 직접 보고 오라고. 강처녀 출동!"

지은이 짧게 휘파람을 불며 나가는 솔의 뒤에서 파이팅을 외쳤다. 다분히 놀리는 어투였다.

왜 이렇게 제 주위에는 놀리기 좋아하는 사람만 있는지, 솔은 깊은 한숨을 삼킨 채 지은의 방을 나섰다.

'에잇, 그깟 게 뭐 대수라고 다들 놀려대는 거야. 다들 순결함의 가치도 모르면서.'

간단하게 스트레칭을 마친 솔이 신경질적으로 러닝머신의 속도를 올렸다. 한영이고 지은이고 하나같이 솔이 경험이 없다는 것이 무슨 나쁜 일이라도 되는 것처럼 말하는 듯이 느껴졌다. 제일 그녀를 약 오르게 한 것은 침대 위의 그 남자, 그놈, 박세준이었지만.

'뭐? 새 시대의 개막? 웃기고 있네. 고작 하룻밤 다르게 보냈다고 어제의 내가 오늘에 와서 달라지는 것도 아닌데. 참나.'

한영이고 지은이고 솔의 속을 박박 긁어댔다. 얄밉고 분하지만 두 사람의 말에 휘말려 버벅거리고 말았다. 뒤늦게 약이 올라 씩씩대고 있는 제 모습이 앞 유리창에 비쳤다. 그런 제 모습이 보기 싫어 솔은 러닝머신의 속도를 높이고 뛰는 데 집중했다.

그런데 그때 누군가 그녀의 어깨를 톡톡 두드리더니 느닷없이 기계의 정지 버튼을 눌렀다. 누구지 싶어 뒤를 돌아보니 세상에.

"너……!"

박세준!

솔은 너무 놀라 붕어처럼 입만 뻐끔거렸다. 적당히 땀을 흘려 촉촉해진 얼굴이 그가 먼저 와서 운동을 했단 것을 알려줬다. 느른한 입꼬리가 섹시하다 생각할 만큼 알맞게 올라간 채 그녀를 향해 빙긋 웃음을 보이며 뭐라고 중얼거렸지만 들리지 않았다.

"너, 네가 여기 어떻게……. 설마 나 여기 올 줄 알았던 거여?"

제가 말하고 제가 놀라 솔이 눈을 크게 떴다. 그런데 이 자식이 뭐라 대꾸하는지 잘 들리지 않았다. 음악소리는 정신이 없을 만큼 컸고, 놈을 보자마자 맥박은 불안정하게 뛰어대는 통에 더 들리지 않는 것 같았다.

"아, 뭐라는 거야 대체."

답답함에 입만 뻐끔거리는 세준을 한 참 노려보던 솔이 그의 입술 모양을 살피려는 순간 세준이 손을 뻗어 왔다.

순간 서늘한 손끝이 그녀의 예민한 귀를 스치고 지나갔다. 통통한 귓불을 슬쩍 짓이기는 손길은 부러 그녀를 자극하려 그런 것이 틀림없었다. 움찔 놀라며 뭐하는 짓이냐고 소리 지르려는 그때 뒤늦게 세준의 목소리가 들려왔다.

"이어폰을 빼야 말이 들릴 거 아냐."

"……아."

순간 무안해진 솔이 벌어졌던 입을 재빨리 다물고선 시선을 돌렸다. 아 그래, 이어폰을 끼고 있었지. 바보같이 그것도 느끼지 못했다니.

솔이 당황하며 헛기침을 하자 그녀를 바라보던 세준의 미소가 재미있다는 듯 더욱 진해졌다.

"당황스러운가 봐? 날 마주친 게."

그래. 무지하게 당황스럽고 어색하고 곤란하니까 이만 가줄래?

솔은 소리 없이 대꾸하며 가만히 입술을 깨물고 말을 아꼈다. 나름 무언의 항변이었지만 상대에겐 잘 통하지 않는 듯했다.

"난 반가워서 이렇게 한달음에 달려왔는데. 섭섭하네."

"피차 좋은 일 아니니까 그냥 모르는 척하자. 너도 나 모르는 걸로, 나도 너 모르는 걸로."

"으흠……. 어떻게 있었던 일을 없었던 일로 하지? 난 그런 신기한 재주는 없는데."

역시나 박세준은 그렇게 호락호락한 인물이 아니었나 보다. 냉랭한 솔의 반응에도 생글생글 웃으며 끈덕지게 그녀의 속을 들쑤셔 놓고 있었다. 결국 솔은 러닝머신 위에서 내려올 수밖에 없었다.

"있었던 일인지 없었던 일인지 내가 어떻게 알아? 기억이 없는데."

"흐음, 그래. 그렇단 말이지."

박세준을 마주친 이상, 그리고 이 자식이 솔에게 지난밤에 대해서 끊임없이 상기시키려고 하는 이상 운동은 무리였다. 솔은 재빨리 판단을 마치고 위층으로 올라가는 계단이 있는 곳으로 갔다.

"무슨 일이 안 생겼던 거라고 생각해?"

빠르게 발을 옮기는 솔의 뒤를 세준이 바로 따라왔다. 보지 않아도 느껴지는 세준의 기척에 작게 몸서리를 친 솔이 질색하며 말을 이었다.

"몰라. 내 기억에 없는 건 아니야. 무효야, 무효!"

"에, 그러면 안 되지. 아름다운 한국 사회에서 가장 문제가 이거 아니겠어? 뺑소니를 쳐도, 폭력을 휘둘러도, 사고를 쳐도 나 술 마시고 기억이 안 납니다. 내가 한 일이 아닙니다~ 하고 말하면 만사 장땡이라는 거."

'안 들린다, 나는 아무것도 안 들린다. 아아아아ー.'

"묵비권이라는 것도 그래요. 불리한 발언을 하지 않을 수 있는 방어적 요건이라는데, 그렇게 입 꾹 다물고 있다고 해도 정황적 증거들이 이렇게 즐비한데, 그렇다고 쳤던 사고가 없어지나? 응? 그렇지 않아?"

이놈 새끼, 유들유들 말도 잘한다. 솔은 옆에 따라붙은 세준을 매섭게 째려보며 입을 꾹 다물었다.

그러자 세준이 다시 씨익 웃음을 보였다. 남자치곤 깨끗하고 하얀 피부와 슬쩍 올라간 입매가 어지간한 배우 뺨치도록 근사했다.

아주 찰나의 시간이었지만, 이 숨 막히도록 어색하고 당황스러운 위기감을 깜빡 잊을 정도로 눈앞의 이 애송이는 참으로 자알생겼다.

아, 멋있긴 오지게 멋있네. 흑흑. 그래도 다행이다, 강솔. 아무나 잡아끌고 들어간 건 아니었……. 아, 잠깐! 이게 또 아니잖아! 정신 차려, 강솔!

퍼드덕 정신을 수습한 솔이 그 자리에 우뚝 멈춰 서서 다시 눈을 부릅뜨고 세준을 야멸차게 노려봤다.

"정황적 증거? 그런 게 어디 있어? 그날 있었던 일은 그냥, 너 잊고, 나 잊고 그러면 땡인 거야. 그리고 너랑 나랑 그, 그…… 그……."

"그…… 그…… 그, 뭐?"

차마 '잤다'는 말을 내뱉지 못하는 솔이 그 단어 하나 앞에서 버벅거리자 세준이 큐ー 하며 낮게 웃음을 터뜨렸다.

씨익 웃는 게 아니라 그녀의 앞을 떡하니 가로막고는 솔을 바짝 내려다보면서 눈을 활짝 휘며 웃는다. 재밌다는 듯, 즐거워 죽겠다는 듯.

우씨! 말려들지 마, 강솔!

솔이 와락 솟구치는 짜증을 참으려 입술을 질끈 깨물고 낮은 목소리로 으르렁거렸다.

"잤는지 안 잤는지 확실하지도 않잖아?"

다행히 스트레칭룸으로 들어가는 복도 끝에는 지나가는 사람 하나 없이 한적했다.

"으흠, 그래. 확실하지 않다, 이거야?"

"그래! 아무리 그래도, 그런 일이 있었으면 내가 기억이 요마아안큼이라도 나야 하는데, 정말 아무런 기억도 없다고, 난."

"그래? 그럼 기억나게 해줄까?"

"……뭐?"

어떻게 말인가? 솔의 고개가 갸우뚱 기울어진다. 그 틈을 파고들 듯 세준이 그녀의 앞을 막아섰다. 174cm의 훤칠한 키의 소유자인 솔이었지만, 세준 또한 모델. 운동화를 신었음에도 솔보다 머리 하나는 더 큰 그였다.

그런 그가 몸을 낮추고, 은밀한 목소리로 다시 한 번 말했다.

"진짜 했는지 안 했는지 확인시켜 줄 수 있다, 이 말이지. 정말 알고 싶어?"

세준은 불쑥 긴 팔을 뻗어 솔의 앞을 막아 세웠다. 좁은 복도 안에서 한층 가까워진 두 사람 사이로 새삼스럽게 목소리를 낮춘 세준이 솔의 귓가로 고개를 내리며 소곤거렸다.

한 걸음 물러난 솔이 시리도록 맑은 눈동자로 세준을 똑바로 응시했다.

"너, 똑바로 말해. 그게 무슨 말이야? 우리가 진짜로 했다는 거야, 아니라는 거야? 그리고 그게 어떻게 확인이 가능하지?"

한층 낮아진 솔의 목소리. 서늘한 눈빛으로 세준을 본다. 그녀와 눈을 마주하고 있는 세준 또한 마찬가지였다. 슬쩍 내리깐 눈꺼풀 아래로 세준의 검은 눈동자가 나른하게 빛났다. 자신감에 가득 찬, 그러면서도 즐거워 어쩔 줄 몰라 하는 저 검은 눈동자.

비밀을 쥔 자가 칼을 쥐고 있다고 했던가? 세준의 느슨한 미소는 바짝 날이 서 있는 솔의 그것보다 한층 더 여유롭고 힘이 있어 보였다. 아니, 천성적으로 세준은 기묘한 박력을 가지고 있는 것 같았다.

그녀보다 나이도 어렸으면서 솔에게 주눅드는 모습 따위도 없었다. 조금 건방져 보이기까지 한 그 자신감 가득한 눈빛이 예리하게 빛났다.

먹이 앞의 맹수처럼 날카롭고 여유로운 눈빛으로 그녀를 내려다보던 그가 그녀에게서 눈을 떼지 않은 채 천천히 고개를 내려 그녀에게 다가왔다.

움찔.

물러서려 하는 발걸음을 솔은 간신히 잡아챘다. 그것을 아는 듯 모르는 듯, 한 박자 느릿하게 숨을 내쉰 세준이 천천히 입을 열었다.

"다시 자보면, 확인할 수 있지 않겠어?"

순간 솔의 머릿속에서 무언가 뚝 끊어지는 소리가 들렸다. 완전히 반으로 잘려 동강이 났다. 그것은 말하지 않아도 알아요. 바로 그녀의 이성(異性).

아아! 하나님, 아버지! 오늘 제가 오늘 이 자식 죽이고 천당 가겠습니다! 저를 용서하소서. 아멘.

"이 미친놈아!"

퍼억!

솔이 세준을 거칠게 밀쳐 냈다. 그리고 곧 그녀의 길고 곧은 다리가 정확하게 세준의 정강이로 날아갔다.

"윽!"

정확하게 정강이 가운데를 맞힌 솔의 발길질에 세준이 아픈 듯 인상을 찡그리며 허리를 굽혔다.

하지만 그 정도 가지고는 퓨즈가 나간 솔의 성질을 잠재우지 못했다. 하얀 운동화에 감겨 있는 그녀의 발이 세준의 발등 위로 차갑고도 냉정하게 내리꽂혔다.

"아윽!"

조금 전보다는 비교도 안 될 아픔의 신음성을 내지르며 세준이 그 자리에서 털썩 주저앉았다.

"너, 다시 내 앞에 나타나기만 해봐! 어! 아주 드럼통에 시멘트 부어서 연안부두 앞바다에 영영 생매장시켜 줄 테니까! 이, 이! 어디 이런 니주가리 씨빠빠가!"

'내가 이 또라이 놈을 두 번 다시 상대하나 봐라!'

씩씩거리며 버럭 소리친 솔이 그대로 뒤를 돌아 자리를 빠져나와 버렸다.

완전 열 받은 것인지, 가면서도 '으아악!' 괴성을 내지르는 것을 잊지 않았다. 그 멀어지는 괴성을 들으며 세준이 고개를 절레절레 내저으며 자리에서 일어났다.

"아야야, 아우. 엄청 세게도 찼네."

슬쩍 한쪽 눈썹을 찡그린 그가 얼얼한 발등을 문질렀다. 그 자리에서 몇 연타를 얻어맞고 호된 욕설까지 야무지게 먹은 그였지만 이상하게 싫지가 않았다.

아니, 오히려 지루하고 심심했던 나날 중에서 깜짝 선물이라도 받은 기분이었다.

'아, 내가 너무 심했나?'

머리를 긁적이며 그가 주머니에 손을 꽂아 넣었다. 주머니 안에서 솔에게 건네주지 못한 그녀의 반지가 만져졌다.

몸서리를 치며 사라지는 솔의 모습을 다시 떠올린 그가 안타깝다는 듯, 그러면서 기대되어 미칠 것 같은 어조로 중얼거렸다.

"근데 이를 어쩌나, 내일 또 볼 텐데……."

세준의 시선이 힐끔 솔이 사라진 방향으로 향한다. 이미 한참 전에 사라져 버린 그녀의 뒷모습이었지만, 그 빈 공간 안에 여전히 묘한 여운이 남아 있었다.

찰칵, 찰칵!

"잠깐, 잠깐! 거기 좀 더 보일 듯 말 듯하게! 오케이! 반해 버리겠어! 역시 우리 강솔이야!"

찰칵! 찰칵!

셔터 누르는 소리, 조명판에서 반사되는 뜨거운 빛, 수십 명의 스태프들이 복작거리는 스튜디오 안.

그 안에서 솔은 붉은 꽃이 프린팅된 H라인의 레이스 스커트와 아무것도 입지 않은 상체 위로 윤이 흐르는 검은 모피만을 어깨 위로 걸친 채 서 있었다.

언뜻언뜻 보이는 그녀의 적나라한 가슴골이 모피 사이로 야릇하게 비쳤다. 거의 반라에 가까운 상반신이었지만, 수십 명의 시선 속에서 솔은 당당했다.

조금 지저분한 듯 사자처럼 풀어헤친 검은 머리에 스커트 위에 프린팅된 꽃과 거의 흡사한 빨간빛으로 입술을 물들였다. 검은 머리카락 사이로 그 빨간 입술 말고는 거의 화장기가 없는 얼굴이 오히려 더욱 퇴폐적이면서도 야릇한 호기심을 자극하는 분위기를 자아냈다.

그런 솔의 모습을 담느라 치웅은 정신없이 움직이고 있었다. 국내외로 압도적인 명성을 가지고 있는 패션잡지 더블유의 반 고정 포토그래퍼인 치웅은 솔을 향해 다시 한 번 열정적으로 소리쳤다.

"좋아, 솔! 그대로 시선만 돌리고, 옳지! 자, 그렇게 웃지 말고, 따뜻하게!"

치웅의 말이 끝남과 동시에 솔이 피식 웃음을 흘리고 말았다. 치웅이 웃지 말라 외쳤지만, 도무지 웃지 않을 수 없는 그의 말이었다.

재즈의 선율이 느른하게 울려 퍼지고 있는 스튜디오 안으로 솔이 빨간 입술을 움직여 조곤조곤한 목소리를 흘렸다.

"웃지 말고 따뜻하게라니. 이 머리랑 이 메이크업으로 어떻게 그걸 표현해? 치웅 씨도 정말……."

'못 말리네'라고 작게 말한 솔이 뒤를 돌아 다른 포즈를 취했다. 그리고 그 한순간도 놓치지 않고, 치웅이 곧바로 솔을 카메라에 담아낸다. 그리고 그녀의 말을 따라 치웅도 피식― 웃음을 흘리고 만다.

"그게 웃겼어?"

"조금."

"일부러 그런 거야, 솔 웃으라고."

이미 앞서서 몇 번의 호흡을 맞춰왔던 솔과 치웅은 은근한 농담을 주고받으면서도 서로 편안했다.

항상 치웅은 모델들에게 그때그때 분위기를 이끌어내는 멘트를 잘 날렸다. 워낙 센스가 있고 젠틀한 성격인 그라서 작업 시에 모델들이 훨씬 편안한 포즈를 취할 수 있게 이끌어내곤 했다. 또 다그칠 때는 다그쳤고, 치켜세워 줄 때는 여왕님처럼 모셔주기도 했으니. 그래서 솔은 항상 치웅과의 작업이 편했다.

그의 말을 잘 새겨듣다 보면 그날 그가 원하는 것을 쉽게 캐치할 수 있었다.

그렇게 작가가 의도하는 바를 알게 되면 사진은 훨씬 감각적이고 풍성하게 나오게 마련이었다. 뭐, 치웅은 항상 솔을 그 누구보다도 아름답게 찍어주기도 했지만 말이다.

"오늘 주제 마음에 들어?"

잠깐 휴식시간이 주어졌고, 메이크업을 고치기 위해 앉아 있던 솔에게 다가오며 치웅이 말을 붙였다. 솔은 애매모호한 표정으로 고개를 끄덕였다.

"Winter Blossom?"

"왜? 별로야?"

얼음이 다 녹아버린 아메리카노를 홀짝이던 치웅이 힐끔 솔을 내려다봤다.

모델 못지않게 훤칠하게 키가 큰 치웅이 곁에 앉지 않고 메이크업 바에 엉덩이를 기대고 서 있으니 그녀 옆으로 그를 닮은 옅은 그림자가 진다.

"그런 게 아니라…… 'Winter'가 들어간다고 꼭 모피를 입혀야 하나 싶어서."

"아, 솔, 모피 싫어했지. 몸매 가린다고."

"응, 싫어. 기껏 열심히 가꾼 몸매를 다 가리는 옷이야."

솔이 입술을 삐죽이며 투덜대자 치웅도 고개를 흔들며 동의했다.

"그래서 안에는 훤히 개방했잖아."

"그럴 거면 시스루를 입히라고!"

"내가 준 건가, 뭐."

"디렉터도 고르긴 고르잖아."

새침하게 노려보면서 말하는 솔의 눈을 슬쩍 피하며 치웅이 조금 전 솔처럼 애매모호한 표정을 지어 보였다. 웃지도 울지도 못한 그런 애매한 표정.

"조금 있다가 파트너 촬영 있는 거 알지?"

"아아."

물로 입술을 축이며 솔이 고개를 끄덕였다.

"근데 누구야, 파트너는? 여자야 남자야?"

"안타깝게도 남자야."

"왜 당신이 안타까워."

슬슬 스태프들이 모여드는 것을 힐끔거리며 솔이 자리를 털고 일어 났다. 치웅도 마시고 있던 식은 아메리카노를 내려놓았다.

"솔을 빼앗기잖아."

으이구, 저 능구렁이. 솔이 싫지 않은 듯 씩 웃으며 치웅의 어깨를 주먹으로 슬쩍 밀어냈다.

"가진 적도 없었어."

"사진 속에서는 나만의 솔이라고."

"푸하하하. 광고주의 솔이지."

픽 웃으며 솔이 자리를 털고 일어났다. 그녀의 움직임을 따라 허벅 지까지 올라오는 싸이(Thigh) 부츠의 굽이 또각또각, 스튜디오 안으로 울려 퍼졌다. 한 걸음 한 걸음 앞으로 내디딜 때마다 솔의 표정이 단 단해졌다.

언제 치웅과 농담을 주고받았냐는 듯 삽시간에 냉랭하고 차분한 눈빛으로 돌아온 그녀가 스튜디오를 점령했다. 오만하게, 추위 따위에 굴하지 않는 한겨울의 꽃처럼.

눈 속에서 피어나 하얗게 빛을 발하는 매화처럼 솔이 카메라를 꼿꼿하게 응시했다. 언제나 그렇듯 카메라 앞에만 서면 완전히 달라지는 그녀의 모습에 치웅의 눈매가 가늘어졌다.

남자의 눈과 사진작가의 눈, 그 모든 것을 충족시키는 솔의 모습에 치웅은 만족스럽게 웃으며 눈을 번득였다.

"……그래, 저 모습에 내가 반했다니까."

네모난 카메라 프레임 안으로 보이는 솔을 향한 치웅의 나지막한 목소리가 공기 중으로 가볍게 흩어졌다.

촬영은 밤늦게까지 강행되었고, 솔은 무려 열여섯 벌의 옷을 갈아입었다. 하지만 아직도 갈아입어야 하는 옷이 일곱 벌. 그것도 파트너 촬영을 위해 남은 옷이 일곱 벌이었다.

오랜만에 여섯 시간이 넘도록 강행하는 촬영에도 힘든 구석 하나 없는 솔이 메이크업룸으로 돌아왔다. 실크로 만든 새하얀 슬립 드레스로 갈아입은 솔의 눈에 북적거리는 촬영장 입구가 보였다.

"오늘따라 촬영장에 여자가 많네요?"

"그렇지? 어디서 이 많은 여자들이 모여들었나 몰라. 뭐, 하긴 나라도 보고 싶긴 할 것 같아."

"뭘요?"

솔이 그녀의 메이크업을 담당해 주는 송 원장의 말에 중얼거리듯 반문했다. 살포시 감은 솔의 눈 위로 새하얗게 반짝이는 아이섀도우를 칠하고 자잘한 보석을 장식하던 송 원장의 목소리가 여느 때완 다르게 들떠 있었다.

"누구긴 누구야, 오늘 솔이 씨 파트너 때문이지. 요즘 완전 핫해! 얼마 전에 젤리 광고고 찍었던데, 완전 달달하게 웃더라고."

송 원장의 말에 솔은 왠지 심장이 오싹해졌다. 어쩐지 이런 비슷한 반응을 봤던 기억이 났기 때문이었다. 하지만…… 아니겠지?

"대체 어떤 남자가 우리 송 원장님을 사로잡았을까?"

솔은 애써 여느 때처럼 태연하게 웃으며 들뜬 송 원장의 얼굴을 들여다봤다.

"나도 같이 작업하는 건 처음인데, 아는 분이 그러더라고. 자세도 좋고, 매너도 좋고 무엇보다도 마스크가 근사하다고. 어쩜 그렇게 부드럽게 잘생겼는지."

송 원장의 말이 길어질수록 누군가의 실루엣이 뚜렷해지고 있었다.

그 끔찍한 모습에 솔은 저도 모르게 꿀꺽 침을 삼키고선 억지로 웃음을 매달았다. 솔은 은근슬쩍 지나가는 말로 다시 한 번 그게 누구냐고 물어봤지만, 알아듣지 못한 송 원장은 조잘조잘 '그'의 마스크, 화면발, 원초적 매력에 대해서 줄줄 읊어대기만 했다.

"그러면서 또 속을 알 듯 말 듯한 묘한 매력이 있더라니까? 거기다가 그 특유의 반항적인 이미지도 그렇고, 그러면서도 뭔가 고급스러운데……. 어휴! 첫 만남부터 이 나이 든 누님의 마음을 흔들더라, 이 말이지."

'그래서 누구냐고! 설마 그 빡세인지, 빡쳐인지 하는 니주가리 씨빠빠 놈이냐고!'

……라고 솔은 소리 높여 외치고 싶었다, 정말 간절히.

하지만 그놈의 이미지가 뭔지. 솔은 관심 없는 척 입꼬리만 슬쩍 올려 보이곤 계속해서 입구만 힐끔거려야 했다. 그렇게 한 열다섯 번쯤 힐끔거렸을 무렵.

덜컹!

심장이 덜컥 떨어지는 소리인지, 문이 열리는 소리인지 구분이 가지 않았다. 어쨌든 문이 열렸고, 그 사이로 보이는 모습에 솔의 심장이 덜컥 내려앉았으니까.

"왔다, 왔어. 박세준! 어때? 괜찮지? 솔이 씨 전에 본 적 있던가?"

박세준! 역시나, 그놈이었다! 이런 제길, 왜 슬픈 예감은 틀린 적이 없나! 크흑.

"……아뇨, 처음 봐요."

떨어지지 않는 입술로 억지로 대답한 솔이, 잽싸게 곁눈질로 스태프들에게 허리 숙여 인사를 건네는 세준의 모습을 훔쳐봤다.

'저런 멀쩡한 모습은 특히 처음 보네요.'

의상을 입고 들어온 것인지 세준은 머리에서부터 발끝까지 이미 풀 세팅이 되어 있는 상태였다. 이제까지 보지 못했던 깔끔하고 멋스러운 머리스타일도, 남자에게 어울리기 참 힘든 핑크 슈트를 완벽하게 갖춰 입은 모습도 생소했다.

저렇게 입고 있으니 꼭 말짱해 보이잖아? 솔은 콧방귀를 뀌며 곧 의식적으로 눈을 냉랭히 돌려 버렸다. 하지만 귀는 막을 수 없던 탓에 송 원장의 세준을 향한 찬사의 말은 곧이곧대로 계속 듣고 있어야 했다.

"괜찮지 않아? 아냐아냐? 솔이 씨 취향은 아냐? 완전 내 취향인데. 난 저렇게 남자다우면서 깔끔한 이미지가 좋더라고."

"하, 하하."

솔이 어색하게 웃으며 답답해지는 마음을 추슬렀다. 저거랑 같이 촬영을 해야 한다고? 지금? 당장? 그러니까, 지금 그녀의 파트너 촬영의 그 '파트너'가 저거라고?

하, 솔은 눈앞이 새까맣게 무너져 내리는 걸 느꼈다. 하지만 그러거나 말거나 송 원장은 여전히 신이 나 재잘거린다.

"아까워라! 내가 메이크업해 줬어야 하는데. 어우, 촬영이 길어져서 먼저 받고 왔나 보네. 그나저나 솔이 씨는 좋겠어? 촬영하면서 이것도 하고, 저것도 하고, 요것도 해보고. 호호호호! 아, 나도 저런 남정네 품에 한번 안겨봤으면 좋겠네, 아주! 호호호! 아유, 부러워. 아유, 부러워어!"

굳어지는 솔의 얼굴도 눈치채지 못한 송 원장이 신이 나서 떠들어대기 시작했다.

그녀의 마음도 모르는 송 원장, 자꾸만 솔이 부럽단다. 저놈이 멋있어 죽겠단다.

부럽긴 뭐가요! 뭐가! 하나도 좋지 않다고요, 난! 다신 마주치고 싶지도 않았는데!

순간 확 붉겨져 올라오는 억울함과 답답함에 솔이 와락 눈살을 찌푸리고 말았다. 그리고 그녀의 입 역시나 제멋대로 나불거리기 시작한다.

"그래요? 저는 좀 별론데요? 어우, 관상이 별로야, 관상이. 아주아주 그냥 옆에 있기만 해도 깊은 빡침이 마구마구 솟구쳐 올라올 것같이 생겼네. 근데, 뭐? 저 품에 안긴다구요? 아유, 생각도 하기 싫다. 뭐, 취향의 문제지만, 여하튼 제 취향은 아니에요! 정말! 진짜! 노(No)라고요! 저, 저, 눈매 봐요. 고집도 세고, 옆에 있는 사람 살살 열 받게 할 것 같아. 남의 말은 아주 그냥 귓등으로 들으면서, 저 콧대 봐라. 어휴! 여자깨나 후리고……"

말을 하면 할수록 용솟음쳐 올라오는 세준을 향한 분노가 그대로 그녀의 말속에 녹아 들어가 버렸다. 처음 보는 사이라고 했는데, 저도 모르게 이렇게 흉을 늘어놓아 버리다니.

그제야 아차 싶은 솔이 제 혀를 슬쩍 깨물고는 다시 슬금슬금 예의 시크하고 무심한 눈빛으로 무장했다.

"……라고 누가 그랬던 것 같더라고요. 뭐, 제 꼭 의견이라는 게 아니라……. 하하하."

"그 누가 세준 씨를 참 싫어하나 봐."

"그, 그런가 봐요. 아, 덥네, 좀. 하하."

이상하게 어색해진 분위기 속에서 재빨리 메이크업을 마친 솔이 힐끔 세준을 바라봤다.

마치 그녀가 언제 그를 바라볼지만 기다리고 있었다는 듯 세준과 눈이 딱 마주쳤다. 머리보다 얼굴이 먼저 반응했다.

똥이라도 씹은 듯 솔의 얼굴이 확연하게 구겨졌다. 그것을 보던 세준이 씩 웃음을 보였다. 그러고는 그녀를 향해 천천히 다가오기 시작했다.

"……저 또라이가……."

"응? 뭐라고, 솔?"

"아, 아니에요. 아, 나 잠깐 화장실 좀."

손끝이 찌르르하게 울리는 따끔한 위기감에 솔이 도망치듯 메이크업룸을 빠져나왔다.

마땅히 갈 곳이 없는 그녀가 코너를 돌아 의상실 안으로 숨어 들어갔다. 아무도 몰래 숨 쉴 공간이 필요했다.

으아, 정말 저놈이랑 같이 있다면 무슨 일이 터질지 짐작할 수가 없었다. 벌써부터 심장이 쫄깃거리고 온몸의 털의 곤두서는 것처럼 민감해진 그녀였다.

"후우! 진짜 미친 거 아냐? 여기가 어디라고 다가와? 아니지, 내가 또라이지, 내가! 아우, 강솔! 너 진짜 왜 그랬냐."

솔이 주먹을 쥐고 제 머리를 퍽퍽 내려쳤다. 바로 그때, 누군가 덥석 그녀의 손을 잡아챘다.

"헉!"

"안 그래도 나쁜 머리, 그렇게 때리면 뇌세포가 남아나질 않겠어."

언제 따라 들어온 것인지, 세준이 그녀의 얇디얇은 손목을 잡고 흔들며 말했다.

그녀와는 달리 솔이 꽤나 반가운지 싱글싱글 웃는 얼굴이었다. 재빨리 주변을 살핀 솔이 아무도 없는 것을 확인하고선 거칠게 손을 빼냈다.

"상관 마라. 너 왜 자꾸 나 따라다녀? 우리 모르는 척하자고 했지?"

"……촬영 의상 보려고 온 건데, 왜? 보면 안 되는 거야? 나도 오늘 모델인데?"

끄응.

뭐라 반박할 수 없는 슬픈 이 순간…….

솔은 입술만 질끈 깨물고 순순히 발을 뗐다. 그러나 그 찰나의 순간을 놓치지 않고 세준이 재빨리 솔의 손목을 낚아챘다. 특유의 장난기 가득하고 도발적인 미소로, 세준이 씨익 웃음을 보였다.

"그래서 난 당신이 먼저 와서 여기서 나 기다린 줄 알았지."

"헐? 착각이 심하시네요, 슈퍼루키 씨?"

"슈퍼루키?"

그게 무슨 말이냐는 듯 세준이 한쪽 눈썹을 추어올렸다. 그러나 세준에게 뭔가를 친절하게 일일이 설명해 줄 생각이 없는 솔은 그대로 콧방귀를 뀌며 잡혀 있던 손목을 비틀어 빼냈다.

"오늘은 정강이가 아니라 급소를 차줄까? 엉?"

억지로 잡고 있을 생각은 없었는지, 순순히 그녀를 놔준 세준이 장난스럽게 항복의 자세로 양손을 들어 보였다. 그러곤 살짝 열려 있던 문을 직접 활짝 열어주며 나긋하게 허리를 숙여 보인다.

"뭐, 아님 말고."

솔은 그가 열어주는 문으로 달려가듯 빠져나가면서도 이를 으득 갈았다. 저, 저, 저, 재수탱이, 정말!

왠지 나머지 촬영이 무척이나 피곤해질 것 같은, 확신에 가까운 예감이 그녀의 뒤통수를 슬슬 어루만지고 있었다.

"자! 우리 프로답게, 파트너 촬영 깔끔하게 두 시간 안에 끝내자고!"

우렁찬 치웅의 목소리에 모델들도, 촬영 스태프들도 하나같이 고개를 열정적으로 끄덕였다. 새하얀 의상을 입은 솔과 분홍 슈트를 입은 세준이 그들 사이로 고립된 섬처럼 적막하니 남아 있었다.

"아까 컨셉 확인했지? 여기서 꽃은 세준 씨야. 솔이 겨울이고. 겨울 여왕, 뭐 그런 느낌으로 가면 돼, 솔. 자, 좀 더 몽환적으로!"

치웅의 사인과 함께 촬영은 시작되었다. 에어컨이 빵빵하게 돌아가는 실내라고 하더라도, 수십여 명의 사람들이 복작거리고, 강렬한 조명, 겨울 시즌 촬영이라 두꺼운 옷까지. 솔은 어쩐지 점점 뜨거워지고 있었다.

순식간에 몇 십 장씩 터지는 셔터 누르는 소리, 시시각각 바뀌는 촬영 지시 사항도 그녀를 달구고 있었지만, 그보다 더욱 그녀를 뜨겁게 하고 있는 것은 세준의 손이었다.

허리에 닿을 때마다, 그녀의 손목을 끌어당길 때마다, 그의 얼굴이 그녀에게 가까이 다가올 때마다 솔은 열이 올라왔다. 아니, 열불이 끓어올랐다고 해야 하나.

"솔! 얼굴 좀 펴지? 왜 그래? 기분 안 좋아?"

"아니, 미안. 좀 더워서."

"……여기 온도 좀 더 내리고, 강풍기 하나 가져와!"

치웅의 지시에 일사불란하게 움직이는 보조스태프들을 보며 솔이 고맙다는 듯 싱긋 웃어 보였다.

"자, 다시 갑시다. 솔은 좀 더 감각적으로 움직여 봐. 세준 씨는 손끝 하나까지 그녀를 느끼고!"

마치 치웅의 지시 사항을 따르기라도 하듯 세준이 그녀의 곁으로 바짝 다가왔다. 신경 쓰지 않으려고 했지만, 신경이 쓰이는 것은 어찌할 수 없는 노릇.

솔이 저도 모르게 움찔하며 고개를 돌렸다. 그 틈으로 세준의 고개가 그녀의 목으로 파고들었다. 마치, 뱀파이어가 아름다운 처녀의 목을 탐하듯 관능적인 자세였다.

"그래! 감각적으로!"

'감각! 감각! 감각! 그놈의 감각!'

심장이 머릿속으로 이사 온 것처럼 머리가 지끈지끈 울리고 있었다. 이것보다 더한 파트너 촬영도 수십 번 거쳐 온 그녀였건만, 왜 새삼 이제 와서 파트너가 신경 쓰인단 말인가?

세준의 손이 지나갈 때마다 허리가 움찔거렸다. 새삼스러운 감각이 그녀를 자극하고 있었다. 정작 세준은 아무렇지도 않아 보이는데! 솔은 어쩐 일인지 그게 더 약이 올랐다.

"여왕님, 자, 꽃을 유혹해야지."

차르륵 필름 감기는 소리 사이로 장난꾸러기 같은 세준의 목소리가 그녀의 귓가에 닿았다. 깜짝 놀란 솔이 찡그린 눈으로 세준을 흘겨봤다. 정말 친한 사이라도 되는 것처럼 살갑게 웃으며 세준이 솔의 허리를 더욱 바싹 잡아당겼다.

"왜 이렇게 뻣뻣해? 이래서 좋은 사진 나오겠어?"

"너 때문이잖아."

세준은 소곤거리면서도 솔을 벅벅 긁어댔다. 말을 섞으면 섞을수록 그에게 말리는 기분이었다. 말리는 것을 아는데도, 어떻게 멈출 수 없는 이유는 뭘까? 설마…… 처, 처, 첫 남자라서? 그래서?

여느 때처럼 순식간에 멍 때리며 속으로 북 치고 장구 치던 솔이 세준의 목소리에 서둘러 정신을 차렸다.

"영광인데. 촬영장에서 칼 같기로 소문난 강솔을 흐트러뜨리다니."

"나 안 흐트러졌거든?"

오기 섞인 그녀의 으르렁거림에 포즈를 바꿔 그녀의 뒤에 선 세준이 다시 소곤거리며 말했다.

"그래? 난 지금이라도 당신이 이 촬영에 집중 못 하게 할 수 있는데."

"건. 들. 지. 마. 라."

솔은 입은 움직이지 않고 잇새로만 글자 하나하나를 뱉어냈다. 간신히 웃는 낯을 유지하고는 있었지만 지금 도무지 촬영에 집중하지 못하고 있다는 것은 인정해야 했다. 그리고 그런 생각이 더욱 그녀를 초조하게 만들었다.

'정신 차려, 강솔. 정신……!'

"반지…… 잃어버리지 않았나?"

그 순간, 솔의 머리 위로 번개가 내리꽂혔다.

반지? 반지! 설마……!

솔의 고개가 홱― 세준에게로 돌아갔다. 놀람과 황당함 그리고 스스로를 향한 질책의 눈빛으로 그녀가 세준을 노려봤다. 세준은 씨익 웃었고, 솔은 노려본다. 그 틈바구니로 묘한 정적이 잠시간 맴돌았다.

"강솔!"

그런 두 사람을 가르는 벼락 같은 치웅의 고함 소리. 촬영장에 있던 모두가 화들짝 놀라 치웅을 바라봤다. 촬영 내내 부드러웠던 치웅의 얼굴이 무섭게 구겨져 있었다.

'이런……!'

치웅의 목소리에 솔은 한순간 정신이 확 들었다. 머리 위로 얼음물이 쏟아진 느낌이었다. 솔은 몇 번 눈을 깜빡거리더니 곧 치웅을 바라봤다. 그의 얼굴이 딱딱하게 굳어 있었다.

솔을 향해 더 이상 뭐라 말은 하지 않았지만, 솔과의 촬영 중에 처음으로 소리를 높인 치웅이었다. 단 한 번도, 5년을 통틀어 정말 단 한 번도 '솔에게'는 소리쳐 본 적이 없던 그였는데…….

"나 잠깐 휴식 좀. 그리고 너, 나 좀 따라와."

굳은 얼굴의 솔이 스태프들에게 사과하며 세준의 넥타이를 잡아끌었다. 끌려 나가는 그에게로 쏠리는 시선에 어깨를 한 번 으쓱해 보인 세준이 씩 웃으며 그녀를 따라갔다.

묘한 긴장감에 싸인 스튜디오는 그렇게 멀어지는 두 사람을 멍하니 바라봤다. 치웅 또한 두 사람의 모습이 완전히 사라질 때까지 날카로운 눈으로 두 사람을 지켜보고 있었다.

"너."

의상실 안에 있던 스태프들을 내몬 솔이 문을 걸어 잠그며 세준을 돌아봤다. 시리도록 차가운 눈이 세준을 노려봤다. 솔의 온몸에서 냉기가 뚝뚝 떨어지고 있었다.

"쫓아다니든, 괴롭히든, 놀려대든 다 상관없는데 말이야."

시원하게 드러난 팔을 쭉 뻗은 솔이 세준의 넥타이를 다시 잡아당겼다. 새까만 눈동자 위로 시리도록 푸른 화가 맺혀 있었다. 냉랭한 그 기세에서 고스란히 드러나고 있었다. 그녀가 지금 얼마나 화가 나 있는지를…….

새하얀 의상을 입고 푸른 화를 품고 있는 솔의 모습이, 지금 세준에게는 정말 딱 눈의 여왕처럼 보였다.

"나, 정말 촬영장에서는 건들지 마. 부탁이다."

처음 솔을 봤을 때, 그때 그 촬영장에서 보았던 그 눈빛 그대로였다. 변하지 않았다, 강솔은. 섬뜩하리만치 올곧고 진지한 눈빛. 그 눈빛이 세준을 향해 있었다.

아주 약간의 화가 더해져서 말이다.

싱긋 웃어 보인 세준이 어깨를 으쓱한다.

"싫은데?"

솔의 단정한 미간 사이로 짜증 섞인 주름이 졌다.

"싫으면 어쩔 건데? 계속 건든다고?"

"응, 건드릴 거야."

"……그래, 그럼 그러든가 말든가. 난 앞으로 너 상대 안 해."

"글쎄, 그건 힘들 것 같은데."

왜 자꾸만 이렇게 강솔, 당신을 자극하고 싶지?

"그 반지, 당신한테 소중한 거 아니야?"

"반지……!"

왜, 지금 이 기회를 놓치고 싶지 않은 걸까? 알고 싶어.

당신을, 강솔…… 당신을 알고 싶어.

"그거, 가져가야지. 그러려면 날 상대해야 하고."

"내놔."

"줘야지, 언젠가는."

약을 올리듯 가볍게 웃으며 말하는 세준, 그리고 그런 그의 속을 꿰뚫어 보기라도 할 듯 솔이 맹렬한 기세로 그를 직시했다.

새하얀 메이크업도, 그녀를 화려하게 치장한 화려한 보석도 저 눈빛을 따라갈 수 없었다. 그녀의 눈동자는, 이제까지 세준이 보았던 그 어떤 보석보다 아름다웠다. 세준의 등 뒤로 오싹한 전율이 훑고 지나갔다.

저런 눈빛은, 왜 강솔에게만 있는 걸까. 어째서, 강솔의 눈동자를 보고 있자면 시선을 뗄 수 없는 것일까. 어째서.

"박세준."

순간 솔이 잡고 있던 세준의 멱살을 놓아줬다. 그러더니 천천히 그 손을 들어 세준의 이마를 쿡ㅡ 찌른다. 그녀의 손끝에 닿은 이마가 아릿하다.

"까불지 마."

홀린 듯 그녀의 눈을 바라보고 있던 세준은, 얼음장처럼 차가운 솔의 목소리에 가슴 아래서 불이 올라오는 것 같았다.

이상한 일이지. 얼음장처럼 차가운 말에 열이 올라오다니.

세준의 손이 순식간에 그녀의 손과 허리를 틀어잡았다. 그러곤 솔이 미처 놀랄 틈도 없이 재빠르게 그녀를 끌어당겼다. 강한 힘으로 세준이 새하얀 얼굴 위로 유난히 붉게 도드라져 있는 입술을 훔친다.

장미향이 번져 나올 것만 같은 그 붉고 탐스러운 입술을 찰나의 순간 동안 머금던 세준이 입술을 떼지 않고 그대로 중얼거렸다.

"이렇게?"

한숨인지 헐떡임인지 분간이 가지 않는 짧은 숨결이 솔의 입술을 타고 나왔다. 뚫어져라 직시하는 그녀의 눈동자 안으로 뭔가 꿈틀거리는 것처럼 느껴졌다.

그리고 바로 그 순간, 솔이 조금 더 세준에게로 파고들었다. 그러곤 세준이 그러했듯 순식간에 세준의 입술을 공격했다. 그녀가 닿자마자 맹렬한 고통이 세준의 입술을 강타했다. 입술이 찢겨 나갈 듯 날카로운 통증이었다.

"윽."

그녀와 닿아 있던 세준의 입술에서 아픈 신음성이 터졌다. 그런 세준을 강한 힘으로 밀쳐 내버린 솔이 그에게서 벗어났다.

"……그래, 그런 거."

이득, 이를 갈며 조금 부푼 입술을 손바닥으로 벅벅 문지르며 사라지는 솔의 모습에 세준이 비죽비죽 웃음을 터뜨렸다.

얼마나 강하게 깨물었는지, 입술이 지끈거리고 있었다. 하지만 그 날카로운 통증마저도 타는 듯이 뜨거웠던 그녀의 입술의 잔상을 헤치지 못했다.

난생처음, 그조차도 어찌할 수 없는 뜨거운 감각이 세준을 지배하고 있었다. 머리보다 먼저 반응하는 감각들이었다. 그녀에게 물어뜯긴 입술을 문지르며 세준이 그녀를 붙잡았던 손바닥을 올려 바라봤다.

"또…… 화나게 해버렸네."

솔에게서 묻어 나온 은빛 반짝이들이 의상실 조명을 받아 그의 손가락 사이사이로 빛나고 있었다.

제3화
당신을 놓아줄 수 없는 이유

　공원으로 이어지는 목 좋은 건물의 3층에 위치한 술집은, 바(Bar)라고 하기엔 사방이 다 트여 있고 색체가 다채로웠다. 그렇다고 그냥 일반 술집이라고 하기엔 노랫소리도 경박하지 않았고, 분위기도 독특했다.

　안에 들어선 세준은 곧바로 바(Bar)로 향했다.

　그 안으로 익숙한 실루엣이 보였다. 훈이었다. 그리고 훈의 앞으로는 두 명의 남자가 훈에게 뭐라뭐라 말을 걸고 있었다.

　그쪽으로 발길을 옮기던 세준이 훈의 친구들인가 싶어 멈춰 섰다. 그러나 그 곁에서 새어 나오는 말소리가 절대 저 세 사람이 친구가 아니라는 것을 말해주고 있었다.

　"너, 남자면 다 좋은 건 아니지?"

　"에이! 그건 말도 안 되지. 이쪽도 취향이라는 것이 있겠지. 안 그래?"

"그래서 지금 애인 있냐, 너? 하긴 너도 얼굴이 반반하니까."

"반반하다니. 얘가 여자냐?"

훈은 일절 대꾸도 하지 않았지만, 그 앞에 앉은 두 명은 뭐가 그리 재밌는지 낄낄대며 되도 않은 농을 걸어대고 있었다. 그 저속한 대화의 가운데 있는 훈은 그런 두 사람이 그다지 신경 쓰이지 않는다는 듯 제가 할 일을 묵묵히 하고 있을 뿐이었다.

몇 발자국 떨어진 곳에서 그것을 보고 있던 세준이 다시 발을 옮겼다. 그가 오는 것을 느꼈는지 훈이 고개를 돌렸다. 반가운 듯 인사를 건네려다 눈앞의 무리들을 보더니 고개를 내젓는다. 저리 가 있으라는 뜻이었다.

하지만 말을 잘 들으면 박세준이 아니지.

세준은 훈의 신호도 무시한 채 휘적휘적 그 곁으로 걸어갔다. 그러곤 그 긴 다리를 들어 두 남자가 앉아 있는 의자를 쿵— 하고 발로 찼다.

갑작스러운 공격에 놀란 듯 두 남자가 세준을 노려봤다.

"이 새끼! 너 뭐야?"

"이 미친놈 보소?"

순식간에 한 사발의 욕을 지껄이는 두 남자를 보며 세준이 씩 웃으며 말했다.

"거기 내 자린데."

웃고는 있지만 그의 눈빛이 얼음장보다도 차갑게 번득이고 있었다.

"야, 이 새끼야! 안 꺼져? 처맞기 전에 가라."

"생각하는 것도 저질이더니 말하는 것도 그렇게 고 퀄리티는 아니네."

"뭐? 뭐, 이런 새끼가……. 죽어볼래, 너?"

키가 큰 세준으로 인해 잠시간 주춤하던 두 사람도 이내 자신들의 쪽수가 많다는 것을 인지했는지 자리를 박차고 일어났다.

"더러운 걸 더럽다고 말 못 하는 아름다운 민주사회고만."

비아냥거리는 세준의 말에 인상을 확 구긴 한 명이 불현듯 그 옆에 있던 친구를 툭툭 건드렸다.

"아! 나 이 새끼 알아. TV서 몇 번 본 것 같은데. 너 잘 걸렸다. 어디 한번 합의금이나 왕창 뜯겨봐라, 이 새끼야!"

"잘됐네, 잘됐어. 우리 한번 매스컴 좀 더럽혀 보자."

"때리려고? 싸우게? 그쪽이 불리할 텐데……."

그다지 거리낌도 없이 비아냥거리는 세준의 모습에 마침내 훈이 손을 들어 두 사람을 저지했다.

"그만! 여기서 이러시면 안 되죠, 손님."

"오호라, 이제 알겠네. 너희 둘이 사귀냐? 지 깔이라고 지금……."

"그만해라. 경고했다."

주절거리는 사내의 말에 열 받은 것은 훈이었다.

두 남자가 훈에게 별의별 말을 다 할 땐 그저 묵묵히 자기 일만 하던 훈이, 아니, 때때로 농담까지 받아쳐 주던 훈의 눈빛이 싸악 달라졌다.

뭐라고 욕지거리를 더 하는 두 사람을 사나운 눈으로 노려보던 훈이 들고 있던 데킬라 잔을 쾅 내려놓았다.

얼굴이 곱상하다지만 그가 여자는 아니었다. 나름 키도 컸고, 남자다운 매력도 있었다. 훈이 인상을 팍 찌푸리며 뭐라 입을 열려는 찰나에, 저 멀리서 누군가 다가왔다.

"손님, 여기서 이러시면 안 됩니다."

복층으로 된 술집 위층에서 내려온 그 누군가는 무척이나 덩치가 컸다. 거기에 입술 옆으로 날카로운 상처까지 나 있으니, '길 가다 싸움 걸면 무조건 도망가야 할' 남자의 표본이나 다름이 없었다.

그런 그가 어깨를 잡고 흔드니, 쪽수만 믿고 있던 두 남자의 꼬리가 단박에 접혀 내려갔다. 실상 이제는 쪽수까지 밀리고 있었다. 2:3이었으니까.

입으로 싸우는지 뭐라고 몇 마디 더 주절거리던 놈들은 위에서 내려온 덩치남이 한 발자국 더 다가가자 그대로 물러섰다. 그러던 세준이 서둘러 가게를 나가려는 그놈들의 뒷목을 잡아챘다.

"싼 똥은 치우고 가야지? 계산."

히죽 웃던 세준이 그들이 먹은 것을 눈짓으로 가리켰다.

"……미, 미친."

"비싼 것도 먹었네. 얼른."

"하! 뭐 이런 새끼가 다 있어?"

"야, 이거 안 놔? 놔!"

"먹튀 노노합니다, 손님."

욕지거리를 지껄이든 말든 세준은 그저 씩 웃으며 그놈들이 건네는 카드를 낚아채 훈에게 건네주었다. 그게 또 재밌다는 듯 피식피식 웃던 훈이 경쾌하게 카드를 긁었다.

"감사합니다, 손님. 또 오십시오."

본연의 기분 좋은 스마일남으로 돌아온 훈이 줄행랑을 치는 두 남자를 보며 낄낄 웃음을 터뜨렸다. 그러곤 어느새 슬그머니 바 안으로 들어서는 덩치남의 어깨를 잡아채며 고개를 내젓는다.

"사장님, 사장님은 올라가 있는 게 장사에 도움이 된다니까요? 손님들 식겁하니까, 이제 올라가서 책 보세요, 책."

"……나도 필요할 때가 있잖아, 지금 이렇게."

"네, 네, 감사했습니다. 이런 순간이 오면 다시 부탁드릴게요."

억지로 밀려 올라가는 남자를 보며 세준이 자리를 잡고 앉았다.

"더블샷."

"더블샷? 차 안 가지고 왔어?"

"술집 오는데 뭐하러 차를 가져와."

데킬라에 토닉워터를 적절히 섞어준 훈이 '그렇긴 하지' 하며 고개를 끄덕였다.

"근데 너 어쩐 일로 여길 다 왔냐. 아! 맞다! 너, 그날 어떻게 됐냐? 둘이 같이 나갔잖아."

"글쎄."

"내 마음을 이리 애태우지 마시어요, 잘생긴 손님."

"그다지 애가 타 보이지 않습니다, 바텐더님."

세준의 말에 낄낄 웃던 훈이 주위를 휙휙 둘러보며 다시 은밀하게 말했다.

"그래서, 잤냐? 안 잤지?"

훈의 말에 세준이 눈살을 찌푸렸다. 세준은 이상하게 '잤냐'는 말이 싫었다.

어지간한 욕설보다, '잤냐? 안 잤냐?'라는 말이 더욱 거슬리곤 했다. 뭔가, 그렇게 말하면 안 되는 것을 저속하게 끌어내리는 것만 같아서 영 찜찜하고 불쾌하게 느껴지곤 했다.

"묻는 것 하고는. 그게 그렇게 중요하냐?"

"야, 그렇게 둘이 사라졌는데…… 궁금하지 안 궁금하겠냐? 그나마 그때 사람들이 다 꽐라 돼서 쓰러져 있던 게 다행이지. 여하튼, 잔 거 아니지, 그치? 안 잤지?"

훈의 말이 의외라는 듯이 세준이 그를 힐끔 쳐다봤다. 그러자 그럴 줄 알았다는 듯 훈이 득의양양하게 웃었다.

"우리 솔이 누나는 그렇게 호락호락한 여자가 아니라고!"

"우리 솔이 누나 같은 소리 하네."

"쓰러지지 않는 만리장선 같은 여자! 강솔!"

자기가 말해놓고도 뭐가 그리 재밌는지 훈이 낄낄거렸다. 그를 보며 얼굴을 구긴 세준이 쯧쯧 혀를 찼다.

"만리장선이 아니라 만리장성이거든요? 그리고 만리장성은 쌓으라고 있는 거지, 무너뜨리라고 있는 게 아니다."

"토메이토나 토마토나. 어쨌든 그게 그거지, 뭐."

"어떻게 그게 그거냐? 진시황이 무덤에서 뛰쳐나올 소리 한다."

훈이 흥— 콧방귀를 뀌며 대수롭지 않게 대답했다.

"어쨌든 넌 그거 쌓지도 못했잖아."

"일부러 안 쌓은 거야."

'흐으으음?' 하며 믿을 수 없다는 듯 이상한 소리를 내던 훈이 그를 부르는 소리에 쪼르르 반대편 바로 달려갔다. 잔에 담긴 독한 술을 홀짝홀짝 마시던 세준이 손바닥을 펼쳐 봤다. 이미 지워져 버린 반짝이들이었지만, 그의 손에는 여전히 솔이 남긴 여운이 뜨겁게 남아 있었다.

"손 더럽냐? 물수건 주리?"

"됐다."

"그래서, 왜 안 쌓았는데?"

"뭘?"

"만. 리. 장. 성! 그거 왜 안 쌓았는데, 왜."

그러게, 왜 안 쌓았을까? 잠시 잔을 내려놓고 세준은 고민했다. 분명, 그녀를 안아도 백 번은 안을 수 있던 상황이었다. 그런데 그는 그저 잠자는 그녀를 고이 모셔놓고 한참을 관찰만 했다.

뭐가 그렇게 신기했던 건지, 다 똑같은 사람이고 여자였을 뿐인데 왜 솔에게 손을 대지 못했던 걸까? 왜 그 흐트러진 몸 위로 이불까지 꼭꼭 여며주며, 강솔을 바라보기만 했을까?

참, 알 수 없는 노릇이었다. 막말로 그가 부처도 아닌데.

'뭐, '했다'는 오해를 남겨두긴 했지만……. 어쨌든 안 한 건 안 한 거니까.'

곰곰이 생각하던 세준이 그를 뚫어지게 바라보고 있는 훈을 슬쩍 바라봤다. 그 대답은 뻔한 것이었다.

"……기…… 싫어서."

"뭐?"

"못 들었으며 됐고."

"미움받기 싫어서라고?"

꼭 이러더라. 사람들은 들었어도 괜히 못 들은 척 반문한다.

세준이 무심하게 고개를 끄덕였다. 괜히 조금 전 펼쳐 보았던 손을 다시 쥐었다 펴보았다. 손에 남아 있는 그녀의 여운이 가시는 게 왠지 서운했다.

"흐으으응. 네가 남한테 미움받는 거 신경 쓰는 성격이던가?"

날카로운 훈의 말에 세준이 무심하게 어깨를 으쓱했다.

"나 오늘 강솔이랑 촬영했다."

"그래?"

물기 남아 있는 컵을 마른 수건으로 닦기 시작한 훈이 시큰둥하게 대답했다. 원하는 대답을 듣지 못해 심통이 난 듯했다.

"근데 혼났어, 나. 그것도 엄청."

"누구한테?"

"강솔한테."

"엑? 왜?"

슥슥 닦고 있던 잔을 내려놓으며 훈이 놀라 되물었다.

"내가 좀 많이 건드렸거든, 그 성미를. 그리고 나한테 약점 잡힌 것도 있고."

"약점? 누나가? 너한테 잡혔다고? 언제? 그날? 근데 왜 건드려?"

폭포수처럼 쏟아지는 훈의 질문 세례에 세준이 얼굴을 찡그렸다. 몇 방울 튄 침을 닦아내며 세준이 점점 다가오는 훈의 얼굴을 손으로 밀어냈다. 에이, 더러운 놈.

"아, 몰라. 바텐더님, 좀 자제하시죠? 저 유명인이거든요?"

세준의 말에 훈이 히히 웃으며 말했다.

"난 좀 유명한 게이인데."

잘났다, 진짜. 어이가 없다는 듯 세준이 웃으니 훈의 질문 공세가 다시 시작됐다.

"아, 어쨌든! 너 언제부터 약점 잡고 사람 건드리는 나쁜 놈 됐냐? 네가 좀 싸가지가 없는 것처럼 보이지만 진짜 싸가지가 없는 놈은 아니었는데? 아, 그리고 왜 솔이 누나 건드리냐! 나 솔이 누나 편이거든?"

"얼씨구?"

"얼씨구는 무슨 얼씨구야! 여긴 강남구야!"

"……."

"미안."

싸해지는 공기에 재빨리 사과하는 훈이었다. 그 모습에 쯔쯧 혀를 찬 세준이 차가운 술을 한 번에 들이켜 마셨다.

"너 언제부터 강솔이랑 친했냐?"

"나? 어, 그러니까…… 한 3년 됐네? 아, 여기 개업할 때 누나 왔었거든. 그때부터 친하게 지냈던 것 같다. 그때 포스 제대로였는데……. 아무튼 그건 왜?"

"아아. 아니, 그냥 어쩌다 친해졌나 해서."

관심 없는 척 시큰둥하게 중얼거리는 세준의 말에 훈의 눈빛이 의미심장하게 빛났다. 비워버린 세준의 잔에 얼음과 럼을 채워준 그가 잔을 스윽 밀어주었다.

"……누나는 너 별로라고 했는데."

이미 알고 있는 사실을 새삼 찔러대는 훈의 말에 세준의 미간이 구겨졌다. 마침 손에 걸린 잔을 다시 한 번 시원하게 들이켠 세준이 훈을 곱지 않게 노려보았다.

"그래서 어쩌라고. 이게 지 곤란한 거 구해주니까 긁네."

"내가 언제 구해달라고 했나? 그런 정신 나간 애들 상대하는 것도 벌써 3년 차인데 뭐. 쯧. 아무튼 그럼 너는, 솔이 누나 언제 알았어? 유명인이니까, 선배니까 알고 있었다는 말은 안 통한다."

마음에 안 든다는 듯 잠시간 훈을 노려보던 세준이 빈 잔을 탕탕 내려쳤다.

'예, 예, 손님' 하며 비위 좋게 다시 잔을 채워준 훈이 세준이 입을 열길 점잖게 기다렸다. 손안에 달그락거리는 얼음을 몇 번 흔들던 세준이 쓰게 중얼거렸다.

"……별이라고 생각했는데, 닿을 수 있더라고. 그래서 자꾸 건드리고 싶어."

'그냥 여자'라고 생각했는데. 솔은 그가 생각했던 것보다 훨씬 신경 쓰이는 여자였다. 차가운 여자라고 생각했는데, 그의 손에 닿던 솔은 생각보다 따뜻한 여자였다. 별이라고 생각했는데, 사람이었다. 닿을 수 없다 생각했는데, 닿을 수 있었다.

"언제 알았냐고 물었더니, 갑자기 뭔 철학적인 소리야. 그래서?"

"그래서 부딪치다 보면 알 수 있지 않을까…… 해서."

그래서 세준은 건드려 보고 싶었다. 강솔이 누구인지, 왜 그녀가 자꾸 신경 쓰이는지.

그리고, 지금 자신이 왜 이러는지도 말이다.

"흐음."

내려놓은 잔을 슥슥 닦던 훈이 잠시간 생각에 잠기는 듯하더니 세준을 힐끔 바라봤다. 다시 또 비어가는 술잔을 보며 얼음 통에 담겨 있는 맥주를 꺼내 들었다.

"자꾸 부딪치면 불꽃 튄다. 알지?"

훈의 말에 세준이 웃었다.

"알고 있어, 인마."

촬영이 끝난 스튜디오는 언제 그렇게 시끄러웠냐는 듯 정적만 가득했다.

몇 시간 전까지만 하더라도 카메라와 조명판의 가운데에 서서 그 누구보다 화려하게 빛나던 솔이 바로 그 어두워진 스튜디오 한가운데에 덩그러니 누워 있었다.

수십 명이 북적이던 스튜디오가 무색하리만치 그녀의 주위를 감싸고 있는 것은 침묵과 고요뿐이었다. 불이 꺼진 스튜디오, 그 황량함만큼이나 그녀의 삶도 이중적이었다.

솔은, 그렇게 느끼고 있었다.

화려하고, 당차고, 모두의 주목을 받는 모델의 삶. 그 이면에는 겉으로는 절대 드러낼 수 없고, 숨겨야 하는 주접스럽고 푼수 같은…… 한없이 평범한 그녀가 있다.

그래서 그런지 솔은 불 꺼진 스튜디오, 불 꺼진 무대가 좋았다. 그냥 참 좋았다.

솔의 옆으로 마시고 나면 항상 처음처럼 속을 게워낸다는 녹색 유리병과 먹다 남은 방울토마토 몇 개가 덩그러니 놓여 있었다.

오늘 촬영 배경으로 쓰인 새하얀 무대 위를 뒹굴뒹굴 굴러다니던 솔이 손을 더듬어 그녀처럼 널브러져 있던 사진을 집어 들었다.

작은 창문 안으로 쏟아져 들어오는 달빛과 저 멀리 비상구 등이 다였지만 사진을 보기엔 충분한 불빛이었다.

"열 받네."

한 손으론 사진을 잡고, 한 손으론 주먹을 쥔 솔이 사진을 쿡쿡 찔러대며 으르렁거렸다. 네모난 사진 안으론 근사하게 미소 짓고 있는 세준이 있었다.

"뭘 웃고 있어? 웃지 마, 웃지 말라고!"

입술을 삐죽거린 솔이 손가락 하나를 장엄하게 빼 들고선 웃고 있는 세준의 콧구멍 사이를 무참하게 후벼 들어갔다.

"아니, 남의 반지는 왜 안 주는 건데? 어? 나쁜 놈이네, 이거. 진짜, 아주 나쁜 놈이야. 어!"

세준이 가져간 반지는 그녀에겐 무척이나 소중한 것이었다. 돌아가신 부모님의 사진 속에서 보이던 그들의 결혼반지를 따와서 만든 반지였다.

유품이라곤 거의 없는 그녀가 모델로 처음 돈을 벌었을 때, 스스로를 위해 선물한 반지. 별거 아닌 듯하지만, 그녀 자신에게는 무척이나

의미 있는 반지였다. 요즈음 살이 빠져서 반지가 헐렁해졌다 느끼긴
했는데, 하필 그날 빠뜨리고 오다니.

"내놓으라고! 우씨!"

솔이 신경질적으로 사진을 퍽퍽 내려쳤다.

한참을 그렇게 손가락과 주먹으로 사진을 농락하던 그녀가 이내 그
것을 휙 허공에 던져 버렸다. 팔랑팔랑 떨어진 사진 주위론 이미 무
참하게 농락당한 세준의 사진이 수십여 장 떨어져 있었다.

"아! 열 받네!"

마구 발을 구르며 솔이 버럭 소리를 질렀다. 텅 빈 스튜디오가 솔의
목소리로 쩌렁쩌렁 울리고 있었지만, 아무도 뭐라 할 사람이 없었다.
그녀는 혼자였으니까.

"뭐가 그렇게 열 받나?"

"엄마야!"

아니, 혼자라는 것은 솔의 생각이었나 보다. 언제 온 건지 치웅이
두 손 가득 무언가를 들고 문 앞에 서 있었다.

"아, 놀라라! 소리도 없이 다녀, 왜."

"미안. 혼자 놀 거면 문이라도 잘 잠갔어야지."

"다들 간 줄 알았지."

누워 있던 솔이 부스스 일어나 앉았다. 그 곁으로 치웅이 다가와
엉덩이를 붙였다.

"뭐하고 있던 거야? 소리 지르고, 발버둥 치고. 얼씨구? 소주?"

치웅이 반쯤 비워진 녹색 병을 들고 흔들자 솔이 히죽 웃으며 고개
를 저었다.

"마셔봐."

"음?"

"얼른!"

솔이 억지로 치웅의 입으로 소주병을 들이밀었다. 목구멍으로 넘어올 독한 알코올 향을 기대했던 치웅이 놀라서 눈을 동그랗게 떴다.

"물이네?"

"당분간 술은 안 마시기로 했거든. 기분 내고 싶어서 버리고 물로 채웠지."

"오우."

솔의 말에 치웅이 곤란하다는 듯 이상한 소리를 냈다. 그러더니 들고 온 종이백을 뒤적거리며 무엇인가를 꺼냈다. 그리고 그것을 본 순간, 솔이 눈을 반짝 빛내고야 말았다

"와인!"

치웅이 사들고 온 것은 평소에 솔이 즐겨 마시던 싸고 달기만 한 와인이었다. 정말 싸고, 정말 달기만 한, 마트에서 쉽게 구할 수 있는 그런 와인 말이다.

"그럼 이건 내가 다시 가져가야 하나?"

치웅이 힐끗 와인을 쳐다보며 병을 흔들었다. 마치 고양이에게 버들가지를 흔들 듯 그렇게 두어 번.

"……어허!"

예고편만 보여주듯 병을 슬쩍 보여주는 치웅의 손목을 솔이 덥석 잡아챘다.

"그거라면 말이 달라지지."

솔의 말에 치웅이 시원하게 웃음을 보인다. 그와 마주 웃으며 벌써부터 입맛을 다시던 그녀가 다른 쪽 손을 치웅에게 흔들었다.

"오프너, 플리즈."

그럴 줄 알았다는 듯이 치웅이 바지 뒷주머니에서 오프너를 꺼내

건네주었다.

신이 난 솔이 능숙하게 와인 병마개를 제거했다. 이 코르크 마개가 빠져나오면서 뽕— 하고 나오는 소리를 솔은 좋아했다.

속이 다 시원해지는 소리. 한영은 방귀 소리 같다고 했지만…… 하여튼 지 같은 생각만 하는 한영이었다.

"근데 잔은 없어?"

"아차차. 잔은 안 사왔는데……. 아, 스튜디오에 소품으로 쓰는 와인 잔 있을 거야. 잠깐 기다려 봐."

엉덩이를 붙이자마자 퍼드덕 일어선 치웅이 서둘러 소품실로 향했다. 그것을 보며 어깨를 으쓱한 솔이 눈앞에서 찰랑이는 와인에 코를 가져갔다.

아, 이 달콤한 내음이라니.

킁킁 냄새를 맡아보니 특유의 과실 향이 섞인 와인 향이 올라왔고 동시에 귀를 자극하는 탄산의 소리들도 들려왔다. 잠시간 입맛만 쩝쩝 다시던 그녀가 에라 모르겠다, 병을 통째로 입에 댔다.

"크으! 아, 맛 좋닷!"

사실 시중에 파는 800원짜리 사과 맛 탄산음료와 다를 바가 없는 맛이었다. 고급이라고 하기에도 뭐했고, 취하기에도 도수가 너무나도 약한 그런 술.

그래서 솔은 이게 더 좋았다. 가격도 싼데다가 음료수랑 술을 동시에 마시는 느낌이라니. 완전 일타이피, 땡잡은 거 아닌가?

거기다 술은 적당히 마시면 친구지만, 많이 마시면 적이 된다. 그렇게 정신 놓고 마시다가 솔도 오늘날 이 꼴이 되지 않았는가.

하, 내가 진짜, 그날 왜…….

다시 떠오른 그날의 잔상에 솔이 머리를 휙휙 흔들며 다시 입안으로 와인을 흘려보냈다. 매너니까 병 입구에서 입술은 떼고.

곧이어 달달하고 향긋한 액체가 목구멍을 지나 가슴속으로 차갑게 들어찼다.

그래그래, 이 맛이지, 이 맛이야. 솔이 만족스럽게 입맛을 다시는데 스튜디오 안으로 경악에 찬 치웅의 목소리가 울렸다.

"솔!"

믿을 수 없다는 듯 와인 잔을 들고 그녀를 바라보고 있는 치웅을 보며 솔이 더 놀라 눈을 동그랗게 떴다.

"엄마야, 언제 왔어?"

"아니, 지금 그거 병나발 분 거야, 설마? 내가 본 게 진짜 병나발은 아니겠지? 어? 그치?"

"히끅!"

믿을 수 없다는 듯 되묻는 치웅의 말에 솔의 목구멍에서 딸꾹질이 터져 버렸다. 딸꾹딸꾹. 아, 정말, 잠깐 맛만 보려고 했는데……. 이렇게 적나라하게 들켜 버리다니, 수년 동안 치웅 앞에서 지켜온 그녀의 이미지가 와르르 무너져 버렸다.

"히끅!"

"……그러니까 몰래 먹으면 다 들키게 돼 있다고."

못 말리겠다는 듯 웃어버리는 치웅을 보며 솔도 머리를 긁적이며 이내 배시시 웃음을 보였다.

솔이 병나발을 불었든, 그것을 원샷했든 그다지 신경 쓰지 않는다는 듯 치웅이 가져온 잔에 와인을 따랐다.

"그렇게 병째 마시면 맛있어? 무슨 맛이야? 몰래 먹는 맛?"

"어…… 아니."

당황하던 것도 잠시, 스스럼없이 넘겨 버리는 치웅의 모습에 솔도 이내 어색하게 굳어 있던 얼굴을 폈다.

"그럼?"

되묻는 치웅의 질문에 잠깐 고민하는 척하던 솔이 장난스럽게 웃으며 대꾸한다.

"병맛."

"뭐?"

"병째 마시니까 병맛이지, 병맛. 안 그래?"

생뚱맞은 솔의 말에 치웅이 푸하하 웃음을 터뜨렸다. 조금 전 무섭게 소리친 그 사람이 맞나 싶을 정도로 부드러운 웃음소리였다. 한 모금 마셨는데 벌써 알코올 기운이라도 도는 걸까? 타인의 웃음을 보고 있자니, 솔도 저절로 웃음이 나왔다.

혼자 있는 것이 좋았지만, 치웅을 만난 것도 나쁘지 않았다. 치웅과 있으면 편했으니까. 그 빡쳐인가 빡세인가랑은 다르게 말이야.

불현듯 세준의 얼굴이 떠오르자 다시 열이 올라오는 솔이었다. 화끈거리기도 하고 울컥거리기도 하고, 짜증 같기도 하고, 분노 같기도 한 미약한 열 말이다.

"에잇, 열 받아!"

별안간 솔이 들고 있던 와인을 덜컥 원샷해 버렸다. 놀란 치웅이 그녀의 손을 잡고 저지했지만 이미 와인은 깔끔하게 그녀의 목구멍 뒤로 넘어간 상태였다.

"왜 그래? 촬영 때도 그러고. 오늘 솔 조금 이상하다?"

"나 원래 이상한 여자거든요?"

"장난하지 말고. 쟤 때문에 그러지?"

진지하게 변한 치웅이 솔이 농락하다 던져 버린 세준의 사진을 힐끔 쳐다봤다.

"몰라. 알게 뭐야, 저런 놈."

"……뭐야, 원래 알던 사이였어?"

"아니, 알던 사이라고 할 것까진 아니고……. 암튼, 치웅 씨는 원래 박세준 알고 있었어?"

"나야 몇 번 같이 촬영 작업하긴 했지. 근데 왜?"

치웅은 '아니, 그냥' 하며 중얼거리는 솔을 보며 묘한 의심을 거둘 수가 없었다. 오늘의 솔은 5년 동안 그가 알던 솔이 아니었다. 같은 사람인데 어딘가 달랐다. 정확히 말하자면, 박세준이 등장하고 나서부터 달랐다.

그 누구보다 관찰력에는 자신 있는 그였다. 특히 프레임 안으로 보이는 모델들의 심리 상태, 그날의 기분, 태도 등은 그의 눈을 벗어나기 힘들었다.

처음 솔과 세준의 파트너 촬영 때 솔은 그와 했던 촬영 중 처음으로 카메라를 신경 쓰지 않았다. 치웅의 눈을, 카메라를 의식하지 못했다.

그게 치웅에겐 꽤나 충격적인 일이었다. 그리고 더욱 충격적인 것은 그때 찍혔던 솔의 사진들이 꽤나 섹시했다는 것이다. 그녀 자신도 모르는 표정이 카메라에 잡힌 것이었다. 붉어진 볼, 떨리는 눈동자, 초조한 입술. 그리고 그녀의 시선이 향하는 곳.

그 모든 것이 치웅의 프레임 안에 담겼다. 그 모든 것을 치웅은 보고야 말았다.

"애 말이야."

생각에 잠겼던 치웅의 의식을 뚫고 솔의 목소리가 들렸다. 주변에 널려 있던 사진 중 하나를 집어 든 솔이 그 안의 인물을 손가락으로 툭툭 건드리며 말했다.

"애, 천잰가?"

"뭐?"

시무룩하게 중얼거리던 솔이 그 주변으로 쏟아져 있는 다른 사진들을 몇 개 더 집어왔다.

"애 말이야. 난 애가 그냥 얼굴 반반하고 허우대가 괜찮아서 뜨고 있는 줄 알았어, 치웅 씨. 근데 오늘 촬영하면서 그게 아니라는 걸 느껴 버렸지 뭐야."

"그게 무슨 말이야?"

"잘하더라고. 고작 1년 된 애라면서? 근데 찍는 족족 이런 사진들을 뽑아내다니. 열 받아 참을 수가 없어. 자세도, 시선도, 표정도. 나는 죽어라 연습하고, 연습하고, 연습해 낸 결과물인데 말이야. 애는 그냥, 자연스럽더라."

솔의 말을 듣고 있던 치웅은 웃지 않을 수가 없었다. 짜증 난다는 듯 세준의 사진을 가지고 이리저리 흔들어대는 솔을 보며, 치웅이 어깨를 들썩거리며 웃어 보였다. 어딘가 조금 안심이 되는 느낌이었다.

"뭐야? 왜 웃어? 난 진지해. 난 애가 잘한다는 게 참을 수 없이 싫다고! 실력이라도 없으면 깔아뭉개기라도 하는데! 으으!"

"왜 그렇게 싫어하는데? 박세준."

"싫어할 수밖에 없지! 날 가지고 놀려고 하는데!"

"그게 무슨 말이야? 애가?"

"그래! 기필코 복수하고 말 거야."

의지를 다지듯 두 주먹을 불끈 쥔 솔을 보며 치웅이 웃으며 잔을 높이 들었다.

"오늘 솔, 평소랑 많이 다른 거 알지? 예전엔 마냥 거리감이 느껴졌는데……. 오늘은 어째 조금 자연스럽고 천진해 보이네."

솔의 잔에 자신의 잔을 부딪치며 말하는 치웅을 솔이 동그래진 눈으로 바라봤다. 무언가 놀란 듯 경직된 눈이었다.

"보기 좋다는 뜻이야. 뭘 놀라고 그래? 여튼 그 복수, 나도 도와줄게."

"아니, 당신이 도와줄 필요는 없는데."

순식간에 솔이 예전의 모습으로 돌아왔다. 조금 흐트러지고 자유분방해 보이던 표정들이 사라지고, 조금 서늘하고 거리감을 두는 표정으로 돌아왔다.

치웅은 그 순간 아차 싶었다. 기껏 조금 가까워졌나 했건만……. 섣부른 입방정이 다시 솔을 그 자리로 돌려놓았다.

작게 한숨을 내쉰 치웅이 아무렇지 않은 척 와인을 들이켰다. 그토록 달던 와인이 목에 가시처럼 걸렸다.

"그만 마시고 이제 가자. 너무 오래 있었다, 나."

잔에 남아 있던 술을 마저 비우며, 솔이 서둘러 주변을 정리했다.

그 모습을 보며 솔에겐 들리지 않게 한숨을 내쉰 치웅이 고개를 끄덕였다.

"이번 주 스케줄은 이게 다고, 그리고 다음 주에 출국하는 거 알지?"

설탕이라곤 하나 들어가지 않은 순수 토마토 주스를 들이켜던 솔이 고개를 끄덕였다. 대표실에 들어와 태연하게 아침을 해결하던 솔은 신 대표가 넘겨주는 스케줄 카피본을 받아 들었다.

"이번 로마 컬렉션, 우리 소속사에서 몇 명이나 가는 거지?"

"우리 측에선 너랑 영수랑 혁진이가 가고, 세미 측에서 두 명 가고. 그렇게 해서 한국에서는 총 다섯 명만 간다. 후보군 애들 제외하면 말이지."

"얼마 안 되네? 작년엔 일곱 명 아니었어?"

"주관하는 곳에서 결정하는 거니까 뭐. 그래도 우리 회사에서는 매년 두세 명씩 꼬박꼬박 보내고 있으니. 항상 솔이 있어줘서 그런 거겠지?"

넉살 좋은 신경준 대표의 말에 솔이 입술을 삐죽였다. 마흔 살이 훌쩍 넘어갔으면서도 총각처럼 반바지에 청남방을 멋들어지게 소화하는 신 대표는 아이 둘을 가진 애 아빠였다.

하지만 모델들을 관리하는 회사의 대표가 흐트러질 수 없다며 관리를 잘해온 덕에 전혀, 전혀 애 아빠처럼 보이지는 않았다.

"아니, 새삼 뭐 그런 당연한 말을?"

장난 반, 진심 반을 섞어 웃으며 말한 솔이 자작하게 남아 있는 토마토 주스를 마저 비웠다.

"그럼 출국은 월요일인 거지?"

"응. 이번 이탈리아 컬렉션은 열흘 동안 진행되고, 선 촬영 때문에 3일 먼저 들어가니까. 다음 주 월요일에 가서 정확히 2주 후에 들어오는 거지."

"그으래."

신 대표의 말에 잠시간 생각에 빠진 듯 눈을 굴리던 솔이 이내 고개를 털어버렸다. 한 일주일 남아서 여행이나 할까 했지만, 이번 년도에는 이미 너무 많이 놀러 다닌 그녀였다. 발리 다녀온 지도 3개월도 안 됐고.

"뭐야, 또 쉬려고 그러는 거야? 안 되지. 이제 빡세게 일해야지."

"알고 있다고요."

솔의 마음을 눈치챈 건지 신 대표가 엄하게 눈을 빛냈다. 엄한 사장의 포스를 방출하는 신 대표의 모습에 솔이 두 손을 들어 항복을 표시했다.

"안 논다고, 안 놀아. 에이, 치사해. 일주일도 못 쉬냐?"

"이거 강솔, 계약 기간 얼마 안 남았다고 자꾸 농땡이 부리려고 그런다?"

얼마 안 남긴! 2년이나 남았는데!

솔이 삐죽거리며 투덜거리자 신 대표가 21개월이라고 정확히 꼬집어 말했다. 하여튼 느슨해 보이면서도 철저한 남자였다. 그것 때문에 솔도 잘되긴 했지만 말이다.

솔은 겉으론 그를 향해 투덜거리면서도 속으로는 그를 많이 신뢰하고 있었다. 어쨌든 애송이인 그녀에게 처음으로 손을 내밀어주고, 기회를 열어준 것도 그였으니까 말이다.

'그래, 보답도 하고 나도 잘되고. 내가 열심히 하면 일석이조지.'

"아이고! 그럼 저는 이만 체력 단련하러 가야겠습니다. 요즘 나이가 들어서 예전 같지 않습니다요."

몸을 포근하게 감싸주던 베이지색 소파에서 벌떡 일어난 솔이 주섬주섬 자신이 먹은 것들을 챙겨 들었다. 그 모습에 신 대표도 엉덩이를 털고 일어났다.

"미체 가는 거지? 데려다 줄까?"

"대표님을 일개 모델이 기사로 부려 먹어야 되겠어? 됐어, 택시 타고 가지 뭐."

솔이 황송하다는 듯 몸서리를 치자, 신 대표가 낮게 웃어 보였다. 그러더니 휴대폰을 들어 어디론가 전화를 걸었다.

"어, 석진아, 지금 회사에 있지? 강솔 좀 데려다주고 와. 응. 지금 내려간다."

"뭘 귀찮게 석진 오빠까지 붙여준대."

"타고 가. 네 매니전데 왜 만날 놀게 만들어? 기껏 비싼 돈 들여서 매니저 붙여줘도 만날 너 혼자 돌아다니냐. 내가 손해다, 손해야."

타박 아닌 타박의 말에 솔이 히히 웃었다.

예전부터 매니저를 데리고 다닌다는 게 영 어색하고 낯간지러운 솔이었다. 잘나가는 연예인처럼 막 바쁜 것도 아닌데 매니저라니. 하지만 같이 일하라고 신 대표가 기껏 붙여줬는데 매번 내보내는 것도 미안하긴 했다.

"오케이. 그럼 월요일에 다시 보는 거지? 공항 나올 거야?"

"아니, 어차피 나도 금요일에 가는걸, 뭐."

"아, 그래? 알겠어, 그럼."

"그럼 강솔이 금요일에 공항으로 나오나?"

'내가 미쳤어?'라는 말이 턱 끝까지 차올랐지만 솔은 그냥 미간만 찌푸리고 말았다.

그러다 질투심 많은 싸모님이 오해하는 날엔 턱주가리가 날아갈 것이었다. 저도 모르게 그 매콤한 손바닥을 상상한 솔이 부르르 몸을 떨었다. 사실은 이미 한 번 맞아본 전적이 있었다.

호텔 촬영이 있던 날, 신 대표의 와이프가 잘못 오해를 하는 바람에 한동안 병원에 다녀야 할 만큼 매서운 싸대기를 이단 콤보로 처맞았다.

그게 바로 2년 전이었다. 어쨌든 그날 이후로, 신 대표도 솔도 되도록 오해할 만한 장소에 둘이 가지 않는다. 신 대표의 와이프도 솔에게 미안한지 그날 이후로 지나치게 잘해주기도 하지만. 어쨌든 다시 맞긴 싫다고, 난!

"푸하하! 농담이야, 농담. 어서 가봐, 석진이 기다린다."

"으휴! 나 가요."

"어, 조심히 들어가고."

솔이 막 가방을 고쳐 메고 문을 열었을 때 솔의 입에서 별생각 없는 질문이 툭 튀어나왔다. 특별히 궁금했던 것도 아니고, 그렇다고 생각해 났던 말도 아닌 그냥 지나가는 말이었다.

"근데, 세미에서 누가 같이 가는 건지 알아?"

"아아. 알지, 당연히."

"누군데?"

솔이 시큰둥 물어오니, 신 대표의 입에서도 감흥 없이 이름 두 개가 툭 튀어나왔다.

"박세준이랑 손미나."

"으엑?"

왜 또 걔랑 엮이는 거야!

미체로 향하면서도 솔은 헬스클럽을 바꿔볼까 심각하게 고민하고 있었다. 하지만 이미 1년 치 회원권인 90만 원은 일시불로 날아가 버렸고, 절대 환급해 주지 않을 지은이라는 것을 알고 있었다. 그것도 50% 할인해 준 것이라고 엄청 생색냈던 그녀였으니까.

아아, 내 돈. 엉엉. 안 갈 수도 없고.

"솔아, 표정이 안 좋다?"

힐끔 그녀를 본 석진이 물어왔다. 솔은 그의 말에 더욱 절박하고 슬픈 눈으로 힘없이 고개를 가로저었다.

"삶이란 고난의 연속 같아서."

"헐, 천하의 강솔도 그런 말을 할 줄 알아?"

솔의 말에 석진이 푸하하 웃음을 터뜨렸다. 정말 진심으로 빵 터졌다는 듯 운전대를 부여잡고는 껄껄껄 웃어젖히는 석진의 모습에 솔의 눈초리가 더욱 처연하게 내려간다.

나도 내 입에서 이런 말 나오는 게 싫다고요. 으흑.

"석진 오빠는 몰라서 그래. 조금 괜찮다, 잘되고 있다 싶으면 와락 역경이 덮쳐 온다고."

"그래? 너도 그런단 말이지? 이야, 세상 불공평한 줄 알았는데 그것도 아니었네?"

무심하게 내뱉는 석진의 말이 솔의 가슴을 서늘하게 스쳐 지나갔다.

'불공평'. 그래! 세상은 불공평하지. 누군가는 나에게서 그런 걸 느끼겠지만, 나 또한 누군가를 보며 불공평함을 느끼곤 하니까 말이다. 이를 테면 박세준…….

하, 이 재수탱이 왜 또 생각이 나냐.

솔은 다시 퍼드덕 박세준의 생각을 지워냈다.

가만, 그러고 보면 삶은 공평한 것이 아닌가? 삶은 불공평하게 공평한 건가? 그럼 공평이란 뜻은 뭐지?

복잡하게 돌아가는 머리를 쥐어뜯으며 신음하니 어느새 미체 앞에 다다라 있었다.

이따가 데리러 온다는 석진에게 극구 사양의 뜻을 내비친 솔이 조심스럽게 건물 안으로 들어섰다.

현재 시각 오전 11시 13분. 운동하기에는 어중간한 시간. 좋았어, 차라리 이게 나았다.

은색 메탈 시계를 힐끔 본 솔이 조용히, 그리고 재빠르게 여자탈의

실로 들어섰다.

들어오는 내내 혹여 '그 누군가'라도 마주칠까 봐 노심초사하던 솔이 옷을 갈아입다 문득 얼굴을 구겼다. 요즘 들어 미간을 구기는 일이 많아지고 있었다.

아, 이러면 주름 생겨. 진정해, 강솔. 진정.

"근데 내가 왜 그놈 눈치를 봐가면서 돌아다녀야 하는 거야? 눈치 볼 놈은 그놈 아냐?"

잘못한 것도 없는데 왜 자꾸 말려드는 건지…….

애초에 첫 만남부터 기 싸움에서 지고 들어가서 그런 것이었다. 딱 잡아떼고 모르는 척, 시크하게 나왔어야 하는데. 괜히 당황해서 허겁지겁 호텔을 나와 가지고는.

머리를 콩콩 때리며 자책해 봤지만 지나간 시간은 돌아오지 않는 법이었다. 그것이 바로 만고불편의 법칙.

그래, 이제라도 솔, 자신의 페이스를 찾으면 되는 거였다. 안 마주치면 더 좋은 거고, 마주쳐도 모른 척하면 되는 거고. 좋아, 그렇게 하는 거야.

솔이 마음을 다잡고는 콧김을 흥흥 내뿜으며 비장하게 탈의실을 빠져나왔다. 굳게 다잡은 그녀의 마음만큼이나 잔뜩 굳은 얼굴의 그녀가 스트레칭룸으로 들어섰다.

'아무도 없네?'

다행히 스트레칭룸에는 개미 새끼 한 마리 보이지 않았다. 저도 모르게 안도의 한숨을 내쉰 솔이 퍼뜩 정신을 차리고선 머리를 콩콩 때렸다.

"아니, '다행히'가 아니잖아. 마주쳐야 반지를 달라고 하지, 이 멍청아."

"그렇게 때리면 뇌세포 죽는다니까?"

"엄마야!"

혼자라고 생각했는데 불쑥 누군가 머리를 내려치는 그녀의 주먹을 막아 세웠다. 소스라치게 놀란 솔이 펄쩍 뒤로 물러났다.

"깜짝 놀랐잖아! 어디서 그렇게 불쑥불쑥 튀어나와? 애 떨어질 뻔했네, 진짜."

0.5초 만에 다섯 발자국은 멀어진 솔이 언제 들어온 건지 그녀 뒤에 서 있던 세준을 향해 삿대질을 했다.

아침부터 와 있던 건지, 이미 땀에 흠뻑 젖어 있는 세준이 픽― 웃더니 재밌다는 듯 말했다.

"으흐으응. 애? 우리 사이에 애 생긴 거야?"

"말도 안 되는 소리 마!"

"목청도 크네. 애는 건강하겠다. 엄마가 이렇게 건강하니."

빽 소리를 지른 솔이 순간 세준의 말에 머리가 띵해왔다. 그 순간의 머뭇거림을 알아챈 건지 세준이 성큼 그녀를 향해 다가왔다.

"너, 내가 다가……."

'오지 말랬지'라는 말을 다 잇지도 못한 채 솔은 입을 꾹 다물어야 했다. 세준이 훌쩍 그녀를 지나쳐 거울 앞에 서서 두 팔을 앞으로 쭉 펴 내밀었다. 민망함이 쓰나미처럼 몰아쳤다.

"뭐라고?"

세준이 일부러 그런 거라는 것에 그녀는 손모가지를 걸 수 있었다.

말리지 않겠다고 했는데, 계속 말리는 느낌이었다. 솔은 그저 말없이 세준을 노려보고는 조금 멀찍이 떨어진 곳에 자리를 잡고 섰다. 얼른 몸만 풀고 나가야지 원, 진짜.

"로마 컬렉션 간다고 들었는데. 맞아?"

이런 말을 묻는 것을 보니 빡세인가 빡쳐인가 하는 저놈이 간다는 말을 솔이 잘못 들은 게 아니라는 것이 분명했다. 솔은 씁쓸한 목구멍 뒤로 마른침을 삼키며 건조하게 말했다.

"네가 알아서 뭐하게."

"매우 중요한 문제라고."

"웃기고 있네."

"정말이야. 정말 중요해, 나한테."

뻐근한 팔을 쭉쭉 늘이며 세준의 말을 모른 척하고 있으니 세준도 어깨를 풀던 것을 멈추고 다시 솔을 돌아봤다. 거울을 통해서 웃음기를 지운 진지한 표정의 세준이 보였다.

"당신 없으면 나도 가기 싫다고."

참 저런 말을 아무렇지 않게 하는구나.

"너도 입에 버터 바르고 사나 봐? 그리고, 내가 누나고 선밴데 어디서 자꾸 강솔, 강솔이야."

엄하게 꾸짖는 듯한 솔의 말에 세준이 휙 몸을 돌려 솔을 바라봤다. 땀에 젖은 머리를 슥슥 손으로 넘긴 그가 새삼스럽게 멋쩍다는 듯 입을 열었다.

"내가 강솔한테, '솔아'라고 할 순 없잖아?"

"누나, 선배님, 이렇게 부르면 되잖아. 선배님 좋네."

"그게 더 이상해."

슬쩍 눈을 휘어 웃어 보인 세준이 절레절레 고개를 내저었다.

"그리고 난 당신한테 죽어도 누나 소린 하고 싶지 않다."

"왜? 그렇게 부르는 게 당연한 거야."

"나한테는 안 당연해. 싫어."

"고집쟁이!"

세준의 말에 솔이 버럭 소리쳤다. 끝끝내 존칭을 듣고 말겠다는 작은 오기가 생겼다. 하다못해 누나라는 말을 들어야 세준을 조금 이긴 것 같은 기분일 것 같았다.

솔이 허리 위로 손을 얹고는 쿵쿵쿵 발을 구르며 세준에게 다가갔다. 머리 하나는 더 큰 세준이 다가오는 그녀를 내려다보았다. 그를 보면서 빳빳하게 고개를 높이 쳐든 그녀가 다시 말했다.

"자, 누나. 누나라고 해."

"싫어. 싫다고. 시이잃어. 목에 칼이 들어와도 그 말은 안 할 거야."

슬쩍 한 발자국 물러난 세준이 솔을 약 올리며 말했다. 순간 솔은 싫다고 말하는 저 입을 오색 빛깔 색실로 곱게 꿰맬 수만 있다면 참 소원이 없겠다고 생각했다. 울컥 솟아오르는 화기를 누르며 솔이 다시 한 번 목소리에 힘을 주며 말했다.

"누나, 강솔 누나, 솔이 누나, 누님!"

"강솔, 강솔! 솔!"

"이게 진짜! 아으, 빡쳐! 너 때문에 빡쳐 죽겠다고!"

정말 솔은 오랜만에 이성을 잃고 날뛰고 있었다. 누구한테 이렇게 화를 내본 적도 거의 없는 그녀였는데, 박세준은 너무나도 쉽게 그녀의 경계를 무너뜨린다. 그녀가 5년 동안 쌓아왔던 벽도, 가면도 순식간에 허물어 버린다. 신경을 안 쓰고 싶은데, 정말 그러고 싶은데.

"나 안 가."

순간 열이 확 오른 솔이 세준을 노려보며 중얼거렸다. 실상 지금 자기가 무슨 말을 중얼거리는지 인지도 잘 되지 않는 그녀였다.

"……뭐?"

"너 때문에 로마 컬렉션 안 갈 거라고, 이 빡쳐야."

그녀의 말에 정말 당황한 건지 세준의 짙은 눈동자가 크게 올라갔다. 그 당황한 모습을 보고 있자니, 아침에 먹은 토마토 주스가 다 소화되는 것 같았다. 어쩐지 조금 개운해진 느낌에 솔이 싱긋 웃으며 말했다.

"재밌게 잘 다녀오렴, 로마. '누나'는 한국에 있을 테니까. 그럼 '누난' 운동하러 이만."

새침하게 말하곤 총총 발걸음을 옮기는 그녀의 손목을 세준이 재빨리 낚아챘다. 옴마마, 얘가 왜 이래? 솔이 눈을 크게 뜨며 세준을 돌아봤다.

"진짜 하는 말은 아니지?"

당연히, 아니지! 그걸 말이라고 하냐.

"왜 아니야? 나 이래봬도 한 번 뱉은 말은 지키는 여자야."

……내키면.

"바보야? 누나라고 안 불렀다고 거길 안 가겠다는 게?"

오호호, 미쳤니. 내가 거길 안 가게?

솔은 물론 기필코, 꼭, 반드시, 갈 생각이었지만 세준에겐 정말 안 갈 것처럼 크게 고개를 주억거렸다. 동그랗게 뜬 두 눈을 똑바로 마주치면서 아주 단호하게 끄덕끄덕.

"응. 나 바보야. 그러니까 너 혼자 아주 자알 다녀오시라고요. 아주, 너 안 본다고 생각하니까 속이 다 후련하다."

"미쳤군. 진짜 미쳤어."

세준에게 잡힌 팔목이 아파왔다. 그 거세지는 악력만큼이나 세준의 미간이 깊어진다.

"강솔."

눈에 띄게 당황하는 세준의 모습에 고소한 미소를 머금은 그녀가 세준의 어깨를 툭툭 두드려 줬다. 마치 감독이 선수들을 격려하 듯 잘해보란 의미의 활기차고 힘찬 두드림.

"어디 한번, 자알 다녀와라."

활명수를 얼음 띄워 마신 듯 상쾌한 기분으로 뒤돌아선 그녀의 뒤로 세준의 한숨 소리가 나지막이 울려 퍼졌다. 답답하다는 듯 깊게 터진 그의 한숨 뒤로 감정이 거칠어진 짧은 혼잣말이 툭 불거져 튀어나온다.

"신경 쓰이는 여자한테 누나라고 하고 싶은 남자가 어딨냐……."

그 순간, 솔의 가슴이 철렁 내려앉았다. 생소한 느낌에 솔은 잠시 인상을 찌푸렸다. 하지만 어쩐지 그 느낌을 확인해 보려 뒤를 돌아볼 엄두가 나지 않았다. 그래서 솔은 세준의 말을 못 들은 척 다급하게 빠져나와 버렸다.

"뭐?"

입에 넣은 것을 다 넘기지도 못하고 소리 지르는 한영으로 인해 그 앞에 앉은 솔은 얼굴과 귀를 동시에 가리는 아크로바틱한 자세를 취해야 했다.

쩌렁쩌렁한 목소리와 함께 이물질이 신명나게 튀어 올랐다. 계집애, 몸집은 작은 게 목청은 하나는 정말…….

"드럽게 진짜. 야! 다 먹고 소리 질러!"

"아니, 그러니까, 그 훈내 터지는 빡세가 너한테 그런 말을 했다 이거야? 리얼리? 이즈댓 트루?"

한영이 들고 있던 피자 조각을 격하게 내팽개치며 솔의 어깨를 마구 흔들어댔다.

안 그래도 정작 자신은 먹지도 못하는 피자를 한영에게 사다 바친 것도 약이 올라 죽겠는데, 그것을 내팽개치는 한영의 작태에 솔의 눈이 한껏 찢어져 올라갔다.

"야, 아무리 흥분해도, 우리 음식은 버리지 말자?"

"야, 지금 이 피자가 문제야? 그 요즘 가장 핫하다는 박세준이, 그 핫바디 박세준이! 너한테 그, 그런 오그리 돋는 말을, 너에게……! 너에게! 아이고, 또 아까운 남자 하나 가는구나. 저 멀리 독수공방의 별나라로 가는구나!"

마치 저세상의 끝으로 박세준을 보낸 듯이 오열하던 한영이 목이 뜨겁도록 신선한 콜라를 벌컥벌컥 들이켰다.

그녀는 반쯤 비운 캔을 덜컥 내려놓더니 콧구멍을 몇 번 벌렁거렸다. 위장을 자극하는 짜릿한 기포로 인해 그녀의 눈에 옅은 물기가 올라와 있었다.

"내가 정말, 그 아까운 청춘이 욕실에서 애틋한 손짓으로 홀로 괴로워할 생각을 하니까 눈물이다 차오른다. 흑흑흑!"

"뭔 말이야, 그게."

밑도 끝도 없는 한영의 말에 솔이 얼굴을 구겼다.

"뭐긴 뭐야, 짝사랑이 얼마나 괴로운지 네가 알아? 어? 사랑의 '사' 자도 모르는 네가 뭘 아냐고! 아이고, 남자들의 사랑은 더 처연해요. 한창 혈기 왕성할 나이에 너를 생각하며 밤을…… 밤을……. 욕실에서, 처량하게……. 으흐흑!"

"뭔 소리야!"

끝을 모르고 진해지는 한영의 말에 솔이 벌컥 소리를 지르고 말았다. 점입가경으로 홀로 욕실에 들어간 박세준의 모습이 떠오른 것은 어쩔 수 없는 일.

괜스레 민망해진 솔이 그 옆에 깔짝대고 있던 아이스파스타를 헤집어놓았다. 욕실에 혼자 들어가지 그럼 둘이 들어가냐? 둘이 들어가

면 둘이 뭐하⋯⋯. 아, 왜 이래, 강솔. 정신 차려! 한영이의 페이스에
휘말리면 안 돼.

"아니지, 아니야. 그래! 너네는 이미 한 번 치렀지? 그래! 그랬지. 그
렇다면 역사가 바뀔 수도 있겠네."

"아, 뭘 치렀다고 그래! 기억이 없다니까? 그러니까 그건 무효라고,
무효! 그리고 걔도 나중에 좀 애매하게 말했다고!"

"뭐? 한지 안 한지 정말 궁금하냐고 말한 거?"

"그래!"

퍼억!

격하게 동의하듯 고개를 끄덕이는 솔의 머리 위로 한영의 손이 야
무지게 치고 지나간다. 정신 차리라는 듯 따끔한 일격에 솔의 머리가
갸우뚱 떨어지더니 바로 올라왔다.

"왜 때려!"

"정신 차려, 이것아. 그거야 네 마음 한번 헤집어보려는 노림수였겠
지."

"그게 어떻게 노림수야! 열 받아 죽겠는데."

"그게 바로 그거야. 열 받은 만큼 지금 너, 하루 종일 박세준 생각
만 하잖아. 신경 쓰이잖아?"

반박을 불허한다는 듯 단호하게 말하는 한영의 말에 솔이 주춤 입
을 다물고 말았다.

설상가상으로 저 말이 아주 틀린 말도 아니었다. 빡세, 그놈 때문
에 요즈음 아주 싱숭생숭 가슴이 다 답답했으니까. 하지만 박세준이
저를 좋아한다고? 그것은 솔이 동의하기 어려웠다.

"그, 그치만⋯⋯."

한영의 말에 솔이 얼얼한 머리를 쓰다듬으며 머리를 갸웃거렸다.

개운하게 손을 턴 한영이 식은 피자를 다시 들어 올리며 혀를 찼다.

"그치만, 뭐?"

"넌 좋아하는 남자한테 자자고 그렇게 쫓아다녀? 그거 너무…… 속 보이잖아."

솔의 말에 한영의 손이 멈칫 멈춰 섰다. 그녀의 말에도 일리는 있었으니까.

"하긴 그렇네."

"그치?"

잠시간 생각을 정리한 듯 보이던 한영이 결연하게 입을 열었다.

"좋아, 그러면……."

"그러면?"

"네가 정 못 믿겠다면, 이렇게 한번 해봐."

"뭘?"

솔의 되물음에 한영의 얼굴에 의뭉스러운 웃음이 피어올랐다.

어찌나 재미나 보이는지 아까 먹은 콜라가 다시 올라온 듯 작은 얼굴 위로 콧구멍이 다시 벌름거리고 있었다. 원래 남의 연애사만큼 재미난 게 없었으니까.

"남자의 질투! 질투만큼 확실하고 무서운 사랑의 잣대가 없지. 만고불변의 진리요, 논란의 여지가 없는 진실 아니겠냐."

"엑! 식상해."

말만 들어도 손등 위로 소름이 돋아날 것만 같아 솔은 강하게 손사래를 쳤다.

질투하는 박세준이나, 질투를 유발하는 강솔이나……. 그것만큼은 도저히 상상이 안 되는 솔이었다. 둘 다 뭔가 너무 안 어울렸다.

"야! 식상하다니. 기초가 서야 나라가 선다, 몰라? 교과서로 공부해야 서울대 가는 거 모르냐고? 고전적인 방법, 가장 기초적인 방법이 가장 효과적인 방법이야. 모르면 말을 마라, 이것아. 어디 연애 한 번 제대로 못 해본 게, 감히 질투를 식상하다 말해?"

"에이…… 그래도 안 해. 됐어! 이게 기껏 비싼 피자 사서 먹여놨더니, 어디서 사이비 같은 말만 늘어놓고. 에이, 안 해!"

"어? 이거 봐라? 너 내 말 듣고 잘못된 거 있어? 너보고 모델 해보라고 한 거 누구야. 나지? 강치환 만나지 말라고 했던 거 누구야. 어라, 그것도 나네? 하다못해 저번에 빨간 원피스 사라고 한 것도 나였잖아. 자, 내 말 듣고 손해 본 거 있어? 없지? 그니까 그냥 내 말 들어."

별의별 것을 가지고 다 예를 드는 한영이었다.

물론 모델을 권유했던 것도, 과거의 몇 날파리 같은 남자들에게 잘못 넘어갈 뻔한 것을 구해준 것도 한영이긴 했다. 그래, 살까 말까 망설였던 그 빨간 원피스, 계한영이 적극 권유해 사 입었고, 그걸로 패셔니스타로 회자되기도 했다.

그래도 그렇지, 질투 작전이라니! 오. 마이. 갓! 안 돼. 그건 도저히 솔이 할 수 있는 그런 종류의 것이 아니었다. 생각만으로도 손가락, 발가락이 뼈 바른 닭발처럼 오그라들었다.

솔이 새삼 다시 세준을 질투하게 만들기 위한 자신의 행동들을 상상해 보곤 몸서리를 쳤다.

아니, 그리고 말이야, 꼭 박세준의 마음을 알아야 하는 것도 아니잖아? 난 전혀 궁금하지도 않은데 말이지.

그냥, 박세준이 찔러본 말에 휘둘리는 것뿐일 수도 있었다. 그러니까 그냥 못 들었다 치면 되지 않을까? 일만 잘하고 오면 되지, 일만. 로마에 가 일만 잘하고 오면 되는 거야, 강솔.

마음을 다잡은 솔이 샐러드 박스에 담긴 방울토마토에 포크를 가져갔다. 하지만 오늘따라 이상하게 방울토마토 위로 포크가 몇 번이나 미끄러졌다.

공항 한구석, 멀찌감치 떨어진 스카이라운지에 들어온 세준이 푹신한 소파에 자리를 잡고 앉았다.

그의 소속사 세미의 모델 군단과 아티스트들 그리고 나머지 스태프들은 1층 어딘가에서 한창 플래시 세례를 받는 중일 것이었다. 그 사이에 끼느니 차라리 두어 시간 일찍 와서 여유롭게 기다리는 게 나았다. 왁자한 팬들도, 기자들도, 그 사이로 시끄러운 손미나를 보는 것도……. 어휴, 생각만 해도 머리가 아찔해지는 세준이었다.

여유롭게 상층 스카이라운지 통유리 옆에서 바깥을 내려다보던 세준이 핸드폰을 들어 올렸다. 이제 슬슬 출국 시각이 가까워졌다.

"지금쯤 왔으려나."

크고 긴 손가락으로 휴대폰 화면을 몇 번 휘휘 돌리던 세준이 이내 통화목록을 열어 매니저를 찾았다. 매니저가 스타보다 한 시간이나 늦게 오다니……. 이거 안 되겠구먼?

집에서 몸만 빠져나온 세준과 다르게 회사에 들러야 하는 우민이었으니 늦는 것은 당연했지만, 그럼에도 불구하고 본래 약속 시각보다 30분이나 늦어졌다.

이미 30분 전에 도착했다고 전화가 왔어야 하는데, 여전히 그의 휴대폰은 잠잠했다. 세준이 막 통화버튼을 누르려던 차에 귀신 같은 타이밍으로 우민에게서 전화가 왔다.

"어, 여보세요?"

[어디야? 2층?]

"응. 도착했어?"

[응. 너 짐은 붙였…….]

휴대폰 너머로 '꺄악! 우와! 신영수다!' 하는 팬들의 비명 소리가 들렸다.

"아, 시끄러워. 옆에 인터뷰장이야?"

[아, 어. 에이팀 측 도착했다. 우와, 바글바글하네. 하긴 뭐, 우리보다 출국하는 애들이 많으니까.]

"……에이팀?"

에이팀이라면 강솔이 소속된 모델 에이전시였다. 세준이 엉덩이를 떼고 밖이 더 잘 보이는 곳으로 자리를 옮겼다. 몇 번 고개를 돌려보니 저 멀리서 사람들이 북적거리는 게 보였다. 잠시 눈을 가늘게 뜨고 그곳을 노려보던 세준이 조심스럽게 입을 열었다.

"형, 혹시 거기……."

[강솔 있냐고?]

하여튼 귀신같다니까.

티 내지 않는다고 했는데, 강솔을 신경 쓰는 게 티가 났다 보다.

하긴 바쁠 때는 영혼의 단짝처럼 붙어 지내는 게 매니저였는데 어찌 티가 안 날 수 있으랴. 세준은 픽 웃어버리곤 무심하게 수긍했다.

"그래. 왔어?"

[안타깝지만, 내 눈에는 지금 보이지 않는다. 근데 진짜 안 간다는 말을 했었다고? 출국 취소됐다는 기사는 안 떴잖아.]

"그냥 하는 말이었을 거야. 알긴 아는데 그래도 혹시나 해서."

[야, 강솔이 누구냐? 이 업계에서 완전 알아주는 칼인데. 난 솔직히 강솔이 너한테 그런 말 했다는 것도 안 믿겨. 그러니까 그런 걱정

하덜 말고 있어. 아, 스카이라운지라고? 한 30분 있다가 내려와. 난 출국 수속하고 기다리고 있을 테니까.]

우민과 통화를 마치고도 세준은 여전히 안절부절못했다. 설마설마 하고는 있지만, 설마가 사람 잡는 경우가 얼마나 많았던가. 세상에서 가장 믿을 수 없는 게 '설마'였고 '혹시나'였다.

"설마 진짜 안 오려고……."

그래서 그런 거다. 설마가 정말 그렇게 될까 봐. 인생은 모르는 거니까.

'그동안 내가 너무 심했나?'

투둑투둑─ 손가락으로 바짓단을 두드리는 세준의 손길에서 초조함이 드러났다.

그냥 조금 들떠 있던 거였는데…….

어쩐지 그는 강솔이 보이기라도 하면 어떻게든 그녀를 자극하고 싶었다. 화를 내는 것도 짜증을 내는 것도 괜찮았다. 꼭 웃지는 않더라도 그녀가 그의 말에 반응하고 응답하는 것을 보고 싶었다. 그저, 그뿐이었다.

왜 그런지 세준조차도 아직 알 수 없었다. 다만 지금 그는 그녀가 엄청나게 신경 쓰인다는 그 정도만…….

서로 몰랐던 그때부터 지금까지, 강솔은 세준에게 엄청나게 신경 쓰이는 여자였다.

"와라, 오라고……."

초조하게 밖이 보이는 유리창을 손가락으로 툭툭 두드리며 말하는 그의 말에 대답이라도 해주듯, 스르르 문이 열리는 소리가 들렸다.

그렇게 크지도 않은 소리였는데, 세준의 고개는 마치 자석에 이끌리듯 자연스럽게 뒤로 돌아갔다.

"어, 아무도 없는 줄……."

그리고 기적처럼, 그의 말에 반응해 줄 강솔이,

거기 서 있었다.

솔은 알고 있었다. 이렇게 입을 쩌억 벌리고 말똥말똥 바라보는 자신의 모습이, 그대로 석상처럼 굳어서 세준에게 손가락질만 하고 있는 이 모습이 얼마나 바보 같고 띨띨해 보이는지.

아주, 매우, 심하게 잘 알고 있었다.

하지만 저절로 벌어지는 입과 눈을 어찌하랴!

그래서 솔은 그대로 눈을 질끈 감고 뒤로 돌아섰다. 일부러 아무도 없을 법한 곳으로 찾아 들어왔는데, 지금 가장 만나기 싫은 인간이 있다니! 하, 정말 이것도 인연이면 정말 대단한 인연이었다. 피하려고 할수록 꼬여 들어가고 있었으니까.

"강솔?"

듣지 못했다. 난 듣지 못한 거야.

또각. 또각. 또각.

"어이!"

고개를 높이 쳐들고, 턱은 아래로, 눈은 정면만 응시한 채 무조건 앞으로 걸었다.

"거기!"

또각, 또각, 또각.

안 들려, 안 들려. 아무것도 못 봤어, 난!

차갑고 딱딱한 공항의 바닥은 그녀의 높은 하이힐과 마찰하는 소리를 적나라하게 흘리고 있었다.

솔은 그저 그 하이힐 소리만 들린다고 스스로 최면을 걸었다. 인간의 목소리 따원 들은 적이 없다고, 남자 인간의 목소리는 특히 들은 적이 없다고!

그렇게 솔이 앞만 보면 진격할 때, 어느 순간부터 솔의 하이힐 소리와 뭉툭한 남자의 걸음 소리가 겹쳐졌다.

그런데 무서운 것은 그 뭉툭한 발걸음 소리가 솔의 발걸음 소리보다 더욱 빠르다는 것이었다.

젠장……. 따라오는 거 아냐? 꿀꺽 침을 삼킨 그녀가 슬쩍 어깨 너머로 고개를 돌린 순간.

'끼야아아아아아악!'

박세준이 그 긴 다리로 맹렬히 그녀를 쫓아오고 있었다. 그것도 바로 지척까지. 소리 없는 비명을 내지른 솔이 식겁하고 달려 나갔다.

저놈 자식, 지금 웃고 있는 거지?

"어허? 달린다고 내가 못 쫓아갈 줄 알아?"

뭐가 그렇게 신이 났는지 고스란히 그의 얼굴에 나타난 기쁨에, 솔은 식겁했다.

누가 뒤에서 쫓아 달려왔을 때의 그 위기감을 아는가?

잘못한 일이 없어도, 쫓아오는 게 익히 잘 알고 있는 사람이라도 그저 누군가 바짝 뒤를 추격하면 이상하게 똥줄이 타들어간다. 거기다가 저놈, 저거저거 지금 웃으면서 쫓아오고 있지 않은가?

이건 뭐, 지금 솔에게는 납량특집 호러 종결판이었다.

"쫓아오지 마!"

"그렇게 안 되지."

하지만 그렇게 소리치지가 무섭게 세준이 그녀의 앞으로 치고 나왔다. 몇 번 성큼 뛰었는데 바로 그녀 앞이었다.

"끼야아아아악!"

"워, 워우."

그녀의 하이톤의 비명에 깜짝 놀란 세준이 두 손을 펴보이며 그녀를 진정시키려 했지만, 그게 돼? 일단 네 모습을 우연히 본 것 자체가 내 심장을 38비트 하트비트 쿵덕쿵덕으로 만든다고!

"왜 사람 무안하게 보자마자 줄행랑이야?"

"……누구시죠? 전 모르는 분 같은데."

솔은 일단 시치미를 떼고 눈을 돌리고 고개를 돌렸다. 아, 잠깐, 눈 돌리고 고개 돌리다니…….

이거 너무 병맛 같잖아? 아차 싶었지만, 그것을 알아챘을 때는 이미 솔의 고개가 뒤늦게 돌아가고 있을 때였다.

"지금 되게 부자연스러운 거 알지?"

"아니요. 모르겠는데요. 근데 누구세요? 저 아세요? 아, 제가 좀 유명한 모델이죠. 하하."

솔은 계속 입에서 나오는 대로 주절거렸다. 이미 그것은 그녀의 특기가 되어 있었다. 나오는 대로 주절거리기.

세준은 그런 그녀의 말이 마음에 안 든다는 듯 슬쩍 미간을 비틀었다. 고개를 돌렸음에도 솔은 틈틈이 옆 눈으로 곁눈질을 하는 통에 그것이 다 보였다. 그리고 다시 한 번 느꼈다. 이 모습도 엄청나게 어색한 띨띨 같다는 것을.

갑자기 혜성처럼 나타난 기피대상 1호의 모습에 팝핀을 추고 있는 제 심장을 진정시키려 솔은 몇 번이나 심호흡을 들이켰다. 그러나 쉽사리 가슴이 진정되질 않았다.

그런 솔의 모습을 한참이나 주시하고 있던 세준이 심술이 묻어 나오는 목소리로 비뚜름하게 중얼거렸다.

"네, 아주 잘 알고 있습니다, 강솔 씨. 어디어디에 점이 있는지까지

다 알고 있는데요. 이 자리에서 한번 크게 외쳐 볼까요?"

"저, 저는 점 따위 없습니다. 사람 자, 잘못 보신 것 같은데 저는 이만……."

"2007년도 슈퍼모델 강솔, 엉치뼈 위에 점 하나…… 읍!"

"야! 너 미쳤어? 돌았어? 이 또라이가 진짜!"

한 발자국 멀어지던 솔의 발이 단숨에 세 발자국 가까워져 세준의 입을 틀어막았다.

펄쩍 뛰어올라 강하게 움켜쥔 세준의 주둥아리를 마구 흔드는 솔의 얼굴 위로 식은땀이 주르륵 흘렀다. 그런 솔을 바라보는 세준은 뭐가 즐거운지 싱글싱글 웃는 낯이었다.

애가 왜 이렇게 싱글거리나 의문을 가지기도 전에 어디선가 사람들의 말소리가 들렸다.

"밑에 좀…… 럽지?"

"누구 왔나 봐."

"요즘 연예인들 천지네."

"근데 누구야? 구경하고 올 걸 그랬나?"

여자들의 목소리에 솔이 주춤하고 놀라자 세준이 그녀의 섬세한 손가락을 하나하나 떼어내며 말했다.

빙그레 웃는 얼굴은 뒤에서 다가오는 사람들의 말소리는 전혀 두렵지 않다는 듯 여유가 넘쳤다.

"저 앞에 스타벅스 가던 길이지? 그렇지? 우리 같이 좀 갈까?"

혼자 말하고, 혼자 결론 내린 세준의 뒷모습을 허망하게 바라보며 솔은 머리를 움켜잡았다. 왜 저 태평양처럼 너른 어깨가 파도에 출렁이듯 신이 나서 흔들리는지 그녀는 알 길이 없었다.

'저 니주가리 씨빠빠는 도대체 나한테 왜 이러는 걸까? 전생에 내가 혹시 저놈을 죽였나?'

주문하러 나간 세준의 뒷모습을 노려보며 솔은 곰곰이 생각해 봤다.

왜? 왜 그럴까? 하지만 저 뒷모습을 하염없이 바라보고 있다 한들 답이 나올 리 없었다. 그저 훤칠한 뒷모습에 감탄 아닌 감탄만 나올 뿐.

"짜식…… 진짜 자세는 좋네."

물론 런웨이를 걷는 모델이라면 자세는 당연히 좋아야 하지만, 그래도 개중 어깨가 구부정하거나 항상 비틀린 자세로 서 있는 모델들도 많다.

10여 년을 가지고 온 습관들은 고치기가 어려운 법이니까. 막말로 솔도 짝발을 짚는 습관을 고치느라 모델스쿨에서 꽤나 호되게 혼이 나곤 했었다.

"자세가 좋으면 뭐해. 마음이 삐뚤어졌잖아, 마음이."

노려보느라 쭉 찢어놨던 눈을 다시 제자리에 돌려놓으며 솔이 고개를 내저었다. 하여튼 저 빡쳐는 자꾸 그녀를 쉬킷쉬킷 잘도 흔들어놨다.

첫날밤의 남자, 그렇다고 해서? 만약 정말 그렇다고 해도, 진짜, 정말 하나도 기억에 없는 것을 첫날밤이라고 할 수 있나?

솔의 생각에는 그건 '처음'이라는 범위 안에 들어갈 수 없었다. 그녀에게 '의미'라는 것은, 자신이 인지하고 인식하는 순간부터 정말 내 것이 된다고 생각했다. 그러니까, 그날 밤 그건 아~무 의미 없는 지난밤 중…… 하나일 리 없잖아!

진짜 그랬으면 아까워서 어떡해?

근데 뭐가 아까운 거야? 기억 못 하는 게 아까운 거야, 아니면 진짜 나의 첫날밤이 아까운 거야? 으아! 나도 이제 모르겠다, 진짜.

솔이 와락 머리카락을 움켜쥔다.

"으으!"

"어허, 주름 생기겠다. 이제 피부 재생도 잘 안 되는 나이인데, 그렇게 막 얼굴에 선 만들어도 되겠어?"

언제 온 건지 세준이 양손에 커피를 들고 그녀를 내려다보고 있었다. 솔은 그런 세준을 힐끔 보곤 휙 고개를 돌려 버렸다.

"내가 아직은 애기 피부 소리를 듣고 있어서, 네가 내 피부 재생까진 신경 안 써줘도 될 것 같은데 말이지."

"애기 피부까지는 아닌 것 같은데……."

아, 얘가 또 날 빡치게 하네?

솔의 고개가 매섭게 세준을 향해 돌아갔다.

"그렇게 째려본다고 내가 사라지진 않아. 그지? 그래서 더 얄미울 거야?"

"고 입 좀 꿰매봤으면 내가 정말 소원이 없겠다."

"내 입을 막는 방법에도 여러 가지가 있겠지만 말이야, 나는 그런 거친 방법보다 좀 더 부드러운 방법이 좋단 말이지."

"부드럽게 패주면 안 될까?"

"거친 여자네."

"부드럽게 패준다니까?"

솔의 말에 세준이 웃으며 어깨를 으쓱했다.

"뭐, 그것도 나쁘지 않네."

정말 이상한 놈이었다. 때린다고 하는데도 나쁘지 않단다.

단단히 미친 게 틀림없어. 솔은 속으로 끊임없이 구시렁거렸다.

그런데 웬걸? 느낌이 이상했다. 그래, 세준이 자리에 앉지 않고 그 자세 그대로 서 있는 것이었다.

얘가 왜 이런대⋯⋯?

솔이 그제야 천천히 고개를 돌려 세준을 다시 바라봤다. 키도 큰 것이 그 자리에 못 박힌 듯 서서 그녀를 가만히 내려다본다.

잠시 동안 그 묘한 정적에 눈을 굴리던 솔이 슬그머니 왜 그러냐는 듯 입술을 오므렸다. 그러자 세준이 불쑥 커피를 들고 있는 한 손을 그녀에게 내밀며 말했다.

"당신이 뭘 좋아하는지 몰라서 아메리카노를 시켰어."

순가 너무 진지한 대사 처리에 이게 뭔가 싶었다. 그러다 곧 그게 언젠가 유행했던 드라마의 대사라는 게 떠올랐다. 세준은 약간 부끄럽다는 듯 슬쩍 눈을 굴렸지만 끝까지 진지한 표정을 유지했다.

"픕."

웃음이 터지고 말았다. 뭔가 너무 어이가 없어서, 황당해서, 이놈이 뭐하나 싶어서 웃음이 터졌다. 그제야 세준은 진지한 얼굴을 풀고 솔의 옆에 앉았다.

"어, 웃었다. 강솔 나한테 처음 웃는 거 알아?"

"아, 뭐야. 너 방금 진짜 어이없었어."

"후후, 당신이 웃었으면 됐어."

"뭐한 거야? 연기한 거야?"

민망한 얼굴을 손으로 가려봤지만 한 번 터진 웃음을 막을 수가 없었다. 솔은 반달로 휜 눈으로 세준을 흘겼다.

"뭐긴 뭐야, 노력했지."

"노력?"

언제나처럼 살짝 장난꾸러기 같은, 그러면서도 묘하게 남자다운 그 얼굴로 솔을 다정하게 바라봤다. 한 손으로 턱을 괴고선 조금 진지하게, 뚫어져라 그녀를 바라보며 아무렇지 않게 굉장한 말을 했다.

"어, 노력. 서로 웃으며 볼 수 있는 노력. 이야ー 웃으니까 좋네. 앞으로 자주 웃으라고, 인상만 찌푸리지 말고."

세준의 미소를 마주보는 솔의 손바닥 안이 따끔했다. 배가 조여왔고, 볼에선 살짝 열이 올라왔다. 그리고 그러한 증상은 세준의 다음 말에 더욱 심해졌다.

"……이렇게 예쁘게 웃는데 말이지. 왜 그렇게 보기가 힘든 걸까, 이 얼굴은?"

그렇게 말하는 세준의 눈빛이 너무나 진심 같아서 그리고 그 진심이 자꾸만 심장을 자극해서 너무나 당황스러웠다. 다정하게 웃는 세준의 얼굴도, 그 속에서 생크림처럼 달콤하게 반짝이는 세준의 따스한 눈동자도 솔을 이상하게 만들었다.

어색해서, 어떻게 반응해야 할지 몰라서 솔은 점점 얼굴을 굳히고 말았다. 안 그러면 속수무책으로 부끄러워 할 것 같았다. 그것도 아니면 계속 웃거나.

뭐지, 이건?

저 다정하고 따스한 눈빛이 간지럽고 불편했다. 그 불편함이 싫은 것은 아니었는데, 기묘할 정도로 두려웠다. 뭔가 그녀를 변화시키려 하는 것 같아 솔은 입술을 꾹 깨물고 감정을 억눌렀다.

"그만 좀 봐. 닳아."

어느새 퉁명스러운 말투가 돌아왔다. 홱 고개를 돌려 버리는 솔이 부끄러워한다는 것을 아는 것처럼 세준은 여전히 부드럽게 받아쳤다.

"서방님이 좀 보면 어때."

서방님이란다. 솔이 정색하며 손사래를 쳤다.

"제발 그 서방님 소리 좀 집어치워. 네가 왜 내 서방님이야?"

"아, 나 또 여기서 말해줘야 해? 그러니까, 그날 밤 호텔에서 내가 너의 순결을 책임지……."

"쉬이잇! 조용히 좀 해, 조용히."

호텔과 순결이라는 단어를 힘주어 말하는 세준의 입에 손가락을 가져간 솔이 울상을 지었다.

"너, 진짜 왜 그러는 거야, 나한테? 그날 내가 추웅분히 얘기했잖아. 없는 이야기고, 뭔가 있었어도 없던 걸로 하자니까? 잇츠 다이(Die), 잇츠 곤! 오케이? 언더스탠? 아! 그리고 내 반지! 그거나 빨리 달라고, 내 반지. 얼른."

솔이 세준의 얼굴 바로 앞에 제 손바닥을 활짝 펼쳐 보였다.

요구하는 것을 어서 달라는 강력한 의사 표현으로 손바닥을 들썩들썩 흔들어댔다. 그런 솔의 손을 지그시 보던 세준이 오케이를 외쳤다.

"좋아. 줄게, 반지."

오? 얘가 이렇게 순순히?

"정말?"

"아, 준다는데도 못 믿어? 쓰읍, 안 준다?"

"아니아니, 믿어믿어믿어!"

솔이 슬쩍 뒤로 빼는 세준의 손을 덥석 움켜쥐었다.

싱글싱글 웃는 저 낯짝이 수상하긴 했지만, 준다고 뱉은 말을 설마 철회할까. 그럼 한영이 말대로 잘라내야 했다, 그거. 그 남자의 자존심.

"얼른 줘. 나한테 중요한 거야."

"알았어, 알았어. 재촉하지 마. 어허, 매력 없다, 재촉하는 여자."

"됐거든? 나 매력이 아주 철철 넘치니까 그런 걱정 하지 말고, 얼른!"

솔의 재촉하는 말을 딱 잘라낸 세준이 자신의 바지 뒷주머니를 뒤적였다.

어? 가지고 다녔나? 싶어서 솔의 눈동자가 세준의 손에 깊게 내리꽂혔다. 그런데 웬걸, 세준의 주머니에서 꺼낸 것은 반지가 아니라 휴대폰이었다.

"뭐야? 반지는."

"내가 그걸 오늘 들고 왔을 거라고 생각한 거야, 정말?"

생각해 보니 이놈이 그것을 매일매일 챙겨 들고 다닐 리는 없었다.

"그럼?"

"집에 있지. 그러니까, 한국에 돌아오면 챙겨서 줄게. 자, 여기, 번호 찍어. 오자마자 줄 테니까. 그러려면 연락을 해야겠지?"

이게 무슨 신선한 듯 신선하지 않은 신선한 수작인가?

솔은 멈칫하며 세준의 손을 멀뚱멀뚱 바라봤다. 이번엔 세준이 조금 전 솔이 했던 것처럼 손을 재게 흔들어댄다.

"얼른. 반지 받기 싫은 거야?"

하는 수 없이 솔이 세준의 손에서 휴대폰을 받아 들었다. 띠익— 딱 딱— 찍히는 그녀의 번호를 세준이 싱글싱글 바라봤다. 휴대폰을 세준에게 돌려주며 솔이 수상하단 눈빛으로 그를 쏘아봤다. 가늘어진 솔의 눈동자 가득 세준이 들어온다.

"속셈이 뭐야?"

"속셈? 남자가 여자한테 번호 달라고 할 때 다른 속셈이 있나?"

그래서 더 이해가 안 가는 것이었다. 한 번 일을 치렀으면 된 거 아니야? 아, 아니지……. 설마 지금 두 번째를 요구하는 건가?

솔의 얼굴 위로 불신의 빛이 더욱 짙어졌다. 그녀가 제 가슴 앞으로 팔을 가져가 엑스자로 가리며 말했다.

"턱도 없는 소리 마. 두 번은 없어. 너랑 나랑은 반지만 받으면 끝나는 거야. 끝, 끝!"

그녀의 말에 세준이 도리어 쯧쯧 혀를 찬다. 그게 아니라는 듯 못마땅한 얼굴로 손가락을 휘휘 가로젓더니 단호한 목소리로 말한다.

"알고 싶어 그래."

"뭐?"

"강솔을 알고 싶다고. 근데 당신은 만날 도망 다니기만 바쁘잖아. 남자들은 원래 도망치는 여자들을 보면 더 잡고 싶어지는데 말야. 아, 혹시 일부러 그러는 거야?"

이게 또 무슨 귀신 씻나락을 버터에 구워 먹는 소리? 솔이 살포시 인상을 찌푸리며 온 힘을 다해 고개를 내저었다.

"알고 싶으면 지식인에 찾아보시죠? 꽤 많은 정보가 쏟아집니다."

"하하. 그런 거 말고."

피식 웃던 세준이 턱을 괴고 있던 손가락 두어 개를 까닥거리며 그녀를 곁으로 불렀다.

의심쩍은 눈으로 그를 보던 솔이 슬그머니 상체를 그 손 가까이로 붙였다. 그 곁으로 머리를 내리니, 갓 나온 은은한 커피향이 그녀의 콧속을 간질였다. 그리고 그와 동시에 커피향만큼 부드럽고 낮은 목소리로 세준이 그녀의 귓가에 속삭였다.

"강솔, 진짜 당신을 알고 싶다고."

제4화
로마에서 생긴 일

'26B.'

자리를 찾아 들어가던 세준이 누군가 그의 어깨를 툭툭 치는 손길에 뒤를 돌아보았다.

"아, 우민 형."

"다리가 길다고 너무 앞서 가는 거 아니냐? 쫓아가기 힘들다 마."

"아하하. 미안."

티켓팅을 하다 사라진 솔의 모습을 쫓다 보니 저도 모르게 성큼성큼 걷고 다녔나 보다. 하여튼 새침데기였다. 제 속마음은 전혀 보여주지 않으려 하고, 매번 발톱을 세우고 그를 경계하고 있었다.

그래도 조금 전엔 보통 사람들처럼 웃고 떠들었었지. 쌍꺼풀 없는 눈이 휘어지면서 담백하고 귀여운 웃음이었는데…….

그런 모습을 앞으로 좀 자주 봤으면 좋겠다, 세준은 생각했다.

웃는 솔을 생각하고 있자니 세준의 입가가 부드럽게 말려 올라갔다. 스스로 의식도 하지 못하고 있던 반응이었다.

"왜 말하다 말고 혼자 웃고 그래? 너, 요즘 실없다?"

"바늘도 없어."

"……22세기형 얼굴로 18세기 농담이 웬 말이냐. 야, 그런 거 하지 마라, 섬뜩하다."

과장스럽게 말하며 몸을 부르르 떠는 우민의 모습에 세준이 몇 마디 더 하려다 입을 다물었다.

"야, 근데 아까 티켓팅할 때 뭐라고 한 거야?"

"음?"

"아까 티켓 끊을 때 거기 승무원 예쁜이들한테 뭐라고 했잖아. 꼬신 거냐? 어? 꼬신 거야?"

"무슨. 그냥 있어, 그런 거. 아, 내 자리 여기다."

세준이 26B의 좌석을 보곤 작은 트렁크를 들어 올렸다.

"어? 왜 여기야? 분명 나랑 옆 좌석으로 끊었는데?"

이상하다는 듯 고개를 들어 올린 우민의 얼굴에 세준이 능청스럽게 어깨를 으쓱해 보였다.

"바꿨어."

"왜?"

"그냥."

이게 뭔 뚱딴지같은 소리야? 우민이 영문을 알 수 없단 눈으로 세준을 훑어보는데, 누군가 뒤에서 와락 두 사람 사이로 끼어든다.

"오빠!"

"아, 깜짝이야. 미나야, 너 목소리 좀 작게 하라고 했지?"

비행기 좁은 통로 안을 쩌렁쩌렁 울릴 만큼 낭랑한 목소리를 자랑하는 강렬한 붉은 머리의 손미나가 까르르 웃으며 등장했다.

코끝을 찡긋거리며 특유의 애교 가득한 웃음으로 두 사람 사이를 재빠르게 파고든다.

"원래 큰 걸 어떡해? 암튼 두 사람 다 한참 찾았잖아!"

"찾긴 뭘, 아주 카메라에 둘러싸여 행복해 죽을라 카드만."

"엄머? 내가 뭘 언제 또 좋아 죽을라 했대?"

주목받기 좋아하고, 사람들의 시선을 모으는 것을 원체 좋아하는 성격의 손미나였다.

강렬한 붉은 머리, 손목을 휘감는 화려한 액세서리들과 열네 시간의 비행임에도 엄청나게 불편해 보이는 화려한 의상만 봐도 그런 그녀의 성격이 고스란히 드러났다.

손미나는 이제 데뷔한 지 2년도 되지 않았으면서 온 세상의 주목은 자신이 다 받고 싶어 했다. 그런 성격 탓에 런웨이보다는 CF에, 잡지보다는 드라마에 더욱 열을 올리곤 했다.

오죽했으면 아무 관심도 없는 기자들을 끌고, 끌고, 끌어모아서 오늘 자신의 공항패션을 꼭 찍어달라 엄포를 놓았겠는가.

오늘을 위해 고른 화이트 퍼프블라우스에 타이트한 연분홍 숏팬츠를 입고선 그 아래로 화이트 미들부츠를 신은 그녀는 역시나 오늘도 화려했다. 장시간 비행을 해야 한다는 게 안타까울 정도로 말이다.

"다들 시끄럽게 굴지 말고, 자리로들 가지, 좀? 응? 사람들 다 쳐다보는데?"

세준이 자신의 자리에 엉덩이를 붙이고 앉으며 손짓으로 두 사람을 내몰았다.

성준은 주변 눈치를 보며 미나를 잡아끌었지만, 그렇다고 호락호락 물러날 미나가 아니었다. 냅다 세준의 옆자리로 엉덩이를 들이밀고 본다.

"아이참, 내 자리는 항상 오빠 옆이잖아. 아까 어디 있었던 거야? 한참 찾았다구. 그리고 내가 저번에 사다 준 인디핑크 카디건, 그거 입고 오라니까 안 입고 왔네? 에이, 기껏 맞춰서 입고 왔더니만."

특유의 카랑카랑한 목소리로 칭얼거리며 세준을 향해 어리광을 피우는 미나를 보며, 도리어 우민이 눈살을 찌푸리며 타박했다.

"그걸 세준이가 왜 입냐? 그리고 핑크으? 커플룩이라도 입으려고 그랬어?"

"응! 그랬다, 왜! 치이. 비싸고 좋은 거 사다 줬으면 잘 입고 다님 좋잖아."

"됐으니까 저리로 좀 가."

"아, 왜. 어차피 여기 자리 없잖아. 근데 왜 이렇게 멀리 떨어져 잡았어? 우리 자리는 저 앞이던데."

"자리 있어. 그러니까 좀 떨어져, 사돈댁. 응?"

사돈댁이란 소리에 미나가 진한 골드 펄을 바른 눈살을 찌푸렸다.

이미 미나에게 두 손, 두 발 든 건지 우민은 제 자리를 찾아 떠났고, 세준은 미나의 과도한 대시를 홀로 상대해야 했다.

"사돈댁이라고 하지 말라고 했지? 우리 언니랑, 형부, 아니, 엑스 형부랑은 이미 수년 전에 쫑 났다고요. 둘이 이혼한 지가 언젠데 사돈댁이래?"

"내가 매번 말하지만, 한 번 사돈댁은 영원한 사돈댁이야. 그러니까 좀 가라, 가. 어?"

"싫어, 여기 있을 거야. 나 여기 앉아서 갈 거라고."

"어리광부리지 마. 자리 있다고 말했지?"

귀찮은 듯 무심하게 말하는 세준의 소리에 미나의 입술이 오리의 그것처럼 툭 튀어나와 버린다. 예쁘장한 얼굴 위로 한껏 속상함을 표현하려 준비 태세에 들어가는 그때, 두 사람의 머리 위로 그림자가 길게 드리워졌다.

"여기 내 자리 같은데."

아아, 드디어 왔구나.

세준과 미나가 동시에 고개를 돌려 머리 위를 바라봤다. 그곳에 당혹스러움을 숨기지 못한 솔이 서 있었다.

"왔네."

그제야 귀찮은 듯 찌푸리고 있던 세준의 얼굴 위로 희미한 미소가 번져 올라왔다.

"너 정말 여기 자리 맞아? 티켓 보여줘 봐."

솔은 떨떠름한 의심을 떨치지 못하고 세준에게 손을 내밀었다. 티켓을 달란 표시였다.

"내가 뭐하러 거짓말을 하겠습니까? 자, 여기."

세준이 그녀의 손 위에 자신의 탑승 티켓을 곱게 넘겨주며 말했다. 그것을 꼼꼼하게 훑어보던 솔이 믿을 수가 없다는 듯 고개를 갸웃거렸다.

"진짜 이상하네. 어떻게 너랑 나랑 같이 앉을 수 있지? 내가 분명히 혼자 있는 자리로 부탁한다고 했단 말이야."

"그래? 나도 혼자 앉고 싶다고 했는데. 그래서 그런가 봐, 강솔."

"혼자 앉고 싶다고 한 두 사람을 앉혔다고, 그래서? 그것도 소속사도, 예약 시기도 다른 너랑 나랑?"

못 믿겠다는 듯 솔의 입술이 부루퉁 올라왔다. 그 모습을 보며 세준이 다시 나쁜 장난을 치는 악동 같은 웃음을 보였다.

"그러게. 그래서 우리가 운명인가 봐, 떨어지려야 떨어질 수가 없는."

하, 애를 어쩌면 좋니.

"말도 안 되는 소리 하지 마. 운명은 무슨……."

솔이 정색하며 세준에게 다시 티켓을 돌려줬다. 세준의 손 위로 솔의 손가락이 스치듯 닿았다가 떨어졌다.

그 순간, 세준은 손끝이 타들어가는 듯한 따끔한 전율을 느꼈다. 그게 뭐라 정확히 형용할 수는 없었지만, 무척이나 기묘한 감각이었다.

'뭐지?'

세준은 잘 모르겠다는 듯 슬쩍 한쪽 눈썹을 들어 올리며 제 손바닥을 들여다봤다.

'정전기?'

서운하리만치 짧게 스치고 지나간 감각이었지만, 그 잠깐만으로도 충분히 강렬했다. 어딘가 모르게 서운한 기분에 짧게 주먹을 쥐고 다시 강솔을 돌아보는데 강솔도 제 손바닥을 들여다보고 있다.

"……전기 올랐어. 우씨."

짧게 투덜거린 솔이 홱— 손을 털어냈다. 그게 이상하게 마음에 안 든다. 그와 닿았던 그 손을 탈탈 털어내는 그녀의 행동이, 세준은 영 마음에 들지 않았다.

순간, 세준의 손이 그런 솔을 향해 당연하다는 듯 뻗어 나갔다.

"아! 깜짝이야! 왜 또!"

솔이 놀라 손을 빼내려 했지만 단단히 잡은 손은 그리 간단하게 풀리지 않았다.

세준 또한 저 자신의 그런 충동적인 행동에 잠시 당황했지만, 이내 아무렇지 않은 척 제 손가락에 끼고 있던 반지를 빼서 그녀의 손가락에 끼워주었다.

"지금 뭐하는 거야?"

"저당 잡아주는 거야."

"뭐?"

"당신 반지 돌려받기 전까지 내 반지라도 가지고 있으라고, 저당 잡아주는 거라고."

세준의 검지에 끼워져 있던 마디 반지가 솔의 손가락에는 너무 커 맞지 않았다.

하는 수 없이 그녀의 엄지손가락에 세준의 반지가 끼워졌다. 그제 야 반지가 제자리를 찾은 듯 딱 들어맞았다. 손가락은 왜 이렇게 얇은 거야? 세준이 작은 소리로 투덜거리고 만다.

솔이 기가 막힌다는 듯 세준이 끼워준 반지를 내려다봤다.

"무슨 저당을 당사자 동의도 없이 막 끼워줘?"

"그냥. 날 믿지 못하는 것 같으니까. 참고로 그거 잊어버리면 당신 반지도 없다."

"헐?"

막 제 손가락에서 세준이 끼워준 반지를 빼내려고 하던 솔의 손이 멈칫하고 굳어버렸다. 말도 안 된다는 듯 쫙 찢어진 그녀의 눈동자에 반항심이 가득했다.

"저당 안 줘도 되니까 그냥 가져가."

"어허, 빼는 순간 당신 반지도 없다."

"이게 진짜 치사하게……."

세준이 씨익 웃으며 한마디를 덧붙였다.

"밟거나 내동댕이쳐도 안 돼, 강솔. 그거 나한테 나름대로 소중한 반지라고."

순 지 맘대로야. 솔의 얼굴 위로 고스란히 보이는 그녀의 속마음을 세준은 모르는 척 고개를 돌렸다. 솔은 제 손가락에 끼워진 반지를 원수 바라보듯 노려보고 있었다.

[Ding Dong ♪, Ladies and Gentlemen……]

그 순간, 이륙을 알리는 기내방송이 울렸다. 세준은 비행기 의자에
깊숙이 제 몸을 묻으며 힐끔 아래를 내려다봤다.

그의 반지가 끼워진 솔의 손을 보고 있는 게, 이상하게 기분이 좋
았다. 정말, 이상하게.

자리에 앉아서도 도통 엉덩이를 가만히 두지 못하던 미나가 결국
벌떡 일어나 저 앞에 동떨어져 앉아 있는 세준과 솔을 노려봤다.

길쭉하니 키도 크거니와 머리마저도 새빨갛게 염색해 놓으니 비행
기 안에 빨간 신호등 하나가 덜렁 올라온 착각마저 불러일으켰다.

"야, 앉아라, 앉아. 엉?"

보다 못한 우민이 미나를 끌어 내리며 겨우 자리에 앉혔다.

우는 아이 달래주면 더 운다고, 우민이 저를 말리려 드니 미나가 더
욱 씩씩거리며 분함을 표출했다. 저 멀리 앉은 두 사람을 바라보는 두
눈 가득 표독스러움마저 묻어 나왔다.

"아니, 왜 세준 오빠가 저 언니랑 같이 앉아 있는 거야? 말 좀 해
봐, 오빠."

"내가 아냐. 나도 몰라. 와보니까 저렇게 되어 있는 걸 어떡하냐?"

"그게 말이 돼? 그게 말이 되냐구우!"

"쉬이—잇! 시끄럽다, 시끄러! 목소리 좀 줄이라니까."

날카롭게 솟아오르는 미나의 목청을 재빨리 차단한 우민이 푸욱—
한숨을 내쉬며 애원조로 말했다.

"제발, 우리 제에에발 조용히 가자. 엉? 하아, 내가 어쩌다가 이번 이탈리아 컬렉션에 차출돼서는······."

"응? 그게 무슨 말이야?"

우민의 혼잣말에 미나가 눈을 동그랗게 떴다. 그녀가 고개를 갸웃하니 붉은 머리가 찰랑 내려간다.

"오빠, 이탈리아 가?"

미나의 되물음에 우민은 순간 숨이 턱 막히고 말았다. 그리고 이어지는 그녀의 말.

"아, 왜 혼자 가? 휴가야? 누구랑 가는 거야? 세준 오빠랑 가? 나두 같이 가아!"

"······미나야, 지금 우리가 어디 가는지 알지?"

우민의 질문에 미나가 그것도 모르냐는 듯 턱을 추어올렸다. 그러고는 도리어 그것도 모르냐는 듯 눈살을 찌푸린다.

"웅! 로마. 당연히 알지! 로마 컬렉션. 아, 근데 이탈리아는 언제 가는데? 어?"

정말 너의 무식함에는 자비가 없구나.

우민은 왈칵 치솟아 오르는 뜨거운 감정의 격랑을 간신히 억누르며 억지로 눈을 감았다.

"언제 가는데에? 어? 언제에에?"

지금! 지금 가고 있다고! 이탈리아 로마! 지금 네가 가고 있는 곳이 이탈리아 로마라고!

"언제에에!"

지그으음!

오랜 비행을 마치고 한국 팀이 로마에 도착할 때만 해도 아직 해도 다 뜨지 않은 새벽이었다. 모두들 피곤에 지친 몸을 이끌고 로마 시내에 있는 호텔에 자리를 잡았다.

솔도 룸에 들어서자마자 눈앞에 보이는 침대에 힘껏 뛰어들어 버렸다. 지금 온몸이 딱 아스팔트 도로 위에 놓인 버터처럼 녹아내리기 직전이었다.

"에구구, 삭신이야."

벌써 네 번째 오는 로마 컬렉션이었다.

이탈리아 디자이너 그룹 앙끼오(Anch'io)에서 주관하고 매년 9월 첫째 주에 열리는 이 로마 컬렉션(Rome Collection)은 4년 전부터 한국 패션그룹 민스 에프(Min's F)와 콜라보(Collaboration)해 열고 있었다.

덕분에 한국 에이전시 소속 모델들도 그때부터 대거 로마 컬렉션에 투입되게 된 것이다. 이번 년도는 조금 적긴 하지만.

"촬영이고 뭐고, 딱 3일만 쉬었으면 좋겠네. 에고고, 일정이 너무 빡빡한 거 아냐?"

얼굴을 베개 위에 비비적거리며 솔이 구시렁거렸지만 텅 빈 방 안에선 들어주는 이 하나 없었다.

힐끔 시계를 보니 이제 겨우 새벽 6시가 넘은 시각이었다. 프로필 촬영은 내일부터 강행될 예정이고, 컬렉션은 3일 후에 시작된다.

그러니까, 일단 자자!

솔은 간단히 샤워를 마치고 온몸을 스펀지처럼 빨아들이는 침대에 깊숙이 몸을 뉘었다. 로마에서의 첫 아침이 이렇게 가는구나.

까무룩 감기는 눈동자 사이사이로 스미는 아침 햇살을 보며 솔은 더욱 깊숙이 침대 안으로 파고들었다. 비행 내내 짬짬이 잠이 들었던 자신도 이렇게 피곤한데 박세준은 멀쩡하려나?

깜빡깜빡 잠에서 깨어날 때면 세준은 항상 영화를 보고 있었다. 들고 온 아이패드 화면에서 시선을 떼지 못하고 열 시간을 내리 영화만 보던 그놈. 슬쩍 곁눈질로 봤던 화면은 흑백이었고, 아주 익숙한 여배우가 열연하고 있었다.

'오드리 햅번.'

영화에 무지한 솔이라고 하더라도 어찌 오드리 햅번을 모를까? 흑백 화면 속의 그녀는, 몇 십 년이 지난 지금의 솔이 보더라도 너무나 사랑스럽고 세련되었다. 그런 영화를 몇 번이고 다시 보던 세준이었다.

'팬인가?'

열혈 팬을 너머서 도리도리 빠돌이의 수준으로 보고 있었다. 솔은 까무룩 감긴 눈꺼풀 안으로 열중해 영화를 보던 세준의 모습이 아른거렸다.

'알 게 뭐야.'

입술을 삐죽, 덮여 있는 침대 시트를 꼬옥 말아 쥔다. 그런 그녀의 손가락에는 세준이 끼워준 은색 반지가 제 자리처럼 태연하게 자리하고 있었다.

삐리리리리!

귓속을 파고드는 날카로운 소리에 솔이 번쩍 눈을 떴다. 다섯 시간 후로 맞춰놓은 알람이 요란하게 울리고 있었다.

정오를 가리키는 시계를 보며 솔이 발딱 자리에서 일어나 앉았다. 일단 자리에 앉기는 했는데 아직 비몽사몽한 탓에 비에 젖은 강아지처럼 머리를 털어댔다.

히야아, 세상이 핑글핑글 돈다.

"으으으!"

긴 팔다리를 쭉쭉 뻗어 늘어지게 기지개를 켠 그녀가 비틀거리면서 침대 아래로 내려왔다. 일단 깼으니까, 다시 잠들고 싶지는 않았다. 어서 샤워나 시원하게 하고 잠시 외출이라도 하고 싶었다. 그래도 오늘은, 로마에 온 첫날이니까.

꼼꼼하지만 재빠르게 샤워를 마친 그녀가 아직 물기가 다 가시지 않은 머리카락으로 방을 빠져나왔다.

그녀의 뒤로 진한 샴푸 향기가 그림자가 되어 그녀를 따라다녔다. 누구든 뒤를 돌아봐 다시 한 번 향기의 주인을 찾고 싶어질 만큼 매력적인 흔적이 투명하게 이어졌다.

이국에서 느끼는 왠지 모를 상쾌함에 솔은 콧노래를 흥얼거렸다. 정오의 한가로움이 호텔 곳곳에서 드러났다. 발끝으로 운동화 끝을 톡톡 두드리며 솔이 로비를 둘러봤다.

"어제 분명히 카페를 봤는데 말이지."

매년 오던 호텔이 아니었던 탓에 이미 몇 번이고 와봤던 로마이지만 근처가 생소했다.

멀쩡해 보이는 허우대였지만, 안타깝게도 솔은 길치라는 치명적인 약점이 있었다.

한두 번 가본 곳도 헤매는 그녀였는데 처음 가보는 곳은 완전 신세계였으니, 지금이 딱 그 꼴이었다. 그런 주제에 또 활동력은 왕성해서 어떻게든 바깥으로 쏘다닌다.

그런 솔을 보며 한영이 한마디 했더랬지.

"네년은 스마트폰이 아니라 내비게이션을 들고 다녀야 해. 석호필은 등 뒤로 새긴 지도로 감옥을 탈출했는데 너는 지도를 보내줘도 왜 못 봐, 왜! 차라리 쏘다니질 말라고! 무식한 년! 새벽 3시에 네가 어디 있는 줄 내가 어떻게 알아!"

아니, 한 열 마디쯤 했구나…….

어쨌든 그때가 촬영을 마친 새벽 3시. 명동 한복판에서 한영에게 전화를 걸었었다. 그래도 친구라고, 위기의 순간에 솔은 항상 제일 먼저 한영을 떠올리곤 했다. 하지만 그 한영에게 전화를 걸기 전까지 호기롭게도 새벽 명동을 한 시간을 넘게 헤맸더랬지.

귓구멍이 얼얼하도록 차진 속사포 욕을 랩으로 들었지만, 한영은 또 곧장 그녀를 데리러 와주었다. 입은 걸걸한 한영이었지만, 실상 까보면 정이 넘치다 못해 파도치는 여자였다. 그게 또 한영의 매력이기도 했고.

솔은 귓가로 생생하게 떠오르는 한영의 목소리를 거칠게 털어내고 다시 휙— 고개를 돌렸다.

"……어?"

그런데 저 멀리 보이는 익숙한 뒷모습. 길쭉하고, 늘씬하고, 깨끗한 워킹까지…….

"아니, 저 빡쳐가……."

지금 이 시각에 어딜 가는 거야?

세준은 메뉴판 앞에 살짝 떨어져 서서는 꼬부랑거리는 글씨들을 뚫어지게 바라봤다. 날을 꼴딱 샌 통에 머리가 지끈거렸다. 강력한 카페인과 정신이 번쩍 들 만큼 달달한 게 필요했다.

메뉴를 한참 바라보던 세준은 생크림이 잔뜩 올라간 콘빠냐를 주문했다. 계산을 하기 위해 지갑을 꺼내기 직전, 불쑥 누군가가 그의 옆에 다가왔다.

"난 에스프레소."

상쾌한 샴푸 향기와 함께 낯설면서도 익숙한, 부드러운 음성이 그를 덮쳐왔다. 놀란 세준의 눈이 옆으로 돌아가자 언제 왔는지 모를 솔이 태연한 얼굴로 그를 재촉했다.

"뭐 해? 계산 안 해?"

내가 잠을 못 잤더니 뜬 눈으로 꿈을 꾸고 있나. 카드를 든 손으로 눈을 비비려는 찰나, 솔이 그의 손에서 카드를 빼앗아 계산대로 내밀었다. 그러자 멀뚱히 두 사람을 바라보고 있던 직원이 냉큼 계산을 마쳤다.

"Thank you."

직원에게서 다시 카드를 건네받은 그녀가 그것을 다시 세준의 손에 곱게 쥐어줬다. 그리고 세준의 어깨를 톡톡 두드리며 인사를 건넸다.

"잘 마실게. 고마워."

세준은 눈을 가늘게 뜬 채 생긋 웃으며 앉을 자리를 찾아 가는 솔의 뒷모습을 한참이나 바라봤다.

"그게 맛있어?"

찌푸린 눈매로 치가 떨린다는 듯 몸을 떠는 솔을 보며 세준이 씨익 웃으며 보란 듯이 크게 생크림을 베어 먹었다. 그러고선 입술에 묻어 있는 새하얀 크림을 혀로 맛있게 핥아내며 고개를 끄덕였다.

"엄청."

"야, 하지 마, 하지 마. 보는 것만으로도 살찌는 것 같아."

솔이 진저리를 치며 고개를 돌려 버렸다. 격렬한 그녀의 반응에 세준이 하하 웃으며 다시 한 번 생크림을 입에 머금었다.

"달달한 게 얼마나 맛있는데."

"어우, 난 아니야."

"에헤이, 그러지 말고, 자, 먹어봐. 아~."

세준이 스푼에 생크림을 떠서 솔에게 내밀었다. 힐끔 곁눈으로 그것을 보던 솔이 질색하며 뒤로 물러났다. 한껏 뒤로 젖혀진 상체가 그것이 싫다며 강력히 어필하고 있었다.

"미쳤어, 너?"

솔이 정색하며 세준의 내민 손과 세준을 번갈아 가며 노려봤다.

"앙탈은······. 그러지 말고 자, 아~."

하지만 대한민국 대표 철면피 세준은 어깨 한 번 으쓱하곤 그녀의 타박을 털어버렸다. 그리고 다시 한 번 쭈우욱 밀려들어오는 생크림 스푼.

그와 동시에 그의 손을 쭈우욱 밀어내 버리는 솔의 손.

부르르 어깨를 털며 질색하는 솔의 반응에도 세준은 기분이 좋은 듯 웃음을 지우지 못했다. 그런 세준이 영 이상하게 느껴진 솔이 그를 밀어내던 손을 거둬들이며 인상을 썼다. 그러자 세준이 재빠른 손길로 그녀의 손을 움켜쥐었다.

"반지, 끼고 있네?"

세준의 손아귀 힘이 강하게 느껴졌다. 세준의 눈길이 반지에 잠시 머물렀다가 다시 얼굴로 올라온다. 아무 말도 없이 희미하게 웃음을 보이는 세준이었지만, 어쩐지 그 눈빛이 이상하게 간지러웠다.

"잘 어울린다, 나보다 훨씬."

그 강인한 힘과는 다르게 부드러운 손끝이 그녀의 손가락에 끼워져 있는 은색 반지를 느릿하게 매만졌다. 분명 세준이 만지는 것은 차가운 금속성의 반지인데, 어째서 그 아래 감춰져 있는 솔의 살갗이 타는 듯이 뜨거워지는 걸까.

"나. 왜 함부로 남의 손을 잡고 그래? 그리고 이건 네가 안 끼고 있으면 내 반지를 안 주겠다고 협박해서 끼고 있었던 거라고. 네 입으로 그랬잖아."

세준에게 잡힌 손을 확 뒤로 빼내며 솔이 머쓱함을 숨기려 불퉁스럽게 내뱉었다. 그런 그녀의 말투에도 세준은 뭐가 그렇게 신기하고 재미난지 웃음을 잃지 않았다.

"그렇긴 한데…… 진짜 끼고 있을 줄은 몰랐지, 당신이."

그 순간 솔의 얼굴이 확 붉어졌다. 뭔가 가슴 한쪽이 뜨끔한 것이, 왠지 자기만 바보같이 이놈의 말을 착실히 듣고 있는 기분이었다. 세준은 그렇게 신중하게 내뱉은 말도 아닌데, 그녀만 혼자!

솔이 재빨리 엄지손가락에 끼워져 있는 반지를 낑낑대며 빼내려고 시도했다.

"……뺄 거야."

"뭐? 뭐하는 거야?"

"뺀다고! 내가 왜 네 반지를……. 아주, 너 한국 돌아가서 내 반지 안 주기만 해봐. 내가 너 진짜 작살낸다! 어!"

잠이 조금 부족했던 탓인지 몰라도 손가락이 부어 있었다. 그 바람에 넉넉하게 들어갔던 반지가 꽉 껴서 나오질 않았다. 솔이 억지로 그것을 빼내려고 낑낑대자 세준이 놀라 그녀를 막으려 했다. 얼굴 가득 당황스러움 일색이었다.

"뭐야, 갑자기 왜 그래?"

"나, 뺄 거라고!"

이 반지를 내가 왜 얌전히 끼고 있었던 거지? 이놈은 네 웬수야,

강솔! 완전 시베리아 호롤롤로 개시끼라고!

"우씨, 왜 안 빠지는 거야!"

솔이 입술까지 질끈 깨물며 억지로 반지를 빼내려 하자, 세준도 눈살을 찌푸리며 그녀를 저지하려 했다. 그토록 부드러웠던 눈빛이 한순간에 못마땅하게 구겨졌다.

"빼지 마. 빼면 안 준다고 했다, 그 반지?"

"뺄 거야. 그리고 그 반지 안 주기만 해봐, 태양초 바른 주걱으로 사악사악— 피 터지게 발라줄 테니까!"

"어디 빼기만 해봐."

두 사람이 다시 동그란 철제 테이블을 사이에 두고 대치했다. 솔을 향해 으름장을 놓는 세준의 눈빛이 날카로웠다. 그 언젠가, 솔이 세준을 처음 봤던 그때처럼 서늘하고 차가우면서도 묘한 기합이 들어간 그런 눈동자.

그렇지만 거기에 주눅 들 강솔이 아니었다.

그렇게 서슬 퍼렇게 노려보면 내가 못 할 줄 알아?

솔이 다시 한 번 입술을 질끈 깨물고 엄지손가락을 속박하고 있는 반지를 잡아 빼려 힘을 줬다. 이미 새하얗게 질린 마디가 아프다고 소리를 질러대고 있었다.

그것을 보고 있던 세준이 미간을 찌푸리고 말았다.

"그렇게 억지로 빼면 손가락만 아프다고. 일단 그냥 냅두⋯⋯."

세준이 손을 뻗어 솔의 손목을 움켜쥔 순간, 깜짝 놀란 솔이 그 손을 밀쳐내 버렸다. 그리고 하필 그 순간.

달그닥!

테이블 위에 올려놨던 커피 잔이 흔들리더니 기어이 쨍 소리와 함께 넘어졌다.

"어, 어어······!"

쏟아진 커피가 테이블을 적시더니 그 아래로 뚜욱 떨어졌다. 솔의 눈에 그 모든 것이 슬로우모션처럼 느리게 진행되었다.

"윽!"

다 식은 음료가 세준의 바지를 향해 쏟아졌고, 놀란 세준이 자리에서 벌떡 일어났다.

헉, 그런데 이게 웬일이란 말인가. 왜 젖은 곳이 하필 그곳이란 말인가!

작은 소란에 카페 안에 있던 사람들의 시선이 두 사람에게로 쏠렸다. 더불어 그들의 시선이 세준의 중요 부위에 꽂히기 시작했고, 이곳저곳에서 작은 웃음소리가 터졌다.

"미, 미안······."

"아오, 진짜. 아오······!"

정수리 위로 느껴지는 시선이 타는 듯이 뜨거웠다. 그녀의 등 뒤로 식은땀이 삐질삐질 솟아나고 있었다.

'일부러 그런 건 아니라고.'

"여기서 기다려, 어디 가기만 해봐."

그렇게 으름장을 놓고 세준은 다시 호텔방으로 올라갔다. 세준이 재빨리 룸으로 올라가는 그 틈에 카페 직원이 다가와 자리를 정리해 줬다. 솔은 그런 직원에게 연신 정성을 다한 미안한 얼굴로 '쏘리쏘리'를 열창했다.

미안한 김에 솔은 자신이 쏟아버린 세준의 음료도 다시 주문했다. 크림이 듬뿍 올라간 콘빠냐를.

"아, 일진 한번 사납구먼."

카페 테라스에 덩그러니 남아 있던 솔이, 테이블 위에 올려놓은 새 커피와 세준이 놓고 간 지갑을 멍하니 보며 중얼거렸다.

"이건 대체 왜 놓고 간 거야?"

덩그러니 남아 있는 세준의 지갑을 노려보던 솔은 결론을 내렸다.

꼼수다. 꼼수야. 내가 이대로 튀지 못하게 여기 묶어놓으려는 꼼수야!

솔은 세준의 지갑이 마치 세준이라도 되는 양 날카롭게 노려보며 한숨을 푹푹 내쉬었다.

돌아와서 나를 얼마나 괴롭히려고 이렇게 묶어놓는 걸까. 하아……. 그냥 끼고 있을걸. 반지 뺐다고 괜히 난리를 쳐서는.

지끈거리는 이마를 꾸욱 누르던 솔은 문득 호기심이 일었다. 대차게 노려보던 저 지갑, 박세준의 지갑 안에는 뭐가 들어 있을까? 혹시 누구 사진이라도 있지 않을까?

"아니, 뭐 지갑을 이렇게 대놓고 놓고 가셨는데 이건 뭐 그냥 봐달라는 거지. 내 지갑이 여기 있으니 구경이라도 하고 있으라는. 아니, 사람이 도리가 있는데, 안 봐줄 수가 없잖아? 안 그래? 도리가 있는데."

듣는 이도 없는데 핑계 아닌 핑계를 늘어놓던 솔이 슬금슬금 손을 뻗어 지갑을 열어보았다.

심플한 카키 컬러의 반지갑이었다. 뭐가 많이 들어 있는 뚱땡이 지갑도 아니었고, 그렇다고 안이 텅텅 빈 홀쭉이 지갑도 아니었다.

마치 세준 그 자체처럼, 적당히 들어 있고 적당히 홀쭉한, 적당한 크기의, 적당히 심플한 지갑.

'뭐, 별거 없네' 하며 지갑을 펄럭거리던 그 찰나, 솔의 눈 안으로 콱 박혀 들어온 사진 한 장.

"응?"

솔이 조금 더 지갑을 가까이 끌어당겨 자세히 사진을 살피다가 저도 모르게 탄성을 내지르고 말았다.

"헐……. 귀여워!"

커다란 파란색 물총을 들고 놀고 있는 어린 남자아이 둘과 그들을 끌어안고 있는 곱고 젊은 여자의 사진이었다.

그런데 두 아이가 말도 못하게 귀여웠다. 동글동글한 볼살, 사르르 녹는 눈웃음, 뽀얀 피부 결과 통통한 팔다리까지! 특히 볼따구와 통통한 팔다리가 압권이었다.

"대애박, 엄청 귀여워!"

아기들의 그 치명적인 사랑스러움에 솔이 절로 몸서리를 치고 말았다. 특히 요기요기, 이 작은 아이! 볼 좀 봐봐! 아우!

셋은 신기하리만치 닮았지만 또 오묘하게 달랐다. 작은 아이보다 큰 아이가 여자를 더 닮아 있었고, 작은 아이는 세준을 더 닮았…….

잠깐잠깐, 이거 박세준 아냐?

"허얼……."

이렇게 귀여운 애가? 박세준이라고?

눈을 비비고 솔이 코를 박을 듯이 사진을 가까이 봤다.

그런데 이리 봐도 저리 봐도 참으로 박세준 미니어처로고.

웃고 있는 눈매와 콧날이 특히 그러했다. 어린 주제에 콧날은 왜 이렇게 오뚝하고 난리? 애기 주제에 어디서 이런 치명적인 눈웃음을? 이놈…… 어렸을 때부터 끼가 있었네, 끼가 있었어.

"이렇게 귀여운 애가 커서는 그런 능구렁이가 됐단 말이야? 참으로 알 수가 없는 인생이야. 햐. 진짜 알 수가 없어요."

"남의 지갑을 뭘 그렇게 뚫어지게 봐?"

"엄마야! 노, 놀랐잖아!"

언제 온 건지 세준이 머리 위에서 솔을 내려다보고 있었다. 화들짝 놀란 솔이 세준의 지갑을 확 덮고는 그에게 내밀었다.

"보, 보라고 놓고 간 거 아니야?"

"그럴 리가. 깜빡하고 놓고 간 거야. 근데…… 내가 좀 치명적으로 귀엽긴 하지?"

습관인 듯 슬쩍 주머니에 손을 꽂은 세준이 픽 웃으며 농을 던졌다. 솔이 정색하며 자리에서 일어났다.

"무슨! 치명적은 무슨. 참나. 그런 말도 안 되는 소리를. 미쳤구만. 자, 여기 네가 쏜은 커피. 그리고 난 이제 빨리 가야 돼."

"어딜?"

세준이 그녀가 내민 음료를 받아 들며 물었다. 솔이 손목에 찬 시계를 힐끔 내려다보고선 가방을 챙겨 들었다.

"넌 몰라도 돼."

"그래? 나도 어디 가야 돼. 같이 나가, 그럼."

"넌 어디?"

"내가 말하면 당신도 대답해 줄 거야?"

솔은 잠깐 망설였지만, 이내 칼같이 대답했다.

"아니."

세준이 피식 웃음을 보였다.

"그럴 줄 알았어. 어쨌든 나가지."

겨우겨우 우겨서 세준을 택시에 먼저 욱여넣어 보낸 솔이 곧바로 자신도 택시에 몸을 욱여넣고 목적지로 향했다.

차창 밖으로 새하얗게 부서지는 오후의 햇살 속에 반짝거리는 로마의 거리가 보였다. 슬쩍 색이 바랜 듯하여 더욱 멋스러운, 그 오래

된 여운이 마치 도시를 수호하는 망령의 잔해처럼 솔의 가슴속으로 깊이 새겨졌다. 몇 번이고, 언제 와도 참으로 신기한 곳이었다. 이 로마라는 도시는.

아름다우면서 과하지 않았고, 낡았으면서도 질리지 않았다. 도시 곳곳에 그 오묘한 정서가 스며 있었다. 그녀라고 로마를 다 돌아보지 못했지만 이렇게 언뜻 지나갈 때마다 매번 새롭고, 매번 반갑다.

그렇게 솔이 잠깐의 감상에 젖어 거리를 바라보고 있는 사이 노란 택시는 그녀를 목적지에 내려줬다. 택시에 내려 그 자리에 멈춰 선 솔은 잠시간 묘한 눈길로 입구를 바라봤다. 뭐라 설명할 수 있을까? 무한한 기대와 감성이 그녀를 덮치기 바로 직전의 그런 심리 상태를.

포로 로마노(Foro Romano).

무너진 로마의 영광!

폐허나 다름없는 과거 로마의 흔적들이 무너질 듯 무너지지 않은 채 아슬아슬하게 살아 있는 곳이었다. 흐르는 시간을 멈춰 세운 바로 그곳. 이곳이 바로, 내일 있을 프로필 사진의 촬영지였고, 이번 앙끼오 측의 코어(Core) 콘셉트였다.

사진으로는 미리 봤던 장소였지만, 역시 직접 와서 생생한 공기를 들이마시고 또 느껴보고 싶었던 탓에 솔은 잠도 이겨가며 이곳으로 왔다. 그리고 와보니, 역시나 좋다.

"그나저나 매표소가……."

휙 고개를 돌리니 저 멀리 보이는 작은 매표소와 사람들의 무리.

"이렇게 땡볕에 많이도 나오셨네."

솔은 혀를 내두르며 고개를 절레절레 내저었다. 그렇게 긴 줄은 아니었지만, 느리게 움직이는 줄을 보자니 못해도 10분은 기다려야 할 듯했다.

뭐, 그래도 어쩔 수 없지, 생각하며 발을 옮기려는 찰나…… 한 남자의 뒷모습이 그녀의 망막에 선명하게 뛰어 들어온다.

'세상에, 뭐 이런 우연이 다 있어?'

눈앞에 두고도 믿지를 못할 지경이었다. 공항에서도, 호텔 로비에서도, 그리고 마침내 이곳 로마 한복판에서도 저놈을 마주치다니.

"……무슨 운명의 장난도 아니고."

솔은 헛숨을 들이켜며 늘어선 줄의 제일 끝으로 가 서서 조금 앞에 보이는 뒤통수를 노려봤다.

저 길쭉한 뒷모습에 부드러워 보이는 짙은 갈색 머리 그리고 무엇보다도 가다가도 뒤돌아보게 만들 만큼 바르고 매력적인 자세를 보고 있자니 저건 틀림없는 박세준이었다.

조금 전 그녀가 엎어버린 모카 탓에 세준은 검은 반바지를 색이 많이 바랜 헐렁한 청바지로 갈아입고 내려왔었다. 거기에 짙은 애쉬 그레이의 회색티를 받쳐 입었지.

그런데 지금 그녀의 눈앞에 남자가 딱 그 차림이었다.

순간 솔은 이대로 가서 세준을 아는 척해야 하는지, 모르는 척 멀찍이 돌아가야 하는지 잠시간 고민했다. 이대로 있으면 곧 세준도 그녀를 발견하고도 남음이었으니까. 바로 그때가 우연히 마주친 사람들이 가장 어색해하는 순간 아니던가.

'인사를 해야 하나 말아야 하나' 하는 그 순간.

사실 호텔 커피숍에서도 무슨 바람이 들어 제가 먼저 아는 척을 하긴 했는데, 왜 그랬는지 스스로도 이해가 가지 않았다.

얄밉고, 껄끄럽고, 그러면서도 자꾸 눈이 가는 저놈.

봐봐라, 지금도 이렇게 고민하면서 세준을 계속 바라보고 있는 그녀의 모습을.

그 순간, 그녀 마음의 소리를 듣기라도 한 것처럼 세준이 뒤를 돌아봤다.

'흐힉!'

솔의 몸이 머리보다 빠르게 움직였다.

저도 모르게 그 날씬한 허리를 재빠르게 접은 그녀가 바로 앞에 서 있는 남자 둘의 뒤로 몸을 숨겼다. 앞에 서 있던 남자 둘이 키가 크고 제법 건장했던 덕택에 호리호리하고 마른 그녀의 몸 따위는 머리카락 하나 안 보이게 숨기에 충분했다.

'뭐야뭐야, 나 본 거야?'

깜짝 놀라 토끼 눈이 된 솔이 숨어 있던 남자의 뒤에서 빠끔 고개를 빼들었다. 누군가 자신의 뒤에 바짝 붙자 놀란 건지 열심히 대화 중이던 건장한 남자 둘이 멈칫하고 뒤를 돌아 그녀를 봤다.

"쏘뤼!"

작은 소리로 짧고 단호하게 사과한 솔이 여전히 남자들의 등 뒤에서 앞을 살폈다. 그녀를 돌아본 남자 하나가 그런 솔의 모습에 잠깐 놀란 듯 눈썹을 삐죽이다가 이내 재미있다는 듯 웃음을 보였다.

그녀를 보며 웃음을 보인 남자는 구릿빛 피부에 색이 옅은 머리카락의, 동양인과 남미인의 느낌을 모두 가지고 있는 근사한 미남이었다.

남미인 특유의 탄탄하고 매끈한 느낌을 가지고 있는, 그러면서도 이목구비에서는 동양인 특유의 부드러움이 물씬 풍기는 매력적인 미남이건만 저 앞에 서 있는 세준을 살피느라 여념이 없던 솔은 남자의 그런 매력 따위는 눈에 들어오지도 않았다. 오직 지금 제 몸 하나 숨기기에 여념이 없었다.

하지만 다행히 세준은 그녀를 발견하지 못했는지 티켓을 끊고 바로 안으로 들어갔고, 솔이 서 있던 줄과는 완전히 반대 방향이었다.

"어휴, 십년감수했네. 아니, 저 자식은 도대체 여기 왜 있는 거야? 현장답사 같은 것을 하는 예쁜 녀석은 아닐 것 같은데 말이지. 아, 진짜 거슬리네."

솔은 그제야 허리를 펴며 멀어지는 세준을 응시한 채 작게 불만 어린 목소리를 터뜨렸다. 따가운 햇살 속에 눈을 찡그리면서 저 멀리를 응시하던 그녀가 따끔따끔한 시선에 고개를 돌렸다.

싱글싱글 웃는 얼굴로 그녀를 빤히 쳐다보고 있는 까무잡잡한 피부의 남자. 딱 벌어진 어깨와 큰 키, 조막만 한 얼굴의 모델 뺨을 쳐도 여러 번 칠 것 같은 남자가 그녀를 뚫어져라 바라보고 있었다.

하지만 모델 같은 것과 모델은 엄연히 달랐으니, 솔은 눈앞의 이 매력적인 남자의 노골적인 시선에도 도통 흔들림이 없었다. 어쩌면 그것은 그녀 특유의 둔함일 수도 있었다.

와락 눈살을 찌푸리던 그녀가 이내 입꼬리만 움직여 '매너' 웃음을 지어 보였다. 그리고 서툴지만 천천히 또박또박 영어로 제 의사를 표현했다.

「신경 쓰이게 해서 죄송합니다. 사정이 있었거든요.」

솔의 영어는 유창하다고까진 할 수 없었지만, 그래도 나름대로 꾸준히 연습했던 탓에 그럭저럭 의사소통은 되는 수준이었다. 또 워낙 보디랭귀지가 뚜렷했던 탓에 영어가 조금 모자라도 누구든 그녀의 말을 잘 알아듣기는 했다.

남자는 그런 그녀의 얼굴을 빤히 바라봤다. 너무너무 노골적으로 빤히, 솔이 민망함을 느낄 정도로 오랫동안 말이다.

'영어 못 하나? 아니, 예쁜 동양 여자 처음 봐? 뭘 그렇게 뚫어져라 보냐?'

목 끝에서 간질간질한 그 말이 튀어나오기 바로 직전, 남자가 씨익 웃으며 말했다. 눈가로 옅은 주름이 지면서 남자의 섹시함이 더욱 부각되었다.

「괜찮습니다. 이렇게 아름다운 여성이 제 뒤로 숨어주셔서 오히려 영광이죠. 원한다면 계속 숨겨줄 수도 있습니다.」

비록 그녀가 스피킹이 아주 쪼오금 달릴지 몰라도 리스닝 하나만큼은 기가 막혔다. 솔은 익숙하지 않은 외국 남자의 과감한 찬사와 노골적인 작업의 말에 서둘러 손을 들어 그를 저지했다.

「괜찮으시다니 다행이네요. 그럼 전 먼저 이만.」

단호하게 그를 거절한 그녀가 비어 있는 티켓 창구로 성큼 다가갔다.

하여튼 이 죽일 놈의 미모는 인터내셔널 국보급이라니까. 하, 이 정도면 정말 반성해야 돼, 강솔. 이 미친 미모. 후⋯⋯. 후후후.

등 뒤로 따끔따끔 느껴지는 시선에 어깨를 쫙 편 솔이 모델 워킹을 한껏 보여주며 입구로 향했다. 박세준 때문에 잠시간 조마조마했던 마음이 저 근사한 외국인 덕택에 다시 한껏 고양되었다.

"피이⋯⋯ 짜쉭! 보는 눈은 있어가지고는."

배시시 웃으며 솔이 경쾌하게 '포로 로마노' 안으로 들어섰다.

「한국어 아니었습니까?」

입구로 들어서는 늘씬한 여자를 보며, 옆에서 얌전히 서 있던 남자가 구릿빛 피부의 남자를 향해 물었다.

금발 머리의 완전한 서양인인 남자였는데, 솔의 한국어를 알아들었다는 것도 신기할 요량이었다.

하지만 이내 그 의문은 솔에게서 눈을 떼지 못하는 까만 피부의 남자를 향해 한마디 덧붙였을 때 바로 해결되었다.

「캐스, 당신 어머니도 한국인이시라고 하지 않으셨습니까? 저번에 한국어 쓰시는 것도 본 것 같은데…….」

「아아, 맞아. 그래, 한국어.」

「역시 한국인이 맞습니까?」

캐스라고 불린 사내, 구릿빛 피부가 매력적인 남자가 씨익 웃으며 고개를 끄덕였다.

「응. 한국 여자. 누구 마주치고 싶지 않은 사람을 봤나 봐. 이 자식, 저 자식 하더라고.」

그의 고개가 느릿하게 다시 금발 사내에게로 돌아왔다. 캐스의 말을 듣던 사내가 재밌다는 듯 웃음을 보였다.

「아, 그랬습니까? 저는 뭐 어디 쫓기기라도 하는 줄 알았습니다.」

「귀여운 여자였어, 매력적이고 아름다운.」

표를 끊기 위해 기다리던 것도 잊어버릴 정도로 캐스는 자신이 마주쳤던 그 늘씬한 한국 미녀에게 정신을 빼앗겼다. 동양인치곤 시원하고 뚜렷한 이목구비와 고혹적인 몸매가 인상적인 여자였다.

특히 직업적 특성상 여자의 '몸'에 관심이 많고, 또 무한한 애정을 가지고 있는 그였다. 그런 그의 눈에도 만족스럽다 못해 이상적인 라인을 가지고 있던 여자였다. 떠나보낸 것이 못내 아쉬웠지만, 이상하게 섭섭하진 않았다.

「네, 상당한 미인이더군요. 마치 모델 같은 여자였습니다.」

「그래. 그냥 보내기가 아쉽더군.」

「쫓아가서 캐스팅이라도 해올까요?」

벌써 3년을 함께한 수행비서인 고흐가 눈치 빠르게 물어왔다. 가족보다도 더 많이 보는 상사였으니, 그의 마음을 파악하는 것은 그에게 어려운 일이 아니었다. 하지만 그런 고흐의 물음에 캐스가 픽 웃으며 고개를 내저었다.

「아냐, 됐어. 그러지 않아도 돼.」

캐스는 다시 한 번 여자가 사라진 방향을 힐끔 바라보곤 망설임 없이 고개를 내저었다.

'어쩐지, 곧 다시 만나게 될 것 같은 예감이 들거든.'

성큼, 안으로 들어간 솔은 일단 주변부터 살폈다. 박세준은 멀리 갔으려나? 다리가 기니까 빨리빨리 앞으로 갔을지도 모른다.

제발 마주치지 말자, 다짐하며 가늘게 뜬 눈으로 솔이 주의 깊게 앞을 살폈다.

"뭘 그렇게 찾아? 나?"

"엄마야!"

"뭐야, 놀랐어?"

먼저 들어갔던 세준이 바로 그녀의 뒤, 기둥 벽에 등을 기대고 그녀를 바라보고 있었다. 팔짱을 끼고는 씨익 웃음을 보인 그가 성큼 그녀 곁으로 다가왔다.

"숨어 있다고 안 보일 줄 알았어, 당신이?"

"나, 나, 나 보였어?"

솔이 놀란 가슴을 부여잡고 세준을 경계하며 물었다. 그러자 세준이 애매한 얼굴로 고개를 내저었다.

"음. 아니, 굳이 따지자면 보인 건 아니었고."

"근데 어떻게 알았어, 나 있는 줄? 귀신이야? 보이지도 않는데 보였다고?"

눈을 동그랗게 뜨고 물어오는 솔을 향해 세준이 곤란한 듯 볼을 붉적이며 대답했다.

"어, 그러니까 말이지, 그게…… 향기가…….'

"향기?"

"어, 당신 향기가, 났어. 들어가는데."

솔이 더욱 눈을 동그랗게 떴다. 그러더니 서둘러 제 팔을 들어 올려 킁킁 냄새를 맡았다.

"나, 냄새나? 오늘 향수도 안 뿌렸는데? 심해? 무슨 냄새? 아무 냄새 안 나는데?"

왼팔, 오른팔 번갈아 가며 코를 들이박는 그녀를 보며 세준이 그게 아니라는 듯 손을 내저었다. 솔은 도통 알 수 없다는 표정이었다.

"있어, 그런 향이. 샴푸 냄새 같기도 하고. 여하튼 당신 향기가 나서 알았다는 거지."

허허, 이놈이 개코네. 솔은 다시 제 머리카락을 잡아당겨 킁킁 냄새를 맡아봤다. 하지만 여전히 무슨 냄새인지 감이 안 잡혔다.

떨어져 있는 사람한테까지 날 정도면 독한 거 아니야? 벌써 땀을 흘렸나, 내가?

솔은 들어 올렸던 양팔을 재빨리 겨드랑이에 바짝 붙여 팔짱을 야무지게 꼈다. 오늘은 과도한 몸짓을 자제해야 할 것 같았다.

"근데 여긴 정말 왜 온 거야, 당신?"

솔이 물어볼 것을 세준이 선수 쳐 물어왔다. 입구에 계속 서 있기도 뭐했던 두 사람은 천천히 걷기 시작했다.

"그건 내가 물어봐야 할 질문인데? 설마 너도 촬영답사 온 건 아니지?"

"촬영답사? 아, 그러고 보니 내일 촬영지가 여기지. 그럼 당신은 여기 촬영답사 온 거로군?"

역시나, 촬영답사는 아니었다. 그럼 애는 진짜 여기 왜 온 거야?

"그래, 촬영 들어가기 전에 한번 와봤다. 그러는 너는 왜…… 설마 관광은 아니지?"

"글쎄, 관광인가? 뭐, 그렇게 말할 수도 있고. 그런데 당신, 항상 이렇게 촬영답사를 다녀? 난 모델이 답사 다닌다는 말은 처음 들어보네."

세준이 의외라는 듯 솔을 바라봤다. 솔이 그런 세준을 보며 쑥스러운 듯 슬쩍 웃으며 말했다.

"이런 현지 촬영은 그 장소를 먼저 알고 느끼면 훨씬 좋은 사진이 나온다고. 자연스러운 사진도 많이 나오고. 그래서 먼저 와서 보고, 머릿속으로 시뮬레이션도 돌려보고, 뭐, 그러는 거지."

솔이 손가락으로 제 머리를 툭툭 치며 장난스럽게 말했다. 누군가에게 이런 이야기를 하는 게 조금 어색했던지라 솔의 얼굴 위로 옅은 홍조가 물들어 있었다. 세준이 은근히 놀란 눈으로 그런 솔을 내려다봤다.

"생긴 건 완전 생날라린데…… 당신도 참 의외야."

"뭐?"

"그렇잖아, 이 생날라리."

세준은 정말 강솔에게 놀라지 않을 수가 없었다. 이 여자는 얼마나 그를 놀라게 해야 만족할까? 카메라 앞에서 보였던 그 소름 끼치도록 진지했던 눈빛도, 강하고 드세게만 보이는 저 얼굴 뒤 뜨겁도록 열정적인 모습까지도. 모두, 모두 세준을 놀라게 만들기에 충분했다.

그녀는 세준이 가지지 못한 것들을 가지고 있었다. 아니, 가지기를 포기했던 것들이라고 해야 할까?

열정, 노력, 끈기……. 누구에게나 있지만 누구나 다 실현시키지는 못하는 그런 것들.

현실은 지척에 있지만 목표는 보이지 않는 곳에서 희미하게 반짝인다. 세준에게도 그랬다. 그도 그렇게 현실을 이기지 못했고 결국…….

퍼억!

"윽!"

세준의 상념을 깨뜨리며 매콤한 손바닥이 그의 뒤통수를 가격했다. 솔이 입술을 삐죽이며 세준을 흘겨본다.

"너도 겉만 보면 완전 생날라리거든? 너랑 달리 난 반전 매력이 있는 거고. 알겠냐, 애송이?"

어딘가 좀 익숙한 통증. 그래, 그날 호텔에서 '순결한 거야……'라고 중얼거리며 날렸던 그 손바닥이었다. 세준이 뒷머리를 쓰다듬으며 어이가 없다는 듯 웃고 말았다.

"참나, 그 반전 매력에 완전 반해 버리겠네. 아, 아니다."

세준이 불현듯 솔의 얼굴에 바짝 다가가 그녀와 눈을 맞췄다.

"……이미 반했나?"

잠시 놀란 솔이 토끼 눈을 하며 세준을 바라보다가 한쪽 입꼬리를 올리며 썩은 표정을 지었다. 그러곤 단호하게 성큼 뒤로 물러난다.

"수작 부리지 마. 안 넘어간다."

흥, 콧방귀를 뀐 솔이 몸을 돌려 먼저 앞으로 나아갔다. 그녀 앞으로 폐허가 된 회색 돌덩이들이 펼쳐졌다. 아무렇게나 자라난 초록 풀들이 그런 폐허의 잔재들 더욱 부각시켜 주고 있었다.

"다 왔다!"

커다란 기둥만 남아 있고, 몇몇은 아예 터만 남아 있었다. 그럼에도 이곳 '포로 로마노'가 주는 특별한 기백이 있었다. 그것을 바라보는 솔의 얼굴에 미소가 번졌다. 그리고 그런 솔을 바라보는 세준의 얼굴에도 미소가 걸렸다.

'과연 그럴까, 강솔?'

그녀 옆에 서서 옛 로마의 거리를 바라보며 세준의 가슴이 묘하게 즐거워졌다.

"아, 어디 가는데? 야! 야아!"

"스페인 광장."

"왜?"

"내가 인정한 가장 아름다운 여자의 영혼이 거기 있거든."

이게 뭔 소 여물 씹는 소리래? 솔이 세준을 이상하다는 듯 위아래로 훑어보며 고개를 도리질 쳤다.

"근데 내가 거길 왜 가야 하는데? 안 가. 내가 왜 가!"

"따라와 봐. 내일부터는 이렇게 둘러볼 시간도 없다."

"아니, 그래서 내가 왜 널 따라가야 하는데!"

솔은 세준에게 이끌려 언덕 아래로 질질 끌려가고 있었다.

포로 로마노 안을 샅샅이 둘러보니 벌써 3시가 다 되어갔다. 세준은 그런 그녀 곁을 묵묵히 따라다니며 같이 유적지 안을 둘러보다가 다시 입구쯤에 왔을 때 갑자기 그녀의 손목을 끌기 시작한 것이었다.

"어허, 로마까지 왔는데 이대로 일만 하다가 갈 거야?"

"일하러 왔는데 그럼? 일하다 가야지."

"그건 이 로마에 대한 모독이지. 자, 내가 안내해 줄게 가자. 혼자보단 둘이 재밌잖아. 안 그래?"

"놔, 놓으라고. 싫어, 싫다고. 내가 왜 너랑……."

솔은 세준에게 잡힌 손목을 강하게 털어내며 반항했지만, 그보다 그의 힘이 더 셌다. 솔은 하염없이 세준에게 질질질 끌려가고 있었다. 질질질.

"오빠가 젤라또 아이스크림 사줄게, 가자."

네가 왜 내 오빠야, 이놈아!

"야! 나 아이스크림 안 먹어. 안 먹는다니까? 야! 야! 안 먹는다고!"

"역시 로마에 오면 젤라또 아이스크림이지. 하하하!"

아, 사람이 말을 하면 들으라고, 이 빡쳐야!

그리하여 결국 세준이 끌고 온 이곳.

200여 개의 계단이 펼쳐져 있고 그 위로 사람들이 개미 떼처럼 모여 있는 광장이었다.

"그래서 여기가 스페인 광장이라고?"

솔이 손에 든 젤라또 아이스크림을 할짝이며 물었다. 해가 쨍쨍한 더위 속에서 아이스크림은 무서운 속도로 녹고 있었다.

그렇게 안 먹는다 했던 말이 무색하리만치 아이스크림 위에 꽂혀 있는 막대과자부터 오독오독 잘도 씹어 먹더니 아이스크림의 반이 순식간에 사라졌다.

세준은 그런 솔을 빤히 바라보다가 절레절레 고개를 내저었다. 순간 조금 민망해진 솔이 세준을 쏘아보다가 마치 변명이라도 하듯 중얼거렸다.

"아침을 안 먹어서 그냥 먹는 거야. 그냥, 할 수 없이!"

"누가 뭐래? 잘 먹으니까 예쁘고만."

"알아. 나 예쁜 거."

"알면 됐고."

그녀 옆에 나란히 앉은 세준이 슬쩍 웃으며 얼마 남지 않은 자신의 아이스크림을 입안에 쏘옥 집어넣었다. 아삭아삭 부서지는 과자 소리를 들으며 솔이 관심 없는 척 말을 꺼냈다.

"근데, 그 여자가 누구야? 그 가장 아름다운 여자의 영혼?"

"아아…… 궁금해?"

"안 궁금하면 물어봤겠어?"

새침하게 톡 쏘듯 말한 솔이 턱짓으로 세준을 재촉했다.

"그래서 누군데?"

"잠깐만……. 보여줄게."

그렇게 말한 세준이 주머니에서 자신의 휴대폰을 꺼내 들었다. 하얗게 부서지는 태양 속에서도 훌륭한 디스플레이를 자랑하는 스마트폰 속에서 흑백 화면이 떠올랐다.

"오드리 햅번?"

화면 속의 여자를 알아본 솔이 반신반의하며 중얼거렸다. 오는 비행기에서 내내 세준이 보고 있던 흑백 영화 속의 아름다운 여배우……. 젊은 날의 그녀가 계단을 배경으로 앉아 아이스크림을 먹고 있었다. 그러고 보니, 지금 이곳과 똑같은 배경이었다.

"설마, 여기가 저기야?"

"어, 맞아. 여기가 바로 이 장면을 찍은 곳이야. 스페인 광장. 이 장면 너무너무 사랑스럽지 않아? 지금 당신 모습이랑 비슷해."

세준은 부드럽게 웃으며 솔을 향해 다정하게 말했다. 솔은 그게 또 너무 간지러워서 말없이 세준이 보여주는 화면만 뚫어져라 바라봤다. 입안에 욱여넣은 아이스크림만큼 달짝지근한 느낌이었다.

며칠 전부터 이놈이 좀 이상했다. 그래, 그 출국장에서 봤을 때부터…… 아니, 그 트레이닝룸에서부터 달라졌던 것 같기도 했다.

'신경 쓰이는 여자한테 누나라고 하고 싶은 남자가 어딨냐……'라는 그 말을 했을 때부터.

뭐라 딱 꼬집어 말할 수는 없었지만, 세준의 눈빛, 말투, 스치는 행동……. 그런 작은 것들이 오묘하게 달라지고 있었다. 뭐라 딱 꼬집어 말할 수는 없었지만 말이다.

"……그래서 이 여자가 네가 인정한 가장 아름다운 여자라는 거지?"

"그렇지. 아, 그리고 그거 알아?"

"뭐?"

솔이 입가에 묻은 아이스크림을 핥으며 세준을 올려다봤다. 그러자 잠깐 그의 시선이 그녀의 입에 스치듯 머물렀다. 그것을 눈치챈 솔이었지만 모르는 척 그를 바라봤다. 세준이 흔들리던 눈빛을 거두고 다시 말을 이었다.

"이 영화가 대박이 나고, 이곳에서 아이스크림 먹는 사람들이 많아져서 이제는 여기서 뭘 먹는 게 금지됐대. 벌금형인가? 수감형인가?"

그 순간 솔이 멈칫하고 주변을 돌아봤다. 과연…… 주변에서 뭘 먹는 사람은 솔밖에 없었다.

'아니, 잠깐……?'

솔이 들고 있던 아이스크림을 천천히 내려다봤다. 그런 솔을 바라보는 세준의 눈빛이 얄궂게 반짝였다.

"그러니까 얼른 먹으라고, 아니면 당신 경찰 아찌한테 잡혀간다."

세준의 목소리에 장난기가 한가득이었다. 아, 어쩐지 세준이 엄청난 속도로 먹어치운다 했었다. 단 걸 좋아해서 그런 줄 알았더니……. 요고요고, 나를 놀리려 했던 것이다. 순간 솔의 눈도 조금 전의 세준처럼 심술궂게 빛났다.

흥, 내가 그렇게 쉽게 당해줄 줄 알아?

솔이 아이스크림을 들고 있던 손을 재빨리 움직였다.

"웁!"

순식간에 아이스크림이 세준의 입안으로 처박혔다. 뭐라 말리거나 놀랄 새도 없이 날랜 손동작이었다. 입안 가득 아이스크림을 머금고 멍해 있는 세준을 보며 솔이 깔깔깔 웃음을 터뜨렸다.

"그럼 네가 다 먹으면 되겠네. 너, 빨리 안 먹으면 경찰 아찌한테 잡혀간다. 알지?"

당황하여 망연히 그녀를 바라보는 세준을 뒤로 두고, 솔이 경쾌한 웃음소리와 함께 계단을 뛰어 올라갔다. 그리고 때마침, 저 멀리서 경찰로 보이는 사람들이 호각을 불며 다가오는 게 보였다.

삐익, 삑!

호각 소리가 요란하게 울리고 광장 안의 사람들이 모두 세준과 솔을 돌아봤다.

"윽!"

세준이 황급히 솔의 아이스크림을 입안으로 욱여넣고 그녀를 따라 계단을 뛰어올랐다.

"쏘리!"

다급하게 쏘리를 외치는 세준의 앞으로 깔깔깔 웃는 솔이 그에게 손짓하며 서 있었다.

"빨리 뛰어와, 박세준!"

뒤쫓는 로마 경찰들을 뒤로하고 세준과 솔이 광장을 가로지르며 달렸다. 햇살이 하얗게 부서지는 광장 속에서 보기 드문 추격전을 바라보는 사람들이 킥킥 웃음을 터뜨린다.

긴 다리를 이용해 허겁지겁 도망가는 남녀의 얼굴 위에도 그와 비

숫한 웃음이 터진다. 숨이 턱까지 차오를 때까지 그렇게 두 사람은 로마의 거리를 달리고 또 달려갔다.

"나 경찰한테 쫓겨본 거 처음이야!"

가쁜 숨을 몰아쉬던 솔이 바닥에 털썩 주저앉으며 말했다. 어쩐지 묘한 감동까지 스며 있는 말투였다. 등 뒤로 땀이 흥건했지만 좁은 골목을 지나치는 보드라운 그늘 바람이 열에 들뜬 이마를 식혀줬다.

덥고, 발바닥에서는 불이 났으며, 스타일은 망가졌지만 이상하게 상쾌했다. 기분이 나쁘지 않았다. 아니, 솔직하게 말하자면 이상하리만치 기분이 좋았다. 가쁜 숨이 가슴을 들락날락하는 동안 바람 빠진 웃음도 쉴 새 없이 삐져나왔다.

"아저씨들이 호각 부는 거 봤어? 와, 근데 그 무거운 몸으로 진짜 끈질기게 쫓아오더라!"

솔이 큭큭 웃으며 그녀 곁에 같이 주저앉은 세준의 어깨를 툭툭 두드렸다. 세준도 그녀를 따라 웃음을 보였다. 솔과는 다르게 그의 숨이 아주 거칠지는 않았지만 덥기는 더운지 이마 위로 땀이 송골송골했다.

"하지 말라고 해도 하는 사람들이 한둘이 아닐 테니까. 우리처럼 말이야. 추격 경력이 상당할 거야, 아마."

"먹으면 안 되는 줄 알았으면 안 먹었지. 아, 그래도 너무 웃겨. 내가 로마에 와서 아이스크림 먹었다고 경찰한테 쫓기다니!"

"그러니까. 내가 강솔 때문에 경찰한테 다 쫓겨보네."

"야! 그게 왜 나 때문이야, 너 때문이지. 경찰 아저씨들이 쫓아올 때는 분명 네가 먹고 있었다고. 안 그래?"

"아, 그랬지. 당신 입에서 내 입으로 넘어온 거지. 그치?"

이, 능구렁이. 말로는 절대 안 지려고 한다.

솔은 그녀를 향해 씨익 웃으며 말하는 세준의 옆구리를 팔꿈치로 가볍게 찔러주며 말했다.

"닥쳐."

"넵."

솔의 단호한 지시어에 세준이 장난스럽게 입을 다물었다. 몇 마디 그렇게 나누는 사이 그토록 두 사람을 뜨겁게 했던 열기도 슬금슬금 사그라지고 있었다. 하지만 달콤한 아이스크림을 먹고 바로 뛰었던지라 입이 텁텁하고 목구멍은 사막처럼 껄끄럽고 답답했다.

세준이 먼저 벌떡 자리에서 일어났다.

"뭣 좀 마시자. 목말라 죽을 것 같아."

바닥에 주저앉아 있는 그녀 앞으로 불쑥 내밀어진 세준의 손.

솔은 잠시간 그런 세준을 빤히 올려다봤다. 아무렇지 않은 듯 바라보는 그의 눈.

그렇게 밉고 싫었던 이 얼굴이 이상하게 정다워 보이는 이유는 이곳이 로마라서 그런 걸까? 로마의 낭만, 일탈의 희열, 그런 거?

글쎄, 알 수 없었다. 어쨌든 솔은 잡아야 할지 말아야 할지 고민하는 것을 때려치우고 세준의 손을 마주 잡았다.

"난 얼음 물."

"오케이."

그녀의 손을 힘주어 끌어 올리는 세준의 손바닥이 뜨거웠다. 뜨겁지만 불쾌하지 않다.

따스한 10월, 로마의 햇살처럼.

제5화
어그러지다

　마실 것을 사러 돌아다니다 보니 어느새 두 사람은 트레비 분수 근처에 와 있었다. 이렇게 된 거, 내친 김에 정말 관광이나 해봐야겠다 싶어진 솔이 못 이기는 척 세준을 따라갔다.

　"원래 트레비(Trevia)는 세 갈래의 길이란 뜻이래. 세 갈래의 길이 합류한다는 뜻으로 트레비 분수라고 이름 붙였다고 하더라고. 저기 봐봐, 다들 동전 던지느라 정신없지? 여기서 동전 던지면 소원이 이뤄진다는 걸로 유명하거든."

　"소원?"

　빽빽하게 들어차 있는 사람들은 세준의 말마따나 정말 하나같이 분수를 뒤로하고 동전을 던지기에 바빴다. 솔도 들어본 적이 있는 이름이었다. 트레비 분수, 동전을 던지면 소원이 이루어진다는. 하지만 세준의 설명은 거기서 끝이 아니었다.

　"자 봐, 이렇게 오른손으로 왼쪽 어깨로 던지는 거야, 뒤로."

"이렇게?"

세준을 따라 솔이 오른손으로 동전 던지는 시늉을 해보였다. 세준이 고개를 끄덕인다.

"그렇지. 이렇게 해서 한 번 던지면 로마에 다시 올 수 있고, 두 번 던지면 사랑하는 연인과 다시 올 수 있고, 세 번 던지면 이루어지기 힘든 소원이 이루어진다는 말이 있는데……. 사실 이것도 사람마다 다 다르게 알고 있더라고. 믿고 싶은 대로 믿는 거지, 뭐."

"으흥. 근데 너 이런 거 어떻게 알았어? 꽤 자세히 알고 있는 것 같은데……. 전에 로마 와봤어?"

"아니, 그런 건 아니고, 영화를 많이 봐서 그래, 영화를."

무슨 영화를 얼마나 봤다고 이 길들을 다 알고, 이런 사소한 전설들을 다 안다는 건가? 솔은 조금 이해가 가지 않아 다시 물었다.

"다큐멘터리도 아니고, 영화 본다고 이렇게 로마를 잘 알아? 어디에 뭐가 있고, 뭐가 어떤 거고. 뭐, 이런 걸 영화만 본다고 다 알아?"

솔의 말에 세준이 웃는다. 그들을 둘러싸고 있는 수많은 인파들의 싱그러움과 세준의 웃음이 한데 어우러졌다. 마치 세준도 여행을 온 그들처럼 즐거움이 가득한 표정이었다.

"수십 번, 수백 번 본 거지. 그렇게 보면 처음엔 배우들만 보이다가 나중엔 다른 것들이 보여. 촬영 장소, 촬영 기법, 소품들 하나하나까지. 아, 〈로마의 휴일〉 보다 보면 오드리 헵번이 길게 기른 머리를 싹둑 잘라 버려. 바로 저기 있는 이발소에서."

세준이 손끝으로 어딘가를 가리켰다. 커다란 항아리 뒤에 숨어 있는 작은 가게 하나. 그곳을 가리키며 세준이 다시 말했다.

"〈로마의 휴일〉이 재밌는 게, 오드리 헵번의 변화를 굉장히 섬세하면서도 극단적으로 보여준다는 거지. 처음에 공주가 몰래 대사관을 빠져나올 때 보면 목까지 카라를 올리고, 머리는 탐스럽고 우아하게 길러놨어. 블라우스는 손목까지 단추를 꼭꼭 채워놓고. 그런데 영화가 진행되면서 이 오드리 헵번의 소매가 점점 올라간다?"

조근조근 시작했던 세준의 목소리가 점점 신이 나 올라가기 시작했다. 제 팔목 위로 옷을 걷는 것처럼 행동으로 보여주는가 싶더니, 점점 그의 표정까지 밝아지고 있었다. 마치 연극을 하는 듯 흥분한 그의 표정을 보고 있자니 그녀까지도 마음이 들썩거리는 것만 같았다.

"봐봐, 처음엔 이렇게 팔꿈치까지 올리더니 머리를 자르고 나서는 아예 슬리브리스처럼 블라우스 소매가 없어져 버려. 감독이 공주의 내면의 변화를 외면의 변화로 끌어낸 거야. 그걸 처음 발견했을 때 진짜 신났다니깐. 아, 오드리 헵번의 연기도 너무나 잘 어울리고. 그 사랑스러운 공주를 데리고 남주인공이 이 로마 곳곳을 돌아다니는데……."

언제나 나른하고 악동 같던 세준의 얼굴 위로 아이처럼 순수한 표정이 떠올랐다. 솔은 세준의 설명을 귀 기울여 듣고 있다가 저도 모르게 품, 웃고 말았다. 얼굴 근육을 다 써가며 영화를 설명하는 세준이 언뜻 귀여워 보였던 탓이다.

"뭐야, 왜 웃어?"

"아니, 너 진짜 영화 좋아하는구나 싶어서. 비행기 타고 오는 동안에도 영화 봤었지? 한 타임도 안 쉬고 계속 보는 것 같던데……. 네가 그렇게 영화를 좋아할 줄은 몰랐거든."

"그래? 왜, 나 딱 영화인처럼 생기지 않았나?"

세준이 금세 다시 장난꾸러기 같은 얼굴로 돌아와 물었다. 그의 물음에 솔이 그의 얼굴을 빤히 바라봤다.

"왜 그렇게 뚫어지게 봐?"

솔이 아무 말도 없이 뚫어져라 보고만 있자 세준이 조금 어색한 듯 볼을 긁적이며 물었다. 솔이 그렇게 한참 동안 세준 얼굴을 보고 있다가 고개를 끄덕였다.

"다른 건 모르겠고, 영화를 좋아하는 것처럼은 생겼다."

그게 무슨 말이냐는 듯 세준이 한쪽 눈썹을 치켜세웠다.

"네 표정이 그래. 있지, 예전에 내 친구가 촬영장에 잠깐 온 적이 있었는데, 그때 나보고 이렇게 말한 적이 있거든?"

"네 얼굴 지금 되게 우리 조카 같다. 우리 조카가 놀이터 가자고 할 때 딱 그런 눈빛인데. 절대 지치지 않는, 자다가도 벌떡 일어나는 그런 무서운 눈빛. 아무튼 딱 그거다."

어설프게 한영을 흉내 내며 말하던 솔이 고개를 돌려 세준을 다시 봤다.

"근데 지금 네가 딱 그 눈빛이야. 몇 시간을 말해도 지치지 않을 것 같은 그런 눈빛. 엄청 반짝반짝. 그런데 그런 표정 되게……."

두 사람의 눈이 허공에서 부딪쳤다. 투명하게 부딪치며 떨어지는 분수의 물소리와 사람들이 만들어내는 시끄러운 소음 사이에서 솔과 세준의 시간이 슬쩍 느려진다.

잠깐 망설이는가 싶던 솔이 싱긋 웃음을 보였다. 세준에게는 처음 보여주는 친근함이 가득 담긴 따스한 눈빛으로.

"의외다."

솔이 그렇게 세준을 향해 웃고 있었다.

얼떨결에 판테온 신전과 진실의 입이라는 거대 돌멩이까지 보고 오니 벌써 거리에는 어둠이 촉촉하게 가라앉아 있었다. 가로등이 하나

둘 켜지고, 테라스로 나와 있는 사람들의 웃음소리로 젖어 있는 거리를 걸으며 솔이 부루퉁 입을 내밀었다.

"너, 일부러 그런 거지? 그치?"

"뭘 일부러 그래. 시간이 끝난 걸 어떻게 해. 안 그래?"

"아니야, 너 뭔가 나한테 숨기는 게 있을 거야. 그래서 그 진실의 입에 손을 못 집어넣은 거라니까!"

발끈해서 따지고 드는 솔을 보며 세준이 못 말리겠다는 고개를 내저었다. 그러곤 어깨를 으쓱하며 대수롭지 않은 듯 말했다.

"이 세상에 비밀이 없는 사람이 어디 있어? 그리고 당신도 말 못하는 비밀 한두 개쯤은 있잖아. 안 그래?"

"은밀한 비밀이 있는 거랑 말하지 못하는 게 있는 거랑은 다르거든!"

"에헤이, 그게 어떻게 다르나? 비밀이 아무도 모르게 한다는 건데."

윽, 말로는 이길 수 없었다. 에라이, 이럴 땐 그냥 우기는 게 장땡이었다.

"어쨌든! 모두에게 비밀이냐, 한 사람에게만 비밀이냐 이거지, 내 말은. 근데 지금 넌 나한테 말 못 하는 게 있는 거라니까? 뭐야, 빨리 말해봐."

"생사람 잡지 마세요, 강솔 씨. 그나저나 배 안 고파? 우리 뭣 좀 먹자."

듣고 보니 슬슬 배가 고파지고 있었다. 하긴, 오늘 하루 종일 솔이 먹은 거라고는 에스프레소 한 잔과 젤라또 아이스크림이 다였다. 솔이 배를 슬슬 문지르다가 다시 홱 세준을 흘겨봤다.

"이거 봐봐, 또 말 돌리는 거."

"아니라고요. 어! 저기 파스타 집 예쁘다. 저기 가자. 가자가자."

"야! 나는 먹겠다고 안 했어. 야, 박세준, 야!"

먹는다는 말도 안 했지만, 안 먹겠다는 말도 안 한 솔이 이번에도 못 이기는 척 세준과 함께 파스타 가게 안으로 들어섰다.

터벅터벅 걸어가서 멋들어진 테라스 자리를 찾아 앉는 세준을 보며 역시나 솔이 못 이기는 척 자리에 앉았다.

그동안 일만 했지 이렇게 밖으로 나와 밥을 먹어본 적이 없던지라 솔은 피곤한 줄도 모르고 기분이 붕 뜨는 것을 느꼈다.

"어, 뭐로 먹을……."

"나는 씨푸드 파스타."

세준이 메뉴판을 펼치기도 전에 솔이 말했다.

헉, 너무 빨리 말했나?

슬쩍 얼굴이 붉어진 솔이 새침하게 고개를 돌려 바깥을 풍경을 바라봤다. 수많은 사람들이 오가는 밤거리의 풍경이 그녀의 붉은 얼굴을 감춰주리라.

그리고 역시나 보이진 않았지만 웃음기가 잔뜩 묻은 세준의 목소리가 들렸다.

"토마토 베이스? 아니면 오일?"

"……토마토."

"오케이. Excuse me!"

큭큭 웃는 소리가 들렸지만 솔은 끝까지 고개를 돌리지 않았다. 입술만 질끈 깨물고는 아무것도 모른다는 듯 새침하게 바깥만 바라봤을 뿐이었다.

뿌연 안개가 살그머니 다가와 거리 위로 제 그림자를 흩뿌리고 다녔다. 그 몽환적인 풍경 속, 노란 파스타 가게 안에서 세준과 솔이 따뜻한 음식을 나눠 먹고 있었다.

세준이 센스 있게 주문한 달콤한 와인까지 곁들여지니, 솔은 세준이 저에게 원수 같은 놈이라는 사실도 까맣게 잊을 만큼 뭉클한 행복감에 젖어들었다. 솔직히 파스타 맛은 그저 그랬는데, 이상하게도 기분이 맛있었다.

그 맛있는 기분에 취해 파스타 그릇을 깨끗하게 비운 두 사람이 만족스러운 미소로 밖으로 나왔다. 어느덧 벌써 밤이 깊은 9시. 이제는 짧았던 하루 관광을 마치고 호텔로 돌아가야 할 시각이었다.

와인이 맛있었던 탓에 세준이 가게에서 조금 전에 먹었던 그 와인을 사고 있는 사이, 솔은 바깥 거리를 서성였다. 습기 가득한 공기마저도 달콤했다. 이리저리 고개를 돌려 주변을 둘러보고 있던 솔의 눈에 기념품 숍이 들어왔다. 솔은 자석에 이끌리듯 그곳으로 발길을 돌렸다.

「죄송합니다, 이제 가게 문을…….」

가게를 정리하고 있던 곱슬곱슬한 머리의 젊은 남자가 미안하다 말하다가 다가오는 솔을 보며 말을 멈췄다.

가게 문 닫을 참이었나?

솔이 한껏 미안한 표정으로 고개를 끄덕이며 뒤로 돌아서려는 그때, 남자가 서둘러 그녀를 붙잡았다.

「저기요, 저기요! 괜찮습니다. 아직 안 닫아요. 뭐 원하시는 거 있으십니까?」

「아, 그래요? 기념품 몇 개 사려고 하는데…….」

솔이 반가운 빛으로 매대에 진열되어 있는 기념품들을 둘러봤다. 작게 조각된 판테온 신전과 콜로세움, 로마라고 새겨진 자석 등이 보였고, 조금 전 봤던 진실의 입 미니어처도 보였다.

「어떤 걸로 드릴까요?」

중국 공장에서 찍어오는 게 아니라 직접 나무로 조각하고 광택제까지 바른 고급스러운 장식품이었다.

이거…… 비싸겠는데?

솔이 잠깐 가지고 있는 돈을 떠올려 보더니 이내 크게 결심한 듯 고개를 주억거렸다.

「이거랑 이거 두 개랑, 그리고 어…… 이거랑 이거 주세요.」

솔이 손가락으로 짚은 것들을 집은 남자가 그것들을 하나하나 종이 상자에 넣어주었다. 아무 생각 없이 들어온 기념품 숍이었는데, 생각보다 포장이 고급스러웠다.

「한국?」

「네?」

「한국분이세요?」

「아, 네. 어떻게 알았어요?」

포장을 해주던 남자가 그녀를 향해 진한 웃음을 날렸다. 머리카락도 곱슬곱슬거렸는데, 풀어헤친 셔츠 아래로 그만큼이나 곱슬곱슬한 가슴털이 보였다. 코도 높고 쌍꺼풀도 진한 것이 딱 전형적인 유럽 남자였다.

「한국 여성들은 하나같이 예쁘죠. 그중에서도 당신은 내가 본 동양 여자 중에 가장 아름답습니다. 한국은, 언제 돌아가십니까?」

오훗, 오훗, 오호라. 그러니까, 지금 이거 유럽인의 작업이라는 건가? 아, 이 자쉭들. 또 이쁜 건 알아봐요, 진짜. 하……. 나는 로마에서도 대역 죄인이로고.

솔이 비죽비죽 올라가려는 입술 끝을 꾸욱 다물며 대답했다.

「일하러 온 거라서 조금 더 있다가 가요. 얼마예요?」

들고 온 카드를 꺼내려고 주머니를 뒤지려는 그때, 남자가 불현듯 그녀 곁으로 성큼성큼 다가왔다. 한걸음에 그녀 옆에 선 남자가 그녀의 손을 잡아 올리더니 이글이글 불타는 눈빛으로 그녀에게 말했다.

「로마는 아름다운 도시죠, 레이디. 낭만과 사랑이 살아 숨 쉬는 도시! 당신 같은 아름다운 여자에게 이 로마의 낭만을 소개해 줄 기회를 주실 수 있겠습니까? 로마가 얼마나 황홀한 도시인지, 얼마나 열정이 가득한 곳인지 내가 안내해 주겠습니다. 더불어 당신을 사랑할 기회를 가지고 싶군요.」

이건 뭐, 거의 눈빛으로 태워 죽일 기세였다. 아주 눈빛이 이글이글, 화르르륵! 난리가 났다. 거기다 이 남자, 하는 말이 가관이다. 뭐? 사, 사랑할 기회?

솔이 이걸 어떻게 처리하나 싶어 눈알만 도르륵 굴리던 그때, 누군가 솔의 손을 부여잡은 남자의 손등을 야무지게 후려치며 등장했다.

「무례한 남자네.」

평소보다 조금 낮게 가라앉은 목소리, 가로등 불빛 아래로 길게 늘어지는 훤칠한 그림자.

「로마의 낭만은 내가 충분히 알려주고 있으니 당신이 이 여자에게 해줄 거라고는 그 물건을 얌전히 넘겨주는 것밖에 없을 것 같은데?」

성큼 그녀 옆으로 온 세준이 비스듬하게 고개를 비틀고선 남자를 향해 한쪽 눈썹을 치켜세웠다. 곱슬머리 서양 남자만큼이나 이글이글 불타는 눈빛이었다. 가게 주인이 당황한 듯 눈을 크게 뜨더니 솔을 향해 물었다.

「……친구?」

친구? 그래, 뭐, 일행이니까 친구라 치자. 기왕 이렇게 된 거 빨리 이 상황을 탈피하고자 솔이 크게 고개를 끄덕이며 대답했다.

「친구!」

그러나 세준은 거기서 멈추고 싶지 않나 보다. 그는 덥석 솔의 어깨 위에 손을 올리고 나지막하게 한마디를 덧붙였다.

「남편.」

솔이 눈을 동그랗게 뜨고 고개를 돌려 세준을 쳐다봤다. 그녀가 막 따져 물으려 할 때 세준이 자신을 쳐다보는 솔에게 미소 짓더니 대뜸 이마에 키스를 했다. 마치 사랑하는 연인에게 그러하듯이.

그리고 한다는 말이,

「계산!」

이란다.

하? 얘 봐라?

너무 황당해서 말이 다 나오지 않았다. 아니, 누구 마음대로 내 이마에 입술 도장을 찍는데? 그리고 누구 마음대로 내 남편 행세를 해? 어?

세준은 당당했고 솔에게 집적거리던 남자가 한 풀 기가 꺾인 얼굴로 계산을 마쳤다. 삽시간에 정리된 상황에 뒤늦게 정신을 차린 솔이 제 지갑에서 돈을 꺼내들었다.

"네가 왜 계산을 해? 야, 나도 돈 있어."

"됐어. 내가 했다고. 그리고 이건 내가 꼭 해야 해."

바동거리는 솔을 부여잡으며 세준이 으름장을 놨다. 눈을 부라려가며 바득바득 우기는 세준을 향해 반항의 의지를 표출하던 솔이 기어이 그의 손을 뿌리치고 가게 안으로 달려갔다. 그런데 때마침 남자가 계산을 마치고 영수증을 들고 나와 버렸다.

제길, 늦었다!

솔이 당황하는 사이 세준이 남자에게서 종이백을 건네받았다.

"가자."

그녀의 손목을 잡아끌며 세준이 남자의 곁을 스치며 중얼거렸다.

「지금부터 내가 로마의 밤이 얼마나 뜨거운지 알려 줄게.」

아니, 이놈이 지금 뭐라는 거야?

세준이 한 말에 솔은 당황스럽게 세준을 돌아봤다. 무, 뭘 알려줘? 그게 무슨 의미인지 모를 만큼 솔은 어리지 않았다. 점점 열이 뻗쳐 올라왔다.

이놈이나, 저놈이 지금 솔을 사이에 두고 지들끼리 영역싸움에 아주 난리굿을 쳤다. 거기다, 세준의 입술이 닿았던 이마는 불에 닿은 듯 화끈거렸고, 뺨은 열이 올라가 화끈거렸다.

솔이 세준의 손을 뿌리치며 핸드폰을 들이밀었다.

"계좌번호 찍어."

"뭐?"

"돈, 부쳐줄 테니까 계좌번호 찍으라고."

솔의 말에 세준의 얼굴이 굳었다.

"왜?"

그는 딱딱하게 물었고, 솔은 화가 난다는 듯 또박또박 말했다.

"왜긴 왜야. 돈 부치겠다니까. 그리고 뭐? 밤이 뜨거운지 알려줘? 너 미쳤어? 왜 그렇게 제멋대로야? 저 사람이랑 너랑 다를 거 하나 없어. 상대방 기분은 상관도 없지?"

기가 막힌다는 듯 솔은 쏘아붙였다.

세준은 솔의 말에 기분이 바닥으로 내쳐지는 것을 느꼈다. 지금 저런 놈이랑 자신을 같은 취급하는 것도, 그의 행동에 이리도 진저리를 치며 화를 내는 것도 세준의 기분을 한없는 나락으로 떨어트렸다.

"싫어."

세준은 조금 굳은 얼굴로 단호하게 고개를 돌렸다. 오늘 하루 내내 부드러웠던 세준의 얼굴이 금세 차갑게 가라앉았다. 그 냉랭한 얼굴을 보며 솔이 당황스럽다는 듯 되물었다.

"네 돈 되돌려 준다는데 뭐가 싫다는 거야?"

"싫어. 그냥 싫어. 안 받을 거야."

"나도 그냥 받는 거 싫어. 찝찝해. 빚지는 것 같단 말이야. 자, 얼른 계좌번호 찍어."

솔이 세준에게 핸드폰을 들이밀며 말했다.

이 눈치 없는 여자를 어떻게 할까. 이제까지 이 순결한 몸과 마음이 어떻게 지켜졌는지 알 것도 같았다. 세준은 눈을 가늘게 떠서 솔을 노려보다가 끝끝내 그의 얼굴 앞으로 들이미는 손목을 움켜쥐었다. 이상하게도, 화가 났다.

화가 나서…… 가슴이, 입안이 타는 듯이 뜨거웠다.

"바보야, 지금은 돈이 중요한 게 아니잖아."

"뭐?"

세준에게 잡힌 손목이 아픈지 솔이 미간을 찌푸리며 그를 올려다봤다. 그러나 세준은 그런 솔의 표정을 봐줄 만한 여력이 없었다. 그의 바로 눈앞에서 얄밉게도 반짝거리는 그녀의 입술이, 아무것도 모른다는 듯 말갛게 그를 올려다보는 그녀의 눈동자가 그에게서 생각이라는 것을 앗아가 버렸다.

"너 지금 뭐하려는……."

세준이 무엇을 바라보고 있는지를 깨달은 듯 솔의 목소리가 살짝 떨렸다.

인적이 드문 도로가, 은밀한 가로등 아래에 바짝 밀착해 있는 남녀에게 선택 사항이 몇 개나 있을까. 아무리 순진하고 둔한 여자라 할지라도 이렇듯 노골적으로 빛나는 눈동자의 의미를 모를 리가 없었다.

세준은 아무 말도 없이 그녀를 노려보고 있다가 천천히 고개를 내렸다. 떨리던 솔의 눈동자가 점점 더 커다랗게 떠졌다.

눈치 없는 여자 같으니…….

"이럴 땐 눈을 감……."

세준이 속살거리듯 중얼거리는 그 순간, 그 찰나의 순간 솔의 얼굴이 거세게 일그러졌다. 그러곤 그녀의 야무진 주먹이 날아온 것도 그 순간이었다.

퍼억!

"크흑!"

별이 반짝. 병아리가 삐약삐약. 머리가 헤롱헤롱.

"뭐라는 거야, 이 니주가리 씨빠빠가!"

두 사람을 지켜주던 가로등이 흔들릴 만큼 쩌렁쩌렁한 솔의 목소리가 울려 퍼졌다. 어찌나 야무지게 후려쳤는지 순간 세준은 눈앞이 캄캄했다. 풀스윙으로 손을 날린 솔이 비틀거리며 뒤로 물러나는 세준을 내버려 두고 그 자리를 박차고 달려갔다.

"너, 내가 우습냐! 우스워! 이씨!"

씩씩거리는 그녀의 목소리가 머리를 부여잡고 털썩 자리에 주저앉은 세준을 향해 날카롭게 울려 퍼졌다. 다다다 달려가는 그녀의 발걸음 소리도, 분기탱천한 솔의 목소리도 모두 다 들릴 법한데 세준은 그녀를 쫓지 않았다.

아니, 도무지 쫓을 수가 없었다.

어슴푸레 날이 밝아오고 있었다.

솔이 번쩍 눈을 뜨니 아침이라고도 부르기 어려운 새벽 5시. 어떻게 잠이 들었는지도 모르게 잠이 들었던 그녀였다.

씩씩대며 혼자 택시를 탔고, 씩씩대며 샤워를 마치고, 또 씩씩거리며 침대에 털썩 누웠는데 그 이후로 기억이 없었다. 아마 바로 잠이 들었으리라. 하긴 어제 잠도 제대로 못 자고 하루 종일 돌아다녔으니까.

"아야."

침대를 짚고 일어나는데, 주먹이 얼얼했다. 손등도 살짝 발갛게 부어 있었다. 이게 왜 이래, 하는데 그 순간 어젯밤의 잔상이 다시 떠올랐다.

박. 세. 준!

일어나자마자 솔은 또 씩씩대기 시작했다. 정말 화가 났다. 너무 화가 나서 세준이 원망스러울 정도였다.

"으아아악, 이, 이, 망할 자식!"

그녀에게는 매우 소중한, 선물과도 같은 하루였는데……. 아주 조금은 세준이 좋아졌는데…… 그런데!

세준이 다 망쳐 버렸다. 마지막에 다 망쳐 버리고 말았다. 그게 너무나 원망스러운 솔이었다. 아주 조금은, 아주아주 조금은 세준과 함께한 시간이 두근거렸었는데…….

비록 솔과 세준, 두 사람의 시작은 조금 삐뚤어졌어도 그래도 어제 함께하면서 어쩌면 세준이 그리 생날라리는 아닐 거라고, 그렇게 나쁜 놈은 아닐 거라고 그런 생각을 했던 그녀였다.

"……나쁜 놈."

솔이 마른 입술을 잘근잘근 깨물었다. 주먹에서 전해지는 은근한 아픔처럼 가슴 한쪽이 뻐근하고 무거웠다.

"윽! 정신 차려, 강솔! 촬영 가야지!"

세준에 대한 생각을 털어내며 솔이 벌떡 자리에서 일어났다.

오늘 촬영은 이른 아침부터 바쁘게 진행될 예정이었다. 관광지인 곳에서 촬영하는 거라 사람들이 없는 새벽부터 빠르게 촬영해야만 했다. 솔은 서둘러 침대를 빠져나와 욕실로 들어갔다.

"강솔!"

일찍 내려왔다 싶었는데 벌써 로비에는 사람들이 제법 모여 있었다. 언제나 부지런한 에이전시 동기 영수가 알은체를 하며 솔을 불렀다.

그 소리에 로비에 모여 있던 모델 몇이 그녀를 힐끔 돌아본다. 개중에 그녀보다 선배는 없었으니 모두 짧게 혹은 정중하게 인사를 건넸다. 많이 느슨해졌다 하지만 여전히 기강이 중요한 세계였으니 좋든 안 좋든 반드시 인사는 해야 하는 법이었다.

"잠은 좀 잤어? 어제 보니까 너 방에 없는 것 같던데?"

신영수. 동갑내기이자 같은 소속사 모델인 영수는 부드러운 마스크만큼이나 성격도 서글서글했다. 가끔씩 냉랭하게 느껴질 정도로 선을 긋는 솔에게도 그는 한결같은 태도로 친절했고 스스럼이 없었다. 여동생이 넷이나 되는 탓에 여자들을 챙기는 것에 익숙하다고 했다.

1년 사이로 그녀가 먼저 에이팀에 들어오고 영수가 1년 후에 들어왔다. 때문에 벌써 같이 일한 지도 5년이 넘어가고 있었다. 솔에게는 몇 안 되는 친한 모델 동기 중 하나였다.

"아, 응. 좀 나갔다 왔어."

"아! 너 그거 갔다 왔구나, 답사?"

영수가 손바닥을 내려치며 말했다. 오랜 시간 알고 지냈고, 또 같은 소속사이다 보니 어느 정도 그녀의 행동반경은 파악되는 그였다.

솔이 어설프게 웃으며 고개를 끄덕여 보이곤 힐끗 주변을 둘러봤다. 어느 정도 사람들은 모인 것 같은데…… 누군가의 모습이 보이지 않았다.

그런 솔의 눈빛을 오해한 것인지 영수가 문밖을 가리키며 말했다.

"지금 버스 오고 있대. 근데 너, 선크림 잘 바르고 나왔어? 로마 햇빛 장난 아니잖아. 모자는?"

"이미 떡칠을 하고 나왔습니다요. 근데, 지금 다 모인 건가? 아직 안 온 사람도 있는 것 같은데."

절대 박세준이 신경 쓰여 묻는 건 아니었다.

아니, 겠지? 아니야, 아닐 거야. 아니어야만 해!

"아, 뭐, 거의 다 왔는…… 아! 박세준이 없구나. 아, 근데 내가 아까 얼핏 들었는데, 걔 어제 밖에 나갔다가 뇌진탕 와서 밤새 고생했다던데?"

헉! 순간 솔이 숨을 멈추고 영수를 돌아봤다. 이게 무슨 소리인가! 뇌진탕?

불길한 예감이 발끝에서부터 스멀스멀 기어 올라왔다.

"뇌, 뇌진탕이라니?"

"몰라. 어제 밤늦게 들어와서는 밤새 닥터 왔다 가고 난리 났다고 하더라고. 근데 우리는 층이 달라서 몰랐던 거지. 무슨, 로마 경찰한테 쫓기다가 넘어졌다던가? 아니, 로마 거지한테 맞았다고 하는 말도 있고. 아무튼 그랬대."

로마 거지라니…… 로마 거지라니!

하하하하. 그 로마 거지가 네 눈앞에 있다, 영수야.

충격적인 소식과 충격적인 오해를 동시에 접하니 제 머리까지도 띵하게 아픈 것처럼 느껴졌다.

박세준이 뇌진탕이라고? 아니, 내 주먹이 그렇게 셌나?

솔은 제 주먹을 내려다보며 허탈하게 웃었다. 이거 까딱하면 살인 주먹 소리 들을 판이었다.

"주먹은 갑자기 왜 내려다봐? 네가 로마 거지라도 된 것처럼."

아무것도 모른 채 천진하게 말하는 영수의 말에 솔도 그저 천진하게 웃을 수밖에 없었다.

"그럼…… 걔 괜찮대? 근데 진짜 뇌진탕이래? 설마 주먹 한 대 맞았는데 뇌진탕일 리가……."

"한 대 맞았는지 두 대 맞았는지 네가 어떻게 알아?"

이크. 솔이 식겁하고 숨을 멈췄지만 영수는 신경 쓰지 않는 듯 신발 끈을 고쳐 매며 말했다.

"뭐, 몇 대 더 맞았을 수도 있잖아? 그리고 그거 확실한 게 아니라서 그냥 넘어진 것일 수도 있어. 소문이 원래 더 재밌는 방향으로 퍼지는 거니까."

휴우, 얘가 진짜 사람 의심 안 하고 착해서 다행이지. 눈치 빠른 혁진이나 신 대표 같았으면 바로 그녀를 쪼아댔을 것이다.

그런데 이쯤 되니, 아무래도 세준이 뇌진탕이 확실하긴 한 것 같았다. 영수가 전해줄 정도면, 밤새 소란이 좀 있었던 것 같은데 한번 잠이 들면 업어가도 모르는 솔만 밤새 잘 잤나 보다.

"그래서, 걔 괜찮대? 혹시 오늘 촬영이나 컬렉션도 못 할 만큼 아프거나 한 건 아니야?"

아무리 세준이 잘못했기로서니 뇌진탕이 올 만큼 맞을 짓을 한 건 아니었는데……. 거기다가 그녀 때문에 컬렉션까지 말아먹어 봐라. 생각만 해도 아찔했고, 가슴이 벌렁벌렁했다.

그럼 내가 진짜 똥독에 튀겨 먹어도 모지랄 년이지.

"글쎄에, 나도 자세히는 모르겠는데. 어? 저기 왔다! 괜찮은 것 같은데?"

영수의 말마따나 세준이 로비로 들어섰다. 밤새 잠을 못 잔 듯 파리한 안색을 제외한다면 말짱해 보이는 얼굴이었다. 솔이 저도 모르게 세준을 관찰하듯 빤히 바라봤다. 세준은 고개를 돌릴 때마다 머리가 아픈 듯 미간을 찡그렸다.

"오빠!"

그런 세준의 옆으로 새빨간 머리의 미나가 쪼르르 달려가 찰싹 달라붙었다. 마치 주꾸미처럼.

카랑카랑한 목소리가 호텔 로비에 울렸다. 그 낭랑한 목소리에 세준이 머리가 아픈 듯 다시 눈을 찡그렸다.

아나, 저 빨간 주꾸미!

그것을 보고 있던 솔의 눈살도 절로 찌푸려졌다.

"오빠아! 괜찮아? 많이 아파? 오늘 촬영 괜찮겠어? 걱정 마! 내가 오빠 부축해 줄게! 자, 내 어깨에 기대! 어우! 우민 오빠아! 얼른 부축하라고오!"

"아, 그래그래. 괜찮냐?"

"아이 참, 이게 지금 괜찮아 보여? 아, 진짜 그 망할 로마 거지! 죽여 버릴 거야, 내가! 으씨! 감히 누굴 때려!"

저 빨간 주꾸미가 로마 거지한테 맞을라고, 우씨.

저도 모르게 그 자리에서 서서 미나를 흘겨보고 있는데 영수가 그녀의 팔을 툭툭 잡아끈다.

"뭐해? 가자, 차 왔어."

"아, 어. 그래, 가자."

못마땅하게 시선을 돌리는 차에 세준과 눈이 마주쳤다.

이미 고개가 돌아가고 있던 탓에 그를 슬쩍 흘기듯 보는 꼴이 되었다. 영수에게 이끌려 버스를 타러 가는 뒤통수가 따끔따끔했다.

어떻게 보이지도 않는데 세준이 노려보고 있는 게 느껴지는 걸까.

솔은 그렇게 뜨끈뜨끈한 뒤통수를 의식하며 버스에 올라탔다.

"누나! 어제 또 혼자 답사 갔다 왔지?"

버스가 부드럽게 출발할 무렵 솔이 앉은 좌석 바로 앞에 앉은 두 살 어린 동생 혁진이 홱— 뒤를 돌아 솔을 보며 물었다. 솔이 고개를 끄덕이며 좌석에 깊이 몸을 파묻었다.

"하여튼 유별나다니까. 이번엔 나 좀 데려가지 그랬어, 왜 혼자 다니고 그래?"

"그러니까 말이다. 미리 말하면 나도 갔을 텐데."

혁진을 거들며 영수가 말했다.

하, 왜 이렇게 관심들이 많아, 나한테?

버스에 올라타자마자 여기저기서 그녀에게 말을 붙여왔다. 아무래도 좁은 버스 안이다 보니 로비에 있을 때보다 말을 걸고 싶은 욕구가 더 생기나 보다.

하지만 이상하게 오늘따라 이 관심들이 부담스러운 솔이었다.

좁은 버스! 이 안에는 솔도 있고, 영수도 있고, 혁진도 있었지만, 세준과 미나도 있었으니까. 그것도 저 맨 앞에.

솔이 그것이 못내 신경 쓰였던 탓에 목소리를 낮춰 짧게 대답했다.

"다들 피곤할 것 같아서, 쉬라고."

"누나가 가자고 하면 있던 잠도 몰아내고 달려가지."

"무슨……. 너 어제 오자마자 곯아떨어져서 오늘 아침에 일어났다는 소문이 파다하던데?"

"아니, 그 소문을 들었단 말이야? 히야, 역시 솔이 누난 나한테 관심이 많아, 관심이."

능글거리며 웃는 혁진의 말에 영수가 바로 코웃음으로 응수했다.

"놀고 있네. 너 만날 패턴이 그렇잖아, 인마."

"이거 봐봐, 누나. 누나가 나한테 관심 많다고 하니까 영수 형 질투한다!"

"질투할 건더기나 있냐? 너랑 나랑 차원이 다른데."

"헐, 형. 지금 젊고 핫한 나한테 도전한 거? 형 눈 옆에 주름 생긴 거 못 본 거야?"

솔이 소리를 낮추면 뭐하나. 기차 화통 삶아 먹은 두 장정의 목소리가 아주 떠들썩한데.

뭐, 각자 떠들고 이야기하느라 아무도 세 사람을 신경 쓰는 것 같진 않았지만, 그래도 솔은 어쩐지 마음이 불편했다. 불편한 눈이 그렇게 도로록 굴러가다 보니 몇 칸 앞, 의자 위로 툭 튀어나온 뒤통수가 보인다. 그녀가 풀 스매싱으로 후려쳤던 바로 그 머리였다.

예전 같았으면 그녀가 욕을 하든, 째려보고 삿대질을 하든 지치지 않고 다가와서 치근덕대며 귀찮게 굴 세준이었다. 그녀만 보면 못 잡아먹어서 안달이 난 사냥꾼처럼 못살게 굴더니 오늘은 처음부터 영 조용하기만 했다.

진짜 아파서 그런 건지 아니면 삐치기라도 한 건지 알 길이 없었다. 엄지발가락과 둘째 발가락 그 사이로, 모기에 물린 듯 그렇게 미치게 신경이 쓰였다.

그래! 내가 좀 과하게 때리긴 때렸지만, 그래도 저놈도 맞을 짓을 하지 않았나? 그러니까 이건 엄연히 두 사람의 '쌍방과실'이었다.

'그래도…… 괜찮냐고 한번 물어나 봐?'

솔이 슬쩍 말을 걸어볼까 하다가 이내 고개를 돌려 버렸다. 이 좁은 버스 안에서 새삼 세준에게 말을 걸어봤자 크게 도움이 되진 않을 것 같았다.

"근데 너, 의상 체크했어?"

"아, 어, 봤지. 괜찮던데?"

세준의 뒤통수만 노려보고 있던 솔의 옆구리를 영수가 쿡— 찔러 들어왔다. 두 남자가 아무리 떠들어대도 솔이 통 관심이 없자 맥이 빠진 건지 혁진은 이미 제자리로 돌아가 있었다.

"그래, 이번에 신경 많이 쓴 것 같더라, 앙끼오 측."

"음. 시칠리아 섬 성당을 보고 영감 받아서 제작한 거래. 솔이 넌 누구 아래로 들어갔지?"

"난 앙끼오, 레이몬드."

"아아, 레이몬드. 작년에도 그 디자이너 아니었어?"

"응, 맞아."

솔은 별 감흥 없이 이야기했지만, 사실 레이몬드는 앙끼오의 수석디자이너였다. 한국 측도 아닌 이탈리아 앙끼오의 수석디자이너가 2년 연속으로 같은 모델을 지정한 것만 해도 굉장한 의미가 있었다.

모델을 보는 눈이 까다롭기로 유명한 앙끼오 측에서는 런웨이 위에 어지간해서는 자국 모델만 채워 넣었다. 자신들의 의상에 가장 잘 어울리는 신체와 분위기를 가지고 있는 것은 역시 자국민이란 생각이 강했으니까.

뭐, 아무래도 이미지라는 게 있으니까 그럴 수도 있을 것이다. 하지만 그 틀을 깬 것이 바로 솔이었다. 그것도 수석디자이너 레이몬드의 입으로 직접 그녀를 지명하게 만든 것이다.

"참나, 그걸 그렇게 감흥 없이 말하다니. 하여튼 강솔, 얄밉다니까."

"감흥이 없는 게 아니라, 민스에프나 앙끼오나 나에겐 똑같이 중요하게 느껴져서 그러는 거야."

"그렇게 말하는 애가 앙끼오로 가냐?"

영수의 말에 솔이 그를 돌아봤다. 그러더니 씨익 웃음을 보인다.

"똑같이 중요하지만 이쪽 무대가 조금 더 크니까. 큰 무대를 향한 욕심이 없을 순 없잖아?"

"그래, 그렇지. 좋아! 나도 내년엔 앙끼오 측에 서보겠어. 두고 봐, 강솔, 내가 따라잡는다."

도전적인 영수의 말에 솔이 놀란 듯이 한쪽 눈썹을 치켜떴다. 항상 물 흐르듯 조용히, 크게 안달하는 법 없던 영수였기에 솔이 놀란 것이었다. 이제 슬슬 영수 안에서도 욕심이라는 게 생기는 것 같았다.

영수가 솔의 눈을 호기롭게 마주 봤다. 한동안 가만히 눈을 맞추고 있던 솔이 선하게 웃으며 고개를 끄덕였다. 그래, 목표가 있는 남자는 매력 있지.

"어디 한번 따라잡아 봐. 내가 그냥 가만히 기다리고 있나 보자고."

동갑내기 모델 솔의 도발에 영수가 픽 웃음을 보였다. 그의 눈이 자신감으로 빛나고 있었다.

"곧이라고, 곧."

'곧이라고, 곧'. 헹. 웃기고 있네.

세준이 차창 밖으로 스쳐 지나가는 풍경을 보며 입술을 꿈틀거렸다. 그가 입 다물고 조용히 있으니 더 생생하게 귓속으로 파고드는 저 대화가 세준의 속을 와락 뒤집어놓았다.

대체 저 살이라곤 없는 얇실한 팔뚝에서 무슨 힘이 솟아 나온 건지, 솔에게서 주먹질을 당하고 그대로 하늘의 별을 보고야 만 세준이었다.

그 자리에 주저앉아 뇌가 진공하는 것을 실시간으로 체험한 세준은 호텔에 돌아와서도 몇 시간을 어지럼증과 헛구역질에 시달렸다.

다행히 밤새 증상이 가라앉긴 했지만, 그래도 뇌진탕이라니!

"뭐야, 그런 게 어디 있어."

웃음기 섞인 솔의 목소리가 다시 들려왔다.

어쭈? 서방님을 뇌진탕 상태에 빠뜨려 놓고선 저는 저렇게 하하호호 즐겁다 이거지?

말소리를 낮춰 영수와 소곤거리는 솔의 목소리가 세준의 기분을 더욱 곤두박질치게 만들었다. 혹여 누가 들을까 봐 저들끼리의 밀어를 속살거리는 연인처럼 은밀하고 조용한 말소리.

지금 세준에게 두 사람의 속살거림은 마치 아침 햇살에 지저귀는 새들처럼 정답게만 느껴졌고, 솔의 콧방귀 소리는 숨죽여 웃는 소리로 들렸으며, 아무 소리가 들리지 않을 때는 마치 두 사람이 뭐라도 하고 있는 것처럼 상상하게 만들었다.

한마디로 지금 솔이 영수에게 하는 모든 행동이 세준의 부아를 치밀어 오르게 하는 것이었다.

하! 정말이지, 내가 뭐 덮쳤어? 키스를 했어? 아니, 하다못해 끌어안아 보기를 했냐고.

뭐, 물론 시도를 하지 않은 것은 아니지만……. 하여튼, 그것이 고개가 돌아갈 만큼 야무지게 맞을 짓이었냐고, 강솔!

"……젠장!"

뭐라 작은 소리로 욕지거리를 내뱉은 세준이 가방에 넣어놨던 포트폴리오를 꺼내 들었다. 머리라도 비울 겸 이미 십여 번은 더 본 포트폴리오를 다시 봤다.

하지만 지끈지끈 통증이 일어날 때마다, 솔의 말소리가 잠깐이라도 들릴 때마다 당장 뒤돌아 뭐라 한마디라도 으름장을 놓고 싶은 것을 참아내기가 고역이었다. 들숨과 날숨을 몇 번이나 크게 들이쉬어서 간신히 참고 있는데.

"……멋있다."

'뭐? 멋있다?'

실같이 들려오는 작은 목소리에 세준의 굳은 어깨가 움찔 멈춰 섰다. 당장 뒤돌아 누구를 보며, 뭘 보며 멋있냐고 말한 건지를 두 눈과 귀로 똑똑히 확인하고 싶었지만 정말이지, 필사의 인내심으로 참아내고야만 세준이었다.

강솔…… 정말이지, 신경 쓰여 미칠 것 같은 여자였다.

정말 강솔만 관련되면 세준은 평소의 제 모습을 잊어버린다. 그리고 이제까지 전혀 그가 모르고 있던 새로운 남자가 불쑥 튀어나와 '박세준'인 척을 한다.

그에게 있는지도 몰랐던 애착이란 걸 가지고 있고, 누군가를 기쁘게 만들어주고 싶은 수줍은 마음을 품기도 하고, 또 누군가의 모습을 하염없이 온몸의 감각으로 좇는 그런 이상한 남자. 그리고 마침내 이런 얼토당토않은 질투까지 하고 있는!

잠깐, 질투라니?

순간 세준은 헛웃음이 새어 나왔다.

"……지금 내가 질투를 하고 있다고?"

저를 향해 집착하고, 매섭고 질척한 질투를 보였던 수많은 여자들의 모습이 떠올랐다. 그럴 때면 그런 그녀들의 마음을 단 한 번도 이해하지 못했던 세준이다. 집착과 질투는 사랑이 아니었다. 그것은 그냥 욕심일 뿐이니까.

그런데 내가 질투를 하고 있다고? 내가 지금? 질투를?

세준이 픽 헛웃음을 삼키곤 고개를 내저었다. 아니야. 설마 질투라니……. 그럴 리 없다. 이건 단순히 화가 난 것뿐이야. 맞아서. 그래,

너무 세게 맞아서 화가 난 것뿐이다.

세준이 애써 저 두 사람이 함께 올라오던 모습을, 두 사람의 대화 소리에 바짝 신경 곤두세우던 저 자신의 모습을 부정하며 눈에 들어오지도 않는 포트폴리오만 한참을 노려봤다.

그러나 세준이 펼친 포트폴리오는 목적지에 도착할 때까지 같은 페이지에서 한 장도 움직이지 않았다.

"윽!"

"아, 미안미안! 여기 아파? 여기가 부딪친 곳이야?"

머리를 세팅하고 있던 세준의 아픈 신음 소리에 스타일리스트가 되레 더 놀라며 물었다. 왁자지껄하게 떠들고 있던 사람들이 순간 세준을 돌아봤다.

"괜찮냐?"

의상을 챙겨 가지고 오던 우민이 서둘러 세준에게 와 물었다.

"아니, 안 괜찮아. 머리 아파 죽겠어. 그 로마 거지 잡히기만 해봐. 내가 아주 그냥…… 콱!"

"잡히면 아작 낼 기세네. 여기 의상 챙겨놨다. 잘 확인해 보고 얼른 스탠바이해. 말하는 거 보니까 많이 좋아졌네, 그래도."

"좋아지긴. 아이고, 두야!"

이건 분명 솔, 그녀 들으라고 하는 소리가 틀림없었다.

뭐? 로마 거지? 지금 나 들으라고 하면서 로마 거지라고 하는 거 맞지? 솔이 걱정 반, 분노 반을 담은 맹렬한 눈빛으로 세준이 있는 쪽을 노려봤지만 그녀가 볼 수 있는 것은 돌아앉아 있는 세준의 뒤통수뿐이었다. 그 뒤통수를 은근히 노려보고 있던 차에 세준 앞에 놓여 있던 거울을 통해 두 사람의 눈이 마주쳤다. 찔끔 놀란 솔이 재빨리 눈을 돌렸다.

두근두근, 쿵쿵쿵!

아이고, 깜짝이야!

「움직이면 안 돼요!」

「아, 미안해요. 잠깐 한눈팔다가.」

메이크업을 받고 있던 솔이 반사적으로 덜컥 내려간 심장을 부여잡 으려고 꿈틀거리다가 혼이 났다. 서둘러 메이크업을 마무리하고 의상 을 가지러 가려는 차에 누군가 솔의 어깨를 툭툭 두드린다.

「헤이, 솔.」

낯설지 않은 꼬부랑거리는 목소리. 돌아보니 언제 온 건지 선글라 스를 멋스럽게 눌러쓴 레이몬드가 와 있었다.

옅은 레몬빛 머리카락과 태양에 그을린 까무잡잡한 얼굴이 멋스러 운 남자였다. 앙끼오의 수석디자이너답게 녹색 깅엄체크의 독특한 반 바지에 살짝 우울한 하얀색의 재킷을 멋지게 코디해 입었다.

거기에 눈가로 적당히 패인 주름이 더욱 그를 완숙하고 매력적으로 보이게 했다.

「차오(Ciao)! 레이몬드.」

「차오. 오늘도 예쁜데?」

활짝 팔을 벌린 레이몬드가 격정적으로 솔을 끌어안고 양 볼에 입 을 맞췄다.

언제 해도 참 익숙해지지 않는 이쪽 세계 인사법으로 가볍게 응수 한 그녀가 반갑게 고개를 끄덕였다. 그의 등장으로 촬영장은 한층 시 끄러워지고 있었다. 모든 이들의 시선이 두 사람에게 쏠렸다.

「왜 이렇게 일정이 타이트하게 온 거야? 우리 측 다른 모델들은 벌써 프로필 촬영이 끝났다고. 이런 식으로 일정 안 맞춰주면 내년은 어림도 없을 줄 알아, 솔.」

빠르게 다다다 뱉어내는 레이몬드의 말에 솔이 정신을 바짝 차렸다. 영어가 능숙하진 않은 그녀였지만 차분하고 침착하게 말하려고 노력했다.

「미안해. 하지만 그쪽에서도 선발 모델을 늦게 말해줬잖아? 그것 때문에 스케줄이 조금 틀어졌었어. 그러니까 그런 섭섭한 말은 하지 마.」

「하하하. 내가 늦게 말했어도, 당신은 알고 있었잖아. 이번에도 내가 당신을 지목할 거라는 것을. 늦게 말했다고 지금 심술부리는 거야?」

「그래, 당신이 나쁜 거야.」

솔이 장난스럽게 눈을 치켜뜨니 레이몬드가 그녀의 손등 위에 짧게 키스하며 사과했다.

그 닭살 돋는 행동을 보고 있던 주변에서 짧은 탄성이 들려왔다. 아마 그 탄성의 대부분이 한국 스탭들이겠지.

레이몬드는, 아니, 그녀가 아는 이탈리아 남자들은 자신감에 차 있었고, 장난기가 가득했다. 아름다움 앞에서 항상 정열적이었고, 그것을 찬미하는 것에 부끄러움 같은 것은 없었다.

그러니 이런 레이몬드의 행동들은 솔에게 흑심이 있어서가 아니라, 그들에겐 습관과도 같은 그런 일상적인 행동이었다. 따로 '헉' 소리를 내지르는 것은 촌스러운 일이리라.

「이거 끝나고 바로 무대 캣워크 리허설 가야 하는 거 알지? 아참, 옷은 피팅해 봤어?」

그녀의 손을 이끌며 레이몬드가 촬영장 한구석으로 그녀를 데리고 갔다.

"촬영 시작합니다!"

레이몬드를 따라 임시 피팅룸으로 가던 솔이 익숙한 목소리에 고개를 돌렸다. 촬영 준비가 한창인 저쪽에서 익숙한 옆모습이 보였다.

치웅이었다. 치웅도 솔을 발견하곤 빠르게 눈인사를 해보였다.

이번에 포토그래퍼로 온다는 소린 없었는데? 언제 왔대? 잠깐 놀라 그 자리에 멈춰 있던 솔은 그녀를 부르는 레이몬드의 목소리에 다시 서둘러 발걸음을 옮겼다.

「오늘 촬영으로 쓸 의상은 A10하고 B11-4 그리고 A13. 비잔틴 모자이크 프린팅 드레스와 이 레드 미니드레스, 여기에 이 황금 구두랑 이 액세서리를 배치해서…….」

「혹시 A9은 없어? 비잔틴 룩 중에 미니드레스였던 그거.」

손수 의상을 챙겨주는 레이몬드에게서 드레스를 받아 든 솔이 슬쩍 운을 뗐다. 막 어시스트에게 주먹만 한 황금 귀고리를 건네받던 레이몬드가 솔을 돌아봤다.

「왜? 그게 탐나는 거야?」

척 하면 착이네. 솔이 긍정의 의미를 담은 웃음을 보였다.

책자를 펴자마자 눈에 띄었던 그 드레스. 가장 탐이 났던 드레스였다. 물론 솔에게 들어온 의상도 아름답고 눈이 부셨지만, 지나치게 화려한 감이 있었다. 사실 그녀는 심플한 의상들을 즐겼는데 말이다.

「그건 안 돼. 이미 레이나로 지정됐어. 그리고 솔한테는 이 의상들이 가장 아름답게 어울려.」

「예, 예, 디자이너님께서 하시는 말씀을 들어야지요.」

솔이 순순히 항복하고 물러났다. 천으로 만들어진 간이 천막 안에서 훌훌 옷을 벗어버린 그녀가 재빨리 옷을 갈아입었다.

더도 덜도 아닌 딱 그녀의 몸에 완벽하게 들어맞는 드레스. 그 황금빛 드레스를 입은 솔은 묘한 고귀함마저 느껴질 정도로 아름다웠다.

발등을 덮을 정도로 길고 폭이 넓은 치맛단은 넓게 퍼졌지만, 민소매의 상체는 타이트하게 달라붙는다. 성당의 스테인드글라스처럼 화려한 문양의 드레가 밋밋함을 없애고 화려함만 남겨주었다.

「좋아. 아주 멋져. 사이즈 변동도 없고. 무너진 로마의 여신 같군! 자, 가서 멋지게 촬영하고 와.」

손수 그녀의 머리 위로 황금 티아라를 얹어주는 레이몬드를 보며 솔이 물었다.

「어떤 모습으로 나와 주길 바라?」

그녀의 물음에 잠시간 진지하게 고민하던 레이몬드가 경쾌하게 말했다.

「이 폐허의 망령처럼, 무너진 로마의 망령이 되어줬으면 좋겠어.」

그의 말에 솔이 별거 아니라는 듯 자신감에 찬 웃음을 보여줬다.

"이거 너무 불공평한 거 아닙니까?"

찰칵, 찰칵. 촤르르르.

정신없이 터지는 셔터 소리 속에서 세준이 냉소적으로 중얼거렸다.

"뭐가 말이야?"

"이거 너무 앙끼오에게만 좋은 배경 아니냐고요."

어스름한 태양빛을 배경으로 회색의 헤링본 패턴의 코트 안으로 금색 넥타이, 그 안으로 네이비 컬러감이 돋보이는 팬츠를 입은 세준이 서 있었다. 아무렇게나 올라온 잔디, 듬성듬성 흩어져 있는 거대한 돌덩이들은 처연하고 흐릿한데, 그 속에 선 세준만이 홀로 선명했다.

분주한 주변과는 동떨어진 듯 프레임 안의 세준은 고요한 분위기를 잡아냈다.

찰칵찰칵. 그 순간들을 놓치지 않겠다는 듯 치웅이 쉴 새 없이 셔터를 누른다.

"어째서 그렇게 생각해?"

"봐요, 이 옷. 지금 이 무너진 신전에 어울리는 옷이라고 생각합니까? 이런 도시적인 옷이 이런 배경에선 살지 못하죠. 이건 아무리 봐도 앙끼오 측의 횡포입니다."

나지막하게 중얼거리는 세준의 말소리에 치웅이 푸하하 웃음을 터뜨렸다.

그들 주변으로 정신없이 움직이는 디자이너들과 메이크업 아티스트들 그리고 그의 어시스트들이 산만했지만, 정작 그 무대의 한가운데에 있는 두 사람은 여유롭다.

치웅의 웃음소리가 마음에 들지 않는다는 듯 세준의 한쪽 눈썹이 거칠게 올라갔다. 그것이 묘하게 황폐한 주변 풍경과 어우러져 더욱 멋진 마스크를 만들어냈다. 배를 잡고 웃으면서도 치웅이 그 찰나의 표정을 놓치지 않고 잡아냈다. 만족스러운 샷이 하나 잡힌 듯했다.

'역시, 분위기가 있어.'

차갑고 거칠면서 또 소년처럼 순수했다. 거기에 천성적으로 타고난 자신감과 센스가 그를 더욱 돋보이게 했다.

쯧, 혀를 차던 세준이 근처 바위 위로 올라갔다. 주머니에 손을 꽂고 발끝으로 흙을 톡톡 두드렸다. 마치 이따위 것들 모두 지긋지긋하다는 듯 지루한 발길질.

그 거친 모습이 그대로 치웅의 카메라 안에 담긴다. 회색과 갈색의 폐허 속에 홀로 다채로운 색을 자랑하는 세준의 모습이, 그의 표정이 주변을 아우르기 시작했다. 그들의 주변에 어느새 모여든 2군 모델들이 끊임없이 멋지다는 탄사를 내뱉었다.

"천잰가, 얘는?"

문득 지난 밤의 솔의 목소리가 치웅의 귓가에 아른거렸다.

천재라……. 천재까지는 모르겠지만, 치웅도 세준이 천부적인 재능을 가졌다는 것을 인정해야 했다. 어디에 있든, 어떤 옷을 입히든 스스로를 가장 돋보이게 만드는 그런 재능을 말이다.

그때였다. 어딘가를 바라보던 세준이 우뚝, 움직임을 멈췄다.

모든 행동과 시선, 심지어 호흡까지 멈춰 버린 듯 세준의 모든 것이 정지한다. 카메라 렌즈 너머로 그를 보고 있던 치웅이 고개를 들었다.

그리고 그와 동시에, 조금 시니컬한 웃음소리와 오묘하게 달라진 공기가 느껴졌다. 치웅의 고개도 세준이 바라보고 있는 방향을 향해 돌아간 그때, 그곳에 황금빛 드레스를 입은 강솔이 들어서고 있었다.

"의상 완전 좋다!"
"대박인데, 이번 앙끼오 디자인?"
「멋있다! 잘 어울려.」

저들끼리 엄지를 치켜 올려가며 의상을 칭찬하는 소리에 솔도 슬쩍 웃음을 보였다.

시간은 아침 해가 완연히 떠오른 7시. 어슴푸레한 보랏빛 멍울이 보였지만 저것도 얼마 안 가 사라질 것이었다.

곧 있으면 태양이 완연한 제 빛을 뿜어댈 테고, 새하얗게 부서지는 햇살을 고스란히 받아야 할 것이었다.

그런데 이 눈부신 태양 아래서 망령이 되라 하다니…….

레이몬드에게는 당차게 웃어 보였지만 긴장이 되지 않는 것은 아니었다.

디자이너 앞에서 모델은 항상 전쟁을 치르는 것과 같다. 매 순간 자신의 매력을 100% 노출시켜야 한다.

얼굴만 예뻐서도, 혼자 과감하기만 해서도 안 된다. 옷이라는 무기를 최대한 활용할 줄 아는 것이 가장 큰 관건이었다. 그 옷을 가장 아름답게 보일 수 있는 피사체가 되어야 하니까. 그녀는 지금 살아 있는 옷걸이일 뿐이니까.

솔은 로마의 바람결에 슬쩍 펄럭거리고 있는 치맛단을 내려다봤다. 마치 성당의 느낌을 그대로 표현해 놓은 듯 화려하지만 중후한 디자인이었다.

'망령. 망령…… 망령이라.'

이런 화려한 옷을 입고 나타날 수 있는 로마의 망령이 누구일 수 있을까? 비잔틴에서 영감을 받은 레이몬드는 무엇을 말하고 싶었던 걸까? 복잡했던 머릿속에서 서서히 그림의 윤곽이 잡혀가고, 그 안으로 색채가 더해졌다. 그래, 이런 느낌을 살려서, 이렇게…….

"이잉, 나 커플 촬영 시켜줘요! 우리 콘셉트도 잘 맞잖아. 히잉! 왜에, 왜! 윤 디자이너님도 괜찮다고 했단 말이야! 나 안 해! 커플 촬영 안 시켜주면 나 안 할 거야!"

주변을 평정하듯 거침없이 솟아올라 가는 거친 사운드. 그 순간 솔의 집중력이 팍 쪼개지고 말았다.

'어후! 어떤 신종 니주가리 씨빠빠가……!'

모닝 똥을 누려다가 중간에 끊긴 것만큼이나 찜찜하고 불쾌한 기분을 가지고 솔이 고개를 돌렸다.

"오빠랑 나랑 촬영 같이하자. 어차피 커플 촬영 한 번 들어가야 하잖아. 응응? 오빠아아."

조금 떨어진 B섹션, 민스에프의 촬영장이었다. 유적지 촬영인 탓에 한정된 장소에서 빠르게 촬영을 마쳐야 했다. 그래서 민스에프와 앙 끼오의 촬영장이 겹칠 수밖에 없었다.

멀지 않은 그곳에서 빨간 주꾸미 머리가 보였다.

또, 너냐. 솔이 나지막한 한숨을 내쉬며 주꾸미가 찾는 오빠를 바라봤다.

어어얼씨구? 박세준? 순간 솔의 눈살이 확 찌푸려졌다. 빨간 머리가 세준의 팔에 매달리기 시작한 것이다. 그 모습을 보고 있는데 원인도, 정체도 알 수 없는 불쾌함이 올라왔다.

뭐야, 쟨?

"허락해 줄 때까지 여기서 안 움직일 거예요, 난!"

무식하면 용감하다고 했던가. 아니면 믿는 구석이 있어서 저렇게 용감한 건가?

빨간 머리는 더욱 적극적으로 세준에게 매달리기 시작했다. 세준은 이내 머리가 아픈 듯 눈을 감아버렸고, 치웅도 이내 어쩔 수 없다는 듯 고개를 끄덕였다.

아니, 그렇게 쉽게 포기하나, 치웅 씨? 남자가 말이야! 끈기가 없네, 끈기가 없어.

애먼 치웅을 노려보던 솔이 발끈하여 주먹을 말아 쥐었다.

치웅이 허락을 했으면 세준이라도 거부해야 하는 거 아닌가? 계획에 없던 촬영이었고, 심지어 촬영 순서도 흩뜨리는 개념 없는 짓이었다. 아무리 시간이 없고 어쩔 수 없는 상황이라고 쳐도 저런 개념 없는 사태를 세준과 치웅이 방치한다는 것이 너무 거슬렸다.

"……마음에 안 들어."

가만히 서서 B섹션을 노려보던 차에 고개를 터는 세준과 눈이 마주쳤다. 그 순간 솔의 가슴이 다시 한 번 바닥으로 깊게 내려앉았다.

쿠웅!

덜컥 떨어진 심장을 덤덤하게 주워 담으며 솔이 애써 아무렇지 않은 척 세준을 노려봤다. 세준도 솔이 읽을 수 없는 묘한 표정으로 그렇게 한참을 솔을 응시하고 있었다. 그런데 순간 세준의 눈빛이 달라졌다. 그리고 그가 순식간에 표정을 바꿔 옆에 매달리고 있던 빨간 주꾸미의 허리를 끌어당겼다.

"꺄악!"

기쁨인지 놀람인지 알 수 없는 비명을 내지르며 빨간 주꾸미가 세준에게 철썩 들러붙었다. 주꾸미는 주꾸미인지라 달라붙는 기술이 장난이 아니었다.

"오, 오빠……."

저, 저, 저 기대에 찬 눈빛은 뭔데! 평온했던 솔의 얼굴이 와락 구겨지고 말았다.

그것은 한순간의 충동에 가까운 짓이었다.

막 나가는 날라리처럼 보이긴 하지만 사실 세준은 지극히 이성적인 남자였다. 어지간해선 취하는 일도 없었고, 중독이 될 만한 것들은 건드리지도 않는다. 설령 그런 것들을 시작한다고 해도 금방 제자리를 찾아온다. 그만큼 그는 자기 통제를 잘하는 편이었다.

하지만 이상하기도 하지. 강솔과 관련되어 있으면, 그녀가 곁에 있으면 그런 것들은 너무나도 쉽게 무너진다.

"자, 그럼 숏 들어갑니다."

"네에!"

깍깍 소리를 지르는 미나의 소리에 괜히 했나 싶었지만 슬쩍 바라본 솔의 표정에 그런 순간의 생각은 씻은 듯이 사라졌다.

멈춰 서서 그를 지그시 바라보고 있는 솔은 인상을 쓰고 있었다. 그렇게 크게 변화된 표정은 아니었지만 세준은 알 수 있었다. 지금 강솔이 자신과 미나를 엄청나게 신경 쓰고 있다는 것을.

그것을 보고 있자니 발끝에서부터 찌릿한 전율이 올라왔다.

오묘한 쾌감, 흥분. 그리고 만족감.

저 까맣고 투명한 눈동자가 저에게서 떨어질 줄 모르고 있었다. 그 사실이 지금 세준을 미치도록 흥분시키고 있었다.

'강솔, 강솔, 강솔……'

왜 이렇게 신경 쓰일까. 왜 나는 당신의 관심에 집착하고 있는 걸까. 왜 당신의 미소에 내가 더 행복한 기분이 들지?

솔의 미간이 깊어질수록 세준의 손은 대담해졌다. 커플 촬영이라고 해도 필요하지 않은 이상 접촉이나 스킨십 같은 것은 잘 하지 않았다. 오해를 사는 것도 싫었고, 귀찮게 들러붙는 것은 더 싫었다.

달라고 하지도 않은 전화번호들은 왜 그렇게 들이미시는지.

하지만 지금 이 순간만큼은 솔의 눈길 하나에 그 모든 귀찮음을 감수할 수 있을 것 같았다.

저 시선이 오직 저에게만 향할 수 있다면…….

수많은 사람들 속에서 오직 그녀와 저만 있는 것 같았다. 그리고 마침내 세준의 고개가 미나의 목덜미 쪽으로 흘러내려왔을 때, 솔은 눈을 감고 뒤돌아섰다. 냉랭하고 단호하게 뒤돌아서는 솔을 보며 세준의 입꼬리가 느릿하게 말려 올라갔다.

"오빠……."

그런데 불현듯 들리는 미나의 떨리는 목소리. 헉 하는 순간 미나의 눈동자 속에 하트가 들어찼다. 촬영과 함께 형성된 그를 향한 기대감이 이제는 묘한 확신으로 변질되어 있었다.

세준이 쯧─ 혀를 차며 그녀를 밀어냈다.

"오늘 촬영이 마지막이야. 앞으로 너랑은 커플 촬영 다신 안 해. 그리고 촬영 끝나면 작가님이랑 스태프들에게 사과하고 와."

"왜? 왜 내가 사과를 해야 하는데?"

순간 돌변한 세준의 태도에 당황한 듯 주춤거리던 미나가 다시 그의 허리에 매달리기를 시도했다. 날쌔게 그것을 피한 세준이 치웅을 향해 물었다.

"저 촬영 끝난 거죠?"

고개를 끄덕이는 치웅을 보며 세준이 잽싸게 발을 옮겼다. 솔의 촬영이 시작되고 있었다.

강솔, 그녀의 표정을 봐야만 했다.

후끈 올라오는 열을 식히며 손부채질을 하던 솔이 다시 홱─ 뒤를 돌아 세준과 미나를 노려봤다. 니주가리 씨빠빠와 빨간 주꾸미가 쌍쌍바로 그녀를 약 올리고 있었다.

「촬영 시작합시다! 시간이 얼마 없습니다.」

세준과 미나 때문에 조금 늦게 온 솔이 서둘러 촬영장 안으로 달려갔다. 모두가 기다리고 있었다. 이런 일이 없었건만 솔은 저 자신을 질책하며 서둘러 고풍스러운 원기둥 사이로 들어갔다.

"후우!"

크게 숨을 내쉰 그녀가 계속 머릿속에서 아른거리는 세준의 모습을 몰아내려 애썼다. 하지만 그녀의 머리 위로 하하호호 웃는 두 사람의 얼굴이 날파리 떼처럼 날아다녔다. 으악! 사라져 버려, 이 해충들!

솔이 양 볼을 탁탁 내려치며 잔상을 지워 버렸다.

「집중하는 건 좋지만 자학하진 말라고, 내 사랑. 그 뺨은 맞으라고 있는 곳이 아니야.」

언제 온 건지 다시 한구석을 차지하고 서 있던 레이몬드의 외침에 주변이 와하하 웃음을 터뜨렸다. 그 편안한 농담에 솔도 함께 웃으며 산란한 정신을 수습했다. 따가운 햇살 아래 조금만 무리해도 땀이 날 정도였다. 서둘러 촬영을 끝내지 않으면 피부가 검은깨 찰빵이 될 것만 같았다.

「숏 들어갑니다.」

「저도 준비됐어요.」

가슴이 들썩일 정도로 크게 숨을 들이마신 그녀가 천천히 눈을 감았다 떴다. 그녀의 얼굴 위로 혈색이 변하기 시작했다. 흥분해서 붉게 올라왔던 홍조가 서서히 가라앉았다.

전투적으로 불타올랐던 눈빛마저 어둠 속으로 침전되어 사라졌다. 들썩이던 가슴까지 들숨 하나 내쉬지 않는 것처럼 고요했다. 서서히 그녀의 얼굴 위로 모델로서의 가면이 씌워졌다. 그녀는 지금 강솔이 아니었다. 레이몬드의 의상. 황금빛 드레스 그 자체셨다.

찰칵!

마침내 셔터를 누르는 소리가 선율처럼 쏟아져 내릴 때, 솔이 천천히 시선을 돌려 먼 곳을 바라봤다. 내리쬐는 뙤약볕을 피하기 위한 망령처럼 기둥 뒤로 몸을 숨긴 그녀가 텅 빈 눈으로 허공을 응시했을 때, 그녀 곁에서 대기하고 있던 모든 사람들이 숨을 멈췄다.

「그래, 내 사랑, 그래서 네가 단연코 최곤 거야.」

그녀의 손짓, 그녀의 발걸음이 모두 포즈가 되었다. 그런 솔의 모습을 바라보며 레이몬드가 흐뭇하게 중얼거렸다.

모델로서 그녀는 최고였다. 매력적인 얼굴, 시원하게 쭉 뻗은 팔다리쯤이야 모든 모델이 가지고 있는 것이었다. 하지만 그녀가 최고인 이유는 프로 의식이었다. 그리고 무서울 정도의 집중력. 그것이 강솔을 최고로 만들었다. 일을 하면서 그녀는 흐트러지는 법이 없었다. 떨리고 무서워할지라도 그것을 드러내지 않았다.

때로는 노력하는 게 눈에 너무나도 선명하게 보일 때도 있다. 그래서 무대 위에서 그녀는 더욱 거룩했다. 엄청난 노력과 무서울 정도의 집중력으로 모든 것을 이겨내려 하니까.

그것을 단박에 알아챈 저 자신이 너무나 뿌듯한 레이몬드였다. 망령이 되라 하니, 그녀는 정말 망령이 되었다. 그 자체로 부서져 내릴 것처럼 완벽한 유령이 되었다. 내년에도 그의 무대 위에 설 단 하나의 동양인 모델이 있다면 그것은 바로 강솔이리라.

영화를 감상하듯 그녀의 촬영을 바라보고 있던 레이몬드의 곁으로 긴 그림자가 드리웠다.

워낙 크고 길쭉한 모델들 사이에 있다 보니 레이몬드는 종종 제 자신이 무척 작다는 생각을 하곤 했었다.

지금도 길쭉한 모델 하나가 옆에 서니 그는 옆에 선 남자의 어깨를 간신히 넘을 정도였다. 힐끔 옆에서 모델을 바라본 레이몬드가 낮게 휘파람을 불었다. 남자인 그가 봐도 근사한 사내였다. 반듯하게 쭉 뻗은 허리와 비율 좋은 다리 길이가 딱 보기 좋은 몸이었다.

'흐음, 요즘 한국에 정말 괜찮은 모델들이 많아졌네.'

레이몬드는 저도 모르게 그 옆에 선 사내를 눈여겨보고 있었다. 단지 서 있는 것 자체만으로도 이토록 존재감을 드러내다니. 괜찮은 모델 같았다. 엄격한 그의 눈으로 봐도 완벽한 자세도 그렇고.

"촬영 들어가니까 또 아무것도 눈에 안 보이나 보네."

그가 모르는 한국어를 중얼거리는 사내를 보고 레이몬드가 말했다. 뭐라 말했는지 못 알아들었지만, 무슨 뜻인지 알 것 같은 느낌이었다. 그리고 묘하게 서운하단 어투도 그렇고.

「집중하면 아무것도 안 보이지. 나는 그녀가 촬영장에서 흐트러진 모습을 단 한 번도 본 적이 없소.」

그가 알아듣는지 못 알아듣는지 중요하지 않았다. 하지만 어쩐지 옆에 사내가 그의 말을 알아들을 것만 같다는 묘한 확신이 들었다.

그리고 그의 목소리를 듣자마자 역시나 사내의 눈썹이 오만하게 올라갔고, 그를 보마자마 레이몬드는 확신했다. 그의 말을 완벽하게 알아들었다고 말이다.

「나는 레이몬드라고 하지. 반갑소.」

레이몬드가 선뜻 웃으며 악수를 청했다. 그러자 세준이 그의 손을 마주 잡으며 인사를 건넸다.

「저는 박세준이라고 합니다. 보시다시피 모델이죠. 당신의 이름은 알고 있었습니다. 만나뵙게 되어 영광이군요.」

세준의 입에서 유창한 영어가 터져 나왔다. 어렸을 적부터 형에게 지기 싫어 죽어라 공부했던 게 때때로 이렇게 도움이 되었다. 뭐, 그래도 집에서 원하는 길을 가고 있는 것은 아니었지만 말이다.

「발음이 좋군.」

「그쪽도요.」

레이몬드의 말을 여유롭게 농담으로 받아친 세준이 씩 웃음을 보였다. 그 작은 농담에 레이몬드가 호쾌한 웃음을 보였다. 그를 보고도 호들갑을 떨거나 긴장하지 않는 모습이 레이몬드는 마음에 들었다. 세준은 별거 아니라는 듯 어깨를 으쓱해 보였다.

「그녀가 일하는 모습은 당신들에게 많은 도움이 될 거요. 그녀만큼 디자이너의 마음을 완벽하게 이해해 주는 사람이 없을 테니까.」

「강솔이 일하는 모습을 자주 봤습니까?」

세준이 강솔을 뚫어지게 바라보며 물었다. 이 소란스러운 와중에도 그녀는 시선을 돌리지 않았다. 내리쬐는 뙤약볕에 지칠 법도 한데 서늘한 얼굴로 카메라를 응시하고 있었다. 저 시선을 돌리고 싶다. 다시 그 시선을 빼앗고 싶다고 세준은 강렬하게 원하고 있었다.

「많이, 라고 할 것까진 못 되겠지. 그래도 틈틈이 봐왔소, 난. 2년 연속으로 그녀를 부른 것도 처음 봤을 때부터 그녀에게 매료되었기 때문이지.」

「의상 바꾸고 들어가겠습니다!」

때마침 포토그래퍼 옆에 붙어 있던 어시스트가 소리쳤다. 순간 솔의 어깨가 움찔 떨리며 천천히 그녀의 시선이 돌아갔다. 숨을 고르는 듯 고요한 움직임으로 그녀가 천천히 돌계단을 내려왔다.

무엇인가에 홀린 듯, 혹은 최면에 빠진 듯 멍해 있던 그녀의 시선이 촬영장 구석에 나란히 서 있는 세준과 레이몬드를 스치고 지나간다. 그 찰나의 시간, 솔의 눈빛이 달라졌다. 약간의 일렁임, 그것을 놓치지 않고 보고 있던 세준이 다시 입을 열었다.

「조금 전에, 당신 말했죠? 그녀가 촬영장에서 흐트러진 모습을 단 한 번도 본 적이 없다고.」

「음?」

세준은 그를 바라보는 레이몬드를 보며 전투적인 웃음을 내보였다.

「나는 있습니다, 그녀의 흐트러진 모습을 본 적이.」

그것도 항상 나 때문에 말이죠.

옷을 갈아입기 위해 자리를 옮기던 그녀가 다시 한 번 문득 시선을 돌렸다. 그녀의 눈동자 안으로 세준의 모습이 스치듯 지나갔다. 또 가슴이 제멋대로 벌렁거렸다.

"가만있어라, 너."

주인 말도 안 듣고 덜컹거리는 심장을 움켜쥔 솔이 재빨리 간이 천막 안으로 들어갔다. 안에서는 뜻밖의 인물이 그녀를 맞았다.

"어……."

들어서는 솔을 보며 미나가 놀랐다는 눈을 크게 뜨고 멀뚱히 그녀를 바라봤다. 머리만큼이나 새빨갛게 칠한 입술을 슬쩍 깨문 미나가 마지못한다는 듯 고개를 까닥 숙인다.

"안녕하세요."

"아."

입술을 깨물고 억지로 하는 인사는 받는 사람도 달갑지 않았다. 거기다가 조금 전까지 촬영장에서 시끄럽게 소란을 피우던 빨간 주꾸미의 인사이니 더더욱 달가울 리가 없었다.

"아이참, 좁아 죽겠는데……."

아, 한 대 때릴까.

보통 선배가 옷을 갈아입기 위해 들어오면 자리를 조금 양보해 주는 것이 관례였다. 아니, 굳이 선후배 사이가 아니더라도 다른 모델이 옷을 갈아입기 위해 들어서면 제 영역을 나누어주는 것이 예의였건만 미나는 그녀가 들어온 것이 성가시다는 듯 구시렁거렸다.

"갈아입을 옷 많아서 좋겠네, 누구는."

기어이 제 엉덩이를 구석에 들이밀더니 무언가를 뒤적뒤적, 제 구역을 나눠줄 생각은 눈곱만큼도 없어 보이는 모습이었다. 순간 솔은 기가 막혔다.

도대체 얘는 뭘 믿고 이리도 용감하게 구는 걸까? 진짜 이 정도의 패기라면 어디 가서 드래곤이라도 잡아올 수 있을 것 같았다.

이걸 뒤집어? 말아?

순간 솔이 심각하게 고심했다. 조금 전 세준과 촬영 때도 한소리 하려다가 같은 소속사도 아니고, 같은 촬영장도 아니라서 참았건만. 애는 태생적으로 '염치'라는 DNA가 잘못 조작돼서 나온 것 같았다.

"네 이름이 뭐더라……."

황금빛 드레스를 입은 솔이 허리를 펴고 반듯한 자세로 서서 미나를 불렀다. 그러자 쌜쭉한 눈이 휙 돌아가 그녀를 본다.

"저요?"

찌푸린 시선으로 건방지게 솔을 올려본다. 뾰로통 입술이 툭 튀어나오는 것이 제 이름을 모른다는 것에 충격을 받은 것 같았다.

물론 솔은 '손미나'를 알고 있었다. 하지만 부러 나는 너를 모른다는 무심한 표정으로 그녀를 바라봤다.

조금 전, 촬영 때와 마찬가지로 꼿꼿하고 바른 자세의 솔은 좁은 간이 천막 안에서 더욱 위압적이고 고고해 보였다.

욕을 하는 것도, 언성을 높이지도 않았건만 솔의 나른한 시선과 반듯한 자세는 어쩐지 위협적일 만큼 매서웠다. 쌜쭉하게 입술을 삐죽거리던 미나가 주춤주춤 제 이름을 말했다.

"……손미나인데요."

자존심이 상한 듯 짙게 칠한 붉은 립스틱이 신경질적으로 깨무는 입술 사이로 뭉개졌다. 그 모습에 솔이 재밌다는 듯 웃음을 보였다.

"내가 이름 물어보는 게, 그렇게 싫어?"

"……."

"뭐, 그게 그렇게 인상 찌푸릴 일이라고 그렇게 험한 얼굴이야? 지금 촬영장에 있는 사람들은 네가 어린애처럼 떼쓰는 것도 다 들어줬는데."

솔의 말에 미나가 눈을 앙큼하게 치켜떴다. 비뚜름한 자세로 힐끗 솔을 바라보다가 휙 고개를 돌리는 모습이 가관이었다. 잠시 뜸을 들이던 솔이 최대한 절제한 목소리로 다시 말했다.

"손미나라고 했지? 그래, 너 조용히 좀 하자. 너 혼자 하는 일도 아니고. 톤도 높은 것 같은데, 네가 말할 때마다 우리가 일일이 네 존재감을 확인할 필요는 없잖아. 안 그래?"

느릿하지만 힘주어 말하는 솔의 목소리에서 냉기가 뚝뚝 흘렀다. 어지간해서는 후배들에게 군기를 잡는다 어쩐다 따위의 일은 하지 않는 솔이었다.

그것이 상대에게 얼마나 짜증 나는 일인지, 혹은 그것이 상대를 얼마나 위축되게 만드는 쓸데없는 관습인지 잘 알고 있는 그녀였기 때문이다. 그것 때문에 어렸던 그녀도 호되게 혼이 났던 시절도 있었고.

하지만 그런 솔도 후배를 잡고 말할 때가 있었다. 바로 작업장의 물의 흐리거나 불성실한 태도를 보이는 종류의 일. 그때는 정말 무섭게 돌변하는 그녀였다. 일전에 세준에게 매섭게 눈을 흘긴 일도 촬영장에서 일을 하던 도중이었기 때문이다.

"그게 무슨……."

"내가 무슨 말 하는지 모르는 거 아니잖아? 못 알아듣는 나이도 아니니까."

솔의 말에 손미나의 얼굴이 확 붉어졌다. 붉게 칠한 입술만큼이나 붉어진 얼굴로 손미나가 강솔을 노려봤다.

그 눈을 보며 솔이 빙긋 웃으며 천천히 발을 옮겼다. 느릿하게 다가오는 솔의 모습에 순간 흠칫 놀란 손미나가 경계심 어린 눈으로 그녀를 노려봤다. 솔은 그런 손미나의 눈을 잠시간 마주 봐주다가, 그녀의 옆을 스치듯 지나쳤다.

행거에 걸린 의상에 손을 뻗으며 솔이 다시 말했다.

"안 나가니? 너 촬영 끝났잖아? 일하는 사람들에게 거치적거리지 말고 나가 있지 그래."

"저기요!"

"선배님."

미나의 말을 자르며 솔이 냉랭한 시선으로 미나를 바라봤다.

"아무리 요즘 선후배의 경계가 무너졌다지만, 너랑 나랑 친한 사이도 아닌데, 격식 좀 차리시죠, 후배님?"

"하! 네, 그럼 선.배.님! 제가 뭘 얼마나 시끄럽게 굴었다고 이러시는 거예요? 그리고 저랑 촬영장도 달랐잖아요!"

미나의 말에 순간 솔이 픽 웃음을 보였다.

"지금 내가 너한테 조금 뭐라고 말했다고 따지는 거야?"

"제가 못 할 말 한 건 아니잖아요? 그리고 제 목소리 원래 크거든요? 그러니까 상관 마세요. 다들 괜찮다고 하는데!"

우와, 요즘 애들 정말 드세네. 순간 솔은 기가 차다 못해 웃음이 다 나왔다. 선배가 후배에게 주의를 줘도 저렇게 당당하게 따지고 들다니.

"너, 정말 목소리 크긴 크다. 근데 여기 이거 간이 천막이라는 거 혹시 잊어버린 거 아니지? 네 목소리 밖에 다 들리겠다."

"……이씨!"

솔의 말에 순간 미나가 당황한 듯 천막 너머를 힐끔 바라봤다. 그 모습을 빙그레 웃으며 바라본 솔이 다시 말했다.

"난 할 말 다 했는데…… 넌 남았나 봐? 내가 지금 바쁘니까 남은 이야기는 조금 이따가 들어줄게. 아니면 저기 남아서 기다릴래? 네 말대로 내가 누구랑 달리 갈아입을 옷이 좀 많거든."

빙그레 웃던 솔은 스스로 생각해도 참 재수 없게 말하고 있다는 생각이 들었다. 언제 이렇게 돌려서 재수 없게 말하는 법을 배웠는지 잠깐 고민해 보니 순간 한영의 얼굴이 지나갔다. 그 순간 모든 게 납득이 가는 솔이었다. 그래, 내 친구 계한영! 입담 하면 죽지 않는 그녀가 바로 솔의 절친이었다.

"하나도 안 궁금하거든요!"

솔의 말에 주먹 쥔 손을 부들부들 떨던 미나가 그대로 쿵쾅거리며 천막을 나가 버렸다. 나가는 미나의 붉은 잔상을 혀를 쯧쯧 차며 보던 솔이 한숨을 내쉬었다.

"나도 참……."

솔도 알고 있었다.

제 말투가 평소보다 훨씬 날이 서 있었다는 것을. 타이르고 경고하는 것보다 그저 저 붉은 머리의 주꾸미가 마음에 들지 않았던 이유가 더 컸단 것을.

그 이유 따윈 생각하고 싶지 않았다. 머릿속에 왔다 갔다 하는 누군가의 잔상을 애써 밀어내 보려 했지만 결국엔 인정해야 했다.

손미나가 싫었던 이유는, 어리고 자신감에 찬 붉은 머리의 어린 후배가 그토록 거슬리는 이유는 결국 박세준 때문이라는 것을.

살랑거리며 달라붙고 애교 부리는 미나는 시끄럽고 요란했지만 밉지는 않은 그런 타입이었다. 그녀의 자신감, 손미나의 자신감은 바로 그것이었을 것이다.

'내가 좋아하는 그 누구도 나를 싫어하지 못해!'

그리고 그 기세등등한 자신감으로 세준에게 제 마음을 밀어붙이는 것이었다. 그게 솔은 묘하게 거슬렸다. 가슴 아래로 검고 탁한 그림자가 뭉글뭉글 올라오는 것처럼 불쾌한 기분.

"……쯧. 유치하네, 강솔."

씁쓸하게 중얼거린 솔이 서둘러 옷을 갈아입었다. 그래도 할 말은 다 했으니 속은 시원했다.

어쨌거나 저쨌거나 쟤가 시끄러웠던 것도 사실이었고, 촬영장의 사람들에게 피해 준 것도 사실이었으니까 말이다.

나중에 다시 한 번 걸려봐, 아주 그냥……. 주꾸미 같은 계집애!

콧김을 흥흥 내뿜은 그녀가 서둘러 빨간 미니드레스로 옷을 갈아입었다. 어쩐지 조금 전투적인 기분에 휩싸인 솔이 단전에 기합을 단단히 주며 밖으로 나왔다.

기합이 바짝 들어 있던 탓에 그녀의 나머지 촬영은 순식간에 끝이 났다. 붉은 옷으로 갈아입은 그녀는 황폐한 로마의 망령이 아닌 붉은 전쟁의 여신이 되어 다시 한 번 레이몬드를 반하게 만들었다. 그녀의 촬영이 끝날 때까지 세준이 자리를 지키고 있었지만, 솔은 그 이후로 단 한 번도 세준을 바라보지 않았다.

분명 뒤통수를 후려치고 간 것은 저 자신이지만, 어쩐지 지금은 솔이 더욱 화가 치밀어 오르고 있었다.

"무대 길이 32m니까 충분히 연습을 해둬야 해. 그리고 내일은 앙끼오 알비오와 민스에프 윤 디자이너님의 무대로 시작하고, 둘째 날은 샤론과 테리아, 셋째 날이 레이몬드랑 강 디자이너님이고. 다들 대충 스케줄은 숙지했겠지?"

영어와 한국어로 동시통역하여 말하는 무대 디렉터의 설명에 모여 있던 50여 명의 모델 군단이 고개를 끄덕였다. 솔도 양쪽의 설명을 숙지하며 고개를 끄덕였다.

무대 지도를 훑어보고 다시 한 번 순서를 되짚어본 그녀가 무대 뒤로 넘어갔다. 동선을 파악하고 메이크업 대까지 길이를 얼추 짐작하던 그녀의 눈앞에 짙은 그림자가 졌다.

"기절할 정도로 머리를 후려치고 가버리더니 이젠 또 아예 대놓고 피하네."

발걸음을 신경 쓰고 있느라 아래를 바라보고 있던 솔이 익숙한 목소리에 우뚝 멈춰 섰다. 하지만 그녀의 시선은 여전히 발아래에서 올라오지 않았다.

"……속상하게시리."

솔이 그를 무시하고 오른쪽으로 발을 떼니 세준이 그녀 앞을 가로막았다. 다시 반대쪽으로 발길을 옮기면 또 세준이 그녀를 따라오며 앞을 가로막아 선다.

아무도 없는 무대 뒤편에서 솔과 세준이 꼬리잡기라도 하듯 아웅다웅 발걸음으로 실랑이를 벌이고 있었다.

"너……!"

순간 솔의 고개가 휙 올라왔다. 야생 고양이처럼 길들여지지 않는 눈빛이 세준을 노려봤다. 세준도 그런 그녀의 눈을 조용히 마주했다.

새까만 눈동자가 고요하지만 고집스럽게 그녀를 직시하고 있었다. 아무리 봐도 순순히 비켜줄 것 같지 않았다. 솔은 계속 뭐라고 해야 이놈의 속이 뒤집어질까 곰곰이 고민했다.

누나 앞길 막지 마라, 애기야? 뒤통수에 혹 하나 더 만들어줄까? 아냐아냐, 귀싸대기의 참맛을 알려줄까?

으으, 뭐 하나 신통한 게 없었다.

솔이 고민하는 그 잠시간의 침묵을 깨고 세준이 먼저 입을 열었다.

"……질투했어?"

크! 저 말을 내가 했어야 했는데……!

분하고 당황스러운 마음에 입술만 삥긋하던 그녀가 다시 뭐라고 말을 할까 고민하기 시작했다. 아, 뭐라고 해야 가장 효과적으로 이놈에게 한 방 먹일 수 있을까?

아무리 생각해도 끝내주는 그 한마디가 생각나지 않았다.

"솔? 거기 당신이야?"

그러던 중 솔의 뒤에서 그녀를 부르는 목소리가 들렸다. 순간 솔의 머리에 번개처럼 해답이 지나갔다.

눈에는 눈, 이에는 이라!

세준을 노려보던 솔의 눈이 순식간에 화사한 눈웃음으로 바뀌었다. 저가 보일 수 있는 최고의 미소를 입가에 매달며 솔이 그녀를 부르던 목소리를 향해 고개를 돌렸다.

"치웅 씨!"

그녀의 앞을 막아선 세준의 팔을 거둬내며 솔이 한걸음에 치웅에게 달려갔다. 세준이 뒤에서 지켜보는 것이 느껴졌다. 솔은 대번에 치웅의 팔을 낚아채 파고들며 웃음을 보였다.

"나 불렀어?"

너도 한번 당해봐, 이놈아! 호호호호.

허상처럼 눈앞에서 사라져 버린 솔의 모습에 세준이 순간 멍했던 눈가를 찌푸렸다. 울컥 솟아오르는 뜨거운 감정이 갑자기 그의 숨구멍을 콱 막아버렸다.

눈앞에 어른거리는 꽃잎처럼 나붓한 눈가. 속삭이듯 간지러운 목소리. 반갑다는 듯이 날아가던 발걸음. 그리고 그 뒤를 따르는 달콤한 그녀의 향기.

곱씹고 있자니 화가 끓어올랐다. 분명 저것이 그녀의 심술이라는 것을 세준은 알고 있었다. 하지만 알고도 화가 나는 이유까지는 알 수가 없었다. 울컥 치솟는 짜증이 통제가 되지 않았다.

언제 그녀가 저에게 저런 웃음을 보여준 적이 있었던가? 없었다. 심지어 촬영을 할 때에도 솔은 세준에게 저런 녹아버릴 듯 달콤한 미소를 지어준 적이 없었다. 아, 딱 한 번 있었지.

파티에서 술을 마신 그날 밤.

"빌어먹을."

가볍게 읊조리던 세준의 어깨가 순간 굳어졌다. 저도 모르게 꽉 쥐고 있던 주먹이 벽을 향해 날아든다.

쾅!

"그렇게 나오신다 이거지?"

세준은 제가 내려친 벽에 등을 대고 그녀가 사라진 방향을 노려봤다. 날렵하게 뻗어 있는 쌍꺼풀 없는 눈이 악동처럼 반짝였다. 낮게 으르렁거리듯 말하는 그의 목소리는 어린 짐승처럼 심통 맞다.

솔은 그를 자극한다. 무엇을 하든 어디에 있든. 그와 함께 있든 떨어져 있든. 강솔은 세준이 온통 그녀 생각만 하게 만들었다. 차갑다는 말을 들을 정도로 모든 것에 무심하던 그였는데, 그녀만은 항상 그를 뜨겁게 한다. 밖에서도 안에서도 그를 그렇게 뜨겁게 만들었다.

세준은 슬쩍 찌푸렸던 인상을 폈다. 부글부글 끓는 화를 진정시키며 도대체 어떻게 그녀를 다시 자극할까 고민했다. 솔의 반응을 끄집어내고 싶었다. 그가 모르는 그녀의 얼굴, 아무도 모르지만 그만 아는 솔의 얼굴을 보고 싶었다.

하지만…… 역시 가장 보고 싶은 것은 그녀의 미소. 로마 거리를 숨막히게 뛰어다녔을 때처럼, 눈을 반짝이며 화사하게 터뜨리던 그 웃음. 그 주위로 공기가 반짝거릴 정도로 숨 막히게 아름다웠던 그 미소가 보고 싶었다.

하지만 두 사람만의 보이지 않는 전투에서 그녀가 그에게 그 미소를 보여줄 확률은 얼마나 될까?

솔은 솔직하지 못했다. 다 보여주는 것 같으면서 아무것도 보여주지 않는 여자였다.

세준 또한 자신의 마음을 다 알지 못했다. 그렇기 때문에 그녀에게 한없이 다정하고 싶은 동시에 악마처럼 심술궂게 굴게 되는 것이다. 두 사람 사이에는 지금 보이지 않는 유리벽이 존재했다. 안개처럼 뿌연 유리 막.

"……갈 길이 멀어."

하지만 포기하고 싶은 생각은 조금도 들지 않았다. 무엇이든 대강대강, 요령 있게 해오던 세준이었건만 지금은 그가 느끼기에도 꽤나 본격적이었다. 그리고 본격적인 만큼, 최선을 다할 것이다.

쓰게 입을 다신 그가 막 등을 대고 있던 벽에서 몸을 뗐을 때였다.

"강솔 선배가?"

그의 머릿속에서 도통 떠나지 않는 이름이 낯선 목소리를 통해 들려왔다.

"에이, 말도 안 돼. 너 그런 말 함부로 하고 다니다간 큰일 난다."

앞에서 걷던 미나가 동료 모델의 말에 휙 돌아서서 소리쳤다.

"진짜라고! 아, 정말 재수 없어서! 네가 못 봐서 그래. 강솔인지 강철인지 그 여자, 완전 재수 없다니까. 아까 나 탈의실로 불러가지고 얼마나 욕을 해댔는지 알아? 선배면 다야? 요즘 누가 그래, 고리타분하게. 진짜 짜증 나서 내가."

"진짜? 정말로 그랬다고? 솔 선배가 몰래 너를 불러내서 욕을 해댔단 말이야?"

'몰래'와 '욕'을 제외한다면 거짓말도 아니었다. 미나는 찔리는 마음을 거둬내고 오히려 오만하게 턱을 치켜 올리며 날카롭게 대답했다.

"그럼 내가 지금 거짓말하겠어? 분명 그 여자도 우리 세준 오빠랑 나랑 같이 있는 것 보고 질투하는 게 틀림없어. 지가 어디서 감히 세준 오빠 옆자리에 앉아? 좀 잘나간다고 그렇게 막 꼬리를 치고 다녀? 진짜 웃겨. 싸가지가 완전 바가지야."

"이상하다? 난 그 선배가 후배들 린치한다는 이야기 들은 적 없는데……. 좀 엄하긴 해도."

"선배라고도 하지 마, 완전 여우 같은 년이니까. 지가 잘나가면 얼마나 잘나간다고 그래? 운이 좋아 여기까지 왔지, 곧 있으면 지는 별이라고. 퇴물이라고, 퇴물! 얼마 안 남았어. 두고 봐. 나중에 내가 그 머리 꼭대기에서 비웃어줄 거야."

미나의 말에 앞서 가던 동료 모델이 그래그래, 웃으며 적당히 맞장구 쳐줬다. 어쩐지 그녀의 말을 잘 믿어주지 않는 눈치였다. 그게 또 묘하게 분한 미나였다.

어째서 이렇게 모두들 그 여자를 믿는 거냔 말이다. 왜 다들 강솔만 좋아하는 거지? 둔한 미나의 머리로는 도무지 이해가 가지 않았다. 예쁘기로 치면 자신이 더 예쁘다고 장담하는 그녀였다. 강솔 말고도 예쁘고 늘씬한 모델들이 얼마나 많은데. 왜, 왜! 광고주들은 강솔만 찾냔 말이다.

분명 꼬리 치고 다니는 거야. 그렇지 않고서는 이렇게 오래 살아남을 수가 없어.

미나는 입술을 앙다물며 씩씩거렸다. 그녀는 정말 탈의실에서 거하게 한소리를 들었다. 근데 왜 그것조차 모두 믿어주질 않는 건지!

분하고 아니꼬운 마음은 이야기에 살을 붙이게 했고, 좀 더 자극적으로 치장하게 만들었다. 어린애들보다 더욱 유치하고 투박한 질투심에 미나는 강솔이 기어이 욕을 먹는 꼴을 보고 싶어졌다.

싫다, 정말. 미나는 한순간에 강솔이 너무너무 싫어졌다.

"어쨌든 알았으니까, 그 이야긴 그만하자. 아, 너 의상 뭘로 들……."

"야! 너 지금 내 말 못 믿는 거야?! 걔가 나한테 이렇게 손을 올렸다니까!"

대충 넘어가려는 동료의 말에 미나가 꽥 하고 소리를 질렀다. 그 소리에 동료 모델의 눈도 동그래졌다.

"아…… 정말?"

"그래! 진짜 기가 막히지. 내가 요즘 뜨고 있으니까 눈꼴시었겠지, 그래."

입에서 말이 떠난 순간 조금 싸한 느낌이 들었다. 하지만 한 번 튀어나온 말은 주워 담을 수도 없었고, 이제 와서 취소할 수도 없는 노릇이었다. 거기에 아까보다 흥미를 보이는 동료의 얼굴을 보고 있자니 미나의 아둔한 입이 더욱 신랄하게 움직였다.

"어쩜 그래, 사람이? 나 완전 맞을 뻔했다니까? 치, 웃겨, 진짜. 그런다고 내가 기죽을 줄 아나."

"진짜 손을 올렸다고? 대박이다. 소문이랑은 너무 다르잖아. 나 정말 그 선배 그렇게 안 봤는데……."

"그렇게 안 보이긴, 뭘. 내가 정말 기가 막혀서는! 거기에 또……."

"거기에 또 뭐, 손미나."

소곤거리며 신랄하게 뒷담화를 나누고 있던 두 여자 사이로 탁한 저음이 깔려 들어왔다. 무대 뒤 으슥한 곳에 앉아 농땡이를 부리고 있던 두 여자가 깜짝 놀라 벌떡 일어났다. 좁은 통로 입구에서 조명을 등진 길쭉한 그림자 하나.

"그래서 강솔이 뭐라고 했는데?"

팔짱을 끼고 서서 비뚜름하게 벽에 기댄 세준이 두 사람을 지그시 바라봤다. 조명을 등진 탓에 한층 더 어두운 그의 얼굴 위로는 아무런 표정도 없었다. 그의 등장과 함께 주변을 감싸는 공기가 한층 낮아졌다. 오싹할 만큼 차가운 공기.

눈치가 없는 것도 병이면 병이었다. 본능적으로 잠깐 놀란 미나가 이내 화사하게 웃으며 세준에게 다가갔다. 붉은 입술이 좋아 어쩔 줄 모르며 찢어진다.

"오빠! 나 찾아왔구나? 헤헤, 나 여기 있는 줄 어떻게 알았어? 리허설 다 끝났어? 그럼 우리 같이 나갈래?"

한걸음에 다다다 달려온 미나가 세준의 팔짱을 끼려 손을 뻗었다.

그러나 그녀의 손은 냉랭한 세준의 손길에 가로막히고 말았다.

"거기에 또 뭐라고 했는데."

냉랭한 목소리도, 차가운 눈길도 심상치 않았다. 찬물을 끼얹은 듯 순식간에 가라앉아 버리는 공기 속에서 미나의 동료 모델이 슬금슬금 자리를 비켰다. 이런 자리에는 끼지 않는 게 상책이었다.

사라지는 여자에게 눈길 하나 주지 않으며 세준이 곁에 선 미나를 내려다봤다. 그제야 미나가 스산한 분위기를 감지하고 눈초리를 내려 그를 살그머니 올려다봤다.

"듣고 있었어?"

"누구 하나 들으라고 그렇게 큰 소리로 말하고 있던 것 아니었나?"

"아니, 뭐, 그런 건 아니었지만……. 그렇지만 내가 뭐 틀린 말 한 것도 아니고! 그 여자가 아까 로케이션 촬영장에서 분명 나한테 그랬단 말이야!"

순간 세준의 눈이 찌푸려졌다. 그리고 나직한 목소리가 반문하듯 터져 나왔다.

"……그 여자?"

"그래, 그 여자! 강솔! 그 짜증 나는 여자가……"

순간 미나는 세준이 저의 이야기에 귀를 기울이는 거라 생각했다. 그래서 되묻는 거라고, 그런 어리석은 착각을 하며 조잘조잘 이야기를 풀어내려 했다.

그녀가 무슨 이야기를 하든 관심 없는 듯, 상관없다는 듯 내버려 두던 그였다. 정말 귀찮아질 때는 때론 적당히 맞장구도 쳐주었다. 지금도 그렇게 크게 반응하지 않을 거라 생각한 미나가 애써 불안감을 이겨내고 조금 전 이야기를 되풀이하려 했다. 하지만 돌아오는 것은 한겨울 서릿발보다도 차가운 세준의 음성이었다.

"야. 너, 몇 살이야."

"……왜, 왜 그래, 오빠?"

"몇 살이냐고. 손미나. 네가 나보다 나이 많아? 아니면 데뷔를 10년 전에 했나? 그것도 아니면 강솔이 어디 나가서 병신 짓이라도 했어?"

"오빠……"

그 순간 미나는 와락 겁이 났다. 세준의 눈동자가 너무나도 낯설었다. 언제나 그녀를 귀찮다는 듯 바라보긴 했어도 이렇게, 이렇게나 차갑게 바라본 적은 없었던 그였다. 도대체 저가 뭘 잘못했다고 세준에게서 저런 눈빛을 받아야 하는 걸까? 순간 미나의 눈동자 속에 물기가 차올랐다. 분통이 터져 참을 수가 없었다.

내가 뭘 그렇게 잘못했다고 그렇게 쳐다보는 거야? 내가 뭘!

눈물이 그렁그렁 맺힌 미나의 눈을 내려다보면서도 세준은 여전히 아무런 표정이 없다.

"타인에게 타인의 이야기를 할 때는 더 신중해야 된다는 거 몰라? 이 세계에서 루머는 치명적이야. 그런데 그런 루머를 네 입으로 직접 퍼뜨리고 다녀? 생각 없는 거야, 아니면 일부러 그런 거야?"

덤덤하면서도 날카로운 목소리였다. 미나의 입술의 파르르 떨려왔다.

"너, 오늘 런웨이 몇 번 걸었어? 다른 모델들 캣워크하는 거 체크한 적 있어? 네가 그 여자라고 함부로 말하는 그 사람은 네가 여기 앉아서 그 사람 욕을 하는 동안 적어도 여덟 번 이상 리허설 돌고 왔어. 그 누구보다도 탑인 그 여자가 고작 데뷔한 지 1, 2년 된 너보다 몇 배를 더 열심히 뛰어다녔다고. 근데…… 그 사람이 너한테 그 여자라는 말을 들어도 될 사람이라고 생각해? 난 아니라고 생각하는데."

세준을 알아왔던 지난 시간 동안 이렇게 길게 말하는 것은 처음 본 그녀였다. 단답형의 대답, 그것도 아니면 어쩔 수 없다는 듯 시큰둥한 대화.

그런데 지금 세준은 말을 하지 않으면 참을 수 없다는 듯이 굴고 있었다. 그것도 매서운 말을 주먹처럼 그녀의 머리로 내려치며.

그렁그렁 솟아올랐던 눈물이 마침내 툭 떨어졌다. 볼을 타고 흐르는 눈물을 닦지도 않고 미나는 이를 악물었다. 세준의 말을 들으면 들을수록 더욱 강솔이 싫어졌다. 그 여자, 그 여자 때문에 세준에게서 이런 말을 듣고 있는 것이다. 저런 차가운 눈을 보게 된 것이다!

"강솔, 뒤에서 이런 말이나 들을 사람 아니다. 어리긴 하지만 멍청하진 않다고 생각했는데……."

실망이라는 말이 들리는 것만 같았다. 이를 악다문 그녀가 세준을 올려다봤다. 더 이상 할 말이 없다는 듯 고개를 돌리려는 그의 팔을 다급하게 붙잡았다. 곱게 다듬은 투명한 손톱이 절박하게 세준의 옷깃을 파고든다.

"그 여자가 뭔데 이렇게 감싸는 거야? 내가 잘못했다지만, 이런 일은 비일비재하잖아! 이렇게까지 화낼 일 아니잖아! 오빠도 강솔, 강솔, 그러잖아. 그 여자라고 그랬잖아!"

미나의 말에 세준이 돌아섰던 발걸음을 멈췄다. 그리고 느릿하게 돌아선 그가 생각에 잠긴 듯 잠시 눈을 내리깔았다. 찰나의 침묵. 그리고 이어지는 그의 한숨 섞인 목소리.

"내가 싫어. 그 여자가 다른 곳에서 욕을 먹는 것 따위. 그리고 혹시라도 그 말이 그 여자 귀에 들어가는 것도 내가 싫다고. 강솔은 그런 비하의 말 따위 들을 사람이 아니니까. 보이는 것보다 훨씬 노력하고 열심히 사는 사람이니까. 그래서 화가 나. 알지도 못하는 누군가가 그녀를 깎아 내리는 게……. 나는 참을 수 없이 화가 나."

미나의 얼굴이 일그러졌다. 가슴에서 우러나오는 처참한 일그러짐이었다. 가슴이 제멋대로 내려앉았다. 절망 속으로, 아픔 속으로 가라앉았다.

"그리고 나는 그 여자라고 해도 돼."

그리고 한순간, 세준의 차가운 눈빛이 풀어졌다. 거의 눈치채지 못할 정도로 미세한 움직임이었다. 하지만 왜 그게 눈에 들어와 버린 것인지. 그것 때문에 둔한 미나도 깨달아 버리고 말았다.

"강솔은 내게 여자니까."

그래, 이건 명백한 실연이었다.

제6화
밀어내도 멀어지지 않아

"사람 떨리게 왜 이래, 갑자기?"

치웅이 수상하단 눈빛으로 솔을 바라보며 물었다.

그의 짙은 눈썹은 놀랐다는 듯 슬그머니 올라가 있었지만 기분은 나쁘지 않다는 듯이 입가엔 웃음이 감돌았다. 솔은 뒤에 남겨져 있을 세준을 생각하며 킥킥 웃음을 터뜨렸다.

분하지? 그치? 너도 분할 거다.

"아니, 그냥 기분이 좋아서. 무대가 잘 빠졌네, 아주."

"어허. 이러지 마, 솔. 나 오해한다고."

"치웅 씨가 아가인가? 언제부터 이런 걸로 오해하는 그런 귀여운 남자였어?"

치웅의 너스레에 솔이 그의 팔을 붙잡고 있던 손을 풀며 피식 웃어 보였다. 그러자 치웅이 냉큼 그녀의 손을 잡아채 다시 팔짱을 끼게 만들었다.

"좋아하는 여성의 손길은 아무리 하찮은 것이라도 오해하고 싶어지는 법이야."

"옴마나?"

"나는 솔의 어떤 행동에도 의미를 부여하는 섬세한 아티스트이자 순정남이라고."

솔이 치웅의 말에 의외라는 듯 그를 위아래로 훑어봤다.

"이렇게 갑작스럽게 나한테 고백이라도 하겠다는 거야?"

"음, 이게 싫으면 한국 돌아가서 다시 한 번 근사하게 고백할게. 당신이 원한다면 한 열 번쯤은 더 할 수 있어."

이 남자 보게?

솔은 치웅의 뜬금없이 대담한 발언에 그의 눈을 뚫어지게 바라봤다. 그런 솔의 시선에도 치웅은 여유로운 미소와 자세로 그녀를 마주보고 있을 뿐이었다. 그런 치웅의 넉살 좋은 미소를 보던 솔이 갑자기 까르르 숨넘어가는 웃음을 터뜨렸다.

"치웅 씨가 나를 좋아하는 건 아는데, 그건 아니지! 치웅 씨가 나를? 어우, 말도 안 돼."

"왜 말이 안 돼?"

그녀의 말에 순간 울컥한 것인지 치웅이 우뚝 서서 진지한 눈으로 물었다. 무거운 치웅의 눈빛을 가볍게 마주한 솔이 슬쩍 웃으며 말했다.

"내가 연애를 많이 안 해봤다고 여자로서 감이 떨어지는 건 아니야. 오히려 나 같은 애들이 감이 빠르다고. 그런데 치웅 씨가 나를? 아아, 그건 아니지."

솔이 손가락을 들고 까닥까딱 아니라는 표시를 보였다.

고개까지 절레절레 내젓는 그녀의 모습에 마침내 치웅이 미간을 찌푸리고 말았다. 마치 그 모습에 제 주장을 거절당한 권위자의 모습 같아 솔은 다시 웃음이 나왔다. 열 살배기 동네 꼬마의 심통난 모습도 얼핏 보이는 것 같았다.

"이거 조금 화가 나는데?"

"화가 날 게 뭐 있대?"

"지금 내 마음을 송두리째 부정당한 거잖아. 솔, 이래봬도 나 당신한테 꽤 진지한데."

그의 말마따나 치웅의 눈빛은 가라앉아 있었다. 솔은 앞으로 향하려던 발걸음을 우뚝 멈춰 세우고 멈춰 선 치웅을 돌아봤다.

비뚜름하게 틀어졌던 몸을 돌려 치웅을 똑바로 직시하던 솔이 턱을 문지르며 잠깐 숨을 골랐다. 치웅은 조금 전의 젠틀하고 사람 좋은 미소를 지은 채 솔을 가만히 응시하고 있었다. 그의 얼굴에는 그 어떤 긴장감이나 미약한 두려움조차 보이지 않았다. 그런데 지금 이 얼굴로 자신이 좋다고 고백한 거라고?

이 남자, 지금 뭔가 단단히 착각하고 있는 것 같았다.

빠르게 생각을 정리한 솔이 진지한 눈으로 치웅을 마주 봤다. 짧게 한숨을 내쉰 그녀가 웃음기를 지우며 단호하게 말했다.

"자, 봐봐. 당신이랑 나랑은 꽤 자주 마주쳐. 그리고 카메라를 통해서 항상 나를 바라본단 말이야. 나를 아주 집요하게 쳐다보지. 근데 말이야, 그 눈을 의식하는 건 나야. 느끼는 것은 나란 말이야. 그런데 당신의 시선엔 내 피부를 소름 돋게 하는 '그런 게' 없어. 사랑에 빠진 남자 특유의 집요하고 거친 그런 숨길 수 없는, 그런 야릇한 시선이 말이야."

말을 하던 솔은 조금 전 제 뒤통수를 노려보던 누군가의 시선이 떠올랐다. 하지만 의식적으로 떠오르는 '그 누군가'의 모습을 지운 그녀가 다시 진지한 어조로 말했다.

"그런데 당신이 나를 좋아한다고? 아, 물론 좋아하겠지. 내가 당신을 좋아하는 만큼, 딱 그만큼 당신도 나를 좋아하는 거겠지. 아니면 내가 생각하는 것보다 아주 조금 더 나를 좋아할 수도 있겠지만……. 어쨌든 아니야. 당신은 나를 당신의 여자로 좋아하고 있는 게 절대, 저얼대 아니야. 무슨 뜻인지 알겠어?"

쏟아지는 말에 치웅은 충격을 받은 듯 솔을 빤히 바라보고 있기만 했다. 그리고 한순간 그의 눈이 커지더니 잠시 눈가를 찌푸린다.

"나름 바람둥이로 유명한 최치웅이가 이렇게 자기 자신을 파악하고 있지 못하다니. 당신도 바람둥이 자격 박탈해야겠네."

다시 장난스러운 말투로 돌아온 솔이 치웅의 어깨를 툭 건드렸다. 그제야 넋을 놓은 듯 생각에 빠져 있던 치웅이 허, 하는 짧은 실소를 내뱉었다.

"충격적인데. 난 이제까지 당신을 꽤나 좋아한다고 생각했는데……."

"좋아하는 건 맞다니까?"

"그런데 내가 당신을 여자로 보는 것은 아니다?"

"그렇지. 이제야 좀 말귀를 알아듣네."

솔이 깔깔 웃으며 맞장구를 쳤다. 그러자 치웅이 믿을 수 없다는 듯 고개를 절레절레 내젓는다.

"당신 말이야."

"응?

의심이 가득한 치웅의 목소리. 다시 조금 전의 새치름한 모습으로 무장한 솔이 눈을 올려뜨고는 그를 바라봤다. 치웅이 믿을 수 없다는 듯 허탈하게 중얼거린다.

"솔직히 말해봐. 당신, 연애 많이 해봤지? 그것도 진짜 많이?"

"뭐어?"

순간 솔이 깔깔깔 웃음을 터뜨렸다. 원래 남의 연애는 더욱 냉정하게 눈에 들어오고 내 연애는 도통 감이 잡히지 않는 게 사람들 아니던가. 솔도 그런 것뿐이었다.

"글쎄올시다. 그럴지도 모르고. 암튼 얼른 나가자."

"아, 정말 나 지금 허를 찔린 기분이야."

"당신 같은 능수능란한 남자는 나로는 벅차다고."

"말도 안 돼. 그냥 차라리 내가 당신 타입이 아니라고 말하라고, 솔직하게."

절대 아닌데? 겉모습은 완전 내 취향이라고, 당신.

투덜대는 치웅의 말에도 솔은 속에 있는 말은 꺼내지 않았다. 괜히 뻐꾸기 날려 좋을 게 뭐가 있는가? 치웅과는 적당히 좋은 사이로 남는 것이 그녀에게도 치웅에게도 좋았다. 그리고 또 하나.

"치웅 씨 당신에겐 좀 더 자극적인 여자가 맞을 거야. 나로는 성에 안 찰걸, 결국? 그러니까 우리는 좋은 동료 사이인 걸로. 어때?"

어때는 무슨, 결국 당신 뜻대로 할걸, 하며 부루퉁 투덜대는 치웅이었지만 어쩐지 후련한 듯 가볍게 웃는 얼굴이었다. 만약 그가 진심으로 그녀를 좋아하고 있었다면, 지금이 바로 실연의 순간이었을 텐데 이토록 멀쩡하다는 것은 어쩌면 솔의 말이 정확했다는 것일 수도 있었다. 솔 또한 개운한 얼굴로 그의 어깨를 토닥이며 말했다.

"좀 더 자극적인 여자 말이야, 자극적인 여자. 완전히 당신을 휘어잡을 수 있는 그런 여자를 찾아보세요, 포토그래퍼님."

"당신보다 자극적인 여자가 있으려고."

"순창고추장이 있다고 태양초고추장이 안 매울까? 있어, 분명. 어쩌면 가까이 있을지도 모르고."

솔의 머릿속으로 떠오른 한영의 얼굴. 그래, 나는 한영에 비하면 쌈 장이지. 암.

"암튼 가자."

발을 맞춰 걷는 두 사람의 걸음이 한결 더 편안해져 있었다.

촬영과 런웨이는 철저히 다른 분야였다. 적어도 솔이 느낄 때는 그 랬다.

촬영은 그 순간순간 다른 최면을 걸어야 했다. 다른 사람이 되고, 집중해서 카메라를 느껴야 했다. 그렇게 해서 어떤 '작품'을 만들어내 야 하는 것이 촬영이었다.

음악이 들리고, 많은 사람들에게 둘러싸여 있지만 그 촬영장에서 모델은 뽑아내고자 하는 무엇인가를 염두에 둬야 한다고 솔은 생각했 다.

하지만 런웨이는 다르다.

몰입해야 하는 것은 같지만, 런웨이 위에서 모델은 즐길 줄 알아야 했다.

즐기는 기분으로 런웨이를 압도하고자 해야 했다. 특히나 요즈음 런웨이는 예술적이면서도 동시에 상업적이기도 했으며, 또 다른 한편 으로는 멀티플레이적 요소가 강하게 작용하고 있었다. 즐길 줄 모르 면 모델은 도리어 런웨이에서 압도당하고 말 것이었다.

"하아."

호텔로 돌아온 그녀는 침대에 쓰러져 깊게 숨을 들이마셨다. 엄습 하는 답답한 마음과 후련한 마음이 한데 뒤엉켜 한숨으로 나오고 있었다.

패션쇼 기간은 정말 하루가 눈 깜짝할 새에 지나가 버린다.

수십 번 동선을 연습하고, 동료 모델들의 현장도 모니터하다 보면 어느새 밤이 되어 있었다. 특히 본무대가 시작되면 런웨이 뒤편은 전쟁터를 방불케 할 만큼 난리 통이 된다.

그리고 내일 있을 합동 무대. 온다고 했던 신 대표가 못 온 것이 오히려 다행이었다. 신 대표가 오더라도 도저히 그를 신경 쓸 수가 없을 테고, 또 그러면 그것이 마음에 걸려 은근히 스트레스 받을 수도 있었을 테니까.

"내일만 하면 끝이다, 정말."

묘하게 길었던 열흘이었다. 처음 2, 3일은 박세준 때문에 정신이 없었고, 본 패션쇼가 열렸던 나머지 기간은 일 때문에 정신이 없었다. 내일 앙끼오, 민스에프 합동 무대를 제외한다면 본무대는 무사히 끝난 상황.

솔은 새삼스레 깊게 숨을 들이마셨다. 폐 속을 가득 메우는 호텔방 안의 공기가 조금 답답하게 느껴졌다.

"짜증……."

컬렉션은 성황리에 진행되는 중이었고, 캣워크는 평소처럼 완벽했지만…… 이 가눌 수 없는 마음의 파도는 무엇인가!

침대를 박차고 벌떡 일어난 솔이 신경질적으로 머리를 쓸어 넘겼다.

"샤워나 하자."

절대, 절대, 저어어어얼대 컬렉션 기간 내내 말을 붙이지 않았던 박세준 때문에 이러는 게 아니야!

절대, 절대, 저어어어얼대 묘하게 손미나를 주시하는 박세준의 시선을 봐서, 그거 때문에 짜증이 난 게 아니야!

"그냥 내일 끝나니까, 그래서 싱숭생숭한 거라고!"

그녀는 아무도 없는 방 안에서 괜스레 혼자 화를 내며 걸어갔다.

와아아! 휘이익!

나른하게 울려 퍼지는 박수 소리, 환호 소리, 휘파람 소리가 널찍한 오디토리엄(Auditorium Parco della Musica)을 꽉 채웠다.

솔은 무대 밖을 향해 손을 흔들어 보이다 저 멀리 보이는 영수와 혁진과 눈이 마주쳤다. 세 사람은 동시에 서로를 향해 웃음을 보였다.

마치 전쟁을 무사히 끝낸 전우처럼 세 사람은 동시에 벅찬 감정을 가눌 수 없어 숨을 헐떡였다.

관객들의 박수가 끊이지 않았다. 그 소리를 뒤로하고 70여 명에 달하는 어마어마한 사람들이 무대를 내려갔다.

모두가 흥분을 감추지 못한 무대의 뒤편. 웅성거리는 그 틈 사이로 솔은 불현듯 알싸한 감각에 옆을 돌아봤다.

순서를 맞추듯 주춤주춤 내려갈 타이밍을 찾던 솔의 옆으로 길게 들어선 그림자. 저도 모르게 움찔하며 놀란 솔이 홱 고개를 돌려 앞을 바라봤다.

박세준. 언제 온 건지 옆으로 박세준이 서 있었다.

무심한 표정으로 앞을 보며 걷는 세준은 마치 그곳에 솔이 있다는 것을 전혀 모른다는 듯 얄미운 표정으로 인파만 뚫어져라 응시하고 있을 뿐.

근사한 슈트를 입고, 아무런 표정도 없이 그저 앞만 보고 있는, 그러면서도 숨기지 못한 존재감이 뚜렷한 애송이 모델.

그녀에게만 이토록 치명적인 존재감을 피력하고 있는 것인지, 아니면 세준이 본래 가지고 있는 그런 것인지 알 수 없었다.

수많은 사람들에게 둘러싸여 빽빽하게 줄을 서듯 늘어서 있는 공간 속에서 솔은 어쩐지 세준과 단둘만 남겨진 폐쇄적인 기분에 사로잡혔다. 이 시끄러운 공간이 오히려 두 사람만 동떨어진 세계로 밀어넣고 있었다.

내가 왜 이러지?

오로지 세준의 향기, 세준의 그림자, 세준의 공기만 뚜렷하게 떠올랐다. 그녀는 이렇게 세준을 의식하고 있는데 그는 여전히 무심하고 알 수 없는 표정으로 앞만 보며 걷는다. 이상한 심통이 가시처럼 뾰족하게 솟아올랐다.

나도 너 신경 안 쓰고 있거든!

솔이 막 사람들을 헤치고 앞으로 나아가려 할 때 서늘하고 차가운 손이 그녀의 손끝을 스치며 옭아맸다.

"······천천히 가."

소곤거리듯 낮고 매끄러운 목소리. 흑백사진 속에 붉은 점 하나가 찍히듯 소란한 공간 속에 세준의 목소리만 선명했다.

스르륵 돌아간 솔의 눈동자 너머로 여전히 아무런 표정도 없는 세준의 옆얼굴이 보였다. 그러자 천천히 그녀를 돌아보는 시선. 미소도, 찡그림도 없는 그 표정 속에서 고요하게 솔을 바라보는 그의 눈동자가 일순 따뜻하게 물들었다.

"수고했어, 강솔. 멋있더라, 당신."

쿵쿵. 쿠쿵. 쿵쿵!

웬일인지 심장이 가슴뼈를 박차고 튀어나올 것만 같았다. 사람들

속에서 세준의 서늘한 손은 여전히 솔의 손안으로 엉켜 들어왔다.

당황한 솔이 저도 모르게 휙 고개를 돌렸다. 흥분 때문인지, 지금 이 순간 때문인지 얼굴이 달아올랐다. 어쩐지 바르르 떨리는 입매가 주체가 되지 않았다. 묘한 기분이었다. 그녀의 손가락을 옭아매고 있는 세준의 손이 너무 단단하고 서늘했다. 그 차가운 느낌이…… 묘하게 솔을 흥분시키고 있었다.

그래, 지금 난 엔도르핀 과다 분비 중이라서, 그래서 그런 거야.

무대가 끝난 뒤 흥분이 가시지 않아서, 그 흥분에 취해 있는 거라며 솔은 애써 자신을 설득했다.

그렇지 않으면 그녀의 손을 잡고 있는 세준의 손을 뿌리치지 못하는 이유를, 더 솔직히 말하면 그 손을 마주 잡고 있는 이 순간을 해명하지 못할 것 같기 때문에.

「저 아가씨는…….」

무대 인사를 하는 레이몬드 바로 옆에 유난히 눈에 띄는 동양인 모델 한 명. 노란 머리와 파란 눈동자의 화려한 이목구비를 가진 서양 모델들 사이에서도 전혀 뒤지지 않을 만큼 이색적인 화사함을 가진 여자였다.

까만 눈동자와 까만 머릿결, 그리고 자신감이 가득한 얼굴이 반짝반짝 빛이 났다.

「며칠 전에 봤던 그 한국인 여자, 아닌가요?」

카스티엘 옆에 앉아 있던 고흐가 놀라 되물었다. 솔에게서 시선을 떼지 못한 채 지그시 바라보고 있던 카스티엘이 느릿하게 고개를 끄덕였다. 그의 얼굴 위로 묘한 미소가 올라왔다.

「한국인 모델이라…….」

기가 막히는 타이밍이었다. 심상치 않은 태라고 생각하긴 했지만 모델일 줄이야. 그것도 레이몬드가 그렇게 격찬했던 '그' 한국인 모델이 그녀일 줄은 상상도 못 했었다.

「너도 보면 반하게 될 거야, 카스티엘. 보통이 아닌 여자라고.」

즐거움이 가득했던 레이몬드의 목소리가 떠올랐다. 친구의 그 칭찬 일색의 말에도 시큰둥했었는데, 과연 보지 않으면 후회할 뻔했다.

저 여자다, 저 여자야.

기묘한 기대감이 벅차올랐다. 카스티엘은 확고함이 담긴 눈빛으로 무대 아래로 내려가는 솔을 뚫어져라 바라봤다.

「고흐.」

「네, 보스.」

고흐는 카스티엘의 수행비서였다. 언뜻 봐서는 그저 친구 사이로 보일 만큼 젊은 남자 둘이었으나 엄격한 상하 관계를 가진 두 사람이었다.

카스티엘이 흥미 가득한 시선으로 솔을 가리켰다.

「저 여자가 누구인지, 지금 어디에서 일하는지.」

이것 봐, 내가 이럴 줄 알았어.

「알아봐.」

내가, 다시 볼 줄 알았다니까.

후각을 자극하는 달콤함이 혀끝을 맴돌다 이내 목구멍을 스치고 위장을 잠식했다. 얼음처럼 시원했던 술은 은밀한 뜨거움으로 변해서는 마침내 솔의 양 볼을 붉게 물들일 정도로 화끈해진다.

입안에는 달콤한 여운을, 뱃속에는 뜨거운 흔적을 남기는 칵테일을 솔은 다시 한 번 들이켰다.

이름 모를 노란 칵테일을 두 손으로 꼭 쥐어 든 솔이 얇게 뜬 눈으로 힐끗 어딘가를 노려본다. 저 멀리 세미 무리 가운데 서 있는 세준과 미나였다. 특별히 세준이 그들을 선동하고 다니진 않았지만, 항상 보면 어느새 가운데 그가 있었다. 그리고 마치 그의 꼬리표라도 되는 듯 그의 옆에 들러붙어 있는 미나도 보였다.

"잘들 논다."

동료인 듯 보이는 남자가 세준에게 뭐라 말을 걸자, 그가 슬쩍 입꼬리를 올려 웃어 보였다. 어린 주제에 미소만큼은 적당히 나이를 먹은 수컷처럼 여유롭다. 어쭈? 또 그런 세준을 훔쳐보며 미나가 얼굴을 붉혔다. 아니, 왜 남의 얼굴 훔쳐보면서 얼굴을 붉혀?

솔이 저도 모르게 들고 있던 칵테일을 벌컥 들이켰다. 위를 타고 싸한 술기운이 내려갔다.

그녀가 마셨던 칵테일과 꼭 같은 레몬빛 실크 드레스를 입은 솔이 부루퉁하게 잔을 내려놨다.

그녀 특유의 분위기가 감춰지지 않는 존재감을 드러내게 했지만, 본인은 신경 쓰지 않는다는 듯 구석 자리를 고집하고 있었다. 몇몇 무리가 다가오려는 듯 기회를 노리고 있었지만, 정작 그녀 곁으로 다가가는 이들은 같은 소속사 형수와 혁진뿐이었다.

차가워 보이는 겉모습에 지레 겁먹는 용기 없는 남자들은 솔도 관심 없었다.

"여기서 뭐해, 누나? 파티걸이 어쩐 일로 얌전히 있어?"

"여긴 놀 데가 못 돼. 다들 어디 하나 아픈 것처럼 목이 뻣뻣하잖아."

불퉁한 솔의 말에 영수가 픽 웃음을 터뜨렸다. 말끔한 브라운 정장에 솔과 드레스코드를 맞춘 듯 부드러운 레몬빛 보타이가 부드러운 영수의 이미지를 한층 더 돋보이게 만들었다.

"다른 사람들이 보면 지금 우리도 그렇게 어디 하나 아픈 것처럼 뻣뻣해 보일걸?"

"말도 안 돼. 내가 지금 얼마나 유연하고 부드러운데."

솔은 능청스럽게 말하곤 다시 칵테일을 받아 들고 홀짝였다. 음, 달고 맛있다.

칵테일이 썩 마음에 든 그녀가 근처 웨이터를 불러 다시 한 잔을 청했다. 벌써 네 잔째였지만, 주스 마시듯 홀짝거리고 있는 탓에 자신이 꽤 그것을 많이 마셨다는 걸 자각하지 못하는 솔이었다.

"그렇게 지루해할 거면 이 뒤풀이 파티는 왜 온 거야?"

"레이몬드가 하도 청하니까 왔지. 또 너희들도 간다고 하고, 겸사겸사."

"오, 누나가 언제부터 우리를 그렇게 챙겼어?"

혁진이 놀랐다는 듯 과장된 몸짓으로 말했다. 외국에 왔더니 보디랭귀지는 완전 외국인이었다. 입은 뻥긋도 하지 못하면서. 웃기는 청국장 같으니.

"챙긴 게 아니라, 너희 촌티 내는 거 구경하러 왔다."

"촌티라니!"

"난 빼줘. 혁진이만 촌스럽다고. 저리 좀 가라. 촌 냄새 난다, 충남의 아들."

"헐. 형이 제일 촌스럽거든?"

펄쩍 뛰며 반박하는 혁진을 보며 영수가 낄낄 웃어 보였다. 어느새 다시 한 잔을 다 들이켠 솔이 새로 가져다주는 칵테일을 집어 올렸다. 그런 솔의 모습에 영수가 눈살을 찌푸리며 말했다.

"과음하는 거 아냐? 그거 몇 잔째야, 지금? 생각보다 도수 셀걸?"

"음, 그래? 알코올 냄새는 별로 안 나는데."

대수롭지 않다는 듯 솔이 다시 칵테일을 홀짝였다. 영수가 그런 솔을 말리려고 손을 뻗었지만, 혁진이 그의 손을 다시 막아섰다.

"내비 둬. 누나가 마신다는데. 그리고 누나 술 취하면 완전 재밌다는 소문이 자자하다고."

마지막 말은 영수만 들으라는 듯이 소곤거렸지만, 바로 앞에 있던 솔이 그것을 못 들을 리가 없었다.

"잠깐, 너 방금 뭐라고 그랬어?"

"어, 누가 그랬을까? 아, 나는 모르겠네."

"야, 너 이리 못 와?"

"어, 저기 크리스티나가 나를 부르네? 으하하하. 바이바이, 누나! 내일 아침에 봐. 아! 오늘 밤은 날 찾지 말아줘, 나는 바쁠 테니까!"

장난스럽게 손을 흔들며 손키스를 날린 혁진이 언제 또 작업을 마친 건지 저 멀리 보이는 이탈리아계 모델에게 달려갔다. 말도 잘 안 통하는데 어떻게 작업을 건 건지. 참, 신통방통했다. 어떻게 보면 저 것도 참으로 천부적인 재능이었다.

"저것도 참 물건이야, 진짜."

같은 생각을 한 건지 영수도 얼빠진 얼굴로 멀어지는 혁진을 보며 중얼거렸다. 어쩐지 진한 동지 의식 같은 게 느껴진 솔이 감동에 젖은 얼굴로 열렬히 고개를 끄덕였다.

아니, 술기운이 올라와서 감동에 젖은 것 같기도 하고.

"근데 너는 안 가? 촌티 안 나는 우리 영수는 누가 안 데려가나?"

"아아. 그거까진 무리데스. 난 그냥 이거 끝나고 바로 쫑파티만 들렀다가 갈 거야."

"아, 그거. 이거 끝나고 세미랑 같이 한잔하는 거?"

지금 이 파티가 공식적인 뒤풀이장이라면, 이 행사가 끝나고 한국에서 온 팀이 모여 한잔하자는 것은 비공식 뒤풀이였다. 지금처럼 북적거리는 게 아니라, 그동안 수고했으니 마음 맞는 사람들끼리만 몇 명 모여서 로마에서 진탕 마셔보자는 취지였다.

영수가 힐끔 손목시계를 내려다보며 고개를 끄덕였다. 지금 시각은 8시. 쫑파티는 9시에 시작이었다.

"너, 이따 갈 거지?"

그의 물음에 솔은 알 수 없다는 듯 어깨를 한 번 으쓱해 보였다. 그런 그녀의 눈에 세준의 손을 끌고 나가는 미나의 모습이 포착됐다.

두 사람의 모습에서 시선을 떼지 못한 채, 솔이 저도 모르게 그대로 칵테일을 원샷하고 말았다.

"잠깐, 잠깐, 잠깐! 그만 마셔, 강솔."

다시 꼴깍 넘어가는 칵테일 잔을 영수가 잡아챘다. 쫑파티에 갈 것도 없었다. 호텔의 연회장에서 이미 혈관의 피를 모두 칵테일로 바꿔버린 솔이었다. 아마 지금 그녀의 피는 연한 노란색으로 바뀌어 있을지도 모르겠다.

"기분 좋아서 그으래, 기분이 좋아서! 어차피 여기서 엘리베이터만 타고 올라가면 방이자나, 바앙."

그녀의 발음만큼이나 기분도 부우웅 올라왔다. 시선을 올려 천장을 올려다보니 샹들리에가 보석처럼 반짝였다.

반짝반짝. 아, 예쁘다.

우물우물 말하는 솔의 옆에서 영수가 나직하게 한숨을 쉬었다. 칵테일로 취하다니. 어지간히 피곤했었나 생각하는 그였다. 하긴 빡빡한 일정을 마치고 제대로 쉬지도 못하고 뒤풀이 파티에 끌려 나온 격이었으니 피곤할 만도 했다. 영수만 해도 눈앞에 침대가 있으면 당장 뛰어들고 싶은 심정이었으니까.

"아, 너 안 되겠다."

절레절레 고개를 흔든 그가 그녀를 일으켜 세웠다. 이곳에 솔을 혼자 뒀다간 입맛을 다시는 늑대 놈들에게 냉큼 납치라도 당할 것 같았다.

물론 호락호락 넘어가는 솔이 아니라는 것도 알고 있지만, 스스로가 남자이기에 남자들을 믿지 못하는 영수였다.

영수가 그녀를 한적한 테라스로 데려갔다. 선선한 밤바람이 기분 좋게 살랑거리고 있었다. 테라스 돌난간 위에 솔을 앉힌 그가 신신당부하듯 말했다.

"너 여기 있어. 나 맡겨놨던 핸드폰 좀 가지고 올 테니까. 방에 데려다 줄 테니까 꼼짝 말고 여기 있어라."

"네에, 네에, 신영수님."

세차게 고개를 끄덕이는 솔의 몸짓에 어깨 위로 틀어 올렸던 머리카락이 스르륵 흘러내렸다. 새하얀 어깨 위로 흐트러지는 검은 머리카락이 이상하게도 야릇해 보여 영수는 헛기침을 하며 눈을 돌려야 했다.

"춥다. 뭐, 뭐 몸에 걸칠 것 좀 가져다줄게."

영수의 말에 솔이 배시시 순한 웃음을 보였다.

순하다니? 순하다니!

순간 영수는 그녀의 미소가 아이처럼 순하고 천진하단 생각에 까무러치게 놀라고 말았다. 차갑고 도시적인 여자의 아이콘인 강솔을 상대로 말이다.

평소와 같지 않게 흐트러진 솔의 모습은 아찔하다 못해 치명적이었다. 평소 그녀에게 아무런 감정을 가지고 있지 않던 영수조차 지금 그녀의 모습은 조금 위험하다고 느낄 정도였다. 스스로 머리를 턱턱 내려친 영수가 시선을 돌렸다.

이런 건 왠지 옳지 않았다. 솔은 그의 가장 좋은 친구이자 롤모델이었으니까.

친구야, 친구. 친구한테 그러면 안 돼, 신영수! 그러면 나쁜 거라고!

그런 영수의 모습에 솔이 빙긋 웃더니 손을 들어 그의 머리를 토닥여 줬다.

"넌 정말 착하다니까. 영수 너는 진짜 착한 여자 만나라아? 알았지? 이상한 여자 만나면 내가 가만두지 않을 거야. 응응. 그래, 어디서 빨간 주꾸미 같은 애들 만나면 안 돼!"

"뭐라는 거야? 아무튼 여기 있어, 금방 갔다 올 테니까."

"응. 갔다 와, 갔다 와."

다시 파티장 안으로 후다닥 사라지는 영수의 뒷모습을 바라보던 솔이 저 멀리 천장 위로 영롱하게 반짝거리는 샹들리에를 바라봤다.

술기운에 흐릿해진 시야 속에서 샹들리에는 어쩐지 요정들이 놀고 있는 것처럼 더욱 찬란한 빛을 뿜어댔다.

솔이 그것을 잡기라도 할 것처럼 손을 쭈욱 뻗었다. 손가락 사이사이로 스며드는 빛이 따스한 것 같은 착각이 일었다. 뭔가 간지러운 것 같기도 하고.

순간, 뭐가 그렇게 재미난지 솔이 헤실헤실 웃음을 터뜨렸다.

"화려한 샹들리에 따위, 하나도 따뜻하지 않은데……."

아침이면 자연스럽게 머리 위로 떠오르는 햇살은 무척 따뜻하다. 하지만 억지로 어둠을 밝힌 샹들리에의 빛은 따스할 수가 없었다. 햇빛은 자연스럽지만 강렬하고, 또 찬란했다. 스스로 의식하지 않아도 햇빛은 그러했다.

하지만 샹들리에는 어둠이 없으면 밝지 않다. 샹들리에는 떨어지면 깨질 수도 있었고, 또한 화려한 곳에만 어울리는 그런 빛이었다.

"그러니까 나는…… 샹들리에가 아니야."

손가락 사이로 스며드는 샹들리에 빛을 거부하기라도 하듯 솔이 주먹을 움켜쥐었다. 머리는 핑글핑글 돌고 기분은 붕 뜨고 있었지만, 생각보다 취하진 않았다. 혀가 꼬이고 몸은 녹아내릴 것 같지만, 뇌 속은 오히려 깨끗한 느낌이었다.

가우뚱 쏟아지는 고개로 주먹 너머를 노려보던 시야로 잘생긴 얼굴 하나가 들어왔다. 뿌옇게 보이던 얼굴은 점점 가까워졌고, 점차 반갑고도 미운 얼굴이 되어 그녀의 앞에서 완전해졌다.

"뭐하는 거야?"

찌푸린 얼굴, 낮은 목소리, 옅은 한숨. 이런 세세한 것들이 눈에 들어온다면 아직 그렇게 취한 게 아니리라. 세준을 보며 피식 웃던 솔이 말했다.

"너는 햇빛이냐?"

"뭔 소리야? 취했어? 얼마나 마신 거야?"

그의 물음에 솔이 다시 강하게 도리질 쳤다. 어지럽게 흩어지는 검은 머릿결이 어깨 위에서 다시 넘실거렸다. 그 흐트러진 모습이 고혹적이다 못해 한없이 위험해 보였다. 그를 보는 세준의 눈빛이 위험하게 굳어진다.

"신영수는 어디 간 거야? 왜 추운데 밖에 나와 있어."

그렇게 말하며 세준이 솔의 어깨 위로 제 재킷을 벗어 올려줬다. 툴툴거리는 말로 불퉁하게 말하지만 숨기지 못한 걱정이 묻어 나오는 음성. 그렇게 제 마음을 숨기지 못하는 목소리를 흘리며 그가 그녀 옆으로 와 앉았다.

세준이 옆에 앉으니 세준만의 독특한 향기가 훅 파고들어 왔다. 스킨 향인 것 같기도 하고 비누 향기 같기도 한. 어깨에 걸친 옷에서, 곁에 앉은 그에게서 뭐라 말할 수 없는 그런 남자의 향이 느껴졌다.

남자의 향이라니……. 그렇다면 그가 남자로 느껴진다는 걸까? 멍하니 세준의 향기에 취해 있던 솔이 그녀의 팔을 툭 건드리는 느낌에 옆을 돌아봤다.

"내 옆에서 딴생각하지 마."

"니이가 내 옆으로 온 거지, 내가 니이 옆에 간 거냐? 근데 왜 나한테 명령이야, 건방지게?"

"혀는 꼬여 있고…… 취했구만?"

마음에 들지 않는다는 듯 세준이 길게 한숨을 내쉬었다. 그 나지막한 한숨이 솔의 마음에도 들지 않았다. 나 안 취했거든? 눈만 조금 풀렸지, 나 아주 말짱하다고!

"꼬인 건 내 혀가 아니라 니이 성격이지! 에비, 너 저리 가라. 응? 저리 가서 손미난지 발미난지 하는 애 옆에 붙어 있으면 되잖아."

"그게 무슨 소리야?"

솔의 말에 세준이 고개를 갸웃하며 눈살을 찌푸렸다.

"됐어. 무슨 컬렉션 내내 붙어 다니더니. 여기까지 와서도 아주 둘이 찰싹 붙어 다니던데 뭘. 그렇게 신경 쓰이면서 여긴 왜 왔대? 치……."

순간 세준이 움직임을 멈췄다. 그의 시선이 천천히 솔의 눈동자를 깊숙이 침범했다. 하지만 알코올의 기운과 피로, 그리고 알 수 없는 질투로 범벅되어 마비된 이성은 자신이 지금 그에게 무슨 말을 하고 있는지 알아챌 수 없었다.

멈춰진 시간, 길어지는 정적…… 그리고 짙어지는 세준의 눈동자.

내 입에서 지금 무슨 말이 나온 거야?

까만 세준의 눈동자 위로 희끗한 빛이 스며드는 것을 본 순간, 솔은 머릿속이 아찔해졌다. 한순간 술기운이 확 올라오는 것 같기도 하고 확 사라져 버린 것 같기도 했다. 차갑고 뜨거운 물이 번갈아 가며 머리 위로 쏟아지는 느낌이었다.

질끈 입술을 깨문 그녀가 붉어지는 볼을 숨기려 확 고개를 돌리는 차에 세준의 부드러운 목소리가 이어진다.

"당신이 지금, 무슨 말을 한 건지 알아?"

그리고 동시에 서늘한 손끝이 그녀의 턱을 조심스럽게 잡아 돌렸다. 힘 하나 들이지 않고도 스르륵 돌아가는 턱 끝이 마침내 세준의 눈앞에 놓였다. 솔의 눈동자 가득, 오직 세준만 가득 찰 만큼 가까운 두 사람 사이로 나긋한 숨소리가 나른하게 시간을 간질였다.

"그러니까, 강솔 당신, 지금……."

지적에 보이는, 그녀의 심장을 철렁 내려앉게 할 만큼 황홀한 미소였다.

목울대를 울리는 낮고 달뜬 웃음소리, 휘어진 눈매 안에 보이는 깊은 눈동자, 단정함과 타락함을 동시에 안고 있는 반듯하고 보드라워 보이는 입술.

두근두근. 심장이 또 미친 듯이 날뛰기 시작한다.

내가, 무슨 말을 했더라. 아니, 지금 이놈의 눈빛은 왜 이렇게 다정한 걸까? 달빛이, 부드러워 그러는 걸까?

세준의 이 강렬한 눈빛은 무엇을 의미하는 것일까. 어째서 이렇게 서로의 얼굴을 가까이 마주하고 저렇게 근사한 웃음으로 바라보고 있는 걸까?

칵테일이 혈관을 뜨겁게 헤엄치고 다니고 있는 게 틀림없었다. 머리가 핑글핑글 돌았다. 남녀 사이에 오가는 나른한 긴장감을 겪어본 적이 없는 그녀였다. 머리보다 심장이, 심장보다 감각들이 소용돌이치며 반응하는 이 격렬한 느낌이 뭔지 알 길이 없었다.

그리고 이어지는 열에 들뜬 듯 나른한 세준의 목소리.

"……내가 좋은 거지?"

그 순간 솔은 할 말을 잃었다. 아니, 머릿속이 백지가 되어버렸다는 게 맞는 말일 것이었다. 그리고 아주 순식간에 그녀의 얼굴이 붉게 달아올랐다. 피가 한 번에 머리 위로 돌았다.

크게 숨을 들이켠 솔이 저도 모르게 세준에게서 몸을 뺐다. 앉아 있던 탓에 뒷걸음질 칠 수는 없었지만, 주춤 뒤로 엉덩이를 빼고 도망간다.

그러나 그렇게 호락호락하게 그녀를 놓칠 세준이 아니었다. 주춤 물러서는 솔의 허리를 단숨에 낚아챈 그가 강하게 그녀를 끌어당겼다. 사냥을 나선 짐승의 그것처럼 빠르고 거친 손길로 그녀를 바짝 끌어당기니 솔의 어깨 위에 걸쳐져 있던 세준의 옷이 바닥으로 툭 떨어져 내렸다. 하얀 달빛이 그보다도 더욱 눈이 부신 그녀의 어깨 위로 부서져 내린다.

"……아!"

솔이 놀라 저도 모르게 작은 탄성을 내지르고 말았다. 세준의 서늘한 손길은 어느새 뜨겁게 변해 그녀의 얇디얇은 실크드레스를 뚫고 각인을 새기듯 제 체온을 눌러 담았다.

세준의 손이 닿은 솔의 허리가 크게 놀라 활처럼 휘어졌다. 적나라하게 느껴지는 남자의 손길에 솔은 놀라 버리고 말았다. 촬영을 하는 것과는 달랐다. 혈관을, 피부를 태울 듯이 뜨거운 긴장감이 있었다.

놀란 그녀가 진정할 새도 없이 세준이 다른 손을 들어 그녀의 매끄러운 볼을 감싸 쥐었다. 웃음기를 머금은 낮은 목소리가 솔을 향해 물었다.

"대답하지 않으면······."

속삭이듯 말하는 세준의 입술이 점점 더 가까워졌다. 그의 입술 사이로 들락거리는 달콤한 숨결이 솔의 입술을 간질일 만큼 바짝 밀착할 무렵, 세준이 다시 한 번 은밀하게 속삭였다.

"나 지금 키스할 거야."

솔은 대답하지 않았다. 아니, 그 순간,

그녀는 대답할 수가 없었다.

"모두 수고하셨습니다! 푹 쉬고 각자 일정으로 돌아가자고요."

우렁차게 인사하는 혁진의 목소리를 뒤로하고 공항에 모여 있던 사람들이 하나둘 멀어져 갔다.

다른 일정이 있어서 먼저 돌아간 사람도, 남아서 로마를 더 둘러보고자 하는 사람도 있었기에 갈 때보다 많이 간소해진 인원이었지만, 그 속에는 여전히 솔과 세준이 있었다.

세준은 차가운 회색 벽에 기대어 멀어지는 강솔의 뒷모습을 뚫어져라 응시하고 있었다. 그 눈빛과 표정이 하도 매서워서 누구도 감히 세준에게 말을 붙이지 못하고 있었다.

강솔, 강솔…….

각진 캐리어를 끌고 멀어지던 솔이 힐끔 뒤를 돌아봤다. 그 순간 세준과 눈이 마주쳤지만 솔은 다시 또 황급히 시선을 돌려 버렸다. 솔이 신고 있던 새하얀 운동화가 한층 더 빠르게 움직였다.

느슨하게 올려 묶은 하늘거리는 머리카락이 하늘로 치솟는 흰 연기의 꼬리처럼 공항 문 너머로 사라졌다. 세준의 눈빛이 더욱 딱딱하게 굳어졌다. 저도 모르게 질끈 깨문 입술이 바짝 타들어가면서 목이 까슬까슬해지는 갈증이 느껴졌다.

도대체 왜? 뭣 때문에 저를 피하는 걸까?

찡그린 세준의 눈동자가 흐릿하게 흔들렸다. 그 속에는 세준답지 않은 당황스러움, 초조함, 짜증 그리고 불안함이 섞여 있었다. 힘이 빠진 그의 손이 제 이마를 짚었다. 남들보다 조금 서늘한 손바닥으로 뜨거운 눈두덩을 누른다.

어제 내가…… 잘못한 걸가?

초조하게 입술을 잘근잘근 깨물던 세준의 기억이 어젯밤으로 더듬어 올라갔다.

북적거리는 화려한 파티장. 패션계의 거장들, 화려한 모델들, 이탈리아 젊은 기업인들이 한데 뒤섞여 있는 널찍한 호텔 연회장 한자리에 선 세준은 일단 한숨부터 내쉬었다.

그는 사실 이런 파티 따위 오고 싶지 않았다.

목 빳빳한 유명 인사들이 비싸 보이는 슈트를 차려입고 탐색전을 벌인다. 그리고 모델들은 그들을 위해 준비된 상품처럼 예리한 눈길 아래 품평을 받곤 했다.

물론, 모델이니까 어느 정도 감수해야 하는 부분이 있다는 것을 안다. 그럼에도 세준은 정말 그들의 존재가, 이런 상황이 시끄럽고 귀찮았다.

그럼에도 불구하고 그가 이 자리에 온 단 하나의 이유는…….

"이따가 에이팀이랑 뒤풀이 가는 거 알지?"

"알아."

무심하게 대답하던 세준이 힐끔 저 멀리 새하얀 벽을 등지고 서 있는 레몬빛 여자를 바라봤다. 몸을 따라 흘러내리는 실크 드레스가 아찔한 그녀의 라인을 그대로 드러내고 있었다.

마르고 길쭉한 체형임에도 불구하고 나올 곳은 확실히 나와 있는 풍만한 체형이 그 야릇한 드레스 안에서 더욱 빛이 났다.

군침을 흘리는 사내들의 노골적인 시선을 받으면서도 전혀 위축되지 않는 그녀였다. 아니, 그 시선들을 마치 액세서리라도 되는 양 어깨 위로 걸쳐 입곤 무심하다.

그 시큰둥한 눈빛, 나른한 몸짓, 관심 없는 듯한 미소가 더욱 사내들의 정복욕을 자극하는 것을 그녀는 알까?

조금 나른한 시선으로 그녀를 흘겨보던 세준이 몇몇 움직임을 보이는 남자들을 보며 가소롭다는 듯 웃음을 보였다.

"도전하는 용기는 가상하다만, 과연……."

그녀가 너희들을 상대해 줄까?

중얼거리던 세준이 문득 씁쓸하게 제 이마를 문질렀다. 지금 제 처지나 저치들의 처지나 다를 바가 없지 않은가? 세준 또한 저들만큼이나 멀리서 그녀를 보고만 있다는 것 자체가, 그와 그녀의 거리를 다시 한 번 상기시켜 주는 것만 같았다.

"후."

뭐가 이렇게 어려운 건데, 뭐가! 왜 이렇게 강솔은 어려운 걸까? 이제 겨우 손에 좀 닿았다 싶었는데 백사장의 모래처럼 손가락 사이로 사르륵 빠져나가 버린다. 뭘 잘못했던 걸까?

"너 내가 우습냐! 우스워! 이씨!"

그의 어떤 행동이 그녀를 우습게 봤다는 거지? 그녀에게 머리통을 후려 맞고 뇌진탕이 왔었다는 건 아예 기억에서 없애 버린 세준이었다. 다만 솔이 저를 노려볼 때면 가슴이 불편했다. 서툰 것은 솔만이 아니었나 보다. 세준 또한 지금 솔을 어떻게 대해야 할지 어쩔 줄 몰라 하고 있는 것이었다.

거기에 그녀를 바라보는 저 끈적끈적한 시선들! 솔 옆에서 일일이, 하나하나 다 차단해 버리고 싶었다. 그런 욕망 가득한 눈으로 그녀를 보지 말라고, 버럭 소리치고 싶었다.

순간 짜증이 확 올라온 그가 잔에 남아 있는 술을 들이켰다. 목구멍을 태워 버릴 듯 뜨거운 위스키 향이 목울대를 타고 내려갔다.

탁.

거칠게 빈 잔을 내려놓은 세준은 솔을 향해 한 걸음 내디딘 차였다. 그때 누군가 불쑥 그의 팔뚝을 잡아 흔든다.

"오빠."

미나였다. 검은색 미니드레스를 입은 그녀가 물기 젖은 눈으로 세준을 올려다보고 있었다. 잘근잘근 깨무는 입술에서 그녀의 초조한 마음이 드러났다. 하지만 미나를 돌아보는 세준의 시선엔 아무런 감정도 담겨 있지 않았다. 그 시선에 미나가 더욱 눈동자를 촉촉하게 적셨다.

"나랑 잠깐 얘기 좀 해."

"나는 너랑 할 얘기가 없는데."

"잠깐이면 돼."

"나중에……."

"오빠!"

톤이 높은 그녀의 목소리는 조금만 소리를 키워도 다른 사람들의 시선을 끌었다. 주변 사람들이 하나둘 그들을 돌아봤다. 떼를 쓰기 시작하면 장소 불문하고 끝까지 우겨대는 미나였다. 적당히 상대해주는 것이 가장 빨리 해결하는 길이리라.

"제발. 응?"

"……나와."

"으, 응!"

촉촉한 눈을 반절로 접으며 미나가 세준의 뒤를 쫓았다. 종종거리며 세준을 따라가는 미나의 뒷모습에 저 멀리 있던 솔의 시선이 잠시간 머물렀다.

"그러니까, 그 얘기를 왜 나한테 하는데."

갑자기 몰려드는 피로감을 느낀 세준이 눈두덩을 차가운 손으로 내리눌렀다. 그의 입술을 따라 감정 없는 무미건조한 목소리가 기계처럼 흘러나왔다.

"네가 나한테 미안할 것 없다니까? 내 욕 하고 다닌 것도 아니잖아? 사과할 사람 잘못 찾아와서 징징거리지 마."

세준은 욕지거리가 나오려는 것을 꾹 눌러 담았다. 눈앞에서 훌쩍

거리는 미나를 달래줄 생각은 조금도 생기지 않았다. 그는 그렇게 냉정히 말하고 다시 파티장 안으로 들어왔다.

할 말 있다며 그를 부득불 끌고 나와선 하는 말이 고작 '내가 잘못했어'라니!

제게 그녀가 잘못한 게 뭐가 있단 말인가? 또 그가 미나를 용서해 줄 것은 또 뭐가 있단 말인가?

그럼에도 그녀는 마치 그에게 속죄하듯 눈물을 뚝뚝 흘리며 구구절절 사연을 털어놓았다. 질투가 났다, 화가 났다, 얄미웠다. 그렇게 심각하게 생각 안 하고 했던 말이다, 등등등.

"하."

피곤과 짜증이 몰려오니 담배가 생각났다. 거의 피우지 않는 담배였지만 그 뿌연 연기에 제 답답한 마음을 실어 보내고 싶었다.

하얀 담배 연기 대신 짧은 한숨을 내쉰 그가 여전히 소란스러운 파티장 안을 훑었다. 몇몇은 자리를 빠져나갔고, 몇몇은 새로 들어왔다. 하하호호, 즐거운 듯 이야기를 나누는 사람들 사이에 강솔이 안 보였다.

어디로?

이리저리 고개를 돌려 주변을 살피던 세준이 멈칫하고 구석 테라스를 노려봤다. 솔을 데리고 으슥한 테라스 안으로 들어가는 신영수가 보였다.

저렇게 어두컴컴한 곳으로 왜 둘이 나가는 거야? 가슴 아래서 뭔가 울컥 솟아오르는 것이 느껴졌다. 딱딱하고 날카로운 그것이 심장 아래서 그를 자극해 댔다. 신경질적으로 움켜쥔 주먹을 바지주머니 안으로 구겨 넣은 세준이 두 사람이 사라진 방향을 향해 걸어갔다.

"어?"

막 테라스 앞에 당도했을 무렵 신영수가 나왔다. 매섭게 굳어 있던 세준의 얼굴 위로 의외의 빛이 떠올랐다. 신영수도 당황했는지 잠시 간 주춤거리더니, 곧 특유의 사람 좋은 웃음으로 세준에게 인사를 건 넸다.

"우리 몇 번 봤지? 이번 컬렉션도 같이했는데 인사할 기회가 없었 네."

"아, 네, 컬렉션 잘 봤습니다."

"나도. 네 캣워크 잘 봤다."

씨익 웃어 보인 영수가 잠시 말을 끊었다. 서글서글 웃는 낯이었던 영수가 잠시간 세준을 강하게 노려봤다. 순식간에 변한 영수의 눈빛 을 세준 또한 딱딱하게 굳은 얼굴로 덤덤하게 마주했다. 그렇게 몇 초 나 흘렀을까.

"이야, 강단이 좀 있네?"

다시 영수가 하하 작은 웃음을 터뜨리며 세준의 어깨를 툭 건드렸 다. 마치 알고 지낸 친구를 보며 인사하듯 가볍고 친근한 접촉이었다. 영수는 누가 봐도 금세 친근함을 느끼는 그런 타입 같았다. 노려보고 있던 세준조차 별다른 거부감이 들지 않는 것을 보면 말이다.

"신인인데 너무 무섭게 치고 올라오는 거 아냐? 네 덕분에 나, 긴장 좀 탔다."

"예?"

"안 그래도 피 튀기는 이 세계에서 너 같은 애가 불쑥불쑥 튀어나 오면 진짜 식은땀 난다니까? 하여튼 너 덕분에 나도 자극을 좀 받았 지."

"아아."

그제야 영수의 말뜻을 알아들은 세준이 가볍게 웃음을 보였다. 영수도 세준을 따라 선뜻 웃음을 보였다. 가만 보니 영수는 세준의 친구이자 바텐더인 훈과 같은 부류의 사람이었다. '곁에 있으면 유쾌한' 사람.

하지만 그건 그거고, 지금 세준이 이곳에 온 이유는 따로 있었으니.

"그런데 지금 어디 가십니까? 조금 전에 여기, 같이 들어가시는 거 봤는데."

세준이 부러 솔의 이름을 말하지 않으며 눈짓으로 테라스를 가리켰다.

"아, 솔이가 좀 취해서, 데려다 주려고."

"아…… 취했습니까?"

"응, 좀 그런 것 같더라고. 나도 피곤하고 그래서 그냥 겸사겸사 나가려고. 넌 더 있다 갈 거야?"

"아뇨. 저도 들어갈 겁니다. 아, 그런데……."

"음?"

세준이 말끝을 흐리며 특유의 건방진 웃음을 내보였다. 산뜻하면서 깔끔한 입매, 깊은 눈매가 휘어지며 영수를 향해 날 선 웃음을 보인다.

"선배님 피곤해 보이시는데, '솔이'는 제가 데려다 주겠습니다. 파티 끝나고 따로 보기로 했는데…… 예정보다 일찍 나가 봐야겠네요."

"……어, 솔이?"

세준의 말이 영수의 뇌 속에 제대로 입력되기까지의 약간의 정체가 있는 듯했다. 영수가 그 선한 눈을 끔뻑거리며 얼빠진 얼굴로 세준을 바라봤다. 세준은 그런 영수를 향해 선뜻 웃으며 다시 한 번 쐐기를 박았다.

"저는 그럼 '우리 솔이'가 걱정돼서 이만. 살펴 가십시오, 선배님."

"아? 어? 응? 아, 어. 그, 그래."

제 입에서 무슨 말이 나오는지도 모르는지 영수의 고개가 테라스로 사라지는 세준을 따라 돌아갔다. 쉴 새 없이 끔뻑거리는 눈이 '내가 지금 보고 있는 게 정녕 사실이야?'라고 끊임없이 떠들어대고 있었지만, 세준은 그런 영수의 시선을 못 느끼는 척 능청스럽게 발을 놀렸다.

파티장과는 조금 동떨어진 고요한 테라스로 들어서니 솔이 손바닥을 활짝 펼쳐 보인 이상한 포즈로 그를 보고 있었다. 그녀가 손바닥 사이로 한쪽 눈을 찡그리며 다가가고 있는 그를 바라보고 있었다.

뭐라 중얼거리는 것이 들렸지만 워낙 작은 소리라 뭐라 하는지 알아들을 수는 없었다.

이 여자가 정말……

한숨인지 웃음인지 모를 실소가 터져 나왔다. 그러나 솔에게 점점 가까이 다가갈수록 세준의 숨은 턱턱 막혀왔다. 그녀의 모습이 선명해질수록, 세준의 숨구멍이 조여들어 왔다.

"뭐하는 거야?"

저도 모르게 탁한 목소리가 끓어 나왔다.

높이 뜬 달은 그녀의 머리 위를 장식했고, 잡아당기면 끊어질 듯 가녀린 드레스 끈은 아슬아슬하게 어깨 위에 매달려 있었다. 적나라할 정도로 온몸으로 여성스러운 매력을 발산하는 그녀의 모습에 세준은 시선을 뗄 수도, 눈을 감을 수도 없었다.

그의 가슴 아래서 뾰족뾰족 솟아 나와 있던 검은 감정의 덩어리가 이제는 그의 숨구멍을 틀어쥐고 있는 것이 분명했다.

위험해······.

조금만 더 바라본다면 손을 대버릴 것 같았다. 저 가녀린 허리를 부둥켜안고, 저 새빨개진 입술을 끊임없이 취해 버릴 것 같았다.

안 되지, 안 돼. 정신 차려, 박세준. 지금 강솔에게 취해 버리면 안 돼.

솔이 웃었다. 악의 없이 순한 웃음을 매단 채 악마처럼 매혹적으로 속삭였다.

"너는 햇빛이냐?"

취했네, 이 여자.

"뭔 소리야? 취했어? 얼마나 마신 거야?"

아이처럼 고개를 도리질하니 비단 실 같은 그녀의 검은 머리카락 몇 가닥이 위험하게 어깨 위로 흐트러져 쏟아진다. 머리카락을 따라 솔의 새하얀 어깨와 능선을 훑는 자신의 눈동자에 당황한 것은 세준이었다. 저도 모르게 숨을 멈춘 그가 강하게 주먹을 움켜쥐며 자신을 억눌렀다. 달밤에 이런 무방비한 모습을 보기엔 그는 너무나 젊었고, 너무나 혈기 왕성했다.

제길.

조용히 욕지거리를 뱉은 그가 입고 있던 재킷을 벗어 솔의 어깨 위로 꼼꼼하게 여며줬다. 마치 무엇인가를 경계하듯 꼼꼼하게.

"신영수는 어디 간 거야? 왜 추운데 밖에 나와 있어."

그가 아무것도 모른다는 듯 퉁명스럽게 물었지만 솔은 대답이 없었다. 멍하니 다른 생각에 빠진 듯 허공을 응시하고 있었다.

무슨 생각을 하는 걸까? 딱히 생각은 없어 보였지만, 그렇다고 그에게 집중하는 것 같지도 않았다. 심통. 망할 심통. 그게 다시 세준의 가슴을 둥둥 치고 올라왔다. 화장이 진하지 않은 까만 눈이 그를 멀

거니 올려다봤다. 온전히 그만 담고 있는 그 동그란 눈망울이 마음에
들었다.

몇 마디 의미 없는 대화가 오가면서도 세준은 솔의 까만 눈동자에
점점 빠져들어 갔다.

그러다 문득 보게 된 그녀의 흔들리는 눈동자.

"……그렇게 신경 쓰이면서 여긴 왜 왔대? 치……."

어린아이 투정 같은 솔의 말속에서 섭섭함이 묻어 나왔다. 그리고
숨기지 못한 질투까지.

그것을 깨달은 순간 찌릿한 전율이 세준이 뒷목을 뻐근하게 치고
지나갔다. 야생의 감각처럼 날카로운 직감이 그를 향해 달콤하게 속
살거렸다.

설마…… 설마?

세준은 확인하듯 솔을 다시 바라봤다. 찌푸려진 눈동자, 뾰로통한
입술이 새침하게 그를 외면했지만 동시에 그에게 확신을 주고 있었다.

어쩐지 입매가 간지러웠다. 웃음이 새어 나오려는 것을 참을 수가
없었다.

"그러니까, 강솔 당신, 지금……."

두근두근. 심장이 울어댄다. 두근두근. 나는 지금 설레고 있는 걸
까? 그래서 이렇게 심장이 거세게 박동하는 걸까?

"……내가 좋은 거지?"

기어코 묻고야 말았다. 하루 종일, 아니, 며칠 동안 바짝 날이 선
칼처럼 예리하고 날카로웠던 세준의 감정들을 한순간에 물렁거리게
만들어 버리는 그 단 한마디.

좋아해? 강솔이 나를?

두근두근. 거칠고 투박한 심장 소리가 가슴뼈를 박차고 튀어나올

것만 같았다. 그 생각만으로도 웃음을 참을 수가 없었다.

정말? 당신이 나를 신경 쓰고 있는 걸까? 내가 당신을 신경 쓰고 있는 만큼, 그만큼이나?

놀란 건지 굳어버린 건지 솔의 움직임이 멈췄다. 아니, 슬쩍 어깨를 떨었던 것 같다. 어쨌든 그의 질문에 그녀가 놀랐다. 놀라고 당황했다.

이처럼 확실한 반응이 어디 있을 수 있을까?

발그레한 뺨과 살짝 벌어진 입술이 떨리는 게 보였다. 달빛 아래 드러난 그녀의 커다란 눈동자 속에 세준이 있었다.

이 순간 세준은 그녀에게 키스하지 않을 수 없었다.

그것은 곧 그 순간을 모독하는 죄가 될지니.

"아……."

그의 몸이 그녀에게 가까워지니 솔의 몸이 움찔 떨리며 뒤로 물러섰다. 세준은 웃으며 단숨에 가녀린 솔의 허리를 움켜쥐었다. 뒤로 물러설 수 없도록, 아니, 그 가녀린 몸이 저에게 끌려올 수 있도록 조금 거칠게 그녀를 힘주어 끌어당기니 그가 여며줬던 재킷이 바닥으로 툭 떨어져 내린다.

달빛 아래서 더욱 아름답게 전율하는 새하얀 솔의 어깨가 드러났다.

가까워지는 두 입술. 하나가 되는 숨결. 살결 위로 춤추는 따스한 공기…….

포개지는 두 개의 입술이 서로의 체온을 전해줬다. 세준의 생각을, 그의 의지를 송두리째 앗아버릴 만큼 달콤한 향과 감각이 그를 흔들어 버렸다. 단 한 입만으로 그를 흠뻑 적시고 취하게 만들어 버린다.

그녀의 입술이 주는 황홀한 감촉, 보드라운 느낌, 단 한 순간도 떨

어지고 싶지 않게 만들어 버리는 중독적인 체향. 그러나 그 어떤 것
도, 그 무엇도 지금 세준이 느끼는 이 감각들을 충분히 설명하지는
못했다.

세준은 가쁜 숨을 내쉬는 그녀의 숨결을 모조리 빨아들이며 더욱
깊숙이 그녀에게 파고들었다. 성급한 혀가 그녀의 입술 사이를 가르고
수줍은 혀를 애틋하게 찾아 헤맸다. 입술이 부딪치는 매끄러운 감촉
이 야릇한 숨소리로 번질 때까지 계속, 계속 그녀의 혀를 찾아 움직인
다.

동맥이 터질 것처럼 뜨거웠다. 가슴 또한 기어이 터질 것만 같았다.
심장은 이미 터져 버린 것이나 다름없었다.

달조차 구름 뒤로 숨어버렸다.

달그림자로 어두워진 테라스 한구석에서 바짝 끌어안은 남녀의 체
온은 그렇게 한층 더 높아져만 갔다.

타닥. 탁. 탁. 탁! 타악.

"허억허억."

거친 숨을 몰아쉰 솔이 후들거리는 다리를 부여잡으며 멈춰 섰다.
새벽 동이 떠오르기 시작하는 한강변을 미친 듯이 달린 탓에 온몸에
서 땀이 비 오듯 흐르고 있었다. 모자란 숨을 들이켜기 위하여 숙인
고개를 들어 숨구멍을 연 솔이 비틀거리며 잔디밭으로 걸어갔다.

"아! 끝내준다!"

푸르른 잔디 위로 털썩 쓰러진 그녀가 주황색 하늘을 바라보며 버
럭 소리를 질렀다. 새벽녘, 차가운 늦가을의 사늘한 바람이 뜨거운 그

녀의 머리를 어루만졌다. 그게 더없이 개운했다.

조금만 방심하면 금방 살이 오르는 빌어먹을 체질 때문에 요 며칠간 정말 죽은 듯이 운동만 한 솔이었다.

로마에서 돌아오고 나서 그녀는 계속 마음이 싱숭생숭했다. 마음이 심란할 때는 저도 모르게 먹는 양이 늘어나 버리니, 먹고 운동하고 먹고 운동하고의 연속이었다. 하지만 이렇게 며칠 계속 땀을 흘리고 나니 속이 개운하기는 했다.

멍하니 하늘을 올려다보고 있으려니, 둥실둥실 뽀얀 구름 하나가 지나가는 게 보였다. 이 새벽에 뭔 구름이야? 가만히 노려보고 있으니 구름 모양이 어딘가 익숙했다. 아니, 저건……!

솔이 눈을 부릅떴다.

……잘생긴 칫솔 모양?

"허억!"

깜짝 놀란 솔이 벌떡 일어나 눈을 비비곤 다시 하늘을 봤다. 그랬더니 웬걸, 잘생긴 칫솔은커녕 그냥 칫솔 모양도 아닌 그저 뭉개진 구름일 뿐이었다.

"하, 내가 진짜 미쳤나. 갑자기 웬 잘생긴 칫솔이야?"

가슴을 쓸어내린 솔이 다시 털썩 뒤로 쓰러져 누웠다.

살랑살랑. 다시 바람이 불었다.

깜빡깜빡. 그 바람 소리에 맞춰 눈을 감았다 떴다.

어스름했던 하늘은 점차 파랗게, 파랗게 변해갔다.

그 속에서, 박세준이 웃고 있었다.

'박세준.'

로마에서의 마지막 날 밤, 그 달밤의 테라스 위에서 세준과 나눴던 키스가 잊히지 않았다. 거칠었던 것도 아니었고, 서툴렀던 것도 아니었는데 왜 그렇게도 숨이 가빠왔던지…….

지금도 그날 밤을 떠올리면 솔의 가슴이 쿵쿵 달음박질을 한다. 뭐가 무서워 이리도 떨어대는 것인지 심장이 오들오들, 파들파들 떨리고 있었다.

사랑 같은 것을 해본 적이 없었다. 이제까지 오직 자신 하나만 바라보고 살던 그녀였다. 지금까지는 여기까지 달려오는 것만으로 벅찼으니, 사랑이고 사람이고 곁에 둘 정신 따위도 없었는데. 그런데 왜 박세준에겐 이리도 신경이 쓰이는 걸까.

일 빼고는 모든 것이 둔한 그녀인지라 지금 이 감정들이, 상황들이 더욱 혼란스러웠다.

아니, 모든 것을 떠나 지금 이게 사랑이라는 생각조차 들지 않았다. 시작부터가 삐걱거리던 두 사람이었는데 어떻게 이런 감정이 드는지 신기하기까지 했다.

"……이게 대체 뭐지, 그럼?"

펄떡펄떡 뛰는 혈관은 왜 이런 것이고, 박세준이 지금 뭘 하고 있을지, 혹은 왜 제 주위를 맴도는 것인지 궁금한 이유는 뭐란 말인가?

"아니, 그리고 그놈은 왜 자꾸 나한테 키스하려 드는 거야?"

발딱 일어난 솔이 인상을 쓰면서 고개를 갸웃거렸다.

이게 바로 결정적 이유였다. 솔이 세준에게 화를 냈던 이유, 세준을 피하게 된 그 이유!

'그 순간 그녀에게 끌려서, 남자와 여자가 분위기에 빠져들어 눈이 맞아서' 따위의 이유는 그녀에게 통하지 않았다. 그래서 처음 로마 거리에서도 세준의 머리통을 후려쳤던 것이다.

제대로 말을 한 것도 아니었고, 두 사람의 관계가 정립되지도 않았는데 어디 감히 입술을 들이미냐 이거였다.

어느 지점에선 고지식하고 고리타분하기까지 한 그녀의 머리로는 그런 세준을 도무지 이해하지 못했다. 그렇게 관계가 조금씩 발전되어 간다는 것을 솔은 알지도 못하고, 이해하지도 못했다.

띠리리리!

허공을 노려보고 있던 차에 핸드폰이 심란하게 울어댔다. 아직 8시도 되지 않은 시각인데 누구야! 팔뚝에 달아났던 파우치에서 주섬주섬 핸드폰을 열어본다.

—계하녕

원수 같은 친구 한영의 전화였다.

쾅!

하얀 테이블을 두 손으로 내려친 한영이 발딱 일어나 솔을 향해 삿대질을 했다.

"네가 지금 스무디나 빨고 있을 때냐!"

한영의 말대로 빨간 빨대를 입에 물고 딸기바나나스무디를 쪽쪽 빨고 있던 솔이 잔을 내려놓으며 한영의 팔을 잡아당겼다. 공공장소에서라도 한영의 낯짝은 얇아지는 법이 없었다. 이 성질머리 다 죽이고 얌전히 학교에서 교편을 잡고 있다는 게 진짜 신기할 노릇이었다.

"야, 좀 조용히 말해. 사람 없다고 막 이럴래?"

"네가 호날두야? 왜 기껏 굴러온 기회를 공 차듯 뻥뻥 차버리냐고, 왜! 아우!"

쌀쌀해진 날씨 탓에 검은 꽃무늬 원피스에 두터운 아이보리색 카디건을 걸친 한영이 곱게 웨이브 진 머리를 뜯어버릴 듯 움켜잡으며 말했다.

"쉬이이— 쉬잇! 야, 나 공인이라고 몇 번 말해. 소리 좀 낮춰!"

아침 시간이라 아직 한산한 가게 안. 다행히 몇 없는 사람들은 너그럽게도 두 사람을 신경 쓰지 않은 '척'해주고 있었다.

"그러니까, 그 좋은 분위기에서 그렇게 막 입술 비비고 쪽쪽 빨았으면서 왜 쌩까고 다닌다는 건데? 왜 안 만나? 보아하니 너도 박세준이 싫은 게 아니고만."

"야! 내가 언제 입술 비비고, 쪼, 쪽쪽 빨았다는 거야!"

한영의 엄청난 어휘 구사력에 솔이 얼굴을 새빨갛게 붉히며 한영에게서 슬쩍 멀어졌다.

"안 그랬다고? 어? 네가 안 그랬다고? 막, 막 이렇게 막, 이렇게 했으면서?"

사랑스러운 얼굴로 나붓하게 웃던 한영이 손을 입가로 모아서는 무엇인가를 게걸스럽게 먹는 듯한 흉내를 냈다. 가히 충격적인 표현력이 아닐 수 없었다. 아무것도 없는 허공에서 수박을 갉아 먹는 듯한 걸신들린 연기력에 이제는 놀라워하기도 지친 솔이었다.

"그, 그만⋯⋯. 친구야, 그만해."

작고 오밀조밀한 얼굴과는 어울리지 않은 과격한 표현력에 치를 떨며 솔이 한영의 손을 잡아 멈췄다. 안 그래도 좀 미쳐 보였지만, 오늘따라 더 미쳐 보이는 한영이었다.

얘가 오늘따라 왜 이래?

"그래, 키스는 했다 치자. 근데 그건 그때 뭔가, 아니, 그러니까, 그땐 내가 뭔가에 홀려서⋯⋯!"

"정신 차려, 이 친구야. 네가 진짜 요—만큼도 빡세한테 마음이 없었으면 네년 성격에 절대 뭔가 홀려서 키스하고 그럴 애가 아니에요.

나님이 장담하는데, 절대 너는 그런 성격이 되질 못해요. 어쨌든 그건 그거고, 그래서 그 이후로 빡세한테 연락 오는 거 다 피했다고?"

한영의 말에 솔이 슬그머니 스무디 잔을 들어 올리며 고개를 끄덕였다. 그 모습을 보자마자 한영의 손이 총알처럼 올라와 솔의 머리를 후려쳤다.

탁!

"아!"

"아주 잘했다, 어! 아주 잘했어."

"이씨! 왜 때려!"

"나 아니면 누가 널 때려? 그래서 넌 언제까지 피할 건데?"

한영의 일침에 솔이 우물쭈물 머리를 쓰다듬으며 시선을 회피했다.

"하긴 해야 하는데……."

"아, 너 반지! 반지도 받아야 하잖아. 안 받을 거야? 너 그거 엄청 애지중지하던 거잖아. 엄마 반지 본떠 만든 거라서."

"그러니까! 그 반지 받으려면 연락을 하긴 해야 하는데……."

부모님을 일찍 여읜 솔이었다. 할머니 할아버지 품에서 사랑을 듬뿍 받으며 자랐던 탓에 애정에 대한 목마름은 없었지만 부모님에 대한 그리움은 사라지는 것이 아니었다.

할머니가 아시면 속상해하실까 봐, 엄마 아빠 사진을 몰래 뒤져 가며 만들었던 반지. 그냥, 그것을 가지고만 있어도 왠지 마음이 뿌듯하고 따뜻했다. 그래서 그렇게 손에 끼고 다녔다가 살이 빠지는 바람에 헐렁해졌더랬지.

"어휴, 얼빵한 년. 하긴, 고기도 먹어본 사람이 먹는다고, 연애도 해본 사람이 잘하는 거지. 쯧. 그러니까 그 나이까지 연애 한 번 해본 적 없는 네가 뭘 알겠냐. 썸도 제대로 타본 적 없는 이 허우대만 날라리가."

"속이 꽉 찬 날라리라 좋겠수다."

"뭐, 이년아?"

한영이 조그마한 입술을 씰룩거리며 솔을 노려봤다. 눈에 살기가 등등했다. 솔도 지지 않고 한영을 노려보니 한영이 코웃음을 픽 치며 새끼손가락으로 귀를 후볐다.

"연애세포가 말라비틀어진 너한테 내가 무슨 말을 하겠냐. 에잉. 하는 수 없지."

혼자 뭐라고 꽁알꽁알 중얼거리던 한영이 큰 결심을 한 듯 고개를 끄덕였다. 그런 한영과 눈이 마주친 솔은 3번 척추뼈에서부터 내려오는 오싹하고 불길한 예감에 주춤 뒤로 물러났다. 그리고 역시나, 싱긋 웃으며 한영은 무서운 말을 내뱉었다.

"당분간 언니가 코칭해 줄게. 그것도 밀착코칭. 마침 지금 시험 기간이거든! 나 시간 많다!"

한영의 말에 솔이 펄쩍 뛰며 손사래를 쳤다. 뭐가 되었든 한영의 방법은 언제나 과격했다. 과감하고 확실해야 한다는 철칙 아래 철저히 그녀를 꼭두각시처럼 가지고 놀 것이 분명했다.

"됐어, 됐어! 내가 알아서 할게, 알아서 한다고. 제발 참아줘라, 어?"

"내가 뭐 널 지옥 불에 밀어 넣냐? 왜 이렇게 싫어해? 오기 생기게?"

도리어 한영을 자극하고 있다는 것을 깨달은 솔이 자세를 고쳐 앉았다. 경직되었던 얼굴을 풀고 살짝 웃으며 솔이 화제 돌리기를 시도했다.

"아니, 그것보다, 야, 아, 맞다맞다! 너 오늘 왜 제혁 씨 안 만나?

주말이잖아?"

"헹."

어라? 안 통할 줄 알았던 말 돌리기가 의외로 한영에게 먹혀들었다. 이는 필시 한영에게 뭔가 일이 생긴 것이었다. 솔이 그 타이밍을 놓치지 않고 냉큼 되물었다. 한영의 머릿속에서 세준을 밀어내야 했다.

"왜 그래? 무슨 일 있어? 뭐야, 뭐야? 나 없는 사이에 무슨 일이 있었던 겨?"

"왜? 무슨 일 있으면 안 돼?"

"아니, 그런 말이 아니잖아. 너 토요일만 되면 제혁 씨 집으로 날아갔잖아, 마치 정기 출장이라도 가듯이. 그렇게 사이가 좋더니 갑자기 왜 그래? 싸운 거야?"

"싸움은 무슨……. 완전 좋났어."

"뭐? 쪼옹?"

예상 밖의 전개였다. 이번에는 한영이 꽤나 좋아하는 게 보였었는데, 대체 무슨 일이 생긴 것일까? 직업 빵빵하고 부드러운 남자의 표본이었던 한영의 남친 모습을 떠올리며 솔이 다시 물었다.

"왜 갑자기?"

"아, 몰라. 말도 하지 마."

"허얼? 계한영, 나보고 연애세포 죽었다 어쨌다 그러더니 정작 지 연애도 관리를 못 하면서 누가 밀착코칭을 한다고?"

"죽을래? 너랑 나랑 같아? 이게 나의 신성한 연애 경력을 모독하는 소리 하고 있네?"

독기가 올라오는 한영의 눈을 본 솔이 허허 웃으며 시선을 돌렸다. 어차피 묻지 않아도 조금 있으면 알아서 다 불 게 뻔한 한영이었다.

그리고 역시나 솔의 스무디 통이 바닥을 보일 때쯤 한영의 부루퉁한 입이 열렸다.

"계진상 때문에 다 뽀록났어."

"진상이? 진상이가 왜? 그리고 뭐가 뽀록났는데?"

진상이라 함은 한영의 두 살 어린 남동생이었다. 두 살 터울이 으레 그렇듯 한영과 진상은 시도 때도 없이 혈투를 벌이곤 했다. 이십대 중반이 된 지금까지도 종종.

입이 한 자는 튀어나온 한영이 신경질 난다는 듯 어깨 아래 머리카락을 쥐어 잡았다. 짜증 가득한 미간을 보고 있자니 오늘 한영의 히스테리가 어디에서 비롯된 것인지 슬슬 짐작이 가는 솔이었다.

"아니, 지난주에 진상이 이놈이 말년 휴가 나와서는 내 핑크 저금통을 들고 튀려는 거야! 그것도 나 목욕하고 있는 사이에! 그래서 내가 이놈을 문 앞까지 쫓아가서 머리끄덩이를 잡아챘지. 뭐, 몇 마디 하지도 않았어. 아, 근데 하필 그때 제혁 씨가 집 앞으로 날 데리러 왔던 거야! 타이밍 한번…… 어휴! 아, 근데 내가 진상이한테 몇 마디 아주 나긋하게 씨불인 걸 듣고 돌아가서는 글쎄, 헤어지잔다! 에라이, 소심한 놈."

그 순간 솔의 눈썹이 추켜올라 갔다.

"나긋하게 뭐라고 씨불였는데?"

힐끔 솔을 살피던 한영이 입술을 삐죽 내민다. 그러더니 한풀 꺾인 자신 없는 목소리로 우물우물 그날의 대사를 재연했다.

"계수영, 이 태평양멸치호롤롤로 같은 새끼, 어디 감히 나의 사랑스러운 핑키에 손을 대고 지랄이야! 쌈장에 찍어먹어도 모자랄 노……."

"그만."

한영의 말을 중간에 끊은 솔이 절레절레 고개를 내저었다. 더 들을 것도 없었다. 분명 저 뒤로도 대략 20여 초 정도는 크리에이티브한 욕설이 이어질 것이 틀림없었다. 한영만의 그 독특한 어휘 구사력으로 말이다.

"그러니까 그 말을 모조리 제혁 씨가 들었다는 거지?"

"응. 그리고 내가 진상이 머리끄덩이를 잡아끌고 가는 것도 봤대."

그래, 그러면 게임 끝이지. 그런 모습, 그런 소리를 라이브로 보고 들었는데.

솔은 충분히 제혁을 이해할 수 있을 것 같았다. 하긴, 누구라도 한 번 입 터진 한영의 욕설을 듣는다면 분명 열에 여덟은 쫄 것이 분명했으니까.

하지만……!

"그래도 겨우 그거 한 번 들었다고 헤어지자고 한 건 좀 그렇다."

"그치? 그치그치? 내참, 내가 뭐 이런 여자인 줄 몰랐다느니, 어디서 껌 좀 씹지 않았냐느니 그러면서 갑자기 존댓말을 하기 시작하는 거 있지? 내가 진짜 어이가 없어서. 뭐, 내가 자기가 생각했던 여자가 아니라면서, 도무지 받아들일 수가 없댄다."

한영의 말을 가만히 듣고 있자니 괜스레 제가 더 화가 나는 솔이었다.

팔은 안으로 굽는다고, 아무리 그래도 그렇지, 사랑한다고 말했던 여자가 욕 한 번 했다고 헤어지자고 그래? 하긴, 그런 사람들이 있었다. 자기 환상에 여자를 묶어놓고 거기에서 벗어나면 사랑도 함께 와장창 무너져 내리는 그런.

특히 한영의 경우에는 곱상한 얼굴과 사랑스러운 겉모습에 현혹되어 남자들이 철썩철썩 잘 들러붙기는 했다. 그러나 한영의 걸쭉한 입담에는 슬픈 히스토리가 있는지라 잘 고쳐지지 않았으니……. 결국 내숭이라는 아이템을 선택할 수밖에 없었던 한영이다.

쯧, 불쌍한 내 친구. 너나 나나 왜 이리 힘들게 사는지 모르겠다.

혀를 끌끌 차던 솔이 불현듯 시계를 보더니 벌떡 일어났다.

"야, 이별주고 솔로 환영회고 나중에 해야겠다. 나 촬영 있어서 지금 나가봐야 할 것 같아."

"촬영? 어디로 가는데?"

"요기 옆에 청담스튜디오 들렀다가 한강으로 야외 촬영 가야 해."

"그래? 그럼 나도 갈래. 가도 돼?"

"상관은 없는데…… 네가 어쩐 일로?"

솔이 모델로 데뷔하고 나서 지금까지 한영이 그녀의 촬영장에 온 것은 딱 두 번이었다. 솔이 데뷔했던 날과 대지섭과의 촬영이 있던 날. 이렇게 딱 두 번. 그런데 오늘은 무슨 바람이 불어 따라온다는 거람.

"심심해. 혼자 있기 싫어. 아! 오늘 거기 박세준 와?"

"안 와."

쾌활하게 묻는 한영을 향해 솔이 정색하며 말했다. 그러자 작은 악마처럼 씨익 웃음을 보인 한영이 중얼거렸다.

"에이…… 아까비."

어째 진심이 우러나오는 목소리다, 한영아?

"우와, 스튜디오 좋다?"

깔끔한 4층짜리 회색 건물 앞에서 한영이 작게 탄성을 내질렀다. 이 부근에 자주 오는 편이 아니었던 탓에 눈앞의 화려한 건물이 어색하기까지 했다. 건축 잡지에서나 볼 법한 독특하고 감각적인 디자인의 건물의 위용에 눈이 휘둥그레진 한영을 보며 솔이 약간의 설명을 덧붙여 줬다.

"이 건물주가 좀 잘나가. 젊고 능력 있고 매력 있는 남잔데 안타깝게도 워커홀릭이다."

"꼭 괜찮은 남자들은 그렇게 하나씩 단점이 있더라."

"그래도 나랑 제법 친해. 말도 잘 통하고, 일하는 것도 잘 맞고."

"그래? 근데 왜 너랑 눈이 안 맞았지?"

"우리 둘은 케미가 없거든, 케미가."

거대한 유리문을 열고 들어가며 솔이 고개를 절레절레 내저었다. 그런 솔의 뒤를 종종 따라가며 한영이 피식 헛웃음을 보인다.

"너랑 케미 보이는 건 박세준밖에 없거든? 걔가 이상한 건지, 네가 이상한 건지 이젠 나도 모르겠다."

"야! 왜 또 박세준 이야기가 나와. 넌 왜 나랑 얘기만 하면 기승전 박세준이냐, 진짜?"

"재밌으니까."

깔깔 웃는 한영의 웃음소리를 들으며 순간 솔은 얘를 괜히 데려왔나 싶었다. 진심으로 오늘 뭔가 기분이 쎄— 했다. 그리고 안타깝게도 이런 슬픈 예감은 종종 들어맞고는 했다.

"암튼 잠깐 여기 있어봐. 나 잠깐 콘티 확인하고 의상 확인하고 올 테니까. 아마 한 30분 정도 걸릴 거야. 위에 가보면 옥상정원도 있고, 여기 구경할 거 많으니까 구경하고 있어. 아, 저기 돌아가면 바(Bar)도 있다."

"알았어, 알았어. 내가 알아서 구경하고 있을게."

건물 내부도 워낙 멋있게 꾸며놓았던지라 한영이 이곳저곳을 두리번거리며 성의 없게 손을 휘저었다. 팔랑팔랑 돌아다니며 이곳저곳 기웃거리는 한영의 모습에 안심하며 솔이 2층으로 올라갔다.

"어, 솔이 씨 왔구나?"

2층에서는 먼저 와 있던 송 원장이 그녀를 기다리고 있었다. 메이크업을 담당하는 송 원장이 콘티보드와 의상들을 점검하며 반갑게 솔을 맞이했다.

"오늘 의상 마음에 든다. 메이크업할 마음이 솟아오르는데?"

"그래요? 음, 오늘은 원피스가 많네?"

주르륵 걸려 있는 원피스들을 하나하나 꺼내 보던 솔이 문득 주변을 둘러봤다.

"근데, 치웅 씨는 어디 갔어요?"

"아, 무슨 급한 오더 때문에 아까부터 비상이야. 나 오기 전부터 정신없더라고. 자기는 다 확인했으니까 우리끼리 먼저 보고 있으라며 나갔어."

"아, 그래요? 오늘 촬영 가능하겠어요, 그래서?"

"일은 다 끝났는데 클라이언트가 갑자기 B컷을 A컷으로 바꿨다나, 어쨌다나. 아무튼 우리 오늘 콘셉트는……."

솔도 어깨를 으쓱하며 송 원장이 내미는 포트폴리오를 들여다봤다.

일 처리는 확실한 남자니까 뭐 별일 있겠어? 그보다, 저 아래서 기다리고 있을 한영이 더 걱정되는 솔이었다.

그냥 얌전히 기다릴 애가 아닌데…….

솔과 송 원장이 2층에서 두런두런 이야기를 나누고 있을 때, 한영은 널찍한 스튜디오를 마음껏 활보하고 다녔다. 이리저리 둘러보면 둘러볼수록 이 거대한 스튜디오의 매력에 흠뻑 빠져가는 한영이었다.

반지하를 터서 만든 탓에 1층 천장이 매우 높은 것도, 한쪽 벽면 전체를 클림프의 〈The Kiss〉란 작품으로 모사해 놓은 것도 마음에 들었다. 거기에다가 건물 어디를 가도 공기처럼 따라붙는 잔잔한 음악까지.

"히야, 건물주는 대체 뭐하는 인간이야? 센스가 장난 아니구만, 남자라면서."

깔끔하고 세련된 스튜디오 곳곳을 둘러보며 한영은 쉴 새 없이 감탄을 내뱉고 있었다. 갖가지 액자들과 기하학적인 조각들이 심심치 않게 보였다. 이 정도면 뭐, 거의 갤러리에 가까워 보일 정도였다.

그녀는 이렇게 꾸미고 배치하고 하는 이런 것들에 영 재능이 없었다. 옷이야 뭐, 그럭저럭 쇼윈도에 있는 것을 통째로 베껴서 입거나 하면 된다 치지만, 이런 감각적인 일은 도무지 그녀의 영역이 아니었다.

그래서 때때로 솔이 모델 일을 하는 것을 보면 신기할 때도 있었다. 모델이라는 것도 기본적인 감각이 없으면 안 되는 일이었으니까. 일례로 한영은 정말정말 사진을 못 찍었다. 찍힐 때도 뻣뻣하고 이상했고, 찍는 것도 이렇게 못 찍을 수 있나 싶을 정도로 꽝이었다.

그런 한영이었으니 뭔가 '디자인'이나 '감각'이 들어가야 하는 예술적인 것들을 보면 막연한 동경이 생기곤 했다.

이리저리 구경하다가 솔이 말했던 바에 다다른 그녀가 냉장고에서 생수를 하나 꺼내 들었다. 힐끔 둘러보는데, 바 한구석에 코카콜라 자판기까지 마련되어 있었다.

개인 스튜디오에 개인 자판기까지 있다니!

"……캐간지 난다."

쪼르르 새빨간 자판기 앞으로 달려간 한영이 다시 한 번 건물주의 자금력에 감탄을 내뱉었다. 감각이 있는데 그것을 실현할 돈까지 있는 남자! 캬! 이건 뭐, 얼굴까지 잘생겼으면 완벽한 사기캐가 분명했다.

하지만 현실은 시궁창이라는 지론을 굳게 믿는 한영으로서는 건물주가 필히 못생겼을 거라고 치부했다. 그래야 좀 인생이 공평하지 않겠는가?

여기저기, 구석구석 구경하다 보니 한영은 어느새 회색 계단을 오르고 있었다. 4층짜리 건물은 엘리베이터는 없었지만 널찍한 계단을 갤러리처럼 꾸며놔서 오르락내리락하는 재미가 있었다.

그림을 구경하며 털레털레 계단을 따라 올라가다 보니 어느새 옥상 문이 보였다.

옥상에 정원이 있다고 했었지?

마치 이 문으로 들어오라는 듯 철제 문틈으로 하얀 햇빛이 유혹적으로 삐져나왔다. 잘 빠진 여자의 다리처럼 길쭉하고 매끈한 햇빛 그림자를 보며 한영이 성큼 다가가 문을 열어젖혔다. 순간 청명하고 서늘한 늦가을의 바람이 훅 한영의 머리카락을 흐트러뜨리며 지나갔다.

대강 머리를 정리해 한쪽으로 늘어뜨린 그녀가 정원 안으로 들어섰다. 제법 잘 정돈해 놓은 옥상정원은 절반은 천장을 올렸고, 나머지 반은 터놓은 상태였다.

"여기도 잘 꾸며놨구만, 역시."

성큼성큼 걸어가 옥상 난간 앞에 자리 잡은 한영은 세찬 가을바람을 느끼며 거리를 지나가는 사람들을 바라봤다. 분주하게 지나가는 사람들의 모습을 보며 조금 전 들고 왔던 생수통의 뚜껑을 막 열을 때였다.

"……아나, 씨뎅!"

아니! 낯선 듯, 전혀 낯설지 않은 이 식상한 욕설은? 꿀꺽꿀꺽 물을 마시던 한영이 눈알만 데구루루 돌려 소리의 진원지를 바라봤다.

오호?

난간 바로 아래에는 스무 살이 채 안 되어 보이는 앳된 남자 두 명과 그들보다 더욱 어려 보이는 남자애 한 명이 있었다.

딱 봐도 고딩들이었다. 한영이 일주일에 5일은 보는 지겨운 고딩들.

흥미가 동한 그녀가 네 사람이 하는 것을 바라봤다. 지나가다 부딪친 건지, 아님 괜히 그러는 건지 온갖 욕설을 내뱉으며 두 남자애가 그보다 어려 보이는 남자애 어깨를 툭툭 치며 시비를 걸고 있었다.

"야, 너 나 쳤냐? 나 건드렸냐? 너 이름 뭐냐?"

"죄송합니다. 일부러 그런······."

"뭐? 일부러 그랬다고? 아나, 진짜 착하게 살려고 했더니, 뭔 그지 같은 것들이 내버려 두질 않네."

"야, 이 새끼 쫄았다, 쫄았어. 아이고, 우리가 무셔우쎄여?"

딱 봐도 불량해 보이는 것들이, 지들끼리 뭐가 그리 신나는지 낄낄 낄 웃음을 터뜨렸다. 작은 애 하나를 앞에 두고 온갖 센 척 중이셨다.

"아주 지랄을 해요."

두고 보고 있던 한영이 쯔쯧, 혀를 찼다. 낄낄거리며 웃는 저것들 말하는 싸가지를 보고 있자니 나중에는 앞에 있는 남자애를 한 대 때리기까지 할 기세였다.

이런 불합리한 장면을 교편을 잡고 있는 이로서 가만히 보고 넘길 수는 없지!

동그란 두 눈을 번득이던 한영이 들고 있던 물통을 앞으로 쭉 뺐다. 한쪽 눈을 지그시 감고 한쪽 눈으로는 방향을 잘 조준한 그녀가 들고 있던 물통을 나비처럼 사뿐한 손길로 툭— 내던지며 중얼거렸다.

"왼손은 거들 뿐······."

원, 투, 쓰리!

퍽!

"아! 씨뎅, 누구야!"

한영의 상체가 재빨리 난간 아래로 숨어들었다. 고래고래 소리치는 목소리를 들으며 혼자서 큭큭큭 웃던 그녀의 시선이 문득 난간을 타고 앞으로 나갔다.

뭔가 느낌이 이상했다. 마치, 시선이 느껴지는 듯한 그런……? 헉!

저쪽 난간 끝, 그림자 속에서 한영처럼 난간에 쭈그려 앉아 그녀를 바라보고 있는 남자 하나.

눈이 마주치자, 한영도 사내도 서로 놀라 눈을 동그랗게 떴다. 담배를 피우고 있던 차에 봉변을 당한 듯 남자의 손가락 안쪽에서는 하얀 연기가 나긋나긋 피어올라 오고 있었다.

……보고 있던 건가?

일순 당황한 한영이 꿀꺽 침을 삼키고 잠시간 패닉에 빠졌다. 하지만 이내 언제 그랬냐는 듯 그녀가 표정을 정리했다. 고래고래 소리치던 목소리가 사라진 것이, 고딩들은 자리를 뜬 것 같았다.

쪽팔린다……. 하지만 당황하지 말자, 계한영.

쭈그려 앉아 있던 그녀가 벌떡 자리에서 일어났다. 눈을 부릅뜬 그녀가 거만하게 턱을 치켜 올렸다. 입술을 쌜쭉하게 올린 그녀가 톡 쏘듯 한마디를 내뱉는다.

"아, 예쁜 사람 처음 봐요?"

왜 훔쳐보고 지랄이래?

"어디 갔다 온 거야? 한참 찾았네."

"어? 다 끝난 거야, 벌써?"

한영이 다시 1층으로 발을 내딛기가 무섭게 솔이 2층 난간에서 한영을 불렀다. 솔의 뒤편으로 조금 풍만한 체구의 송 원장이 뒤따라 내려오며 한영을 향해 흥미롭게 눈을 반짝였다.

"누구야? 솔이 씨 친구?"

"아, 네. 제 친구 한영이라고…… 중고등학교 때부터 친구예요."

"어머머머, 내가 솔이 씨랑 일한 지 벌써 3년이 넘었는데 친구라고 소개해 주는 사람은 처음 보네! 반가워요, 한영 씨. 난 송송헤어, 송미정이에요."

"안녕하세요. 오늘 솔이 따라 구경 왔어요. 실례가 안 되게 얌전히 구경하고 갈게요."

조금 수다스러운 송 원장의 인사 앞에서 한영이 차분하고 얌전한 말투로 조신하게 인사했다. 조신한 인사의 포인트는 한쪽 귀 뒤로 머리카락을 넘기며 사뿐히 눈을 내리까는 것.

그런 한영을 보던 솔의 얼굴이 못 볼 것을 본 것처럼 창백하게 질리고 있었다.

언제 봐도 참…… 적응 안 되는 변화였다.

"아유, 친구는 닮는다더니! 이 언니 너무 사랑스럽다."

"어머……! 아, 아니에요. 부끄럽게……. 원장님이야말로 살롱을 운영하셔서 그런지 너무너무 젊고 생기 넘쳐 보이시네요. 한, 서른아홉쯤 되신 것 같은데 벌써 원장님이시라니."

"어머, 어머머머머! 호호호호! 서른아홉이라니! 이 언니도 참. 에이그! 심했다. 오십대 아줌마 설레게……. 호호호! 솔이 씨 친구가 참 성격이 좋네. 언제 한번 우리 가게로 와요. 내가 머리랑 메이크업 잘 해줄게."

송 원장의 말에 한영이 까르르 웃음을 터뜨렸고, 송 원장 또한 천장이 울릴 정도로 여성스러운 목소리로 한껏 웃음을 보이고 있었다. 그 광경을 보고 있던 솔이 몸을 부르르 떨며 송 원장 모르게 한영을 향해 눈빛으로 말했다.

야, 나 지금 토 나올 것 같아.

간절한 염원이 담긴 눈빛이었지만 한영 또한 그런 솔을 향해 아무도 모르게 가운뎃손가락을 들여 보이며 정중하게 제 의사를 피력했다.

"정말요? 송송헤어 언제 한번 꼭 가고 싶었던 곳이었는데…… 원장님이 직접 해주시는 거예요?"

"그러엄! 당연하지. 호호호."

"우와, 저 그럼 막 그날 사람들한테 자랑하고 다닐 것 같아요. 어머, 어떡해. 저 설레요, 벌써."

미치겠다, 계한영. 아니, 이쯤 되니 대단하다고 해야 할까? 저 순진무구한 눈빛으로 아무렇지 않게 아부를 떨고 있었다. 그것도 처음 본 사람을 향해 애정 어린 눈빛으로! 이러니 처음 본 송 원장도 덜컥 언니, 우리 가게 한번 오라며 명함까지 쥐어주는 것 아니겠는가?

햐, 역시 한영은 배우를 했어야 했다. 그것도 아니면 외판원.

솔은 한영이 교사가 된 게 그렇게 안타까울 수가 없었다. 한영이라면 영업왕이 될 수도 있을 것 같은데…….

감탄과 경악이 한데 뭉친 묘한 눈빛으로 솔이 강렬하게 한영을 바라봤다. 그녀가 절대 못 하는 것 중 하나가 아부였고 애교였으니, 솔과 한영은 완전 정반대의 성격을 가지고 있는 것이었다.

아, 잠깐! 이러고 있을 때가 아니지.

서둘러 정신을 차린 솔이 고개를 털며 한영의 옆구리를 쿡 찔러댔다.

"두 사람, 친해지는 건 좋은데 이제 빨리 메이크업하고 촬영장 가야죠? 스태프들은 아까 출발했다면서요."

"아, 그래그래. 시간이 없네. 가자가자."

"네에!"

그리고 그때, 서둘러 총총총 사라지는 세 사람의 머리 위로 길쭉한 그림자 하나가 튀어나왔다. 2층 난간에 기대 재미있다는 얼굴로 메이크업룸으로 사라지는 세 여자를 보는 매끈한 남자.

"……강솔 친구였어?"

그리 두껍지 않은 검은색 반 폴라를 입은, 이 으리으리한 스튜디오의 소유자이자 조금 전 한영과 옥상에서 조우했던 치웅이 피식 웃으며 여자들이 사라진 텅 빈 공간을 내려다보고 있었다.

서둘러 메이크업을 마치고 촬영 현장에 도착했을 때는 거의 모든 촬영 준비가 완료되어 있었다. 사진이 찍힐 모델과 사진을 찍을 작가만 오면 되는 상황. 더군다나 오늘 야외 촬영 분 의상은 일곱여 벌밖에 되지 않았던 탓에 촬영 예상 시간도, 인력도 그렇게 장황하지는 않았다.

"우와, 이거 뭐야? 진짜 진주야?"

조금 떨어져 있던 한영이 잠시 대기 중인 솔의 옆으로 쪼르르 달려왔다. 작고 하얀 구슬을 속눈썹 사이사이에 장식하는 메이크업이 신기한 듯, 눈을 반짝이는 한영을 보며 솔이 의기양양하게 웃어 보였다.

"그럴 리가 있냐. 그냥 구슬이야. 신기해?"

"어, 신기해. 안 무거워?"

"그렇게 부담스러운 무게는 아니야. 아, 근데 너 아까 어디 갔다 오느라 한참 걸린 거야? 막 건물 뒤지고 다닌 건 아니지?"

"이년이! 언니는 옥상에서 의로운 활동을 좀 하고 왔을 뿐이야."

이게 말이야, 방구야? 솔이 한영을 더욱 수상하게 쳐다보자 한영이 입꼬리만 올린 가식적인 미소로 화답했다.

"근데 그 위대하신 사진작가는 안 보이고 왜 스태프밖에 없냐? 사기캐인지 아닌지 확인해 볼라 켔더니."

"사기캐? 그게 무슨 말이야?"

"어, 아니, 그게……."

막 한영이 입술을 조잘거리려 하는데 소란스러운 소리가 촬영차 옆에서 터져 나왔다.

"치웅 씨! 어라?"

"어머? 두 사람이 어떻게 같이 와요?"

"꺄아, 이게 누구야!"

"어? 왔나 보다!"

웅성거림 속에서 기다리던 이름이 들리자 솔이 반색을 하며 벤으로 만든 그늘을 먼저 빠져나갔다.

"아, 진짜?"

솔의 뒤를 따라 한영도 주춤주춤 몇 걸음 앞으로 조심스레 걸어 나갔다. 얼떨결에 동시에 두 여자가 시간 차를 두고 쪼르르 밖으로 튀어나간 행색이었다. 그리고 때마침 카메라를 챙겨 든 치웅도 막 촬영장 안으로 들어섰다.

"왔어, 치웅 씨? 좀 늦었네?"

"아, 응. 중간에 누굴 좀 마주쳐 가지고. 미안. 다들 많이 기다렸나?"

솔이 싱긋 웃으며 치웅에게 다가가려 했다. 그런 솔의 뒤에서 불쑥 작은 머리통 하나가 튀어나왔다. 호기심이 가득한 눈을 반짝거리는 한영이었다.

"뭐야, 뭐야? 왔어? 그 사진작가 온 거야? 그 사기…… 캐…… 어라?"

'깡총' 하고 튀어나온 한영을 바라보는 남자. 적당히 편안해 보이는, 그러면서도 깔끔하고 단정해 보이는 차림새로 카메라를 들고 있는 이 남자!

"또 보네요."

저, 저…… 흥미롭다는 듯 웃고 있는 저 얼굴은……. 옥상에서 한영의 작태를 다 보고 있던 바로 그 남자가 틀림없었다! 순간적으로 숨기지 못한 뜨악한 얼굴로 한영이 눈을 동그랗게 뜨고 말았다.

"안녕하세요."

그런데 치웅도 혼자가 아니었다. 한영이 그랬듯 그의 뒤에서 불쑥 튀어나온 길고 시원한 그림자. 나른한 웃음을 띠고 솔을 향해 손을 흔드는 예상치 못했던 손님. 솔의 가슴 안에서 잘 뛰고 있던 심장이 철렁 내려갔다.

"오늘, 견학 좀 하러 왔습니다."

가을바람에 흩날리는 머리카락이 귀찮은 듯 뒤로 넘기던 세준이 솔과 눈이 마주치자 씨익 웃음을 보였다. 그 순간 그를 보고 있던 솔의 얼굴이 삽시간에 사색이 됐다.

"강솔 선배…… 보러 왔거든요."

얼음처럼 딱 굳어버린 그 자세 그대로 미친 듯이 뛰는 동맥, 뜨거워지는 귓가를 느끼며 솔은 동그랗게 뜬 눈으로 망연하게 세준을 바라봤다.

두 남자와 두 여자.

복잡 미묘한 네 남녀의 눈동자가 허공에서 동시에 얽혀 들어갔다.

제7화
콩깍지

세 번째 의상으로 갈아입을 때까지, 솔은 입을 꾹 다물고 촬영에만 전념했다.

물론! 저 멀리서 그녀를 지켜보고 있는 세준의 시선이 미친 듯이 신경 쓰이기는 했지만, 극한의 집중력을 발휘해서 네 번째 의상까지 무사히, 정말 무사히 촬영을 마친 그녀였다.

솔은 얼굴을 콕콕 쑤셔대는 세준의 눈빛이 하도 무시무시해서 등골이 오싹해질 지경이었다. 하지만 날 선 세준의 눈빛보다도 솔이 더욱 신경 쓰고 있는 것은 바로 그 옆에 있는 원수 같은 친구 한영이었으니.

저 계집애 입이 폭탄인데…….

곁눈질로 힐끗 돌아보는데 한영이 세준에게 뭐라고 열심히 떠들어대고 있었다. 저 입에서 어떤 말이 나오고 있을지 상상도 못 할 솔이었다. 분명 지금 한영에겐 이 상황이 눈앞에 놓인 설탕과자처럼 달짝

지근하게 구미가 당길 것이었다.

한영의 입이 열릴 때마다, 그리고 그런 한영을 세준이 잠깐잠깐 돌아볼 때마다 솔은 어쩐지 손바닥이 축축해지는 것을 느꼈다.

저, 저…… 만면에 활짝 피어난 웃음 좀 봐라. 뭐가 그리 재미있는 게냐, 계한영. 으아…….

친구의 불행을 항상 자신의 행복처럼 즐겨주는 베프의 모습에 솔은 다시 한 번 소리 없는 한숨을 진득하게 내쉬었다.

"솔, 당신 친구 말이야……."

"어! 내 친구! 어? 어?"

치웅이 컷들을 점검하는 사이 한영과 세준에게 한눈을 팔고 있던 솔이 깜짝 놀라 다시 치웅을 바라봤다. 안 그래도 예민해진 심장이 더욱 거세게 벌렁거렸다.

치웅이 왜 그렇게 놀라냐는 듯 바라보더니 이내 다시 카메라에 얼굴을 붙이며 지나가는 말투로 물었다.

"친한 친구야?"

"……뭐, 그렇지."

방금 대답이 조금 늦은 이유는 네가 미워서가 아니야, 한영아. 그냥, 그냥 잠깐 노, 놀라서.

"흐음. 근데 당신 친구……."

잠깐 뜸을 들인 치웅이 웃음기가 묻어 나오는 말투로 슬쩍 물었다.

"성질 드럽지?"

치웅의 질문에 솔이 깜짝 놀라 눈을 동그랗게 떴다. 이렇게 통찰력 있을 수가! 순간적으로 감격이 폭풍처럼 몰려왔다.

"그렇게 보여? 정말?"

"아냐?"

"아니, 너무 정확해서!"

"뭐?"

"한영이 보고 첫날부터 그렇게 말한 사람 처음이야. 우와! 치웅 씨, 무당이야? 귀신 잡겠네, 진짜."

흥분한 솔의 말에 치웅이 셔터를 누르며 하하 웃음을 터뜨렸다. 찰칵찰칵 터지는 셔터음에 맞춰 햇살 아래 춤을 추듯 포즈를 잡던 솔은 어느새 다섯 번째 의상도 끝내고 잠시간 휴식시간을 가졌다.

세준과 한영이 신경 쓰여 안절부절못하고 있던 그녀가 모니터가 있는 그늘 아래로 한영을 손짓해 불렀다.

그런데 세준이 한영의 뒤를 졸졸 따라오는 게 아닌가? 솔은 낭패다 싶어 차가워진 손가락 끝으로 관자놀이를 눌렀다. 눈치껏 좀 혼자 오면 안 되겠니, 친구야, 응?

"태윤아, 조명판 옮겨야지."

조금 떨어진 곳에서 카메라 렌즈를 분리하던 치웅이 대기하고 있던 보조스태프를 향해 지시하는 소리가 들렸다.

그런데 동시에 너무 많은 사람들이 간이 천막 안에서 움직이고 있던 탓이었을까. 갑자기 불어나 버린 인구밀도 탓에 모든 사람들의 동선이 뒤엉키고 말았다.

"왜 부르는……."

"어?"

"으아?"

"어어어!"

조명 지지대를 옮기던 젊은 스태프의 발이 바닥에 엉켜 있던 전선에 걸린 게 화근이었다. 갸우뚱 기울어지는 몸을 지지하지 못한 스태프가 들고 있던 조명 지지대를 따라 넘어졌다. 그런데 하필이면 솔을 향해 다가오던 한영 쪽으로 쓰러지는 것이었다.

모든 것이 슬로우모션처럼 천천히, 느릿하게 진행되었다.

솔과 한영의 눈이 동시에 커다랗게 떠졌고, 세준이 놀라 한걸음에 그녀들 곁으로 다가왔다. 조금 떨어져 있던 치웅도 숨을 크게 들이쉬며 네 사람이 엉켜 쓰러지는 과정을 놀란 눈을 부릅뜨고 보고 있었다.

'어, 안 돼, 안 돼!'

몸이 둔한 한영이 움찔 놀라 둥글게 몸을 말았고, 솔은 반사적으로 손을 뻗어 한영을 자기 쪽으로 끌어당겼다. 하지만 갑자기 의자에서 일어나는 바람에 높은 힐을 신고 있던 솔의 발목이 삐끗하며 엇나갔다. 그런데 그것보다 놀란 마음이 컸던지 아픔보다는 한영을 끌어당겨야 한다는 생각밖에 들지 않는 솔이었다.

쿠웅!

"윽!"

묵직한 마찰음은 들리는데, 두 사람의 위로 쓰러져야 할 조명판의 무게가 느껴지지 않았다. 솔이 먼저 살그머니 눈꺼풀을 들어 올렸다.

뭐야, 무슨 일이야? 왜 안 아프지?

느껴져야 할 아픔 대신 눈앞에 길게 드리워진 짙은 그림자 하나. 그리고 익숙한 향기.

"……괜찮아? 다치지 않았어?"

쓰러지는 조명판을 제 손목으로 막아낸 세준이 품 아래에 둥글게 말려 있는 솔을 보며 물었다. 그림자 아래로 걱정이 듬뿍 담겨 있는 눈동자, 소곤거리듯 다정한 목소리가 울렸다.

그 찰나의 순간, 그림자 속에서 솔이 세준을 멍하니 올려다봤다. 손목이 아픈 듯 찡그린 세준의 미간을 보던 솔의 가슴이 파르르 떨려왔다. 거대한 그림자를 만들어내며 온몸으로 그녀를, 그리고 한영을 보호해 준 세준은 뭐랄까…….

너무나 남자 같아서…… 그냥, 너무나 한 '남자' 같아서…….

마치 그녀를 모든 위험과 위협에서 지켜줄 수 있을 것만 같은 그런 듬직함이.

누군가에게 처음으로 느껴본 감정이었다. 지키는 것은 언제나 그녀의 몫이었다.

할머니를, 할아버지를.

나 스스로를.

간신히 만들어낸 이 소소한 행복을.

그녀가 얼마나 지켜내려 발버둥 쳤던가.

"으으윽!"

놀란 탓에 굳어버린 모두의 침묵을 깨뜨리며 조명판과 함께 쓰러진 어린 스태프가 신음을 내질렀다.

"태윤아, 괜찮아?"

"어머, 세준 씨랑 솔이 씨는 괜찮아요? 거기 친구분, 괜찮아?"

멍하니 세준을 올려다보던 솔이 소란한 목소리에 간신히 상념에서 벗어났다. 로마에서와는 다른 오묘한 떨림으로 온몸의 핏줄이 팔딱거리고 있었다.

"전 괜찮은데…… 괜찮아, 강솔?"

"아, 난 괜찮…… 아, 근데, 한영이…… 너 괜찮아?"

"아, 놀라라. 괜찮아. 좀 놀라…….."

한영이 괜찮다며 한 걸음 물러날 때였다. 넘어진 어린 스태프는 바닥에서 신음을 흘리고 있었고, 세준은 쓰러진 조명판을 옆에 다시 세우며 공간을 확보했다. 조금 떨어져 이 모든 것을 보고 있던 치웅이 한달음에 그들 곁으로 다가와 버럭 소리쳤다.

"선 관리 제대로 하라고 했지? 도대체 전선 관리를 어떻게 한 거야!"

치웅이 매서운 눈빛으로 소란을 정리하기 시작했다. 우왕좌왕 흐트러져 있던 사람들이 모두들 제 할 일을 찾아 움직이기 시작했다. 그러고 보니 모니터 화면이 깜빡깜빡거리며 상태가 이상해 보였다. 기계를 모두 재부팅하던 치웅의 얼굴 위로 심각한 빛이 떠올랐다.

"왜 그래? 컷 다 날아갔어?"

솔이 놀라 치웅 곁으로 다가갔다. 갑자기 쩌렁쩌렁 울리는 치웅의 목소리에 깜짝 놀라 움츠렸던 한영도 부스스 흔들리는 화면을 내려다봤다. 서로 눈치만 보던 스태프들도 슬그머니 꽁무니를 빼기 시작했다. 아파서 신음하고 있던 태윤이란 스태프도 슬그머니 절뚝거리며 일어나 자리를 피하려 했다.

"심태윤."

"예? 옙!"

치웅이 한참을 모니터와 카메라에서 시선을 떼지 않고 다친 스태프를 불렀다. 태윤이 화들짝 놀라 그 자리에서 석상처럼 굳어 멈춰 섰다.

"너 이따 병원 다녀와서 좀 보자."

감정이 하나도 담겨 있지 않은 냉랭한 치웅의 목소리에 그늘막 아래는 삽시간에 이른 겨울처럼 온도가 뚝 떨어지고 말았다. 놀라 눈만 껌뻑껌뻑 뜨고 있던 솔과 한영의 옆구리를 누군가 쿡 찔러왔다. 세준이 뒤로 손짓하며 두 사람을 이끌었다.

"나와. 어차피 촬영은 조금 더 있어야 될 것 같으니까."

"아, 깜짝이야. 놀랐네, 진짜……. 아, 맞다! 고마워, 네가 나랑 솔이를 살렸네."

막혔던 숨을 내쉬듯 크게 숨을 내쉰 한영이 앞서 나와 기다리고 있던 세준에게 인사했다. 나오는 길에 들고 온 시원한 음료 두 개를 한영과 솔에게 나눠주며 세준이 별거 아니라는 듯 웃음을 보였다.

"괜찮아요, 두 사람 모두?"

"어, 난 괜찮은데…… 너도 괜찮지?"

옆구리를 쿡 찔러 들어오며 묻는 한영의 말에 솔도 고개를 끄덕여 보였다. 하지만 아직까지도 이상하게 조여오는 맥박으로 인해 세준을 똑바로 보기가 어려웠다. 솔은 괜스레 손에 쥔 차가운 음료만 홀짝거리며 어설프게 시선을 피했다.

"아! 근데 아까 넘어진 그 스태프는 상태 안 좋아 보이던데."

"절뚝거리긴 했는데 걸어 나가는 거 보니까 그래도 괜찮은 것 같았어요."

세준이 괜찮을 거라 말했지만 한영은 영 기분이 안 좋았던지 고운 선을 그리고 있는 눈썹 한쪽을 홱 추켜올리며 말했다.

"그래? 그럼 다행이긴 한데…… 아무튼 그 사진작가 그래도 그러면 안 되지! 다친 사람한테 그렇게 으름장을 놓냐. 그것도 그렇게 어린애한테. 애가 실수할 수도 있고 그런데 어른이 말이야! 고래고래 소리를 지르고, 사람들 분위기 싸해지게 말이야."

발끈하며 소리치는 한영의 말에 그제야 솔이 시선을 올려 친구를 봤다.

얘는 왜 또 설레발이야?

"그게 아니라, 원래 태윤이가……"

"그게 아니긴! 아주 성질머리가 고약하더만, 그 남자. 아무리 그래도 그렇지, 다친 사람이 먼저지 기계가 먼저야? 먼저 괜찮냐, 병원 좀 가봐라. 그 한마디 하고 보면 기계가 더 고장 나냐? 어? 내가 뭐랬어,

괜찮다 싶으면 꼭 한 가지씩 그렇게 흠이 있다고. 이 남자도……."

"그거 제 얘깁니까?"

그 자리에서 발끈하고 서서 역정을 내던 한영이 갑작스러운 목소리에 깜짝 놀라 뒤를 돌아봤다. 언제 나온 건지 치웅이 세 사람 곁으로 다가오고 있었다. 한영의 말을 모두 듣고 있었던 것처럼 보였지만, 그렇다고 딱히 치웅의 얼굴 위에 기분 나쁜 기색이 있는 것은 아니었다. 천천히 다가오는 치웅을 보고는 솔이 속으로 쯧— 혀를 차며 한영의 옆구리를 쿡 찔렀다.

그러게 넌 주둥이가 문제라고, 계한영.

"이렇게 막 처음 보는 사람 뒷담화하고 그래도 되는 겁니까?"

그런데 이게 웬걸, 한영의 표정은 당당했다. 낯선 이들을 향해 보여주던 가식적이고 친절한 미소는 어디로 날려 보냈는지 한영의 얼굴 위로 솔이 종종 보던 아니꼬운 표정이 걸려 있었다.

얘가 갑자기 왜 이래? 솔이 당황해서 치웅과 한영을 번갈아가며 바라봤지만 두 사람의 눈빛이 팽팽했다.

계한영, 도대체 방글방글 웃는 그 얼굴은 어디다 버려두고, 저 당당한 표정은 뭐란 말이냐? 두 사람 오늘 처음 보는 거잖아? 근데 왜 그래, 너. 착한 여자 가면은 어디 간 거야?

"그러면 모두가 듣는 곳에서 말할 걸 그랬네요. 난 그래도 책임자라는 사람 얼굴 생각해서 다른 사람들은 피해서 따로 터뜨린 건데."

한영의 말에 치웅의 얼굴에 묘한 미소가 걸렸다. 마주하고 있는 한영이 재미있다는 듯 빙글 웃던 그가 주머니에서 담배를 꺼내 물며 말했다.

"지금 뒤에서 욕한 거는 인정하는 겁니까?"

"욕이요? 지금 이걸 욕이라고 생각하시는 건가요?"

"성질머리가 고약하다…… 흠이 있다. 뭐, 이런 건 욕 아닌가요?"

찰칵. 은색 지포라이터의 뚜껑이 열리고 허공으로 푸른 불꽃이 피어올랐다. 입에 문 담배에 라이터를 가까이 가져가는 치웅을 보는 한영이 눈을 빛냈다. 그러더니 순식간에 치웅의 입에 물려 있던 하얀 담배를 낚아챘다. 삽시간에 당해 버린 치웅이 놀라 눈을 크게 떴다.

그것을 지켜보던 솔이 뜨헉 놀라 한영과 치웅을 번갈아 가며 바라봤다. 그런 솔의 옆에서 세준은 오히려 재미있는 구경거리를 보듯 치웅과 한영을 관람하고 있을 뿐이었다.

"아직 진정한 욕이라는 걸 못 들어보셨나 보네요? 아까 그건, 그 상황에 있던 사람으로서 당연히 터져 나올 수 있는 불만이었던 거죠. 그리고 이거."

"……아?"

놀라 눈을 끔뻑거리는 치웅에게서 뺏은 담배를 다시 돌려준 한영이 새침하게 눈을 흘겼다.

"비흡연자들 앞에서 흡연하는 게 얼마나 이기적인 건지 모르세요? 그것도 양해도 구하지 않고?"

뭐라 한마디로 정의할 수 없는 오묘한 눈으로 치웅이 한영을 내려다봤다. 여린 외모와는 다르게 똑 부러지게 빛나는 눈동자로 치웅을 마주 보던 한영이 다시 사르르 녹을 것 같은 미소로 돌아와 말했다.

"기분이 나빴다면 미안해요. 저는 원래 이렇게 심보가 고약하고 이기적이어서 할 말은 해야 하거든요. 대신 그쪽에서도 저한테 할 말 있으면 마음껏 하세요. 얼마든지 다 들을 테니까요."

허리에 손을 얹고 비장하게 말한 한영이 어서 말해보란 표정으로 치웅을 올려다봤다. 작고 아담해서 딱 다람쥐 같이 생긴 여자가 보통이 아니었다. 그 순간 치웅이 흥미 가득한 얼굴로 얄궂게 웃음을 보였다. 어찌 보면, 심술궂어 보이기까지 하는 얼굴이었다.

"아, 그래요? 그럼."

두두…… 두두…… 두두둥!

이 비지엠은 대체 어디서 들리는 걸까?

솔은 꿀꺽 침을 삼키며 둘을 바라봤다. 치웅의 입술이 느릿하게 열렸다.

"오늘 술 한잔합시다."

"……네?"

오매? 이게 뭔 일이야?

"이따 촬영 끝나고 한잔하자고요. 그렇게 알고 전 촬영 준비하러 다시 가겠습니다. 솔, 당신도 의상 얼른 바꿔 오고. 아! 이따가 박세준이랑 둘이 같이 와도 괜찮고."

아니, 치웅 씨. 그렇게 상큼하게 가버리면 이 분위기는 어쩔 건데? 어? 치웅 씨!

우여곡절 끝에 촬영이 모두 끝났다. 일곱 벌밖에 안 되는 의상이었는데 한 스무 벌은 갈아입은 듯이 엄청난 피로감이 몰려왔다.

솔은 후끈거리는 머리를 부여잡고 입고 왔던 본래 자신의 옷으로 갈아입었다. 짙은 청바지 위에 핏이 살아 있는 빨간 체크 남방, 그리고 그 위로 루즈하게 떨어지는 연갈색 바바리 코트였다. 쌀쌀한 가을 날씨는 눈 깜빡하는 사이에 겨울을 대동하고 오기에 외투를 잊으면 안 됐다.

그리고 발아래서 나뒹구는 힐.

솔은 뒹굴어 다니는 힐을 한참 노려봤다. 오늘 간단히 끝날 것 같아 따로 매니저를 대동하고 온 촬영이 아니었던지라 솔의 여분 신발이 없었다.

"……이따가 편의점에서 슬리퍼라도 사야지, 원."

조심스럽게 힐 안에 발을 집어넣은 솔이 부루퉁 중얼거렸다.

한영을 받아주며 삐끗했던 발목이 욱신거렸다. 촬영 중에는 모두에게 피해를 주지 않기 위한 극한의 인내심으로 잘 참아냈지만, 긴장이 풀리고 나니 갑자기 통증이 몰려왔다. 그렇다고 모델 체면에 맨발로 다닐 수는 없고, 다른 누군가한테 뭘 사오라고 시키기도 좀 그랬다.

잠시만 더 참자고 다독인 그녀가 코트를 꼭꼭 여미며 입으며 차 문을 드르륵 열어젖혔다.

"누가 모델 아니랄까 봐 옷 입는 속도가 광대역이야."

"엄마야!"

예상치 못한 목소리가 바로 귓가 옆에서 들려온 통에 솔이 화들짝 놀라 옆을 돌아보니, 박세준이 기다리고 있었다.

찰거머리 같은 놈. 왜 이렇게 자꾸 쫓아다니는 거야.

솔이 벌렁거리는 심장을 부여잡고 주변을 살폈다.

"너, 네가 왜 여기 있어? 한영이는?"

"몰라. 알아서 피해주던데?"

오늘 계한영을 데려온 게 치명적인 실수였다.

"그것보다 거기 있어봐."

"어? 야. 너 뭐 해."

옆으로 열린 벤의 의자에 도로 솔을 앉힌 세준이 그 자리에 털썩 무릎을 꿇어앉았다. 그러더니 솔의 발을 덜렁 들어 올리는 게 아닌가?

"뭐, 뭐하는 거야! 웃……!"

아픈 듯 내지르는 신음성에 되레 세준이 더욱 미간을 깊게 찌푸렸다.

"아, 잠깐 있어봐. 발 삔 것도 모르고 촬영한 거야, 아니면 무식하게 이 아픈 것을 다 참고 한 거야? 아까 찡그리는 거 보니까 아프긴 아팠던 것 같은데."

열이 나서 살짝 부어오른 솔의 발목을 면밀히 살피던 세준이 쯔쯧 혀를 찼다. 그러더니 들고 온 종이백 안에서 파스를 꺼내 세심하게 붙여주기 시작했다. 솔의 얇은 발목 위를 살피는 세준의 손길이 무척이나 조심스러웠다.

손에 달걀을 쥐듯 힘이 빠진 손가락, 그 손가락 끝이 솔의 발목 안쪽을 부드럽게 감싸 쥐었다.

그 손끝이 지나가는 자리에서 찌릿— 전기가 올라왔다. 매끄러운 피부 결을 따라 움직이는 나긋한 손가락……. 그리고 그런 그녀를 올려다보는 세준의 짓궂게 빛나는 눈동자.

"키도 큰 여자가 왜 힐은 신고 나온 거야? 나 정도 되지 않으면 어디 당신 옆에 서서 주눅 들어 걸어가겠어?"

"걷지 마, 너도."

솔은 불퉁스럽게 말하며 발목을 빼내려고 했다. 안 그래도 열이 나는 발목이 세준의 손길로 더욱 뜨거워지는 것만 같았다. 솔은 몸을 비틀어 그의 손길에서 벗어나려 했지만 그녀가 움직이니 발목이 지끈하고 아파왔다.

"윽."

"어허, 가만있어 봐. 그래도 많이 붓진 않았네. 살짝 삔 거라서 오늘 하루 쉬면 괜찮아질 거야. 참나, 이 발목으로 힐은 무슨."

들고 온 것은 파스만이 아니었나 보다. 다시 종이백을 부스럭거리더니 세준이 안에서 하얀 컨버스화를 꺼내 들었다. 그것을 보고 있던 솔의 눈동자가 살짝 떨렸다. 그 신발을 세준이 조심스럽게 신겨주는 것을 보고 있으면서도 설마 하는 마음이 가라앉지 않았다.

발 사이즈는 어떻게 알았는지 두 발에 착 감기는 낮은 운동화. 그것을 양 발에 모두 고이 신겨주고 나서야 세준이 흡족한 듯 웃음을 보였다. 그 웃음을 보고 있자니 솔은 소리 내어 말하지 않을 수가 없었다.

"……고맙다."

어쩔 줄을 모르는 듯 나지막하게 울리는 솔의 목소리. 그 소리를 듣고 나서야 세준이 자리에서 발딱 일어났다. 무엇인가 쑥스러운 듯 혀를 쯧 차더니 걸음을 돌려 나간다.

"하여튼 손이 많이 가는 여자야."

내가 네 손 달라고 안 했거든!

……이상하게 얼굴이 붉어지고 있었다.

묘한 조합이었다. 참으로 묘한 조합이었다.

강솔과 세준, 한영과 치웅.

거의 처음 보는 거나 다름없는 이 네 명이 나란히 훈이네 바(Bar)로 향하고 있었다. 어제 촬영에서 다친 솔 때문에 결국 네 사람은 다음 날 보는 걸로 약속을 미뤘다.

그쯤 되면 약속이 무산될 만도 한데 네 명은 마치 나오고 싶어 안달 난 것처럼 한 명도 빠짐없이 약속 장소로 나왔다.

그런데 만나서는 영 어색하고 껄끄러운 기색이 역력했다. 얼마나 어색했으면 네 명이 모여서 대화도 한 번 없겠느냐 말이지.

세준은 건물 안으로 같이 들어가면서도 묘하게 웃긴 이 조합 때문에 허허 헛웃음을 짓고 있었다. 그런 와중에도 가끔 절뚝거리는 강솔이 신경 쓰였다. 저 다리로 여긴 대체 왜 온 건지. 그냥 집에서 쉬는 게 회복에 좋은데 말이다. 솔의 다친 다리가 신경이 쓰인 탓일까. 세준은 이상하게 심기가 불편하고 가슴 답답한 짜증이 올라왔다.

"어서 오세…… 어라?"

음악 소리가 그렇게 시끄럽지 않은 가게 안으로 들어서니 바에서 대기하고 있던 훈이 상큼하게 인사했다. 그러면서 저가 보고 있는 것을 믿을 수가 없다는 듯 눈을 비빈다.

"네 사람, 함께 온 거예요?"

"응. 우리 위층으로 가려고 하는데, 아직 자리 있지?"

치웅이 힐끔 손목시계를 내려다보며 물었다. 시각은 아직 이른 6시 반. 이 시간에 바가 붐빌 리는 거의 없었다. 역시나 훈이 곧 정신을 차리고 쾌활하게 대답했다.

"아, 넵! 올라가세요!"

위층으로 오르는 계단 앞에서 솔이 잠깐 비틀거렸다. 그 틈을 놓치지 않고 세준이 재빨리 그녀의 어깨를 잡아줬다.

"조심해."

"아, 어."

그러나 저 새침데기……. 홱 그의 손을 털어버리고 후다닥 올라간다. 절뚝절뚝 열심히 계단을 올라가는 모습을 보고 있자니 화도 나지 않을 지경이었다.

"하여튼."

절레절레 고개를 내저으며 세준도 위층으로 올라가려는 그때, 누군가 덥석 그의 손목을 잡아챘다.

"야! 뭐야? 어떻게 된 거야? 이 얼토당토않은 조합은 뭔데?"

눈을 동그랗게 뜬 훈이었다.

"뭐긴 뭐야, 술 마시러 왔지. 그리고 사람이 사람 만나는데 얼토당토않은 건 또 뭔데?"

"아, 그래. 너랑 솔이 누나는 그렇다 치자! 그런데 네가 언제부터 최치웅이랑 한영 누나를 알았는데?"

뭐가 그렇게 신기한지 훈이 아주 호들갑이었다. 세준이 픽 웃음을 보이곤 훈에게 잡힌 손을 떼어냈다.

"오늘부터. 됐냐?"

몸을 틀어 위층으로 향하려고 하는데, 훈이 다시 세준을 잡았다.

"아, 잠깐잠깐잠깐!"

"또 뭐."

"아니, 너 마침 잘 왔다. 있잖아……."

잠시 뜸을 들이던 훈이 힐끔 세준의 눈치를 살폈다. 뭔가 낌새가 이상하다 싶어 다시 물어보려는데 훈이 선수 쳐서 훅 들어온다.

"네 아버지 어제 우리 가게 오셨었다."

순간 세준의 가슴이 쿵 하고 떨어졌다.

"……뭐?"

"너 보면 연락 좀 달라고 전해 달라 하시더라고. 얼마나 네가 통화가 안 되면 나한테 오셨겠냐?"

세준의 굳은 얼굴 앞에서 훈이 한숨을 쉬며 말했다. 세준의 아버지이자 고지식한 의학박사인 박세환은 훈을 싫어했다.

하긴, 어떤 아버지가 아들의 친구가 게이라는 사실을 좋아하겠는가. 하지만 점잖은 그 성격상 대놓고 욕하지는 못하고 가끔 마주치면 불편한 듯 눈을 피하곤 했다. 그런 그분이 훈을 직접 찾아왔다.

뭔가 사연이 있을 거라고 훈은 생각했다. 하지만 석상처럼 딱딱해진 세준의 얼굴을 보고 있자니 박 원장이 어떤 사연을 들고 찾아왔어도 세준은 아버지를 반기지 않을 듯 보였다.

"알았어."

무심하게 대답한 세준이 계단을 따라 위로 올라갔다. 그런 세준의 뒷모습을 보며 훈이 나직이 한숨을 내쉬었다. 저놈이 집 나온 지도 벌써 3년이 넘었지. 그래, 3년. 그쯤이면 아무리 틀어진 사이도 한 번쯤은 보고 싶어질 시간이었다.

박 원장이 그랬듯, 세준이도 그럴 것이었다.

"새끼…… 아버지 이야기만 나오면 사색이라니까."

제가 더 답답한 듯 한숨을 내쉰 훈이 바로 돌아갔다. 바 안에 덩그러니 남아 있던 거대한 흑곰 같은 사장은 그저 멍하니 천장만 보고 있을 뿐이었다. 식겁한 훈이 쪼르르 바 안으로 들어가며 소리쳤다.

"음료 준비해야지, 왜 멍 때리고 있어요, 사장님! 아, 눈 뜨고 자지 말고요!"

어이고, 사장님! 장사 안 합니까?

"오자고 한 사람이 쏘는 거예요?"

메뉴판을 정독하듯 신중하게 읽어 내리며 한영이 물었다.

"안 그러면 성질머리 고약하고 흠 있는 남자가 쪼잔하다고까지 할 기셉니다?"

치웅의 말에 한영이 피식 웃으며 고개를 들었다. 치웅과 눈이 마주치니 빙글빙글 웃음을 보인다.

"잘 아네."

한영의 말에 치웅이 어깨를 으쓱해 보였다.

"당신 얼굴에 다 쓰여 있는데 그걸 못 읽을까."

그러면서 슬쩍 입꼬리를 말아 올려 웃는다. 한영과 치웅 두 사람의 신경전이 다시 시작이었다.

"대체 그건 반말이에요, 존댓말이에요?"

"뭐로 해줄까요? 당신이 원하는 걸로 다시 말해줄 수도 있고."

"그럼, 그냥 그대로 해요. 그거 좋네, 반존대. 나도 그렇게 하고."

"괜찮네."

하. 이것들이 왜 이래, 진짜?

솔은 눈앞에서 벌어지는 팽팽한 대립에 저도 모르게 미간을 모으고 말았다. 한 명은 10년이 넘은 친구였고, 한 명은 벌써 4년이 넘게 같이 일해온 동료였는데 이 두 사람이 함께 있으니 뭔가 썸띵뉴한 기류가 흐르고 있었다.

이 신선한 마찰이 마이너스극인지, 플러스극인지 둔한 그녀는 아직 잘 모르겠지만 말이다.

"주문했습니까? 술은 훈이가 알아서 가져오는 것 같던데요."

매끄럽게 열리는 문 사이로 스타일 좋고 기럭지 좋은 세준이 들어섰다. 그렇게 좁은 룸도 아닌데 세준이 들어서니 안이 꽉 찬 느낌이었다. 세준이 마치 당연하다는 듯 솔의 옆으로 자리를 잡았다.

오지 말 걸 그랬다. 오지 말 걸 그랬어!

솔은 벌써부터 숨이 턱 하고 막혀오는 것이, 괜히 왔다는 후회만 막심했다.

안 나오겠다, 안 나오겠다 고개를 내젓고 발목이 아프다며 온갖 핑계를 댄 솔이었지만 결국 한영의 갖은 협박과 공갈에 이 자리까지 끌려오고 말았다. 솔은 말없이 맹렬한 눈으로 한영을 노려봤지만, 메뉴 고르기에 여념이 없는 한영에게 솔은 아웃오브안중이었다.

"어, 여기 뭐가 맛있더라? 여기 와서 메뉴를 시켜본 적이 없어서."

"잘 아는 것처럼 왔으면서, 뭐가 맛있는지도 모릅니까?"

한영이 메뉴판을 들고 망설이고 있자 치웅이 심술궂은 말투로 툭 내뱉었다. 메뉴를 훑어보던 한영의 움직임이 순간 멈춰 섰다. 두 사람 사이의 오묘한 정적이 만들어질 때쯤 이상한 낌새를 눈치챈 세준이 메뉴판을 가리키며 말했다.

"여기, 이게 맛있어요."

"아아, 잠깐잠깐."

어떤 메뉴를 가리키려던 세준의 손가락을 곱게 접어 다시 넣어준 한영이 메뉴판을 탁 소리가 나도록 덮었다. 뭔가 쎄―한 느낌에 솔이 슬그머니 눈동자를 돌려 한영의 동태를 살폈다.

이런…….

솔은 한영의 저런 표정을 잘 알고 있었다. 예를 들면, 예전에 한영의 동생 진상이와 싸울 때 그의 다리를 발로 차 금이 가게 만들었을 때라든지, 엉덩이를 까고 쫓아오던 변태를 경찰서로 끌고 가 징역살이를 하게 만들었을 때라든지, 그녀를 두고 바람피웠던 이름도 기억 안 나는 예전 남자친구의 집 앞에 개똥을 포대로 넣어놓았을 때라든지, 등등등!

여튼 한영이 가끔 꼭지가 나가서 또라이 짓을 할 때 나오는 표정이었다.

치웅 씨, 어떡하냐…….

솔은 진심으로 치웅이 안타깝다는 듯 쳐다봤다. 그러는 사이 한영의 손이 직원을 부르는 벨을 향해 천천히 다가가고 있었다.

"……?"

솔의 표정을 본 치웅이 영문을 모르겠단 표정으로 어깨를 으쓱했다. 한영이 벨을 누른 지 얼마 되지 않아 경쾌한 발소리와 함께 훈이 들어왔다.

"네, 주문하시겠어요?"

"훈아."

훈이 들어서자마자 한영이 수줍게 웃으며 메뉴판을 건네줬다. 그러곤 방 안의 모든 사람이 들을 수 있는 또랑또랑한 목소리로 주문을 하는데…….

"여기서 제일 잘나가는 메뉴 싹 다 가져와 봐."

"잘나가는 메뉴요? 저희 카프레제랑 샐러드랑…….'

"메뉴 말해달라는 게 아니란다, 훈아. 하나부터 열까지 그냥 싹! 가져와."

'에이, 농담이겠지' 하는 얼굴의 치웅을 보며 솔이 고개를 절레절레 저었다. 한영이 몸집은 저리 작아도 17인치짜리 마트 피자를 그 자리에서 해치우는 무시무시한 애였다. 그러니 샐러드랑 그 샐러드 사촌인 카프레제 따위는 열 그릇을 가져다줘도 콧방귀를 뀌며 씹어 먹을 수 있고도 남음이었다.

"그거…… 다 먹을 수 있겠어요?"

세준도 놀랐는지 한영에게 물었다.

"먹는 건 좋은데, 남기면 벌 받습니다."

치웅이 떨떠름한 목소리로 한영에게 말했다. 한영은 가소롭다는 듯 입꼬리를 말아 올려 웃어 보였다. 저 작은 얼굴에 참으로 다양한 표정이 숨어 있었다.

"못 먹으면 싸서라도 갈 테니까 걱정 붙들어 매시죠?"

충분히 가능성 있는 말이었다. 항상 음식을 남겨야 하는 솔과는 달리 한영은 음식을 남기는 꼴을 못 보는 사람이었다. 아득바득 다 먹거나 아니면 쿨하게 남은 음식은 싸달라고 말하겠지.

솔은 테이블 위에 놓인 치웅의 손을 토닥였다. 당신 기분 내가 잘 안다는 듯이. 그런데 치웅과 눈이 마주치기도 전에 누군가 그녀의 손을 다시 끌어당겼다. 보지 않아도 알 수 있는 손길이었다.

거슬린다는 표정이 역력한 박세준의 손이었으니까.

"그렇게 대놓고 다른 남자 손 덥석덥석 잡는 건 아니지."

세준은 그렇게 말하며 솔의 손을 힘주어 테이블 아래로 끌어 내렸다.

갑작스러운 세준의 행동에 한영도, 치웅도, 심지어 솔도 놀란 눈으로 세준을 바라봤지만 정작 본인은 천연덕스럽다. 모두가 다 있는 자리이건만 눈썹 하나 까닥하지 않는 이 강단 있는 얼굴이란⋯⋯.

세준은 그를 빤히 보는 시선 속에서도 끝까지 솔의 손을 잡아끌어 테이블 아래 본래의 자리로 내려놓았다. 그러면서 멀어지는 것이 싫다는 듯 슬쩍 강해지는 손힘이 느껴졌다. 손바닥 안으로 파고들어 오는 강인한 힘에 솔은 저도 모르게 어제의 세준을 떠올리고 말았다.

팔을 들어 저를 보호해 주던 세준의 품을, 그리고 제 발목을 감싸 쥐던 짜릿했던 손끝을.

빤히 보는 솔의 시선이 그래도 조금은 민망했던 걸까? 세준의 귓가가 슬쩍 붉어지는 게 보였다. 아무도 눈치채지 못할 만큼 미약한 변화였다. 하지만 그게 묘하게 솔의 가슴을 두근거리게 만들었다.

아찔하고 사랑스럽다.

사랑스럽다고? 순간 화들짝 놀란 솔이 재빨리 손을 빼냈다. 내가 지금 무슨 생각을 한 거야?

"수작부리지 말라고 했지?"

냉정을 가장하며 솔이 세준을 흘겨봤지만, 그 눈동자에 힘이 들어갈 리가 없었다. 오히려 혼란이 가득한 눈동자가 떨림을 숨기지 못한 채 불안하게 흔들렸다.

"······듣던 대로 재밌는 애네!"

웃음기가 다분한 한영의 목소리가 들리더니 이윽고 테이블 위로 턱을 괴고 두 사람을 빤히 바라보기 시작했다. 세준이 그런 한영을 보며 어깨를 으쓱했다. 가끔, 그가 보이는 습관적인 행동 같았다.

"제 얘기 좀 들으셨습니까?"

"글쎄."

지금 이 방 안은 폭탄이 둘이나 있었다. 치웅도 그리 생각했는지 이번엔 그가 솔을 안쓰럽다는 듯 측은한 눈길로 보고 있었다. 그러거나 말거나, 하하호호 즐거운 세준과 한영의 대화는 쭉 이어지고 있었다.

"뭐, 괜찮습니다. 누나가 잘 들어주시고 좋은 조언 좀 해주세요. 아무래도 솔이가 '이쪽'으로 영 젬병 같아서요."

"오, 알고 있구나? 역시, 역시."

이쪽은 뭐고, 역시는 뭔데! 아니, 그것보다, 잠깐······?

"야, 너 지금 누군 누나고 누군 솔이야? 그리고 이쪽이 뭔 쪽인데? 당사자 눈앞에 두고 이러기야?"

"아이고, 뒤에서 말한다고 화내는 사람이랑 앞에 두고 화내는 사람 여기 다 모여 있네."

"어? 이거 왜 이래? 난 뒤에서 말한다고 '화'내지는 않았다고."

불쑥 끼어든 치웅이 저는 아니라는 듯 고개를 저었다.

"아니, 치웅 씨. 그럼 나는 지금 화내고 있단 말이야?"

솔이 애먼 치웅에게 눈을 흘기니 한영이 재미있어 죽겠다는 듯 크큭 웃음을 터뜨렸다.

"어어? 지금 화낸다. 화내고 있네! 아이고, 우리 솔이 화났어요? 우쮸쮸."

"하하, 괜찮습니다. 뭐, 한두 번도 아닌데요."

"만날 저렇게 눈을 치켜뜨니까 눈이 쭉 찢어져 올라가지."

"그런 건가요?"

"어, 쟤 고등학교 때도 저랬거든."

둘이 아주 물고, 뜯고, 씹고, 즐기고. 아주 다 해먹어라.

"고등학교 때요? 강솔 고등학교 때는 어땠어요? 얘기 좀 더 해줘요, 누나."

"박세준, 조용히 해라. 너 자꾸 나 또 빡치게 할래?"

으름장을 놓듯 세준을 향해 경고를 날렸지만, 세준은 그런 솔을 향해 여유로운 웃음으로 화답했다.

"그게 뭐 한두 번인가?"

"너 이 니주가리⋯⋯."

"씨빠빠라고?"

솔의 말을 중간에 가로채 간 세준이 씨익 웃음을 보였다. 그녀의 대사를 가로채 간 세준으로 인해 말문이 턱 막혀 버린 솔의 귓가로 자지러지는 한영의 웃음소리가 들렸다.

"아이고, 재미있어라. 역시 놀리기는 강솔이 최고라지!"

내 언젠가 친구란 이름의 저 웬수를 처단하고 말리라, 깊게 다짐하는 솔이었다.

어색한 듯 이어가던 술자리는 하나둘 쌓여가는 병의 개수만큼 취기도 성큼성큼 다가오고 있었다. 특히나 내숭을 집어치운 한영은 조금 직설적이지만 유쾌하게 대화를 이끌었고, 떨떠름했던 솔도 친구와 함께 있다는 것에 점차 딱딱했던 태도를 누그러뜨렸다.

"그럼 솔이 모델을 하게 된 것도 한영 누나 덕분이었단 말이에요?"

"고럼고럼, 내 덕분이지. 원래 키도 크고 몸도 이쁘긴 했지만 그때 운동하라고 내가 권해주지 않았다면 얘가 그렇게 홀쭉하고 시원하게 크지 않았을 거거든."

"알았어, 알았다니까? 그 이야기 좀 그만해라. 아주 귀에 딱지 앉겠다."

솔이 지겹다는 듯 손을 내저었다. 그러나 옆에서 재미나게 듣고 있던 세준이 호기심이 가득한 눈을 빛내며 재차 물었다.

"운동? 무슨 운동?"

"솔, 운동했어?"

치웅도 흥미가 있다는 듯 끼어들며 물어왔다. 솔이 질색하며 그런 두 사람의 앞을 막는다.

"그만, 그마안. 이제까지 내 얘기로 충분히 물고 뜯고 했으니 이젠 좀 그만하지? 한영아, 나도 네 얘기할 거 많다?"

"난 할 게 없어요. 완전무결 순수 그 자체……."

"얘가 스무 살에 아르바이트한다고 어딜 갔는데 말이지."

한영이 손가락을 가로젓기가 무섭게 솔의 입술이 열렸다. '스무 살'과 '아르바이트'란 단어를 듣자마자 새파랗게 질린 안색으로 한영이 스톱을 외쳤다. 이러다간 두 사람이 서로 자멸할 판이었다.

"크흠흠! 아, 갑자기 속이 울렁거리네! 바, 바나나우유 마실 사람? 없어? 없으면 당신이 따라와요."

"응?"

벌떡 일어난 한영이 치웅의 팔목을 잡고 일어났다. 갑자기 무슨 바나나우유? 얼떨결에 딸려 일어난 치웅이 한영의 손에 이끌려 방을 나섰다. 잡을 새도 막을 새도 없이 순식간에 나가 버린 두 사람을 보며 킥킥 웃던 솔이 문득 쎄—한 기분에 옆을 돌아봤다.

"우리 둘이 남았네?"

헉.

그러고 보니 박세준이 남아 있었다.

"왜 나온 겁니까?"

앞서 계단을 내려가는 한영을 보며 치웅이 물었다. 유행이 지나간, 그렇지만 여전히 듣기 좋은 음악 소리를 가르며 한영이 슬쩍 웃으며 대답하기를 미뤘다. 뭐라 대답을 해야 이 남자를 놀라게 할 수 있을까?

소리 없이 열리는 유리문을 지나 엘리베이터 앞으로 향하던 그녀가 갑자기 홱 뒤를 돌아 치웅을 봤다.

"바나나우유 사러 가는 거라니까요?"

치웅의 짙은 눈썹이 꿈틀하며 올라갔다. 그것을 보며 한영이 즐겁다는 듯 키득키득 웃음을 보였다. 세준보다는 작지만 그녀보다는 한참이나 큰 남자였다. 단정하고 짧은 머리카락이라든지 깔끔하고 남자다운 생김새를 보자면 기가 죽을 만도 하건만, 한영은 절대 그럴 리 없다는 듯 어깨까지 으쓱하며 웃어 보인다.

잠시간 그녀를 노려보던 치웅이 가늘게 눈을 뜨며 그녀를 뚫어져라 바라봤다.

"근데 나는 왜 끌고 나온 겁니까?"

"같이 나가려고요."

한영이 망설임 없이 대답하며 엘리베이터가 아닌 계단을 향해 몸을 돌렸다. 불이 밝은 엘리베이터 옆 으슥한 비상계단을 한 걸음, 한 걸음 조심히 내려가자 치웅이 그녀의 뒤를 따랐다.

"차라리 그냥 나한테 사오라고 그러지. 뭣하러……."

"그건 안 돼요."

빙글 몸을 돌린 한영이 손가락을 올려 아니라는 표시를 내보였다. 안 그래도 작은데, 치웅이 계단 위에 있으니 그녀 눈앞으론 치웅의 너른 가슴팍밖에 보이지 않았다. 그게 마음에 들지 않는다는 듯 한영이 치웅의 소맷자락을 끌어 그녀 아래로 내려놓았다. 이끌리는 대로 그녀보다 아래로 내려가니 치웅과 한영의 눈높이가 딱 들어맞았다.

그제야 한영이 다시 생글 웃으며 말한다.

"그러면 '같이' 못 나오잖아요."

"그게 무슨 말입니까?"

영문을 모르겠다는 듯 치웅의 미간이 찌푸려졌다. 그런 치웅을 향해 한영이 발칙하게 눈을 빛냈다.

어색한 기류가 흘렀다. 룸 안으로 쿵쿵거리는 노랫소리가 요란하지 않게 울리고 있었지만 이상하게 정적이 느껴졌다. 그 사이로 침묵하고 있던 세준이 성큼 상체를 기울여 솔에게 다가왔다.

"가, 가까이 오지 마!"

역시나.

세준이 다가간 딱 그만큼 솔이 뒤로 물러섰다. 경계심 가득한 그녀의 눈을 바라보며 세준은 희미하게 웃었다. 잔뜩 경계하며 저에게서 멀어지는 모습에 가슴이 슬쩍 아려왔지만 그것의 정체를 알 수는 없었다. 그저 씁쓸하게 웃는 수밖에.

세준은 잠시 멈췄다가 솔의 눈을 바라보며 다시 천천히 그녀에게 다가갔다.

모든 것을 정지시킨 정적의 시간 동안 서로를 한없이 바라보기만 하던 두 사람은 세준의 움직임에 따라 멈췄던 시간이 다시 흐르는 것을 느꼈다.

사람을 경계하는 길고양이처럼 솔은 그의 작은 움직임 하나하나를 예민한 눈으로 주시하고 있었다.

세준이 손을 뻗어 솔의 손을 붙잡았다. 그의 커다란 손안에 가득 감겨 들어오는 실크처럼 매끄러운 손가락 느껴졌다. 마치 솔, 그녀처럼 길고 가느다란 손가락.

"뭐하는 거야?"

움찔 놀란 솔이 세준을 빤히 바라보며 미간을 찌푸렸다. 이게 대체 뭐하는 수작이냐는 듯한 눈길이었다.

'나도 이젠 그렇게 섣부르게 움직이지 않아.'

로마에서의 과오를 다시 반복하고 싶지는 않았다. 문제는 세준이 솔에게 정확히 어떤 잘못을 저질렀는지 모른다는 거지만 말이다. 그는 씁쓸함을 지워내고 특유의 나른한 미소로 솔을 보며 천천히 눈동자를 움직였다. 그의 시선에 꼼짝없이 붙잡힌 솔의 손이 걸려 있었다.

촬영이 없을 때는 오히려 심플하고 수수하게 하고 다니는 솔이었다. 화려해 보이는 얼굴과는 달리 솔의 손톱은 단정하고 깨끗하게 정돈되어 있었다. 세준이 그녀의 손을 붙잡고 있는 반대쪽 손을 움직여 주머니에서 무언가를 꺼냈다.

그를 주시하고 있던 솔이 세준이 꺼낸 것을 보며 숨을 멈췄다. 예상치 못한 물건이 튀어나왔다.

"돌려주려고."

그녀의 반지. 그녀의 소중한 반지.

그것을 세준이 솔의 손가락에 조심스럽게 끼워주었다. 스르륵 제자리를 찾아가듯 손가락에 꼭 맞춰 들어가는 반지. 굳어 있는 솔의 얼굴을 바라보는 세준의 얼굴은 어느새 도전적으로 빛나고 있었다.

"궁금한 게 있어."

손을 잡은 채로 세준이 물었다. 솔은 말없이 세준을 올려다보고 있었다. 그녀는 지금 그를 보며 무슨 생각을 하고 있을까. 궁금했다. 강솔은 박세준을 보면 무슨 생각을 하고, 어떤 기분을 느낄까.

눈을 보고 있자면 그를 싫어하는 것 같지는 않은데…… 한데 왜 그렇게 그만 보면 털을 바짝 세우고 물러설 준비만 하는 걸까?

"왜 나를 피하는 거야? 왜, 로마 그 거리 위에서 내게 그렇게 화를 낸 거지?"

그의 물음에 당황한 것인지 솔의 입술이 슬쩍 벌어졌다. 멍한 그 표정을 보면서도 어쩐지 계속 저 탐스러운 분홍빛 입술이 눈에 걸려 세준은 잡은 솔의 손을 더욱 힘주어 잡아야 했다.

미쳤냐, 박세준? 참자…… 참아야 해.

세준, 그도 어쩔 수 없는 남자라서 이러는 것인지 아니면 정말 그가 속물인지 스스로도 알 수가 없었다. 아니다. 죄는 오히려 이런 순간에조차 이렇게 예쁘기만 한 강솔에게 있었다. 그럴 것이다. 그래야만 했다. 그렇지 않으면…….

"너를 피하는 이유는……."

망설이듯 입술을 깨무는 저 모습조차 눈을 뗄 수 없는 이 증상을 뭐라고 정의해야 하나. 그녀가 한숨을 쉬니 세준의 마음이 묵직하게 내려앉는 이 기분을…….

"말해줘. 그렇게 무턱대고 피하지만 말고. 알려달라고."

내가 왜 이럴까? 당신에게 빠진 걸까? 세준은 흔들리는 눈빛으로 솔을 하염없이 바라봤다.

그의 눈빛만큼이나 솔의 눈동자도 흔들리고 있었다. 그 흔들림에 용기를 낸 듯 세준이 한마디를 덧붙였다.

"알려줄 때까지, 포기하지 않아."

"네가 싫어. 그래서 피하는 거야."

고개를 돌려 외면하는 솔의 한마디에 세준의 가슴이 철렁 내려앉았다. 하지만 여유로운 그 얼굴 위로는 기색도 드러나지 않았다. 가슴이 쓰려왔다. 저토록 예쁜 입술로 그의 심장을 난도질하고 있었다. 뼈근하게 저려오는 가슴 통증을 무시하고 세준은 솔의 눈을 바라봤다.

'거짓말.'

거짓말이 틀림없었다. 저렇게 흔들리는 눈동자로, 장미처럼 붉어진 저 뺨으로 싫다고? 세준이 솔의 턱을 붙잡아 돌리며 말했다.

"이렇게 예쁜 입술로 그런 거짓말은 하지 마."

"거짓말 아냐."

"거짓말이야."

아냐, 네가 믿고 싶은 것일 수도 있어. 거짓말이어야만 한다고…….

누군가 세준의 귓가에서 속살거렸다. 하지만 세준은 그 목소리를 무시하고 잡은 솔의 손을 힘주어 끌어당겼다. 솜털처럼 가벼이 끌려오던 그녀가 놀라 몸을 경직시켰다. 두 사람의 몸이 한층 더 가까워졌다.

"아니면. 그게 거짓말이 아니라면, 그날 당신 왜 내가 당신한테 키스하는 것을 허락했지?"

"그건 네가……!"

"내 탓이라고? 내가 억지로 한 거라고?"

그렇게 말하는 세준의 손에 힘이 들어갔다. 솔은 세준의 말에 반박하지 못한다는 듯 짙은 한숨을 내쉬었다. 달콤한 숨결을 내뱉는 그녀의 입술을 멍하니 바라보던 세준이 질끈 이를 악물었다.

정신 차려, 박세준. 이러면 안 된다고…….

"네 탓이야. 모두 네 탓이라고, 박세준…….."

이렇듯 어렵게 그녀에게 저항하고 있는 세준의 마음은 전혀 모른 채 솔이 고집스럽게 말했다. 당황스러움에 범벅되어 있는 세준의 얼굴을 눈앞에서 보고 있는 솔에게도 지금 이 순간은 혼란스러워 미칠 것만 같았다.

"네가 날 혼란스럽게 만들잖아. 나는 정말 너를 모르겠어. 나한테 왜 이러는 거야? 아니면 너 지금 나 가지고 놀려는 거야?"

그녀의 말에 세준이 성난 눈빛으로 반박했다.

"내가 당신을 가지고 놀 리 없잖아! 정말 그렇게 생각한 거야?"

"아니야? 그럼 뭐야? 도대체 뭔데!"

"그걸 몰라서 묻는 거야, 이 바보가 진짜."

성난 세준의 목소리가 울려 퍼지더니 그가 순식간에 솔의 손을 잡아끌어 제 심장에 가져다 댔다.

"어떻게 내가 감히 당신을 가지고 놀 수 있겠어? 당신을 볼 때마다 내 심장이 이렇게 미친 듯이 뛰고 있는데! 나조차 감당이 안 될 정도로 이렇게 뛰고 있는데!"

뜨거워진 손바닥 너머로 힘차게 박동하는 진동이 전해져 왔다. 손바닥 사이로 느껴지는 맥박이 소리라도 지르는 것 같았다.

'좋아해, 좋아한다고!'

그리고 마주친 두 사람의 눈동자. 당황하는 솔의 눈동자와 다르게 올곧게 그녀를 바라보는 세준의 두 눈.

'어떻게……?'

가장 먼저 떠오른 생각은 '어떻게'였다. 어떻게? 왜? 단순히 그 하룻밤의 실수가, 이렇게 두 사람을 이어준 것일까? 그 하룻밤의 실수 때문에 세준은 그녀가 미친 듯이 신경 쓰이는 걸까?

솔은 그래서 세준이 신경 쓰이는 걸까? 피하지 않으면 어찌할 수 없을 정도로, 곁에 있으면 제정신을 찾기 힘들 정도로 그렇게 신경이 쓰이는 걸까?

"너는⋯⋯."

가만히 세준의 심장박동을 느끼고 있던 솔은 천천히 입을 열었다.

"정말 내가 좋은 거야?"

묻지 않을 수 없었다. 그래서 물었고, 그녀의 물음에 따른 대답은 손바닥이 맞닿은 그의 심장이 대신해 주고 있었다. 그녀가 다 느낄 수 있을 정도로 박동이 빨라졌다. 솔의 눈동자가 세준의 가슴에서 드러난 쇄골로, 목덜미를 타고 올라가 그의 입술, 코, 눈동자에 이르렀다. 벌어진 손바닥 하나만큼이나 밀착해 있는 두 사람의 눈동자가 바짝 타오르며 얽혀들었다.

"모르겠어, 정말?"

순간 숨이 턱 막혀왔다. 반문하며 묻는 세준의 눈동자가 쑥스러운 듯 얄궂게 웃고 있었는데, 그 미소에 솔은 어쩐지 숨이 턱 막혔다.

너는 어쩜 그렇게 웃을 수 있니? 그렇게 솔직하게, 나만 보고 있다는 듯이⋯⋯.

솔은 난생처음으로 남자의 쑥스러운 미소가 이리도 사랑스러울 수 있다는 것을 깨달았다.

'사랑스러워?'

순간, 그녀의 가슴 안으로 잔잔한 파문이 일었다.

"이렇게 열심히 대답해 주고 있는데?"

그의 심장에 닿아 있는 그녀의 손 위로 세준의 손이 겹쳐졌다. 다시 한 번 솔의 가슴이 쿵, 내려간다.

그녀의 손가락에 제 손가락 하나하나를 겹쳐 잡으며 세준이 그녀에게 가까이 다가왔다.

"당신도 내가 신경 쓰여 미치겠잖아. 우리가 했던 그 입맞춤이, 그날 밤이 몇 번이고 떠올라서 잠도 잘 수 없잖아."

마치 그녀의 마음에 들어왔다 간 것처럼 세준은 확신하며 말했다. 그리고 정말 그의 확신처럼, 솔은 눈앞의 세준이 머릿속에서 몇 날 며칠이고 떠나지 않아 괴로웠다.

"네가 그걸 어떻게……."

솔이 망설이는 눈동자로 세준을 올려다봤다. 세준은 괴로운 듯 눈을 찡그리더니 진심을 드러내는 작은 웃음을 보이며 말했다.

"내가 그랬으니까."

너도? 정말 너도 그랬니?

슬그머니 고개를 드는 의심은 세준의 지독할 만큼 맑은 눈빛 앞에 꼬리를 감추고 사라졌다. 그녀를 몰아붙이는 맹렬한 도발을 한 꺼풀 벗겨보면 세준은 언제나 저렇게 어린 짐승처럼 솔직한 눈빛으로 그녀를 바라봤다. 그 눈동자가 솔을 더 몰아붙였다. 나에게 반응하라고, 나에게 솔직하라고. 당신의 그 흔들리는 마음을 어서 내게 달라고. 그렇게 세준은 거침없이 솔을 흔들어댄다.

"당신밖에 생각이 안 나서, 지나가다 혹여 당신 이야기라도 들으면 내가 더 가슴이 떨려서, 혹여 그날 있었던 일이, 당신이 나에게 반응했던 그 순간이 거짓이라고 말할까 봐 초조해져서. 그래서…… 잠이 다 안 오더라."

"거짓말."

"침묵하는 한이 있어도 나는 거짓말 안 해."

세준의 담백한 고백에도 솔은 혼란스럽기만 했다. 이게 무슨 감정일까. 어떠한 감정으로 치닫고 있으며, 이제 어떻게 해야 하나……. 과연, 지금 이 떨리는 감정들이 착각은 아닌 걸까? 솔의 흔들리는 눈빛을 보고 있던 세준이 피식 웃음을 흘리며 말했다.

"그렇게나 모르겠어? 정말로?"

"……그래, 모르겠다."

솔은 솔직하게 말하며 눈살을 찌푸렸다. 그녀에게 세준은 수수께끼 상자였다. 다 내보이고 있지만, 그게 정말 다일까? 왜 솔은 세준만 보면 이리도 격렬하게 반응하게 되는 걸까?

그리고…… 정말 그에게 반응해도 되는 것일까?

"모르는 게 아니라, 알려 하지 않는 거야."

"아니야……!"

솔은 울컥해서 소리쳤다. 그런 그녀를 바라보며 세준의 얼굴이 더욱 가까이 다가왔다. 그녀의 눈을 똑바로 직시하며 천천히, 느릿하지만 확실하게.

"그럼 부딪쳐 봐. 시험해 보라고. 당신 마음도, 내 마음도. 당신이 먼저 부딪쳐 보라고."

그 순간, 멈칫하며 솔의 고개가 뒤로 물러났다. 싫다거나 뭐 그런 것은 아니었다. 다만…… 아직 혼란스러우니까.

물러서는 그녀를 보며 실망스러운 듯 한숨을 내쉬는 세준을 보며 솔은 그렇게 스스로 변명해 버렸다.

"……겁쟁이."

겁쟁이? 내가? 지금 겁을 내고 있는 거라고?

억울하다는 듯 솔의 눈동자가 커지더니 세준을 노려본다.

"그렇게 겁만 내서는 앞으로 나아갈 수 없어. 아니면 설마 누군가 당신을 이끌어 올려주기만을 기다리는 거야?"

세준은 그렇게 한숨을 내쉬며 따끔하게 지적했다. 가볍게 내쉬는 그 작은 한숨이, 바짝 다가섰던 그가 서서히 물러나는 것이 이상하게 솔의 마음 한구석을 찌르르— 울리게 만들었다.

마치 큰 송곳 하나가 뒤로 숨겨놓았던 그녀의 내장 한구석을 파고 들 듯 날카롭게. 그것이 무척이나 아파서 솔은 화가 났다. 순간 치솟아 오른 화, 인정할 수 없다는 반발심이 한데 뒤엉켜 올라왔다.

"시험, 해보면 알 수 있는 거야?"

솔의 고개가 고집스럽게 위로 올라갔다. 뒤로 물러서던 세준이 '뭐?' 하고 반문하는 그 틈새로 그녀의 손이 덥석 그의 목덜미를 휘감아 내렸다.

"알아보면 되잖아, 그럼."

도발적으로 중얼거린 솔이 순식간에 세준을 끌어당긴다. 세준의 몸이 홀린 듯 그녀에게 기울어진 것도 순식간이었다. 솔이 입술이 세준의 입술 위로 가볍게 엉켜들어 갔다. 시작은 그렇게 새뜻하고 부드러웠지만 곧이어 두 사람의 입맞춤은 폭풍처럼 거세졌다.

누가 먼저랄 것도 없이 강렬해진다.

뜨거운 입술과 나른한 알코올의 기운이 한데 엉켜서 두 사람의 숨결은 더욱 달콤해졌다. 두 입술이 하나가 되어 정신없이 서로를 갈구해 나갔다. 세준의 손이 솔의 뺨을, 목덜미를, 그리고 그 부러질 듯 얇은 허리를 강하게 움켜쥐었다. 서로 떨어지면 미치기라도 한다는 듯 바짝 밀착해서 두 팔로, 두 가슴으로 꽉 조여온다.

하아.

달뜬 숨소리조차 용납할 수 없다는 듯 세준과 솔의 입맞춤은 더욱 강렬해지고 있었다. 뭐가 그리도 목이 마르고 성마른지. 다급하고 뜨거웠다. 서로가 서로를 도발하듯 끈질기게 쫓고 쫓기고 있었다.

그렇게 물어뜯듯 맹렬한 입맞춤은 방문을 울리는 노크 소리에 갑자기 허물어졌다.

"나 들어가도 되나?"

바나나우유 사러 간다던 한영의 목소리였다.

급격히 굳어진 솔이 재빨리 세준을 밀쳐 냈다. 아니, 밀쳐 내려고 했다. 하지만 그녀의 허리를 단단하게 틀어쥐고 있는 세준의 손길은 그리 쉽사리 물러나지 않았다. 당황한 솔이 바짝 밀착해 있는 세준을 바라봤다. 짓궂게 빛나는, 그러나 한편으로는 열에 들떠 있는 그의 눈동자.

"……읏!"

세준이 재빨리 떨어지는 입술을 다시 밀착시켰다. 스치듯 재빠르게 다시 한 번 솔의 입술을 훔친 그가 그제야 그녀를 놓아줬다.

부드럽게 부딪쳤다가 떨어지는 두 입술 사이로, 숨결이 실낱처럼 이어졌다.

그리고 그 순간, 드르륵— 문이 열리고 엉큼하게 눈을 빛내며 한영이 들어왔다.

"괜찮지, 들어가도?"

심장 아래에 똬리를 틀고 앉은 기묘한 흥분을 꾹꾹 눌러 내리며 솔이 다시 돌아온 한영을 흘겨봤다. 아무렇지 않은 척하려고 하는데 친구와 눈이 마주치자마자 자꾸만 얼굴이 붉어지는 이유는 뭐란 말인가. 아, 목이 탄다. 목이 타.

"빨리 오셨네요."

하지만 솔과는 달리 한결 차분한 음성으로 세준이 한영을 맞이했다. 목소리 하나 떨리지 않는 세준이 신기하기까지 한 솔이었다.

"내가 너무 빨리 왔나? 아이고, 그나저나 우리 솔이 입술은 왜 갑자기 저렇게 부어 있나? 응?"

깔깔깔, 얄미운 웃음소리를 흘리는 한영을 솔이 말없이 노려봤다. 저 얄미운 계한영이 건수 하나 잡았다는 듯 눈을 반짝거리는 것을 보고 있자니 더욱 민망하고 약이 올랐다.

으아, 삽만 있다면 땅을 파고 기어들어 갈 텐데.

"그렇게 들어가 버리면 어떡합니까?"

한영보다 한 걸음 늦게 치웅이 들어왔다. 바짝 마른 입술에 물만 들이켜던 솔이 놀라 눈을 동그랗게 떴다.

"치웅 씨 옷이 왜 그래?"

"아? 아니, 그게……."

룸 안으로 성큼 들어오던 치웅이 놀라 제 옷을 내려다봤다. 이리저리 흉하게 구겨져 있는 셔츠 자락을 보더니 제가 더 놀라 서둘러 옷을 정리했다.

"뭐야, 누구랑 드잡이라도 하고 왔어? 한영이 너, 치웅 씨 멱살이라도 잡고 온 거야?"

"멱살은 무슨."

한영이 심드렁하게 웃으며 제 앞에 놓여 있는 잔을 들어 입술을 축였다. 그러더니 샐쭉하게 치웅을 노려보며 웃는다. 치웅도 다시 말끔하게 옷을 정리하곤 자리에 앉아 한영을 향해 눈을 부라렸다. 그러더니 두 사람 다 말 없이 서로의 잔만 꼴깍꼴깍 마셔댄다.

솔이 수상하다는 눈빛으로 두 사람을 보고 있자니 한영이 먼저 선수 치고 훅 들어왔다.

"이쪽 셔츠보다 네 얼굴이 지금 더 가관이거든? 젊은 게 좋긴 좋은가 봐. 기회를 잡으면 놓치질 않아."

"기회는 잘 오지 않거든요."

"역시, 멋져!"

야릇하게 오가는 두 사람의 대화보다 테이블 아래로 놓아주지 않겠다는 듯 제 손을 꽉 잡고 있는 세준으로 인해 솔의 얼굴이 더욱 붉어졌다. 손끝을 타고 전해져 오는 체온이 조금 전 입맞춤을 떠올리게 만들어 숨이 가빠왔다.

침착하자, 몇 번을 다독였지만 고개를 돌려 세준의 얼굴을 볼 수가 없었다. 가슴이 뛰고 손바닥이 조여 왔다. 문제는 세준의 입맞춤이, 이 체온이 싫지 않았다는 거였다.

띡. 띡. 띠딕. 띡. 띠리리리.

번호 키를 누르는 경쾌한 소리가 끝나자 굳게 닫혀 있던 철문이 매끄럽게 열렸다. 솔이 집 안으로 들어가며 한영의 손에 대롱대롱 걸려 있는 종이백을 보며 질렸다는 듯 중얼거렸다.

"너 도대체 그건 왜 싸온 거야?"

"음식을 먹으려고 싸왔지 버리라고 싸왔을까?"

당연하다는 듯 말하는 한영을 향해 솔이 곱지 않게 눈을 흘겼다.

"그러게 다 먹지도 못할 걸 왜 그렇게 시키고 그래. 하여튼 너 그 성질머리."

"어허? 그래서 내가 버렸어? 아니잖아."

나름 고급 바인 훈이네 바에서 당당히 '테이크아웃'을 외친 한영을 보며 솔은 내심 존경심까지 차올랐다. 당황한 훈이를 향해 '통은 반납할게' 하며 웃어 보이던 한영의 하얀 이가 조명 아래서 어찌나 반짝이던지. 하여튼 대단한 계집애였다.

"내일 먹을지나 모르겠고만, 무슨."

밤도 늦었고, 오늘은 솔이네서 자고 가기로 한 한영이 비즈가 박혀 있는 단화를 내팽개치며 부엌으로 달려갔다. 들고 온 종이백을 식탁 위에 내려놓으며 한영이 즐거운 얼굴로 말했다.

"어허, 모르는 소리. 내일 아침 되면 이거 다 생각난다고."

"뭐가? 그 측은하게 늘어진 연어샐러드랑 찹스테이크가? 짜게 식은 치즈뭉텅이가?"

종이백에서 차곡차곡 락앤락 통을 꺼내 들던 한영이 눈을 동그랗게 눈을 뜨며 당연하다는 듯 고개를 끄덕였다.

"그러엄. 아침엔 치즈지."

한영의 대답에 솔이 저도 모르게 격하게 중얼거렸다.

"……또라이."

"왜, 부럽냐? 너는 못 먹으니까?"

쳇.

솔은 내심 걸리던 그 사실을 아무렇지 않게 말하는 한영을 잠시 노려봤다. 그래, 솔은 아무리 맛있는 것이 있더라도 수저를 들고 마지막까지 망설여야 했다. 한 번 자제력을 잃어버리면 그때부턴 속수무책으로 살이 쪄버리고 만다. 그러니 그녀의 일상은 매일매일이 침샘과의 사투였다.

하지만 아무리 그래도 짜게 식은 치즈랑 스테이크를 아침부터 먹지는 않는다고. 구시렁 중얼거린 솔이 발딱 자리에서 일어났다.

"됐거든. 너나 많이 드셔. 난 씻는다."

홀홀 옷을 벗어던지는 솔을 보며 한영이 아니꼽다는 듯 눈을 흘겼다. 그러거나 말거나 훌러덩 옷을 벗은 솔이 욕실 안으로 들어갔다. 떠나가는 솔의 뒤통수로 가볍게 가운뎃손가락을 날려주던 한영이 띠리릭 울리는 알림 소리에 고개를 돌렸다.

화면 위로 띡 올라온 누군가의 메시지를 확인하던 한영이 안 그래도 동그란 눈을 더욱 동그랗게 뜨며 씨익 미소를 지었다. 그 사이로 솔이 '내가 제일 잘나가'란 곡을 열창하며 물줄기를 트는 소리가 들렸다.

솔은 노래를 흥얼거리며 떨어지는 물줄기 아래 섰다. 뜨거운 물줄기를 맞고 있자니 피로와 술에 지친 몸과 마음이 노곤해지기 시작했다. 손을 들어 팔을 슥슥 문지르며 가만히 눈을 감았다.

그러자 너무나도 자연스럽게 세준의 얼굴이 떠올랐다. 고집스러운 그 입술, 날렵한 콧날, 단정한 턱 선. 솔을 위해서인지 세준은 그 뒤로 그녀를 당황케 만드는 그 어떤 말도 하지 않았다. 다만 슬쩍슬쩍 부딪치던 손을 슬그머니 움켜쥐곤 했는데, 그 짧고도 강렬한 접촉에 솔은 정전기라도 난 듯 파르르 몸을 떨어야 했다.

"어떻게 내가 감히 당신을 가지고 놀 수 있겠어? 당신을 볼 때마다 내 심장이 이렇게 심각하게 뛰고 있는데! 나조차 감당이 안 될 정도로 이렇게 뛰고 있는데!"

귓가에 선명하게 울리는 세준의 목소리, 절절하던 그의 눈빛, 사랑스럽던 그의 심장박동.

그리고 숨이 턱 막히던 그 짜릿했던 입맞춤…….

정말 진심이었을까? 장난스럽고 가볍게만 느껴졌는데……. 하지만 그 거센 심장 소리는 거짓이 아니었다.

슬그머니 손가락을 들어 올린 솔이 제 입술을 더듬어봤다. 물기 젖은 입술 위로 세준의 입술이, 그 혀끝이 닿았던 여운이 되살아나는 것만 같았다.

따뜻한 물줄기 안에 있으면서도 척추 위로 오도도 소름이 돋아났다. 짜릿한 전율에 온몸이 바짝 곤두서고 있었다. 다시 한 번, 심장이 거세게 뛰어올랐다.

'나, 널 믿어도 될까? 그래도 되는 걸까?'

아슬아슬한 기억을 더듬으며 제 입술을 만지작거리던 솔이 화들짝 놀라며 정신을 수습했다.

"헉! 내가 무슨 짓을 했던 거야? 저, 정신 차려, 강솔!"

입술을 만지던 그 손으로 제 양 볼을 철썩철썩 때리던 솔이 서둘러 거칠게 물세수를 했다.

"으이익! 이 괴물 같은 니주가리 삐삐로 같은 놈! 으아악!"

민망해진 마음에 괜히 욕실 안에서 혼자 성을 버럭버럭 내는 솔이었다.

거친 세수와 거친 때밀이를 마치고 솔이 타월로 다시금 거칠게 몸을 닦아냈다. 거칠게! 아무것도 생각하지 못하게 거칠고 격렬하게 모든 것을 닦아내고 있었다.

"내가 제일 잘나가! 호우! 내가 봐도 내가 좀 끝내주잖아? 네가 나라도 이 몸이 부럽잖아!"

머릿속을 비워내려 부러 큰 소리로 '내가 제일 잘나가!'를 부르며 솔은 흥겹게 얇은 민소매티를 몸 위에 걸쳤다.

팬티 한 장, 민소매 티 한 장. 집에서는 되도록 홀가분하게 입고 자는 그녀였다. 이미 십여 년을 함께한 한영에게 부끄러울 것도 없었고, 이미 이런 솔을 다 알고 있기도 한 한영이었다.

"남자들은 날 돌아보고 여자들은 따라 해. 내가 앉은 이 자리를 매일 넘봐. 피! 곤! 해!"

축축하게 젖은 머리를 미친 듯이 헤드뱅잉하며 솔이 벌컥 욕실 문을 열어젖혔다. 노래를 부르다 보니까 더욱 흥에 젖었다. 이 리듬에 내 영혼을 맡긴다는 듯 그녀의 노랫소리와 어깨 짓은 더욱 격렬해졌다.

"어떤 비교도 난 거부해. 이건 겸손한 얘기! 가치를 논하자면 나는 빌리언 달러 뷔이비! 예!"

샴푸 광고를 하듯 멋지게 긴 머리채를 뒤로 젖히며 솔이 한영을 향해 마무리 포즈를 지어 보였다. 동네 미친년 보듯 보고 있을 한영의 표정은 이미 예상한 바였다. 하지만 솔이 예상하지 못한 것이 있었으니…….

[……솔?]

폭풍의 격랑 속에 흔들리는 파도처럼 흐느적거리던 솔의 몸이 그대로 돌처럼 굳어졌다. 하늘을 찌르고 있던 솔의 손가락이 그대로 한영이 들고 있는 휴대폰으로 향했다.

"치, 치웅 씨……?"

아니, 두 사람이 왜 영상통화를 하고 있는 거야? 왜!

휴대폰 영상통화 액정으로 치웅이 믿을 수 없다는 얼굴로 그녀를 보고 있었다. 솔 또한 이 상황을 믿을 수 없다는 듯 창백해진 얼굴로 화면을 바라보고 있었다.

"……약 빨았냐?"

한영이 중얼거리는 소리와 함께 띠리릭― 통화가 꺼졌다. 실수로 누른 건지, 아니면 도무지 믿을 수가 없어서 통화를 종료한 건지 모르겠지만, 솔과 눈이 마주친 순간 치웅이 전화를 꺼버렸다.

"끼야악!"

영혼이 빨려 나간 듯 절망적인 비명 소리가 거실을 쩌렁쩌렁 울렸다.

솔이 부은 눈을 뜨니 시각은 이미 아침을 훌쩍 넘겨 정오에 다다라 있었다.

하아……. 다시는 되새기고 싶지 않은 흉측한 밤이 겨우 지나갔다. 솔은 관자놀이를 양손으로 감싸며 자리에서 일어났다. 그래도 모든 것은 지나갔다. 지나갔으니 된 거야.

흐트러진 머리를 긁적이며 자리에서 일어난 그녀가 밖으로 나왔다.

거실에는 한영이 휴대폰을 소중하게 끌어안은 채 소파 구석에서 쭈그려 자고 있었다.

안 그래도 작은 애가 구석에서 한껏 몸을 웅크리고 쭈그려 자고 있으니 코딱지만 해 보인다고 생각하며 솔은 부은 눈으로 한영을 내려다봤다.

"일어나."

솔의 긴 다리가 휘적휘적 다가가더니 한영의 등을 발가락으로 쿡쿡 찔러 깨웠다. 둥글게 말린 등이 움찔움찔 떨리더니 곧이어 애벌레가 깨어나듯 말린 몸이 곧게 펴졌다.

"으하으으응―!"

이상한 목소리를 내지르며 한영이 눈을 떴다. 온몸을 일직선으로 편 채 있는 힘껏 기지개를 켠 그녀가 곧이어 자리에서 발딱 일어났다.

"몇 시야?"

눈도 뜨지 못한 한영이 배를 긁으며 물었다. 솔은 무심한 목소리로 '서울시'라는 철 지난 농담을 던지며 부엌으로 넘어갔다. 그런 솔을 향해 잠이 덜 깬 목소리의 한영이 여지없이 '드럽게 재밌네' 하며 뭐라 욕을 중얼거렸다.

냉장고를 열어보니 뭐 별게 없었다. 방울토마토와 삶은 닭가슴살이 있었고, 샐러드드레싱이 종류별로 있었다. 그리고 지난밤의 악몽을 고스란히 말해주는 네모난 락앤락 통 두어 개.

솔이 잠시 눈살을 찌푸리더니 망설임 없이 락앤락 통을 꺼내 들었다. 그러곤 단호하고 재빠른 손으로 싱크대 위에 그것을 몽땅 쏟아부었다. 전투에 장렬히 전사한 패잔병처럼 처참하게 널브러진 치즈들이 싱크대 위로 쏟아졌다. 그리고 그 순간.

"끼야악!"

어젯밤 솔의 입을 타고 나왔던, 영혼이 빨려 나가는 듯한 비명 소리가 들려왔다. 그리고 곧이어 와다다 달려온 한영이 솔의 등짝을 후려치며 욕을 쏟아내기 시작했다.

"야, 너 미쳤어? 식은 치즈로 처맞을래, 진짜? 너 내가 어제 아침에 먹는다고 했어, 안 했어? 죽을래? 한번 죽어볼래? 지구에서 최초로 치즈로 맞아 죽은 모델로 만들어줄까?"

퍽퍽 내려치는 한영의 손길을 요리조리 피하며 솔이 버럭 성질을 냈다. 어젯밤의 그 쪽팔렸던 순간을 떠올리게 만드는 모든 것이 싫은 그녀였다. 한영이고 치웅이고, 치즈고 와인이고 다 싫었다.

"아파! 아프다고! 꼴도 보기 싫다고, 난! 내 집에서 내가 버린다는데 왜!"

"네 집에 있다고 다 네 거냐? 엉? 그럼 나도 갔다 버릴래? 나도 네 거냐?

"넌 줘도 안 가져!"

"누군 준대!"

가운데 식탁을 두고 한영과 솔이 으르렁대기 시작했다.

널 쳐 죽일 거라며 왈왈왈, 내가 뭘 잘못했냐며 야옹야옹대던 두 사람을 멈춰 세운 것은 띠로롱 울리는 솔의 문자 소리였다.

솔의 휴대폰이 울리자마자 그녀를 추격하던 한영이 눈이 희번덕댔다. 섬뜩한 눈빛이었다. 그 눈빛 그대로 한영이 다다다 솔의 휴대폰을 향해 달려갔다.

"아, 안 돼! 거기 서, 계한영!"

운동신경은 둔하지만 발만큼은 빠른 한영이었다. 순식간에 솔의 휴대폰을 낚아챈 한영이 솔을 보며 씩 웃음을 흘렸다. 작은 얼굴 위로 비열하고 치사한 미소가 넘실거렸다.

"이리 내놔라? 좋은 말 할 때 내놔라?"

솔이 으름장을 놓으며 한영을 향해 눈을 부라렸다. 하지만 그 말을 들을 한영이 아니었으니.

"짜져, 강솔."

"야, 계한영!"

솔이 한영을 향해 뛰어가자 한영이 재빨리 손을 놀려 톡을 확인했다. 아침에 온 미확인 메시지가 세 개였고, 그중 하나가 방금 울린 것이었다.

〈해장국 사다 줄까?〉

해장국이라니! 해장구욱이라니!

해장국이 이리도 달콤한 단어일 줄 몰랐다. 한영은 다다다 달려가면서 헤죽헤죽 웃음을 보였다. 대한민국에서 가장 허우대 멀쩡한 연애고자 강솔에게도 드디어 봄날이 오고 있었다. 그 자체만으로도 재밌어 죽겠는데, 그 상대가 연하라니!

이 남녀 사이에서 얼마나 많은 불꽃이 튀고, 팽팽한 긴장감이 오가고 있을까? 옳다구나 눈을 빛낸 한영이 슬금슬금 발을 옮기며 솔을 흘겨봤다.

그런 한영을 향해 몸서리를 치던 솔이 낮은 목소리로 음습하게 말했다.

"내놔라. 엉!"

솔이 날렵한 손길로 한영의 어깨를 잡아 돌렸지만, 한영이 재빨리 화장실로 몸을 날렸다. 한영의 작은 입술에서 비장한 목소리가 튀어나온다,

"싱크대에서 전사한 치즈들의 복수다! 전사들이여, 나를 믿으라!"

"이런 미치인······!"

솔은 달리기가 느린 편은 아니었다. 그러나 한영의 다리가 더 빨랐다. 거의 야생 다람쥐만큼이나 빠른 한영이었으니, 솔이 그녀를 놓친 것은 거의 당연한 결과이리라.

타앙!

단호박을 썰 듯 단호하게 닫히는 문을 눈앞에 두고 솔은 망연자실하게 멈춰 서고 말았다. 문고리를 잡고 아무리 흔들어봐도 문은 이미 단단히 잠겨 있었다. 한영이 그녀의 폰으로 무슨 짓을 할지 상상만 해도 오한이 들었다. 솔은 미친 듯이 문을 흔들고 두들겨댔다.

"열어! 얼라고오! 계한영! 내가 잘못했어. 진짜! 정말! 내가 오늘 저거 사다 줄게. 먹고 싶은 거 다 사다 준다고!"

한영은 애절하게 소리치는 솔의 말을 한 귀로 듣고 한 귀로 흘리며 화면에 보이는 키패드를 하나하나 정성스럽게 눌러 답장했다.

전송을 누른 한영이 일부러 그런 것이 정말 아니었는데, 미확인 메시지로 화면이 넘어갔다.

그리고 또 정말 일부러 읽으려고 한 것은 아니었지만, 보낸 상대가 '치웅'이었다. 한영의 손이 홀린 듯 확인 버튼을 누르고 있었다.

〈소문 내지 않을게.〉

한영의 입에서 깔깔거리는 웃음소리가 우렁차게 터져 나왔다. 욕실이라서 더욱 울림이 커진 소리가 바깥에 있던 솔의 귀로 선명하게 꽂혀 들어왔다. 솔은 울먹거리는 목소리로 애원했다.

"전사한 치즈들에게 사죄하겠다고······. 제발 좀 나와라."

〈응♥ 부타케♥〉

알림창을 보던 세준은 저도 모르게 인상을 굳혔다.

매끈한 유리 화면 너머로 보이는 생소한 글자와 문양. 아니, 그러니까 저 '발신자'로부터 나올 거라 상상도 못 한 생소한 글자들이 그를 혼란스럽게 만들었다.

그러나 그의 혼란은 곧이어 올라오는 다섯 글자에 풀리고 말았다.

〈2인분으로♥〉

한영 누나구나. 피식 웃는 세준의 입꼬리가 말려 올라갔다.

직접 보지 않아도 뻔했다. 그럼 그렇지, 세준이 아쉽게 중얼거리며 차를 돌렸다.

술을 마시고 나서 아픈 위장에 빨간 국물은 더 안 좋다고 했었다. 하얀 국물, 맑은 국물로 칼칼하지 않은 것을 먹는 것이 오히려 숙취에도 좋고 위장에도 좋다고 했던 것을 떠올리며 세준은 인근에 맛있기로 소문난 설렁탕집을 찾았다.

끼니때가 아닌지라 널찍한 가게 안은 제법 한산했다.

"여기 설렁탕 3인분 포장해 주세요."

갑자기 들어온 훤칠하고 잘생긴 총각의 주문에 주방 아줌마들의 손길이 멈췄다. 그러더니 이내 저들끼리 모여 열일곱 소녀처럼 수군거리기 시작했다.

"아이고야, 저 총각 좀 봐봐."

"들어올 때부터 보고 있지이. 아따, 훤―하게 생겼네잉."

"어디서 본 것 같기도 한데……."

"여서 연예인 한두 번 보나? 연예인이겠지."

"그렇가?"

때깔이 고우면 인심이 후해진다고 했던가. 어느새 세준의 포장을 준비하는 그녀들의 손이 커지고 있었다. 밥을 고봉으로 퍼서 담는가 하면, 5인분 같은 3인분을 덜어내 데운다.

그득그득 퍼서 주는 내심에는 이렇게 후하게 줬으니 다음에 또 오라는 강력한 메시지가 담겨 있었다.

"아따, 자알 생겼구먼. 총각, 연예인인가?"

카드기 위로 사인을 하는 세준을 요리조리 훑어보며 희끗희끗한 머리를 곱게 쪽진 아줌마가 물었다. 아줌마의 물음에 세준이 조용히 웃음을 보였다.

"그거 비슷한 거요."

세준의 미소를 보며 머리를 쪽진 아줌마가 들고 있던 밥주걱을 탕탕 내려치며 소리쳤다. 워메, 웃으니 더 잘생겨 부렀네! 대놓고 감탄하는 아줌마의 추임새에 부엌에 있는 아줌마들이 '주책이여!' 하며 까르르 소녀같이 웃어댔다.

"내가 말이여, 이 설렁탕집 하면서 엥간히 잘생겼다 하는 것들 다 봤는디, 총각이 제일이네! 진짜여! 아따 참, 내 취향인디……. 내가 먼저 보낸 우리 영감 생각해서 참는당께."

"아, 돌아가셨어요?"

"아니, 고향 내려갔어."

아줌마는 그렇게 대답하고 혼자 뭐가 그리 즐거운지 킬킬킬 웃음을 터뜨렸다. 세준은 그가 따라갈 수 없는 오묘한 농담을 하는 아줌마를 향해 어색하게 웃어 보이곤 소녀처럼 수줍게 건네주는 설렁탕을 받아 들었다.

"또 와, 총각! 닮은 친구들 데리고!"

아, 예. 어설프게 대답한 세준이 차에 올라탔다. 요즘 들어 자꾸 기 센 여자들이 꼬이는 것 같았다. 그래도 그중에서 최강은 지금 가는 그곳에 있으리라. 두 여자의 얼굴이 떠오르자 세준의 입꼬리가 올라갔다.

세준의 차가 부드럽게 출발했다.

간신히 한영을 어르고 달래며 욕실에서 끄집어낸 솔은 서둘러 채팅 목록을 확인했다. 그러나 이미 채팅 기록은 말끔하게 지워져 있었고, 그녀가 볼 수 있는 건 치웅의 '소문 내지 않을게'란 문자가 다였다.

그 문자를 보고 잠시 패닉 상태에 빠져 있던 솔은 곧 정신을 차리고 한영을 쫓아다니며 물었다.

"대체 뭐였어? 누구였냐고?"

"박세준이었지. 너한테 나 말고 톡으로 연락하는 사람이 몇이나 된다고."

한영의 대답에 안 그래도 하얀 솔의 얼굴이 더욱 창백하게 질려 버렸다.

"너…… 너……. 이씨!"

버럭 소리 지르는 솔을 향해 낄낄 웃음을 보인 한영이 냉장고에 남아 있던 샐러드를 뒤적거렸다. 그 와중에도 먹을 것이 들어가는지 냠냠 맛있게도 먹는다. 속이 부글부글 끓는 솔이 한영의 뒤를 졸졸 따라다니며 물었다.

"뭐라고 했는데? 뭐라고 했냐고!"

"좋은 말."

"그니까 그게 뭔데!"

"모올라."

아무리 닦달을 하고 애원을 해봐도 무슨 이야기를 했는지 알려주지 않는 한영의 작태에 결국 솔의 이마 위로 혈관이 튀어 올랐다.

퍽퍽!

두 손으로 힘껏 풀스윙하여 한영의 등짝을 후려쳐 주고, 쓰러진 그녀의 옆구리를 발로 꾹꾹 다져주니 그제야 한영이 나 죽네 않는 소리를 하기 시작했다. 하지만 그럼에도 불구하고 무슨 이야기가 오고 갔는지 절대 말하지 않는 한영이었다.

"독한 년."

솔이 씨근덕대니 한영이 지지 않고 되받아쳤다.

"나쁜 년."

"뭐?"

"뭐! 뭐! 어쩌라고. 아! 아파. 등에서 불나겠다! 뼈밖에 없는 게 손은 왜 이렇게 매운 거야."

"이럴 때 쓰라고 매운 거다. 야! 너 이리 안 와?"

"아, 아! 너 이거 놔라. 나 머리카락이 생명이거든?"

요리조리 도망치던 한영이 솔에게 머리채를 잡히고 말았다. 그녀의 결 좋은 머리카락이 솔의 길고 가느다란 손가락에 야무지게 휘감겼다. 머리채가 잡혀 엎드려 있는 한영의 위로 솔이 섬뜩한 미소를 지어 보였다.

"너 이티가 왜 대머리인지 알아……?"

솔의 목소리가 낮게 울려 퍼졌다. 이게 대체 뭔 말인가. 한영은 등 뒤로 소름이 돋아 오르는 것을 느끼며 되물었다.

"뭐?"

"……함부로 손가락을 놀렸기 때문이지! 너도 오늘 어디 한번 이티가 돼봐라. 엉!"

솔의 목소리에 진심이 담겨 있었다. 머리카락에서 느껴지는 힘도 점점 거세졌다. 그제야 한영이 마른침을 꿀꺽 삼키며 스탑을 외쳤다.

"잠깐, 잠깐!"

"순식간에 끝나니까 참아!"

"야, 야야! 야! 지금 박세준 오고 있다. 야! 박세준 오고 있다니까? 벌써 20분 지났네? 어? 야!"

솔이 멈칫 굳어졌다. 상황 파악을 하느라 멈춰 선 그 틈을 타서 한영이 재빨리 솔의 손아귀에서 벗어나며 덧붙였다.

"너, 지금 그 몰골로 그렇게 있을 때가 아닐 텐데?"

그 순간 솔의 눈이 한쪽 벽에 길게 세워진 스탠딩 거울에 닿았다. 밤새 뒤엉킨 머리카락, 세수도 하지 않아 칙칙한 얼굴, 민소매 티 하나만 덜렁 입은 멀대같이 키가 크고 추레한 여자 하나.

강솔, 바로 그녀였다.

안 그래도 창백한 솔의 얼굴이 더더욱 창백해지는 순간이었다.

"한 10분 남았나."

현재 시각 12 : 47 PM.

"이 웬수야!"

빽 소리친 솔이 뒤도 돌아보지 않고 욕실로 뛰었다. 그러나…….

띵동—

벨은 이미 울리고 말았으니.

타닥. 탁— 타닥. 탁—

반응이 없는 인터폰을 바라보며 세준이 손가락을 두드렸다. 벨은 눌렀는데 반응이 없었다. 벌써 어디 나갔을 리는 없고, 무시하는 건가 싶어 세준이 다시 한 번 벨을 눌렀다.

띵동—

묵묵부답. 그렇게 두어 번 벨소리가 더 울리고 나서야 인터폰 너머로 기다리던 목소리가 흘러나왔다.

[뭐야?]

인터폰 너머로 들리는 무심한 물음에 세준의 눈썹 한쪽이 습관처럼 올라갔다. 흐음, 아침부터 새침 모드라 이거지? 세준 또한 아무런 대꾸 없이 비뚜름한 시선으로 인터폰을 노려봤다. 마치 그 카메라를 통해서 솔과 눈싸움이라도 벌이는 기세였다.

그렇게 잠시간 벽을 사이에 두고 팽팽한 기 싸움이 벌어졌다. 잠시간의 침묵이 마치 열흘간의 전투처럼 길고 지루해질 무렵.

띠익! 문이 열리는 소리가 들렸다. 그제야 세준의 눈길이 부드럽게 풀어진다.

하여튼 귀엽다니까.

인터폰을 향해 픽— 웃어 보인 세준이 설렁탕이 들어 있는 봉투와 오는 길에 사들고 온 작은 화분 하나를 손에 들고 안으로 들어섰다.

"아침부터 웬 선글라스?"

문을 열어주는 솔을 보며 세준이 놀라 말했다. 솔은 펑퍼짐한 후드를 뒤집어쓰고, 얼굴의 반을 가리는 선글라스를 치켜 올리며 당당하게 말했다.

"아침 햇살이 피부에 얼마나 치명적인 줄 알아?"

그녀의 얼토당토않은 말에 세준이 눈을 동그랗게 떴다. 아니, 물론 햇빛이 피부에 안 좋다지만 매일같이 스포트라이트를 받는 모델의 입에서 나올 말은 아니지 않나?

그러나 솔의 기세가 너무 등등했다. 외려 너무 당당해서 어색해 보일 만큼이나.

세준은 고개를 털레털레 내젓고 그녀를 비켜서 집 안으로 들어가며 장난스럽게 대꾸했다.

"하긴, 그럴 나이가 되긴 했지. 피부 재생이 어려운 나이가……."

"뭐야? 야!"

미운 말을 하며 집 안으로 들어서는 세준을 솔이 붙잡았다. 그러자 세준이 붙잡힌 그녀의 손 위로 들고 온 화분을 건네줬다.

"……이게 뭐야?"

"화분."

"엉?"

영문을 알 수 없다는 듯 솔이 머리를 갸웃해 보였다. 얼굴 반을 선글라스로 가리고 있었지만, 그 까만 유리 너머로 동그래진 솔의 눈이 다 보일 것만 같았다. 보이지 않아도 보이는 그 귀여운 얼굴에 세준이 살며시 웃음을 보인다. 어색할까 봐 걱정했는데, 다행히 우려했던 만큼 솔이 쭈뼛거리지는 않았다.

"앞으로 준이라고 부르며 잘 키우도록. 그리고 자, 이거."

준? 주운? 작은 화분을 들고 어쩔 줄 몰라 하는 솔을 향해 세준이 반대쪽 손에 들고 있던 봉투를 내밀었다.

"이건 또 뭐야?"

"해장국."

"……해장국?"

도무지 갈피를 잡지 못하고 있는 솔의 모습에 세준이 그럴 줄 알았다는 표정을 지어 보였다. 고개를 돌려 방 안을 살피니, 때마침 막 세수를 마치고 나온 한영이 세준을 향해 반갑게 웃어 보였다.

"왔네!"

"한영 누나, 잘 잤어요?"

다정한 세준의 말에 선글라스 아래 솔의 얼굴이 찌푸려졌다. 이상하게도 한영에게 다정히 말하는 세준이 싫었다. 먹기 싫은 것을 억지로 먹는 것처럼 울렁거리는 느낌.

더군다나, 누나? 누나라고?

"왜 누군 누나고 누군 아니야?"

솔이 세준의 뒤에서 뾰루퉁하게 중얼거렸다. 신발을 벗었음에도 솔보다 머리 하나는 큰 세준이 솔을 뒤돌아봤다. 커다란 선글라스 아래 도톰하게 튀어나온 솔의 입술이 불만스럽게 움직였다.

"차라리 둘 다 누나라고 하지 말든가. 듣는 한쪽 기분 나쁘게."

솔의 말에 잠시 생각에 잠기던 세준이 되물었다.

"누나라는 말이 듣기 싫은 거야, 아니면 듣고 싶은 거야?"

"둘 다 아니야!"

"그래? 근데 뭐가 불만이라는 거야?"

세준의 물음에 솔이 잠시 당황하고 말았다. 그러다 금세 정색하며 다시 말한다.

"듣기 싫어."

"그럼 당신한테 누나라고 하는 것도 싫어?"

세준이 되받아쳐 물으니 솔이 입술을 잘근거리며 입을 다물었다. 그 틈으로 세준이 길고 서늘한 눈꼬리를 접으며 아침 햇살만큼 근사하게 웃어 보인다.

"그건 아닌가 보네."

"아니, 그냥 싫······."

"그만하고. 그거나 줘."

순간 멋쩍어진 솔이 회색 후드 위로 머리를 긁적였다. 한영이 쯔쯧 혀를 차더니 부엌으로 쏙 들어갔다.

"어? 근데 이거 왜 3인분이야?"

"두 사람만 먹으려고 했어요?"

"아, 네 것까지?"

"네."

세준이 걸쳐 입었던 회색 폼 포드 재킷을 벗어 빨간 소파 위에 걸쳐 놓았다. 그 아래로 드러난, 색상을 달리해서 걸쳐 입은 청 남방에 청바지가 산뜻하면서도 멋스러웠다. 포인트로 곁들인 벨트도 예쁘고.

솔은 그런 세준의 말끔한 모습을 불편하게 바라보며 더욱 깊이 후드를 뒤집어썼다.

'이건 치욕이야!'

입술을 질끈 깨문 그녀가 선글라스를 콧등 위로 꾸욱 누르며 살금살금 자신의 방으로 발걸음을 옮겼다. 볼 거라곤 새빨간 소파와 새하얗고 커다란 책장, 그리고 1인용 안락의자 위로 크게 드리워진 스탠딩 조명밖에 없는 그녀의 집이었건만, 세준은 신기한 듯 이리저리 둘러보고 있었다.

기회는 이때였다.

저 녀석이 구경하느라 정신을 빼놓고 있을 때, 머리는 못 감았을지언정 이 후줄근한 옷을 갈아입을 수는 있을 것 같았다.

솔은 깨금발을 들어 퀸사이즈 침대 하나만 덩그러니 놓여 있는 제 방으로 들어갔다. 그 안쪽에 드레스룸이 있었다.

"여기가 당신이 자는 방이야?"

"엄마야!"

그러나 언제 쫓아 들어왔는지 세준이 그녀의 뒤에 바짝 붙어 그녀를 내려다보고 있었다. 가까이 다가선 그에게서 남자다우면서 따뜻한 향기가 났다. 좋은 냄새였다. 가까워진 만큼 세준의 향이 진하게 느껴졌다.

냄새에 취하는 것도 잠시, 그 순간 놀란 솔이 세준을 밀쳐 냈다.

퍼억!

"으윽."

하지만 나한텐 지금 떡진 머리 냄새밖에 안 난다고!

"아야야— 왜? 아프다고."

세준이 아프다는 듯 솔이 밀친 가슴을 쓰다듬었다. 솔이 그의 곁에서 후다닥 떨어지며 소리쳤다.

"나가! 나 지금 옷 갈아입을 거야."

"밥 먹고 갈아입어."

"싫어. 난 지금 입을 거야, 지금 당장!"

"왜?"

"왜긴 왜야. 내가 그러고 싶으니까 그러지."

가운데 침대를 사이에 두고 솔과 세준이 대치하고 섰다. 다행히 침대가 태평양처럼 드넓은 퀸사이즈 원형 침대였지만 솔은 방심할 수 없다는 듯 뒤로 바짝 붙어 섰다.

저 자식은 왜 아침부터 와가지고 이렇게 신경 쓰이게 만드는 것일까?

솔은 선글라스 아래로 세준을 힘차게 노려봤다. 하지만 곧이어 눈알이 빠질 것처럼 아파왔다. 솔은 몇 초 지나지 않아 슬그머니 눈에 힘을 뺐다.

"아침부터 왜 이렇게 까칠해?"

"몰랐어? 난 항상 까칠한 여자야."

솔이 맞받아치자 세준이 머리를 갸웃하며 한 걸음 더 다가왔다.

솔이 기겁하며 소리쳤다.

"가까이 오지 마!"

"왜?"

"아무튼 가까이 오지 마. 오면 나 너 싫어한다?"

"언제는 뭐 좋아했나."

세준이 대수롭지 않다는 듯 대꾸하며 솔에게 성큼성큼 다가왔다. 끼야악! 솔은 소리 없이 절규하며 세준의 손길을 피해 방 안을 요리조리 도망 다녔다. 후드 아래로 얼굴은 꽁꽁 숨기고 토끼몰이하듯 몰아세우는 세준을 피해 다니니 식은땀이 다 날 지경이었다.

'제길, 이젠, 땀 냄새까지……!'

따뜻해지는 등줄기를 느끼며 솔은 더욱 큰 절망에 빠지고 말았다.

분명 그녀는 지금 일요일 아침 조기축구를 마친 동네 아저씨 같은 냄새가 날 것이었다. 아니면 된장 바른 청국장 냄새가 나든가.

"어, 어. 오지 말라고 했다? 너?"

"싫은데? 그리고 이렇게 아침에 설렁탕까지 배달해 줬는데 얼굴 한 번 안 보여줄 거야?"

"내가 왜 보여줘야 하는데?"

"어허?"

세준이 그 자리에 우뚝 서서 가느다랗게 뜬 눈으로 솔을 응시했다.

"왜?"

솔은 세준의 다리를 주시하며 야멸치게 물었다.

"시험해 보겠다며 남의 입술 훔친 사람이 이러기야?"

"뭐?"

그 순간 솔의 머릿속에서 지난밤의 잔상이 맴돌았다. 그리고 그와 동시에 세준과 나누었던 아찔했던 키스. 솔의 가슴이 쿵─ 하고 내려앉았다.

"싫다는 나를 억지로 호텔방에 끌고 들어가더니, 어제는 입술까지 훔치고. 자기는 다 가져가면서 나는 얼굴도 못 보게 해?"

"야, 야. 그게 아니잖아. 내가 언제……!"

못마땅한 얼굴로 솔을 노려보던 세준이 성큼성큼 그녀에게 다가왔다. 더 이상 물러날 곳도 없었고, 다가오는 속도도 너무나 빨랐다.

"끼야악!"

눈 깜짝할 새에 세준에게 잡혀 버렸다. 세준은 그를 밀치려는 솔의 두 손목을 붙잡고 자신에게 바짝 붙어 서게 했다. 생각도 못 한 엄청난 힘으로 솔을 제압한 그가 그녀의 손을 등 뒤로 돌려 한 손으로 결박했다. 선글라스 아래로 솔의 눈이 동그랗게 커졌다. 등 뒤로 서늘한 벽이 느껴졌다. 당황한 솔이 버둥거리며 소리쳤다.

"이거 놔? 너 이거 범죄다? 범죄라고!"

"어리고 멋모르는 후배를 '누나 믿지?' 하며 호텔로 끌고 간 건 범죄 아니고요?"

기억에 없는 일이었다. 내가? 내가 정말 그랬단 말인가? 아깝……. 아, 이게 아니지.

"이거 안 놔?"

솔은 다시 정신을 차리고 최대한 목소리를 내리깔며 위협적으로 말했다. 더 이상 발버둥 치면 혹여 후드가 벗겨질까, 냄새라도 올라올까 싶어 움직임도 자제하면서.

그러나 솔은 모르고 있었다. 새까만 선글라스 아래로 톡 불거져 나온 입술이, 아침이라서 더 부풀어 오른 그 오동통한 입술이 선글라스 아래로 더욱 탐스럽게 반짝거리는 것을.

세준은 솔의 통통한 입술이 오물거리는 것을 보고 있자니, 화는커녕 귀엽다는 생각만 가득했다. 저 시커먼 선글라스 아래의 눈과 코가 드러나면 더 예쁠 텐데, 왜 이리 꽁꽁 가리고 있는 건지.

어느새 꽁한 마음이 스르르 풀린 세준이 싱글싱글 웃으며 낮은 목소리로 물었다. 그의 낮아진 목소리만큼이나 그녀를 몰아붙이는 힘도 세졌다.

"나 앞으로 여기 자주 놀러 와도 돼?"

그의 힘에 주춤 밀려나며 솔이 강력하게 대답했다.

"안 돼."

"돼?"

"안 돼."

"돼?"

"안 돼!"

"돼?"

"……네 마음대로 하고. 이거나 놓아달라고!"

결국 백기를 든 솔이 애걸복걸하듯 말했다.

그러자 세준, 씨익 웃으며 다시 묻는다.

"그럼 나 지금 키스해도 돼?"

제가 잘못 들은 건가 싶었다.

그래서 솔은 그대로 굳은 채 눈만 껌뻑거리며 선글라스 너머로 박세준을 멍하니 바라만 보고 있었다. 생글생글 웃는 세준의 얼굴을 빤히 바라보던 솔이 금붕어처럼 입술을 벙긋거렸다.

"돼?"

세준이 짓궂게 웃으며 다시 물었다.

잘못 들은 게 아니었다니……!

솔은 식겁하며 숨을 들이켰다. 놀라 동그래진 눈동자가 바르르 흔들렸지만, 다행히도 검은 선글라스 덕택에 많이 티가 나지는 않았다. 할 말을 잃고 빠끔거리는 솔의 입술을 세준이 빤히 바라봤다. 적나라한 시선.

"안 돼!"

솔의 얼굴이 홍당무처럼 붉어졌다. 맥박은 왜 또 갑자기 난리람…….

빽 소리를 내지르고 그녀가 다시 격렬하게 저항하기 시작했다. 이리저리 뒤트는 사이 그녀의 머리카락이 커다란 후드를 빠져나오기 시작했다. 그러거나 말거나, 이 키만 멀대같이 큰 어린 늑대의 먹이가 되지 않으려고 솔은 계속해서 저항 중이었다.

"안 돼! 안 된다고! 안 돼!"

"가만히 있어봐."

"뭐, 뭘 가만히 있어! 안 돼, 안 되니까 저리 가라고!"

하도 격렬히 저항하는 통에 세준이 시무룩한 표정으로 그녀를 바라봤다. 마치 아이처럼 순진한 얼굴이었지만 그녀의 손목을 움켜쥔 악력은 남자, 그 자체였다. 영원히 놓아주지 않을 것처럼, 세준의 손이 너무나도 단단하게 그녀를 움켜쥐었다.

"왜? 어제랑 오늘, 다른 게 뭔데?"

세준이 물었다. 솔은 얼굴을 와락 찌푸리며 차마 입으로 대답하지 못할 절규를 속으로 내질렀다.

'안 감은 머리! 이놈아!'

후루룩.

"여기 설렁탕 맛있다."

"그래요? 입에 좀 맞아요, 누나?"

"응, 맛있어, 맛있어!"

한영이 사발을 호로록 들이켜며 말하자 세준이 빙그레 웃는다.

"다음에 또 사다 드릴게요."

"아이구, 착해라. 오구오구."

한영의 손이 자신보다 훌쩍 큰 세준의 머리통을 향해 뻗쳐들었다. 그러나 영 팔이 짧은지 그 손끝은 그의 앞머리만 살짝 건드리며 파들파들 떨리고 있었다. 설렁탕 국물만 휘휘 젓고 있던 솔이 그런 한영을 못마땅한 듯 보며 중얼거렸다.

"사십오."

"응?"

"오구 사십오라고."

솔의 무심한 말에 한영의 어깨가 굳어졌다.

"우리 아버지도 안 하실……."

"오구는 쌀피자지."

한영의 말을 가르며 세준이 불쑥 말을 붙였다. 한영의 경악스러운 고개가 이번엔 세준을 향해 돌아갔다.

얘까지 왜 이래, 진짜? 눈으로 말하는 한영의 시선은 안중에도 없는 듯 세준은 그저 솔을 보며 싱글싱글 웃고 있을 뿐이었다.

솔은 따금따끔 느껴지는 세준의 시선을 눈살을 찌푸리며 마주했다.

'얘가 원래 이렇게 잘 웃는 애던가?'

눈이 마주칠 때마다 자꾸 웃음을 보이는 세준을 보며 솔이 머리를 갸웃거렸다.

처음 수영장에서 봤을 때도, 로마에서도, 멀리서나마 세준을 보고 있을 때면 그는 이렇게 웃음이 헤프지 않았었다.

뭐, 알게 뭐람. 솔은 입술을 삐죽이며 괜스레 퉁명스럽게 말했다.

"피자 잘 안 먹어서 모르겠다."

"피자 싫어해?"

"아니, 그런 건 아닌데……."

정말 몰라 묻느냐는 듯 솔이 세준을 빤히 바라봤다. 정말 아무것도 모른다는 듯 세준이 어깨를 으쓱한다.

"그럼 다음에 피자 먹으러 갈까? 아는 형이 하는 가게 있는데."

"솔이는 그런 고칼로리는 안 먹어요. 일 년에 한 번 먹을까 말까 하는데, 뭐. 그나마 환장하고 먹는 게 하나 있지만."

"아아. 체중 조절. 그래서 이렇게 말랐구나."

모델이 마른 게 당연하지. 그리고 지는 안 말랐나. 솔은 세준을 흘겨보며 테이블 아래로 한영의 다리를 걷어찼다.

"아!"

"입 다물고 얼른 먹고 가버려."

거칠게 으르렁거리는 솔을 보며 한영이 어깨를 배배 꼬기 시작했다.

"시로시로. 한영이는 솔이랑 놀끄야."

툭―

결국 솔이 들고 있던 숟가락을 내려놓고 말았다. 그나마 조금 들어갔던 국물마저 올라올 것만 같았다. 체중 조절엔 친구의 애교만 한 게 없군. 솔은 창백하게 질린 얼굴로 휘휘― 손을 내저었다.

"여기서 놀든지 자든지 마음대로 해. 난 나간다."

"어디?"

세준이 자리에서 일어나는 솔의 손목을 낚아챘다. 그도 한영의 갑작스러운 공격에 적잖은 타격을 받았는지 얼굴빛이 썩 좋지 않았다. 솔은 잠시 고민하는 듯 세준을 내려다봤지만 연이어 이어지는 '한영이 놓구 오디 가는 고양~!' 따위의 한영의 공격에 삽시간에 낯빛이 창백해졌다.

"일단……."

솔이 창백하게 질린 얼굴로 한영을 손가락으로 가리켰다.

"저것 좀 치워줄래?"

씻으러 들어간 솔을 뒤로하고 세준과 한영이 덩그러니 부엌에 남아있었다. 대접의 바닥이 드러날 정도로 설렁탕을 호로록 들이켠 한영이 만족스럽다는 듯 배를 통통 두드렸다.

"으아— 배부르다!"

도대체 저 작은 체구 어디로 그 많은 음식이 들어가는지, 세준은 자신이 직접 보고도 믿을 수가 없는 지경이었다.

"배부를 만도 하죠."

세준이 어색하게 웃으며 주변을 정리했다. 한영은 뿌듯한 얼굴로 빈 그릇을 치워 싱크대로 옮겨놨다. 쏴아— 시원하게 터져 나오는 물 아래로 유리그릇들이 찰그락찰그락 맑은 소리를 냈다.

"제가 할게요, 누나."

설거지를 하려는 한영을 말리며 세준이 말했다.

"됐어."

그녀가 단호하게 고개를 내젓더니 슬그머니 웃으며 세준을 발로 밀어냈다. 그의 가슴께밖에 오지 않는 자그마한 여자였지만 말투 하나, 손짓 하나에서 엄격함이 느껴졌다.

"넌 이거 사왔잖아. 그리고 내가 제일 잘 먹었고. 그러니까 내가 해야지. 저리 가 있어."

단호하게 말한 그녀가 등을 보이며 돌아섰다. 그 작은 행동에서 선이 확실한 그녀의 성격이 드러났다. 세준은 어깨를 으쓱하며 자리에 돌아와 앉았다. 끝까지 제가 하겠다고 하면 한영이 오히려 화를 낼 것만 같았다.

조용한 집 안에는 설거지하는 물소리만 분주했다. 야무진 한영의 손이 이리저리 움직이는 것을 보며 세준이 가만히 입을 열었다.

"아침에 일찍 일어났나 봐요."

"응?"

그게 무슨 말? 한영이 힐끔 뒤를 돌아보며 세준을 향해 눈짓으로 물었다. 테이블에 턱을 괴고 베란다 어디께로 시선을 둔 세준이 말을 이었다. 그의 눈은 조금 전, 시간의 어딘가를 헤매는 듯 나른했다.

"솔이한테서 좋은 냄새가 나더라고요. 아침이라 그런지 뽀얗고, 예쁘고."

이게 말이야 방구야? 수세미로 그릇을 벅벅 닦아내던 한영이 멈칫 굳어버렸다. 순간 제가 잘못 들은 것이 아닐까 의심하며 한영이 고개를 돌려 세준을 바라보려는 그때, 다시 세준의 목소리가 꽂혀들었다.

"재스민 향인가? 라벤더 향인가? 아무튼 플로럴 계열인 것 같았는데……."

헐.

한영이 결국 씻고 있던 그릇을 내려놓고 뒤로 돌아섰다. 저 말이 진심인지, 장난인지 세준의 얼굴을 직접 봐야 했다.

그런데 이게 웬걸…….

"왜요, 누나? 벌써 다 끝났어요?"

진짜다.

오. 마이. 갓! 솔아, 얘가 네 정수리에서 꽃 냄새를 맡았단다!

한영은 누군가에겐 구린내가 누군가에겐 꽃향기가 될 수 있는 미스터리한 현상을 두 눈으로 똑똑히 목격하고 말았다.

그 시각, 대한민국 상공

널찍한 기내에 편안하게 앉아 있던 카스티엘이 슬쩍 고개를 돌려 창밖을 바라봤다. 두어 시간 전보다 훨씬 가까워진 지상의 모습이 보였다. 곧 도착이겠군, 중얼거리는 그의 말이 끝나기가 무섭게 기내방송이 울리기 시작했다.

「한숨도 안 잤군요?」

부스럭하는 소리가 들리더니 그의 옆자리에 앉아 있던 고흐가 부스스 하품을 하며 일어났다. 흐트러진 금발머리를 슥슥 빗어 정리한 그가 카스티엘이 보고 있는 창문 너머를 힐끔 바라봤다.

카스티엘은 점차 가까워지는 대한민국 땅에서 눈을 떼지 못한 채 가볍게 고개를 끄덕였다.

「오늘 날씨가 좋아.」

「그러네요. 날이 맑습니다.」

카스티엘의 말에 동의하듯 고흐가 고개를 끄덕였다.

한국으로 가는 지금 이 두 사람. 바로 포로 로마노의 입구에서 솔이 부딪쳤던 그 남자들이었다.

오랜 비행을 위해서 편안하고 캐주얼한 차림이었지만 세련된 옷차림의 남자들이었다.

넉넉한 의자에 몸을 뉘이고 창밖을 바라보는 카스티엘에게는 여유와 기품이 흘렀다. 검은 머리카락의 동양적인 이목구비였지만 묘하게 이질적인, '한국인'이라고 보기엔 조금 어색한 이 남자, 카스티엘이 천천히 입을 열었다.

「……느낌이 좋아. 잘될 것 같아.」

「항상 잘해오셨잖습니까, 뭘 새삼스럽게.」

고흐가 어깨를 으쓱하며 대수롭지 않게 대답했다.

사업이건 뭐건 그가 보좌하고 있는 카스티엘이란 남자는 대단한 남자였다. 실패라는 것을 모르는 듯 언제나 승승장구.

자신만만하고 또 그만큼 실력이 있는 남자였으니, 고흐는 자신이 이런 남자 밑에 있다는 것이 언제나 자랑스러웠다.

자신과 불과 세 살 정도밖에 차이가 나지 않는데도 이 눈앞의 남자에게 고흐는 철저한 상위 계급의 힘을 느꼈다.

스스로가 이렇게까지 노예근성이 있었나 싶을 정도로 고흐는 카스티엘을 존경하고 따르고 있었다.

한참을 대답 없이 바깥만 바라보던 카스티엘이 천천히 고개를 돌려 옆에 내려놓은 초콜릿빛 종이상자를 힐끔 쳐다봤다.

「아니, 그냥 뭐든 다 말이야. 고흐. 뭐든, 그냥 느낌이 좋아.」

씩 웃는 카스티엘의 얼굴에서 미래에 대한 막연한 기대감이 반짝였다.

제8화
닿을 듯 말 듯

솔은 따라온다며 들러붙는 세준과 한영을 간신히 밀어내고 차를 몰고 나왔다. 아니, 할머니 댁에 내려간다는데 거길 왜 따라온다는 것인지……. 뻥치지 말라며 달라붙는 계한영이나 그런 한영 뒤에서 슬그머니 따라붙던 박세준이나. 하여튼 둘 다 정상은 아니었다.

"고마워."

밖으로 나오기 전, 솔은 세준에게 그 반지를 돌려줬다. 물건을 받았으니 담보도 돌려줘야 할 것 같아서였다.

"잘 가지고 있어줘서."

뜻밖에도 세준의 미소가 너무 진실해 보여서 솔은 순간적으로 당황할 수밖에 없었다. 반지를 손에 쥐고 그녀를 바라보며 웃던 그 따스한 눈빛이 지난밤의 키스보다도 더욱 그녀를 화끈거리게 만들었다. 세준에게도 중요한 반지라고 하더니 그 말이 거짓은 아니었나 보다.

"그렇게 중요한 걸 덥썩 내 손에 끼워주면 어쩌자는 거야."

다시 한 번 고맙다 인사하는 목소리를 되새기며 솔은 구불구불한 비포장도로로 들어섰다. 이제 조금만 더 안으로 들어가면 할머니, 할아버지가 계시는 바로 그 시골집이었다.

이것저것 촬영 스케줄과 행사가 겹쳐서 이곳에 들르지 못한 지도 벌써 두 달이 넘었다. 거의 3개월의 시간 동안 들르지 못했던 하나밖에 없는 손녀의 안위가 많이 궁금하셨을 텐데 어떻게 전화 한 통이 없으신 두 분이었다. 뭐, 솔이 틈틈이 전화를 넣었기 때문이기도 했겠지만, 가장 큰 이유는 솔이 부담스러워할까 봐 그러셨겠지. 그렇게 두 분은 온통 손녀만 위하시는 분들이었으니까.

그래서 솔은 이 두 분을 자주 찾아뵙지 못한 게 더욱 미안하고 가슴이 아팠다.

"하여튼, 이 노인분들이 진짜 도도하기는 엄청 도도하셔가지고……."

구불구불한 시골길을 달려가며 솔은 투덜댈 수밖에 없었다. 이사 나오시라니까, 절대 안 나온단다.

할머니 집에만 갔다 오면 세차를 오달지게 해야 했다. 바퀴 틈틈이 박힌 흙먼지가 빠지지 않아서 고생한 적이 한두 번이 아니었다. 뿐만이랴? 슈퍼도 멀고, 노인정도 멀어서 매번 그 작은 스쿠터를 끌고 나가시는데……. 그게 솔의 눈에는 어찌나 위험해 보이던지. 이사를 하자고, 하자고 그렇게 설득해도 끝끝내 고개를 내저으셨다.

솔의 아버지는 목수 일을 하셨는데, 솔이 열두 살 되던 때에 현장 사고로 돌아가시고 말았다. 유독 금슬이 좋았던 탓이었을까. 그 다음 해에 어머니마저 교통사고로 아버지의 뒤를 따라가고야 말았다. 그때부터 솔은 할머니, 할아버지의 손에서 컸다.

솔의 외할머니인 홍금옥 여사는 두 아들과 딸 하나를 낳아 길렀는데, 자식 복이 없는 것인지 큰아들은 일곱 살에 홍역으로 먼저 보냈고, 둘째 딸은 손녀만 덜렁 남기고 교통사고로 먼저 보내고 말았다. 그나마 남아 있는 막내아들은 예술을 한답시고 한국에 붙어 있질 않으니 당신네 내외분이 오순도순 사실 수밖에.

그나마 하나밖에 없는 손녀가 예쁘고 유명하고, 무엇보다 돈도 잘 벌어오니, 먹고살 걱정은 없다며 좋아하셨다.

시골길을 한참이나 달려 들어오니 깔끔하게 개량한 파란 지붕의 집이 나왔다. 왜 개량한 시골집은 하나같이 파란 지붕인지, 그 단순함에 혀를 내두르며 솔이 길쭉한 다리를 차 밖으로 내디뎠다.

"할머니—!"

몸이 차 밖으로 다 나가기도 전에 솔이 할머니를 불렀다. 그러자 잠시 소란스러운 소리와 함께 철문이 벌컥 열렸다.

"어이구, 우리 강아지 왔누!"

"이—? 솔이 온 겨?"

노인치곤 키가 훌쩍 큰, 홍금옥 여사와 이춘추 노인이 나왔다. 여전히 정정하신 두 분의 모습에 솔이 적잖이 안심하며 활짝 웃음을 보였다.

"하알무니."

두 팔을 활짝 벌리며 솔이 어린아이 같은 모습으로 총총총 달려갔다. 어린 강아지가 주인에게 어리광을 부리듯, 구수한 냄새가 나는 할머니의 품에서 몇 번이고 뺨을 비벼댔다.

그녀들의 뒤에서 이춘추 노인이 삐죽거렸다.

"할미만 보이고 할아버지는 보이지도 않지? 이때까지 이 노인네가 보고 살아온 두 여자가 이렇게 나한테 무관심하고. 아이고, 아이고, 서러워서 내가 또 주름이 느네, 늘어!"

"할아부지이! 할아버지 엄청, 엄청 보고 싶었지요. 저번에 내가 보내준 티셔츠랑 운동화는 잘 신어? 왜 또 이런 고무신 신고 있어. 좋은 거 신으라고 보내줬는데."

솔이 노인이 신고 있는 하얀 고무신을 가리키며 타박하자 금세 생기가 돌아온 노인이 주름진 웃음을 보인다.

"그건 나 노인정 갈 때 신지, 이놈아. 우리 강아지가 보내줬다고 자랑할 때. 아, 근데 망할! 김 영감 그놈이 이게 싸구려 아니냐는 거라! 하이고야, 지가 시장에서 비스무리한 걸 봤다나 어쩐다."

"좋은 거일수록 짝퉁이 많다니까. 아끼지 말고 팍팍 신고 다녀, 할아버지. 응! 김 할아버지한테 이거 이태리에서 직수입한 거라고 말하고."

"잉? 이태리? 그거이 참말이여?"

물 건너왔다는 말에 이 노인이 주름진 눈을 동그랗게 떴다.

집 안으로 들어가는 길에 신발장을 힐끔거리니 손녀가 보내준 회색 운동화가 아직도 새것처럼 보송보송하다. 솔이 할아버지의 순진한 물음에 픽 웃으며 고개를 내저었다. 여기서 또 맞다고 대답하면 할아버지는 죽을 때까지 한 번을 신지 않고 보관만 하실 분이셨다.

"뻥. 그렇지만 좋은 신발이에요. 김 할아버지한테 기죽지 말고, 자랑 팍팍 하고."

"아, 얘가 보내주면 시장에서 산 거고, 마트에서 산 거고 다 좋은 거지, 뭘 김 영감 말에 휘둘리고 그려. 그러지 말고 얼른얼른 들어가자고. 춥네."

투닥거리는 두 사람을 집 안으로 떠민 홍 여사가 덜컥 철문을 닫았다. 휑했던 앞마당에 베이지색 큐브차가 앙증맞게 박혀 있었다.

"그 뭐시기냐, 내일 촬영인가 뭐시긴가는 없는겨?"

"응. 오늘도 내일도 없어서 이렇게 내려왔지. 오늘 자고 갈 거예요."

할머니가 깎아주는 시원한 오이를 오독오독 씹어 먹으며 솔이 고개를 끄덕였다. 그러자 두 노인의 얼굴 위로 은근한 기쁨이 피어오른다.

"에구구. 그럼 오늘 우리 강아지가 좋아하는 쌈밥 해줘야지, 쌈밥. 아이고! 내 정신 좀 봐. 돼지고기가 없네. 아이고."

"괜찮아. 된장찌개만 있으면 되지 뭘. 그게 제일 맛있어."

"내가 지금 읍내 가서 사올까?"

"아, 됐다니까, 할아버지. 괜찮대도."

만류하는 솔을 보고도 이춘추 노인이 기어코 점퍼를 들고 일어선다. 오랜만에 보는 손녀인지라 작은 거라도 정성들여 챙겨주고 싶은 그런 마음이리라.

그 마음을 모르는 것이 아니기에 결국 솔은 만류하는 것을 그만두고 나가는 이 노인을 배웅했다. 노인은 어디서 그런 힘이 나온 건지 오래된 오토바이를 끌고 쌩하니 읍내로 달려갔다.

"이리 와 앉어. 어디 아픈 덴 없고?"

"아프긴, 너무 쌩쌩하지. 봐봐, 더 예뻐졌지?"

솔이 재롱을 부리듯 제자리에서 빙그르르 도니, 홍 여사가 깔깔깔 웃으며 고개를 끄덕였다.

"암, 누구 핏줄인데. 너는 이 할미 닮아서 안 예쁠 수가 없지."

"할아버지는 할아버지 닮았다던데."

솔의 말에 깔깔 웃던 홍 여사가 정색한다.

"노망났나 보네."

아직까지도 귀여우신 분. 할머니는 할아버지 이야기만 나오면, 할아버지만 관련이 되어 있으면 이렇게 귀여워지신다. 솔은 말없이 웃으며 오독오독 오이를 씹었다.

"근데 너 남자는 없냐, 아직?"

"컥."

예상치 못했던 할머니의 공격에 먹던 오이가 목에 걸리고 말았다. 얼굴이 벌게지도록 켈룩켈룩 기침하는 손녀의 등을 부드럽게 두드려 주던 홍 여사가 날카롭게 눈을 빛냈다.

"있구먼, 있어."

"아, 아니야! 있긴, 개뿔."

"아냐, 있어. 뭔가 있어. 그치?"

"아니야, 아냐!"

솔은 필사적으로 고개를 내저었지만 숱한 세월을 거치고 거쳐 더욱 날카로워진 노인의 촉을 벗어날 수는 없었다. 결국 요즘 찝쩍거리는 놈이 하나 있다고 실토한 솔이 할아버지께는 말하지 말라고 신신당부를 했다.

이 노인이 알면 당장 서울에 올라와 그놈 낯짝부터 보자고 흥분하실 것이었다. 그 낯짝을 보고 나면 주걱으로 후려치실 거고.

"왜, 너는 마음에 안 들어? 그건 아닌 거 같은디. 남자는 자고로 성실! 그리고 근면! 그거면 땡인 거여."

"아니, 그래도 성격도 봐야 하고, 능력도 봐야 하고 그런 거 아냐, 할머니?"

"머리 똘똘하냐, 그놈?"

"응? 아, 뭐, 그런 것 같긴 한데."

솔이 로마에서 봤던 세준의 유창한 영어 실력을 되씹으며 고개를 끄덕였다.

젊은 놈이 그 정도로 혀를 굴릴 수 있다는 것은 전문적으로 배웠거나, 아니면 똘똘한 거 아니겠는가? 촬영 들어가기 전에도 항상 꼼꼼하게 디자인보드를 살피는 것도 잊지 않았고. 또 얼핏 듣기로는 원래 다니던 학교도 좋았다더라.

"똑똑한 놈이 성실하면 성공하는 거지 뭘 더 바라. 성격? 갸가 널 억쑤로 쫓아다닌담서? 그럼 지가 너한테 성격을 맞추게 되어 있어."

"에이, 보통 놈이 아니야, 할무니."

"그럼 너는 보통 애여?"

어라? 아니지.

솔이 거세게 고개를 도리질 쳤다.

"그럼 됐구먼. 날 닮아 이리 꽃 같은 내 손녀가 만날 애인도 없이 일만 하는 게 할미가 얼마나 맴이 아픈지 알어? 연애도 좀 하고, 사고도 좀 쳐보고."

"엄마야! 할머니, 뭔 사고야!"

"그런 사고 말고, 이놈아. 사랑의 교통사고라고나 할까."

주름진 할머니의 얼굴이 익살스럽게 구겨졌다. 껄껄 웃던 홍 여사가 손녀의 등을 다정하게 토닥인다.

"쿵! 하고 들어서서 아이쿠! 하는 사이에 쓰러지는 거여. 그런 거여, 우리 강아지. 잘 알아둬."

"할머니!"

솔의 비명에 가까운 외침이 시골집을 쩌렁쩌렁하게 울렸다. 그 뒤로 홍 여사의 웃음소리가 시원했다.

할머니의 제육은 언제나 옳았다. 아니, 할머니가 해주시는 모든 음식이 옳았다. 그래서 솔은 언제나 할머니표 음식을 두려워했다. 자신을 잊고 마구마구 먹어댈 것만 같았기 때문이다. 물만 먹어도 살이 찌는 체질은 아니었지만, 그렇다고 아예 살이 안 찌는 체질도 아니었던지라 솔은 언제나 먹는 데 주의해야 했다.

하지만 우리 강아지 많이 먹으라며 한껏 상을 차리신 할머니, 할아버지 앞에서 밥을 깨작거릴 수는 없었으니. 결국 퍼주신 밥을 다 먹고 배가 불러 뒹구르르 TV까지 굴러 와야 했다.

그러나 그게 끝이 아니었다.

"토마토 먹그라."

이 노인이 빨갛게 익은 토마토를 손수 송송 예쁘게 잘라 가져왔다. 더 이상 숨 쉴 공기조차 들어가기 어려운 솔이 숨을 헐떡이며 고개를 내저었다.

"더 이상 못 먹어."

"뭘 얼마나 먹었다고 그려. 겨우 반 공기 먹었으면서."

"쌈밥이잖아, 할아버지. 쌈밥. 상추랑 제육도 엄청 먹었다고요."

"그래도 이거 하나만 먹어. 이 할애비가 키운 거여. 쫀득쫀득하고 맛있다야."

"으으."

할아버지가 직접 키우셨다는 말에 또 결국 토마토 하나를 집어 들 수밖에 없었다. 입안에 퍼지는 토마토 향이 참 깨끗하고 달았다. 그것을 겨우겨우 입안에서 씹고 있을 때 홍 여사가 당근 주스를 들고 왔다.

"이기도 먹거라."

"아, 제발. 더 이상은 못 먹어."

솔이 강하게 도리질 치니 홍 여사가 솔 앞에 있는 토마토를 보며 눈을 삐죽였다.

"아니, 이 영감이 언제 또 토마토를 가져와가지고! 애가 배불러서 주스를 못 먹잖아."

"당근보다는 토마토지. 암."

"당신이나 처드슈. 먹고 혼자 오래오래 살어."

"아니, 난 우리 마누라랑 오래 살 거여."

"흥! 누구 마음대로."

이 노인이 은근한 손길로 홍 여사의 옆구리를 쿡 찔렀다.

그러자 홍 여사는 마치 열여덟 꽃분홍 시절처럼 새침하게 이 노인의 손을 쳐냈다. 이 노인이 주름 가득한 얼굴로 껄껄껄 웃음을 터뜨렸다.

이러니저러니 해도 사이가 좋은 할아버지, 할머니의 모습에 솔은 기분이 좋았다.

서울에서 바쁘게 활동을 하고 치열하게 살아가다 보면 그녀는 이곳이 무척 그리울 때가 있었다.

느릿하지만 딱 본인들의 속도로 살아가시는 두 분, 몇 십 년이 지나도, 가슴을 무너뜨리는 상황 속에서도 서로를 의지하고 사랑하며 살고 있는 이 두 분을 보고 있자면 살고자 하는 방향이 보이곤 했다.

믿고 의지할 수 있으며, 또 믿음이 가는 사람으로 살자고. 그렇게 되자고 솔은 또다시 다짐했다.

"리모컨이……."

벽에 걸린 큼지막한 시계를 힐끔대던 홍 여사가 더듬더듬 리모컨을 찾았다. 몇 해 전 급성 녹내장을 앓았던 탓에 한쪽 시력이 많이 떨어지는 그녀였다. 그런 그녀를 대신하여 이 노인이 리모컨을 찾아 그녀의 손에 쥐어주었다.

"뭐 볼라고 그러는가?"

"연예가중계."

"아! 오늘이 그날이여?"

휙휙 돌아가는 TV 채널을 보다가 솔이 물었다.

"그건 왜 그렇게 열심히 보는 거야, 할머니?"

솔이 데뷔하고 나서부터 이상하게 연예정보 프로그램을 열심히 챙겨보는 할머니셨다. 예전엔 쳐다도 보지 않으셨으면서 말이다.

"여가 연예인들 젤 많이 나오는 프로그램 아녀?"

"그치."

"그럼 이 중에 네 짝이 있을 거 아녀. 할미가 찾아보려고 그러지."

뒹굴거리던 솔이 순간 푸웃 웃음을 터뜨렸다. '으하하!' 웃던 그녀가 벌떡 일어나서는 할머니의 품으로 꼬물꼬물 다가가서는 어리광을 부리듯 그녀를 꽉 안았다.

"할머니, 나랑 저 사람들이랑은 분야가 달라요. 그렇게 자주 마주치지도 않는걸."

"그건 모르는 일이다, 아가. 너도 여기 종종 나왔잖여? 그리고 할미는 이미 점찍어둔 아가 몇 있어요."

홍 여사가 솔의 어리광에도 꿈쩍하지 않고 TV를 뚫어져라 쳐다봤다. 솔은 그런 할머니가 귀여워 그녀를 안은 손에 더욱 힘을 주었다.

"뭐야아, 누구? 일빈? 대지섭? 설마…… 요즘 대세 이수현?"

"아니여, 그런 애들이! 접때 몇 번 나왔는데, 오늘 나올라나……. 옳지, 나온다! 자, 자가 할미는 참 마음에 든단 말이지."

"뭐야, 누군데."

호호 웃음을 보이며 솔이 TV 화면으로 시선을 돌렸다. 머리를 발랄하게 양 갈래로 묶은 리포터가 나왔다. 그리고 그녀가 들고 있는 사진 피켓.

[요즘 떠오르는 CF 스타죠! 오늘은 모델 박세준 씨의 촬영 현장에 나와 있습니다!]

웃던 얼굴 그대로 솔이 돌처럼 굳어버렸다.

"후……."

아직 촉촉하게 젖어 있는 머리를 털어내며 세준이 지하주차장으로 내려왔다. 솔을 보낸 후 세준은 곧바로 미체로 들어와 오랜만에 몸을 움직였다.

찌뿌듯한 몸을 풀려고 한 시간을 넘게 정신없이 땀을 흘리고 나니 벌써 밖은 어둑해지는 오후. 짧은 가을이 끝나가는 것을 보여주듯 햇살 또한 오후가 되면 재빨리 땅 아래로 스며들었다. 저도 춥다는 듯, 그렇게 서둘러서.

삐빅!

절제된 공간 한 편에 세준의 검은 자가용이 저의 존재를 알리듯 눈을 부라린다. 주변으로 보이는 번쩍번쩍한 차들에 비하여 다소 소박한 차였지만, 세준이 타니 단숨에 화보로 변하면서 그 어떤 명차보다도 고급스러워 보였다.

띠리릭.

막 차를 출발시키려는 차에 핸드폰이 요란하게 울어댔다. 힐끔 화면을 내려다보던 세준이 한숨을 내쉰다.

"뭔데, 또."

[로마를 다녀왔으면 이 누나한테 재깍재깍 보고를 해야 할 거 아니야!]

휴대폰 너머로 꽥 터져 나오는 홍의 목소리에 세준이 잠시 눈살을 찌푸렸다. 그리고 짧게 고개를 내젓고는 부드럽게 시동을 걸었다.

"언제부터 내가 나갔다 들어오는 거에 신경을 썼다고 그래."

[오늘부터. 박세준이 CF 스타가 된 그 순간부터.]

깔깔 웃는 홍의 목소리에 세준도 기가 막힌다는 듯 헛웃음을 터뜨렸다. 여유롭게 핸들을 돌려 지하주차장을 빠져나오며 세준이 말했다.

"시답잖은 이야기 할 거면 끊어. 나 지금 운전 중이야."

[어어어? 야야야! 너 오늘 올 거지? 내가 한 달 전부터 말해놨잖아! 이따가 올 거지? 애들도 다 온다고 했단 말이야!]

"어디? 아…… 마이스터?"

[그래, 마이스터!]

세준이 잠시 고민하는 듯 한쪽 눈썹을 추켜올렸다. 이어지는 정적이 불안한지 휴대폰 스피커 너머로 홍이 다시 빽 소리를 지른다.

[내 첫 단독 프로젝트라고! 안 오기만 해봐!]

오래간만에 영화관이나 가려 했건만, 아무래도 오늘은 날이 아닌가 보다.

부르릉.

세준의 핸들이 다시 한 번 부드럽게 돌아갔다.

힐끔, 시계를 보니 벌써 9시가 넘은 시각.

뒷좌석에서 외투를 챙겨 들던 세준이 휴대폰을 집어 들다가 멈칫하며 멈춰 선다. 깜깜한 자동차 안에서 휴대폰을 노려보던 그가 심플하게 빛나는 화면 위로 손가락을 붙였다 떼었다를 반복했다.

'걸까? 말까?'

톡— 톡— 톡— 화면 위를 두드리던 손끝은 통화버튼 위에서 몇 번이고 멈춰 섰다.

'뭐하고 있을까?'

통화목록 맨 위를 차지하고 있는 그 이름 위로 살며시 손가락을 올려놓는다.

'솔.'

더도 말고 덜도 말고. 딱. 솔.

"솔⋯⋯."

소리 내어 말할 때면 너무나도 예쁜, 구슬 같은 입술. 바람을 내보내는 혀끝이 아릿할 만큼 부드러운 이름이었다. 느릿하게, 빠르게, 그리고 숨을 참듯 아련하게 불러봐도 언제나 청명하고 어여쁜 이름이었다.

나오는 길에 한영이 슬쩍 귀띔해 주길, 오늘 솔은 할머니 댁에 간다 했다고. 충청도 홍성 어디 근처여서 그리 멀지는 않지만 또 그렇게 가까운 거리는 아니라고.

솔의 이름 앞에서 그렇게 몇 번을 망설이던 세준이 이내 화면을 꺼버렸다. 오래간만에 가족의 품에 있는 솔을 방해하고 싶지는 않았다. 몇 번을 망설이던 그였지만 이내 마음을 정리했다. 그래, 오늘은 그곳에서 푹 쉬다 오기를.

하지만 여전히 남아 있는 아쉬운 마음에 외투 안의 휴대폰을 몇 번이나 만지작거리던 세준이었다.

청담 근처의 클럽 마이스터(Club Meister). 그 안으로 들어서니 이미 장내는 사람들로 가득 차 있었다. 클럽임에도 사운드를 지나치게 강조하지 않았고, 사람들이 가득 차 있었다고는 하나 걸어 다닐 수는 있을 만큼 공간이 넉넉했다.

초대된 사람들만 들어올 수 있는 인바이티드(Invited) 파티였기에 듬성듬성 세준이 아는 얼굴도 있었다.

"세준아!"

안으로 들어가기가 무섭게 누군가 그의 팔목을 콱 움켜쥐었다. 여자라고 볼 수 없는 그 악력에 세준이 혀를 내두르며 뒤를 돌아봤다. 그를 초대한 홍이었다.

"왜 이제 와!"

"나름대로 일찍 온 건데?"

세준이 홍이 손을 슬쩍 떼어내며 말했다. 홍은 몸에 달라붙은 새하얀 차이나 드레스에 붉은 재킷을 어깨에 걸치고 있었다. 그 드레스만큼이나 강렬한 붉은색으로 치장된 그녀의 입술이 불만스럽게 삐죽 나왔다.

"어련하시겠어. 암튼 얼른 와, 애들 기다린다."

홍을 따라 2층으로 올라가면서 세준은 새로 오픈한 클럽 안을 살폈다. 130여 평이 슬쩍 넘는 장내에는 투명한 아크릴로 마련된 큐브형 방이 듬성듬성 보였고, 가운데로 낮은 계단을 파놓은 장내에는 사람만 한 커다란 예거 마이스터 병이 하나 놓여 있었다. 상상을 초월한 크기의 병을 보아하니 특별 제작된 것이 틀림없었다.

클럽 이곳저곳에는 마치 인테리어처럼 예거 마이스터 병이 놓여 있었기에 이 파티의 주관이 어디인지 여실히 보여주고 있었다.

"누가 왔는지 봐봐. 짜잔."

홍이 요란스럽게 문을 열었다. 그녀의 뒤로 세준이 시큰둥한 얼굴로 따라 들어갔다.

"뭐야, 박세준 왔냐!"

가장 먼저 반긴 이는 몸에 맞춘 듯 슬림한 회색 양복을 멋스럽게 차려입은 성준이었다. 그는 성큼 세준에게 다가와 그의 팔뚝을 툭 내려치며 다정한 인사를 보냈다.

"너는 왜 오늘 같은 날도 양복이야?"

세준도 같이 성준의 팔뚝을 툭 내려치며 인사했다.

"일하다 왔으니까 그렇지. 야, 나 같은 직장인은 일주일이 월화수목금금금이다."

"어우, 듣기만 해도 토 나와. 그렇게 일하는 와중에도 이곳에 온 건 다~ 홍 때문이겠지?"

저 소파 안쪽에 자리 잡고 있던 남자가 휘파람을 불며 요란하게 소리쳤다. 우락부락한 몸 위로 검은 가죽 재킷을 입은 진혁이었다.

"홍이 있는 곳엔 한성준이 있다! 크하하! 그게 바로 만고불변의 법칙 아니겠냐? 안 그러냐, 우리의 CF 스타?"

덩치도 좋은 진혁이었건만 거기에 검은 가죽 재킷까지 걸치니 어디서 한주먹 하셨을 법한 인상이 되었다. 하지만.

"넌 좀 닥쳐, 최진혁."

홍이 까불거리는 진혁의 얼굴을 들고 있던 파우치로 퍽 내려쳤다.

"아으윽! 아프잖아, 홍!"

진혁은 덩치와는 안 어울리게 엄살쟁이였다. 아침마다 온갖 영양제에, 저 가죽 재킷 주머니에는 일회용 반창고도 상시 대기하고 있을 만큼 섬세한 남자였다.

파우치 안에 들어 있던 립스틱에 코를 정통으로 얻어맞은 진혁이 소파를 데굴데굴 굴러다녔다. 그 요란한 엄살을 보던 세준도 어느새 피식피식 웃고 있었다.

"자자, 우리 오랜만에 이렇게 모였는데, 거국적으로 한잔하자."

홍이 먼저 잔을 들어 올리니 모두가 반갑다며 서로에게 잔을 부딪쳤다.

이 네 사람은 중·고등학교를 모두 같이 나온 친구들이었다. 서로 맞지 않을 것 같은 성격들이었지만 어려서부터 봐왔던 탓일까. 자그마치 6년을 매일같이 붙어 다니며 친하게 지내왔던 것이다.

홍은 이미 고등학교 때부터 파티 디자이너 및 콘셉트 디렉터로 진로를 정했고, 진혁은 바이크를 그렇게 사랑하더니 어느 순간 바이크 장사를 하고 있었다. 성준이 이 넷 중에서 그나마 평범한 축에 속했는데, 머리가 똑똑하고 그렇게 수학경시대회에서 온갖 상을 받아오더니 기어코 프라이빗 금융 관리사가 되어 있었다.

각자 다른 길로 들어선 만큼 이렇게 모이기란 쉽지 않은 법인데, 오늘은 홍이 맡은 개인 프로젝트의 오픈 날이니 오지 않을 수가 없는 것이었다.

"잘해놨더라?"

세준의 말에 홍의 얼굴이 활짝 펴졌다.

"그치? 그치? 마이스터인 만큼 오늘 콘셉트도 '예거 마이스터'로 잡았지. 거기서 협찬도 해줬고, 이쪽도 아귀가 맞으니 가격도 저렴해지고, 암튼 반응은 괜찮은 것 같아."

"좋네, 좋아. 성공했네, 홍. 독립해서 나오자마자 단독 프로젝트도 맡고. 작년까지만 해도 박 부장이 빌어먹을 대머리라며 만날 징징거리더니."

"내가? 언제? 오호호호?"

홍이 턱을 한껏 치켜들고 웃음을 보이니 성준이 따라 웃었다. 그런 성준을 보며 진혁이 비웃고 있었고, 그 여전한 구도를 보며 세준은 반갑기도 하고 웃기기도 하고.

그때였다.

"오빠!"

누군가 노크도 없이 문을 활짝 열어 젖히며 들어섰다.

우연히 손에 들어온 파티 초대장에서 홍(Hong)이란 이름을 발견하지 못했다면 그대로 지나칠 뻔했다. 하지만 홍이라니! 홍 언니라니!

다른 누구도 아니고 홍 언니가 있는 자리라면 이야기가 달라진다. 학창 시절 내내 유달리 친했던 그 네 명 중에서 만남을 주관하던 사람은 언제나 홍이었다.

본명은 홍유리. 하지만 유리라는 이름이 너무 연약해 보인다며 홍이라 불러 달라 스스로 말하던 그녀였다.

그리고 그 성격만큼이나 똑 부러지고 유쾌한 여자. 미나에겐 가장 무서운 선배였으며, 선배들에게는 일종의 마돈나와 같은 존재였다. 인형처럼 예쁜 얼굴은 아니었지만 시원시원한 성격과 독특한 분위기 때문에 언제나 사람들의 시선을 끌었다.

미나는 조명 아래서 거울을 들여다보며 화장을 고쳤다.

'분명 올 거야, 오늘.'

세준은 오늘 분명 여기 올 것이다. 촉이, 그녀의 촉이 그렇게 말해 주고 있었다. 그 생각만으로도 미나는 온몸의 세포가 살아나는 듯 팔딱거리고 있었다.

지난번 로마 컬렉션 이후로 세준은 마치 미나에게 온갖 정나미가 떨어졌다는 듯 행동했다. 눈도 마주치지 않는 것은 물론이고, 그녀가 보낸 톡은 확인도 하지 않았다. 그렇다고 전화를 받는 것도 아니니, 이것은 엄연한 무시였지만 미나는 도통 그 이유를 알 수 없었다.

그녀가 잘못한 일이라고 해봤자 친구랑 강솔에 대해 욕한 것? 하지만 다 지어낸 말도 아니었는데……

세준의 무시를 미나는 도무지 이해할 수 없었으니, 그저 가슴만 답답했다.

이렇게 세준이 무시할수록 미나는 더욱 안달이 났다. 그녀는 무식하고 단순해서 다른 방법은 알지도 못했다. 그저 계속 부딪치고 만나고 싶을 뿐이었다.

열여섯. 그 어린 나이에 처음으로 세준을 봤더랬다.

언니 미란의 입학식 때였지……. 유난히 키가 큰 그는 교정 맨 뒤에 홀로 서서 학교 담장 너머 어딘가를 바라보고 있었다. 세준에게는 웃고 떠들기만 하는 또래 아이들과는 다른 묘연한 분위기가 있었다.

마치 별세계에서 혼자 건너온 듯, 세준의 시선 끝에는 뭔가 뚜렷한 다른 세계가 있었다.

그 뒤로 정신을 차려보니 미나는 세준을 쫓아다니고 있었다. 세준이 있으면 어디든 따라갔다. 미나는 예뻤고 당당했으며 또 인기도 많았다. 당연히 세준도 언젠가는 그녀를 좋아할 줄 알았는데……. 벌써 짝사랑만 6년째였다.

이제는 반드시 세준이 자신을 좋아해야만 한다는 막연한 집착마저 들었다.

'두고 봐. 내가 언젠가 꼭…….'

한쪽 어깨가 드러나는 회색 니트 원피스 위로 화려한 목걸이가 번쩍거렸다. 그 목걸이를 움켜잡으며 미나가 붉게 칠한 입술을 깨물었다.

"미나야! 손미나!"

파우더룸에서 이리저리 자신의 모습을 비춰보고 있을 때, 같이 온 동료 모델이 헐레벌떡 미나를 불렀다.

"야, 왔어! 왔어!"

미나의 고개가 반짝 돌아간다.

"세준 오빠?"

"어! 저기 룸 들어간다!"

친구의 말에 단숨에 총총총 뛰어나온 미나가 굳게 닫힌 문을 다급하게 열었다.

"오빠! 세준 오빠!"

화사하게 웃으며 다다다 달려온 미나가 냉큼 세준의 옆자리를 꿰차고 앉았다. 세준 말고는 아무도 보이지 않는다는 듯한 움직임이었다.

허락도 없고 양해도 없이 그대로 내달려 옆구리에 달라붙는 미나를 보며 세준의 얼굴 위로 단숨에 피곤이 올라왔다.

그 방 안에 있던 모두의 얼굴도 놀람과 당황함으로 비슷하게 일그러졌다.

"홍 언니 이름이 보이기에 혹시나 해서 와봤더니, 역시나였네! 헤헤! 난 아까 한 시간 전부터 와서 기다리고 있었지! 로마에서 돌아오고 나서 한 번도 못 봤잖아. 잘 지냈어? 저번에 문자했는데 답장도 없고! 전화도 안 받고!"

세준의 어깨에 찰싹 붙어서는 얼굴을 들이미는 여자를 보며 진혁이 휘—익 휘파람을 불었다.

"손미나?"

같은 고등학교 출신이었던지라 방 안에 있던 모두가 미나를 잘 알고 있었다. 그리고 이미 그때부터 세준을 향한 미나의 유별난 짝사랑은 유명했었던지라 이젠 친숙할 지경이었다.

"아직도 쫓아다니는 거야? 이야, 너도 징하다. 그때 포기한 거 아니었어?"

"어머, 그게 무슨 소리예요. 언니랑 형부랑 이혼했으니까 이제 나랑 세준 오빠를 가로막는 건 아무것도 없어요. 그러니까 다시 시작해야죠."

"내가 말했지."

세준이 그의 어깨에 매달려 있는 미나의 손을 단호하게 떼어내며 시니컬하게 말했다. 지치지 않는 미나를 보자 세준 자신이 지칠 것만 같았다.

"한 번 사돈댁은, 영원한 사돈댁."

세준이 한쪽 눈을 찡그리며 불편한 표정을 지어 보였다. 그리고 다시 들러붙으려는 미나의 이마를 길고 시원한 손가락으로 딱 막아선 그가 확고하게 덧붙였다.

"그리고 넌 내 취향이 아니라니까."

"우씨, 그럼 오빠 취향은 뭔데! 전에 나보고 피디님이 백 가지 매력이 있다고 했단 말야. 내가 다 맞춰서 변해줄 테니까 말해봐!"

미나가 이마를 문지르며 입술을 삐죽였다. 그 모든 것을 옆에서 지켜보고 있던 홍이 쯧쯧 혀를 차더니 냉정하게 말했다.

"너 빼고 다, 이 기지배야."

"언니!"

"내가 언제부터 네 언니였어? 말짱히 잘 사는 네 진짜 언니한테 가라. 내쫓기 전에 얼른 나가. 여기 지금 네가 낄 자리 아니거든?"

"에이, 그러지 말고 그냥 둬. 오랜만에 재밌는데."

홍의 말을 가로막으며 진혁이 깐죽거렸다. 그런 진혁의 뒤통수로 세준의 손바닥이 쌈박하게 날아들었다.

"아! 야!"

"뭐?"

"왜 때려!"

"네 뒤통수가 때려달라고 깐죽대고 있으니까 때렸다. 왜?"

"이 새끼, 내 뒤통수가 지 뒤통수보다 멋있으니까 질투하는 것 좀 보소?"

"그래, 넌 뒤통수라도 멋있어야지."

"도전이냐?"

"도전도 상대가 돼야 도전이지."

시시껄렁한 진혁의 농담을 세준이 가볍게 무시하며 또다시 들러붙은 미나를 밀쳐 냈다.

"네가 안 나가면 내가 나간다."

"아! 잠깐, 잠깐. 알았어, 알았어. 오빠두 참, 알았어. 오늘은 얼굴 본 걸로 만족하고……. 자! 한 잔만 같이 하고 나갈게. 응?"

자리가 불편한 듯 나가 버리려는 세준의 모습에 홍의 눈초리가 한층 더 사나워졌다. 이미 과거에 홍에게 여러 차례 혼쭐이 난 적이 있던지라 미나가 찔끔 놀라며 헤헤 웃음을 흘렸다.

미나가 애교 있게 눈을 찡긋거리며 진혁에게 잔을 들이밀었다. 그나마 이 중에서 미나를 가장 잘 받아주는 진혁이었다. 진혁이 킬킬 웃으며 옳다구나, 잔을 들어 올렸다.

"자, 건배! 시원하게 한잔하고, 넌 시원하게 나가야겠다."

"치이, 알았다구요. 건배!"

억지로 잔을 든 세준이 마지못해 잔을 부딪쳤다. 홍도 망할 기지배, 투덜거리더니 잔을 넘긴다. 워낙 술에 약한 성준과 달달한 걸 좋아하는 홍 때문에 테이블 위에 있는 것들도 도수가 약하고 달기만 한 것들이었다. 음료나 다름없는 그것을 재빨리 들이켠 미나가 다시 세준의 옆에 찰싹 들러붙더니 날랜 손놀림으로 핸드폰을 추켜올린다.

세준이 잔을 내려놓기도 전에 '찰칵, 찰칵' 연속음이 터졌다.

홍과 세준의 눈살이 찌푸려졌다. 그러나 이미 미나의 휴대폰엔 세준과 홍, 성준과 진혁의 모습이 고스란히 찍히고 난 후였다.

"인증샷, 인증샷. 헤헤. 그럼 나 나갈게, 오빠. 내일 전화할게!"

세준이 뭐라 하기도 전에 들어올 때처럼 미나는 그렇게 순식간에 나가 버렸다. 남은 네 사람이 어리벙벙한 눈으로 서로를 바라보곤 이내 그대로 웃어버렸다. 단 그중 한 사람, 세준은 심기가 불편한 듯 쯧 혀를 차고 있었지만.

그런 세준의 옆구리를 진혁이 툭 건드리며 잔을 부딪쳤다.

"단둘이 찍힌 것도 아니고 다 함께 있는 모습인데, 뭘. 옛날부터 저런 애였잖아. 그냥 내버려 둬라. 너희 형이랑 쟤 언니랑 결혼한다고 했을 때 아주 애가 죽어서 지냈잖아. 그렇게 쫓아다니던 애가 학교도 못 나올 정도였으니 얼마나 힘들겠냐."

진혁의 말에 세준이 한숨을 내쉬었다.

"그럼 그걸 내가 알아주고 받아줘야 한다는 거야?"

"아니, 뭐, 그렇다는 건 아니고. 그냥 좀 봐주라고."

진혁이 머리를 긁적이자 홍이 끼어든다.

"야, 그걸 얘가 왜 봐줘. 좋아하는 마음, 받아달라고 강요하는 것도 못 할 짓이다. 상대방이 괴로운 건 생각도 안 하고 지 마음을 들이대는 거잖아. 그것도 폭력이라고, 매우 비겁한 폭력."

힐끔 성준의 눈치를 살피던 진혁이 쯧, 혀를 차더니 홍의 옆구리를 쿡쿡 찌르며 말한다.

"어찌 그런 잔인한 말을 하냐. 어? 너 일부러 그러는 거지? 이 마녀야."

"어머? 그게 무슨……. 성준이 나 안 좋아해. 그게 대체 언제 적 일인데 아직도 그 타령이야, 진혁이 너는. 그치? 한성준, 너 나 안 좋아하지?"

홍의 말에 성준의 표정이 살짝 어두워졌다. 성준이 슬쩍 쓴웃음을 짓더니 잔을 들어 입술을 축였다. 홍과 성준, 두 사람 사이로 보이지 않는 긴장감이 흐르다가 이내 흐릿해진다.

세준이 기묘한 긴장감을 깨뜨리며 자리에서 일어났다.

"나 잠깐 밖에 좀."

"왜?"

"아니, 아까 아는 사람 얼굴을 본 것 같아서."

"아, 그래? 그래, 그럼 다녀와."

나가는 세준에게 얼른 다녀오라는 듯 손을 흔드는 홍을 지나치던 세준이 우뚝 멈춰 섰다. 그러더니 홱 뒤를 돌아 성준에게 손짓한다.

"한성준, 같이 나가자."

"나? 왜?"

"빨리 나와, 새꺄."

갑자기 불러내는 세준의 말에 홍이 성준을 바라봤지만, 성준 또한 영문을 모른다는 듯 어깨를 으쓱할 뿐이었다.

미나는 룸을 빠져나왔어도 그녀의 일행이 기다리고 있는 곳으로 직행하지 않았다. 파우더룸에 다시 들어간 그녀가 조심스럽게 주위를 살폈다. 사실 누가 봐도 상관은 없었지만 괜스레 주변을 살피게 됐다.

"휴우!"

아무도 없는 것을 확인한 그녀가 푹신한 의자에 몸을 기대어 앉고선 꽉 쥐고 있던 주먹을 폈다. 매끄러운 손바닥 위로 덩그러니 놓여 있는 은빛 반지 하나.

세준의 반지였다.

제 손바닥 위에 놓여 있는 반지를 보고 있자니 미나의 가슴이 벌렁벌렁 뛰었다. 액세서리가 많지 않은 세준이 유일하게 끼고 다니는 반지였다. 세준이 고3 때쯤부터 끼고 다니는 것을 봤었는데 이게 무슨 반지냐고 아무리 물어도 알려주질 않았다.

모양으로 보나, 가끔 빼놓고 다니는 것으로 보나 커플링은 절대 아니었는데…….

도대체 뭔지는 모르겠지만, 어쨌든 세준의 손때가 오래 묻은 반지였다. 예전부터 탐이 났었는데, 조금 전에 테이블 위에 놓여 있는 것을 보고 저도 모르게 덥석 집어와 버리고 말았다. 충동적인 짓이었다.

나중에 혼날 것이라는 걸 알지만, 도무지 제어할 수가 없었다.

"나중에 돌려주면 되지, 뭐."

단순하게 생각하련다. 원래부터 복잡하게 생각하지 못했던 미나였다. 충동적이었고, 일단 저지르고 보는 성격인 탓에 사고도 많이 쳤지만, 그렇게 해서 얻은 것들도 많았다.

"잘 어울리네!"

세준의 검지에 맞는 반지인데, 미나에게 맞을 리가 없었다. 하지만 억지로라도 약지에 끼워 넣은 미나였다. 손가락에 헐렁거리는 반지를 보며 미나가 신이 나서 발을 동동 굴렀다.

그의 반지가 제 손가락에 끼워져 있는 것을 보니 마치 세준 그가 제 손바닥 안으로 들어온 것만 같았다.

"만천하가 박세준이 내 남자라는 걸 알아야 하는데 말이지."

아쉽게 중얼거린 미나가 핸드폰을 꺼내 들었다. 몇 번 화면을 터치하니 조금 전 룸 안에서 찍은 사진들이 나왔다. 미나의 핸드폰에 세준의 사진은 수없이 많았지만 그녀가 직접 이렇게 사진을 찍은 것은 근 3년 만이었다.

미란이 세준의 형과 결혼하고 나서 미나는 세준을 필사적으로 피해 다녔으니까. 도무지 괴로워서 얼굴을 보지 못했었다.

―업로드 하시겠습니까?

'YES' 버튼을 꾸욱 누른 미나가 빙그레 웃음을 지었다. 사진 속에 다섯 사람, 그러니까 미나와 세준 그리고 홍과 성준, 진혁이 가까운 사이인 듯 즐거워 보였다. 오밀조밀 다섯 명이 모두 찍혀 있는 사진을 보고 있자니 마치 미나 자신이 세준의 삶의 일부가 된 것처럼 가슴이 설레고 두근거렸다.

―이곳은 신나는 파티장♥ 다시 시작! 가슴이 설렌다.
잘 지내고 싶은 언니, 오빠들. 그리고 울희 세준 오빠도♥

애매한 단어들을 나열하던 미나가 신이 나서 하트를 남발했다. 사귄다고 한 것도 아니고, 사랑한다고 한 것도 아니었지만 누가 봐도 의미심장한 멘트였다.

업로드가 완료된 화면을 보며 미나가 만족스럽게 입꼬리를 말아 올렸다.

'감히 끼어들지 말라고!'

세준에게 꼬리 치는 여자들에게 대놓고 보여주는 것이었다. 나랑 너희들은 클래스가 달라, 클래스가. 함께 지내온 시간이 얼만데…….

세준과 미나의 관계는 다른 여자들과는 달랐다. 그래야만 했다. 특히 강솔 그 여자와는!

"봐라, 강솔. 이게 너랑 나의 차이라는 거야. 클래스의 차이! 어딜 감히 늙어빠진 게 나랑 세준 오빠 사이에 끼어들려고 그래?"

솔을 생각하며 입술을 삐죽이던 그녀가 몸을 돌려 일행들을 찾아 나섰다.

"라라랄라― 라라라."

헐렁하게 끼워진 반지를 보며 콧노래를 흥얼거리는 미나의 발걸음이 가벼웠다. 깡충깡충 잘도 뛰어간다.

시골의 밤은 유독 깜깜했다. 솔은 완전히 어둠이 내린 방 안에 누워 몇 번이나 뒤척이다 이내 핸드폰을 꺼내 들었다.

'연락이 올 법도 한데⋯⋯.'

이상하게 잠잠했다. 그렇다고 먼저 연락하기는 죽어도 싫었다.

마치 '나 지금 너 신경 쓰고 있다'고 대놓고 말하는 것 같지 않은가? 거기다가 죽도록 쫓아다니는 것은 세준이지 그녀가 아니었다.

이런 마음 때문에 그런 걸까? 솔은 궁금해도 먼저 연락하기가 어려웠고, 연락이 와도 살갑게 받아주기가 힘들었다.

'설마 내가 박세준을 좋아하기라도 하나?'

생각만으로도 얼굴이 화끈거리고 심장이 벌렁거렸다. 애송이처럼 자꾸만 혈관이 불뚝불뚝하고, 뜨거운 가슴이 간질간질하면서 세준의 얼굴이 눈앞에 아른아른 거렸다. 정말, 이게 정말 좋아하는 감정인가?

"⋯⋯으으으으!"

머리 위까지 이불을 끌어 올려 눈만 빠끔히 내놓은 그녀가 사정없이 이불킥을 날렸다. 허공에서 두툼하게 덮인 이불을 몇 번이나 펄럭거리고 나서야 조금 진정이 되는 것 같았다. 등 뒤로 더욱 땀이 삐질 흘러내렸다.

"미쳤어, 미쳤어! 정신 차려, 강솔. 정신 차리라고!"

이불 속에서 정신없이 머리를 도리질 치던 그녀가 발딱 일어나 곁에 둔 찬물을 들이켰다.

"후!"

발갛게 달아오른 뺨이 조금 진정되는 것 같았다. 천하의 강솔이, 하루가 멀다 하고 광고 지면을 차지하는 강솔이, 누가 누굴 좋아한다는 생각만으로도 얼굴이 빨개지다니. 세상 사람들이 알면 배를 잡고 웃을 것이 분명했다. 한두 살 먹은 어린애도 아닌, 스물여섯 살이나 먹은 대한민국 톱모델이!

"진정해. 진정하자, 솔아, 습습 후후! 진정해. 촌스럽게 왜 이러니, 정말."

솔이 다시 천천히 이불 위로 몸을 뉘었다. 반듯하게 누워 규칙적으로 숨을 들이쉬고 내쉬기를 반복. 그러나 몇 초 가지 못하고 번쩍 눈이 떠지고 만다.

"아니, 근데 이놈은 따라온다고까지 했으면서 어떻게 하루 종일 연락이 없어?"

솔이 핸드폰을 들고 다시 노란 톡 창을 열었다. 아무런 소식도 없는 화면을 노려보다가 끄기를 몇 번 반복하다가 이내 파란 창으로 넘어간다. 적극적으로 하는 편은 아니지만 가끔 켜서 사람들 사는 것도 보고, 갖가지 소식도 받아보고 있는 바로 그 파란 창. SNS계의 얼굴, 그 파란 앱이었다.

'허얼, 지은 언니 제주도 갔네? 신미옥 디자이너님 패션쇼 열 거라고?'

이것저것 쭉쭉 내려 보던 그녀의 눈이 우뚝 멈춰 섰다. 순간 자신이 잘못 본 건 아닐까 벌떡 일어나 눈을 비벼대던 그녀가 다시 한 번 화면을 내려다봤지만 그 사진은 여전히 그곳에 있었다.

"아니, 이 니주가리 씨빠빠들이……."

순간 툭 튀어나온 욕만큼이나 솔의 기분이 쿵 하고 내려앉았다. 눈에 콕 박혀 들어오는 사진 한 장.

누군가 타고, 타고, 타고 들어서 결국 솔의 지인들까지도 '좋아요'를 눌러댄 사진이었다. 다섯 명쯤 보이는 사람들. 그 사이로 솔이 아는 얼굴은 딱 둘이었다.

—이곳은 신나는 파티장♥ 다시 시작! 가슴이 설렌다.
잘 지내고 싶은 언니, 오빠들. 그리고 울희 세준 오빠도♥

조금 전까지만 해도 솔에게 이불킥을 날리게 했던 박세준과 바로 로마의 빨간 주꾸미!

"……울희이 세준 오빠아아?"

기가 막혀 소리로 튀어나와 버린 그 대사가 끝나기도 전.

띠리릭.

그 '울희 세준 오빠'에게서 전화가 오고 있었다.

"……안 받네."

두 번째 통화에도 솔은 응답하지 않았다. 자고 있나 생각해 봤지만 밤낮 없이 촬영하는 모델들에게 11시는 그렇게 늦은 시각이 아니었다. 혹여 어른들과의 시간을 방해하는 건가 싶어 세준이 조심스럽게 톡을 보냈다.

잠시 문자가 올라오는 화면을 내려다보고 있는데 뒤에서 누군가 그의 어깨를 툭툭 친다.

"뭐해?"

성준이었다. 그는 세준이 주문한 럼콕(Rum Coke)을 건네며 손에 들린 휴대폰을 힐끔 내려다봤다. 세준은 딱히 숨기고픈 생각이 없었기에 그대로 휴대폰을 들고 있었다. 깜짝 놀란 성준이 세준을 돌아봤다.

"자아? 여자냐?"

"그럼 여자한테 묻지, 남자한테 물어서 뭐해."

"그렇긴 하다만. 뭐야, 어떻게 만난 거야? 네가 여자한테 이렇게 떳떳하게 관심 보이는 건 처음이라서 나 너무 놀랍다."

성준의 말에 세준의 눈초리가 언짢다는 듯 올라갔다.

"뭐, 그동안 내가 안 떳떳한 만남을 가졌다는 듯이 들린다?"

"자식, 그게 아니잖아. 네가 이렇게 대놓고 여자한테 관심 보이는 게 처음이라고."

'처음? 그런가?'

세준은 성준의 말에 과거를 곱씹어보다가 이내 아무것도 떠오르는 것이 없자 어깨를 으쓱해 보였다. 정말 그의 과거 어디에도 이렇게 여자에게 온 정신을 빼앗긴 기억은 없었다.

그만큼 솔은 그에게 굉장했다. 그를 쥐고 흔들고, 심지어 거부한다. 조금 다가갔다 싶으면 여지없이 쏘옥 빠져나가 그를 몇 번이고 들었다 놓는다.

그녀의 숨바꼭질에 조금 지칠 만도 한데, 아니었다. 오히려 솔의 모든 행동이 그를 자극하고 유혹한다. 그녀의 하나하나가 그를 미치게 만들더니, 지금은 그녀의 일거수일투족이 온통 궁금했다.

세준은 다시 힐끔 화면을 내려다봤다.

어라? 이것 봐라? 메시지를 읽었다는 듯 메시지 창의 '1'이 사라졌다. 하지만 이상하게 답장은 없었다.

세준은 화면이 솔이라도 되는 듯 언짢은 얼굴로 화면을 노려봤다.

1초, 2초, 3초.

답장을 한다고 늦는 것은 아닌 듯했다. 그럼 왜?

세준이 가늘게 눈을 뜨고 화면만 노려보고 있자 성준이 그의 팔을 툭 치며 말을 건다.

"근데 나는 왜 나오라고 한 거야."

"아? 어, 그냥."

"그냥?"

"응."

무심한 세준의 대답에 성준이 기가 막힌다는 표정을 짓다가 이내 피식 웃어버린다. 저렇게 아무것에도 관심이 없어 보여도 세준은 성준을 챙겨준 것이었다.

성준이 홍에게 상처받지 않도록, 홍과 성준으로 인해서 분위기가 가라앉지 않도록 끌고 나온 거겠지.

저 안에 있는 마녀 같은 여자 홍유리. 유리와 성준은 학창 시절부터 꽤나 오랜 시간 사귀어왔다. 고등학교 3년, 대학을 가서도 1년을 넘게. 하지만 많은 연인들이 그렇듯 성준이 군대 가는 것을 계기로 이별하게 되었다.

유리가, 홍이 그를 배신했다는 생각은 하지 않았다. 성준은 유리에게 기다려 달란 말도 하지 못했다. 그녀의 날개를 꺾는 일이 될까 봐, 그녀에게서 '한성준'의 의미가 지긋지긋한 기다림으로 바뀔까 봐. 두 사람의 사랑이 퇴색되고 변해 버릴까 봐 성준은 2년의 이별 동안 단 한 번도 유리를 찾지 못했다.

그랬으니 이별은 당연한 것이었겠지. 쓸쓸했지만 이해하려, 유리를 잊어보려 다른 여자를 만나도 봤지만 헛짓거리였다. 잊으려 발버둥을 칠수록, 유리에 대한 향수는 더 깊이 그에게 파고들었다.

"너 실적이 어마어마하다던데."

세준이 잔을 홀짝이며 무심하게 말했다.

하는 게 일밖에 없으니까. 성준은 어깨를 으쓱한다.

"신입인데 어마어마하긴⋯⋯."

"신입 주제에 어마어마하다는 게 요점이지. 일이 그렇게 좋냐?"

"아무리 좋다고 하루 중 스무 시간을 일에 매달리겠냐. ⋯⋯그냥 하는 거지."

성준의 말에 세준이 픽 웃는다. 그의 마음을 알겠다는 듯 고개를 끄덕이며 아무 말이 없다.

세준은 언제나 이런 식이었다. 언제나 이렇게 묵묵하게, 조금 무심한 듯이 '친구' 역할을 해준다. 홍과 진혁은 연락 한 번 없는 냉정한 놈이다, 십 년 동안 마음 한 번 터놓지 않은 냉혈한이라고 그를 타박했지만, 그렇지 않았다.

먼저 연락은 하지 않았어도 그가 필요하다 말하면 군소리 없이 언제고 나와 준다. 수다스럽게 떠들진 않아도 무슨 이야기를 들어도 비웃거나 가볍게 여기지 않는다.

그렇게 세준은 언제나 그의 방식으로 다정한 남자였다. 소년이었을 때부터 남자가 된 지금까지 쭉 그래왔다.

"근데 너, 그 일로 완전히 전향한 거야?"

바에 등을 기대고 선 성준이 저들끼리 신나게 병 쌓기 놀이를 하는 젊은이들을 바라보며 세준을 향해 물었다. 세준에게 묻는 성준의 말투가 조심스럽다.

"음, 생각보다 재밌네."

다시 한 번 생각해 보는 것도 없이 세준이 대답했다. 나른한 말투로 지나가는 말을 하듯 무심한 대꾸다. 다시 한 번, 잔을 들어 입술을 축인 성준이 조심스럽게 물었다.

"……생각 안 나? 너 하고 싶은 일은 따로 있었잖아."

세준의 얼굴이 미세하게 굳어졌다. 성준은 그 미묘한 표정의 변화를 눈치챘지만, 다시 한 번 친구의 옆구리를 찔렀다.

"아버지께서 모델 일도 괜찮다 하셨으면, 이제 그것도 괜찮다 하지 않으시겠냐?"

"글쎄, 내가 그분 마음을 어떻게 알겠냐. 또 뒷목 잡고 쓰러지지만 않으시면 다행이지."

세준은 씁쓸하게 중얼거리며 얼음이 들어 있는 잔의 표면을 매만졌다.

세준의 아버지, 박성철 원장은 예전에 이미 세준으로 인해서 쓰러졌던 전적이 있었다.

원래 세준은 지극히 모범적이고 반듯한 학생이었다. 공부도 곧잘 했고, 성격도 서글서글했으며, 어디 하나 모난 구석 없이 듬직하고 바른 둘째 아들.

그런 세준이 단 하나, 정말 단 하나를 위해 목소리를 높인 적이 있었다.

'영화'.

영화를 하고 싶다고, 카메라를 들고 싶다고. 그 하나의 열망을 조심스럽게 드러냈을 때 박 원장은 그 자리에서 쓰러졌다. 내 아들들은 태어날 때부터 무조건 의사라고 굳게 믿었던 고지식한 그분이 충격으로 세준의 앞에서 바닥으로 스러지는 모습을 본 순간.

세준의 마음은 좌절과 절망, 그리고 자책으로 빨갛게 멍울이 지고 말았다. 놀라고 당황했으며 눈물이 나올 정도로 마음이 아팠더랬지.

각자의 생각으로 잠시간 침묵이 스며들었다.

"한잔하자."

성준이 세준의 어깨를 툭 치며 잔을 들이밀었다. 세준이 쓸쓸하게 웃으며 잔을 마주쳤다. 시끄러운 소음 속에서도 유독 쨍─ 유리 부딪치는 소리가 맑다.

"하고 싶은 일과 잘하는 일이 같은 사람은 좋겠다. 응? 안 그래, 한성준?"

"난 이것밖에 모르는 것뿐이야. 아주 죽겠다, 나도. 그리고 잘하는 것보다 즐기는 것이 더 중요하다는 거 모르냐? 즐겁게 해야지, 즐겁게. 아후!"

성준의 말에 세준이 하얗고 앙칼진 누군가의 얼굴을 떠올렸다. 성준이 그런 세준을 잠시간 빤히 바라보더니 머뭇거리며 말했다.

"이런 말 건방질지 모르겠지만 세준아, 난 네가 다시 했으면 한다."

지금의 세준은 카메라 앞에 서 있지만, 예전의 그는 카메라 뒤에 서 있었다. 카메라는 그의 즐거움이었고, 그의 미래였으며, 그의 눈이자 성대였다. 어쭙잖은 아마추어라고 세준의 부모님은 그의 카메라를 부수고 괄시했지만…… 아니었다.

성준이 봤을 때 세준은 어쭙잖은 아마추어가 아니었다. 비록 열아홉 살이란 어린 나이가 그를 가로막았더라도 그는, 그의 필름은 그게 아니었다. 그 일례로 허락도 없이 성준이 몰래 내보낸 콘테스트에서 세준의 필름이 유례없이 온갖 상을 다 휩쓸지 않았는가. 그것도 다른 참가작들에 비해서 그 시간도, 길이도 짧은 단편영화로 말이다.

하지만 세준은 마음을, 고개를 가로저었다.

"됐다. 그 이야긴 그만하자. 지나간 이야긴데."

세준은 손을 들어 럼콕을 한 잔 더 주문했다. 그런 세준을 보던 성준이 그를 대신해 짧은 한숨을 쉬어줬다.

'지나갔다 말하기긴 아직 이르지 않을까, 세준아?'

누군가 세준을 보며 알은체를 해오는 것을 보며 성준은 진정 하고 싶었던 뒷말을 완성하지 못했다.

"신 디자이너님 안에 계세요?"

새빨갛던 머리카락을 차분한 흑갈색으로 염색하고, 정수리 위로 머리를 질끈 묶은 미나가 매장 안으로 들어서며 카랑카랑한 목소리로 물었다. 평소 화려하기 짝이 없던 의상도 한 톤 색이 죽었고, 목과 귀, 손목에 치렁치렁 달고 다니던 액세서리도 줄어들었다.

새하얀 의상을 입은 어깨 위로 두꺼운 카디건을 올려 입은 그 스타일은 탑모델 K양과 몹시도 흡사했다.

"신미옥 대표님 말이에요!"

눈에 잔뜩 힘을 준 미나의 등장에 매장 안에 있던 직원들이 잠깐 당황한 듯 그녀를 바라봤다. 그러곤 이내 미나를 알아본 듯 서로 눈을 마주한다.

"대표님은 지금 2층에 계세요. 근데 아직 캐스팅 오디션……."

"2층이요? 오케이."

"앗, 미나 씨! 잠시만요!"

말리는 직원의 손을 단호하게 뿌리친 미나가 단숨에 2층으로 올라갔다. 직원들은 잠시 당황한 듯 서로를 바라보다가 이내 고개를 내젓는다. 멀리서 마네킹을 정리하던 숍매니저도 뒤늦게 고개를 내저었다. 이런 일이 한두 번이 아니라는 듯 손을 내저으며 매니저가 말했다.

"그냥 일들 봐. 대표님이 알아서 하실 거야."

"디자이너님!"

벌컥 문이 열리며 들리는 하이톤의 목소리에 신미옥 디자이너가 골이 아프다는 듯 이마를 짚었다.

"저 오프닝 세워주세요!"

노크도 없이 들어와 다짜고짜 오프닝에 세워달라니. 신 디자이너는 기가 차기도 하고 슬쩍 화가 나기도 했지만 차분하게 목소리를 다듬었다.

"캐스팅 오디션은 한 시간 후에 시작하는데, 왜 이렇게 일찍 왔죠?"

우아하게 머리를 틀어 올린 '카이'의 대표이자 헤드 디자이너 신미옥이 슬쩍 지나가는 귀찮은 기색을 순식간에 지우며 조용히 미나에게 자리를 권했다. 값비싸 보이는 회색 소파에 몸을 기댄 미나가 발을 동동 구르며 말한다.

"분명 저번 식사 자리에서 그렇게 말씀하셨잖아요! 저희 아빠한테 크게 빚지셨다며, 다음에 이 빚은 꼭 갚으시겠다고. 그 빚, 이번에 저한테 갚아주세요."

순간 미옥은 저도 모르게 인상을 찡그릴 뻔했다. 이게 대체, 무슨 말도 안 되는 말인가?

그래, 그녀가 미나의 아버지, 손 사장에게 빚을 진 것은 분명했다. 브랜드 런칭을 위해 투자자들을 유치할 때 손 사장이 미옥을 적극적으로 도와줬기에 사업은 빠르게 안정되었고, 홍콩에도 지점을 낼 수 있었다. 하지만 그것은 손 사장과 신미옥 두 사람의 사업상의 거래였고, 손 사장에게도 리스크를 감수했던 투자였던 것이다.

그런데 그 딸이 찾아와서 빚을 갚으라니.

"그게 대체 무슨……."

"왜요? 안 돼요? 어차피 저 이번 쇼에 올려주실 거잖아요. 그러니까 올라가는 김에 오프닝은 제가 하겠다고요. 아버지가 어려운 점 있으면 신 디자이너님에게 말하라고 했는데?"

미옥은 굳어진 얼굴로 미나의 말에 고개를 저으려다가 딱 멈춰 섰다.

"우리 딸, 잘 부탁드리겠습니다. 이쪽 계통이 워낙 빡빡하다 보니. 하하. 미나 같은 철부지는 신 디자이너님 같은 분 밑에서 한참을 배워야겠더라고요."

생각해 보니, 미옥과의 식사 자리에서 손 사장은 굳이 미나를 데리고 나왔었다. 대부업을 하는 만큼 칼 같은 면이 없지 않아 있는 그 남자가 부득불 딸을 끼고 나왔다니. 거기다가 손 사장의 뒷심은 투자에서 끝나지 않았다. 홍콩 지점을 내고 나서도 상해와 싱가폴에 있는 유명 쇼핑몰에도 그녀가 들어갈 수 있도록 도와주겠다 먼저 말했더랬지.

그래, 그런 거였군?

미옥이 단숨에 굳은 얼굴을 지우고 화사한 웃음을 지어 올렸다.

"일단 오늘 캐스팅 오디션은 공평하게 열려야 해요. 알죠? 이미 공개 오디션이라고 했는데 오프닝 무대가 다른 사람에게 배정되었다고 하면 의심을 사게 마련이잖아요."

"하지만……!"

"그런데 왜, 갑자기 오프닝에 서겠다는 거죠? 원래 쇼에는 별로 관심 없다 하지 않았나?"

"맞아요, 사실 난 쇼 별로 안 좋아해요. 근데 이번 쇼 오프닝은 내가 해야겠어요!"

미나의 발언에 미옥은 잠시 미간을 찌푸렸다. 쇼를 좋아하지도 않는 애한테 오프닝을 맡겨야 한다니. 머리가 아찔해졌다. 그리고 다음으로 이어지는 말에 다시 한 번 미옥의 머리가 지끈 아파왔다.

"강솔이 오프닝 맡는 건 참을 수가 없어요! 오늘 오디션 온다더라고요? 강솔 오면 캐스팅하실 거잖아요? 그리고 매번 오프닝에 세우셨잖아요? 싫어요. 이번 오프닝은 내가 할 거야!"

그렇게 말하며 미나가 벌떡 일어났다. 두 눈동자에 치기 어린 질투심이 이글이글 빛났다.

"그러니까, 나 오프닝 세워주세요."

부드럽게 커브 길을 돌아 나오며 매니저 석진이 힐끔 솔의 눈치를 살폈다. 아무 말도 없이 창밖만 바라보고 있는 솔의 옆얼굴에는 아무런 표정도 없었다. 요 며칠간 강솔의 기분이 완전 바닥을 치고 있었다. 뭐 때문인지는 모르겠지만 시골집에 내려갔다 온 이후로 쭉 저기압이었다.

소리 없이 무거운 한숨을 들이켠 석진이 조심스럽게 차를 세웠다. 숨 막히는 침묵 속에서 목적지에 가까스로 도착했다.

"오디션 잘 보고 와. 물론 잘할 테지만."

"내가 언제 잘 안 보고 온 적 있나? 걱정 마, 두 눈 똑바로 뜨고 똑똑히 잘 보고 올 테니까."

"그 싱거운 농담 들어보니 긴장은 안 한 것 같아서 좋다. 오케이! 이따 봐!"

부르릉 출발하는 매니저 석진의 차를 뒤로하고 솔이 신미옥 디자이너의 '카이' 안으로 들어섰다. 예정 시각보다 30분 정도 일찍 도착한 거라 그런지 아직 다른 모델들은 보이지 않았다.

"아, 솔이 씨 오셨네? 오랜만이에요. 근데 어쩌죠? 대표님 지금 손님이랑 계시는데?"

몇 번 마주쳤던 적이 있던 숍 매니저가 먼저 알은체를 하며 솔을 반겼다. 솔도 살가운 매니저의 환대에 슬쩍 눈을 접어 웃음을 보였다.

"괜찮아요, 그냥 인사나 드리려고 조금 일찍 온 건데요, 뭘. 밑에서 기다리면 되죠. 오랜만에 숍 구경도 하고."

"그럼 차라도 좀 가져다줄까요? 커피?"

"따듯한 물 좀 부탁드릴게요."

매니저에게 따듯한 물을 받아 든 솔이 찬찬히 매장을 둘러봤다. 시즌이 바뀌면서 매장 또한 메탈릭한 분위기에서 따듯한 나무 빛으로 조명과 인테리어를 바꿨다. 그에 맞춰 진열되어 있는 겨울옷들을 구경하던 차에 뒤에서 또각거리는 앙칼진 구두 소리가 들렸다.

"일찍 오셨네요?"

어디서 들어본 듯한 이 거슬리는 목소리. 솔이 인상을 찌푸리며 뒤를 돌아봤다. 주꾸미? 아니, 그런데…… 빨간색이 아니다?

"올 줄은 알고 있었지만, 이렇게 부지런한 사람인 줄은 몰랐네요."

정수리 위로 높이 올려 묶은 머리를 찰랑이며 미나가 솔을 향해 다가왔다. 다가오는 미나를 보자 솔의 얼굴이 저절로 찌푸려졌다. 어디서 많이 본 것 같은 카디건에 원피스…….

아아, 그래. 언젠가 솔이 행사장에 저렇게 입고 간 적이 있었더랬지. 그러고 보니 그 원피스와 같은 브랜드의 옷이었다. 색만 약간 다를 뿐.

에이, 설마 따라 입은 거겠어? 솔이 고개를 털어내며 미나를 빤히 바라봤다.

"너도 오디션 보러 온 거니?"

"오디션이요?"

미나가 푸스스 웃었다. 뭐가 그렇게 좋은지 눈꼬리를 한껏 접고선 턱을 들어 올려 입가를 손으로 가리며 웃는다. 호호호, 얄미운 이라 이자처럼 간드러지는 웃음소리를 흘리며 손끝으로 입술을 가리며 웃는 미나를 보던 솔이 순간 눈을 가늘게 떴다.

"그 반지는."

그 순간, 미나가 눈을 빛내며 한 걸음 더 다가온다.

"이 반지 알아요?"

그러면서 솔의 눈앞으로 쭉 뻗어 나오는 손길. 얇은 약지에 억지로 끼운 듯 헐렁거리는 은색 링이 솔의 눈앞에서 흔들렸다.

알다마다. 며칠 동안이라지만 그녀가 소유하고 있던 건데. 그 반지가 미나의 손가락에 끼워져 있는 것을 보고 있자니······.

"박세준 반지잖아?"

"어? 아네? 그래요, 이거 세준 오빠 반지예요. 나 줬어요, 가지라고. 후후."

이상하게 기분이 나빠지고 있었다. 왈칵 짜증이 밀려왔다. 간신히 진정시킨 마음의 격랑이 다시금 반지 앞에서 파도치고 있었다.

박세준이 아침엔 솔의 집에 와서 설렁탕을 내밀더니 저녁엔 클럽에서 술잔을 내밀었다 생각하니 부글부글 화가 끓었다.

무엇보다도 솔이 화가 나는 것은 박세준의 이중적인 모습이었다.

그 애절한 눈빛, 그 다정했던 표정이 모두 거짓이었던 걸까? 저에게 매달리던 그 사랑스러운 눈동자는 모두 수작일 뿐이었나? 그런 생각만으로도 솔의 가슴에 돌덩이가 매달린 듯 먹먹하게 막혀왔다.

'혹시 다른 곳에서도, 저 손미나에게도 그런 얼굴을 보여줬던 거니, 너?'

끓어오르는 숨이 가슴을 박차고 뜨겁게 흘러나왔다. 그 열기를 꾹 눌러 담고 있는 솔에게 미나가 되바라지게 눈을 치켜뜨며 말했다.

"내가 이거 얼마나 가지고 싶었는지……. 아! 근데 언니가 이게 오빠 반지인 줄은 어떻게 알죠? 치, 오빠 손만 보고 다녔어요?"

마치 보란 듯이 손을 흔드는 미나를 빤히 바라보던 솔은 문득 의문이 들었다. 열은 끓어오르지만, 이상하게 미나의 행동이 과해질수록 머리가 냉정해졌다.

남자가 여자에게 반지를 주면서 저렇게 사이즈도 안 맞는 걸 끼게 했다고? 비행기 안에서 솔에게 반지를 끼워줄 때만 해도 세준은 솔의 손가락에 반지가 안 맞는다며 투덜거리며 반지에 맞는 손가락을 찾아 엄지에 끼워 넣었었다. 그리고 솔이 세준에게 반지를 돌려줬을 때 보여줬던 그 미소.

그런 반지를 이 조심성 없어 보이는 주꾸미 애기한테 줬다고?

뭔가 이상함을 느낀 솔이 픽— 웃음을 흘렸다.

"뭐야? 왜 웃어요?"

그럴 리 없지. 솔이 세준을 다 파악한 것은 아니었지만, 그래도 반지에 보여줬던 애정은 확실하게 느껴졌었다. 박세준이 진짜 준 것일 수도 있겠지만, 어쩐지 솔은 저 반지만큼은 세준이 직접 준 것 같지는 않다는 묘한 확신이 들었다.

"뭐야! 왜 웃냐니까?"

날카로워지는 미나의 목소리에서 솔은 어쩐지 제 감에 확신이 들었다. 어떻게 얻었는지 알지는 못했지만 적어도 '직접' 끼워준 건 아닐 것이었다.

"됐다. 가라, 오디션 안 볼 거면."

그랬으면 했다.

솔이 손목에 찬 시계를 들여다봤다. 아직 45분. 오디션까지는 15분이나 남았다. 손님은 갔으려나. 인사나 먼저 드릴까?

"잠깐!"

뒤돌아서 가려는 솔의 뒤로 미나의 카랑카랑한 목소리가 다급하게 울려 퍼졌다. 우뚝 멈춰선 솔은 뒤돌아보지 않았다. 멀리 반사되는 거울 너머로 미나의 얼굴이 비춰졌다.

"언니 정도면 더 잘난 남자 만날 수 있잖아요! 굳이 신인인, 거기다 더 할지 말지도 모르는 세준 오빠를 만날 필요는 없잖아요! 얼마든지 골라 만날 수 있으면서 굳이 세준 오빠여야만 해요?"

다급하고 절박한 목소리. 그리고 거울 너머로 보이는 잔뜩 열이 오른 얼굴. 그리고…….

"나한테는 세준 오빠가 전부예요! 다라고요! 그러니까 내 거에 손대지 말란 말이에요! 다른 사람 만나요. 언니 잘나가잖아요! 세준 오빠, 그 정도는 아니잖아요!"

악에 받친 눈동자.

솔은 천천히 뒤로 돌아섰다. 반쯤 고개를 틀어 미나를 보니 꽉 쥔 주먹에서 어설픈 울분 같은 게 느껴졌다.

사랑? 솔도 아직 그런 건 모른다. 애정? 글쎄. 친구에게, 가족에게 느끼는 것은 충분히 알지. 하지만 아직 그녀 또한 남녀 간의 애정이라는 것을 충분히 알지 못했다.

하지만 저 얼굴은 아니었다. 그녀가 아는, 그녀가 느끼는 '사랑을 하고 있는 사람'의 얼굴은 적어도 저렇게 악에 받친 얼굴이 아니었다.

"너는 그렇게 너 자신에게 자신이 없니?"

"그게 무슨……!"

"네 남자라는 박세준을 그렇게 낮추고 싶어? 그 정도는 아니라니. 그게 그 남자를 사랑하는 여자가 할 말이야? 너는 아니라고 생각할지 모르지만, 난 박세준 대단한 남자 같은데. 아니, 얼마든지 대단해질 수 있는 남자 같은데?"

오죽했으면 그녀가 다 질투를 할 정도로, 그 정도로 잠재력을 가지고 있었다, 세준은.

"그래, 이 모델 일 박세준이 얼마나 할지는 모르겠어. 이것보다 좋아하는 일이 있어 보이거든. 근데 말이야, 그럼에도 불구하고 너 걔가 얼마나 카메라 앞에서 매력적인지 아니? 설렁설렁 하는 것처럼 보이지만 나는 걔가 한 번도 지각하는 것도, 자세가 흐트러진 것도 보지 못했어. 그런데 지금 네가 그런 박세준을 평가한 거야? 그런 거야?"

언짢은 듯 낮아지는 솔의 목소리를 따라 미나의 미간에 주름이 깊어진다. 솔은 그것을 빤히 바라보다가 단호한 목소리로 말했다.

"전부? 전부라고? 박세준이 너에게 전부라고? 정신 차려, 이 어정쩡한 주꾸미야! 네가 지금 네 자신도 전부 사랑하지 않는데 누가 너를 사랑하게 만든다는 거야? 그렇게 사랑이 굴러 들어오는 거면 나한테도 이미 진즉에 쉬웠어."

"뭐? 어, 어정쩡한 주……."

띠리리리.

손미나가 발갛게 달아오른 얼굴로 솔에게 삿대질을 하려는 그 절묘한 타이밍에 전화가 울렸다. 그런데 이게 웬일. 박세준이었다.

"……박세준이네."

느릿하지만 또박또박한 발음으로 '박세준'이라 말하니 미나가 움찔하며 다시 손을 거둬들였다. 저도 모르게 다른 손으로 반지 낀 손을 감싸 숨기는 모습을 보며 솔이 안타깝다는 듯 고개를 내저었다.

"그 반지, 얘기 안 할게. 근데 돌려주는 게 좋을 것 같다. 아무리 봐도 그거 박세준이 준 것 같지 않거든."

"내 거에 손대지 말란 말이에요!"

뭐? 내 거? 내에 거? 누가 누구 거라는 거야? 내 몸은 내 거! 네 몸은 네 거! 근데 남의 몸을 왜 지 거라고 그래?

빠드득, 솔이 이를 갈면서 창밖을 노려봤다. 머리 위로 뜨끈뜨끈한 열기가 보일 것만 같은 얼굴이었다.

"소, 솔아? 오디션 잘 못 본 거야?"

그 정도는 아니라고? 그 정도면 훌륭했지, 지가 뭐라고 박세준을 평가해? 어? 아니, 박세준 이 니주가리 씨빠빠도 그래. 얼마나 그 손미난지 발미난지 앞에서 없어 보였으면 이게 지를 무시하게 만들어?

"솔아, 소, 솔아? ……푸르른 솔아?"

어설픈 농담을 건네며 석진이 무시무시한 얼굴로 창밖을 노려보는 솔을 불러봤지만 그것은 이내 대답 없는 메아리로 석진을 다시 가슴 아프게 만들었다.

아냐아냐, 아니지. 박세준이 무시당할 캐릭터는 아니야. 아니, 그럼? 이 주꾸미 계집애가 지 멋대로 박세준을 무시했다는 거야? 그러면서 지 거라고?

으득, 으득.

그렇게 한참을 침묵과 괴로움 속에서 몸서리치던 석진이 결국 달달 떨리는 손길로 솔의 어깨를 슬그머니 흔들었다.

"솔아!"

"어! 왜? 왜왜?"

화들짝 놀란 솔이 그제야 석진을 돌아봤다. 어둑한 조명 아래 석진은 거의 울 듯한 얼굴로 솔을 향해 흐느끼듯 말했다.

"도착했다고, 도차악! 10분 전에 도착했는데……. 도대체 무슨 생각을 하느라 도착한지도 몰라?"

"아, 아니! 아무 생각 안 했어! 조, 조, 졸았지. 도착했다고? 아, 진작 말하지 왜 여기서 기다리고 있었어. 아무튼 오빠, 고마워요! 내일 봐, 조심히 들어가고!"

뭔가 황급하게 말을 마친 솔이 짐을 챙기고 후다닥 차에서 내렸다. 석진이 제대로 손을 흔들 새도 없이 솔이 헐레벌떡 건물 안으로 사라졌다. 그 모습을 멍하니 보고 있던 석진이 피곤한 듯 제 어깨를 두드리며 중얼거렸다.

"누구 하나 잡을 것처럼 무시무시한 눈을 하고 있었으면서 졸기는 무슨. 에휴, 내 팔자야."

10분이나 눈을 부릅뜬 채 씩씩거리는 솔을 보고 있던 석진이 이내 다시 핸들을 잡아 돌렸다. 요즘, 참 솔이 버라이어티해지고 있었다.

─부재중 전화 20통

푹신한 소파에 몸을 기대어 한참을 화면만 바라보고 있는 솔이었다.

벌써 일주일.

일주일째 솔은 세준을 피하고 있었다. 전화는 물론 메시지도 확인하지 않았다. 하지만 옛날처럼 막연히 껄끄럽고 혼란스럽기만 한 것은 아니다. 아니, 이제는 점점 가슴 안에 피어난 이 붉은 감정의 정체를 알 것 같기도 했다.

"신경 쓰여."

까맣게 꺼져 가는 핸드폰 화면을 재빨리 톡톡 두드린다. 화면 위로 불빛이 돌아오고 다시 보이는 '부재중 전화 20통'이란 글자.

전화만으로도 신경이 쓰였다. 화면 위를 가만히 노려봤다. 얄밉고, 화가 치밀어 오르고, 감당 못 할 짜증이 솟아오르는 것을 느꼈다. 그리고 그 감정들의 한편으론.

'보고 싶기도……'

화들짝 놀란 솔이 소파 위에 놓인 쿠션에 얼굴을 박으며 소리를 질렀다. 으아악! 악! 악! 쿠션을 뚫고 방 안에 쩌렁쩌렁 울리는 목소리를 들으며 솔이 소파 위를 데굴데굴 굴러다녔다.

"안 해! 안 해! 안 한다고! 죽어도 연락 안 해! 너도 똥줄 좀 타봐!"

쿠당탕탕!

"아야, 아야야야."

어찌나 격하게 굴러다녔는지, 솔이 소파 아래로 떨어졌다. 푹신한 러그가 깔려 있던 덕분에 둔탁한 통증은 그리 오래가지 않았지만 민망함에 솔은 그냥 엎어진 그 자세로 누워 있었다.

정말 이상한 느낌이었다. 마치 내가, 내가 아닌 듯했다.

자기 통제 하나만큼은 끝내주는 솔이었다. 비록 박세준과 처음 만났던 그날만큼은 예외였지만. 어쨌든 솔은 자기관리 하나는 정신 똑바로 차리고 잘한다고 생각했다.

그런데 이게 웬걸. 요즈음 이 심장도, 손끝도, 한숨도. 전혀 통제가 되지 않는다.

이런 감정이…….

생각이 깊어지는 것을 막아보려 솔이 벌떡 일어나 세차게 머리를 털어냈다.

"내가 지금 얼마나 심기가 불편한지 알려줘야 해."

솔이 비장한 눈빛으로 톡 창을 열었다.

이글이글 빛나는 눈동자가 화면 위를 한참을 노려보더니 콕, 콕, 콕, 한 글자, 한 글자에 정성을 더하여 찍어 내리기 시작했다.

그 시각, 세준의 집.

지방 촬영을 하느라 3일이나 떠돌아다니고 겨우 집에 들어온 세준이었다.

찌뿌듯한 몸을 따뜻한 물 아래에 놓기도 전에 통화버튼부터 눌렀건만, 이 여자…… 오늘도 전화를 받지 않았다. 벌써 일주일째였다.

마음 같아서는 그놈의 집구석으로 당장에 날아가고 싶었지만, 그것까지 하면 정말 스토커 집착남이 될 것 같아 꾹 참은 거였다.

거기다가 그렇게 아끼던 반지까지 잃어버렸으니.

"후, 되는 일이 없네, 정말."

샤워 후, 노곤한 몸을 소파에 뉘었지만 그마저도 영 편하지가 않았다. 잠시 거실을 서성이던 그가 머뭇거리며 몸을 돌려 욕실 옆에 딸린 작은 방으로 들어갔다.

새까만 어둠이 내린 방.

불을 켜봐도 명도가 낮은 불빛은 방 안을 은은하게만 비출 뿐, 모든 것을 다 보여줄 듯 환해지지는 않았다.

그 방 안에 빼곡하게 들어차 있는 DVD들. 벽 한 면을 몽땅 차지하고도, 그 옆에도 엄청나게 들어차 있었다. 그리고 작은 책상 위에 놓인 카메라 가방까지.

세준은 차마 방 안에 들어서지도 못하고 멍하니 그 안을 바라보고만 있었다.

그렇게 한참을 망설이다가 겨우 한 발자국 들어가 DVD장을 올려다봤다. 중·고등학교 때부터 용돈을 털어 모아놨던 영화들.

한눈팔지 않고 오로지 영화만 봤었다. 공부, 그리고 영화. 부모님을 위해서 공부를 했었고, 자신을 위해서 영화를 봤었는데.

지금 세준의 손에는 그 무엇 하나 남은 게 없었다. 조심스럽게 DVD들을 어루만지던 그가 어느 지점에 손을 멈춰 세웠다.

'AS GOOD AS IT GETS'

그가 가장 좋아했던 영화 중 하나, 그것이 손끝에 걸려 떨어지지 않았다. 그것을 꺼내 가만히 내려다봤다. 뭐라 설명할 수 없는 감동, 감정들이 세준 안으로 밀려들어 왔다.

"'이보다 더 좋을 순 없다'⋯⋯."

세준이 소리 내어 그것의 제목을 중얼거리는 그 순간.

띠링!

고요한 집 안에 톡이 왔다는 소리가 울려 퍼졌다. 뭔가 찌릿하고 느낌이 왔다. 이건 강솔이 분명했다!

"강솔, 강솔, 강솔⋯⋯!"

세준이 저도 모르게 방을 박차고 나가 소파로 뛰어들었다. 요 몇 년간 이렇게 다급해 본 적이 없는 그였다. 화면을 확인하는 순간, 역시나 그의 직감대로 강솔이었다.

무려 일주일 만에!

서둘러 화면을 확인하는 순간, 세준의 입에서 억누른 신음성이 터졌다.

〈전화하지 마. 박세좆.〉

그리고 몇 초 후.

〈아, 미안. 오타^^〉

"이 여자가 진짜……!"
잇새로 꾹 참아낸 신음성 같은 혼잣말이 새어 나왔고, 휴대폰을 쥔 세준의 손등 위로 화가 난 혈관이 툭 튀어나왔다. 화면을 노려보고 있는 세준의 눈빛은 화르륵 불타오르고 있었다.

날이 많이도 쌀쌀해졌다.
티셔츠에 점퍼 하나만 걸치기에는 턱없이 추운 아침 날씨였다. 그럼에도 불구하고 솔은 아침 댓바람부터 나와서 동네를 뛰어다녔다. 날이 추워지면서 나오기가 여간 힘들어진 게 아니었다. 하지만 이를 악물고 뺨을 찰싹찰싹 때리며 겨우 밖으로 나왔다.
밤새 핸드폰과 씨름하다 퉁퉁 부은 눈으로 일어난 솔은 토마토 하나만 간단히 먹고 집 주변을 달리기 시작했다. 한참을 달리고, 달리고, 달리고.
차가운 숨이 턱까지 차오르고 온몸을 덮은 뜨끈뜨끈한 열기가 마침내 땀으로 뚝뚝 떨어져 내릴 때, 집으로 돌아와 상쾌하게 샤워를 마쳤다.

겨우, 밤새 그녀를 괴롭힌 붓기가 빠져나간 기분이었다.

겨우, 자신을 다시 다독인 기분이었다. 상쾌하기가 이루 말할 수 없었다.

오래간만에 잔뜩 힘을 줘 화장도 했다. 신 대표가 갑자기 점심을 먹자고 연락을 해왔다. 사모까지 나온단다. 하이웨이스트 가죽 스커트에 블라우스, 그 위로 블루진 재킷을 걸쳤다. 너무 과하지도, 모자라지도 않게 신경 쓴 솔이 거울 앞에 서서 엄지를 추켜올렸다.

"좋아쓰. 내가 바로 강솔이라고, 강솔! 씩씩한 것 빼면 시췌지."

두 손으로 자신의 어깨를 토닥토닥하며 자체 위로를 하던 솔이 가방을 찾아 들었다. 든 것은 별로 없는데 크기만 한 토드백을 들고 나가려다가 우뚝 멈춰 섰다. 신발장 옆에 놓아둔 분무기. 밖에 나갈 때 화분에 물 주는 거 잊지 않으려 신발장 옆에 놓아둔 것이었다.

"네 이놈……."

솔이 한쪽 눈썹을 심술궂게 치켜떴다.

그래, 네놈 이름이 준이렷다? 성이 세고, 이름이 준이렷다?

솔이 들고 있던 토드백을 다시 팽개치며 분무기를 들고 화분이 놓인 곳으로 전투적으로 다가갔다.

"네 이놈! 하늘이 무섭지 않느냐!"

칙칙! 칙칙칙! 치직칙칙! 칙칙칙!

사극에 등장하는 배우처럼 비장한 목소리로 버럭 성을 낸 솔이 작은 화분에 자리 잡은 잎이 넓은 푸른 식물에 물을 뿌려댔다. 칙칙칙칙! 쉴 새 없이 물을 뿌려대며 입으로 우르릉, 쾅쾅! 효과음을 내지르는 것을 잊지 않는다.

"이놈, 이놈! 우르릉, 쾅쾅쾅!"

흥건하게 젖은 화분. 이런, 그래도 분이 풀리지 않았다. 씩씩거리던 솔이 분무기를 내팽개치고 방으로 뛰어 들어갔다. 박세준 하면 생각 나는 아이템이 하나 더 있었다.

"제길!"

솔이 방에서 들고 나온 것은 두꺼운 유성펜이었다. 신발장으로 다가간 그녀가 세준이 언젠가 그녀의 발에 신겨주었던 새하얀 컨버스화를 꺼냈다. 신발을 노려보는 눈빛에서 광선 빔이라도 나올 기세였다.

"……넌 내게 똥을 줬어."

으르렁거리는 솔의 말소리가 흘러나오기가 무섭게 유성펜을 든 손이 허공 위로 번쩍 치켜 올라갔다.

분위기가 심상치 않았다. 세준의 매니저 우민은 참으로 오랜만에 '긴장감'이라는 것을 느끼고 있었다.

꿀꺽. 마른침을 삼킨 우민이 힐끔 곁눈질로 옆자리를 돌아봤다.

오. 이런.

세준의 저런 모습은 또 처음 보는 우민이었다. 뿔만 없었지 완전 마왕이나 다름없었다. 우민의 눈에만 보이는 검은 기운이 세준의 등 뒤에서 푸울푸울 연기처럼 솟아 나왔다. 사악하고 음습한 기운이었다. 거기다 지난 지방 촬영이 꽤나 빡셌던 탓에 살도 홀쭉하게 빠져 있어서 더욱 퇴폐적인 분위기를 자아냈다.

얘가 도대체 왜 이래? 우민이 다시 한 번 마른침을 꿀꺽 삼키곤 용기를 내 입을 열었다.

"저기 세……."

"안 되겠어. 오늘 꼭 봐야 되겠어, 이 여자."

이런, 씹혔다.

'어디로 갈까?'라고 물으려던 우민은 얌전히 다시 입을 다물었다.

이를 으득으득 갈며 혼잣말을 씹어먹듯 내뱉는 세준의 모습에 등골이 오싹해졌다. 뭐에 저렇게 화가 나 있는지 도통 추측할 길이 없었다.

길지는 않지만 그래도 1년이 넘도록 세준과 하루가 멀다 하고 붙어 다녔던 우민이었건만. 저렇게 음습하고 다크한 기운이 만연한 세준의 모습은 처음이라 우민은 도무지 어찌해야 할 바를 모르고 있었다.

"……여보세요?"

갑자기 통화를 시작했다. 우민은 세준의 집으로 가야 하는지 어디로 가야 하는지 갈피를 잡지 못하고 같은 자리를 빙빙 돌기 시작했다. 뭐라고 하는지 들으면 어디로 가야 하는지 알 수 있을까 싶어 우민이 세준의 통화에 귀를 기울였다.

여자 목소리가 들렸다.

여자? 순간 우민의 머릿속으로 톱모델 K양이 떠올랐지만 이내 털어냈다. 얼핏 들었지만 K양의 목소리가 아니었다.

"아아, 네. 저예요. 네. 하하. 다른 게 아니라……. 아, 역시 눈치가 빠르네요."

아까 봤던 세븐일레븐 앞을 벌써 세 번째 돌고 있었다. 카페 앞에 앉아 있던 키 큰 여고생과 우민의 눈이 마주쳤다. 아까도 마주쳤던 것 같은데……. 우민은 머리를 갸웃하더니 이내 다시 코너를 돈다.

"페이스북이요? 그게 무슨 말이에요? 아, 네. 그럼 그때……. 근데 저 물어볼 게 있는데."

페이스북? 그건 왜? 우민이 다시 도로를 빙빙 돌며 세준의 말소리에 귀를 기울였다. 신호를 기다리는데 저 멀리 아까 그 세븐일레븐이 보였다. 그 옆의 카페도.

어, 그런데…… 저 여고생이 왜 전화하면서 이 차를 가리키는 걸까? 뭔가 등골이 오싹했다. 여고생과 끝까지 눈을 마주치며 운전을 하는데, 저 여고생 우민에게 갑자기 가운뎃손가락을 올려 보인다.

'뭐, 뭐지? 내가 뭘 잘못했다고? 응?'

당황한 우민이 두 눈을 동그랗게 뜨고 핸들을 꽉 움켜쥐었다. 여고생들 무섭다는 말은 들었지만, 이렇게 지나가는 무고한 운전자에게 손가락 폭력을 보일 줄이야! 기가 막힌 우민이 분기탱천하며 운전대를 돌렸다.

"예, 신사동 브런치 카페라고요? 예, 알겠습니다."

이번에 마주치면 눈을 부릅뜨고 엄격한 얼굴을 보여주리라! 새파랗게 어린 게 감히 나한테 중지를 보여? 하. 내가 말이야, 집에 여동생만 둘이라고! 근엄한 장남의 포스를 보여주겠다 이거…….

"형, 신사동. 고!"

"어, 어? 시, 신사동?"

자, 잠깐만. 나 아까 그 여고생에게 근엄한 포스를 보여주지 못했는데?

"고우! 신사동, 고고고!"

세준이 무시무시한 얼굴로 '고'를 외치는 바람에 우민은 울며 겨자 먹기로 핸들을 돌려야 했다.

'너, 너, 녹색 교복 여고생. 내가 너 얼굴 기억했다. 다음에 마주치기만 해봐!'

끝내 아쉬운 우민이 백미러로 뒤를 돌아봤지만, 거울 너머로는 세븐일레븐조차 보이지 않았다.

아침도 점심도 아닌 어중간한 밥시간. 브런치(Brunch).

그러면서 왜 브런치 영업시간은 오후 2시까지인 걸까? 2시면 뭐, 점심이지 왜 브런치라고 그래?

신 대표 내외를 만나는 것 말고는 오늘 스케줄은 딱히 없던 탓에 솔은 혼자서 약속 장소로 나왔다.

건물 안으로 들어서면서 작게 쓰여 있는 메뉴와 영업시간을 보며 솔이 다소 심술궂게 삐죽 입술을 내민다. 기묘하게 가슴이 둥둥거리고 공기가 닿는 피부가 따끔거리는 것이 그녀를 예민하게 만들었다.

'이상하네? 분명 나올 때는 유쾌, 상쾌, 통쾌했는데……? 갑자기 왜 이러지?'

가슴이 뻐근하게 내려앉는 통에 손을 들어 가슴을 꾸욱 누르며 계단을 오르는데, 그녀 앞으로 길쭉한 그림자가 드리워졌다. 명도가 낮은 회색 통로. 좁지도 넓지도 않은 계단은 충분히 두 사람이 어깨를 부딪치지 않고 지나갈 정도의 너비였다.

솔이 가슴 한구석을 꾸욱 누르며 살짝 옆으로 비켜섰다. 그런데 이상도 하지, 그림자는 전혀 움직일 기미 없이 그대로였다.

그제야 솔이 뭔가 이상한 기운을 감지하고 고개를 들었다.

"……오랜만이네?"

세상에……. 또 박세준이다. 하, 참. 이제는 놀랍지도 않았다.

이렇게 불현듯 박세준을 마주치는 것이 이젠 익숙해지려고까지 하는 솔이었다. 잠깐 멈칫하고 굳어졌지만 이내 가볍게 한숨을 내쉬고 턱을 들어 올려 세준을 본다.

어, 그런데…….

'야위었다?'

어째서 이런 게 먼저 눈에 들어와 버리는 걸까? 밤새 소파와 침대를 굴러다닐 만큼 생각만으로도 짜증나고 미웠던 세준의 모습이었는데. 어째서 야윈 모습에 가슴이 따끔하게 아파오는 걸까?

'정신 차려, 강솔. 네가 지금 박세준을 걱정할 타이밍이 아니잖아?'

솔이 붉게 칠한 입술을 질끈 깨물고 고개를 돌려 세준의 눈길을 피했다. 어깨 위로 걸친 두터운 재킷을 꽉 손에 쥐고 솔이 먼저 다리를 움직여 그를 비켜가려고 했다. 하지만 그녀의 앞을 가로막는 넓은 어깨, 곧게 뻗은 팔.

"어렵게 봤는데, 이렇게 그냥 가시겠다?"

지나가려는 솔의 앞을 가로막으며 세준이 나른한 목소리로 중얼거리듯 내뱉었다.

느릿하지만 가시 돋친 세준의 음성에 그가 지금 얼마나 화가 나 있는지 여실히 드러났다. 그리고 삐뚤어지게 돌아간 눈동자로 내려다보는 그 서늘한 눈빛에서 또한.

"비켜. 나 지금 약속 있어."

"알아."

네놈이 그걸 어떻게 알아? 솔이 눈살을 찌푸리며 기어이 세준을 바라보고 말았다. 한 계단 아래에 내려와 있던 탓에 올려다봐야 하는 이 위치가 마음에 들지 않았다. 솔의 눈빛이 더욱 어둑하게 깊어졌다.

"……알면 비켜."

"정확히 스무 번이야."

응답 없는 그녀에게 전화를 건 횟수였다. 솔도 알고 있었다.

그래서, 그래서 지금 그녀가 세준의 전화를 받지 않았다고 이리 화를 내는 건가?

아니, 지금 화낼 사람이 누군데……!

솔이 성큼 한 계단 위로 올라갔다. 힐을 신은 탓에 같은 층계 위에서 세준과 솔의 눈은 거의 차이가 나지 않았다. 그제야 솔이 만족한 듯 눈빛을 드세게 빛내며 조금 전 세준이 한 대답을 그대로 뱉어낸다.

"알아."

회색 복도 사이로 오만하게 울려 퍼지는 솔의 목소리.

그 순간 세준의 눈빛이 사납게 빛났다. 화가 난 짐승처럼 거칠게 구겨지는 그 눈빛에 솔이 움찔할 새도 없이, 세준이 손을 뻗어 솔을 그의 품 안으로 가둬 버렸다.

부러질 듯 가녀린 허리 뒤로 둘러지는 단단한 손길에 솔이 발버둥치며 뒤로 물러났지만, 그녀의 뒤로는 차디찬 벽이 버티고 있었다.

"아……!"

단발성의 신음성을 흘리며 솔이 비틀거렸다.

얇은 하이힐에 미끄러지지 않도록 저도 모르게 본능적으로 손에 닿는 단단한 가슴팍을 움켜쥐고 말았다. 그 순간을 놓치지 않고 세준이 바짝 파고들었다. 파드득 놀라며 솔이 다시 더 이상 물러날 곳도 없는 뒤로 밀착했다.

고개를 비틀어 그녀를 내려다보며 세준이 입꼬리를 올렸지만, 그렇다고 그의 눈까지 웃고 있는 것은 아니었다.

강렬한 버건디색으로 물들어 있는 입술을 질끈 깨문 솔이 도전적으로 턱을 추켜올렸다.

"이게 무슨 짓이야?"

"그러는 당신은 지금 이게 무슨 짓이야?"

세준의 고개가 그녀에게 더욱 가까워지며 속삭이듯 낮고 거칠게 으르렁거렸다.

"도대체 갑자기 왜 이러지? 응? 그렇게 말도 하지 않고 도망만 다니면 내가 어떻게 하란 거야?"

"그래서 연락하지 말라고 했잖아."

물론 진심은 아니었다. 하지만 그렇다고 아예 거짓도 아니었다.

'박세준, 네가 뭐라고 내가 이렇게 너에게 일희일비해야 하는 거지?

네가 뭐라고!'

세준과 마주하고 있는 솔의 눈빛이 한층 더 사납게 빛났다. 솔의 말을 듣고 있던 세준의 눈빛 또한 한층 더 거칠게 빛났다.

"언제나 그렇게 도망가기 바쁘지! 당신은 언제나 그렇게 나한테서 필사적으로 도망치기만 해!"

코앞으로 다가온 세준의 눈빛이 찌를 듯이 강렬했다. 솔의 허리를 휘감고 있던 세준의 손길 또한 한층 더 거세졌다. 아무도 드나들지 않는 좁은 회색 통로, 그 안을 세준의 성난 기세가 뜨겁게 달구었다.

"결국 당신은……."

솔의 목덜미에 거칠게 닿는 숨결이 느껴졌다.

너무나 뜨겁고, 너무나 달콤해서 온몸을 몽땅 녹여 버릴 것만 같은 숨결이었다. 솔은 숨쉬는 것도 잊은 채 그 자세 그대로 굳어버렸다.

세준과 닿는 그 모든 곳이 고통스러울 만큼 예민해졌다. 정신을 불살라 버리는 이런 감각들이, 울컥 치솟는 감정들이 그녀를 향해 내지르고 있었다.

"내게 빠지는 것이 두려운 거야."

빠져 버렸다고, 너는 이미…… 박세준을 좋아하고 있다고.

중얼거리는 세준의 목소리와 함께 솔의 목덜미에 세준의 입술이 내려앉았다. 그 순간 머릿속이 하얗게 부서졌다. 그 아찔한 감각에 놀라기도 잠시.

"아앗……!"

새하얗고 가녀린 목덜미에 물어뜯을 듯 이를 박아 넣은 세준을 향해 솔이 아픔의 신음성을 내질렀다.

놀람과 환희가 동시에 그녀를 점령했고, 척추뼈를 가르고 올라오는 전율에 솔은 세준의 어깨를 움켜쥘 수밖에 없었다. 짐승이 먹이를 취하듯, 목덜미를 물어뜯는 세준으로 인해 통증이 올라왔지만 이상하게 뒷목은 뜨겁게 달아올랐다.

그 순간, 세상이 끝나는 것처럼 그의 어깨를 콱 붙들고 있던 솔이 거칠게 세준을 밀쳐 냈다.

퍼억!

고통과 환희, 그리고 분노가 그녀의 정신을 되돌려놨다. 얼굴은 붉게 달아올랐고, 스스로 깨물어 부풀어 버린 입술이 헐떡이며 벌어졌다. 그런 그녀의 입술을 보며 세준이 혀를 낼름이며 입맛을 다셨다.

솔이 쿵쿵쿵 거칠게 제자리 뛰기를 하는 가슴을 원망하며 한껏 턱을 추켜올렸다.

"그래, 두려워."

솔의 입은 순순히 인정했지만 그녀의 눈은 맹렬한 기세로 그를 노려봤다. 세준도 만만치 않은 눈빛으로 그녀를 노려봤다.

'그래. 박세준, 네가 이겼어. 네가 미치도록 신경 쓰이고, 미치도록 보고 싶었어. 그깟 사진 한 장에, 그깟 반지 하나에 하루 종일 머리가 멍해질 정도로 그렇게 네가 좋아졌어.'

욱신거리는 목덜미를 손으로 감싸 쥔 솔이 매섭게 세준을 노려봤다. 쿵쿵 정신없이 달음박질하는 가슴을 필사의 노력으로 진정시키며 솔이 한층 냉랭한 목소리로 말했다.

"그러니까 도망갈 거야. 나를 잡는 것은 너의 몫이야. 내가 아니라. 그러니까 나한테 멈추라고 강요하지 마, 박세준."

그러니까, 이제부터 더욱 온갖 노력을 기울여 날 잡아보라고!

제9화
위험한 선물

예약된 방으로 들어가니 이미 신 대표와 그의 아내 영애가 기다리고 있었다. 솔이 가빠 오르는 숨을 진정시키며 애써 차분한 얼굴로 준비되어 있는 자리에 착석했다.

"미안해요, 제가 좀 늦었죠?"

"어, 왔어? 배고프다. 얼른 메뉴부……. 얼굴이 왜 그래? 무슨 일 있었어, 솔아?"

메뉴판을 건네주던 신 대표가 발갛게 상기되어 있는 솔의 얼굴을 보며 물었다. 신 대표의 아내 영애 또한 솔을 보며 걱정스럽게 눈가를 찌푸렸다.

"감기 걸렸어요, 솔이 씨? 얼굴이 빨갛네?"

"아, 아니, 룸이 좀 덥네요."

과장된 손짓으로 손부채질을 하며 솔이 입가를 올려 웃어 보였다.

근육을 이용해 웃고는 있지만 제가 진짜 어색하지 않게 웃고 있는

지는 확신할 수 없었다.

얼굴이 뜨거웠다. 목덜미는 아예 타들어갈 듯 화끈거렸다. 마치, 낙인라도 찍힌 듯이…….

"별로 두껍게 입지도 않은 것 같은데? 솔이 씨 몸에 열이 많은가 봐요. 열 많은 사람은 홍삼 같은 거 먹으면 안 된대."

영애가 솔을 향해 살갑게 말을 붙였다. 영애는 평소에는 이렇듯 조신하고 참한 사모님이었지만, 한 번씩 꼭지가 돌 때는 마약한 호랑이보다 무서웠다. 꼭지가 도는 일 대부분은 남편인 신 대표 때문이었지만.

솔이 영애의 걱정스러운 표정에 손사래를 치며 쾌활하게 말했다. 억지로라도 머릿속을 뜨겁게 달군 열기를 몰아내고 싶었다.

"홍삼이라뇨. 도라지도 잘 안 먹어요. 괜찮아요. 그나저나 어쩌죠? 저 때문에 배고프셨겠어요."

"아니, 뭐, 그렇게 기다린 것도 아닌데 뭘. 그치? 우리도 방금 왔으니까."

"네. 그리고 당신은 아침에 밥도 먹었잖아."

영애가 신 대표의 옆구리를 쿡 찌르며 말하자 신 대표가 멋쩍은 듯 볼을 긁적였다. 엄격한 신 대표도 영애 앞에만 있으면 이빨 빠진 호랑이었다. 솔이 픽 웃으며 메뉴판을 들어 올렸다.

"아, 배고파! 오늘 대표님이 내는 거 맞죠? 나 비싼 거 막 시킨다?"

"아, 어. 그래그래. 다 시켜, 시켜."

화통한 신 대표의 말에 솔이 발그레한 뺨을 붉히며 화사하게 웃어 보였다.

잠깐 손부채질을 하며 메뉴판을 보던 솔이 이내 재킷을 벗어 등받이에 걸쳐 놓았다. 후끈한 열기가 그나마 가라앉는 것 같았다.

조금 과장되게 콧노래까지 부르며 메뉴판을 정독하는 솔을 보며 영애가 신 대표의 옆구리를 다시 한 번 쿡 찔러 넣으며 중얼거린다.

"종종 회식도 좀 시켜주고 그래요. 돼지같이 혼자만 맛있는 거 먹지 말고."

영애의 말에 신 대표는 황당한 얼굴로 아내를 내려다본다.

아니, 지금 누구 때문에 소속 모델들을 챙기지 못하고 있는데…….
마나님 무섭단 소문이 쫙 퍼져서 그는 본의 아니게 혼자 겉돌고 있는 형편이었다.

억울하단 얼굴의 신 대표를 향해 눈을 흘긴 영애가 힐끔 솔을 바라보다가 그대로 굳어졌다. 수학의 정석이라도 보는 듯 솔이 자못 신중한 얼굴로 메뉴판을 정독하고 있었다.

"뭐 먹지? 으음. 오랜만에 고기를 좀 먹어볼까? 스테이크 어때요?"

메뉴를 정한 듯 솔이 반짝 고개를 들어 올렸다.

그 순간, 심각한 얼굴로 그녀를 뚫어져라 바라보고 있는 영애와 눈이 마주쳤다. 눈살을 찌푸리며 무슨 말을 하고 싶은 듯 입술을 벙긋거리는 영애를 보던 솔이 찔끔 놀라 우물거리며 시선을 내렸다.

"고, 고기는 너무 비싼가…….'

슬그머니 스테이크 메뉴에서 파스타 메뉴로 넘어가는 솔을 보며 그제야 영애가 화들짝 놀라 표정을 풀었다. 이따금씩 솔은 영애의 눈치를 심하게 보곤 하는데, 아마 예전에 뺨을 후하게 맞은 전적 때문에 그런 것 같았다. 그래서 영애는 더욱 솔에게 미안해하곤 했다.

"어! 아니에요. 고기 먹어요, 솔이 씨. 먹고 싶은 거 다 시켜! 그런 게 아니라…….'

영애의 만류에 못 이기는 척 솔이 다시 스테이크 메뉴로 넘어갔다. 하지만 영애는 여전히 솔에게 할 말이 있는 듯 그녀를 뚫어지게 바라봤다. 솔의 손이 다시 파스타 페이지로 넘어간다.

'눈치를 주는 거야, 아닌 거야?'

헷갈린 솔이 난감한 표정으로 영애를 올려다봤다.

"왜 그러세요?"

"저기……."

다시 한 번 영애가 머뭇거렸지만 이내 결심을 굳힌 듯 입을 열었다.

"솔이 씨 목. 그거, 그렇게 다니면 안 될 것 같은데."

"예? 목이요?"

그때까지도 아무것도 모른 채 같이 메뉴를 보고 있던 신 대표도 솔을 바라봤다.

'목? 목이 왜?'

뭔가 찝찝한 느낌에 솔이 목덜미를 문질렀다. 새침한 얼굴과는 다르게 순진한 눈망울로 영애를 보며 반문하는 솔을, 영애가 난감한 얼굴로 바라봤다. 그러곤 이내 클러치에서 작은 손거울을 꺼내 솔에게 건네준다.

손거울을 받아 든 솔이 목덜미에서 손을 떼어냈다. 궁금하다는 듯 솔을 바라보고 있던 신 대표의 눈이 화들짝 커진다.

"너, 너!"

"왜 그러는데?"

괜스레 불안해진 솔이 손거울 너머로 자신의 목덜미를 확인했다. 그리고 이내 얼마 못 가 솔의 입을 가르고 자지러지는 비명이 터져 나온다.

"헉……!"

이게 대체 뭐야?!

빨갛게 번져 있는 목덜미에 선명하게 남아 있는 잇자국!

'박세준, 이 짐승 같은 놈!'

조금 전 박세준의 짓이 분명했다. 솔이 화들짝 놀라며 목을 가렸다. 허공에서 신 대표와 솔의 눈이 마주친다.

"너, 너, 너! 강솔!"

와락 소리치는 신 대표의 목소리가 룸 안을 쩌렁쩌렁하게 울렸다. 찔끔 어깨를 움츠린 솔이 하, 하하. 어색한 웃음을 흘렸다.

그 비싼 고기를 코로 넣는지 입으로 넣는지도 모른 채 빠르게 식사를 마쳤다.

신 대표는 얼마나 놀랐는지 할 말을 잃은 채 으적으적 고기를 씹어 먹으며 연신 솔을 향해 한숨을 푹푹 내쉬고만 있었다. 결국 보다 못한 영애가 부드럽게 웃으며 분위기 쇄신에 나섰다.

"남자 친구가 꽤나 터프하네요."

"남자 친구라뇨! 아니에요! 모기 물린 거라니까요?"

솔이 펄쩍 뛰며 아니라고 부정했지만, 신 대표는 오히려 그런 솔의 반응에 콧방귀를 뀔 뿐이었다.

"이 추운 날씨에 모기는 무슨……. 차라리 동물원에서 사자에게 물렸다고 해. 그런 날씨 배반하는 진부한 변명하지 말고. 쓰읍. 사이즈부터 다르고만 모기는 무슨."

심드렁한 신 대표의 말에 솔이 삐죽거리던 입술을 쏙 집어넣고선 후식 접시를 뒤적였다. 할 말이 없었다. 솔이 들어도 도무지 말이 되지 않는 변명이었으니까.

"그래, 솔아. 연애는 해도 돼. 아니, 제발 해라. 그래, 너도 이제 좀 연애할 때도 됐지. 하지만 문제는 말이야. 절대 나 몰래 하지 말고, 나한테 먼저 말해야 하고 또…… 또 상대가 누구인지도 말해줘야 해. 알겠어? 내 말 듣고 있는 거야, 강솔?"

"아니, 그러니까, 남자 친구가 아니라."

"남자 친구가 아니면 더 안 되지!"

"흡."

버럭 소리 지르는 신 대표의 말에 솔이 재빨리 입을 다물었다. 놀란 토끼 눈을 한 솔이 성난 신 대표의 얼굴 앞에서 열정적으로 고개를 끄덕였다.

이로써 박세준 남자 친구 확정.

정작 본인은 모르는 사이에 솔의 남자 친구가 되어버린 세준이었다.

"세상에! 지금이 몇 년째야? 8년? 9년인가? 근 10년이 돼가는 시간 동안 스캔들은커녕 구설 한 번 오르지 않았던 애가 갑자기 목덜미에 입술 자국을 달고 오다니! 하! 참 나!"

"어머, 여보, 저건 입술 자국이 아니라 잇자국이에요."

"그게 그거지!"

버럭 성을 내는 신 대표의 목소리에 영애가 눈살을 찌푸렸다. 살며시 웃는가 싶더니 어둑한 포스를 뿜어내며 나긋한 목소리로 신 대표를 옥죄었다.

"내가 볼 땐 하루가 멀다 하고 온갖 스캔들이란 스캔들은 다 일으켰던 당신보다는 훨씬 믿음직스러운 것 같은데."

"……하하. 그러니까…… 연애는 할 수 있다 이거지, 나는. 연애하지 말란 게 아니라…….."

"하지만 당신은 이제 '연애'하면 안 돼요. 알죠?"

사자 앞의 새끼 양처럼 한없이 쪼그라드는 신 대표를 보며 솔이 소리 없이 한숨을 내쉬었다.

그녀가 업계에서는 탑이긴 하지만 워낙 외부 활동이 적은 탓에 그렇게 스캔들에 치명적인 입장은 아니었다. 동료 모델들도 종종 연애를 하고 이별도 하고 그러니 신 대표도 솔에게 그리 심각하게 제재를 가하거나 하지는 않는 듯했다.

"크흠흠. 그나저나 내 사생활에 대한 것 말고, 여기까지 날 부른 용건이 뭐예요?"

"음?"

"아니, 이렇게 나에게 맛있는 것까지 먹여가며 밖에서 만나고자 한 이유가 있을 거 아니에요. 만날 이렇게 밖에서 맛있는 거 사줄 때는 내가 싫어하는 일을 물고 올 때잖아. 안 그래?"

솔의 발언에 신 대표는 놀랍다는 듯 눈을 빛내더니 고개를 끄덕였다.

"그, 그렇긴 한데……. 야, 날카로워졌다, 솔아?"

"벌써 6년을 넘게 같이 일했잖아요. 이 정도 패턴도 못 읽으면 어떻게 같이 일했겠어요."

"호호. 야무지네, 솔이 씨가."

어깨를 으쓱하며 별거 아니라는 듯 말하는 솔을 보며 그제야 신 대표가 굳어 있던 어깨를 풀고 마주 웃어 보인다. 놀라서 성을 내긴 했지만, 이제까지 솔이 신 대표에게 골칫거리였던 적은 단 한 번도 없었다. 오히려 성실하고 꾸준하고 변함없는 태도로 그를 감동시키면 시켰지.

"여보, 그것 좀."

신 대표가 영애에게 눈짓을 하자 영애가 가지고 왔던 고급스러운 선물 상자를 솔에게 건네줬다.

"이게 뭐예요?"

솔이 영문을 모르겠다는 표정으로 초콜릿빛 상자를 건네받았다. 금색 레이스로 리본을 맨 상자의 끝에는 'Castiel'이라는 글씨가 휘갈겨 새겨져 있었다.

"열어봐, 어서."

싱글싱글 웃으며 말하는 신 대표가 의심스러워 솔은 슬쩍 꺼림칙한 기분을 느꼈다. 하지만 상자에 대한 호기심이 그녀를 부추기고 말았다. 소리도 없이 스르륵— 매끄럽게 풀어지는 금빛 리본.

조심스럽게 상자를 열어보던 솔은 당황한 얼굴을 감추지 못했다.

"옴마나?"

이게 다 뭐다냐?

여의도에 위치한 60여 층의 거대한 황금빛 건물의 스카이라운지.

서울 하늘 아래를 구경하기 위해 모여 있는 다양한 사람들 사이에서도 유독 눈에 띄는 구릿빛 피부의 남자가 흐뭇한 얼굴로 유리창 너머를 바라보고 있었다.

혼혈임이 분명한 근사한 남자에게 주변에 모여 있던 몇몇 사람이 힐끔힐끔 시선을 던진다. 신기하다는 듯, 혹은 궁금하다는 듯한 그 초롱초롱한 시선들 사이를 뚫고 금발 머리의 남자 한 명이 헐레벌떡 다가왔다.

「캐스! 한참 찾았습니다. 어디 간다면 간다고 말을 해주셔야죠!」

「내가 갈 곳이야 뻔하지 않아? 서울 구경, 한국 구경. 그거 때문에 일주일이나 예정을 당긴 건데.」

「아니, 이 서울이란 도시가 아무리 작다고는 하지만 제가 당신이 어디로 갔는지 어떻게 알 수 있겠습니까!」

「그렇게 말하면서 지금도 잘 찾아왔잖아? 역시 능력 있어, 내 비서.」

여유롭게 웃으며 건네는 카스티엘의 말에 흥분으로 붉어져 있던 고흐의 말투가 한층 누그러진다. 일은 빠릿빠릿하면서 사람은 참 단순하다.

「아무리 그래도 그렇지, 이렇게 말 없이 사라지시면 제 명이 자꾸만 줄어드는 기분이란 말입니다.」

「하하. 내가 뭐 어린앤가? 그나저나, 여기 좀 봐. 멋있지 않아?」

카스티엘은 여유롭게 대답하며 창밖으로 펼쳐진 세상을 다시 한 번 음미했다. 그의 눈이 부드럽게 휘어지며 자잘한 주름을 만들어낸다.

삐죽삐죽 솟아난 건물들, 빡빡하게 늘어진 도로들을 보며 뭐가 그렇게 좋은지 휘파람까지 분다. 고흐가 떨떠름하게 대답한다.

「아름답기로는 프랑스가 더 낫습니다. 제 고향 독일도 아주 아름다운 나랍니다.」

「하하하.」

카스티엘이 웃으며 고흐의 어깨를 가볍게 툭 건드렸다.

「나를 믿어, 고흐. 한국만큼 치열하고 아름다운 나라는 없어. 그들이 곧 나의 디자인에 열광할 것이라고.」

「아무렴, 당연하죠. 누가 당신의 디자인을 사랑하지 않을 수 있겠습니까? 그건 어디를 가더라도 당연한 겁니다, 보스!」

「아니, 그 정도는 아니…….」

「아니요! 전 확신합니다! 그 누구도! 그 어디에서도! 열광할 겁니다!」

고흐의 열정적인 발언에 카스티엘이 난감하다는 듯 슬쩍 시선을 돌린다.

이 친구는 정말 그를 따라도 너무 따라서 문제였다.

이건 뭐, 보스가 아니라 우상을 숭배하는 격이었다.

'하……'

할 말을 잃은 카스티엘이 절레절레 고개를 내저으며 다시 창밖으로 시선을 던졌다.

그렇게 두 사람은 따스한 햇살 아래 잠겨 있는 서울의 전경을 한참이나 바라봤다. 그러다 고흐가 문득 생각났다는 듯 카스티엘을 향해 물었다.

「그나저나 그 상자는 뭐였습니까?」

영국을 떠나올 때부터 직접 들고 다녔던 그 상자. 비행기에서도 곁에 두었던 바로 그 초콜릿빛 상자를 말하는 거였다.

「상자? ……아, 그거?」

고흐의 물음을 카스티엘의 입꼬리가 천천히 말려 올라갔다.

「뭐긴 뭐겠어. 그녀를 위한 선물이지.」

「그녀라면, 저번에 봤던 그 아가씨 말이죠? 그런데 어떤 선물이기에 그렇게 애지중지 들고 다녔냐는 거죠. 그것도 이름까지 새겨가며.」

고흐의 물음에 카스티엘이 가볍게 어깨를 들썩이며 맞받아쳤다. 천천히 발걸음을 옮기며 대답해 주는 목소리가 산뜻하고 경쾌했다.

「뭐 대단한 건 아니고. 그냥, 내가 가장 잘 만드는 그거. 내가 하나하나 손수 만들었으니 당연히 디자이너 이름이 들어갈 뿐이고.」

카스티엘의 말에 아무 생각 없이 '아, 그렇군요' 대답하던 고흐가 깜짝 놀라 옆을 돌아봤다.

「아니, 잠깐! 그럼 그걸 선물로 주셨다는 말입니까?」

이제까지 '그걸' 선물로 누구에게 주신 적은 한 번도 없지 않습니까? 고흐가 뒷말을 잇기도 전에 캐스티엘이 호탕하게 웃으며 자리를 옮기고 있었다.

상자 안을 뚫어지게 바라보던 솔이 이내 오묘한 눈으로 신 대표 내외를 바라봤다.

한참을 상자와 신 대표 얼굴을 번갈아 보던 그녀가 상자째 그것을 다시 영애에게 내밀었다.

"선물이 잘못 온 것 같은데요? 이건 사모님 것 아니에요?"

화려한 상자 안에 곱게 담겨 있는 것은 자수와 레이스가 감각적으로 가미되어 있는 란제리 세트였다. 새하얗고 매끄러운 란제리는 속이 모조리 다 비칠 듯 아슬아슬한 실크 재질로 만들어져 있었다. 그리고 그 옆에 곱게 포개어져 있는 가터벨트까지!

신 대표가 솔에게 이런 란제리를 선물해 줄 하등의 이유를 찾아내지 못한 솔이 고개를 갸웃거리며 다시 그것을 신 대표에게 내밀었다.

신 대표가 솔이 내미는 상자를 다시 그녀에게 밀어주며 고개를 단호하게 저었다.

"아니야, 우리 마누라는 그것보다 사이즈가 작⋯⋯."

"여보!"

순간적으로 200데시벨은 올라간 듯한 영애의 날카로운 외침에 신 대표가 찔끔 혀를 깨물며 제 입을 후려쳤다. 매서운 영애의 눈빛에 재빨리 정신을 수습한 그가 헛기침을 하며 본론을 꺼낸다.

"이번에 한국에서 새로 론칭하는 영국 하이엔드 란제리 브랜드야. 브랜드명은 상자에 쓰여 있는 대로 '카스티엘(Castiel)'. 디자이너 이름이지. 영국에서 론칭한 지는 6~7년 정도밖에 되지 않았는데 세련되고 파격적인 디자인으로 인기가 천정부지로 솟아올랐어. 영국, 할리우드 할 것 없이 어지간한 셀렙들은 모두 하나쯤은 가지고 있을 정도지."

"그렇게 대단한 브랜드예요?"

솔은 신 대표의 설명에 새삼스럽게 상자 안을 다시 들여다봤다. 세련되고 파격적인 디자인이라……. 그래, 딱 그 말이 어울리는 란제리였다. 속옷임에도 가리기보다는 드러내는 것이 주 목적인 것 같은 이 섬세하고 아름다운 디자인이라니.

손끝에 닿는 보드라운 감촉을 음미하던 솔이 이내 봉긋한 브라를 들어 올렸다. 새하얀 빛깔 속에 은밀하게 감춰진 섹시함이 겹겹이 겹쳐진 레이스 사이로 드러났다. 가슴을 감싸는 깃털 자수가 무척이나 마음에 들었다.

"그러엄! 한국의 청담동 사모님들도 직접 영국으로 날아가 공수해 오는 거라고. 이번 론칭 광고도 딱 5일만 나갈 거야. 자신이 한국에 왔다는 것을 알리려고 하는 것이지, 광고로 인한 어떤 매출 상승을 원하는 것이 아니니까."

"우와아!"

대단한 자신감이네.

솔은 볼을 긁적이며 말로만 들어도 아찔한 디자이너의 자존심에 박수를 보냈다. 먼 나라 이야기를 듣듯 방관하는 솔의 태도를 보던 신 대표가 흥분하며 테이블을 내려쳤다.

"그런 카스티엘의 첫 론칭 광고를 솔, 너랑 하고 싶어 해."

"옴뫄?"

솔이 깜짝 놀란 눈으로 신 대표를 바라봤다. 신 대표의 눈에 자신감과 프라이드가 한껏 부풀어 올랐다.

"이건 대단한 일이라고! 역시 우리 솔! 지난번 이탈리아 컬렉션에서 너를 봤다더라."

웅변이라도 하듯 열변을 토해내는 신 대표. '우리 솔'이란다. 조금 전까지만 해도 잡아먹을 것처럼 노려봤으면서. 하여간, 저 단순 다혈질.

떨떠름하게 신 대표를 바라보던 솔이었지만, 점점 거세지는 그의 칭찬에 저도 모르게 슬금슬금 입꼬리가 올라가고 말았다.

"레이몬드와 친구 사이라고 하던데? 레이몬드의 쇼에서 너를 보고 점찍어두고 있었나 봐. 당연히 반했겠지! 하, 내가 그 자리에 갔었어야 하는데 말이야. 그지?"

후, 그래, 내 미모가 인터내셔널 급이긴 하지. 암.

끄덕거리던 솔의 턱이 점점 추켜 올라간다. 턱 끝이 하늘을 향해 치솟고 있었다.

"그동안 네가 속옷 광고를 기피했던 이유가 뭐지? 바로 디자인의 고루함 때문 아니었어? 평준화된 콘셉트와 디자인, 기능성에만 집착했던 국내 회사들의 고집이 싫다며 거부했던 것 아니야? 맞지?"

흠, 그렇지. 그렇지.

솔이 긍정의 의미로 살포시 고개를 끄덕인다.

"한데 카스티엘은 달라. '세계에서 가장 섹시한 속옷'을 표방하는 디자이너라고. 이너웨어라는 것에 그치지 않고 보여주고 싶은 란제리, 그것 자체만으로도 하나의 훌륭한 아웃웨어일 수 있는!"

쾅!

마침내 흥분의 절정에 다다른 신 대표가 테이블을 두 손으로 내려쳤다. 어찌나 흥분해 있었는지 불타는 눈동자에 붉은 혈관이 다 튀어나와 있었다.

이 아저씨가 왜 이래?

깜짝 놀란 솔이 토끼 눈을 뜨고 상체를 뒤로 뺐다.

"이이도 참……. 미안해요, 솔이 씨. 사실 카스티엘의 광고 모델을 가지고 에이전시끼리 각축을 벌였대요. 솔이 씨가 안 한다면 개런티를 줄여서라도 자신들이 하고 싶다는 모델들이 넘치니까요. 하지만 그쪽에서 특별히 솔이 씨를 점찍었다고 하니까 이이가 이리 흥분했네요."

나지막이 한숨을 내쉰 영애가 신 대표의 옷자락을 끌어 내리며 차분하게 입을 열었다.

"그동안 속옷 광고는 하지 않았다고는 들었지만, 그렇지만 솔이 씨가 몸매를 드러내는 것이 두려워서 그랬던 것은 아니라고 생각해요. 그러니 이번 기회, 꼭 잡아줬으면 좋겠네요. 이건 솔이 씨에게도 또 우리 에이팀에게도 좋은 기회니까요."

영애의 말을 듣던 솔이 다시 한 번 상자 속 귀하게 포장되어 있는 란제리를 살폈다.

고루한 디자인이라는 말은 이 란제리에 전혀 어울리지 않았다.

섬세한 곡선과 아찔한 레이스 그리고 순결한 듯 은근한 섹시함까지 고루 갖춰진 디자인이었다.

눈앞에 놓여 있는 새하얀 이너웨어는 솔의 취향이 고스란히 반영된 는 듯 그녀의 마음에 꼭 들었다. 그리고 그런 솔의 마음을 읽은 듯 신 대표가 비장의 멘트를 날렸다.

"그거 카스티엘이 너를 위해 디자인한 거래. 세상에 하나밖에 없는 디자인. 오직 너 하나를 위해 만든 거라고……. 너한테 그 말을 꼭 전해 달라고 하더라."

솔의 얼굴에 곤혹스러운 빛이 떠올랐다.

해가 짧아지는 통에 6시도 되지 않은 이른 저녁임에도 주변이 으슥

했다.

집으로 가는 야트막한 언덕길.

작은 놀이터를 지나치던 세준의 발치에 새끼 고양이가 재빠르게 지나간다.

저도 모르게 발길을 멈춰 선 세준이 지나가는 작고 여린 생명체를 바라봤다. 새하얀 몸통에 회색 줄무늬의 새끼 고양이가 그 보드라운 발을 통통거리며 풀숲으로 폴짝 뛰어 들어가더니 데구루루 몇 바퀴를 구른다.

냐옹냐옹.

뭐가 그리도 신나는지 한참을 구르고 앞발을 허공으로 날리는 그 모습이 귀여워 세준은 슬그머니 입꼬리를 올려 웃었다. 하루 종일 굳어 있던 입매가 풀리고 저녁노을에 물든 근사한 미소가 번졌다.

혼자 놀던 새끼 고양이의 옆 풀숲에서 비슷한 덩치의 새끼 고양이 한 마리가 더 튀어 나왔다. 덩치가 조금 더 큰 그놈이 혼자 잘 놀고 있던 그 새끼 고양이에게로 다가가니, 그 어린 고양이가 휙 고개를 돌려 버린다. 그러곤 쪼르르 다른 곳으로 뛰어간다.

'저거 완전 강솔이네.'

세준의 눈썹 한쪽이 고깝다는 듯 삐죽 올라간다.

혼자 남겨진 다른 고양이가 그 새끼 고양이를 따라 쪼르르 달려갔다.

'저건 완전 박세준이고.'

저도 모르게 자연스럽게 그런 생각을 하고 있던 세준이 실소를 터뜨렸다.

"미쳤구먼, 박세준. 완전히 돌았어."

쯧쯧. 혀를 차며 발길을 돌리려던 찰나, 휴대폰이 요란하게 울렸다.

옮기려던 발걸음을 다시 멈춰 세워 액정 위에 떠오른 번호를 보는 순간, 그나마 풀려 있던 세준의 얼굴이 단박에 굳었다. 한참을 울어대는 핸드폰을 막연히 바라보던 세준이 망설임 끝에 통화 버튼을 눌렀다.

[여보세요? 세준아?]

스피커 너머로 따스한 중년 여성의 목소리가 흘러나왔다. 세준이 머뭇거리며 짧고 어색하게 대답했다.

"예, 어머니."

잠깐의 침묵, 그리고 이어지는 여성의 목소리. 세준은 집으로 가던 발걸음을 돌려 다시 택시를 잡아탔다. 목구멍이 뜨거웠다. 맥주가 필요한 저녁이었다.

"사장님! 거기 구석구석 잘 닦으셔야죠. 저는 키가 작아서 안 닿으니까 사장님이 해주셔야 해요. 어허? 그 눈빛은 뭐죠? 마치 제가 사장님을 부려먹는다는 그런 불순한 눈빛이신데?"

훈이 손가락으로 바 천장 위의 수납장 빈틈을 가리키며 잔소리를 해댔다.

그러자 바 테이블에 올라가 열심히 걸레질을 하고 있던 'Sweet Monster'의 사장 권장해가 가만히 고개를 돌려 무시무시한 눈빛으로 훈을 내려다봤다.

권 사장은 워낙에 과묵한 성격이라 모든 의사소통을 눈빛으로 해결하려는 경향이 있었지만, 권 사장 다루기 3년 차인 베테랑 훈 앞에서는 쥐뿔도 통하지 않았다.

오히려 훈이 그런 권 사장을 보며 눈을 부릅뜬다.

"아, 왜요. 뭘 봐요?"

"……팔 아파."

권 사장의 말에 훈이 쿨하게 웃으며 대답했다.

"그럼 팔 바꿔서 해요."

권 사장은 별다른 대꾸 없이 팔을 바꿔 들어 천장과 수납장을 닦기 시작했다. 깨끗해지는 바를 보며 흐뭇하게 웃던 훈이 하나둘 들어오기 시작하는 손님들을 맞이했다.

몇 잔의 위스키와 또 몇 잔의 칵테일이 오가는 사이, 권 사장이 더러워진 걸레를 들고 와 땀을 뻘뻘 흘리며 다 했다고 보고한다. 훈이 그런 권 사장의 어깨를 부드럽게 토닥여 주더니 재빨리 메론 빛깔의 칵테일 한 잔을 만들어 내밀었다.

그 한 잔의 칵테일을 보상처럼 받아 들고 권 사장이 조심조심 위층으로 올라갔다.

"훈아! 누나 왔어."

올라가는 권 사장을 흐뭇하게 바라보고 있는데, 발랄한 목소리가 훈을 불러들였다.

"어? 한영 누나?"

바에 턱을 괴고 생글생글 웃고 있는 한영이었다. 어두운 조명 아래에서도 뽀얗고 화사한 얼굴이 맑게 빛나고 있었다. 훈의 얼굴에도 반가운 기색이 올라왔다.

"잘 지냈어? 완전 오랜만이다."

"그러니까요! 어쩐 일이에요? 오늘, 불금?"

"응. 불끈불끈 불금."

어허? 뭔가 이상하다? 어째서 저렇게 청순한 얼굴로 말하는데 이상야릇하게 들리는 걸까?

훈이 고개를 갸우뚱하는데, 뒤에서 그녀를 다 가릴 만한 듬직한 어깨가 등장한다.

"도대체 어디서 뭘 어떻게 해야 불끈불끈 금요일이 될 수 있습니까?"

치웅이었다. 뒤에 선 치웅을 힐끔 돌아보던 한영이 앙큼하게 웃으며 대답했다.

"그건 앞으로 당신이 보여줘야 하는 거 아니겠어요?"

그녀의 대답에 치웅의 얼굴 위로 오묘한 표정이 스쳐 지나갔다. 그 앞에서 훈이 아하하하 어설프게 웃으며 빈 잔을 닦았다. 이 두 사람, 도대체 무슨 사이야?

"음료는? 어떻게 드릴까요?"

"난 그거. 아이스티 맛 나는 그걸로."

"아, 롱아일랜드 아이스티요? 오케이. 그리고 형은?"

"난 그냥, 맥주."

"네, 알겠습니다. 어?"

훈이 경쾌하게 말하며 지거(Jigger)를 꺼내 드는데, 익숙한 누군가가 문을 열고 들어오는 게 보였다. 술을 기다리던 한영과 치웅이 반사적으로 뒤를 돌아봤다.

"박세준."

눈이 마주친 세 사람의 얼굴 위로 비슷한 당혹스러움이 스쳐 지나갔다.

"그래서, 아까 솔이는 봤어?"

"아, 네, 봤죠. 또 한바탕했죠, 뭐."

어찌어찌하다 보니 세 사람이 한자리에 모여 앉게 되었다.

세준은 치웅과 한영이 함께 있는 모습을 보고도 그다지 놀라지 않은 듯 편안한 얼굴이었다. 하지만 치웅은 뭐가 그리 마음에 안 드는지

시종일관 마땅찮다는 표정이었다.

그런 치웅을 상큼한 미소로 무시해 주며 한영이 칵테일을 홀짝거리며 물었다.

"근데 왜 혼자 와? 솔이는?"

"도망갔습니다. 아까 제가 좀 물어뜯었거든요."

응? 이게 무슨 말?

한영이 세준의 말뜻을 못 알아먹었다는 듯 눈꺼풀을 몇 번이고 깜빡였다. 그러나 그저 씩 웃음을 보일 뿐 그다지 설명해 줄 의향이 없어 보이는 세준을 보곤 어깨를 으쓱한다.

"그럴 일이 좀 있었어요."

"아, 뭐, 그래. 남녀 사이가 원래 물고 물어뜯고 그렇게 하는 거지 뭐."

"아…… 그런 겁니까?"

재밌다는 듯 치웅이 끼어든다. 그런 치웅을 향해 한영이 크게 고개를 끄덕인다.

"예에, 그런 겁니다."

"아? 그런 거군요?"

"예! 그런 거라니까요?"

"으흠. 그랬습니까?"

"그렇다니까? 그렇다고요!"

여기저기 아주 케미 축제구만.

세준이 아웅다웅하는 두 사람의 모습을 언짢은 눈으로 바라보며 맥주를 홀짝이고 있는데 한영이 불현듯 손뼉을 쫙— 치며 일어난다.

"아, 맞다! 내일 솔이 놀이동산 촬영이랬죠."

"내가 촬영한다니까? 솔이 촬영이 아니라. '치웅 씨, 내일 놀이동산 촬영이죠?'라고 말하면 듣는 사람 더 좋지 않겠어?"

그거나 저거나. 세준이 치웅의 발언에 이해가 안 간다는 듯 고개를 내저었다.

최치웅, 저분도 요즘 들어 캐릭터가 조금 변한 것 같았다.

"그거나 이거나. 여튼, 내일 용인 맞죠?"

"으흠."

치웅이 고개를 끄덕이며 맞다는 표시를 했다. 화사하게 웃던 한영이 덥석 세준의 손을 움켜잡으며 산뜻하게 말했다.

"우리 내일 거기 가자!"

마치, 소풍이라도 가자는 듯이 그렇게 산뜻하고 화사하게.

띠링—♪

경쾌하게 울리는 알람음에 차 속에서 깜빡 졸고 있던 솔이 퍼드득 깨어났다. 새벽같이 용인으로 날아와서는 오전 내내 촬영에 시달리다가 점심시간 틈을 내서 쪽잠을 자고 있던 차였다.

"아으, 꿀잠 잤네."

입가에 혹시라도 묻어 있을 분비물을 닦아내고는 솔이 긴 팔다리를 쭉 펴면서 기지개를 켰다. 으댜댜댜— 어딘가 모르게 원초적인 비명을 내지르며 발딱 자리에서 일어난 그녀가 휴대폰을 찾아 메시지를 확인했다.

예상은 했지만, 박세준이었다.

〈어떻게 잡으러 가야 하나?〉

그걸 왜 나한테 물어?

솔이 괜스레 입을 삐죽였다. 아직도 목덜미가 시큰시큰하고 후끈후끈했다.

"이 짐승 같은 놈."

아무도 없는 벤 안에서 괜히 혼자 휴대폰을 노려보며 으르렁거리는 사이 또다시 띠링— 문자 알람음이 울린다.

〈손으로 잡으면 되나? 잠자리채로 잡으면 되나?〉

잠자리채란 한마디에 결국 솔이 픽 웃고야 말았다. 잠자리채 같은 소리 하고 있네……. 답장을 해줄까 말까 망설이고 있던 차에 누군가 다가와 차창 문을 두드린다.

"뭐해? 잤어? 5분 후에 촬영 시작할 거야. 얼른 나와. 빨리 촬영 끝내야지."

싱글싱글 웃는 낯으로 치웅이 말했다.

이 남잔 왜 이래, 또?

솔이 머리를 갸우뚱 기울이다가 알겠다며 고개를 끄덕이면서 재빨리 손가락을 두드렸다.

〈알.아.서.〉

현재 시각 오후 12시 54분.

놀이동산 야외 촬영이 끝나기 두 시간 전이었다.

"모두 수고하셨습니다!"

다행히 해가 지기 전에 모든 촬영이 끝났다.

솔은 두툼한 목도리를 두르고 넉넉한 털모자를 쓴 탓에 춥기는커녕 후끈후끈 열이 올라올 정도였지만, 밖에서 장비를 들고 있는 스태프들은 슬슬 한기를 느끼고 있었다.

저들을 위해서도 촬영은 빨리 끝나는 것이 좋았다. 촬영 스태프들한 명 한 명에게 인사를 마친 솔이 서둘러 의상을 갈아입었다.

오늘 촬영을 끝으로 당분간 화보 촬영은 없을 것이었다. 2주 후에 들어가는 신미옥 디자이너 패션쇼 준비에 열중해야 했다.

"석진 오빠?"

본래 자신의 옷으로 갈아입고 바깥으로 나오니, 현장은 대부분 정리된 상태였다. 어쩐지 평소보다 빠르게 정리된 듯한 느낌에 잠시 솔이 고개를 갸웃거리다 매니저 석진을 찾았다.

'아까부터 통 보이질 않네?'

솔이 막 휴대폰을 꺼내 들 참에 누군가 다다다 달려오는 소리가 들렸다.

쫘악!

미처 고개를 들기도 전에 맹렬한 통증이 등짝을 관통하고 척추뼈를 통해 짜릿하게 전해져 왔다.

"악!"

반사적으로 등을 굽힌 솔이 눈물이 글썽거리는 눈으로 홱 뒤를 돌아봤다. 어디서 들어본 듯한 깔깔거리는 경박한 웃음소리와 함께 겨울바람에 나부끼는 갈색 머리카락이 보였다.

"짜잔!"

싱글벙글 화사하게 웃는 낮의 한영이었다. 갑자기 나타난 한영의 모습에 당황하기도 잠시. 더 큰 당황스러움이 한영의 뒤에서 나타났다. 그리고 하는 말이.

"짠……"

아니, 쑥스러워할 거면 왜 하는 건데?

제가 하고도 민망한지 세준이 헛기침을 하며 다가왔다.

"알아서…… 하라며."

그렇다고 당장 쫓아올 줄은 몰랐다, 이놈아.

"안 가. 싫어. 나 피곤해. 집에 갈래."

딱딱 음절마다 끊어 말하는 솔의 목소리가 얄밉게 울려 퍼졌다. 달래도 보고, 화도 내보고, 애원도 해봤지만 놀이기구 앞에서 벌써 10분째 고집을 부린다.

그렇다고 뒤돌아서 냉정하게 가는 것도 아니면서. 기지배. 새침을 부리고 있었다.

그래, 피곤도 하겠지. 그래, 우리가 갑자기 와서 놀랐구나? 그래서 그러는 거겠지. 하며 꾹꾹 참았던 한영도 결국 폭발하고 말았다.

"아, 이 기지배야! 한번 맞춰주는 게 뭐가 어렵다고 그래! 다 들어준다고! 다! 해주겠다고! 뭘, 뭐 어떻게 해달라는 거야? 어? 진짜 가? 집에 가? 어?"

한영이 버럭 짜증을 내자 그제야 고집스럽게 돌아가 있던 솔의 고개가 돌아온다. 이 여자들이 도대체 뭘 어떻게 할까 싶어 바라만 보고 있던 남자 둘도 긴장감 어린 눈으로 두 사람을 바라봤다.

"……뭐, 꼭. 진짜, 집에 가야겠다는 건 아닌데."

"뭐? 그래서? 그런데?"

새침하게 입술만 삐죽거리던 솔이 슬그머니 심술궂게 웃는다.

"그렇게까지 놀고 싶다면야 놀아줄 수도 있지. 기꺼이⋯⋯. 다만."

솔의 고개가 천천히 돌아가더니만 곁에 선 세준을 빤히 바라본다. 씨익 웃는 솔의 미소가 기세등등했다.

"말 잘 듣는 머슴 하나 붙여준다면 말이지."

끔뻑.

세준이 눈을 감았다 뜨는 사이.

모두의 고개가 세준에게로 모여든다. 한영의 서슬 퍼런 눈빛도, 치웅의 재미있다는 눈빛도, 그리고 솔의 사악한 눈빛도 모두 세준을 초롱초롱하게 직시하고 있었다.

후룸라이드, 바이킹, 트위스트까지 모두 신나게 섭렵하고 나서 잠시 숨을 돌리는 사이.

솔이 재빨리 저어기 멀리 보이는 아이스크림을 가리키며 말했다.

"박 머슴! 가서 아이스크림 좀 사 와. 구슬 아이스크림으로."

"예, 예, 마님. 바로 가겠습니다."

그러자 세준이 지체 없이 벌떡 일어나 달려간다. 긴 다리를 이용해서 빠르게 걷는 그 뒷모습을 보며 솔이 악동처럼 웃음을 터뜨렸다. 오늘따라 박세준이 반항 한 번 안 하고 말을 잘 듣고 있었다. 킁킁, 어디서 깨소금 냄새가 나는 것도 같다.

"먹지도 않을 거 왜 사오래?"

"먹을 거야. 그리고 너도 먹을 거잖아?"

"'나도' 먹는 게 아니라 지금 내가 다 먹고 있잖아."

"너도 좋고 나도 좋고, 좋구만 뭘."

솔이 멀리서 아이스크림을 사고 있는 세준을 보며 흐뭇하게 말했다.

짜식, 머슴 노릇 잘하는구먼.

"근데 왜 박세준은 솔이한테 찍힌 거야? 뭘 잘못을 했다고?"

치웅이 카메라 사진을 체크하며 솔에게 물었다. 일이 끝났지만 그의 손엔 여전히 카메라가 들려 있었다. 작업용이 아닌, 그것보다 작은 사이즈의. 직업병인지는 모르겠지만 치웅은 부단히 세 사람의 사진을 찍어대고 있었다.

"찍히긴 뭘 찍혀. 그냥 얘 원래 성격이 지라……. 아! 너 혹시 지금 그 사진 때문에 이러는 거야?"

"사진?"

사진이란 단어에 치웅이 고개를 들어 솔을 바라본다. 솔이 펄쩍 날뛰며 손을 내저었다. 사진 때문은 무슨!

"야, 됐어! 사, 사진은 무슨. 그런 말 하지 마!"

"맞구나? 맞지? 그치? 그래, 너 신경 쓰는 것 같더라!"

"아니라니까. 야, 박세준 온다. 쉬잇- 쉿! 아무 말도 하지 마. 아무것도 아니니까!"

"야, 그런 거 숨겨봤자 너만 답답해. 너 성격상 절대 말 안 할 게 뻔한데. 그냥 말하고 풀어라. 세준이는 뭔지도 모르는 것 같던데."

"아무튼 그래도 말하……."

솔이 말을 내뱉기가 무섭게 세준이 긴 다리를 이용해서 단숨에 곁에 다가왔다.

뭐 이리 빨라? 깜짝 놀란 그녀가 눈을 동그랗게 뜨고 세준을 올려다봤다.

"왜? 무슨 이야기하고 있었기에 내가 오니까 뚝 멈춰? 머슴인 것도 서러운데 왕따까지 시키는 거야?"

세준이 아무것도 모르는 순진한 눈빛으로 아이스크림을 내밀었다.

솔이 것뿐만 아니라 치웅과 한영의 것까지 사온 세준이 궁금하단 얼굴로 물었다.

"머슴은 알 필요 없어. 어디 마나님들 이야기하는데……."

"얘가 네가 찍혀 있는 사진이 신경 쓰인대."

냠─ 하면 맛있게 아이스크림을 먹으며 한영이 툭 내뱉었다. 깜짝 놀란 솔이 아이스크림 스푼을 툭 떨어뜨리고 말았다.

"예? 제가 찍혀 있는 사진이요?"

저, 저, 저 망할 기집애.

그렇게 말하지 말라고 애원했건만. 저 잔인한 입에선 기어이 저 말이 나오고야 말았다.

"응, 소셜에 올라와 있는 사진인데, 무슨 클럽에서 찍힌 것 같던데? 손미난지 발미난지 하는 그 애랑?"

한영의 말에 세준이 뭔가 생각난 듯 눈살을 찌푸렸다. 작은 컵에 담겨 있는 구슬 아이스크림을 후루룩 들이켜듯 마신 한영이 발딱 자리에서 일어났다.

"그거 때문에 얘가 지금 너한테 심통이 난 것 같은데? 아니야? 아님, 너 뭐 더 잘못한 거 있어?"

"잘못한 거라기보단……."

세준의 시선이 솔의 목덜미를 스쳐 지나간다. 그리고 빤히 솔의 눈을 들여다보는 눈동자.

솔이 입안에서 녹아버린 달콤한 아이스크림을 꿀꺽 삼키며 저도 모르게 불퉁스럽게 말했다.

"뭘 봐."

"정말 그 사진 때문에 화가 났던 거야?"

아니야! 아니라고!

그 사진은 그냥 백만분의 일쯤밖에 안 되는 이유라고!

"됐고. 난 귀신의 집 갔다 오련다. 솔이는 거기 무서워서 못 가니까 둘은 여기서 지지고 볶고 있어. 알았지?"

폭탄을 던져 주고는 자기는 쏙 빠져나간다. 그런 한영의 뒤를 치웅이 쫓는다. 둘의 사이가 심상치 않았다. 하지만 지금 저 두 사람의 사이를 캐고 있을 정신적 여유가 없었다. 왜냐면, 박세준이 빤히 쳐다보고 있는 오른쪽 뺨이 따끔따끔했으니까.

크흠흠. 목을 가다듬은 솔이 냉정을 가정하며 다시 한 번 말했다.

"아니다."

"뭘?"

"네가 생각하는 그런 거 아니라고."

솔이 앞만 보며 괜스레 구슬 아이스크림을 헤집으며 말했다. 세준이 어깨를 으쓱한다.

"내가 생각하고 있는 그런 게 뭔데?"

내가 아냐? 네가 알지!

솔은 고깝다는 듯 삐죽이다가 꾹 다물어 버렸다.

정말, 진짜, 세준에게 심통을 부리고 있는 이유에서 사진이 차지하고 있는 비율은 얼마 되지 않았다. 정말, 진짜로 한 백만분의 일쯤.

"뭔데? 말 좀 해줘."

재촉하는 세준의 말에 솔이 그를 바라봤다. 몇 번 먹지도 못하고 고스란히 남아 있는 아스크림을 불쑥 내민 솔이 턱을 추켜올렸다.

"머슴은 마나님들 이야기에 끼어들거나 그러는 거 아니야. 이거 먹고 입을 닥치거라."

흥. 하며 콧방귀를 뀐 솔이 발딱 일어났다.

"어디 가?"

"측간!"

우다다다 화장실로 달려가는 솔의 귓가가 빨갛게 달아올라 있었다.

야간개장의 마지막 피날레, 불꽃놀이가 시작될 때까지 박 머슴을 부리는 강 마나님의 강도는 더욱 거세졌다.

물 사오너라, 놓고 온 게 있는데 다시 갔다 오너라, 동물 머리띠를 하고 재롱을 부리거라 등등등. 그런 강도 높은 솔의 부려먹기에도 세준은 단 한 번도 얼굴을 찡그린 적 없이 순종했다. 간간이 진득한 한숨을 내쉬기는 했지만.

어쨌든 그렇게 신나게 놀면서 총총총 뛰어다니다 보니 밖으로 나갈 시각이었다. 개장할 때 들어와서 폐장할 때까지 있어본 적은 처음이었다. 촬영 때문에 왔지만 어쩐지 처음부터 놀러 왔던 것처럼 신이 난 솔이었다.

"배고프니까 우리 치킨에 맥주 한 잔, 콜?"

치웅의 제의에 모두가 흔쾌하게 고개를 끄덕였다. 오늘은 하루 종일 칼로리 소비량이 어마어마했으니까, 그래, 이 정도는 먹어줘도 돼. 솔은 그렇게 스스로를 납득시켰다.

"둘이 같이 타고 와. 여기 자리 없으니까!"

솔과 세준만 버려두고 치웅과 한영이 뒤도 돌아보지 않고 가버렸다. 어느 순간부터 최치웅 저 작자도 한영과 한통속이 되어버렸다. 솔과 함께한 세월이 몇 년인데. 계한영에게 나쁜 물이 들어버렸다. 아이고, 두야.

"뭐해, 안 가?"

"너 차 안 가지고 왔어?"

"응. 아까 다 같이 왔는데? 그리고 나 원래 차 잘 안 몰고 다녀. 일개 가난한 햇병아리 모델이라."

그런 것치곤 머리에서부터 발끝까지 부티가 좔좔 흐르는구나.

솔이 잠깐 세준을 흘기다가 발길을 돌렸다.

"따라와. 좀 걸어야 해."

"예, 마님."

강 마나님이 가자는데 박 머슴이 안 가랴.

뭐가 그리도 즐거운지 히죽 웃으며 졸졸졸 따라간다. 커다란 개 한 마리가 쫓아오는 느낌이었다.

그리고 그 개가 코끝으로 그녀의 손목을 쿡 찌른다.

뭔가 싶어 내려다보니, 세준이 제 손바닥 위에 솔의 손바닥을 포개어 올려놓는다.

"마나님 팔 무거울까 봐."

세준의 손가락과 솔의 손가락이 겹쳐진다. 마치 원래 하나였던 것처럼 꼭 들어맞는 두 개의 손.

찬바람이 스치고 지나가는 손을 잡아끌더니 세준이 자신의 주머니 안으로 집어넣는다.

"내가 들어주려고."

혹여라도 그녀의 손이 빠져나갈까 봐, 솔의 손을 꽉 붙들어 매는 세준의 손길이 느껴졌다. 힐끔 세준을 올려다보던 솔이 흥, 콧방귀를 뀐다. 그래도 주머니 안에 있는 손은 굳이 빼지 않는다. 겨울바람에 양 볼은 시린데 이상하게 가슴은 뜨끈뜨끈하다.

이게 뭐라고.

손잡는 게 뭐라고…….

그깟 물 좀 사다 주고, 제 말은 모두 들어줄 듯 웃고 있는 이 미소가 뭐라고, 시린 눈발에 갇혀 있던 것처럼 얼어 있던 마음이 이리도 사르르 녹아드는지.

"이렇게 잡는 거, 맞지?"

그게 무슨 말이냐는 듯 빤히 올려다보니 세준이 반대쪽 손으로도 솔을 붙잡았다.

"이렇게, 두 손으로 꽉 잡는 거 맞지?"

대체 이게 무슨 말인가 싶었는데, 그 순간 머릿속을 스쳐 지나가는 세준의 문자.

"어떻게 잡으면 되나?"

"당신을 내가 이렇게 잡으면 되는 거잖아. 그치?"

세준의 말에 솔의 가슴이 뻐근하게 아려왔다. 손가락을 타고 전해지는 따스한 온기와 함께 전율이 흘렀다. 저릿저릿한 손끝을 아는지 모르는지 세준이 손가락으로 그녀의 손가락을 쓰다듬었다.

"그렇게 매번 도망치고 밀어내도 나는 항상 이 두 손으로 당신 잡을 거야. 놓치지 않아. 그러니까 그만 포기해, 나한테서 도망치는 거."

"싫어. 내 마음이야."

마음과는 다르게 입에서는 곱지 않은 말이 튀어나왔다. 하지만 그런 솔이 귀엽다는 듯 픽 웃던 그가 와락 그녀를 품에 끌어안아 버렸다. 마르지만 다부진 세준의 품 안에 솔이 갇히듯 안겼다.

"이제 그만 좀 튕기시죠, 마나님? 예? 당신이랑 나랑 입술도장 다 찍고, 내가 당신 목에다가 영역 표시도 다 해놨는데. 이제 와서 아니라고 발뺌해도 소용없단 말입니다. 예?"

아니, 그게 무슨 귀신 씻나락 까먹는 소리?

솔이 세준의 품속에서 콧방귀를 뀌며 꼼지락거렸다. 어찌나 꽉 안았는지 숨이 막힐 정도였다.

"좋은 말 할 때 이거 놔라?"

"그 정도면 이제 당신 내 거 아닌가?"

내 거란다, 내 거. 헐. 솔이 화끈 붉어진 얼굴로 오글거리는 발가락을 꼼지락거렸다.

강솔 인생에 이런 말을 다 들어보다니……!

당황스러운 한편으로는 이상하게 얼굴이 막 근질근질하면서 싫지가 않았다. 이게 대체 무슨 느낌이람.

"어림 반 푼어치도 없는 소리 하는구나, 박 머슴아. 그리고 네가 짐승이냐, 물어뜯게?"

홍조가 핀 얼굴로 세준을 밀어내려 발버둥 쳤지만 어찌나 완강한지 꼼짝도 하지 않았다. 슬금슬금 곁을 지나가는 사람들이 보이는 통에 여간 당황스러운 게 아니었다.

아니, 그래도 우리 공중파도 몇 번 탄 얼굴인데. 이러다가 사람들이 알아본다고!

찔끔 놀란 솔이 버둥거리던 것을 멈추고 세준의 넓은 어깨에 고개를 파묻어 버리고 말았다. 그런 두 사람을 알아보지 못한 지나가는 행인들 몇몇이 흐뭇하단 눈빛으로 웃고 있었다.

"어, 맞아. 어떻게 알았어?"

꾸물꾸물 숨기는 솔의 얼굴을 세준이 두 손으로 잡아 들어 올렸다. 이러지도, 저러지도 못하는 통에 볼살이 구겨진 얼굴로 솔이 눈을 부릅뜨고 세준을 노려봤다. 그런 솔과 눈을 마주치며 세준이 웃는다.

"저 짐승 맞습니다, 마나님."

깜깜한 밤, 어스름한 가로등 빛을 받은 세준이 엉큼하게 눈을 빛내더니 뾰로통 올라온 솔의 입술에 쪽─ 입을 맞췄다.

놀라 버둥거리는 것도 잊어버린 솔이 동그랗게 눈을 올려 떴다.

쪽. 쪽. 쉴 틈 없이 두 번 더 내려오는 입술. 깜찍한 마찰음이 끝나도 여전히 깜짝 놀라 동그래진 솔의 눈동자를 보며 세준이 푸하하 웃음을 터뜨렸다.

그 소리에 맞춰 솔이 그를 밀어버린다.

용인의 겨울바람은 시리도록 차갑건만, 두 사람을 감싸는 공기는 로마의 햇살처럼 따스했다.

노릇노릇하고 바삭한 치킨과 시원한 맥주가 있음에도 세준은 단 한 잔도 마시지 않았다. 그런 세준에게 왜 그러냐는 듯 솔이 눈을 흘겼지만 세준은 그저 말없이 사이다만 마실 뿐이었다.

세준이 말없이 고개를 내저을 때 대강 눈치를 챈 듯 한영은 더 이상 술을 권하지 않았다. 그저 '맥주 맛있는 줄 모르나 봐? 그치?' 따위의 말을 하는 솔을 한심하다는 듯 바라보기만 할 뿐.

워낙 빡셌던 하루 일정 탓에 네 사람 모두 취하지 않고 가볍게 배만 채우고 헤어졌다. 대리를 부르려고 핸드폰을 뒤적이는 솔을 세준이 막아 세웠다.

"일부러 안 취한 박 머슴 끝까지 부려먹어야지, 왜 돈까지 써가며 낯선 남자를 불러들여?"

"어?"

말뜻을 이해하려는 듯 눈만 끔뻑거리는 솔에게서 세준이 차키를 뺏어 들었다.

"얼른 타. 마나님 데려다 줄 테니까."

보조석 문을 열어둔 채 운전석에 오른 세준이 손짓하며 솔을 불렀다. 그제야 상황 파악을 마친 솔이 굼뜬 발을 움직였다.

노랫소리 하나 없이 고요한 차가 부드럽게 정지했다. 의자에 기대어 자고 있는 솔을 배려한 듯 덜컹거림 하나 없이 조심스러운 운전이었다.

매고 있던 안전벨트를 푼 세준이 살며시 몸을 틀어 잠들어 있는 솔을 바라봤다. 처음 차에 오를 때만 해도 뭐가 그리 어색한지 경직되어 있더니 어느새 잠들어 있었다. 잠들면서 귀찮은 듯 목도리도 벗어 뒤로 던져 버리고 입고 있던 코트의 단추도 다 풀어버렸다.

이처럼 흐트러진 자세로 새근새근 잠이 든 솔을 세준은 잠시 가만히 바라보고만 있었다. 공기마저 멈춘 듯 침묵이 침전되어 있는 차 안에서 달게 잠들어 있는 숨소리만 새액새액 울려 퍼진다.

'잠깐만 더 보고 있을까?'

그렇게 세준은 잠들어 있는 솔을 한참이나 바라봤다.

보고, 보고, 또 봐도 질리지가 않았다. 이상하게 보고 있을수록 더 사랑스러웠다. 매섭고, 빈틈없어 보이다가도 어느 순간 보면 마냥 아이처럼 순진하고 천진했다.

그 양면의 모습이 스스럼없이 어우러지면서 더욱 아찔한 매력으로 다가왔다.

흐트러진 머리카락 한 올이 솔의 입술 앞에서 아른거렸다. 그것을 치워주려고 손을 뻗다가 움찔하며 멈춰 세웠다. 손끝에 닿는 솔의 숨결이 뜨거웠다.

그 뜨거움이 순식간에 세준을 집어삼키려 하고 있었다.

탐스러운 붉은 입술 사이로 오가는 따스한 숨결 하나에 이토록 뜨겁게 반응하다니. 세준은 저 자신의 반응에 잠시 당황스러워하다가 이내 다시 천천히 손을 움직였다.

머리카락을 떼어내며 스치듯 닿은 입술의 촉감이 몹시도 부드러웠다. 연약하고 부드럽고 따스하다.

세준은 이 감촉을 잘 알고 있었다. 몇 번이고 떠올라 그를 당황스럽게 했던 입술이었다.

어찌 잊을 수 있을까. 어찌, 다시 떠올리지 않을 수 있을까.

그의 손길이 느껴졌는지 솔이 부스스 눈을 떴다. 크고 또렷한 눈을 몇 번이나 감았다 뜨더니 눈앞에서 그녀를 지그시 바라보고 있는 세준과 눈이 마주쳤다. 아직 잠이 덜 깬 듯 몽롱한 눈동자 안에 세준만이 가득했다.

어쩐지 가슴이 뿌듯하게 벅차올랐다. 참지 못한 그의 고개가 솔을 향해 쏟아진다. 그의 얼굴 위로 피어난, 사랑스러워 미칠 것 같은 눈빛도 그녀의 얼굴 위로 몽땅 쏟아진다.

"음……."

두 개의 입술이 맞닿아 부드럽게 얽혀 들어갔다. 부딪치는 저항 하나 없이 살갑게 서로를 갈망하는 입술. 그토록 탐을 냈던 장밋빛 입술 사이를 마음껏 침범하며 세준은 두 손으로 솔의 얼굴을 단단히 틀어쥐었다.

조금만 더, 조금만…… 조금만. 해갈되지 않은 갈증을 채우려는 듯 깊어만 가는 입맞춤에 솔이 숨을 헐떡이다가 세준의 옷깃을 꽉 붙들어 맸다. 그제야 아쉬운 듯 세준이 솔을 놓아준다.

이마를 맞댄 채 세준이 낮게 잠긴 목소리로 중얼거렸다.

"나를 믿어봐."

그저 빤히 바라보는 솔의 뺨을 조심스럽게 쓰다듬으며 다시 한 번 천천히 말했다.

"나를 믿어달라고. 당신이 아직 나에게 완전히 마음을 열지 못했다는 것은 알지만……. 그래도 나를 한번 믿어봐. 언제나 당신에게 진심만을 보여준다는 거, 그거 하나만이라도 믿어줘."

대답이 없는 솔의 코끝에 세준이 부드럽게 입 맞췄다.

"당신에게 모자란 부분은 내가 채울 테니, 당신은 그저 조금만 기다려 주기만 하면 돼."

솔이 살짝 벌어져 있던 입술을 슬쩍 깨물었다. 그러더니 망설이듯 천천히 고개를 끄덕이며 소리 없이 웃는다. 그 작은 움직임에 세준의 입꼬리에 미소가 걸린다. 말도 못 하게 가슴이 떨려온다.

"자, 이제 들어가야지. 피곤할 텐데 가서 자야지."

붙어 있던 이마를 떼며 세준이 솔이 뒷좌석에 던져 놓은 목도리를 집어 올렸다. 그런데 그 순간 그의 눈에 들어오는 초콜릿 빛깔의 상자. 고급스러운 상자와 심상치 않은 포장을 보며 세준이 슬쩍 상자의 뚜껑을 들어 올린다.

"이게 뭐야?"

"뭐?"

붉어진 볼을 감추려 목도리를 목에 칭칭 감아 돌리고 있던 솔이 힐끔 뒤를 돌아봤다.

그런데 아뿔싸! 저건!

"아, 안 돼!"

이미 반쯤 뚜껑이 들린 상자로 솔이 잽싸게 손을 뻗었다.

남자에게도 육감이라는 게 있는지 상자를 들어 올리는 세준의 눈빛이 심상치 않았다.

하긴, 저건 누가 봐도 선물 상자였고, 그 위에 쓰여 있는 'Castiel' 이라는 글씨 또한 힘이 넘치는 남자의 필체였다.

"남의 선물을 왜 함부로 보고 그러나?"

뭐가 그렇게 찔린 건지 솔이 되레 큰 소리를 내며 상자를 사수했다. 그런데 웬걸? 분명 안을 본 것 같은데 세준이 아무 말 없이 그저 빤히 바라보고만 있었다.

'본 거야, 못 본 거야?'

그저 한없이 빤히 바라보고만 있다. 번득이면서 점점 가늘어지는 눈빛이 심상치 않았다. 그 뜨거운 눈빛에 뜨끔뜨끔 데이느니 차라리 이 자리를 벗어나는 것을 택한 솔이 상자를 품에 꼭 끌어안고 차 문을 열어젖혔다.

"나, 난 간다!"

타앙—!

닫히는 차 문 소리가 사냥꾼의 엽총 소리처럼 솔의 가슴을 저격했다. 그것에 도망이라도 치듯 집으로 달려간 솔이 세준에게서 차키를 받아오지 못했다는 것을 깨달은 것은 다음 날 아침, 세준이 차 앞에 서 있는 것을 보았을 때였다.

"박 머슴, 하루 더 연장한 거야?"

솔이 차에 기대어 차키를 흔들며 서 있는 세준을 보며 떨떠름하게 물었다.

"평생 연장도 가능합니다, 마님."

"그건 좀 두고 봐야겠구나, 돌쇠야."

"아, 제 이름이 돌쇱니까?"

"예명 정도로 생각하거라."

솔의 말에 세준이 피식 웃더니 차 문을 열어준다.

"타. '카이' 가는 거지?"

"어떻게 알았어?"

"나도 가니까, 거기."

"……너도?"

"어. 나도 서, 이번 쇼에. 들러리 같은 거지."

으흥. 이번 남자 게스트는 박세준이었던가.

신 디자이너님 남자 모델 고르는 기준은 꽤나 까다롭다고 알고 있었는데. 그 기준을 저 박세준이 통과했다니……

저놈이 진짜 페로몬을 뿌리고 다니는 게 틀림없었다.

솔이 차에 타는 것을 확인하고 차에 오른 세준이 솔의 안전벨트를 꼼꼼하게 채워줬다. 이런 섬세한 면이 있나 싶어 뚫어지게 보고 있는데 슬쩍 고개를 들어 세준이 솔을 바라본다. 눈이 마주치고 보니 생각보다 너무 가깝다 싶었다.

그런데 요놈 유들유들 하는 말이 가관이다.

"모닝뽀뽀 해도 돼?"

그런 건 물어보지 말아줄래? 쑥스러워서 이런 말밖에 못 하잖니.

"허튼소리 말고 운전해, 돌쇠."

"옙, 마님!"

내가 이런 말을 했다고 또 그렇게 순순히 물러나지 말아줄래? 괜히 섭섭해지잖아.

솔이 뾰루퉁 입술을 내미는데 물러섰다 싶었던 세준이 잽싸게 입을 맞춘다.

'쪽!' 하고 울려 퍼지는 맑고 고운 소리. 영창 피…… 아니, 이게 아니지!

"돌쇠 너!"

"허튼소리 말고 행동으로 보여달라는 말 아니었어?"

씨익 웃던 세준이 부드럽게 운전대를 돌린다.

순식간에 당한 일이라 큰 눈을 말똥말똥 치켜뜨며 바라보고 있던 솔이 홱- 고개를 돌려 창밖을 바라봤다. 느릿하게 움직이던 주변 풍광이 서서히 빠르게 스쳐 지나갔다.

"참 나……."

기가 막힌다는 듯 바람 빠진 소리를 내는 솔의 입이지만 그 끝은 알게 모르게 호를 그리고 있었다.

끼익—

지하주차장에 들어서서 멋진 남자의 상징인 후방주차를 폼 나게 하는 세준을 빤히 바라보고 있던 솔이 손바닥을 내려쳤다.

"어, 그거 반지!"

"어?"

세준의 손가락에 끼워져 있는 은색 반지. 며칠 전 주꾸미가 오두방정을 떨며 솔의 앞에서 흔들어대던 그거였다.

'아차. 모른 척하기로 했지.'

세준이 왜 그러냐는 듯 솔을 보다가 제 손가락을 살핀다. 그러더니 '아아' 하며 알겠다는 듯 고개를 끄덕인다.

"요 며칠 잃어버려서 못 끼고 다니다가 어제 찾았어. 집에 들어가는데 문 앞에 떨어져 있더라? 거참, 며칠을 지나다녔는데 어떻게 딱 거기 떨어져 있지?"

알 수 없다는 표정의 세준을 보며 솔이 어설프게 웃음을 보였다.

'돌려줬나 보네.'

안전벨트를 풀고 차 밖으로 나가려는데 문득 솔의 머리를 스치고 지나가는 생각 하나.

'아니, 근데 그 주꾸미가 박세준 집을 어떻게 아는 거야? 그리고 어제 그 상자 안을 본 것 같은데 왜 아무 말이 없지?'

앞서 걷는 세준의 뒤통수를 수상하다는 듯 빤히 바라봤다. 계단으로 향하던 세준이 뒤를 돌아 솔을 향해 이리 오라 손짓한다.

"뭐해? 얼른 와."

성큼성큼 세준에게 다가가면서도 차마 '너 집에 주꾸미 들인 적 있냐!'라고 묻지 못하는 솔이었다.

"솔이 씨는 잠깐 이리 와보겠어요?"

열댓 명의 모델들이 대기하고 있는 방 안으로 숍 매니저가 솔을 따로 불러냈다. 외투를 벗고 치수를 재기 위해 대기하고 있던 방 안의 모든 시선이 솔에게로 쏠렸다.

"아, 네."

세준과 들어온 것만 해도 눈에 띄는 행동이었는데 들어오자마자 따로 불려 나가다니. 대기하고 있던 모델들의 눈이 세모꼴이 됐다. 개중엔 솔보다 선배도 있었고, 동기도 있었으며, 후배도 있었지만 모두 표정은 비슷했다.

따끔거리는 시선 속에서도 솔이 표정 하나 바꾸지 않으며 자리에서 일어났다. 그녀가 잘못한 일 따위는 없었으니 괜스레 위축될 필요는 없었다. 몇몇이 이미 수군거리는 소리도 들렸지만, 이 바닥이 원래 시기와 질투가 스테이크 위에 후추처럼 뿌려져 있는 곳이었다. 솔은 의연한 표정으로 매니저를 따라 대기실을 나섰다.

"대표님이 따로 보시자네요."

전에도 솔에게 살갑게 대해주던 그 매니저였다. 그녀가 솔을 신미옥 디자이너가 있는 방으로 안내했다.

똑똑.

"들어오세요―."

문을 열어주고 매니저는 사라졌다. 아마 먼저 모델들의 치수를 재러 갔으리라. 목에 길게 줄자를 드리우고 의상을 손보고 있던 신미옥이 솔을 보며 활짝 웃는다.

"안녕하세요?"

"왔구나. 이리 와, 자기는 내가 따로 치수 좀 잴게. 치수 변화는 딱히 없어 보이는데……. 어쨌든 이리 와봐."

"아, 네."

솔이 소파 위에 짐과 외투를 내려놓고 미옥에게 다가갔다. 얼굴 위로 옅은 주름이 드리워졌지만 나이에 비해 훨씬 젊어 보이는 그녀였다. 어깨와 허리, 다리 길이를 재던 미옥이 침묵을 깨고 조용히 말했다.

"……자기는 어디서 예뻐 보이려고 애쓰는 타입도 아니지만 또 그렇다고 딱히 미움 받는 타입도 아니잖아."

그렇지도 않아요. 솔이 중얼거리며 뒤로 돌아섰다. 힐끔 그녀를 올려다보던 미옥이 픽 웃음 짓는다.

"괜히 질투하는 무리들이야 어디를 가나 있으니까. 그렇지만 정말 미워하는 애들까지는 없었잖아. 그치?"

"그런가요."

무심한 솔의 답변에 미옥이 그녀의 엉덩이를 찰싹 때리며 말했다. 사실 솔과 미옥과의 인연은 생각보다 깊었던지라 두 사람은 꽤나 멀고도 가까운 사이였다.

"으휴……. 내 오프닝은 강솔이 서야 제맛인데. ……어쩌냐, 이번 오프닝은 솔이 아니야."

정작 솔은 아무렇지 않아 보이는데 미옥이 아쉬워서 어쩔 줄 모른다는 얼굴이었다.

팔을 활짝 펼친 채 서 있던 솔이 선하게 미소 짓는다. 이미 솔은 미옥의 쇼에서 여러 번 오프닝을 맡아왔다. 사실 거의 매번 그녀가 했다고 해도 틀린 말은 아니었다.

"괜찮아요. 쇼에 서는 것만으로도 좋은걸요. 그리고 그동안 저만 너무 많이 섰죠. 이제 다른 사람에게도 기회를 줘야 하지 않겠어요?"

솔의 팔 길이를 체크하고 있던 미옥이 순간 멈칫하고 손을 멈춰 세웠다. 그리고 눈을 들어 솔을 바라본다. 그녀의 눈빛 앞에서 솔이 어깨를 으쓱했다. 세준의 습관이었는데 어느새 솔에게도 옮겨와 있었다.

"어떤 자리든, 어떤 옷이든 열심히 할 거예요. 잘해볼게요."

그렇게 말하는 솔의 눈빛은 순수했다. 6년 전, 미옥이 처음 브랜드를 론칭했을 그때처럼.

나이 든 햇병아리 디자이너가 한번 떠보겠다고 발악하던 그때, 군말 없이 항상 런웨이에 서주던 솔이었다. 길바닥에서도, 지하철 역사에서도, 쇼핑몰 후미진 구석에서도.

"자기는 어쩜, 하나도 변하지 않았네."

솔을 보며 웃는 미옥의 눈빛이 따스했다. 나이만 달랐지 둘 다 햇병아리였던 그 시절. 그때와 다르지 않은 솔의 눈빛을 보며 미옥은 이상하게 같이 웃어줄 수가 없었다.

미옥의 방을 나온 솔이 대기실로 가려던 발을 멈춰 세웠다. 이미 이곳에서의 일정은 모두 끝났고, 짐도 손에 들고 있는 상황이었다. 가려면 그냥 뒤로 돌아가도 충분히 가능한 상황. 하지만 저 안에 놓고 온 무언가 때문에 영 발길을 돌리기가 찝찝했다.

'불러? 말어?'

가슴으로는 두 사람의 사이가 확실해졌는데 머릿속에선 아직 관계의 정의는 뚜렷하지 않았다. 적어도 솔이 느끼기엔 그랬기에 그녀가 지금 문 앞에서 망설이고 있는지도 몰랐다. 그런데 그때, 누군가 뒤에서 그녀의 어깨를 툭툭 두드린다.

"다 끝난 거야?"

목소리만 들어도 알 수 있었다.

나지막하게 울리는 남자답지만 장난스러운 듯 편안한 목소리.

"이제 갈까? 난 아까 끝나서 기다리고 있었는데."

"어디서 기다렸던 건데?"

"저기. 바깥에서 옷도 좀 보고."

별거 아니라는 듯 어깨를 으쓱한 세준이 솔의 팔목을 스르륵 끌어당긴다.

"자, 가자."

"어딜?"

묻는 그녀의 말에 너른 어깨 너머로 픽 웃는 옅은 웃음소리가 들린다. 그런 걸 왜 묻느냐는 듯이 그렇게.

"……데이트하러 가야지."

밥 먹으러 가자는 듯 편안하고 무심한 말소리와 소리 하나 없이 느른한 걸음걸이, 그것에 맞춰 서서히 걸어 내려가는 솔의 얼굴도 한층 편안해졌다.

그녀를 잡고 걸어가는 너른 어깨 위로, 창문 틈으로 들어온 햇살이 부서져 내린다. 그것을 보고 있는 솔의 얼굴에도 햇살 같은 미소가 잘게 흩뿌려져 있었다.

"그래서, 그건 뭐야?"

아무 소리 없이 운전만 잘하고 있던 세준이 대뜸 물어온다.

"뭘?"

시야에서 빠르게 사라지는 주변 풍광을 바라보고 있던 솔이 세준을 돌아봤다. 힐끔, 세준이 솔을 바라보더니 지나가다 날씨를 물어보듯 가볍게 묻는다.

"그 상자."

그래, 네가 어찌 안 물어보나 했다.

솔이 지난밤을 떠올리며 떨어지지 않는 입을 열었다. 세준이 아무렇지 않은 듯이 물어왔지만, 그렇다고 그의 분위기가 정말 아무렇지 않은 것처럼 보이지는 않았다. 어깨에 힘이 빡 들어갔다고나 할까.

"그냥 광고주가 선물 준 거야. 근데 너…… 봤어?"

은근한 솔의 물음에 세준이 어깨를 으쓱한다. 입술이 삐죽. 하지만 뭐라 대답은 없다.

돌쇠야, 봤다는 거니, 안 봤다는 거니?

솔이 물어보려고 입을 떼는 사이, 세준이 선수 치듯 말했다.

"다 왔다."

그들이 탄 차가 목적지에 다다르고 말았다.

어디서 이런 상영관을 알아왔는지, 세준은 솔을 을지로의 작은 극장으로 데려갔다. 주변에 널려 있는 커다란 멀티플렉스관이 아니라 필름을 돌리는 영사기 소리, 사람들의 헛기침 소리까지 무심하게 허공에 떠돌아다니는 그런 작고 허름한 상영관이었다.

도대체 어떻게 알고 찾아온 것인지 극장 안에는 십대부터 오십대까지 다양한 나이의, 또 다양한 분위기의 사람들이 들어차 있었다. 엉덩이를 붙이고 까맣게 점등되어 가는 불빛을 신기하다는 듯 멍하니 보고 있는데 작은 목소리로 세준이 소곤소곤 물어온다.

"내가 제일 좋아하는 곳이야."

목소리에서부터 느껴지는 달뜬 흥분. 남녀 사이에서 느껴지는 열락에 찬 그런 뜨거움이 아닌 순수한 기쁨의 흥분이 고스란히 전해졌다.

이리도 좋을까 싶어 힐끔 쳐다보는데 금세 집중한 눈으로 화면을 바라보는 옆모습이 보였다. 카메라 앞에서보다 스크린 앞에서의 세준이 더욱 반짝반짝 빛나고 있었다.

"내 생애 이렇게 무드 없는 키스신은 처음 본다, 진짜!"

솔의 집 주변의 한적한 골목을 걸으며 세준이 욱해서 소리쳤다.

"아니, 그게 왜 무드 없는 키스신이야? 난 너무 애틋하던데."

"그래, 그 엘리베이터라는 장치랑 구도는 좋았는데. 아니, 그래도 마지막 키스였잖아. 그것도 남자주인공이 아무것도 몰랐을 때."

"그러니까 더 애틋하고 무드 있지! 거기서 막 찐하게 끌어안고 그랬으면 그렇게 애잔하지 않았을 것 같은데?"

솔의 반박에도 세준은 못마땅하다는 듯 고개를 내저었다. 몇 번이고 입술을 잘근잘근 깨무는 모양에서 그의 아쉬움이 고스란히 드러났다. 그런 세준이 모습이 귀여워 솔이 웃고 만다.

두 시간 남짓한 영화는 어느 날 갑자기 사라져 버린 여자를 찾아 헤매는 남자의 이야기였다. 흔적도 없이 사라진 여자, 그리고 그녀의 흔적을 쫓는 남자.

사랑하는 두 사람의 과거와 텅 빈 여자의 흔적이 크로스되면서 미스터리한 여자의 정체가 드러나는 내용이었다.

"근데 대체 그 여자의 정체는 뭐였다는 거야? 이게 바로 그 열린 결말인 거지? 그치?"

솔은 영화를 이렇게까지 집중해서 본 게 처음이었다. 온전히 영화에 흠뻑 빠져들어 가면서 그 내용에 젖어드니 영화를 보는 게 이렇게나 '재미있다'는 것을 처음 느껴봤다. 묘하게 아로 새겨지는 잔잔한 여운에 솔이 뺨을 붉히며 머릿속의 내용을 되새겼다.

"그러니까 첫 장면에서 여자가 가지고 있던 시계가 나왔잖아. 그리고 중간쯤 남자의 손목시계가 여러 차례 화면에 잡혔고. 그 시계가 여자를 나타내는 힌트였던 거지. 여자는 남자의 시간 속에 기생하며 살고 있었던 거야. 무슨 말인지 알아듣겠어?"

세준이 차근차근 솔에게 영화를 설명해 줬지만 솔이 알아들은 것은 겨우 그것의 반쯤? 머리를 갸웃하다가 마지못해 고개를 끄덕인다. 세준이 한숨을 푸욱 내쉬며 고개를 내저었다.

"이거 봐, 이거 봐. 아까 그 키스신이 다 망친 거라니까. 이렇게 탄탄하고 좋은 영화가 그 마지막 키스신에 무너지다니……. 그리고 역시 키스신이라면 좀 더 박력 있게! 나라면 그렇게 안 만들었어. 거참, 그렇게밖에 표현을 못 하나."

태양이 사라진 깜깜한 9시, 솔은 으슬으슬한 한기에 몸을 움츠리면서도 열정적인 세준의 목소리에 웃음이 나왔다. 왜 이리 난리람?

"그럼? 너라면 어떻게 했을 것 같은데?"

"나? 나는……."

솔의 물음에 잠깐 멈칫하던 세준이 휙 옆을 돌아 솔을 본다. 그러더니 솔의 어깨를 벽으로 밀치며 가까이 다가간다.

옴마야? 느닷없는 공격에 솔이 숨을 크게 들이켰다.

마침 적절하게 가로등 아래다. 그 누가 그랬던가……. 등잔 밑이 어둡다고. 하지만 이 시각, 가로등빛은 참으로 밝았다. 솔의 가느다란 속눈썹 한 올 한 올의 그림자까지 모두 보일 정도로.

씨익, 세준이 개구지게 웃는다.

"이렇게……."

뭐라도 준비하기 전에 세준이 훅 치고 들어왔다. '읍!' 하는 식상한 비명조차 내지를 새도 없었다. 으슬으슬했던 한기가 언제 곁에 있었냐는 듯 열기가 후끈 달아올랐다. 그런데 이놈이 벽에 밀친 것도 모자라 그녀의 두 손을 제 손으로 벽에 밀어 가둬 버린다. 반항 따윈 용납할 수 없다는 듯 박력이 넘쳤다.

차가웠던 손발이 순식간에 뜨거워지고, 세준에게 잡혀 있던 손은 어느새 그를 꽉 붙잡고 있었다. 말이 아닌 오로지 입술과 분홍빛 혀로만 이어지는 농밀한 대화가 길어질수록 솔의 머리가 어질해졌다. 보통이 아니다.

이건…… 정말 보통이 아니었다!

"……하."

숨을 몰아쉬는 그녀의 귓가를 타고 목덜미로 이어지는 세준의 입술이 느껴졌다. 피부 결을 따라 흐르는 중얼거리는 낮은 목소리.

"아팠지……?"

목덜미를 따라 미끄러져 내려오는 촉촉한 입술의 감촉에 솔의 눈앞에서 별빛이 흐릿하게 반짝였다.

아니, 이게 대체 무슨 감각이야?

다리가 후들거려 비틀거릴 것만 같은데 세준이 그녀의 허리를 단단히 틀어쥐며 버텨줬다. 두꺼운 코트 너머로 강인한 힘이 고스란히 느껴졌다. 바짝 끌어당기는 힘이 왜 이리 좋은지…….

순식간에 그녀를 코너로 몰아넣고 야릇한 격정 속으로 이끌던 세준이 훅 치고 들어올 때처럼 그렇게 훅 빠져나갔다. 들어갈 때와 나올 때를 확실하게 아는 남자였다.

솔이 숨을 고를 시간을 준 세준이 그녀의 볼에 짧게 입 맞추며 말했다.

"당신한테 확실히 도장 찍은 거니까, 잊으면 안 돼. 나 독점욕도 많고 내 거라고 생각하는 건 절대 안 돼."

솔을 그윽하게 바라보던 세준이 의미심장하게 웃는다. 눈빛만은 이미 완숙한 남자의 그것이었다.

"······끝까지, 내 거야."

세준의 이 말의 의미를 솔이 깨달은 것은 집으로 들어가 샤워를 하기 위해 욕실 안에 들어섰을 때였다.

"끼야아아! 이, 이게 뭐야!"

솔이 욕실 거울에 찰싹 달라붙어 소리를 질러댔다. 목에 남아 있는 저 시뻘건 자국은!

"박세준!"

일전에 박세준이 잇자국을 남겨놓은 그곳이었다. 그런데 그곳에 곱게 색을 덧씌워 입술 자국을 남겨놨다. 야릇한 빨간색으로 아주 선명하게.

솔의 이마 위로 성난 혈관이 불뚝 솟아오른다.

도장, 도자아앙? 도장!

"이 망할 놈이! 으악!"

이게 지 멋대로 입술도장을 찍어!

그리고 그 시각, 집으로 돌아가던 세준은 불타나게 울려대기 시작하는 핸드폰을 보며 우뚝 자리에 멈춰 서서 웃기 시작했다. 너른 어깨가 잘게 흔들리더니 기어이 허리를 쭉 펴고 으하하 웃기 시작한다.

핸드폰 벨소리에서부터 느껴지는 강 마나님의 불호령이었다.

띠리리리! 띠리리리! 정말 줄기차게 울어댄다.

언제나 이렇다. 이렇게 즉각적으로, 생생하게 반응하는 여자였다.

어제오늘 의연한 척했던 세준이었지만, 상자 안에 놓여 있던 야하기 그지없던 천 쪼까리를 보는 순간 가슴에 불덩이가 치솟아 올랐다. 거기에 카스티엘? 카스티엘이라고?

어쩐지 이름부터 재수가 없었다.

이름을 보는 순간 불덩이가 두 배로 치솟아 올랐다.

집에 들어오자마자 순한 돌쇠 얼굴 따윈 집어 던진 세준이 이글이글 불타는 눈으로 불꽃 타자를 시전했더란다. 그 언젠가 카스티엘이라는 이름을 들어본 적도 있는 것 같았다. 역시나 '카스티엘'을 치자마자 쏟아지는 각종 정보들.

하! 과연…… 뭔가 했더니 속옷 브랜드란다.

아니, 그런데, 브랜드명이 왜 이렇게 재수가 없어?

그리고 누가 강솔에게 속옷을 선물한단 말인가? 그것도 어떻게 하면 효과적으로 야할 수 있을까 고심한 듯한 그런 속옷을?

새하얀 깃털 디자인의 속옷을 떠올리자마자 더욱 기분이 나빠지는 세준이었다.

세준이 아는 한 이 분야에 가장 빠삭한 서 실장에게 전화를 걸었다.

[카스티엘? 카스티엘이라……. 네가 어떻게 들었는지는 모르겠지만, 카스티엘이 지금 한국에서 론칭 준비하고 있거든. 그 브랜드가 워낙에 영국이랑 유럽에서 인기가 많을뿐더러 인지도가 굉장해. 각 나라에서 가장 매력적이고 관능적인 모델만 쓰는 것으로도 유명하고. 그래서 지금 한국 에이전시들도 난리가 났어요.]

가장 매력적이고 관능적인 모델이라……. 그럼 강솔이 딱이지. 그렇지. 세준이 고개를 주억거렸다.

[그리고 그게 굉장히 고가인데도 불구하고 여자들이 안달하는 이유

가…… 뭐, 연인과의 백전백승 속옷이라나 뭐라나.]

백전백승이라.

반사적으로 세준의 머릿속에 조금 전 그 새하얀 란제리를 걸친 솔의 모습 그려졌다.

오, 이런. 이런……. 이러언!

세준은 쉴 새 없이 마른기침을 쏟아내며 스스로를 진정시켜야 했다.

위, 위험할 뻔했다.

[지금 강하게 회자되는 모델이 에이팀의 강솔이라고 하더라고. 왜 그런지는 모르겠는데 그쪽 디자이너가 강력하게 꼭 강솔이어야만 한다고 주장했다더라. 근데 그 디자이너가 엄청 젊고 잘생겼대. 그래서 알 게 모르게 스캔들이 터질 것 같다는 말도 있고.]

그 순간 세준이 발딱 자리에서 일어나고 말았다. 어쩐지 이름부터 재수가 없더라니!

이를 으득 갈던 세준이 '입술도장' 계략을 세운 건 서 실장의 다음 말 때문이었다.

[소문으로는 저번 주에 카스티엘이 이미 입국을 했다던데? 그럼 이번 주쯤으로 모델이 정해지지 않을까 싶다. 당장 미팅 들어가겠지 뭐.]

조치가 필요했다.

제10화
이번엔 진짜 1

"우와ㅡ."

딸기스무디를 쪽쪽 빨던 한영이 솔의 목덜미를 보며 웃음기 섞인 탄성을 내뱉었다. 손을 들어 엄지손가락을 척 들어올린 그녀가 히죽 웃으며 말한다.

"박세준 입심이 대단한데?"

그 단어가 저기에 쓰이는 단어가 아닐 텐데, 솔은 부정할 생각도 못 하고 얼굴만 붉게 물들이며 성난 숨을 씨근덕거리려야 했다.

당황한 솔이 어제 불터나게 전화해서 이게 대체 무슨 짓이냐 따지자 세준이 웃으며 말했다.

"다른 놈이 찝쩍거리지 못하게 도장 찍은 건데? 왜? 당분간 화보도 없고…… 쇼는 열흘이나 남았고, 잘 보이는 위치도 아니잖아? 일부러 벗.지. 않는 이상."

뭔가 아는 게 틀림없었다. 백퍼 천퍼 확실했다.

어쩐지 하루 종일 너무 얌전하다 했었다. 치웅과 같이 있을 때도, 영수와 있을 때도 온몸으로 질투하던 남자가 바로 세준이었다.

그런데 그런 란제리를 보고도 가만히 있다는 게 영 수상하긴 했다.

"이거, 내일모레면 없어지겠지?"

솔의 말에 한영이 코웃음 치며 고개를 저었다.

"삼사 일은 거뜬할 것처럼 선명한 색상입니다만?"

으아아아. 솔이 한숨을 푹 내쉬더니 와다다― 핸드폰 자판을 두드린다.

〈변태〉

〈호색한〉

〈말미잘〉

〈똥개〉

〈또라이〉

〈시베리아 호롤롤로!〉

세준이 답장을 보낼 틈도 주지 않고 솔은 마구 자판을 두드려댔다.

아직 읽었다는 표시가 안 뜨는 것을 보니 지금 촬영 중인 게 틀림없었다. 입심 좋은 CF스타님께서는 오늘도 새벽부터 촬영이 있다고 했다. 소주, 시계, 커피, 쇼핑몰……. 아주 여기저기 박세준이 판을 치고 있었다.

"야, 그래도 섹시하고 좋네."

이년이 지 일 아니라고 막말한다. 솔이 쫙 째진 눈으로 한영을 흘겠다. 낄낄 웃던 한영이 힐끔 시계를 내려다본다.

"너 근데 이제 가봐야 되지 않냐? 4시까지 가야 한다며? 지금 3시 반이야."

"아, 진짜? 이제 가야겠다."

"이것도 챙겨가야지."

"아, 맞다맞다."

솔이 헐레벌떡 자리에서 일어났고, 한영은 솔이 풀어놓았던 스카프를 챙겨줬다. 그걸 받아 들고 돌아서려던 그때, 코너를 돌아 메뉴를 들고 오던 직원과 부딪치고 말았다.

쨍그랑!

날카로운 소리와 함께 직원이 아픈 신음성을 내질렀다.

"아윽······."

"헉, 괜찮아요?"

"뭐야? 무슨 일이야?"

뜨거운 음료가 직원의 손을 흥건하게 적셨고, 깜짝 놀란 한영이 달려왔다. 놀라기는 솔도 마찬가지였던지라 움츠러든 직원을 향해 몸을 구부리며 걱정스러운 얼굴로 그를 살폈다.

"한영아, 차가운 물! 물!"

"어, 어어!"

손을 데었는지 빨갛게 부어오르고 있었다. 저도 모르게 놀란 솔이 들고 있던 스카프에 얼음물을 적셔 대주었다. 마치 저가 데인 것처럼 온 가슴이 벌렁벌렁 떨렸다.

"괘, 괜찮아요?"

"아, 네. 괘, 괜찮습니다, 손님."

"병원, 병원 가봐야 되는 거 아냐?"

"그래, 병원 가봐야겠네. 엄청 뜨거웠나 봐. 손등이 뻘게, 아주."

"그치? 병원 가봐야겠다. 어떡해…… 죄송해요, 아프겠다."

실상 솔의 잘못이랄 것은 없었지만, 그래도 부딪친 사람이 저라 아주 어쩔 줄을 모르는 얼굴이었다. 그런 솔을 잡아 말린 건 한영이었다.

"야, 넌 미팅 있잖아. 일단 거기 가봐. 이분은 내가 병원 모시고 갈게. 내가 병원 가서 연락할 테니까."

"아니, 그래도……."

"얼른 가라니까?"

실랑이하는 두 여자 사이에, 솔의 젖은 스카프로 손을 감싸고 있던 직원은 사실 정말 괜찮았다. 조금 붓기는 했지만 음료가 카푸치노였기에 거품이 반이었다. 정신없이 걱정해 주는 모습에 황홀해하며 바라만 보고 있다가 본의 아니게 나이롱환자가 되어버린 직원이었다.

"한영아, 그럼 부탁 좀 할게. 이상 있으면 연락하고, 뭔가 더 치료가 필요하다면 다 해드려. 알았지?"

"알았어, 알았어. 걱정 마. 네 이름으로 팍팍 긁을 테니까."

손을 휘이휘이 내저어 그녀를 내쫓는 한영을 뒤로하고 솔이 서둘러 칼튼호텔로 달려갔다. 그렇게 긴 머리카락을 휘날리며 사라지는 솔의 뒷모습을 손을 감싸 쥔 직원이 황홀하다는 듯 멍하니 바라봤다.

걸어가면 넉넉히 15분 정도가 걸렸고 택시를 타기엔 애매한 거리였다. 카페에서의 해프닝 때문에 10여 분을 지체했던 탓에 솔은 빠른 걸음으로 호텔까지 걸어갔다. 거의 뛸 듯이 걸어갔던 탓에 숨이 턱까지 차올랐다.

03 : 50pm.

"망할 구두."

뻐근한 발바닥을 느낀 솔이 진땀을 닦으며 호텔 입구로 들어섰다. 스치듯 지나가며 유리창에 그녀의 모습을 비춰보았다. 흐트러진 머리카락과 빨갛게 상기된 뺨이 보였다. 그리고…… 목덜미.

"아, 맞다! 내 스카프."

아차 싶었지만 이미 늦었다. 지금 어디 가서 스카프를 구해올 수도 없다. 어떡하지 싶어 잠깐 발을 동동 구르는데, 그 모습마저도 유리창에 고스란히 비춰졌다. 흐트러진 옷차림에 초조해 보이는 여자 하나가.

그 순간 솔은 번쩍 정신이 들었다.

'정신 차려, 강솔!'

구부정했던 허리를 펴고 솔은 자세를 바로잡았다. 흐트러진 매무새를 가다듬으면서 크게 심호흡을 하며 숫자를 셌다. 하나, 둘, 셋……. 긴장이 풀렸던 어깨가 꼿꼿하게 펴졌다.

'나는 모델이다. 모델이야.'

잠깐 눈을 감고 숨을 크게 모아 쉬며 자기 암시를 하던 그녀가 천천히 눈을 떴다. 흥분으로 붉어진 뺨은 가라앉았고, 턱은 조금 높게 올라온다. 차분하고 당당한 걸음걸이로 솔이 로비 안으로 들어섰다.

로비의 거대한 기둥 앞에서 신 대표가 그녀를 기다리고 있었다.

03 : 50 pm.

벽에 걸린 시계를 힐끗 본 카스티엘이 신문을 읽고 있던 소파에서 일어나 거대한 유리창 앞에 섰다. 서울 전경이 그의 발아래에서 한눈에 보였다. 카스티엘이 무표정한 얼굴로 그 서울의 풍경을 바라봤다.

'곧…….'

가늘게 뜬 눈으로 흐린 하늘 아래를 굽어 내려다보던 그가 '후' 하고 소리 내어 옅은 선웃음을 보인다.

'이깟 한국이 뭐라고.'

관능적인 미소 너머 카스티엘의 눈빛이 어둡게 번들거렸다. 그의 어두운 눈빛에서 깊은 욕망, 채워지지 않는 갈급함이 물씬 느껴졌다.

고통만 있었던 일곱 살까지의 기억.

어린 그를 괄시하고 무시했던 한국.

반은 한국인이었지만 반은 브라질 사람인 카스티엘은 이곳에서 별종 이방인일 뿐이었다.

단지 피부색이 다르다는 이유로 벌레 취급을 당했던 어린시절의 기억……. 그리고 그런 자식을 견디지 못하고 영국으로 보내 버렸던 그의 어머니……. 어머니!

기억 속의 그녀는 날카로운 눈매를 가졌었다. 오만한 광대뼈 위로 화장기 하나 없이 올라간 그 눈매가 기억이 났다. 목까지 채운 답답한 블라우스, 폭이 넓었던 치마, 그리고 머리를 곱게 틀어 올린 모습이 그가 기억하는 어머니의 잔상이었다.

딱 한 번, 카스티엘을 떠나보내는 공항에서 그녀가 처음으로 품 안 가득 그를 안아주었다.

귓가로 울리던 '잘 가렴' 하는 그녀의 목소리가 30여 년이 지난 지금도 선명했다.

「캐스.」

똑똑, 문을 두드리기가 무섭게 벌컥 문이 열리며 고흐가 들어왔다.

「곧 손님들이 오실 시각입니다.」

먼지 하나 들러붙지 않을 것같이 날이 선 양복을 입은 고흐가 자못 진중한 얼굴로 말했다. 카스티엘이 천천히 뒤를 돌아봤다. 차가웠던 조금 전의 얼굴은 어느새 사라지고 편안하고 여유로운 표정으로 돌아와 있는 그가 고개를 끄덕였다. 카스티엘의 새까만 눈동자가 자신만만하게 빛났다.

「도착하면 불러, 고흐. 나는 그때 나갈 테니.」

그래야…… 그녀에게 그가 더 깊이 새겨질 테니까.

빠르게 올라가는 엘리베이터 안, 거울처럼 반들반들 반짝이는 벽면을 보던 솔이 생긋 웃어 보인다. 윤이 나는 철판에 반사된 여자가 눈꼬리를 휘며 앙큼하게 따라 웃는다.

'좋아, 예뻐. 매력 있어.'

솔이 다시 한 번 허리에 힘을 주고 자세를 바로잡았다. 꼿꼿한 허리, 바짝 긴장한 허리 라인을 타고 은은한 기백이 흐르고 있었다.

이왕 하기로 마음먹은 거, '잘'할 것이었다. ……하는 김에 박세준 약도 올리고.

길길이 날뛸 세준의 반응을 상상하자니 솔의 얼굴 위로 심술 묻은 미소가 슬쩍 올라온다. 그동안 네가 나한테 한 게 있는데…… 이 정도는 애교 아니겠어?

시간을 확인할 겸 휴대폰을 꺼내 드는데, 3시 58분이란 시각 아래로 짧고 간결하게 나열된 문자가 보였다.

〈어딘데?〉

이제 끝났나 보지?

서늘하게 올라간 눈초리가 앙큼하게 휘어진다. 장난을 치려는 고양이의 미소로 핸드폰을 들여다보고 있으니 신 대표가 어리둥절한 얼굴로 그녀를 찔렀다.

"뭐 재미있는 일이라도 있어?"

"아, 응. 뭐."

"뭐야, 혼자 알지 말고 같이 좀 알자, 솔."

"아니에요. 그냥 개인적인 일이야. 다 왔네, 내리자."

엘리베이터를 나와 걷는 31층의 복도. 또각또각 울리는 하이힐 소리를 들으며 솔이 비장하게 핸드폰 화면을 터치했다.

〈칼튼호텔 스카이바, 6시〉

궁금해하면서 날아와라, 박세준. 도착하면 상황 종료겠지만.

현재 시각. 오후 4시 정각.

시계를 보며 빙긋 웃는 솔을 신 대표가 툭툭 잡아끈다.

"들어가자."

문을 두드리기가 무섭게, 덜컥— 스위트룸의 문이 열렸다.

"오늘 촬영도 멋있었어. 역시, 내 눈은 정확하다니까."

촬영을 마친 감독이 다가오는 세준의 어깨를 두드리며 말했다. 두 사람은 이미 오래전부터 친분이 있던 사이라 세준은 살가운 감독의 제스처에 친근하게 웃어 보였다.

"감독님이 잘 찍어주시는 거죠."

"어쭈? 이제 그런 입바른 말도 할 줄 알아?"

"하하, 좀 늘었습니까?"

"그 무뚝뚝한 꼬맹이가 말이야, 남들 앞에서 웃고 울 줄도 알고 말이야. 어쨌든 오랜만에 만나 기분 좋으니까 내가 술 한잔 사겠네."

감독의 말에 세준이 고개를 끄덕였다.

세준이 우연찮게 고등학생 때부터 연이 닿아 알게 된 김기범 감독은 어렸던 세준에게는 카메라와 촬영에 관한 많은 것들을 알려준 은사 같은 존재였다. 원래 독립영화를 주로 찍던 김 감독이었지만, 돈도 되지 않고 새로운 걸 시도해 본다며 CF감독으로 전향했다.

사실 몇 년 전 세준이 모델이 될 수 있도록 세미에 그를 소개시켜 준 것도 김 감독이었다. 물론 오다가다 심심찮게 캐스팅을 받기도 했지만 세미라는 믿을 만한 거대 에이전시에 들어가도록 김 감독이 조언했던 것이다.

"어서 오세요, 두 분이세요?"

"응. 안에 자리 있나?"

"어머, 감독님 자리야 항상 있죠."

김 감독은 세준을 데리고 근처 사케 집을 찾았다.

그가 종종 오는 곳이라며 데려간 가게는 그렇게 크지는 않았지만 고급스러운 인테리어와 조용한 분위기 탓에 유명인들도 종종 찾는다고 했다.

"일은 재밌나?"

투명한 잔에 담긴 술을 홀로 홀쩍이며 김 감독이 물었다. 세준이 웃더니 그의 잔을 채우고 자신의 잔도 채웠다.

"제가 그렇게 재미없단 얼굴로 촬영하고 있었나요?"

"아하하. 아니, 그렇지는 않았는데. 그래도 박 군이 요즈음 재미있게 일하고 있는지 궁금해서 말이야."

어려서 만났던 탓일까, 김 감독은 가끔씩 세준을 이렇게 '박 군'이라고 부르곤 했다.

세준이 어깨를 으쓱했다.

"재미있을 때도 있고 없을 때도 있고, 뭐 그렇잖아요, 일이란 게."

"그래?"

"그럼 감독님은 항상 일이 재밌으세요?"

세준의 물음에 김 감독이 다시 술을 털어 넣었다. 안주는 아직 나오지도 않았는데 벌써 두 잔째다.

"뭐 같을 때도 있고, 마약한 것 같은 기분이 들 때도 있는데 대체로 재밌지."

다듬어지지 않은 본심 그대로의 말에 세준이 잠시 눈을 크게 떴다. 아버지뻘 되는 김 감독이 허심탄회하게 내뱉은 말이 놀라웠다. 하지만 김 감독은 대수롭지 않다는 듯 피식 웃으며 세준의 어깨를 두드렸다.

"매일매일 엄청나게 흥분되고 짜릿한 일이란 건 없지. 만약 있다고 해도 그렇게 하는 일은 곧 지쳐. 그치만 대체로는 재밌어야 하는 거야. '내가 이 일을 왜 하고 있지?', '이게 내 일인가?' 하는 의심이 드는 일보다 그런 의심조차 들지 않을 만큼 자연스럽게 하고 있는 일이 '내 일'인 거고. 박 군, 자네는 대체로 재밌나, 이 일이?"

김 감독의 물음에 세준은 말없이 잔을 내려다봤다. 재미있지도, 재미없지도 않았다. 그저 주어진 일을 하고 있을 뿐이었다. 매일매일, 그렇게 일이 있으면 하고 없으면 말고. 도전도, 흥분도, 아쉬움도 없다.

"내가 볼 때는 말이야, 참 잘하고, 너무나 멋있고, 훌륭하지만 그다지 재미있어 보이지는 않아. 그렇지? 자네가 재미나서 일할 때의 얼굴을 내가 알고 있는데, 조금 전 그 얼굴은 아니었거든."

날카로운 감독의 말에 세준이 피식 웃으며 잔을 들어 올렸다. 같이 잔을 마주쳐 주는 김 감독을 향해 웃어 보인 그가 목 뒤로 달콤한 사케를 넘겼다.

"글쎄요. 일하면서 가슴이 저릿저릿할 만큼 흥분해 본 일이 너무 오래돼서……. 기억이 안 나네요."

그 순간이었다. 세준의 머리통을 타격하는 손길에 그가 놀라 김 감독을 돌아봤다.

"몇 살이나 먹었다고 기억이 가물가물하다는 거야. 건방진 말 하고 는. 쯧, 벌써부터 포기하지 말라고. 나라고 처음부터 이 자리에서, 이 일을 하고 있던 것은 아니니까."

세준이 얼얼한 머리를 긁적이며 슬쩍 웃어 보였다. 마치 나이 지긋한 할아버지에게 훈계받은 어린 손자처럼 그의 얼굴이 어수룩해졌다. 하지만 그 어수룩한 미소마저도 근사한 세준이었다.

띠링, 메시지가 왔다는 소리에 세준이 핸드폰을 꺼냈다. 때마침 그들이 시킨 안주가 나왔다.

〈칼튼호텔 스카이바, 6시〉

세준이 당황한 표정으로 핸드폰 화면을 내려다보더니 진득한 한숨을 내쉬며 고개를 들었다. 자신의 잔을 훌쩍 들이켜고 다시 빈 잔을 가득 채운 그가 잔을 들고 김 감독을 바라봤다.

"어쩌죠? 저 한 시간만 있다가 가봐야 될 것 같은데요, 감독님."

"그래? 괜찮아, 괜찮아. 한 시간이면 이야기를 나누기에 충분한 시간이야."

호쾌한 웃음을 보인 김 감독이 다시 잔을 들어 올렸다.

세준은 주름이 가득한, 따스한 사내의 얼굴을 보며 잔을 마주쳤다. 감독의 말로 인해 복잡하게 뒤엉킨 세준의 가슴속으로 시원한 사케

가 다독이며 들어선다.

「들어오시죠. 기다리고 있었습니다.」

문을 열자마자 솔과 신 대표를 맞아주는 금발 머리 미남자를 보며 솔이 머리를 갸웃거렸다. 길은 잘 못 찾지만 사람은 잘 기억하는 그녀였다. 그런데 눈앞의 금발머리가 영 낯설지가 않았다.

「에이팀의 신경준입니다. 이쪽은…….」

「알고 있습니다. 저는 고흐라고 합니다.」

눈가에 주름이 자잘하게 잡힌 따뜻한 인상의 남자였다. 그는 서글서글하게 웃으며 솔을 바라봤다. 마치 아는 사람처럼 친근한 눈빛으로.

「반갑습니다, 강솔 씨. 여기 앉아 잠시만 기다려 주십시오. 카스티엘을 불러 오죠.」

앉으면 몸이 반쯤 잠길 것 같은, 안락해 보이는 소파에 솔과 신 대표를 안내한 고흐가 안으로 사라졌다. 호텔 최상층의 스위트룸이라 그런지 깔끔하고 넓은 내부, 그리고 드라마틱한 구조가 멋스러웠다.

신 대표와 솔이 잠깐 눈을 마주치는 사이 사그락 구슬 부딪치는 소리와 함께 인기척이 들렸다. 솔이 반사적으로 소리가 난 쪽으로 고개를 돌렸다. 까만 머리와 까만 피부의 훤칠한 남자가 안으로 들어섰다.

"안녕하세요?"

예상치 못한 한국어에 놀랄 새도 없이 솔이 헉 하고 숨을 들이켰다. 금발 머리 남자와 까무잡잡한 피부의 이국적인 남자의 투샷…….

일전에 로마, 포로 로마노에서 만났던 바로 그 남자들이었다!

"오늘은 무언가에 쫓기지 않나 보네요?"

그리고 솔만큼이나 그쪽도 그녀를 기억하는 듯 먼저 말을 걸어왔다. 당황한 솔이 아무 말도 못한 채 멍하니 다가오는 두 남자를 바라봤다.

"제가, 놀라게 만들었나요?"

솔의 놀란 얼굴이 재밌다는 듯 두 남자가 마주 보며 웃는다. 그제야 솔이 정신을 차리고 자리에서 일어났다.

"카스티엘……?"

"아, 네, 맞습니다. 제가 바로 '카스티엘'의 카스티엘입니다."

카스티엘이 부드럽게 눈을 휘며 먼저 손을 내밀며 말했다.

"제가 반은 남미 쪽이지만 나머지 반은 한국인이거든요."

그녀에게 다가오는 커다랗고 가무잡잡한 손을 바라보던 솔이 이내 표정을 정리하고 그 손을 맞잡았다.

"……신기한 인연이군요."

카스티엘이 이렇게 젊고 매력적인 남자라는 것도 놀라웠고, 모국어처럼 한국어를 뱉어내는 것 또한 놀라웠다. 그리고 무엇보다도 전혀 생각지도 못했던 첫 만남이 떠올라 솔은 머리를 얻어맞은 것처럼 멍해질 수밖에 없었다.

"두 사람, 전에 만난 적 있는 겁니까?"

이게 대체 무슨 말이냐는 듯 신 대표가 물었다. 솔이 피식 웃으며 고개를 끄덕였다.

"만난 적이라기보다…… 부딪친 적이라고 해야 하겠죠."

"옷깃만 스쳐도 인연이라 하는데 부딪치기까지 했으면 얼마나 대단한 인연인 겁니까?"

솔의 말을 받아치며 카스티엘이 말했다. 솔이 그런 카스티엘을 보며 도전적으로 눈을 치켜떴다.

"그때의 인연 때문에 제가 지금 이 자리에 있는 건가요, 그럼?"

진실을 추궁하듯 오만하게 들려 올라가는 고개, 슬쩍 내리깐 눈빛을 보며 카스티엘이 소리 없이 웃었다. 긍정도, 부정도 아닌 웃음……. 그러다 문득 그의 시선이 그녀의 목덜미에 내리꽂힌다.

"예쁜, 장식을 달고 오셨군요."

카스티엘의 말에 잠깐 멈칫하던 솔이 더욱 빳빳하게 고개를 쳐들었다. 속으로는 적잖이 당황했지만 겉으로는 표시 내지 않았다. 가면을 쓰는 것은 그녀의 특기였다. 차갑게 질린 손가락을 아무도 모르게 꽉 틀어쥐었지만 얼굴엔 거리낄 것 하나 없다는 듯이 당당한 미소로 그를 바라본다.

"카스티엘에 어울리는 장식 같은가요?"

"금에 흠집이 나도 금은 금일 뿐이죠."

이게 뭔 말이야? 그래서 내가 지금 흠집난 금이라는 거야?

솔이 눈을 가늘게 뜨고 그를 바라보자 카스티엘이 씨익 웃더니 솔과 신 대표에게 자리를 권했다.

"앉으시죠. 미팅, 시작해야 하지 않겠습니까?"

이 남자, 만만치 않았다. 솔이 다시 한 번 속으로 숨을 골랐다.

'긴장을 늦추지 마, 강솔.'

슬림한 화이트 슬렉스를 입은 세준이 호텔 안으로 들어섰다.

성큼성큼 안으로 들어서는 걸음걸이에 망설임 하나 보이지 않는다. 무심한 얼굴로 세준이 주변을 살폈다.

수군수군.

문을 열고 들어설 때부터 그의 모습을 좇는 여자들의 시선이 부산스럽다. 하지만 솔이 그렇듯 세준 또한 얼굴을 붉히며 바라보는 그들의 시선을 대수롭지 않게 넘겨 버린다.

6시까지라고 했건만 20분이나 일찍 도착하고 말았다.

왜 그렇게 뛰는 듯이 날아온 것일까.

당신이 보고 싶었나?

아니면 당신이 처음으로 나를 불러냈던 거라 내가 이리도 헐레벌떡 뛰어오게 된 것일까?

정말 그것도 아니면······.

나는 오늘 당신에게 뭔가를 기대하기라도 하는 걸까?

보드라운 설렘이 세준을 마치 사랑에 서툰 애송이처럼 발을 동동 구르게 만들고, 허파에 바람이라도 든 듯 비실비실 웃게 만들었다.

슬며시 올라가는 세준의 입꼬리를 따라 그를 훔쳐보던 뭇 여성들의 입꼬리도 절로 올라간다.

옅은 주름이 만들어지는 눈가가 호텔 안의 여심을 사르르 녹이고 있었다.

'어떻게 할까나······.'

잠시 고민하던 세준이 프런트를 힐끔 쳐다봤다. 그의 눈썹 한쪽이 쓱 올라가더니 이내 야릇한 미소를 지었다.

생각을 정리한 세준이 느릿하고 여유롭게 프런트를 향해 몸을 돌렸다. 그를 뚫어져라 바라보고 있던 프런트 직원의 얼굴에 새빨간 단풍처럼 붉은 물이 올라왔다.

심장을 모두 녹여 버릴 듯 달콤한 미소로 세준이 여직원의 앞에 섰다.

신 대표가 분위기를 누그러뜨리듯 먼저 말문을 열었다.

"첫 미팅을 이렇게 광고주랑 하는 것도 무척 이례적인 일입니다. 그것도 이렇게 당사자들끼리만 직접 만나는 것도 말이죠."

"하하, 그렇죠. 저도 이런 경우는 처음입니다만 직접 꼭 보고 싶었습니다. 모델 강솔을요."

뭔가 어감이 수상했지만, 신 대표는 능숙하게 마주 웃으며 적당히 맞장구를 쳐준다.

"그러시군요. 그럼…… 어떤 것 같습니까? 모델 강솔은요?"

팽팽한 긴장감.

살갗으로 느껴지는 그 날 선 공기를 의식하고 있었지만, 솔은 슬쩍 내리깐 눈을 들지 않았다.

뭐라고 말할 테면 말해보라는 도도함이 그 정적인 움직임에서 고스란히 느껴졌다.

'모델 강솔.'

도도하고 자신감에 찬 화려한 대한민국 톱모델. 지금 솔은 그 역할에 충실하고 있었다.

"글쎄요. 뭐랄까……."

대답하기를 끄는 듯한 느낌에 솔이 눈앞에 놓여 있던 따스한 찻잔을 들어 올렸다. 마른 입술을 축이려고 잔에 입을 대는 순간, 카스티엘이 장난기가 스민 목소리로 말을 이었다.

"……도시의 천사 같은 느낌이랄까."

쿨럭!

카스티엘의 마지막 단어에 차를 마시던 솔이 저도 모르게 그대로 켈룩, 마른기침을 내뱉었다.

도시의 천사, 천사라니……!

바짝 조인 긴장감을 한 번에 무너뜨리는 단어 선택이었다. 하하하!

뭐가 그렇게 뿌듯한지 호쾌하게 터지는 신 대표의 웃음소리를 들으며 솔이 눈을 치켜떴다.

비죽, 웃는 카스티엘의 눈빛.

각진 얼음이 담겨 있는 위스키로 가볍게 입술을 축인 그의 옆에서 고흐가 빠르게 입을 열었다.

「런칭 쇼는 정확히 34일 후, 트렁크 쇼(의상이나 보석 등 신제품이 출시되었을 때 소수의 VVIP를 위해 개최하는 소규모 패션쇼)로 시작할 것입니다. 트렁크 쇼와 광고는 동시 출시될 예정입니다. 일정이 빠듯하죠? 사실 광고가 끝나고 7일 후에 매장이 오픈됩니다. 한국에는 딱 두 개 지점만 열 생각입니다만 크기는 작지 않습니다. 우리는 란제리에 관련된 모든 것들을 다루고 있으니까요.」

"쇼에 올라갈 모델은 사실 20여 명 정도가 선발되어 있습니다. 하지만 메인은 단연 솔, 당신입니다. 광고에서 또한 우리 제품을 선보일 모델은 당신뿐입니다."

「한국에서의 전속권과 귀결되는 계약 효력은 이곳에 모두 준비해 두었습니다.」

영어와 한국어가 복잡하게 오갔지만 그 정도도 이해하지 못할 솔과 신 대표가 아니었다. 카스티엘의 비서 고흐가 내미는 계약서를 받아 든 솔이 그것을 진지하게 훑어 내렸다.

물론 그녀보다 옆에 자리하고 있는 신 대표가 훨씬 면밀히 검토할 것이었지만.

들고 있던 계약서를 내려놓으며 솔이 생글생글 웃는 얼굴로 그녀를 바라보고 있는 카스티엘을 바라봤다.

찰나의 시간 동안 솔과 카스티엘의 눈싸움이 벌어진다.

뚫어져라 그를 응시하던 솔이 성큼 손을 뻗어 카스티엘 앞에 놓여 있는 위스키 잔을 들어 올렸다.

꿀꺽. 마치 제 것을 들이켜듯 자연스럽게 넘어가는 가을빛의 술.

혀끝으로 감기는 초콜릿 향의 위스키는 첫 맛은 달콤했지만 끝으로 갈수록 위험한 갈증을 일으켰다.

"왜…… 나여야만 했죠?"

위스키가 넘어가면서 목이 타들어갈 듯한 뜨거움이 느껴졌다. 그런 솔을 바라보며 카스티엘이 웃음을 보였다.

"꼭 당신이여만 했던 건 아닙니다."

그의 대답이 마음에 들지 않는다는 듯 솔의 눈썹이 스윽 올라간다.

"나의 '카스티엘'을 가장 빛내줄 수 있는 사람이라면 그 누구라도 상관이 없었습니다. 설령 이름 한 자 알려지지 않은 무명이라도, 그저 평범한 학생이라도……. 그저 내 '옷'에 뒤지지 않을 수 있는 사람이라면 그 누구도. 하지만 그 사람이……."

강조를 하듯 그가 말을 잠시 멈추고선 긴 다리를 꼬아 앉았다. 편안하고 스스럼없던 태도가 돌연 오만하고 자신감에 찬 보스의 태도로 바뀐다.

"나는, 강솔 당신이었으면 했던 거죠."

검은 피부, 검은 눈빛의 남자. 그는 마치 눈앞의 먹이를 보듯 솔을 바라보고 있었다.

날 선 긴장감에 솔이 더욱 꼿꼿하게 허리를 편다.

이 남자가 그녀에게 바라는 것은 뭘까…….

솔이 마른 입술을 축이며 그의 시선을 맞받아쳤다.

"앙끼오의 레이몬드 쇼에서 당신을 봤습니다, 피날레에 선 당신을."

선명하게 떠오르는 그날의 기억에 솔은 슬쩍 세준이 그리워졌다.

"그때 난생처음으로 누군가를 보며 그 옷을 찢고 그 안 속속들이 알고 싶단 생각을 했습니다. 당신에겐 그런 매력이 있습니다. 마치 숨겨놓은 무엇인가를 가지고 있는 듯이, 그래서 바닥까지 당신을 샅샅이 알고 싶게 만드는 매력. 남자들의 판타지를 자극하는. 내 여자였으면 하는 그런 바람을 만들어내죠."

생각지도 못한 격정적인 말을 서슴없이 뱉어내는 카스티엘의 목소리가 고요한 방 안에 무심하게 흘렀다.

'벗기고 싶다, 내 여자로 만들고 싶다'라는 노골적인 말에 솔의 얼굴이 붉어지려 했다. 하지만 애써 침착하게 숨을 가다듬으며 평온을 유지했다.

"……관능적이지만 결코 천하지는 않죠. 오히려 신비하달까."

그래, 이건 칭찬이었다. 디자이너의 입에서 최고의 모델이란 소리를 들은 것이다. 하지만 당황스럽지 않은 것은 아니었다.

외국인들은 모두 이런 것일까? 하긴, 디자이너들 중에 독특한 인간들이 많기는 하지.

솔이 스스로를 설득하며 차분한 목소리로 말했다.

"칭찬인 걸로."

"그런 걸로."

역시 만만찮다. 지는 법이 없는 남자가 틀림없었다. 새까만 구렁이 같은 남자였다.

뭐야? 뱀장어잖아, 그럼?

"크흠흠."

신 대표가 민망했던지 헛기침을 하며 냉수를 들이켰다. 카스티엘은 오히려 소파 위로 등을 기대어 편안한 얼굴이었다.

"아, 그리고……."

카스티엘이 손을 뻗어왔다. 눈 하나 깜짝하지 않고 솔이 그의 손길이 닿는 것을 바라봤다.

이건 기 싸움이었다.

갑과 을. 계약자와 피계약자를 떠나, 솔과 카스티엘의 기묘한 기 싸움이었다.

세준과 밀고 당기는 그런 것과는 완전히 다른 것이었다. 카스티엘은 지금 그녀를 시험하고 있었다. 솔은 어쩐지 이 싸움에서 지면 안 될 것 같다고 강하게 느끼고 있었다.

얼음장처럼 새하얗게 질린 주먹을 질끈 쥐고, 가슴 아래 심장이 쿵쿵 박동하고 있더라도 솔은 최대한 여유롭게 웃었다.

"이걸 보니 더 탐이 나네요."

서늘한 카스티엘의 손이 그녀의 목을 반쯤 가린 차이나 카라에 닿았다. 하얀 블라우스 위로 반쯤 드러난 붉은 자국은 순백의 색깔과 대조되어 더욱 색정적이었다.

카스티엘에게서 눈을 떼지 않은 채 솔이 그의 손을 잡아 내렸다.

"일은……."

서늘한 손길로 그를 밀어낸 솔이 빙긋 웃었다.

확고하게 느껴지는 거리감.

"일로만."

당신이 날 우습게보도록 내버려 두지 않겠어.

"감사합니다. 그럼, 수고하세요."

프론트 직원이 건네주는 카드를 받으며 세준이 장난기 가득한 목소리로 인사했다. 호텔에 들어섰던 그때보다 조금 더 가벼워진 발걸음으로 엘리베이터로 향했다.

거울처럼 윤이 나는 엘리베이터 문 앞에서 다시 손댈 것 없는 단정한 머리 모양을 새삼 매만진다.

쑥스러운 듯이 올라간 입매에서 묘하게 들떠 있는 그의 마음이 고스란히 비춰졌다. 1층으로 내려오는 엘리베이터의 숫자를 보며 세준이 탁탁 박자감 있게 발을 굴렀다.

탁탁. 탁—

띵동.

소리도 없이 순식간에 1층에 도착한 엘리베이터가 경쾌한 소리를 내며 그를 향해 활짝 문을 열었다. 성큼 안으로 들어선 세준이 등 뒤로 펼쳐진 거뭇한 서울 야경을 보며 나지막하게 휘파람을 불었다.

전신을 휘감은 혈관이 점점 뜨거워지고 있음을 느낄 수 있었다.

단순히 강솔을 만나러 가는 것뿐인데, 그냥 그것뿐인데도 이렇게 즐겁다니…….

유리창에 반사된 그의 얼굴 위로 지난밤 솔의 얼굴이 떠올랐다. 길게 드리워졌던 속눈썹, 파르르 떨리던 그 미약한 움직임이 얼마나 가슴을 설레게 했던가.

세준이 주머니에 꽂아 넣었던 주먹을 몇 번 쥐었다 폈다.

야릇한 긴장감이 그를 지배하고 있었다. 하루 종일 고된 촬영을 마치고 왔어도 피곤한 줄도 몰랐다.

"너, 너…… 너 진짜!"

어젯밤 통화에서 분한 듯 이를 갈던 솔의 목소리가 떠올랐다. 복수할 거라는 둥, 가만두지 않을 거라는 둥 길길이 날뛰던 그녀였지만 세준은 그것만으로도 좋았다.

나 왜 이렇게 당신이 좋은 걸까?

그냥, 당신 생각만으로도, 목소리만으로도 왜 이렇게 당신이 좋은 걸까?

"하, 나 참⋯⋯."

생각해 보니 이 상황이 참으로 기가 막혔다. 천하의 박세준이, 세상 제 잘난 맛에 살던 이 박세준이 여자의 말 하나에 좌지우지되고 있었다. 오라고 하면 오고, 오지 말라고 해도 찾아간다.

이제까지 이 길지도 짧지도 않은 생을 살면서 그가 이랬던 적이 있던가?

오히려 그의 미소 하나에 녹아서 제 속옷까지 훌훌 벗어젖힌 여자들은 봤어도, 그가 이렇게까지 먼 길을 마다 않고 달려와 만나러 온 여자는 처음이었다.

'말세군.'

피식 웃으며 세준이 머리를 털어냈다. 이상하게 이런 성가심이 싫지가 않았다.

싫지 않다는 그 마음이 더 이상했다. 손끝이 간질간질한 것이. 솔에 대한 생각이 멈추질 않는다. 그녀가 그에게 홍수처럼 쏟아졌다.

더 멀리, 드넓게 펼쳐지는 야경을 보며 세준이 빙그레 웃었다. 빠르게 상승하던 엘리베이터가 어느 순간 천천히 속도를 늦추는 게 느껴졌다. 다 온 것인가 싶어 세준이 뒤를 도는 순간.

스르륵, 27층에서 엘리베이터의 문이 열렸다.

탁.

2701호의 문이 닫히고, 솔이 천천히 눈을 감으며 참았던 숨을 내쉬었다.

"하."

깊은 한숨 소리가 흐르고 두어 초 후에 감은 두 눈을 뜬다. 짧은 숨을 또 두어 번. 그러는 사이 신 대표가 그녀의 어깨를 툭툭 두드렸다.

"만만찮은 남자였어. 수고했다."

"그러니까."

솔이 긴장으로 뻣뻣해진 어깨를 한 손으로 주무르고 고요한 복도를 걸었다.

빌어먹을 영국 디자이너 같으니라고.

계약 전에는 마치 그녀가 아니면 절대 안 될 것처럼 굴더니, 오늘은 마치 솔을 시험이라도 하는 듯 살살 약을 올렸다. 선물 고마웠다는 그녀의 인사에도 카스티엘은 마치 대수로운 것이 아니라는 듯 어깨만 으쓱했다. 마치 누구에게나 줬던 선물인 것처럼.

하지만 솔도, 신 대표도 그게 결코 가벼운 선물이 아님을 알고 있었다.

모델이 확정되었을 때도 아니고 그녀가 함께 일해주길 바라며 구애의 의미로 직접 제작한 란제리. 그런데도 아무 의미 없다는 듯, 아무한테나 주는 거라는 듯 비죽하게 웃으며 그녀를 자극했다.

'느끼한 까만 여우 같으니라고. 에라이……! 퉤퉤퉤!'

솔이 속으로 나직하게 욕을 퍼부었다.

앞으로 종종 마주칠 게 틀림없는데, 마주칠 때마다 꽤나 피곤할 것이 틀림없다. 광고주와 부대낀 적은 한 번도 없었는데…….

벌써부터 밀려오는 스트레스로 솔의 어깨가 또다시 묵직하게 굳어

버렸다.

고급 카펫이 깔려 있는 탓에 발소리 하나 없이 조용한 복도 끝, 엘리베이터 앞.

신 대표가 쯧쯧 혀를 찼다.

"이 어깨 경직된 거 봐라. 강솔 너도 긴장 좀 했나 보네. 얼굴도 조금 빨갛고."

엘리베이터 버튼을 누르는 솔의 어깨를 주물러 주며 신 대표가 걱정스럽게 말했다.

뻐근함이 느껴지는 마른 어깨를 그에게 맡기며 솔이 피식 웃음을 보인다.

썩 시원한 건 아니었지만 몸과 마음이 편안해지는 기분이었다. 빠른 속도로 올라오는 엘리베이터를 확인하며 솔이 말했다.

"나는 여기 위에 스카이바에서 선약이 있어 바로 위로 갈 건데……대표님은 바로 귀가할 거야?"

"아? 그래? 그럼 나는 바로 회사로 가지 뭐. 확인할 사항도 있고."

솔이 고개를 끄덕이는 사이,

띠링.

클래식한 알림벨 소리와 함께 엘리베이터의 문이 스르르 열리는 소리가 들렸다. 어깨에 올려진 신 대표의 손을 거둬내려는 찰나.

"……거기서 뭐하는 거야?"

등골이 서늘해질 만큼 차가운 목소리가 들렸다.

이런 감정을 뭐라고 해야 할까? 짜증? 분노……? 화?

뭔가 한 가지로 정확하게 정의 내릴 수 없는 복잡한 감정들이 세준에게 몰아쳤다.

눈앞에 보이는 예상치 못한 광경에 속에서 천불이 쏟아졌다.

왜, 왜……. 이 복도에 당신이 이 남자랑 서 있는 거지? 어째서 스위트룸밖에 없는 이 복도에 그렇게 붉게 상기된 얼굴로 이 남자랑 서 있는 거야?

짧게 숨을 고른 세준이 억누른 목소리로 다시 물었다.

"이건 대체 뭐야."

앞뒤 사정 보지 않고 당장 저 남자의 얼굴에 주먹을 날려 버리고 싶었다.

솔의 어깨 위에 놓인 손을 비틀어 던져 버리고 저 남자의 시야에서 솔을 치우고 싶었다. 열이 오른 듯한 솔의 선홍빛 뺨도 한없이 눈에 거슬렸다.

아는데, 강솔이 그러지 않았을 것을 아는데. 그럼에도 불구하고 당장에 눈이 뒤집히는 것은 어쩔 수가 없었다.

'저 남자, 확…….'

"뭐야…… 설명해 봐, 강솔."

'죽여 버릴까.'

"박세준? 솔, 쟤 박세준 맞지?"

놀라 굳어 있는 솔의 팔꿈치를 툭 건드리는 신 대표의 모습에 세준의 눈빛이 한결 더 매섭게 변했다. 놀라서 그저 멍하니 세준을 보고 있던 솔이 정신을 차린 듯 깜빡깜빡 눈을 감았다 뜬다.

"아, 저기, 대표님은……."

어떤 말을 해도 믿을 테니 어서 말하라고.

"나중에, 나중에 설명해 줄게요! 나 갈게요!"

어서.

세준은 한쪽 주먹을 말아 쥐며 닫힘 버튼을 꾹 눌렀다. 황당하다는 신 대표의 얼굴이 서서히 닫히는 엘리베이터 문 사이로 완전히 사라졌다.

빠른 속도로 최상층으로 올라가는 엘리베이터 안에서 세준은 아무 말이 없었다. 솔이 말하기를, 뭐라도 말하기를 필사의 인내심으로 기다리는 것이었다.

갖가지 말도 안 되는 검은 상상들이 그를 불편하게 찔러대고 있었지만, 필사적으로 그것을 무시했다.

정말…… 영혼까지 끌어 모은 인내심으로.

슬쩍 혀로 입술을 축인 솔이 마침내 입을 열었다.

"일찍 왔네?"

그런데 고작, 일찍 왔네라니……!

하늘로 치솟아오를 만큼 흥분해 있던 기분이 바닥, 그보다도 더 깊은 곳으로 내동댕이쳐졌다. 처음 호텔 안으로, 그녀의 문자를 받고 들떠 달려왔을 때와는 180도 다른 얼굴이었다. 처참하게 구겨진 얼굴로 세준이 솔의 어깨를 두 손으로 와락 움켜쥔다.

"나, 내 멋대로 오해하고 상상하는 못난 남자는 되고 싶지 않으니까, 그러니까 빨리 말해."

통제가 되지 않는지 솔의 어깨를 잡은 손에 힘이 잔뜩 들어가 있었지만, 통제하려고 무던히 애를 쓰는 괴로운 얼굴로 세준이 말했다.

그러면서도 그의 손길에 아프다는 듯 희미하게 신음을 흘리는 그녀의 목소리에 곧바로 힘이 빠진다. 정말 바보같이 반사적일 만큼 즉각적으로.

"……어서 설명해 보라고."

혼란과 질투가 범벅된 세준의 얼굴이 고스란히 솔의 눈동자 안에 박혀 들어왔다.

어깨를 붙잡는 다급한 손길에서조차 그런 그의 초조한 마음이 송두리째 드러났다.

띵동.

최상층에 도착한 엘리베이터의 문이 열렸다. 솔도 세준도 움직이지 못했다. 그저 말없이 서로를 직시하는 하는 시선.

스르르. 엘리베이터의 문이 다시 허무하게 닫혔다. 미동도 없는 엘리베이터 안.

차가운 얼굴을 가장하고 있는 세준의 뜨거운 눈빛이 보였다.

그런 세준의 얼굴을 빤히 바라보는 솔의 가슴이 미약하게 떨려왔다. 보드란 깃털이 심장을 사르르 문지르는 듯, 간지러운 감각이었다.

'어떻게 너는 이다지도.'

솔이 기가 막힌다는 듯, 황당하다는 듯 웃음을 터뜨렸다. 피식.

빤히 그를 올려다보며 그냥 피식.

'사랑스러운지.'

그녀와 눈을 맞추고 있던 세준이 하얗게 질릴 만큼 질끈 입술을 깨문다.

아침까지만 해도 이 매끈한 얼굴을 보면 열이 받을 것만 같았는데 또 막상 이렇게 눈앞에 보고 있자니 그 불같던 화는 어디로 갔는지 흔적조차 없어졌다.

솔이 손을 들어 세준의 뺨을 살며시 쓰다듬었다. 움찔, 놀라는 게 느껴졌다.

어떻게 넌, 하루에도 몇 번을 미웠다가 좋았다, 또 미웠다가 이렇게 미치도록 좋았다가…….

내 마음 속에서 바삐도 움직이는구나, 세준아.

솔의 의미심장한 얼굴을 바라보며 세준이 억지로 눈살을 찌푸렸다.

볼에 닿은 그녀의 손이 따스해서 마음이 녹을 뻔했지만, 마음을 추스르고 눈에 힘을 준다.

"……뭐야? 나는 불려 나와서 지금 내 여자가 딴 놈이랑 스위트룸에서 나오는 것을 봤다고. 그것도 둘이서……! 얼른 내가 오해하지 않게 설명을 하든가, 아니면 변명을 하든가."

"설명할 게 없는데."

세준의 눈썹 한쪽이 스윽 밀려 올라간다.

"그럼 변명할 게 있다는 건가."

얼음이라도 갈라낼 듯 날카롭고 차가운 목소리였다.

저 눈 속에 활활 타오르는 질투가 보이는데 그의 목소리는 냉랭하고 서늘했다. 하지만 그 목소리가 하나도 아프지 않았다.

충분히 오해할 수 있는 상황이라는 걸 아니까. ……아니, 어쩌면 스스로 그를 위한 변명을 하는 건지도 몰랐다.

세준을 이해하려고, 이 사랑스러운 남자의 마음을 먼저 그녀가 이해하려 하고 있는지도 몰랐다. 이런 게 정말, 좋아하는 마음인 걸까.

하나하나 알아가는 모든 게 신기했다. 박세준을 통해서, 그리고 그녀 자신을 통해서 '너를 좋아한다는 것'을 배워간다.

솔이 빙그레 웃는다. 그의 뺨을 쓰다듬던 손을 둥글게 말더니…….

"아야!"

꼬집어 버렸다.

양손으로 못생긴 넙치를 만드는데, 젠장! 앤 넙치가 돼도 잘생겼다. 심지어 눈가를 찌푸렸는데도 매력이 터진다.

"정신 차려라잉? 어? 박세준? 정신 안 차려? 아까 그분 에이팀 대표 신경준이거든? 어?"

"아으 이써."

"알고 있는데 그래? 어?"

이 순간에조차 잘생긴 얼굴이 더욱 얄미운 솔이 한 손으론 모자란 듯 두 손으로 세준의 뺨을 쥐고 흔들어댔다.

흔들흔들.

그녀에게 양 볼을 잡히고 흔들리면서도 여전히 세준의 눈빛은 카리스마 장전 중이었다. 솔의 손길이 더욱 매서워진다.

"너, 내가 어떤 여자인지 몰라? 내가 며칠 전까지 얼마나 순결한 상태였는지, 네가 제일 잘 알잖아. 근데 그런 말이 나와? 내가 그렇게 갑자기 변할 것 같든? 내 성정이? 다른 사람은 그런 오해를 해도 너는 그러면 안 되지. 어? 그래, 안 그래? 빨리 대답 안 해?"

솔이 있는 힘껏 세준의 볼을 잡아당기며 대답하라 종용했다. 길게 드리워진 속눈썹 그림자를 팔랑이며 밉지 않게 세준을 흘겨본다.

으윽. 처음엔 잘 참는가 싶더니 세준이 이내 아픈 신음성을 내뱉는다. 그러더니 한순간 안도하는 듯 풀어지는 얼굴. 딱딱하게 굳어 있던 눈빛이 본래의 부드러운 빛으로 돌아와 있었다.

"네가 나를 지금 그런 오해로……. 어? 야!"

잠자코 그녀의 손길에 볼을 내어주던 세준이 기어이 와락 그녀를 껴안았다. 그의 한품에 안겨드는 가녀린 몸.

'그래, 당신은 그런 여자인데…….'

고혹적이고 관능적인 겉모습을 한 꺼풀 벗겨내면 제 신념대로, 소신대로 사는 순진하면서도 고집 있는 여자. 강인함과 연약함의 경계에서 무던히 노력하고 또 노력하며 자기 자신을 지키는 여자.

경계심이 많고 겁이 많았지만, 그마저도 그의 눈엔 한없이 사랑스러운.

"어? 어어? 너? 이거 안 놔?"

그런 여자.

"웃어? 너 웃었어?"

그녀의 일에는 이성이 마비되는 제 자신이 우스워 픽 웃어버리고 말았다. 자칫하면 앞뒤 안 가리고 달려드는 애송이처럼 그녀에게 달려들어 상처를 줄 뻔했다.

안도의 한숨을 내쉬며 세준이 더욱 솔을 거세게 끌어안았다.

그의 품 안에서 솔이 미약하게 발버둥 쳤다.

그냥, 발버둥 치는 시늉이랄까.

예의상 시늉은 해주는 걸로.

숨도 못 쉬게 꽉 안아 올리는 세준의 팔은 단단했고, 그의 품은 뜨거웠다.

"나도 남자니까…… 아니, 남자라서 그래. 남자라서 모든 수컷은 다 적으로 보인다고……."

솔이 뭐라고 대꾸를 하기도 전에 스르르― 엘리베이터가 움직인다.

깜짝 놀란 두 사람이 엘리베이터 문을 동시에 바라봤다.

띵동, 벨이 울리고 스르륵 문이 열리는데…….

여전히 그 자리에 서 있던 신 대표가 벙한 눈으로 두 사람을 바라보고 있었다.

"크, 크흠흠."

헛기침을 내뱉던 신 대표가 슬쩍 시선을 돌리더니 모르는 척 고개를 돌려줬다.

눈치 빠른 능구렁이 신 대표가 이쯤 되니 솔의 목덜미에 있던 잇자국의 주인이 세준이라는 것을 알아챈 것이었다.

세준이 재빨리 닫힘 버튼을 누르고 다시 위로 올라가는 버튼을 눌렀다. 잠시 말없이 침묵만 이어지는 오묘한 순간.

목적지에 다다른 엘리베이터 문이 열렸다.

힐끔 솔을 내려다보던 세준이 덥석 그녀의 손을 잡아끌고 엘리베이터에서 내렸다. 척척 라운지 안으로 들어가던 그가 우뚝 멈춰 서더니 뒤를 돌아 그녀를 본다. 잠깐 숨을 고르듯 솔을 바라보던 그가 마주 잡은 그녀의 손에 힘을 주며 짧고 간결하게, 그러면서도 진심이 담겨 있는 목소리로 말했다.

"미안해."

어쭙잖은 오해해서, 불쾌한 오해를 해서.

세준의 크고 말끔한 손이 솔의 결 좋은 머리카락 위를 쓰다듬고 뺨을 어루만진다. 그러곤 한풀 꺾인 목소리가 그의 단정한 입술 선을 따라 다시 한 번 흘러나온다.

"미안."

탁—!

거칠게 잔을 내려놓은 세준이 눈을 가늘게 뜨며 물었다.

"뭐라고?"

되묻는 그의 목소리가 칼처럼 서늘하고 날카로웠다. 남자다운 짙은 눈썹에 짜증이 한가득 밀려 올라온다.

턱을 괸 채 그런 세준을 빤히 바라보며 솔이 얄밉게 덧붙인다.

"카스티엘 계약 끝났다고."

아니, 이 여자가.

세준의 미간의 주름이 깊어졌다. 화를 참는 듯 길게 한숨을 쉬더니 천천히 솔을 돌아보며 다시 한 번 목소리에 힘을 줬다.

"언제?"

"방금."

방긋 웃음을 보인 솔이 손을 들어 칵테일을 한 잔 더 주문했다.

옆얼굴이 따끔해질 만큼 강렬한 눈빛이 느껴졌지만 그녀는 모르는 척 시선을 돌렸다. 스카이라운지를 병풍처럼 감싸고 있는 통유리 너머로 서울의 야경이 한눈에 들어왔다. 그녀가 반쯤 몸을 틀어 돌리니 날씬한 허리가 유연하게 비틀어졌다.

'……제길.'

아찔하게 휘어지는 솔의 라인을 보며 세준이 점잖지 못하게 욕지거리를 내뱉었다.

이 몸을 만인에게 보여준다고?

기록을 남겨서 두고두고 돌려보게 하겠다고? 혼자 보기에도 이렇게나 아까운 몸을?

생각하면 생각할수록 속이 뜨끈뜨끈하게 아려왔다. 솔의 포스터를 두고 침을 흘릴 남자들을 생각하자니 이가 으득으득 갈렸다. 강렬한 질투가 그를 옭아맸지만 애써 침착하려 크게 숨을 들이쉬며 말했다.

"카스티엘이 어떤 브랜드인지는 알고 계약한 거야?"

"응, 알아. 영국 하이엔드 란제리. 지금 가장 핫한 브랜드이자 모두가 가지고 싶어 하는 속옷."

"……그게 다가 아니잖아."

"그럼?"

바텐더가 건네주는 칵테일을 받아 들며 솔이 능청스럽게 대꾸했다.

"기능성 따위는 배제된 철저히 보여주기 위한 란제리. 그동안의 광고는 봤어? 저급 포르노보다 훨씬 위험하고 농도 짙은 광고였어. 그건, 알고 하는 거야?"

"농도는 짙었지만 그건 스토리일 뿐, 정말 다 발가벗기는 것도 아니잖아."

"몇몇 미친놈은 그저 당신 포스터 한 장 가지려고, 당신을 음탕한 상상의 주인공으로 만들려고 매장을 찾을지도 몰라. 아, 미친…… 절대 안 돼!"

상상을 하자니 절로 욕지거리가 쏟아지고 말았다. 누구라도 솔을 음란하고 젖은 눈으로 보고 있으면 그 눈을 뽑아버리고 싶을 것이었다. 저도 모르게 가슴 안으로 울컥 뜨거운 불덩이가 올라왔다. 애써 주먹을 쥐었다 펴며 침착해지려고 해봤지만 그게 될 리가 없었다.

한숨 한 번, 그리고 솔을 본다.

동그랗게 눈을 뜨고 아무것도 모른다는 듯, 혹은 네 마음 다 알고 있다는 듯 히죽 웃는 모습이 보였다. 얄밉다. 하지만 그럼에도 불구하고 도통 예쁘기만 하다. 반짝이는 눈동자도, 속눈썹도, 늘씬하게 뻗은 콧대도, 약 올리듯 올라간 입꼬리도 그저 예쁘기만 하다. 그의 눈에도 이렇게 예쁘고, 이렇게 매력적인데 다른 남자들은 얼마나 음탕하게만 보겠는가?

감정을 억제해 보려고 세준은 다시 한 번 길게 숨을 들이켜고 내쉬었다.

그런 그의 모습을 보는 솔의 눈이 즐겁다.

예상한 그대로의 반응에 솔은 그저 즐겁기만 했다. 홀짝, 칵테일을 들이켜며 솔이 덧붙였다. 살짝 기울인 그녀의 움직임을 따라 길게 늘어진 은백색의 귀고리가 따라 흘러내렸다. 보석의 반짝임을 세준의 눈빛이 따라간다.

"카스티엘이 무슨 포르노 광고야? 카스티엘의 모델이 되고 싶어 혈안이 된 스타들이 줄을 섰어. 세계에서 내로라하는 모델들도 카스티엘의 모델이 되는 것을 영광으로 안다고. 그리고 누가 내 몸을 보는 것이 두려웠다면 모델은 되지 않았겠지. 그런 것쯤은 하나도 무섭지 않아."

그 순간, 세준의 눈빛이 깊어졌다. 그녀를 뚫어져라 보고 있던 그가 문득 시선을 내려 그녀의 목덜미를 쳐다봤다.

"그 자국, 그 자식도 봤어?"

목덜미에 남은 붉은 자국.

세준의 손길이 닿는 목덜미를 쓸어내린 솔이 조금 전의 카스티엘을 떠올렸다.

"이걸 보니 더 탐이 나는데요?"

봤지. 봤고말고. 솔이 턱을 추어올리며 도도하게 말했다.

"어. 덕분에 계약도 더 수월하게 체결됐고."

이상하게도 세준의 질투는 달콤했다. 애써 화를 참는 세준의 한숨도, 저를 잡아먹을 듯 타오르는 그의 눈빛도.

로마에서 먹었던 아이스크림처럼 마냥 달콤하기만 했다.

솔은 조금 전 보여줬던 세준의 질투를 기대하며 눈을 빛냈다.

"……그래. 하겠다면, 해야지. 일은 일이니까. 내가 말린다고 당신이 들을 거라고 생각하지도 않았고."

하지만 예상과도 다르게 세준이 벌떡 일어나며 말했다. 생각을 정리한 듯 단호한 말투였다. 오히려 당황한 것은 솔이었다.

"그런데 말이야……."

애가 갑자기 왜 이래?

말똥말똥한 눈으로 일어선 세준을 올려다보는데, 세준이 덥석 그녀의 손을 잡아 일으킨다. 느릿한 말투 속에서 묘한 힘이 느껴졌다.

"보여주는 게 두렵지 않으면……."

"어?"

"나부터 봐야겠는데."

갑작스러운 그의 말을 이해할 틈도 없이 솔의 가녀린 몸이 세준의 손길을 따라 어느새 엘리베이터 앞까지 끌려왔다.

"뭐, 뭐야?"

자, 잠깐? 내가 기대한 건 이런 반응이 아니었는데?

손목 위로 느껴지는 강인한 악력에 당황한 솔이 그를 붙잡아 세웠다.

"아, 아니, 잠깐! 뭐, 뭐를?"

엘리베이터 버튼을 꾸욱 누른 세준이 솔을 돌아봤다. 화가 난 것인지 장난을 치는 것인 알 수 없는 그의 눈동자가 검은 파도처럼 일렁였다. 빤히 그녀를 바라보던 그가 단정한 입술을 들썩였다.

"내가, 당신을, 속속들이, 몽땅 봐야겠다고."

한 음절, 한 음절 힘을 준 정확한 목소리였다.

호텔 인근의 세진병원, 응급실.

한영과 솔이 호들갑을 떨던 게 무색하리만치 카페 직원은 너무나도 멀쩡하단 진단을 받았다.

씨부렁. 얼음팩 하나 덜렁 받아왔는데 응급실이라고 진료비가 5만 원이나 나왔다. 아무리 남의 돈이라지만 어쨌든 돈은 돈이라서 그런지 아까웠다. 의사도 할 만하구먼.

한영이 속으로 구시렁거리며 지갑에서 솔의 카드를 꺼내 들었다.

"저, 그러니까…… 정말 괜찮았는데……. 하하."

카드를 꺼내는 한영을 보며 얼음팩으로 손등을 문지르던 남자가 멋쩍게 웃음을 보였다. 이제 손등 위에는 빨간 기색조차 없었지만 어쩐지 민망한 탓에 남자는 얼음팩을 떼어낼 수가 없었다.

힐끔 그를 돌아보던 한영이 방긋방긋 선하게 웃으며 말했다.

"괜찮으면 좋은 거죠. 다치지 않아서 다행이네요."

웃는 얼굴이 천사처럼 곱기만 하건만, 그 속에서는 비싼 응급실 비용을 상기하며 온갖 크리에이티브한 욕설을 무던히 곱씹는다.

그런 속도 모르고, 웃는 한영의 얼굴을 보며 남자 직원이 얼굴을 붉혔다.

'보면 볼수록 이 여자…….'

남자의 가슴이 핑크빛으로 요동치고 있었다. 환상 속의 그녀! 문 크리스탈 파워를 외치는 그의 천사, 우사기(세일러문).

'나의 우사기랑 닮았어!'

이런 환상의 싱크로율이라니!

한영을 보면 볼수록 그가 간직하고 있는 우사코(애칭) 피규어 27호와 그녀가 소오름 끼치게 닮아 있었다.

구불거리는 갈색 머리, 크고 맑은 눈동자, 뽀얀 살결과 분홍빛 뺨까지…….!

드디어 신이 그의 기도에 응답해 주신 것이 틀림없었다. 우사코 덕후로 입덕한 지 3년 여. 드디어 3년이 넘도록 빌었던 우사코를 만나게 해달라는 기도의 결실이 현실로 다가온 것이었다.

"저는 계산하고 나갈 테니까, 먼저 나가 계시겠어요?"

나긋하게 말하고 뒤로 돌아서는 한영을 보며 남자는 비장한 얼굴로 주먹을 불끈 쥐었다. 그의 23년의 인생 중 가장 용기가 필요한 날임에 틀림없었다. 100명의 인파를 뚫고 한정판 '이터널 세일러문' 세트를 손에 거머쥐었을 때보다도 더한 흥분이 끓어올랐다.

남자는 손등 위에 얹어진 얼음팩을 비장하게 움켜쥐었다.

용기, 용기……!

이 차가운 얼음팩을 녹일 수 있을 만큼 뜨거운 용기가 필요했다!

우사코도 매화마다 그리 말하지 않았던가. '용기를 내!'라고.

상기된 얼굴로 짧은 숨을 몇 번이고 거칠게 몰아쉬던 그가 데스크로 향하는 한영을 향해 성큼 다가섰다.

"저기, 한영 씨……."

'우사코, 내가 갈게!'

"예?"

'용기를 내서!'

사르르 돌아가는 긴 갈색 머리, 그리고 뒤를 돌아 그를 보며 휘둥그레진 우사코의 맑은 눈동자. 동그랗게 떠진 한영의 눈을 바라보는 남자의 뺨이 한층 더 붉어진다.

'우, 우사코. 우사코도 역시 나를……'

그런데 그녀가 보고 있는 곳은 그가 아니었다.

"어? 당신……."

그의 어깨를 넘어 늘어지는 길쭉하고 검은 그림자. 그리고 들리는 묵직한 저음.

"뭡니까, 그쪽 어디 아픕니까?"

화들짝 놀라며 남자가 뒤로 돌아섰다. 그리고 압도적인 비주얼을 자랑하며 나타난 한 남자……. 그는 저도 모르게 신음을 흘리듯 악에 받친 이름을 내뱉고 만다.

"턱시도 가면……!"

오늘따라 검은 슈트를 멋지게 차려입은 치웅이 눈살을 찌푸리며 남자를 내려다봤다. 점잖은 목소리로 되묻는다.

"……예?"

예상치 못한 만남에 눈만 껌벅거리던 한영이 벙긋 입술을 오물거린다. 한영과 남자, 두 사람을 번갈아 바라보는 치웅의 눈빛이 언짢다.

"이 남자는, 뭡니까?"

아주 몹시, 언짢다.

그리고 그 시각 칼튼호텔.

"아……!"

미약한 신음성과 함께 솔이 휘청하며 엘리베이터 안으로 들어섰다.

아찔한 구두 굽에 비틀거리는 솔을 세준이 재빨리 잡아준다.

혼란이 가득 담긴 솔의 눈동자가 세준의 옆모습을 뚫어져라 보고 있는 게 느껴졌지만 세준은 오로지 앞만 바라봤다. 그의 가슴은 지금 절절 끓는 질투로 들썩거리고 있었다.

"너 지금 이게 무슨……."

띵동.

솔이 말을 잇기도 전에 초고속 엘리베이터는 그들의 목적지에 도착했다.

26층. 문이 열리고 세준과 솔을 환영하는 듯 아늑한 불빛이 가득한 복도가 펼쳐졌다.

"뭐야?"

목소리 가득 느껴지는 그녀의 당황스러움. 그런 솔을 바라보는 세준의 태연한 눈동자.

"뭐긴, 내려야지."

그것을 매끄럽게 받아치며 세준이 그녀의 손을 이끌어 엘리베이터 밖으로 나왔다. 긴 다리가 성큼 밖으로 나와 몇 걸음 걷더니 어느 방

앞에 멈춰 섰다.

그때까지도 상황을 파악하려는 듯 세준만 뚫어져라 보고 있던 솔이 주머니에서 카드키를 꺼내 드는 세준을 보며 아연실색하여 소리쳤다.

"방 잡았어, 너?"

세준이 태연하게 고개를 끄덕이며 솔을 바라봤다.

의심과 당혹스러움으로 점철된 솔의 까만 눈을 바라보고 있자니 눈앞이 깜깜해질 만큼 아찔했던 질투가 조금 사그라지는 게 느껴졌다.

'겁내지 마. 나는 당신에게 항상 친절하고 싶어. 하지만…… 그게 잘되지 않아.'

나지막이 한숨을 쉬며 세준이 불덩이 같던 가슴을 진정시켰다.

"너 아주 작정하고……!"

작정……? 솔이 말에 세준의 가슴이 지끈 아려온다.

아니었다. 세준은 그런 게 아니었다.

세준은 다만 솔을 원할 뿐이었다. 그도 자신을 어찌할 수 없을 만큼, 솔을 원할 뿐이었다.

그녀의 몸이 아니라, 육체가 아니라, '강솔' 그 자체를.

그녀의 마음을.

그녀 자체를…….

그리고 그녀 역시도 이제는 그에게 마음을 열고 있다는 생각으로 이곳으로 단숨에 달려오지 않았던가. 발에 마법이라도 걸린 듯 달려온 그의 마음이 어땠는가.

그녀가, 그를 불렀다. 솔이 세준을 불러줬다. 처음으로 이리 오라고. 만나자고……. 그 몇 자 없는 메시지에 의미를 부여할 만큼 그는 이미 솔에게 흠뻑 빠져 있었다.

철없는 애송이처럼, 순진한 어린아이처럼 기뻐하는 마음으로 달려오지 않았던가. 그녀의 부름 하나에, 그렇게……

스스로를 곱씹으며 느릿하게 눈을 깜빡이던 세준이 픽 웃으며 묻는다.

"내가 무슨 짓이라도 할 것 같아?"

"어! 할 것 같아."

솔이 톡 쏘듯 말했다. 방어의 기색이 역력했다.

"맞아, 할 거야. 기회 되면."

"야!"

"그렇지만 난 당신한테 어떤 짓도 강제로 하지 않아. 내가 당신을 좋아하는 만큼, 원하는 만큼 당신도 나를 좋아하기를 바라니까. 그런데 내가 당신을 강제로 어떻게 할 것 같아?"

세준은 진심을 담아서 말했다. 그녀의 손목을 잡고 있던 세준의 손에서 힘이 빠진다.

자신의 진심이 솔에게도 전해지길 바라며, 솔직하게 그렇게 솔을 바라봤다.

철컥. 문이 열린다. 습관적으로 어깨를 으쓱하며 세준이 심술궂게 웃었다.

"그냥 보기만 할 거라고."

〈2권에서 계속〉